鄭婷 注譯

新譯明清小品文選

三民書局 印行

刊印古籍今注新譯叢書緣起

劉振強

人類歷史發展，每至偏執一端，往而不返的關頭，總有一股新興的反本運動繼起，要求回顧過往的源頭，從中汲取新生的創造力量。孔子所謂的述而不作，溫故知新，以及西方文藝復興所強調的再生精神，都體現了創造源頭這股日新不竭的力量。古典之所以重要，古籍之所以不可不讀，正在這層尋本與啟示的意義上。處於現代世界而倡言讀古書，並不是迷信傳統，更不是故步自封；而是當我們愈懂得聆聽來自根源的聲音，我們就愈懂得如何向歷史追問，也就愈能夠清醒正對當世的苦厄。要擴大心量，冥契古今心靈，會通宇宙精神，不能不由學會讀古書這一層根本的工夫做起。

基於這樣的想法，本局自草創以來，即懷著注譯傳統重要典籍的理想，由第一部的四書做起，希望藉由文字障礙的掃除，幫助有心的讀者，打開禁錮於古老話語中的豐沛寶藏。我們工作的原則是「兼取諸家，直注明解」。一方面熔鑄眾說，擇善而從；一方面也力求明白可喻，達到學術普及化的要求。叢書自陸續出刊以來，頗受各界的喜愛，使我們得到很大的鼓勵，也有信心繼續推廣這項工作。隨著海峽兩岸的交流，我們注譯的成員，也由臺灣各大學的教授，擴及大陸各有專長的學者。陣容的充實，使我們有更多的資源，整理更多樣化的古籍。兼採經、史、子、集四部的要典，重拾對通才器識的重視，將是我們進一步工作的目標。

古籍的注譯，固然是一件繁難的工作，但其實也只是整個工作的開端而已，最後的完成與意義的賦予，全賴讀者的閱讀與自得自證。我們期望這項工作能有助於為世界文化的未來匯流，注入一股源頭活水；也希望各界博雅君子不吝指正，讓我們的步伐能夠更堅穩地走下去。

序

在二十世紀前半葉興起的「新文學」運動中，「小品文」觀念的重生成為現代文壇返本開新的經典案例。一九二一年，周作人在〈美文〉中就提出：「中國古文裡的序，記與說等，也可以說是美文的一類。」❶至一九二八年，他開始萌發編一部《明人小品文選》的想法❷，稍後安排其門徒沈啟無來實施，於一九三〇年編成《冰雪小品選》。一九三二年北平人文書店將周作人在輔仁大學的演講稿〈中國新文學的源流〉，和沈啟無在《冰雪小品選》基礎上修改而成的《近代散文鈔》（增選了清代散文，使該書實際成為最早的「明清小品文選」）配套出版，曾產生深遠影響。隨後，先後擔任《論語》、《人間世》、《宇宙風》三個雜誌主編和撰稿人的林語堂掀起一場「提倡復興性靈派的文章和創造一種較活潑、較個人化的散文筆調」的「文學運動」❸，把現代小品文的創作推向高潮。對「小品文」傳統的認識亦在現代文壇奏出一場精彩爭鳴，針對林語堂所提倡的「幽默」觀❹，魯迅提出了他的「匕首、投槍」說❺，這場辯論的重心在於「小品文」應該如何去承擔

❶ 該文寫於一九二一年五月，首次發表於一九二一年六月八日《晨報》副刊，一九二八年收入《談虎集》。

❷ 一九二八年三月二日周作人致江紹原信函言：「承詢及關於小品出版的意見，查不佞對於此事本所贊成，故現在如實行，在本席自然願投一票也。近來，我對於玄同、平伯、鳳舉諸君都曾勸進，……近頗想讀明人小品文，並選一冊，作為自己教書之用，唯所要之文集大抵不易得，故進行頗遲遲也。」張挺、江小蕙《周作人早年佚簡箋注》，四川文藝出版社，一九九二年版。

❸ 林語堂《生活的藝術》第十二章第四節，《林語堂名著全集》第二十一卷，東北師範大學出版社，一九九四年版。

❹ 林語堂〈論文〉下篇：「提倡幽默，必先提倡解脫性靈，蓋欲由性靈之解脫，由道理之參透，而求得幽默也。」《論

它的時代功用。關於現代文壇的這場「小品文」風潮，我曾撰〈論公安派在現代文壇的多重迴響〉一文❻予以梳理與闡釋，為省篇幅，這裡不再展開。當代人對於「小品文」的認識與欣賞，終究還是要落在標榜個性自由的「性靈」文學上、落在生生不息的日常生活上。鄭婷君在復旦大學跟隨我與陳廣宏教授攻讀碩士、博士學位時，即對「性靈」文學產生興趣。適逢三民書局編輯部張加旺先生蒞滬約稿，初步促成了這部原名《明清小品文新選精析》的編撰方案。倏忽十年，我終於欣喜地收到了她從雲南大學寄來精心打造的書稿清樣，展卷快讀一過，頗有耳目一新之感。

近九十年來，有關小品文的論著與選本，稱得上層出不窮。鄭婷君在該書所下的功夫之深首先體現在篇目的「新選」上，從而可以提供給讀者一種新鮮的閱讀感受。面對數量巨大的明、清小品文作家群，與其說她本來抱有少選甚至迴避讀者頗為熟悉的「名篇」，因而盡可能多選一些看似生僻篇目的意圖，毋寧說是基於其所持小品文本身即為一種側重於個體化寫作的文體，不應追求標準化表達的認識。相對於傳統古文而言，「小品文」的真正魅力更在於將筆觸伸向許多私人化的場合，表達作者私人生活、私人情感、私人困境的一面，所抒發的「性靈」是一種獨特、具體、不可複製的個人感受。因而現在呈現在我們面前的這些短小精煉的作品，即使有明初到清末的時代差別，卻由於人的「性靈」相通，閱讀後仍讓人有一種「觸處皆是」的親切感，又覺得那種感受只能留在文字中、只能屬於作者自己——無法重現、也不待他人去批評的一段個人時空，這種具體性和個別性正是這部《新譯明清小品文選》所捕捉的表現對象。

其次，這部選本最出彩的地方是它的「精析」部分，不僅寫得非常用心，而且頗能顯示作者的見識與文

語》雜誌第二十八期。

❺ 魯迅〈小品文的危機〉：「生存的小品文，必須是匕首，是投槍，能和讀者一同殺出一條生存的血路的東西。」《魯迅全集》第四卷頁五七七，人民文學出版社，一九八一年版。

❻ 發表於《復旦學報》二〇〇六年第六期。

采：一百四十七篇作品，每一篇都能選取一個具體的問題角度。切入時視野開闊，思路清晰；引證時古今中外，信手拈來；論析時深中肯綮，邏輯縝密；行文時簡潔明暢，重點突出。尤其值得注意的是，儘管「小品文」重視日常化表達，但也並非陷在生活碎片中茫然無歸。正如梁漱溟先生講《論語》，歸納出儒家士君子關於日常生活的「十四個態度」❼一樣，展示倫常日用的小品文亦應向讀者揭示它所贊成的生活態度。在這部選本中，譬如屠隆〈與秦君陽〉、汪縉〈枯脫齋記〉、俞樾〈茶香室叢鈔序〉、黎汝謙〈稻畦芸菜圖記〉等文展示了士人如何處於朋友、昆弟、夫妻、父母諸種人倫關係中；譬如王思任〈《遊喚》序〉、方濬頤〈待月諺碁譜序〉、歸有光〈跋小學古事〉、汪士鐸〈白雲書院記〉等文展示了自然、藝術、基層社群與士君子養成的關係；譬如吳應箕〈陳定生書畫扇記〉（上）、孫枝蔚〈示兒燕〉、魏禧〈白渡泛舟記〉、呂留良〈賣藝文〉等文展示了士人如何在困境中堅守自我生活。其餘，譬如沈周〈秋軒記〉對待生命老去的態度、方鳳〈影畫記〉對待物質佔有的態度、徐渭〈書濾水羅漢畫贊〉對待生死流轉的態度、袁中道〈回君傳〉對待快樂的態度、文震亨〈小池・水缸・書燈〉對待構建生活空間的態度、龔鼎孳〈晴窗書事〉對待體味當下的態度、潘耒〈游金牛山記〉對待鄉居美學的態度、吳玉綸〈雨後小記〉對待自然風物的態度、劉大紳〈東南山中看桃花記〉對待歸老故鄉的態度、林紓〈蒼霞精舍後軒記〉對待家庭回憶的態度，以及其他展現諸種趣味的選篇，都能聯繫到現實生活的方方面面，共同指向一種內省性的、創造性的生活原則。「性靈」文學是講究個性的文學，「小品文」是表現作者個人生活的文體，從具體的、個人化的角度去展示明、清知識分子，如何在一己日常中去回應「君子之道」的實踐要求，這是一條能夠展現明、清小品文文體價值的、「切題」的途徑。

以上是我先睹這部書稿的初步體會，應編撰者之請，書以為序。

黃仁生

庚子冬日撰於復旦大學光華樓

❼ 詳見《梁漱溟先生講孔孟》，李淵庭、閻秉華整理，上海三聯書店，二〇〇八年版。

導讀：樞始環中，齊質文野

一、「小品文」文體觀念辨析

「小品文」作為一種散文文體概念，是在中晚明時期形成的。此前「小品」一詞，最初專指佛教《道行經》之異譯。《道行經》與《放光經》同是《般若經》抄本，但「廣略不同」❶，前者由漢末桓帝時天竺僧人朔佛攜至中國，後者由三國時高僧朱士行西行于闐得之。《放光經》有九十品，故稱《大品》；《道行經》有三十品，故稱《小品》。《小品》乃《般若經》在中國的初譯，盛行於魏晉士大夫清談中，《世說新語》載殷浩「讀《小品》，下二百籤」即是其例。晉時醫家陳延之將「小品」一詞移作醫書名，撰《小品方》，後世醫書沿用此名，指便於急用的、較簡便的驗方。南宋詞人姜夔《白石道人歌曲》載錄〈醉吟商小品〉，用「小品」代指大曲之片段，這種用法亦傳至後世，明代曲學家王驥德《曲律》中即立大品、小品之曲學專詞。然而，檢明前史料，「小品」一詞的用法，尚未移用至散文文體的構建上。

「明季文人多尚小品」❷，直到明代中晚期，「小品文」才作為一種散文文體概念形成，並有意識

❶ 語見湯用彤《漢魏兩晉南北朝佛教史》第四章〈支婁迦讖之譯經〉節，《中國現代學術經典・湯用彤卷》正文頁五一，河北教育出版社，一九九六年版。

地向兩個方向尋入前代散文傳統——雜史文傳統與古文傳統。這裡需要提及兩部明代後期以「小品」命名的散文集：朱國禎編纂的《湧幢小品》與何偉然編纂的《十六名家小品》。

朱國禎，天啟年間拜禮部尚書，加文淵閣大學士，總裁《國史實錄》。與之相應，《湧幢小品》是一部「雜史」性質的書籍，明末陳第《世善堂藏書目錄》將它收入「稗史、野史并雜記」類，清代學者亦多引《湧幢小品》以資明史考據。這類雜史類著作，或許也寄託著編纂者的黍離之思，明末董斯張《(崇禎)吳興備志》卷二十二備目朱國禎《湧幢小品》三十二卷曰：「讀《湧幢小品》，而公之感慨流連，寓言寄嘆，莊語諧語，並有悟世之思，直風騷之流亞也。湧幢一說，蓋厥指攸存乎？」云云。《湧幢小品》為「小品文」開出一種「雜史」式的界定方式，這種方式很大程度上影響了清人的觀念：比如清代法式善《陶廬雜錄》卷四記書目分類曰：「《檀几叢書餘集》二卷，上卷陸次雲《山林經濟策》以下三十種；下卷韓則愈《五嶽約》以下十七種，後附王晫四種、張潮六種，蓋皆小品短篇，誌之以待印正云。」又如清代何紹基《(光緒)重修安徽通志》亦將明代黃奐著《元龍小品》歸入「雜家類」。再如清末劉錦藻《清續文獻通考》卷二百七十三記載繆荃孫刊刻《煙畫東堂小品二十三種》曰：「首列〈康熙朝品級考〉，為光宣兩朝官制之紛更也；列〈圓明園記〉，為頤和園之歲耗國帑也；列〈周世宗實錄〉、再列〈國史貳臣表〉，殆為辛亥之難而發歟。故國孤忠，長抱隱痛，破例編之，俾後之覽者，亦將有感於斯文也。」云云。餘者如明陳天定《古今小品》等，皆循「雜史」的觀念傳統以編纂。

明季何偉然編纂的《十六名家小品》則以家數為標榜，顯然不循殘叢小史、集腋成裘式的思路，已透露出「成一家之言」的文體觀念。此書前綴丁允和、陸雲龍、馮次牧三序以及何偉然自序，這四篇序文都表達出要為小品文「尊體」的想法。丁允和序曰：「今人媚古而虐今，為文必希屈、馬、班、揚，而蘇、王、歐、曾以下置勿談也。特破俗耳庸目，取其傑然特異者當吾世而鼎立漢、唐。」何偉然自序

❷ 清王韜〈幽夢影序〉，《弢園文錄外編》卷九，清光緒九年本。

曰：「誠以文章一道，貴其人道。未必尊尊其道，人當自貴，寄之纂述。……人負一星，各各光昭於無際，大固光大，小亦含弘。」《十六名家小品》所表達出來的文體觀念，連接「屈、馬、班、揚」、「蘇、王、歐、曾」的文統系列，尊從「重道」的古文家觀念，有將「小品文」歸入儒家「古文」傳統中的意識。明末大儒劉宗周〈測史剩語序〉云：「（馮鳳城）小品尤多見道語」，又〈福建布政使司右布政馬湖來公墓誌銘〉云：「（馬湖來）小品曰《宗談六種》，皆以證學者」；清代學者全祖望在其紀念黃宗羲的散文〈梨洲先生思舊錄序〉中道：「其《思舊錄》則其追懷朋好雜錄見聞，腸斷於甘陵之部，神傷於漳水之湄，纏綿惻愴，託之卮言小品以傳者也。」在以上表述中，古文中既有如韓愈〈原道〉這樣的「大品」，亦有如歸有光〈寒花葬志〉這樣的「小品」——無論大品、小品，均在儒家士大夫的修養表達上獲得主題。在此基礎上，明清「小品文」又在「古文」傳統中找到了自己的美學模範，即蘇軾、黃庭堅的「蘇、黃小品」。這樣的表述非常多，如：明季陳仁錫〈蘇文忠公奇賞序〉云「今侈口小品，掇拾殘瀋」、明季朱之瑜〈答安東守約〉其一云「蘇、黃小品，選其可者熟翫」、清代蔡衍鎤〈蘇文跋〉云「諸小品文字亦多妙入化工」、清曹煜《繡虎軒尺牘》卷五云「讀茲數行，宛然相似，似蘇、黃小品」、清金之俊〈贈文林郎吏科右給事中訒公嚴公暨配江孺人合葬墓表〉云「所為尺牘小品，取法東坡、山谷」清吳士玉評宋犖《筠廊二筆》卷下云：「當在《東坡志林》、《容齋隨筆》之間，此小品之必傳者」等等。

可見，作為古文之一端的小品文，在表達古文「載道」的文體價值之上，又專門具有短幅化、生活化、趣味化的個性特徵，以區別於談經論道的「大文章」。清代以後，出現將「古文小品」連綴而言的例子：清初龔鼎孳編纂了《定山堂古文小品》集、清初古文家汪琬〈張府君墓誌銘〉云「暇則閱《通鑑綱目》，繕錄古文小品，誦之以為常」、乾隆間單學傳《海虞詩話》卷二云「古文小品亦得韓、歐程式」等等，皆可為例。這是循入古文傳統之一路。

明清時期，「小品」一詞還與八股制藝文產生了關聯，清代包世臣〈五言一首說八比，贈陳登之通判，即留別出都門〉詩云：「往昔奇渥世，演講為小品。」自註曰：「山長排比講義為時文，名制義小品，八比所自始也。」入清以後，賦、詩、畫、茶、園藝諸道都在使用「小品」這個詞，以代表簡而入神的作品，這裡就不再展開討論了。

二、選篇宗旨及其他

關於「小品文」的文體歸屬，在上述「雜史」傳統、「古文」傳統兩條路徑上，編者更偏向於認同「古文」傳統。「古文」傳統能更清晰地體現出「小品文」的文體價值，也能更好地解釋它興起於近古的文學史事實。

在選篇宗旨上，首先，如前文所述，原本選「古文之一端的小品文」的觀念，一共選擇了一百零六位明清作家、一百四十七篇作品。目錄排序說明如下：

㈠、一百零六位作家是按出生年份排序的，其中方鳳、魏學洢、盛大士、黎汝謙四人具體生年存疑，係根據他們的中舉時間、卒年等信息給予位列。

㈡、綜合考慮生存時間（以中年為準）、選文內容這兩個因素，將一百零六位作家分為八類：

元末至明建文時期（十四世紀）：元末明初作家群。宋濂等三人由元入明。方孝孺雖生在明初，然而他一生陶冶於明初政治、文化風潮中，最終殉難建文朝，是典型的明初人物。此時期作家感於興廢，對價值重建有著自己的獨立思考。

明永樂至正德時期（十五世紀至十六世紀初葉）：明代前中期作家群，此時明代士林逐漸擺脫明初風潮，雖然英宗時期發生土木堡之變、並由此引發了系列動蕩，政局並不穩定，但此一時期，士林漸成、士風漸穩。

明嘉靖至萬曆時期（十六世紀中葉至十七世紀初葉）：明代中後期作家群，這段時期儘管朝廷各派勢力傾軋激烈，但總體來說，明政權雖有衰敗之象，尚無傾覆之憂，士人一方面已形成成熟的思想觀念與審美觀念；一方面積極追求個體價值的伸張。

明天啟至清初時期（十七世紀中葉）：明末清初作家群。這段時期湧現出一大批遺民作家，他們非常深入地思考個人與他人、個人與社會、個人與文化、個人與國家、國家與文化等等問題，形成一種非常獨特的時代表達。

清順治至康熙時期（十七世紀後半葉至十八世紀初葉）：清初作家群。清代士林逐漸形成自己文化性格的時期。作家們各有風範，但對宋、明士文化有強烈的繼承性，並且保有在瑣碎日常生活中去實踐自我的興趣。

清雍正至嘉慶時期（十八世紀中葉至十九世紀初葉）：盛清作家群。體制化極端穩固的外環境下，士人積極追求個體價值在士文化傳統中的伸張。

清道光至咸豐時期（十九世紀中葉）、以及清同治至民國初年（十九世紀後半葉至二十世紀初年）：清末作家群。清亡不同於明亡，近三千年的舊世界將徹底改觀。山雨欲來風滿樓，這一時期所選作品斥著一種複雜的憂鬱，或反思、或抒情、或記錄，字裡行間透露出了一種危機意識，但這與明末士人的孤擲決絕又是有所不同的。

其次，明、清小品文的選篇面臨著數量巨大的作家群，更面臨著與各種各樣古文選本重合的問題。編者更傾向選擇一些較生僻的篇目，本書的大部分選篇並非讀者熟悉的「名篇」，一是考慮能給予讀者較生新的閱讀體驗，二是「小品文」本身即是一種追求個體化寫作的文體，不應追求標準化表達。「小品文」所傳遞的場合更是一種私人化場合，表達作家私人生活、私人情感、私人困境的一面，所傳遞的感受是一種獨特、具體、不可複製的個人感受。閱讀「小品文」，讓人有一種「觸處皆是」的親切感，又覺得那種感受只能留在文字中、只能屬於作者自己——無法重現、也不待他人去批評的一段個人時空，這種具體性和個別性正是「小品文」所捕捉的表現對象。「小品文」重在記錄日常，明末大儒劉宗周在〈測史剩語序〉中言：「他日則曰：『吾志在《春秋》。』又曰：『與其托之空言，不若見諸行事之深切著明也。』夫聖人之志，即所謂見諸行事者是，而其深切著明莫過於《春秋》。」「見諸行事」的紀事之文，大事載諸史冊，日常生活的小事則記錄在散文之中，然而，不論事之大小，皆可見志。瑣碎平淡的日常小事是否有書寫的價值，這取決於作者能否把一種清晰的自我體驗貫徹在這件瑣事中，從而在文字上形成深刻的個人表達。《中庸》第十二章云：「君子之道，造端乎夫婦，及其至也，察乎天地。」這裡的「夫婦」指匹夫匹婦，在匹夫匹婦都能獲得的日常境遇中去修行君子之道，這是明、清小品文與中唐以來古文傳統的結合點，也是像歸有光這樣擅長敘寫日常人情的古文家最終能與蘇、韓比肩的義理依據。

「小品文」的出現是明、清一個重要的文學現象，然而辨體不清的問題一直困擾著我們對這一文學現象的認識。事實上，「小品文」的文體意識在明末清初時最為鮮明，清代中期以後，它的文體意識逐漸模糊，以至於《四庫全書總目》只將《荔支通譜》、《花史左編》、《倦圃蒔植記》這樣一些博物類書籍和「雜記小品」聯繫在一起，幾乎將「小品」一體劃出藝文領域。究其原因，這是「小品文」與近古散文秩序形成的樞紐——「古文」傳統相脫鉤的結果。發軔於中唐的「古文運動」緊密融入近古思想史的發展之中，理學、心學都構成其深廣、多元的發展動機，「小品文」亦當在這樞紐的運轉中去獲得自己的文體價值。近代章太炎先生《齊物論釋》中有一句話：「故應物之論，以齊文野為究極」，這正啟發了我們對明、清小品文歷史定位的認識，兼借莊生《齊物論》「樞始得其環中」一語，權作此篇導讀的題目吧。

茲書之完成，深得三民書局編輯部長久、真誠、不懈的指導與幫助，在此致以衷心感謝！

鄭　婷

庚子年九月作于雲南大學映秋院

新譯明清小品文選　目次

明永樂至正德時期（十五世紀至十六世紀初葉）

明嘉靖至萬曆時期（十六世紀中葉至十七世紀初葉）

明天啟至清初時期（十七世紀中葉）

清順治至康熙時期（十七世紀後半葉至十八世紀初葉）

清雍正至嘉慶時期（十八世紀中葉至十九世紀初葉）

清道光至咸豐時期（十九世紀中葉）

清同治至民國初年（十九世紀後半葉至二十世紀初年）

元末至明建文時期（十四世紀）

元末明初作家群。宋濂等三人由元入明。方孝孺雖生在明初，然而他一生陶冶於明初政治、文化風潮中，最終殉難建文朝，是典型的明初人物。此時期作家感於興廢，對價值重建有著自己的獨立思考。

撲滿說

宋　濂

【題　解】撲滿，儲錢瓦器。東晉葛洪《西京雜記》：「撲滿者，以土為器，以蓄錢。具其有入竅，而無出竅，滿則撲之。土，粗物也；錢，重貨也。入而不出，積而不散，故撲之。士有聚斂而不能散者，將有撲滿之敗，可不誡歟！」本文即以此立意。選自明代賀復徵《文章辨體彙選》卷四百二十九。

【作　者】宋濂（西元一三一〇～一三八一年），元末明初詩文家、明初重臣。字景濂，號潛溪，又號玄真子，諡文憲，浦江（今屬浙江省金華市）人。宋濂元代至正中薦授翰林編修，辭不就，隱居龍門山，明初追隨朱元璋，累遷學士承旨、知制誥。成化年間的南京右侍郎黃琛曾稱宋濂為「開國文臣第一」。著有《宋學士文集》、《龍門子》、《浦陽人物記》、《周禮集說》、《蘿山雜言》等。

撲滿，貯錢陶器也。狀類罃❶，口通一錢，錢入不可出，滿乃撲去，故名。

濂因是未嘗不悲。石荊州❷之為人也，荊州俠士，劫遠使商客致富。至與貴戚爭豪，以鐵如意擊碎珊瑚❸，非金多不能然，卒用是以殺其身❹。嗚呼！荊州亦撲滿歟？《傳》曰：仁者以財發身，又曰積而能散❺。然則聚財而不散者，不可哉。

【注　釋】❶罃　盛酒器，小口大腹。❷石荊州　西晉富豪石崇，曾任荊州刺史。❸以鐵如意擊碎珊瑚　指石崇、王愷鬥富事。《世說新語・汰侈》：「武帝，愷之甥也。每助愷。嘗以一珊瑚樹，高二尺許，賜愷。枝柯扶踈，世罕其比。愷以示崇，崇視訖，以鐵如意擊之，應手而碎。愷既惋惜，又以為疾己之寶，聲色甚厲。崇曰：『不足恨。今還卿。』乃命左右悉取珊瑚樹，有三尺、四尺，條幹絕世、光彩溢目者六七枚，如愷許比甚眾，愷惘然自失。」❹卒用是以殺其身　永康元年（西元三〇〇年），石崇被趙王司馬倫誣陷，誅三族。❺傳曰三句　《禮記・大學》：「仁者以財發身，不仁者以身發財」，又《禮記・曲禮》：「積而能散，安安而能遷」。傳，《大學》分經文、傳文兩部分。

【語譯】撲滿，是用來存錢的陶器。它的形狀像罌，入口只有通過一枚錢幣的大小，錢幣投進去了，就再也拿不出來了，等儲滿了錢幣，就把它摔碎了取錢，所以命名叫「撲滿」。我為這個器具而感到悲哀。石荊州平生為人，有俠客之風，依靠搶劫路途中的客商致富。致富之後，和貴戚比爭富豪，曾經用鐵如意擊碎珊瑚樹，如果不是擁有很多金錢，也做不出這樣的事情吧，然而，他最後也因為有錢這個原因被人殺了。哎呀！石荊州這個人難道不也像一只撲滿嗎？《大學》傳文中有「仁者以財發身」之語，經典中又有「積而能散」之訓誡。如果只知道聚財而不知道散財，那就不對了呀。

【研析】《孟子・盡心》云：「形色天性也，惟聖人然後可以踐形。」人的形體生而具有，然而，有的人卻辜負了上天給予的這「人」的形狀，把自己活成了「狼心狗肺」、「鼠目寸光」。在孟子看來，這樣的人白白浪費了上天給予他們的「人」的形狀，他們的一生沒能做到「踐形」——即實踐人的「本善之性」。相反，真正的君子能夠在生而後的命運中去實踐一個「先天」的、「天真」的自己，用後天的努力去實踐出先天的光芒。所以，君子不必外貌姣美，卻因能夠「踐形」而通體可愛、光明。

宋濂這篇小品諷刺了一種不能「踐形」的人生：活成了一只攢錢的「撲滿」的人生。他舉了西晉富豪石崇的例子。石崇生前聚集財富無數，《世說新語・汰侈》一門大半是石崇鬥富的故事。然而，因財得名者往往因財殺身，石崇因為拒絕了晉惠帝寵臣孫秀強索寵姬綠珠的要求，竟以此事為導火索而被趙王司馬倫誣陷致死。石崇很明白自己的死因和財富相關，他被押送刑場前，「歎曰：『奴輩利吾家財收者。』答曰：『知財致害，何不早散之？』崇不能答。」（《晉書・石崇傳》）石崇被戮之後，一家老小十五口人也一同被殺死。窮奢極慾的石崇最後竟落得連妻子都不能保全的境地。宋濂把石崇的一生比作一只「撲滿」，「撲滿」肚大能

「攢」，總以為是在替自己攢，殊不知終歸還是替別人攢。《論語・里仁》曰：「仁者安仁，知者利仁。」真正的聰明人知道人生的最大利益是「仁」，是自我實現，而不是去「攢」些什麼。人這一生，不能犯佛教講的「分別執」的錯誤，把一生的意義放在一個「攢」字上，而看不見生命本身。攢財富，攢地位，攢名聲，甚至攢知識，人往往容易活成一只「撲滿」而不覺醒，形神俱滅後，白白遭人嗤笑。

蜀賈賣藥

劉　基

【題　解】賈，商人。此題受到東漢「韓康賣藥」故事的啟發，韓康事見東漢趙岐《三輔決錄》卷一。選自劉基《郁離子》。

【作　者】劉基（西元一三一一～一三七五年），元末明初文學家、學者、洪武朝名臣，字伯溫，號犁眉公，青田（今屬浙江省麗水市）人。元代元統元年（西元一三三三年）進士，後追隨朱元璋，明初官至御史中丞、弘文館學士，封誠意伯。著有《誠意伯文集》、《郁離子》。

蜀賈三人，皆賣藥於市。其一人專取良，計入以為出，不虛賈，亦不過取贏。一人良不良皆取焉，其賈之賤貴，惟買者之欲，而隨以其良、不良應之。一人不取良，惟其多，賣則賤其價，請益則益之，不較。於是爭趨之，其門之限❶月一易，歲餘而大富。其兼取者，趨稍緩，再期亦富。其專取良者，肆日中如宵，旦食而昏不足。郁離子見而歎曰：今之為士者亦若是夫！昔楚鄙三縣之尹三，其一廉而不獲於上官，其去也，無以蹴舟❷，人皆笑，以為癡。其一擇可而取之，人不尤其取而稱其能、賢。其一無所不取，以交於上官，子吏卒而賓富民，則不待三年，舉而任諸綱紀之司，雖百姓亦稱其善。不亦怪哉！

【注釋】❶門之限　門檻。❷蹴舟　登舟。

【語譯】蜀地有三個商人，都在市場上賣藥。其中一人專門進好貨，根據進價決定售價，不白賣一場，也不會過分牟利。另一人好貨、劣貨都進，賣價的高低聽憑買家的意思，然後願出高價的就給好貨、願出低價的就給劣貨。第三人從不進好貨，只追求在同等價錢下貨物的數量多，然後以便宜的售價賣出，顧客請他加些添頭他就加，從不計較。從此，人們紛紛去光顧這個從不進好貨的商人，他家店鋪的門檻一個月就要換一條，過了一年多，他成了大富翁。而那個好貨、劣貨都進的商人，致富的步伐稍慢，再過一年也成了大富翁。至於那個專門進好貨的商人，他的店鋪無人光顧，大中午的時候卻冷清得像半夜一樣，窮到如果早上吃了飯，晚上就沒有食物吃了。郁離子見到這樣的世道，感歎說：現在的士人們也同樣如此啊！從前楚國的偏僻地方有三個縣令，其中一個縣令很廉潔，但是沒有獲得上司青睞，他離職的時候，竟然沒有可以搬上船的財產，人們都嘲笑他，認為他是個傻瓜。另一個縣令選擇搜刮合法的財富，人們不怪罪他的貪取而稱讚他賢、能。第三個縣令無所不搜刮，用搜刮來的財富賄賂上司，而將官府裡的吏、卒當作自己的兒子來養，又將縣裡的有錢人當作自己的座上賓，不到三年，他就被舉薦升職到專門掌管綱紀法律的官位上了，即使那些被他搜刮過的百姓也說他好。這世道難道不奇怪嗎！

【研　析】西方的「公民」觀念在希臘時期即已經被哲學家柏拉圖、亞里士多德提出。柏拉圖《理想國》把公民性理解為是一個人自身德性的顯露，這種德性是人的內在制約，是人普遍具有的共識。正因為人有這樣一種最根本的共識，所以個人的內在德性可以外化為城邦的公民意識和公民教育。和古希臘同時，東方的中華也正處於思想的巔峰時代，諸子百家關於人性的討論以及由此而來的公共倫理觀念的樹立也同樣帶來了對國民性養成的思考。其中，儒家把人性的光輝定基於先驗之「善」，《孟子・公孫丑》描述人有「四端之心」：「惻隱之心，仁之端也；羞惡之心，義之端也；辭讓之心，禮之端也；是非之心，智之端也。」這「四端」不僅是天賦的人性，更能引申出天賦的人權，進而引申出社會的法律與原則。不論在東方還是在西方，人類早在西元前三世紀就已經對「正義」這一公共價值有著一種基於根本人性理解之上的、開放的表述。西方的柏拉圖和東方的孔、孟都把公共的「善」根基於每一個個人的人格自由、健全之上。

然而，歷史的實踐證明養成真正具有人性自覺的公民社會仍然是一個遙遠的理想。在社會現實中，不正義者往往謀利，正義者反而失利。這種惡劣風氣使得劉基這篇小文所描述的「不亦怪哉」的社會現象屢屢發生。這篇小文中最讓人感到悲哀的描述不是「專取良」而生意冷清的藥商，也不是「廉而不獲於上官」的縣令，而是麻木不仁、善惡不分的「百姓」們。不正義壓倒正義的開始，總是緣於個人私利的各種貪婪爭奪，緣於道德、法律的虛無化。更可怕的是，當不正義壓倒正義的現實發生而又長期得不到反駁時，一般民眾就會被眼前事實漸漸訓練出唯利是從的價值觀念，進而拋棄對正義的堅持和追求。最可怕的是，當不正義占據絕對的現實優勢時，社會中的一般人會嚴重地喪失自我，哪怕與其個人私利無關，也習慣於人云亦云、官云亦云，表現出驚人的麻木和無知。魯迅在〈孔乙己〉、〈藥〉等小說中批判的「看客」們，正帶有這樣一種刺目的精神麻木。劉基這篇小文犀利地觀察到了元末社會的病態，所描寫的正義喪亡和大眾麻木讓讀者的心情隨之沉重。當然，愚民的習慣能夠帶來一時的統治便利，卻永遠不能讓一個「人」的社會真正結成。劉基的這篇諷刺性小文對元末國民性的尖銳批判和拷問，具有長久的歷史價值。

跋《眉庵記》後

高啟

【題解】眉庵，元末明初詩人楊基（西元一三二六～一三七八年）自號。楊基，字孟載，郡望四川嘉州（今四川樂山）。楊基的祖父因仕宦移居江左，楊基生於吳中（今江蘇蘇州），長稱「吳中四傑」之一。入明後，楊基累官至山西按察使，後被讒奪官，供役，卒於南京。本文選自明代程敏政《明文衡》卷四十七。

【作者】高啟（西元一三三六～一三七四年），元末明初著名詩人，字季迪，號槎軒、青丘子，長洲（今江蘇蘇州）人。他與楊基、張羽、徐賁共稱「吳中四傑」，洪武初曾應詔修《元史》，授翰林院編修，尋超擢戶部右侍郎，不受歸鄉，後捲入蘇州知府魏觀案被腰斬。有詩集《高太史大全集》、文集《鳧藻集》、詞集《扣舷集》。

右嘉陵楊君《眉庵記》，謂眉無用於人之身，故取以自號。夫女之美者，眾嫉其蛾眉❶，士之賢者，人慕其眉宇❷，而不及口、鼻、耳、目，則眉豈輕於眾體❸哉！蓋眾體皆有役❹，眉安於其上，雖無有為之事，而實瞻望之所趨焉。其有類乎君子者矣。世方以僕僕❺為忠，察察❻為智，安重而為國之望者，則以為無用。楊君亦有感於是歟，讀之為之太息。

【注釋】❶夫女之美者二句　屈原〈離騷〉：「眾女嫉余之蛾眉兮，謠諑謂余以善淫。」❷士之賢者二句　《詩經・衛風・碩人》有句：「螓首蛾眉」，宋洪興祖注〈離騷〉曰：「詩人稱莊姜之賢曰『螓首蛾眉』，蓋言其質之美耳。」❸體官。❹役　職能。❺僕僕　《孟子・萬章下》：「子思以為鼎肉使己僕僕爾亟拜也。」東漢趙岐注：「僕僕，煩猥貌。」❻察察　《老子》：「俗人察察，我獨悶悶。」察察，分析明辨的樣子。

【語　譯】上面是嘉陵郡楊君所作的《眉庵記》，他說眉毛對於身體活動是沒有任何用處的，自己也如同眉毛一樣無所用途，所以他取「眉庵」自號。但是，凡女子長得美麗的，眾人都嫉妒她的娥眉，凡士大夫賢能的，眾人都仰慕他的眉宇，眾人嫉妒和仰慕的對象可不是他們的口、鼻、耳、目，眉毛又豈能輕於其他五官！口、鼻、耳、目都有自己的職能，眉長在口、鼻、耳、目之上，即使它沒有味、嗅、聽、視的功能，卻也是人們爭相觀察的地方。眉，無專門之用卻能成為人們瞻望的對象，這種特質有類於君子。如今世道都把煩猥當成忠厚，把精明當成智慧，那安穩尊重、可為一國瞻望的君子，反而被視為無用。楊君也有這樣的感慨，讀過他的《眉庵記》，我為之歎息。

【研　析】《論語・子罕》講了這樣一段話：「譬如為山，未成一簣，止，吾止也！譬如平地，雖覆一簣，進，吾往也。」意即：譬如壘山這件事，如果我喪失了興趣，哪怕距離成功只差一筐土了，我也會停止！譬如面對一片平地，如果我想壘起一座山來，哪怕只有一筐土的基礎，我也會前進。孔子教人做事不能只用功利的態度，有比功利結果更有意義的東西。人一旦喪失了自由的心情，不必單單為了追求一個結果而行屍走肉地去做；相反，一旦有了好心情，也不必因為外在條件的不成熟而放棄去做。人生的有趣、自由往往體現在「無所為而為」的態度上。高啟的朋友、詩人楊基把自己的書齋取名為「眉庵」，正緣於眉的「無用」。五官中的口、耳、鼻、目皆有所用，人沒了口、耳、鼻、目會影響到日常生存，唯獨眉毛似乎無關於日常生存。然而，人的一生並不僅僅為了應付一個「生存」。常言道：不要為了生存而生活，而要為了生活而生存。「生活」需要人們從他律的、功利的鏈條中掙脫出來，無所為而為，單單成全一個充滿了自由與興趣的我。在傳統社會中，我們尊敬「君子」，「君子」的存在卻根本不是為了幫助我們在物質意義上的「生存」，而是為了彰顯更高價值的、精神意義的「生活」。「生活」首先當是自由的。高啟從「眉庵」的命名進一步想到君子的處境——也許古往今來有很多君子實踐了自由的生活，但他們的一生往往伴隨著孤寂與貧困。一個社會如何定義「人才」關係到這個社會的先進程度和它對人道主義的認同程度，如果一個社會對「人才」的評定只認可那些有「僕僕」奴性或「察察」算計的精明小人，那麼，這個社會必定是一個信奉寡頭獨裁的社會。在這樣的社會中，君子則真只能「固窮」以終——就好像高啟和他的朋友們一樣。高啟的人生中曾拒絕過富貴的機會，卻最終給自己招來了殺身之禍。一個讀書人欲獨善其身而不能，甚至連「生存」權利都因此被剝奪了，明初政治的殘暴在高啟的悲劇中可見一斑。

贈錢文則序

高啟

【題解】錢文則，名中，吳地隱士，喜歡彈琴、占卜。明代張昶《吳中人物志》卷十三：「錢中，字文則，吳人，讀書有通敏才，雅善琴，尤精祿命之說，性狷介，寄迹委巷，不改其樂。」本文選自程敏政《明文衡》卷四十一。

韓文公詩有曰：「我生之初，月宿南斗」❶，蘇文忠公謂公身坐磨蠍宮也，而己命亦居是宮，故平生毀譽頗相似焉❷。夫磨蠍，即星紀❸之次而斗宿❹所躔❺也。星家者說身命舍是者多以文顯，以二公觀之，其信然乎！余後生晚學，景仰二公於數百載之上，蓋無能為役，而命亦舍磨蠍，又與文忠皆生丙子❻，是幸而偶與之同也。二公之名雖重當世，而遭逢排擯謗毀，幾不自容。仕雖嘗顯於朝，而貶陽山，謫潮州，竄逐於羅浮、儋耳之間，踰嶺渡海，冒氛霧而伍蠻蜑，其窮❼亦甚矣。顧余庸庸，雖不能致盛譽，亦不為誹謗者所及，況遭逢聖明，忝職禁署❽，蒙恩賜還，無投荒之憂，是幸而不與之同也。然二公之文章德業，赫然照映千古，而余早罹艱虞❾，中事奔走，學不加修，文無可采，將泯焉為眾人之歸，是不幸而不能與之同也。噫！命之所舍既同，則宜無不同，而何相去若是之遼哉！蓋窮達得喪由乎命，智愚賢否存乎人，存乎人者可為，由乎命者不可必。世之人常以不可必者責於命，而不以可為者責諸己，所以多自恕而倖得也。若二公者，其道同，其文學同，故毀、譽、窮、達有不必其同而自同，則余之不能與之同者蓋有在也，而豈命之罪哉？

山陽錢文則能推星以言人之禍福，無不奇中，士大夫多稱道之。將遊湖海，徵余言為贈，因書所以自警者貽之，且使遇夫自恕而倖得者告焉。文則讀書好修，善鼓琴，斯術其餘事云。

【注釋】❶我生之初二句　見韓愈〈三星行〉：「我生之辰，月宿南斗。」❷蘇文忠公謂公身坐磨蠍宮也三句　見蘇軾《東坡志林》：「退之詩云：『我生之辰，月宿直斗。』乃知退之磨蝎為身宮，而僕乃以磨蝎為命乎！生多得謗譽，殆是同病也。」和現代星象學用太陽在黃道帶的位置推算主要命宮不同，宋代星象學家似乎是以月亮在黃道帶的位置來推算主要命宮的。❸星紀　先秦「十二星次」之首，「十二星次」依次為星紀、玄枵、娵訾、降婁、大梁、實沈、鶉首、鶉火、鶉尾、壽星、大火、析木，對應希臘星宮摩羯、寶瓶、雙魚、白羊、金牛、雙子、巨蟹、獅子、室女、天秤、天蝎、人馬。❹斗宿　二十八宿星座名，又名南斗六星，西方天文學中屬人馬座。中國先秦「十二星次」和希臘「黃道十二宮」融合後，斗宿被認為屬於摩羯宮。❺躔　運行。❻丙子　蘇軾出生於北宋景祐丙子年（西元一〇三六年），高啟出生於元朝至元丙子年（西元一三三六年）。❼窮　困頓。❽禁署　宮中近侍官署。明洪武元年（西元一三七〇年），高啟應詔入朝，授翰林院編修，參與修纂《元史》。❾艱虞　艱辛。

【語　譯】韓文公有詩道：「我生之初，月宿南斗」，蘇文忠公說韓文公命座摩羯宮，他自己也命座此宮，所以他和韓文公平生所經歷的讚譽、貶毀有相似處。摩羯宮，是和「星紀」相對應宮位，是斗宿運行的地方，星象學家說生在這個宮位的人大多都能以文才著稱，看看韓、蘇二公，真是這樣啊！我這個後生晚學，景仰數百年前的韓、蘇二公，自己雖然沒有什麼用處卻也和韓、蘇二公一樣命座摩羯宮，又和蘇文忠公一樣出生在丙子年，這偶然的相同是我的幸運。韓、蘇二公名重當時，卻也遭到排斥、誹謗，幾乎到了無處容身的地步。他們在朝廷做官，即使獲得顯赫的名聲，後來也被貶官到陽山縣，貶謫到潮州郡，被驅逐到羅浮、儋耳一帶地方，穿越大庾嶺，渡過瓊州海峽，冒著瘴霧，和蠻夷蜑人為伍，那時也是非常困頓啊。想我碌碌無為，即使不能得到盛大的聲譽，也沒有誹謗者來攻擊我，況且身在一個聖明的朝代，曾出入宮中的近侍官署，又蒙朝廷恩典得以返回故鄉，沒有被流放到荒野的憂慮，這是和韓、蘇二公命運不同的地方，也是我的幸運啊。韓、蘇二公的文章和他們的品德事業，在千古歷史上照耀出盛大的光芒，而我早年生活艱辛，中年四處奔走，學問沒有得到鍛煉，文章也沒有可供採錄的，我這輩子就要泯然於眾人了，我不能和韓、蘇二公一樣取得成就，這不同處則是我的不幸。誒！既然同生一個命宮，命運應當無不相同，為何我比韓、蘇二公差得那麼遠呢！亨通、困頓、得到、失去的運氣由命運決定，智慧、愚蠢、賢明、敗壞的品格卻在人自身的行為上，在人自身行為上的可以後天作為，命運帶來的運氣卻不能強求。世上的人經常以不能強求的運氣去要求命運，卻不以能作為的事去要求自己，所以，人們多半會原諒自己，而希求僥倖的獲得。如韓、蘇二公，他們信仰相同的道理，文章、學問也達到相同的境界，所以他們所遭遇的毀、譽、窮、達不待命運的偶然而必然相同，我比不上他們是有原因的，不能怪罪命運。

山陽縣的錢文則能用星象算命法推測禍福，無不能奇妙言中，士大夫們都稱讚他。錢文則今將遠遊，他徵求我的贈言，我把用來警示自己的這段話送給他，並且請他把我的話告訴給那些會原諒自己、希求僥倖獲得的人聽。文則這人喜歡讀書修行，善於彈琴，算命只是他其次的愛好罷了。

【研　析】巴比倫人「十二宮星座」的曆律文化被希臘文明所繼承，又早在隋唐時期隨著佛教的傳播經由古印度傳入了中國。隋代耶連提耶舍所翻譯的《大方等日藏經》、唐代不空所翻譯的《宿曜經》中出現了「黃道十二宮」的漢語譯名。西元一九七四年，宣化遼墓出土了精美的黃道十二宮星圖。後來，「黃道十二宮」說和中國先秦時期的天文學「十二星次」說相融合，在宋、遼時期形成了與西方略有差異的「十二星座」星象學，進入到士大夫們的談資中。至明代，《明史》以「回回曆法」列類，正式將「十二宮星座」記入正史。按照希臘星象學來簡單類比，摩羯宮對應中國二十八宿中的牛宿。然而，宋代學者程公說所著的《春秋分記》認為：「斗、牛之分辰居丑宮，曰磨蝎」，即摩羯宮實當對應斗宿和牛宿。後來，明代邢雲路研究過《宿曜經》，他所撰的《古今律歷考》認為斗宿中的三顆星、女宿中的四顆星和虛宿中的兩顆星跨越了黃道帶上的摩羯宮。這三個星宿中的斗宿，指的是南斗六星，《史記・天官書》曰：「南斗為廟」，又曰：「斗魁戴匡六星，曰文昌宮」。高啟言身座摩羯宮的人「多以文顯」，大致是出於這個根據。然而，跨越摩羯座的虛宿，卻並不是一個吉祥的星宿，《史記・天官書》曰：「虛為哭泣之事」。至於女宿，又稱「須女」，象徵「陰陽氣未相離，尚相如胥」的狀態，含有即將發生變化的意思在其中。綜合古人對摩羯宮的認識，一種天賦高超、後天坎坷、又必在坎坷中自新的命運被星象家描述了出來。在高啟看來，摩羯座的人因其特殊的稟賦，必定是帶有幾分「狂狷」色彩的人：韓愈不畏皇威，諫迎佛骨，「一封朝奏九重天，夕貶潮州路八千」(〈左遷至藍關示姪孫湘〉)；蘇軾秉性清高，黨爭中無所逢迎，被貶「黃州、惠州、儋州」(〈題金山自畫像〉)。高啟自身也有「狂人」的個性，他曾經得到明代朝廷的重用，「忝職禁署」，然而，朱元璋在洪武三年(西元一三七〇年)再次擬任高啟為戶部右侍郎時，他卻堅辭不受，為後來他被讒殺埋下禍根。就是本文中這一位占星家錢文則也是一位「狷介」之人，一生以琴、書、占卜自娛，頗有顏回簞瓢陋巷之風。這些生性落拓之人，即使「遭逢聖明」之世，也寧可有所不為。《論語・子路》曰：「不得中行而與之，必也狂狷乎」，他們命運中的幸與不幸，都帶著強烈的個性色彩，長留青史，令人歎賞。

越巫

方孝孺

【題解】越，周代古國名，後代用以代指江蘇南部、安徽南部、江西東部和浙江北部地區。巫，古代從事民間巫術的人。本文選自《遜志齋集》卷六。

【作者】方孝孺（西元一三五九～一四〇二年），明散文家、學者、建文朝重臣，字希直，一字希古，號遜志，學者稱正學先生，浙江寧海（今屬浙江寧波市）人。方孝孺早年從學宋濂，建文朝官至侍講學士。燕王朱棣奪位後，命方孝孺草擬登基詔書，方堅拒，被滅十族，引發社會震動。著有《遜志齋集》、《雜誡》。

越巫自詭善驅鬼物。人病，立壇場❶，鳴角振鈴，跳擲叫呼，為胡旋舞❷禳❸之。病幸已，饌酒食，持其貲❹去。死則諉以它故，終不自信其術之妄。恆誇人曰：「我善治鬼，鬼莫敢我抗。」惡少年慍其誕，瞷其夜歸，分五六人棲道旁木上，相去各里所，候巫過下，砂石擊之。巫以為真鬼也，即旋而角，且角且走，心大駭，首岑岑❺加重，行不知足所在。稍前，駭頗定，木間砂亂下如初，又旋而角，角不能成音，走愈急。復至前，復如初，手慄氣懾，不能角，角墜，振其鈴，既而鈴墜，惟大叫以行。行聞履聲及葉鳴谷響，亦皆以為鬼，號求救於人甚哀。夜半抵家，大哭叩門，其妻問故，舌縮不能言，惟指床曰：「亟扶我寢，我遇鬼，今死矣！」扶至床，膽裂死，膚色如藍。巫至死不知其非鬼。

【注　釋】❶壇場　巫師所設的施術場所。❷胡旋舞　唐代從西域傳來的一種舞蹈，舞姿多旋轉，故名胡旋。❸禳　祈禱去除邪惡。❹貲　財物。❺岑岑　脹痛貌。

【語　譯】越地的一個巫師自己詭稱擅長驅鬼。有人生病了，請他治病，他立起法壇，吹響角，搖響鈴，一邊跳躍一邊呼叫，跳起胡旋舞來祈禱去除邪惡。如果這個病人僥倖康復了，他吃完人家的酒食，拿著財物離開。如果這個病人死了，他就把死亡推諉給其他原因，始終不肯相信自己的法術是虛妄的。常常向人誇耀：「我善於制伏鬼，鬼不敢抵抗我。」有一群膽大妄為的少年對他的謊言感到憤怒，窺探到他走夜路回家的那一天。五、六個少年分別藏在路旁樹上，彼此距離一里地左右，等到越巫從樹下路過，就用砂石擊打他。越巫以為真鬼來了，馬上吹起角來，邊吹邊跑，心中非常恐懼，頭部越來越脹痛，兩腿不知道往哪兒走。稍稍往前跑了一段，驚恐剛剛平息，樹上又像剛才那樣亂墜下砂來，他馬上又吹起角，都不能吹成音調了，越跑越急。又往前跑了一段，砂石又像剛才那樣落下來，他的手發抖，呼吸不暢，不能吹角了，角掉落在地上，他搖起鈴，鈴又掉落在地上，只能大叫著跑。正跑著，聽到腳步聲和樹葉、草葉互相摩擦的響聲，他也都以為是鬼來了，悲慘地向行人號哭求救。直到半夜才抵達家中，大哭著叩門，他的妻子問他原因，他舌頭僵硬著不能說話，只指著床說：「快扶我躺下，我遇到鬼了，現在要死了！」妻子把他扶上床，他因為嚇破膽而死，膚色發藍。越地的這個巫師至死都不知道他遇到的並不是鬼呀。

【研 析】漢代劉姓皇室中出了一位大學者劉向，他所編撰的《新序》一書中講了一個「葉公好龍」的故事。這一位「葉公」鉤龍、鑿龍，屋室皆雕龍紋，然而真龍下降時，「葉公」卻被嚇得落荒而逃。人們紛紛嘲笑「葉公」好龍，卻只能好假龍。方孝孺筆下的這位「越巫」也一樣，聲稱自己「善治鬼」，卻最終被幾個假鬼給嚇死了。「葉公」、「越巫」這樣一類人物的毛病，即在於「虛偽」二字之上。「葉公」之「好」龍是為了「好」給別人看的，同樣，「越巫」之「治」鬼也是為了「治」給別人看的。他們把自己的生活完全過成「給別人看」，終究受到了生活的懲罰。

儒家教人生活，既主張「為自己」（《論語・憲問》云：「古之學者為己，今之學者為人」），還主張「向自己去求」（《論語・衛靈公》云：「君子求諸己，小人求諸人」）。我們覺得一個人樸實可愛，是因為這個人「有自己」，而不只是為了大眾觀念去包裝出一個「假我」來。「葉公」、「越巫」這類古老寓言之所以具有強烈的現代共鳴，是因為我們現實生活中的「假我」依然太多。這卻並不僅僅只是個人的問題，而是社會觀念總是習慣把一個人當成一件「標籤」來看，逼迫人們看輕「自己」，看重各種「表演」、「作秀」，進而造出了不同時代的「葉公」們與「越巫」們，造出悲劇的生活。

方孝孺特別推崇孟子，他在〈讀法言〉一文中曾聲稱「自聖人沒，明道者莫善於子思、孟子」。《中庸》、《孟子》的理路，即求人格獨立、精神自由之「真我」的理路。而一個「假我」盛行的社會，總是和它惟功利、惟官僚至上的風氣相關。《孟子》言仁政能把人民從「倒懸」的狀況中解救出來，這個解救不僅僅是物質上的，更是精神上的。二十九歲的方孝孺在布衣居家的時候，就寫作了〈官政〉、〈民政〉等一系列極有社會意識和天下關懷的文章，他創作出「越巫」這樣一個悲劇性的小人物，難道只是為了嘲笑一個「倒懸」的人嗎？又何嘗不是在引導讀者們去追尋到底是什麼造就了「倒懸」的個人！

明永樂至正德時期（十五世紀至十六世紀初葉）

明代前中期作家群，此時明代士林逐漸擺脫明初風潮，雖然英宗時期發生土木堡之變、並由此引發了系列動蕩，政局並不穩定，但此一時期，士林漸成、士風漸穩。

雀鼠說

李　賢

【題　解】說，一種文體。明代賀復徵《文章辨體》云：「凡說之樞要，必使時利而義貞，進有契於成務，退無阻於榮身。自非譎敵，則唯忠與信，披肝膽以獻主，飛文敏以濟辭，此說之本也。」本文選自《古穰集》卷九。

【作　者】李賢（西元一四〇九～一四六七年），字原德，鄧（今屬河南鄧州市）人，宣德八年（西元一四三三年）進士，官至吏部尚書，入內閣。李賢是景泰、天順朝重臣，有賢相之名，《明史》稱：「自三楊以來，得君無如賢者」。著有《古穰集》、《鑒古錄》、《體驗錄》、《看書錄》、《天順日錄》等。

天下鳥獸有畏人而不依人以為生者，鴉、鵲、獐、鹿之類是也。有不畏人而依人以為生者，雞、鵝、牛、馬之類是也。惟雀、鼠之為物也不然，畏人而依人。似乎可怪，既而思之，蓋亦出於不得已焉！欲不畏人，則必戕❶其命；欲不依人，則無以為生。是以雖依人以竊其食而穴其居，其心之驚恐畏懼，未嘗頃刻忘人之害己也。幸而獲保其身，則其瀕危歷險，豈可一二計哉！人推此心，庶知二物之可憐，而不至於甚惡之也。

【注　釋】❶戕　殺害。

【語　譯】天下的鳥獸有畏懼人類、卻不用依賴人類生存的，比如鴉、鵲、獐、鹿之類的動物。有不畏懼人類、依賴人類而生存的，比如雞、鵝、牛、馬之類的動物。唯獨雀、鼠這樣的動物不同，牠們畏懼人類、卻要依賴人類而生存。牠們的生存方式似乎很奇怪，後來想想，這也是出於不得已吧！牠們若想要不畏懼人、親近人，人們必定會殺害牠們；若想要不依賴人、遠離人，又沒有生存的資源。所以，牠們即使依賴人類而生存，常常偷竊人的食物、和在人家的居所中打洞，牠們的心中也時時充滿了驚恐和畏懼，從來不敢忘記人類想要殺害自己的事情。那些能夠幸運活命的雀、鼠，牠們所經歷過的危險情景，哪裡只是用一、兩件來計算的！人們體諒到牠們的心情，就知道雀、鼠的可憐處了，知道雀、鼠的可憐處，就不至於那麼厭惡牠們了。

【研　析】李賢是明代景泰、天順、成化年間的名臣，一生經歷了「土木堡之變」、代宗登基、「奪門之變」、英宗復辟等複雜的政治風波。《明史》評價李賢「自三楊以來，得君無如賢者」，李賢能先後得到代宗、英宗極大的信任，必有不同一般的人格魅力。英宗復辟後，李賢做了三件寬厚的事情：一是在代宗駕崩後，救汪皇后於殉葬之議；二是支持英宗解救被幽禁了六十年的建文帝次子、「建庶人」朱文圭；三是為天順元年被冤殺的忠臣于謙打抱不平。據《明史》本傳記載，李賢曾數次上書英宗賑災、免賦，並且曾經建議放還宮裡浣衣局中的沒官婦女。李賢作為一世名臣，他寬容待物的風範也表現在對待雀、鼠這一類微不足道的小動物的態度上。對於人人喊打的鼠、雀，牠們生活不易的情狀，李賢居然也能推心置腹、感同身受，專門為牠們寫下了這篇文字來喚取世人的同情，云：「庶知二物之可憐，而不至於甚惡之也」。

儒家主張推己及人的忠、恕之道，李賢也許在鴉、鵲、獐、鹿、雞、鵝、牛、馬、雀、鼠等動物的命運中看到了處在兇險政治環境下的自己，或者也看到了各色官員的不同遭際，進而對被人們視作賊盜的、戰戰兢兢的鼠、雀也生出了理解心、憐憫心。一個人對待自然的方式、尤其是對待那些微不足道的小生物的方式，往往折射出他的心理和人格。這篇小文雖然是在呼籲人們同情雀、鼠，卻彰顯出李賢心地寬厚的作風，也恰和歷史上對這位名相的美譽形成呼應。

秋軒記

沈　周

【題解】本文約作於成化己亥年（西元一四七九年），是年作者五十三歲。本文選自石田先生文鈔。

【作者】沈周（西元一四二七～一五〇九年），明代書畫家、詩文家，字啟南，號石田，晚號白石翁，長洲（今屬江蘇省蘇州市）人。沈周一生隱居，其書名震天下，與文徵明、唐寅、仇英並稱文人畫「明四家」。

軒附全慶堂，為右誃❶，雖小，頗幽致。前有方庭，集植芙蓉、黃葵、甘鞠❷，鮮榮發而涼風至，夕陽滿地，錯采可愛，四時惟秋宜焉。地又西偏，西實秋位❸，秋之宜其軒者多矣。余謂秋弗特宜其軒，亦及於軒中之人。軒中之人聽茫茫、視荒荒，多怠而健忘，登非精神氣血之秋與？若少若壯，若衰若老，推之與四時，無不相因。推與秋相感者，吾尚有說也。先公❹抱致周時❺，哺飴弄雛，實於斯也。先人❻賓客滿座，弮韝鞠䐿❼，捧觴為壽，亦於斯也。今之於斯，余則蒼顏華髮，得以婆娑自適。既適矣，又念乎尋丈之宇、百年之寓，蓋解塓脫❽而苟存者亦已久矣。其能閱成吾世，閱成吾生。閱久而弊亦成，軒之秋也；人之衰，人之秋也。秋，揫❾也，余少壯妄慕妄求，而莫之就者，一委轄揫，斂以養其衰、傒其老、全其生於斯也，遂名斯軒曰「秋軒」。

【注　釋】❶誃　又作「謻」，這裡指離館。《爾雅・釋言》：「誃，離也」，《廣韻》：「凡門堂臺榭別出者曰謻」。❷鞠　同「菊」。❸西實秋位　董仲舒《春秋繁露・五行之義》：「木居東方而主春氣，火居南方而主夏氣，金居西方而主秋氣，水居北方而主冬氣。」❹先公　指沈周祖父沈澄。❺抱致周時　報致政之志，與世周旋。❻先人　指沈周父親沈恆。❼帣韝鞠𦝫　又作「帣韝鞠跽」，形容用袖套捲起衣袖，彎腰跪著的恭敬姿態。語出《史記・淳于髡傳》：「若親有嚴客，髡帣韝鞠𦝫，侍酒於前」。❽埴脫　這裡指建築物表面的塗料。❾揫　收斂。

【語　譯】這座小軒依附全慶堂，是全慶堂右面的離館，雖然很小，頗有幽情雅致。軒前有一塊四方庭院，種植了芙蓉、黃葵、甘菊，它們開花的時節，也是涼風初起的時節，若這時正值黃昏，夕陽落滿庭院，花葉光影交錯搖曳，景象可愛，小軒的四季之景，秋色最宜人。小軒位於宅院西邊，西面是五行中講的秋位，小軒在很多地方得宜於秋季。我卻說秋季不僅和此軒相宜，和軒中起居的主人也相宜。軒中主人在聽覺、視覺上都遲鈍了，一片茫茫荒荒，易疲倦又健忘，這不是精神氣血也進入「秋季」的狀態嗎？人的一生，少、壯、衰、老，用四季來推演，無不順應。和秋天相應的那些感受，我還有些話說。我的祖父曾在這軒中起居，他懷抱著隱者之志，與世周旋，平日間撫養子孫，逗弄幼兒。我的父親也曾在這軒中起居，他常有賓客滿座，後生們用袖套捲起衣袖，彎腰跪著，為他斟酒祝壽。現在，我在這軒中，蒼顏白髮，能夠閒散自適地生活。適意之餘，又感念這八呎、一丈大小的屋子，這經歷了百年的寓所，塗料脫落的它原來已經勉強存留了這麼久了。它看過了我家的世世代代、看過了我的一生。它看了人世間這麼久，久到自身都破舊了，破舊的模樣是這軒的秋天到了；而我感覺到自己身體衰弱了，是我的秋天到了。秋，和「揫斂」的「揫」字類似，我在少壯時期那些妄慕妄求、又沒有得到的東西，現在統統把它們都歸給這個「揫」字管轄吧。我將收斂起自己的生命力，在這軒中安養衰弱、等待老年、保全生息，就把它命名作「秋軒」吧。

【研　析】秋，五行之金，西方之位，在官曰刑，望氣為兵，主肅殺之意。春華秋實曰秋，五穀豐登曰秋，層林盡染亦曰秋，又主收穫之意。人生之秋，同樣是一種如此複雜的況味。法國作家普魯斯特《追憶似水年華》中有這樣一段話：「就像凡德伊的七重奏一樣，其中的兩個主題——毀滅一切的時間和拯救一切的記憶對峙著。」這種「對峙」，非到中年以後不能體會。沈周在五十三歲時寫作了這篇小文，正當人生之秋，要把那漫流的過去收束的時候，也是生活開始「追憶」的時候。秋軒是沈周宅院中的一處偏諺，它是見證了沈家祖孫三輩人「老去」的地方。年幼的沈周在軒中看到了祖父「哺飴弄雛」的「老去」，年輕的沈周在軒中看到了父親「賓客滿座」的「老去」。如今，年過五十的沈周也將在這軒中感受自己的「老去」，他期待這是能「婆娑自適」的「老去」。此軒「閱」過了沈家三代人的人生之「秋」，浸潤著時間的累積、人生的消逝，在它那如同夕陽般漸行漸遠的明亮中，沈周看到了臨到眼前的、生命之自我拯救——在那個「夕陽滿地」的黃昏，站立在生長著「芙蓉、黃葵、甘鞠」的、普普通通的小方庭之中，他厭煩了一生的妄求，也不再懼怕時光的戲弄，那便只會剩下綿長無盡的當下。這個「當下」的感覺，也許也和普魯斯特在某個午後品嘗一塊浸了茶水的小點心的感覺一樣：「就在這一匙混有點心屑的熱茶碰到上顎的一瞬間，我冷不丁打了個顫，注意到自己身上正在發生奇異的變化。我感受到一種美妙的愉悅感，它無依無傍，倏然而至，其中的緣由無法滲透。這種愉悅感，頓時使我覺得人生的悲歡離合算不了什麼，人生的苦難也無須縈懷，人生的短促更是幻覺而已。」春夏秋冬，四季各有其生命；人的一生也一樣，幼年、青年、中年、老年，各能得一個新生。沈周筆下的「秋軒」，不是生命漸漸老去的地方，而是新的生命開始生長的地方。

獨坐軒記

桑　悅

【題　解】成化五年（西元一四七〇年）桑悅二十三歲時入春闈試進士，出語狂傲，被主司黜落，卻又在之後被選錄於「乙榜」之中。所謂「乙榜」，即在落第舉人中再錄取若干人，雖然不列「三甲」進士之列，但按特例授予官職，故又稱「乞榜」。桑悅中「乙榜」之後本不願做官，他的年齡竟又被有司誤記為六十三歲，明朝規定六十歲以上人一旦中「乞榜」，就不得辭官，他只能被迫接受了江西泰和縣縣學訓導這一官職。本文即作於此任上。本文選自黃宗羲編《明文海》卷三百三十一。

【作者】桑悅（西元一四四七～一五一三年），字民懌，明代詩文家，號思亥，蘇州府常熟（今屬江蘇省常熟市）人，成化元年（西元一四六五年）舉人，會試中乙榜，官至柳州通判，丁憂，不復出仕。桑悅個性強烈，以「狂士」之名聞於天下。著有《思玄集》、《桑子庸言》。

予為西昌❶校官學圃中築一軒，大如斗，僅容臺椅各一，臺僅可置經史數卷，賓至無可升降，弗肅❷以入，因名之曰：「獨坐」。予訓課暇，輒憩息其中，上求堯、舜、禹、湯、文、武、周公、孔子之道，次窺關、閩、濂、洛數君❸子之心，又次則咀嚼《左傳》、荀卿、班固、司馬遷、揚雄、劉向、韓、柳、歐、蘇、曾、王之文，更暇則取秦漢以下古人行事之跡，少加褒貶，以定萬世之是非，悠哉悠哉，以永終日。軒前有池半畝，隙地數丈，池種芰荷，地雜植松、檜、竹、柏，予坐是軒，塵坌不入，胸次日拓，又若左臨太行，右挾東海❹而蔭萬間之廣廈❺也。且坐惟酬酢千古，遇聖人則為弟子之位，若親聞訓誨；遇賢人則為交遊之位，若親接膝而語；遇亂臣賊子則為士師之位，若親降誅罰於前。坐無常位，接無常人，日覺紛拏糾錯❻，坐安得獨？雖然，予之所紛拏糾錯者，皆世之寂寞者也，而天壤之間坐予坐者寥寥，不謂之獨，亦莫予同，作〈獨坐軒記〉。

【注釋】❶西昌　江西泰和縣古稱。❷肅　恭敬地引進。❸關閩濂洛數君　指宋代儒學家張載、朱熹、周敦頤和二程。❹左臨太行右挾東海　化用《孟子・梁惠王上》「挾泰山以超北海」之句。❺萬間之廣廈　化用杜甫〈茅屋為秋風所破歌〉「安得廣廈千萬間，大庇天下寒士俱歡顏」之句。❻紛拏糾錯　多方牽連、纏繞交錯的樣子。

【語譯】我在西昌縣學的院子裡建了一間軒室，大小只是一間斗室，裡面僅能容下一桌一椅，桌上僅夠放下經史數卷，客人來了連互相見禮的地方都沒有，不能恭敬地引進，所以此軒就只能容一人獨處，命名為「獨坐軒」。我在授課之餘，就在此軒中憩息，最上求堯、舜、禹、湯、文、武、周公、孔子的真理，其次體會張載、朱熹、周敦頤和二程等諸位君子的心情，又次則琢磨《左傳》、荀子、班固、司馬遷、揚雄、劉向、韓愈、柳宗元、歐陽修、蘇軾、曾鞏、王安石的文章，更有閒暇則取秦漢以後古人的生平事跡，稍加評價褒貶，在萬世之後評定歷史人物的是非，悠閒啊悠閒，終日就這樣度過。軒前有半畝池潭，數丈寬的空地，池潭中種著菱角和荷花，土地上交錯種植松、檜、竹、柏幾種樹木，我坐在這軒中，世間塵土彷彿都被隔絕在外，感覺胸襟日益開拓，又好像左臨太行山，右臨東海，而有千萬間廣廈庇護著我。而且，我並不真是「獨坐」在軒中，每日都在和千古之上的古人們應酬寒暄，遇到那書中的聖人，我就坐在弟子之位上，好像親耳聽到他們的教誨；遇到那書中的賢人，我就坐在朋友之位上，好像能與他們促膝談心；遇到那書中的亂臣賊子，我就坐在判官之位上，好像能親口對面前的罪人降下誅罰。弟子、朋友、老師，坐的位置不固定，聖人、賢人、亂臣賊子，交談的對象也不相同，每日只覺得多方牽連、纏繞交錯，又怎能說我在「獨坐」呢？即使如此，讓我覺得多方牽連、纏繞交錯的那些古人們，恐怕也都是這世間寂寞的存在吧，天地間像我這樣終日獨坐而只與古人交談的人也很少吧，不用「獨」來形容我，我也不贊同，因此還是寫下了這篇〈獨坐軒記〉。

【研　析】獨坐，是一種修行的方式，佛教僧侶們修行時，經常使用一種只容一人端坐的方榻，名曰：「獨坐床」。獨坐，是一種撫慰的禮節，「有憂者側席而坐，已有喪者專席而坐」（《禮記・曲禮》）。獨坐，更是一種自由的姿態，比如孔門原憲，在「上漏下濕」的蓬戶中「匡坐弦歌」（《新序》）。獨坐，可能包蘊著發現自我的覺悟，如李白所吟詠的「眾鳥高飛盡，孤雲獨去閑。相看兩不厭，只有敬亭山」（〈獨坐敬亭山〉）。獨坐，能開啟生命的自省，如杜甫〈獨坐〉篇曰：「滄溟恨衰謝，朱紱負平生。仰羨黃昏鳥，投林羽翮輕」。獨坐，是為了求得喧囂浮生中的片刻平靜，如白居易〈松聲〉詩云：「月好好獨坐，雙松在前軒。西南微風來，潛入枝葉間」；如高適感歎：「不如獨坐空騷首」（〈九月九日酬顏少府〉）；如韓愈自覺「獨坐殊未厭」（〈閒遊〉）。獨坐是一段旋律，是一次解放，是碌碌時光中心靈的休憩。

桑悅少年成名，狷狂不群，睥睨天下，卻被命運開了個玩笑，不但名列「乞榜」之中，還因被主司記錯年齡而不得請辭，無奈赴任江西泰和縣縣學訓導一職。他在官署中建了一間小軒，並誇張了這間小軒的狹窄程度，僅「如斗」之大，桑悅甚至不能在其中仰臥，只能獨坐，故命名曰「獨坐軒」。然而，如同人們對於時間有主觀感受，對空間的感受也能由精神因素去塑造。桑悅在小小的「獨坐軒」中通過閱讀實現了精神境界的無限廣大。桑悅曾效阮籍作〈感懷詩〉五十四首，第七首有句云「有我期自喪，欲與未生伍」，他意欲要「喪失」的是一個服從現實交際原則的「假我」，而在無形的世界中去尋找「真我」的生活空間。狂狷之士，因其對自我獨立的激烈追求而往往為世俗所不容，他們在現實世間或逃離於荒澤之中，或抗顏於眾人側目之下，或獨坐於狹小的茅簷蒲牖之間，然而他們精神世界的自由廣大卻不是多數蠅營狗苟、抱團結黨的人們所能想見。桑悅說自己神交的是古之「寂寞者」，眾人看他枯坐小軒，卻不知他早已兀兀忘世，有著極充實的「個我生活」。

跋東坡草書千文

祝允明

【題解】千文，「千字文」簡稱。南朝梁武帝命人從東晉書法家王羲之的作品中選取一千個不重複的漢字，命員外散騎侍郎周興嗣編纂成四字一句的韻文，後世稱「千字文」。「千字文」成為後世書法家展示書藝的一種特別體裁，傳世名作有宋徽宗《草書千字文》等。本文選自祝允明《懷星堂集》卷二十五。

【作者】祝允明（西元一四六〇～一五二七年），明代著名書法家、文學家，字希哲，號枝山，又號枝指生，長洲（今江蘇蘇州）人。他與唐寅、文徵明、徐禎卿並稱「吳中四才子」。著有《祝氏集略》、《懷星堂集》、《蘇才小纂》、《九朝野記》、《祝子小言》、《語怪編》等。

北鄙❶之夫居鄰大閱❷之場，旬朔❸見大將軍帥數百士入場校獵。數騎張弓發矢，馳馬迴旋，幾匝❹。鼓進而金退，頃刻而止。曰：戰陳如是已甚。則彎桑折柳效之，自以為不大相遠。一日此將軍統十萬眾出塞，橫行匈奴中，魚麗鶴列❺，翕忽❻開闔，變化若神。戈、矛、弓、矢之具，擊、刺、向、背之法，與向來故步如不相關者。鄙夫見之，然後魄隕魂越，始知兵法乃如此。今之學坡書者，故未嘗見其稿法，使觀此帖，其隕越失措何可免也！帖在練川❼沈文元，因出共閱，輒附此語。何日相與請正於閣老延陵先生❽，必有教吾二人者。

【注　釋】❶鄙　周代地方行政組織。《周禮・地官・遂人》：「五家為鄰，五鄰為里，四里為酇，五酇為鄙。」❷大閱　周代諸侯三年舉行一次的閱兵儀式。《春秋公羊經傳解詁》陸德明釋義曰：「三年簡車謂之大閱，五年大簡車徒謂之大蒐。」❸旬朔　十天或一月。❹匝　環繞一周。❺魚麗鶴列　這裡形容軍隊行列盛大。毛序稱《詩經・小雅・魚麗》曰：「魚麗，美萬物盛多能備禮也。」《莊子・徐无鬼》云：「君亦必無盛鶴列於麗譙之間」，郭象注：「鶴列，陳兵也；麗譙，高樓也。」❻噏忽　迅速收斂的樣子。噏，收。忽，快速。❼練川　今上海嘉定別稱。❽閣老延陵先生　這裡指作者的老師吳寬。吳寬，江蘇延陵（今丹陽縣）人，後遷居江蘇蘇州，成化八年狀元，在士林間享有盛譽，官至禮部尚書，諡文定。

【語　譯】有一個人居住在偏僻北城的大閱場旁邊，每十天或一月他就能看到大將軍率領數百名將士入場演習武藝。數位騎兵張弓射箭，駕馭戰馬迴旋奔馳，繞場幾周。擊鼓而出戰，鳴金而收兵，演習一會兒就結束了。他自認為：打仗也不過如此罷了。他折下桑枝柳條當成兵器，模仿將士們演習武藝，自以為和他們相差不遠了。一日，那位指揮演習的將軍率領十萬軍士出塞作戰，他的軍隊在匈奴的領土上叱吒橫行，軍伍行列盛大，如同《詩經》形容的「魚麗」、《莊子》形容的「鶴列」那樣，軍隊聽指令迅速地完成開合、收放，行伍變化如神。那戈、矛、弓、箭諸種武器的運用，擊、刺、向、背諸般武藝的施展，和以前在大閱場上的演習完全不是一回事。如果讓北城鄙夫看見這真正的戰場，他定會被震驚地魂魄都離開了身體，然後才知道真正的作戰是怎樣的場面。現在學習蘇東坡書法的人，只學到單個字的寫法，應該都沒能學到蘇東坡寫整篇文字的章法，如果讓他們看到這千字文草書帖，也難免會被震驚地魂魄離體吧！此帖現在在練川沈文元處，他拿出來和我共同欣賞，我就附寫了這篇跋文。如果有一天能夠以此帖請教閣老延陵先生，他必定有指教我們的地方。

【研　析】「千字文」歷來是古代書法家的「練兵」重鎮，如唐僧懷素的草書《千金帖》，以及宋徽宗趙佶分別用草、楷二體寫就的《千字文》等，皆是他們書法的代表性作品。而作為書法一體之「草書」，則是漢時從「隸書」簡化而來的一種書體。魏朝索靖〈草書勢〉云：「損之隸草，以崇簡易」，西晉楊泉〈草書賦〉又云：「美草法之最奇」，草書之美重在意氣飛動、靈活多變，以一「奇」字為勝場。蘇軾之襟懷，正宜寫草書，他的詩、文、書法中貫穿著兩種氣質，一曰「飛揚雄奇」、一曰「靈動脫俗」。蘇軾〈跋山谷為王晉卿小書爾雅〉一文中評價黃庭堅的書法，曾以「兵法」比喻「書法」，祝允明繼承了這個靈感，在本文中亦以「兵法」比喻「書法」。祝允明認為「坡書」難學，世人學得蘇東坡一字、兩字以至於百字，就自以為學會他的書法了，等看到東坡「千字文」的章法筆勢，才驚覺自己其實什麼都沒學到，以至於「魄隕魂越」。這就如同「北鄙之夫」觀摩大將軍在狹小的校場上訓練士兵，就自以為兵法不過如此，哪能體會得到真實戰場上的情況呢。

其實，草書本來就不是能「學」的。歐陽修主張「學書當自成一家之體，其模倣他人謂之『奴書』」(〈學書自成家說〉)，他贊同書家當自我樹立、自成風格。蘇軾也從不認為自己的書法寫得很美，無非是能夠「自出新意，不踐古人」(〈評草書〉)，不作「奴書」罷了。蘇軾草書之「奇」，相當部分來自於他現實人生中的挫折，以及他在這些挫折中悟出的生活態度。相傳，蘇軾在流放途中，竟專門在風浪顛簸的船艙裡面練習書法：「篙聲、石聲犖然，四顧皆濤瀨，士無人色，而吾作字不少衰」(〈書舟中作字〉)。這已不僅僅是用技法在創作，而是融自己的生活經歷、個人意志於書法之中，是借橫放奇崛之書法，攻心中鬱憤不平之塊壘。蘇軾說：「我書意造本無法，點畫信手煩推求」(〈石蒼舒醉墨堂〉)，他的書法難以「形」求，是一位不可摹效的書家。後人從蘇軾那奇崛的墨蹟中真正能學到的，更多當是一種「自我造意」的胸襟與風度吧。

嘯旨後序

唐　寅

【題　解】嘯，是漢、唐間流行於士大夫間的一種聲樂藝術，明、清時已失傳。唐代孫廣著有《嘯旨》一書，分十五章記載了「嘯」的發聲方法。本文選自《唐伯虎先生集》卷下。

【作　者】唐寅(西元一四七〇～一五二四年)，明代畫家、文學家，字伯虎，一字子畏，號六如居士、桃花庵主等，吳縣(今江蘇蘇州)人。弘治十一年(西元一四九八年)舉人，因陷科場舞弊案被取消貢士資格，遂絕意科舉，歸鄉隱居，與沈周、文徵明、仇英合稱文人畫「明四家」。著有《唐伯虎先生集》。

右《嘯旨》一編，館閣暨鄭、馬諸書目❶皆不著所撰人名氏。內述其事，始於孫登、嵇康❷，先生遂係以內激、外激、運氣、撮脣之法甚詳，而於聲則云未譜。

聲音蓋激氣而成者，邵子❸謂物理無窮而音聲亦無窮，惟無窮乃可以配無窮，故以音聲起數御天下古今物理之變。聲則起於甲而止於庚，多、良、千、刀、妻、宮、心之類是也；音則起於子而止於戌，古、黑、安、夫、卜、東、乃、走、思之類是也❹。與沙門神珙之法稍異。神珙則以內外八攝總其聲，三十六母總其音❺。法雖不同，其於音聲則括盡而無遺矣。然有字有聲者雖多，而有聲無字者亦為不少，必皆以翻切❻得之。翻者翻出其音，切者切出其聲。如徒，公徒；丁，顛東❼。丁、顛謂之翻，徒、東謂之切也。其他無字之音聲，如水聲、風聲之類，皆可翻切。

今黃冠師❽符咒秘字，亦有聲而無字；梵門密語，若一字呪❾，合晉、林二字為一呼，至有三合、四合者，彈舌取之，而皆無字。及其號召風霆，驅役神鬼，若運諸掌。今嘯亦有聲而無字，豈吾儒感天地、贊化育之餘意歟？聲雖未諧其間，稱或取聲自上齶出，或自舌上出者。四聲惟平聲有上、下，蓋氣自上齶出為上平聲，氣自舌上出為下平聲。上、去、入聲無上、下者，反聲故也。平聲清而反聲濁，竊想嘯之為聲，必出於平而不出於反矣。

孫、嵇仙去遠矣，白骨生蒼苔，九原不可作。安得善嘯之士以諧其聲而習之，登泰山望蓬萊，烈然一聲，林石震越，海水起立，此亦此生之大快也！子儋朱君好古博雅，一時俊彥之良無有逾者，於僕契分甚厚，暇日出是編以相勘校。因曰：「嘯之失其旨也久矣，幸存此編，略知梗概。不刊諸梓以傳於世，則羊禮俱亡⑩，後人何所考據？子盍為我敘其事於編後，以遺同志。幸遇反隅⑪之士，衍而習之，庶幾復有以嘯名於天下者，知由此書以發其端」云。

【注釋】❶館閣暨鄭馬諸書目　指明前期楊士奇主編的官修書目《文淵閣書目》、南宋鄭樵《通志・藝文略》、南宋馬端臨《文獻通考・經籍考》等書目。❷孫登嵇康　孫登，東晉隱士。當時名士嵇康在汲郡共北山中遇見孫登，孫登不與之言，對之長嘯。事見裴松之《三國志注》引《晉陽秋》所載。❸邵子　北宋儒學家邵雍。❹聲則起於甲而止於庚四句　此四句概括了邵雍《皇極經世說・觀物篇》三十五節至五十一節關於漢語音韻學的相關內容。❺神珙二句　唐代僧人神珙研究、歸納漢語的聲母和韻母，著作了《四聲五音九弄反紐圖》。他的貢獻對後世音韻學家提出關於聲母的「三十六字母」論、關於韻母的十六韻攝論有所啟發。❻翻切　即「反切」，一種用前字的聲母拼後字的韻母的拼音法。如，費，符味反。❼如徒四句　這裡用徒、丁兩例說明反切法。漢字的古音和今音差別較大，所以和今天的發音不一樣。❽黃冠師　道士。❾一字咒　佛教密宗用語。將梵文種子字當作真言念誦。如文殊菩薩一字咒"Om, chrum"，漢字音譯為「唵齒臨」。❿羊禮俱亡 意指一件事物的形式、內涵都喪失了。典出《論語・八佾》：「子貢欲去告朔之餼羊，子曰：『賜也，爾愛其羊，我愛其禮。』」⓫反隅 舉一反三。典出《論語・述而》：「舉一隅不以三隅反，則不復也。」

【語譯】以上《嘯旨》一卷，館閣目錄以及鄭樵、馬端臨所編的書目中都沒有記錄下它的作者。書中講述的「嘯」法，從孫登、嵇康的軼事開始講起，作者又用內激、外激、運氣、撮唇等類目記錄了「嘯」法的口型，但是，還是沒有把發聲的詳細方法記錄下來。

聲音是鼓動氣息而來的，邵子說萬物無窮、聲音也無窮，惟有此無窮可以配合彼無窮。所以，他用聲音的無窮數量來計量天下古今萬事萬物的無窮變化。邵雍對韻母的計數從甲到庚分為七類，例字如多、良、千、刀、妻、宮、心之類；聲母的計數從子到戌分為十一類，例字如古、黑、安、夫、卜、東、乃、走、思之類。邵雍的音韻學和神珙的音韻學有些不一樣。神珙用內外八攝歸納韻母、三十六字母歸納聲母。即使方法不一樣，邵雍將音聲之數概括殆盡了。然而，聲音之道，很多可以用單個漢字擬聲，也有不能用單個漢字擬聲的，後者要用翻切法去記錄下來。翻者，翻出聲母；切者，切出韻母。比如，徒，公徒反；丁，顛東反。丁與顛的關係是翻，徒、東的作用是切。其他不能用某個漢字來擬聲的，如水聲、風聲，都可以用翻切法來記錄。

如今，道士們使用的符咒秘字，也只有聲音、沒有字形；梵門密語，比如一字咒，合晉、林二字的讀音為一個讀音，甚至合三字、四字的讀音為一個讀音，用彈舌音發出來，這些合成的讀音都沒有專門的字形去配合它們。雖然如此，這些聲音卻能號召風雷、驅使鬼神，指麾它們於指掌。現在，「嘯」的歌法也主要發出一些漢字字音之外的聲音，這其中難道不蘊含著我們儒家對天地感通、萬物化生的感悟嗎？《嘯旨》雖然沒有把「嘯」法的具體發聲法記錄下來，偶爾有從上顎發出、從舌上發出這樣的表述。四個聲調中惟有平聲有上、下之分，氣流從上顎通過的是上平聲，氣流從舌上通過的是下平聲。其餘上、去、入三聲沒有上、下之分，因為它們是氣流反噈的反聲。平聲聽起來清遠而反聲聽起來重濁，我私下裡想像「嘯」的歌法，它必然以平聲發出而不以反聲發出。

孫登、嵇康早就仙逝了，他們的白骨恐怕都生出了青苔，以九原之大，卻無人能復興「嘯」法。如果能找到一位擅長嘯詠的士人，他能補全《嘯旨》，按照它去練習，然後再登上泰山，瞭望蓬萊島，發出一聲聲剛烈的長嘯，讓林岩為之震動、海水為之波瀾，這是人生的一大快事呀！朱子僧君好古博雅，如今的才俊們沒有超得過他的，他和我的交情深厚，閒暇的時候，他取出《嘯旨》一編和我共同校勘。他說：「嘯法失傳已久，倖存《嘯旨》一書，才能讓人略知嘯法大概。如果不把《嘯旨》重新刊行傳世，只怕嘯法將形神俱滅，後人又將從何處去考據？請您把我的志願寫進此書的後記中，留給志向相同的人們。此書如果有幸遇到了一位能舉一反三的讀書人，推研它的精義而反覆地練習，那麼世間還會再一次見到以嘯而聞名天下的士子，天下也知道嘯法的復興是由此書發端的。」

【研　析】「嘯」作為一種歌唱藝術失傳久矣，魏晉名士阮籍「嘯聞數百步」的風采卻依然引人遐想。在《世說新語》中，阮籍試圖和隱棲蘇門山的真人溝通，他先「上陳黃農玄寂之道，下考三代盛德之美」，真人「仡然不應」。他又「復敘有為之教，棲神導氣之術以觀之」，真人依然「凝矚不轉」。直到阮籍「對之長嘯」，真人才開口說話。阮籍嘯畢下山，聽到蘇門山真人在山峰之上用洪亮的嘯聲送別他，「聲如數部鼓吹，林谷傳響」。「嘯」在人聲藝術中，有超越莊子所謂「言筌」的涵義——語言文字是有界限的，而意義不明、「無字」的嘯聲則超越了語言文字的界限。中國古代善嘯者輩出，南朝劉宋時的和尚智一善長嘯，稱「哀松之梵」；唐代峨眉陳道士亦以嘯著稱。直到十一世紀的宋代，「嘯」的藝術似乎漸漸消失於歷史之中。十六世紀初的唐寅、十七世紀初的謝肇淛都對古老的「嘯法」產生了興趣，他們分別為相傳為唐代孫廣所著的《嘯旨》作了序文。

唐寅此序對「嘯」的音感美有一個大致推測：他認為「嘯」的發聲法注定它以「平聲」（即我們今天說的漢語聲調的陰平、陽平）為主，舒緩悠揚。儘管今人對這一說法不置可否，但值得注意的是，唐寅對「嘯」這一聲樂藝術賦予了濃厚的哲學意味。他借北宋大儒邵雍的《皇極經世說》的理論來闡發「嘯」，認為「嘯」

體現了「吾儒感天地贊化育之余意」，表達出一種「天人合一」的聲律哲學——人是天地的音符。邵雍《皇極經世說》是一部奇妙的書，它意圖探明宇宙規律，把自然、歷史的存在與變化都用「數」來歸納與說明。其中，關於「聲音」之「數」則歸納為「多、良、千、刀、妻、宮、心」等數十個聲母、「古、黑、安、夫、卜、東、乃、走、思」等數十個韻母。邵雍的歸納不如一些音韻學家（比如唐代沙門唐珙）那樣簡單明瞭，然而，作為一位對宇宙本體論有著極大熱情的哲學家，他並不旨在孤立地列出「聲音」的規律，而是試圖將其和「無窮物理」相對照，共同指向宇宙的洪荒之「數」——展現儒家「天地萬物為一體」的世界圖景。唐寅顯然受到邵雍的啟發，格外注意到「嘯」之「有聲無字」的歌唱特點，對「嘯」進行了哲學上的昇華。唐寅在「嘯」的藝術上似乎還寄託了儒家的宗教性追求，他把儒家的「嘯」和道教的「符咒」、佛教的「梵咒」類比起來，認為它們都具有超越人類日常語言的、能夠溝通神鬼的表達力。要之，「嘯」作為中國古代一門已經消失的歌唱藝術，唐寅對它的討論涵蓋了音樂美學、語言學、哲學和宗教學等領域，傳遞出其所具有的深厚文化涵義。

影畫記

方鳳

【題解】影畫，把影子當成畫來欣賞。古人畫影，始於用日晷定方位的測量法，《詩經・鄘風・定之方中》曰：「揆之以日」。此後，弄影成為一種審美活動，影之趣與美常出現在詩文作品中。本文選自方鳳《改亭存稿》卷三。

【作者】方鳳（生卒年不詳），明代詩人，字時鳴，號改亭，昆山（今屬江蘇省蘇州市）人，正德三年（西元一五〇八年）進士，官至廣東提學僉事，明武宗時曾因議大禮事件彈劾其兄方鵬，朝野有直聲。著有《改亭存稿》、《方改亭奏草》。

方子讀書於梅竹居，簷前張一幕，每日出則樹影布幕上，宛然如畫。然晨旭則東枝橫偃❶，夕照則西榦倒仆，若卓午❷則合東西枝榦交加互印，疏密濃淡，了無定跡。或南颸❸徐來，則影搖曳，病葉時墜，皙皙有聲。若浮雲偶翳，則倏然不見，雲去復然。方子仰而視，臥而玩焉，變態百出，蓋一時奇觀也。不假粉飾，不勞佈置，不待卷舒而有天然描寫之趣，因名之曰「影畫」。客有好奇者，攜酒賞之，方即席，適有二鳥飛鳴樹杪，上下相逐，因幕隔，漫不見人，而其影跳擲怪變，有非丹青所能著力。客異之，呼酒大酌。嗚呼！讀韓子之〈畫記〉，皆出於人力❹；讀蘇子之〈寶繪樓記〉，不免於取災❺。方子之畫，幸而免焉。其工拙不在人，其得失不在我也，喜而為之記。

【注釋】❶偃　倒下。❷卓午　正午。❸颸　涼風。❹讀韓子之畫記兩句　韓愈〈畫記〉所載人物長卷共繪有一百二十三個人、八十三匹馬、十一頭牛、三頭駱駝、四頭驢、一隻隼、三十隻犬羊狐兔鹿、二百五十一件器具，耗費人工巨大，韓愈原文曰：「非一工人之所能運思，蓋蒙集眾工人之所長耳」。❺讀蘇子之寶繪樓記二句　蘇軾〈寶繪樓記〉舉了四個因書畫而致禍的例子：「鍾繇至以此嘔血發塚，宋孝武、王僧虔至以此相忌，桓玄之走舸，王涯之複壁，皆以兒戲害其國、凶此身。」三國時書法家鍾繇向韋誕求蔡邕《筆法》而不得，搥胸嘔血，等到韋誕去世後，他盜發了韋誕的墳墓。南朝宋孝武帝自矜於書法，書法家王僧虔怕招皇帝的嫉妒而故意寫醜字。東晉大將軍桓玄在兵亂之際下令造小船運走他的書畫，因此失去人心。唐文宗的宰相王涯為了收藏書畫而不惜賣官鬻爵，後在「甘露之變」中被殺，珍藏在牆壁中的書畫也遭洗劫。

【語譯】方子在梅竹居中讀書，在窗簷前張開一幅白布幕，每天日出時投射在幕上的樹影，就像畫一樣。晨光下顯現東面枝幹的橫臥之影，夕陽下顯現西面枝幹的倒仆之影，若是正午時分，則東西枝幹的影子交錯疊加、疏密濃淡地變化著，沒有固定的蹤跡。有時涼風緩緩吹來，樹影搖曳，枯病的樹葉墜落，發出晳晳的聲響。有時浮雲偶爾遮住了陽光，樹影突然消失了，等雲飄去，又復出現。方子仰著頭觀察，躺著玩賞，不同形態的影子變化數百次，真是一時奇觀啊。這些影子不借人工粉飾，不勞人工布置，不費打開畫卷的力氣就能展現天然描畫的樂趣，所以我把它們命名為「影畫」。有好奇的客人來訪，我攜帶著美酒與他一起欣賞，剛剛坐下，恰巧有兩隻鳥兒在樹梢上鳴叫飛躍，上下追逐，因為隔著布幕，鳥兒看不見人，牠們自由地跳躍，做出各種奇怪的動作，這真不是丹青手用力就能描繪出的。訪客很驚訝，喚酒來喝了個痛快。哎呀！我讀韓子的〈畫記〉，知道繪畫有時要耗費巨大人力；我讀蘇子的〈寶繪樓記〉，知道書畫有時難免會致禍。而方子我的「影畫」，可以幸運地避免這兩件事情。工拙不在於人為，得失和我無關，我高興地為「影畫」寫下這篇記文。

【研　析】方鳳，與其兄方鵬在正德三年同登進士，天下豔羨，時稱「二方」。比起兄長方鵬，方鳳的操守更為剛直，曾數次上疏力糾時政。在嘉靖朝「大禮議」事件中，他又抗天顏，違兄意，堅持己見，被明武宗外放為廣西學政。方鳳對自己的官場命運已有覺悟，最終引疾致仕，終結宦途。嘉靖十七年，方鳳的兒子為他在故鄉新建了「安遇堂」，寓「行藏安於所遇」之意（方鳳〈安遇堂記〉）。彼時，方鳳官居御史，「大禮議」的風波尚未平息，他已經做好了離開官場、歸家隱居的準備。數年後，外放廣西的「嶺南之命」到來，方鳳辭官歸家，遂有了本文布幕觀「影」的清居樂趣。

鄉居的方鳳，在書房前種植梅、竹，又在屋簷下張開一方布幕，日夕天光變照之際，他欣賞著布幕上的枝幹交錯的影子，和偶然闖入布幕的鳥兒們天真嬉戲的影子。方鳳把這些由日光、月光、風、鳥共同創造的「影」趣稱為「影畫」。而這種與眾不同的愛好，寄託著方鳳沉浮官場數十載的人生感受：人生一世，得失幾何？倏忽而得，倏忽又失，翻雲覆雨，莫有常態。所以，「影畫」傳達出來的是一個「觀」的生活態度。《老子》云：「聖人後其身而身先，外其身而身存」，意即聖人處世，在主觀上不與世人爭先，反而能自然而「先」；在主觀上不糾纏於世事，反而能自然而「存」。這一種「觀」的生活態度，意在通過「外」於世界來理解世界。莊子〈逍遙遊〉認為世上最有智慧的人便是能「外」於世界的人，他們身上的「塵垢粃糠」都足夠「陶鑄堯舜」。方鳳半生浮沉宦途的經歷使得他在「進」的意義之外更懂得了「退」的意義，因而到了人生的暮途，他寧肯選擇做一名「觀」者：「觀」世間美好，亦「觀」世間無常。外在於宇宙，而能與宇宙大化同遊。

「影畫」同時傳遞出老子「居而不有」的物觀。《老子》云：「萬物作焉而不辭。生而不有，為而不恃，功成而弗居。夫唯弗居，是以不去。」意即自然能生萬物，但並不以萬物為「私有」；自然有造物的能力，但並不倚仗這種能力。自然不以造物行私，故而自然無所不在。對於收藏書畫這一具體事件而言，喜愛書畫的人千千萬萬，只懷「觀賞」之心而不起「占有」之意的卻很少。書畫本是愉人之物，卻往往因人們的私心而變成了禍端。比如蘇軾〈寶繪堂記〉所舉的四個反面例子：「鍾繇至以此嘔血發塚，宋孝武、王僧虔至以此相忌，桓玄之走舸，王涯之複壁，皆以兒戲害其國、凶此身。」可見，正確的物觀是「欣賞」，而不是「占有」。方鳳收藏「影畫」，不過收藏簷下一方白布罷了。《莊子．人間世》曰「絕跡易，無形跡難」，「影畫」之趣正體現了「無形跡」的境界，充滿了老莊哲學的玄妙智慧，也蘊涵著方鳳對人生得失的深刻思考。

明嘉靖至萬曆時期（十六世紀中葉至十七世紀初葉）

明代中後期作家群，這段時期儘管朝廷各派勢力傾軋激烈，但總體來說，明政權雖有衰敗之象，尚無傾覆之憂，士人一方面已形成成熟的思想觀念與審美觀念；一方面積極追求個體價值的伸張。

跋小學古事

歸有光

【題　解】小學一詞，有兩個含義，一是童蒙之學，一是文字專門之學。本文中的「小學」是第一個含義。《漢書・食貨志》：「八歲入小學，學六甲五方書計之事，始知室家長幼之節。」本文選自歸有光《新刻震川先生全集》卷五。

【作　者】歸有光（西元一五〇七～一五七一年），明代著名散文家，字熙甫，號震川，又號項脊生，昆山（今江蘇昆山市）人。嘉靖四十年（西元一五六一年）進士，官至南京太僕寺丞。著有《震川先生集》、《易圖論》、《尚書敘錄》。

余少時初入學，見里師必以《小學古事》為訓。時方五、六歲，先生為講蘇子瞻對其母太夫人❶、及許平仲難師之語❷，竦然知慕之。自科舉之習日敝，以記誦時文❸為速化之術。士雖登朝著，有不知王祥❹、孟宗❺、張巡❻、許遠❼為何人者。吾里沈次谷先生憫俗之日薄，因演《小學古事》為歌詩，頗雜以方俗語，使閭巷婦女童稚皆能知之。古之教者，「家有塾，黨有庠，術有序，國有學」❽。民在家，朝夕出入於里門，恆受教於塾之師，里中之有道德、仕而歸老者為之師。次谷雖不仕，亦何愧於古之所謂可以為塾師者耶？

【注　釋】❶蘇子瞻對其母太夫人　蘇軾年幼時，其母程夫人親授《漢書》，讀到范滂捨生取義的事跡，程夫人為之歎息，蘇軾問其母：「軾若為滂，夫人亦許之否乎？」程夫人回答：「汝能為滂，吾顧不能為滂母耶？」事見蘇轍〈亡兄子瞻端明墓誌銘〉。❷許平仲難師之語　元初大儒許衡七歲入學時，他的老師教授他五經章句。許衡問老師：「讀書何為？」老師回答他：「取科第耳。」許衡追問：「如斯而已乎？」老師以許衡為奇才，每次教他讀書，許衡都要追問文章奧旨。過了一段時間，老師和許衡的父母辭行說：「這個孩子聰明不凡，日後必成過人之材，我做不了他的老師了。」先後有三位教師這樣向許衡的父母辭行。事見《元史》許衡本傳。❸時文　指科舉應試用的文體。❹王祥　魏晉時期人，事母至孝，元人編《二十四孝》詩之一〈臥冰求鯉〉故事的主人公。❺孟宗　三國時人，事母至孝，元人編《二十四孝》詩之一〈哭竹生筍〉故事的主人公。❻張巡　唐肅宗時任河南節度副使，後升任御史中丞。安史之亂時，與時任睢陽太守的許遠死守睢陽，城破殉難。唐宣宗下令將兩人圖像繪製在淩煙閣。❼許遠　見上註。❽家有塾四句　家族、鄉里、郡縣、國都都應該有學校，語出《禮記・學記》。黨，古代地方組織單位，《漢書・食貨志》：「五家為鄰，五鄰為里，四里為族，五族為黨」。術，通「遂」。古代行政區劃，一萬二千五百家為遂。國，國都。塾、庠、序、學，對應家、黨、術、國四級區劃的學校名稱。

【語　譯】我小時候剛進學堂，鄉里的教書先生必定用《小學古事》這本蒙書教育學生。我那時五、六歲，先生給我們講蘇子瞻和他母親之間的對話，以及教許平仲的老師「難為其師」的故事，聽得我們肅然生起仰慕的心情。自從科舉考試的習氣一天比一天變壞，舉子們都以背誦應試八股作為迅速中舉「化龍」的捷徑。這樣的習氣下，士子即使登朝做大官了，也還有不知道王祥、孟宗、張巡、許遠這些古先賢事跡的人。我家鄉的沈次谷先生憐憫現今社會風氣的日漸澆薄，因而將蒙書《小學古事》改寫成歌詩的形式，詩中夾雜著方言俗語，讓小巷中的婦女兒童都能夠讀得懂。古人的教育體系，「家族有塾學，鄉里有庠學，郡縣有序學，都城有國學」。百姓在家中，朝夕出入鄉里，經常受教於塾學，而鄉里中有道德的人、出仕後歸鄉的老者常常充當塾學師。次谷即使沒有做過官，他對鄉里教育的貢獻，又何愧於古人所稱道的「塾師」呢？

【研　析】歸有光的散文充滿日常人情的溫暖，〈項脊軒志〉、〈寒花葬志〉等名篇膾炙人口。這篇小文記載了他五、六歲入學時的一本啟蒙「教材」——《小學古事》。可惜的是，這一本曾在明代正德年間流傳於江蘇昆山一帶的啟蒙讀本已亡佚在時間的長河中了。根據歸有光的這篇〈跋〉，我們得知昆山地區有一位民間教育家沈次谷，他曾經把蒙書《小學古事》用吳方言改寫成民歌，流傳於「閭巷婦女童稚」之口。

沈次谷其人，是昆山的一位隱士。嘉靖間，顧夢圭作〈一經堂記〉，記載了沈次谷的事跡：「有草堂數椽，堂前雜植花竹，日惟焚香賦詩以自娛，啖虀鹽，飲濁酒，悠然有餘味也」。在（同治）《蘇州府志》的記載當中，沈次谷則以風格近似韋應物、孟浩然的詩歌和可以媲美顏真卿的小楷而著稱，他曾拒絕了大學士楊一清的邀請，寧願在自己的家鄉淡泊以老。歸有光稱讚隱士沈次谷對於昆山的鄉閭教育有自己的貢獻，沈次谷從沒有做過官，但他卻能影響一鄉的風氣。歸有光一再強調《禮記・學記》所記載的「家有塾，黨有庠，術有序，國有學」的古代教育體系，在這個體系中，鄉閭教育是塑造國民性的第一場合。沈次谷，正屬於現在所謂的「鄉閭紳士」的階層，正是民間教育的重要當擔者。傳統中國社會在「一鄉之治」的問題上向來格外重視鄉閭紳士的作用，認為他們擔任著構建良好的鄉村自治社會的責任。儒家的政治觀念中，那些在家鄉「賦閑」的隱士們，即便不屬於官僚的階層，也在國家政治建設中發揮關鍵作用。《論語・為政》有這樣一段對話：「或謂孔子曰：『子奚不為政？』子曰：『《書》云：孝乎惟孝，友於兄弟，施於有政。是亦為政，奚其為政？』」意即一位士人只要在家做到「孝」、在鄉做到「悌」就已經是在積極地參與政治了，何必一定要做官才算從政呢？上個世紀二十年代，新儒家梁漱溟在中國廣東、河南、山東開展鄉村建設的實驗，撰成《鄉村建設理論》、《鄉村建設論文集》等著作。其中，他認為在鄉村建設中，「士」的存在不可取代，「士」的階層從鄉村的消失即鄉村文化價值的消失。二十一世紀的今天又重新討論「鄉黨」的養成必要，然而像沈次谷這樣的人物卻已從鄉村社會中永遠消失了。

歸有光一生科舉不利，和沈次谷一樣，他也當了大半生的「鄉黨」。科舉考試的僵化使得鄉村教育變得急功近利，「再使風俗淳」的任務落在了那些一生不離故土的「鄉黨」們的身上。清代道光六年，距離歸有光去世二百五十六年後，兩江總督陶澍在嘉定歸有光的講學故址上建立了一所小學校，取名「震川書院」，讓「毘連各縣生童均可就近會文」（〈紳士捐建書院請獎摺子〉），歸有光所推崇的鄉村教育的自力精神終究在歷史上獲得了迴響。

書草玄堂稿後

徐渭

【題解】草玄堂，相傳為西漢揚雄故宅。《草玄堂稿》是徐渭朋友酈玉仲的詩集。本文選自何偉然《十六名家小品》卷二。

【作者】徐渭（西元一五二一～一五九三年），明代書畫家、文學家，初字文清，改字文長，號天池山人、青藤道士，別署田水月，山陰（今屬浙江省紹興市）人。諸生，布衣終身。徐渭在繪畫、詩歌、戲劇創作上均享有奇才之名，後人輯其作品為《徐文長三集》、《逸稿》、《佚草》等。

始女子之來嫁於壻家也，朱之粉之，倩之❶顰之❷，步不敢越裾，語不敢見齒。不如是，則以為非女子之態也。迨數十年，長子孫而近嫗姥，於是黜朱粉，罷倩顰，橫步之所加，莫非問耕織於奴婢，橫口之所語，莫非呼雞豕於圈槽，甚至齵齒而笑，蓬首而搔，蓋回視向之所謂態者，真赧然以為粧綴取憐、矯真飾偽之物。而娣姒❸者猶望其宛宛嬰嬰❹也，不亦可嘆也哉！

渭之學為詩也，矜於昔而頽且放於今也，頗有類於是。其為娣姒，哂也多矣。今校酈君之詩而恍然契，肅然斂容焉。蓋真得先我而老之娣姒矣。

【注釋】❶倩之　含笑的樣子。❷顰之　皺眉的樣子。❸娣姒　妯娌。❹宛宛嬰嬰　形容說話細聲細氣的樣子。

【語譯】女子剛到夫家的時候，塗脂抹粉，做出美人含笑、皺眉的姿態，走路時腳不敢露出裙擺，說話時不敢露出牙齒。不像這樣，就被認為沒有女子該有的姿態。等到過了幾十年，子孫長大了，自己的年紀也接近老嫗了，就放棄了脂粉、以及含笑、皺眉等故作美人的姿態，肆意行走著去管理奴僕們耕織，肆意呼叫著去驅趕雞、豬回圈，甚至笑時露出不整齊的牙齒，搔爬蓬亂的頭髮，回想以前所謂的女子之態，羞愧地覺著那真是靠妝飾去求取別人的喜愛、掩蓋真實自己的東西啊。然而，人們對於那些新媳婦們，依然要求她們細聲細氣地說話，難道不令人感歎嗎！

我學習寫詩，以前故意作出矜持的姿態，現在則頹然自放，和上文提到的女子們的情形很相似。對於自己曾經像「新媳婦」一般的模樣，我多次嘲笑自己。如今，我校讀酈君的詩稿，忽然間有所契悟，嚴肅地端正容色：酈君之詩，比我還要早一步擺脫「新媳婦」的那種故作姿態啊。

【研析】徐文長之畫奇，一紙墨葡萄，「天地為之低昂，虬龍失其夭矯」（清吳昌碩《蒲萄》語）；一朵墨蓮，「葉葉如在八面風中，百折不回」（清孫岳頒《明徐渭荷花圖》語）。徐文長之書法奇，清代鄭板橋有一闋〈賀新郎〉形容其草書云：「掃長箋、狂花撲水，破雲堆嶺。雲盡花空無一物，蕩蕩銀河瀉影。」徐文長之詩奇，明代詩人袁宏道贊其詩曰：「如嗔如笑，如水鳴峽，如種出土，如寡婦之夜哭、羈人之寒起，雖其體格時有卑者，然匠心獨出，有王者氣」（明袁宏道〈徐文長傳〉語）。徐文長之散文奇，他的學生王驥德回憶他「以古文辭客胡督府幕中，聲籍一時」（《古本西廂記》卷六語）。徐文長之雜劇奇，一代曲家湯顯祖曾怒贊他的劇作《四聲猿》云：「安得生致文長，自拔其舌！」（明王思任〈批點玉茗堂牡丹亭詞序〉轉引湯語）。徐文長之病奇，袁宏道謂其晚年發狂，「或自持斧擊破其頭，血流被面，頭骨皆折，揉之有聲；或以利錐錐其兩耳，深入寸餘，竟不得死」（〈徐文長傳〉）。徐文長之死奇，生前一介病狂之貧士，死後五、六年間，竟被後世詩宗、畫宗、書宗紛紛賦予大家的地位。就其詩而言，「性靈派」的領袖袁宏道尊他為先師。就其畫而言，清代「揚州八怪」之一的鄭板橋竟自刻印章曰：「青藤門下走狗」（清・史夢蘭《止園筆談》）。近代國手齊白石〈詠志〉詩云：「青藤、雪個遠凡胎，缶老衰年別有才。我願九泉為走狗，三家門下轉輪來。」

奇士徐文長之畫、書、詩、文、戲、病、死皆奔湧著他的真性情，他的藝術價值源自這「真性情」，他人生的悲劇也源自這「真性情」。正如本文寧可讚美呼雞喚豕的老嫗姆，也不願欣賞宛宛嬰嬰的新媳婦，徐文長一生素面朝天，寧醜陋病狂，毋虛偽粉飾，而這「真」面目正是他能夠在多個藝術領域獨成一家的精神源泉。

書濾水羅漢畫贊

徐　渭

【題解】《毗尼日用》語：「佛觀一碗水，八萬四千蟲。」羅漢濾水畫，體現出不殺生靈的佛教教義。本文選自《徐文長文集》卷二十二贊。

諸江河水若彼微蟲，為有性命？為無性命？為俱有性命？為俱無性命？若俱有者，蟲既應生，水何獨受烹、煎、燒、煮諸苦毒楚？若俱無者，水既應烹，亦應煮蟲，云何濾蟲煮水，作是分別？若謂蟲則含靈，水無知覺，諦觀❶二物，蟲體❷泳游，水含流性，得躍為蟲，付流即水，覺與不覺，有何差別？辟如有人發心愛惜象、馬、牛、羊，不忍宰殺，而於蟹、魚、蝦、蚌妄加解剝；或亦於諸蝦、魚、蟹、蚌心生愛惜，於彼草木斬刈無遺。彼諸有物大、小、動、植，體則不同，所含生性等無有二，云何殺彼舍此，起分別心？濾蟲煮水亦復如是。

弟子迷惑，不能通曉是義，惟大羅漢正坐諦觀，作何解說宣豁迷悶。弟子徐渭合掌禮拜而作是語。

【注釋】❶諦觀　審視。❷體　體現。

【語譯】江、河水是像水中微蟲一樣有生命的存在物嗎？還是它們沒有生命呢？是水、蟲都有生命呢？還是水、蟲都沒有生命呢？如果水、蟲都有生命，蟲既然得以保住性命，為什麼只有水要受到烹、煎、燒、煮的諸般苦楚呢？如果水、蟲都沒有生命，水既然能被烹煮，蟲也能被烹煮，說什麼先過濾掉微蟲再煮水，去作這樣的分別呢？如果說蟲含有靈覺，水卻沒有知覺，那麼，審視二物，蟲的生命體現為游泳，水的生命體現為流動，抽象游泳與流動的道理，具化而躍為蟲，具化而流為水，有、無那所謂的知覺，又有什麼差別呢？比如有人發願愛惜象、馬、牛、羊，不忍心宰殺牠們，但是對於蟹、魚、蝦、蚌卻任意剝殺；有的人對蝦、魚、蟹、蚌心生愛惜，但是卻對草木斬刈無遺。萬物有大、小、動物、植物等形體上的不同，它們都含有生性這一點卻一般無二，說什麼殺這、不殺那，生出分別心呢？濾蟲煮水這件事也一樣啊。弟子迷惑，不能明白這件事的意義，惟願大羅漢正坐審視，做出解說來開釋我的迷悶。弟子徐渭合掌禮拜，寫下這些話。

【研析】徐渭觀《濾水羅漢圖》，卻對佛教「不殺生」的戒律產生了疑惑：生命難道不是無所不在？「不殺生」可能實踐嗎？佛弟子有五戒：不殺生、不盜、不邪淫、不妄語、不飲酒。「不殺生」是第一條戒律，故「比丘六物」中有「濾水囊」一物。「濾水囊」正體現佛家慈悲惜生的根本教義，僧人用它過濾去水中小蟲等生物，以免犯下誤殺之錯。當然，其他宗教，譬如儒家，也有愛生的原則，《論語》所云「己所不欲勿施於人」、《孟子》所云「惻隱之心生而有之」等等皆是金科玉律。從「不殺生」一點來看，佛、儒兩家都有愛生、惜生的態度。只是，佛家不殺生者，不殺「有情眾生」。而儒家卻認為萬物一體，「無情」的金石、草木、流水也都是「生命」，若把「不殺」的原則貫徹到底，則人只能餓死。徐渭在這個問題上的觀念近於儒家，他頗有詩意地描繪了「生命」在不同物質間的流轉：「蟲體泳游，水含流性，得躍為蟲，付流即水」。水與水中蟲源自同一生命，不必起「分別心」來對待。

到底應該如何看待生命存在的方式？這種「迷悶」不獨徐渭所有，《二程遺書》中程伊川在回答「問佛戒殺生」時也顯得力不從心，曰：「力能勝之者皆可食，但君子有不忍之心爾。故曰：見其生不忍見其死，聞其聲不忍食其肉，是以君子遠庖廚也。」然而，「遠庖廚」的行為方案遠遠不夠回答「不忍之心」的貫徹途徑。北宋張橫渠在生命問題上強調「大化流行」的宇宙論，認為萬物同理、同構、同生命。徐渭的看法顯然更接近於張橫渠，他認為乾脆破除「生死」區別，因為「生命」正是在暫時性的生死中來實現自身的流轉不滅。他說：「彼諸有物大、小、動、植，體則不同，所含生性等無有二，云何殺彼舍此，起分別心？」我們現在來看徐渭的觀念，他是站在天理流行、不生不滅的本體論層面上來討論生死問題，但佛教「不殺生」的意義也許更多是在修養論層面上來講的。「戒殺」根本上是修行者警醒自己心靈的一種修煉方法。儘管如此，徐渭在辯論中表露出的不受羈靮的生活觀和豁達無畏的生死觀，仍然使此文成為了他獨特命運的又一鮮明註腳。

雪山冰井記

吳國倫

【題　解】本文選自吳國倫《甔甀洞稿》卷四十五。

【作　者】吳國倫（西元一五二四～一五九三年），明代文學家，字明卿，號川樓，又號南嶽山人，興國州（今屬湖北省黃石市）人。嘉靖二十九年（西元一五五〇年）進士，官至河南左參政。吳國倫與王世貞、李攀龍等結社，是「後七子」文學流派領袖之一。著有《甔甀洞稿》。

往歲友人以白磁缸一口見遺，體圜而質極瑩澈，高尺許，徑一尺有半，中可貯水五十升。漢人謂「玉晶盤與冰同潔」❶，茲庶幾焉。驗之蓋正德間器也。未幾客有載一白石山來求售者，大不盈尺，高倍之，客不自知其名。予曰：「此玉華石也，出將樂洞❷。雖工人稍斵其初，而天造奇形，故在巉巖礧砢❸，光片片可鏡。其陰則斗削壁立，上下兩空洞，有含煙出雲之狀。即〈小山賦〉❹不盡其奇矣。」因以布十疋易之，客大溢所望而去。

頃予抱病溽暑，喘息如焚，思欲登雪山而浴冰井不可得，因取玉華石置左名之曰「雪山」，白磁缸置右而實以清泉，名之曰「冰井」。乃布竹榻其間坐臥焉，遂覺暑氣漸微，涼意漸洽，間起而摩挲之，則翛然山欲雪、井欲冰也。已而自笑曰：「炎方六月何自有冰雪哉！夫天壤之間，凡可強而名者，借也，而吾以其不可名者寄焉，亦借也，豈惟拳石勺水❺為然？仰積氣而為天，俯積塊而為地，皆強而名之也，託之乎象其形也，天地且爾，又何一物非借乎？乃予之左雪山而右冰井也，亦象其形而借其意耳。《漢書》云：『清室則中夏含霜』❻，夫室可霜也，安見山不可雪而井不可冰乎？」客有聞予言而歎者，曰：「信如子言，不知真之為借，借之為真矣。」客知言哉。

【注　釋】❶漢人謂句　語見《三輔黃圖》卷三：「（董偃）以玉晶為盤，貯冰於膝前，玉晶與冰同潔。」❷此玉華石也二句　福建將樂縣玉華洞產白石，稱玉華石。❸磊砢　重疊貌。❹小山賦　唐太宗所作賦。❺拳石勺水　語出《中庸》：「今夫山，一卷石之多，及其廣大，草木生之，禽獸居之，寶藏興焉；今夫水，一勺之多，及其不測，黿、鼉、蛟龍、魚鱉生焉，貨財殖焉。」❻漢書云二句　《漢書》無此句，此句出曹植〈七啟〉。

【語　譯】前幾年，朋友送給我一口白瓷缸，缸體圓潤而材質極其晶瑩清澈，高一尺多，直徑一尺半，可以蓄水五十升。漢人說「玉晶盤和冰一樣晶瑩」，這口白瓷缸差不多可以這樣形容了。查驗後得知，這是正德年間的瓷器。不久後，一位客商帶著一座白石假山來求售，這山不到一尺寬，高度是寬度的兩倍，客商不知道它的名字。我告訴他：「這叫玉華石，出產於將樂洞。這塊石頭經過了工人的少量雕琢，但它的天然形態獨特，重疊峻峭，片片反光的石面可當成鏡子。背面直削陡立，上下有兩處空洞，彷彿能夠生出煙雲。即使〈小山賦〉也寫不出它的奇峭。」我用十足布換了這座假山，客商拿著比他期待地多得多的報酬離開了。

　最近，我在濕熱的夏天生病了，呼吸像火一樣滾燙，想要登上雪山和在冰井中沐浴卻不能夠，就把玉華石放在左面當成「雪山」，把白瓷缸裝滿清泉，放在右面當成「冰井」。我在它們中間放置竹榻，坐臥其上，覺得暑氣漸漸減弱，涼氣漸漸來臨，偶然起身，摩挲「雪山」、「冰井」，竟然感覺假山好像真的下雪了、白瓷缸好像真的結冰了。一會兒又自嘲說：「炎熱地區的六月間哪來冰雪！然而，天地間的事物本來沒有名字，人們勉強去命名它們，不過想要借意而已，我名不副實地寄冰雪之名於假山、瓷缸，也只是想借清涼之意罷了，難道只有拳石、勺水可以借意而名為山、水嗎？氣積向上稱為天，塊積向下稱為地，人們勉強命名為天、地，託其名以象徵某種意義罷了，天地之名尚且如此，又有哪一件事物不靠借意而得名呢？我左面的『雪山』、右面的『冰井』，也由象形、借意而生。《漢書》說：『清室則中夏含霜』，既然夏天的屋室能以霜為名，安知我的假山不能以雪名、瓷缸不能以冰名呢？」有人聽到我這番話，感歎說：「真如您所言，天下事物之名，不知是真是借啊。」這人聽懂了我的話。

【研　析】寒、暑困人，古今一也。夏日三伏，高臺、山林是避暑首選，白居易〈香山避暑〉詩有「夜深起憑欄干立，滿耳潺湲滿面涼」之句，清涼之氣息凸出紙面。然而，若困居城市，足不出戶，則只能憑茶、憑扇、憑席、憑小園度過暑日。若提及「雪山冰井」，那則是豪門貴戶們炎日避暑的特別寫照。《詩經・豳風・七月》描寫了周代貴族冬日藏冰的習俗，亦從周代開始，就有天子在暑日向貴族「頒冰」的歷史記載。炎熱的夏季，古人對「冰」的渴望是非常迫切的，杜甫〈多病執熱奉懷李尚書之芳〉詩有「思霑道暍黃梅雨，敢望宮恩玉井冰」之句，〈早秋苦熱堆案相仍〉詩有：「南望青松架短壑，安得赤腳踏層冰」之句。然而，夏日之冰非常貴重，「雪山冰井」更非尋常人家能夠消費。因此，古人發明了各種奇特的避暑方法，比如三國時的劉松、袁紹在河朔一代興起的「避暑飲」，「常以三伏之際，晝夜酣飲，極醉至於無知，云以避一時之暑」（《初學記》轉引曹丕《典論》），竟然以「醉」避暑，真令人哭笑不得。

吳國倫的家鄉在湖北興國鎮，其地夏季苦熱，他寫作此文時，正罷官在家，且身患熱病，「喘息如焚」。吳國倫亟思解暑，卻無錢買冰，只能用十疋布換了一座白石盆景，借它來做「冰山」的想像。他病臥席上，將白瓷缸、白石盆景置於身畔，取「冰井雪山」之意，營造席上小小一方「清涼界」，聊做渡夏之助。白瓷、白石與冰雪的相似處只在顏色方面，觸感與溫度則得全靠想像去「借」得。吳國倫一生周旋於官場風波之中，失意、憤慨之時常有，加之生活中老、病之苦楚亦時時侵襲，他卻能夠在種種煩惱中始終保持親切、寬和的性格，對待朋友充滿溫柔的情感，這也歸功於一個「借」字——吳國倫能在熱處「借」涼，苦處「借」樂，不平處「借」心安。而他所能「借」的對象，無非自己的方寸之心。孟子有「盈科」之說，朱熹有「源頭活水」之詩句，一個人若真能棲棲於自己的心靈之中，則天地亦能「借」這心靈得以安頓，這正是吳國倫對自己發明的「雪山冰井」最為自豪的地方吧。

題〈畫會真記卷〉

王世貞

【題　解】《會真記》傳奇，唐元稹作於貞元二十九年（西元八〇四年）九月的一部小說，是後來西廂故事的母本。本文選自王世貞《弇州山人四部續稿》卷一百七十。

【作　者】王世貞（西元一五二六～一五九〇年），明文學家、學者，字元美，號鳳洲、弇州山人，太倉（今屬江蘇省蘇州市）人。嘉靖二十六年（西元一五四七年）進士，官至南京刑部尚書。王世貞與李攀龍同為明代詩文流派「後七子」派之領袖，被推為隆慶、萬曆間文壇宗主。著有《弇州山人四部稿》、《續稿》、《讀書後》、《藝苑卮言》、《觚不觚錄》、《弇山堂別集》、《嘉靖以來首輔傳》，編有《畫苑》、《王氏書苑》、《尺牘清裁》。

撰《會真記》者元微之❶，演曲為《西廂記》者王實夫❷，續「草橋夢」以後者關漢卿❸。此卷八分，題頌者文彭❹，小楷書記周天球❺，錄曲者周及、彭年、俞允文、王逢年、張鳳翼、潘德元、王復亨、顧承忠、管稚圭、張復❻，吾弟❼亦得一紙，畫者錢穀、尤求❽。辨張生即微之者趙德麟❾，錄者王廷璧❿。千古風流藝文，吳中一時翰墨能事盡此矣。《會真記》謂崔氏有所適而不言歸鄭恆，《西廂記》則謂許鄭恆而卒歸張生。後有耕地得崔鶯鶯墓誌者，其夫真鄭恆也。或以歲月考之，亦不甚合。合不合所不暇論第，今老夫偶展閱之，掀髯一笑，如坐春風中，萬卉過眼，何預蒲團事耶？為題於後。

【注　釋】❶元微之　元稹，字微之，唐代詩人，曾作小說《會真記》，即後世西廂故事的母本。元稹本人即《會真記》男主角「張生」的原型。❷王實夫　當作「王實甫」，名德信，著名元曲作家。元雜劇《西廂記》的作者。❸續草橋夢句　關漢卿，「元曲四大家」之首，晚號已齋（一說名一齋）、已齋叟。「草橋夢」指王實甫所作《西廂記》第四本「草橋店夢鶯鶯雜劇」。王世貞認為《西廂記》第五本「張君瑞慶團圓雜劇」是關漢卿所續寫的。❹文彭　字壽承，號三橋，別號漁陽子、三橋居士、國子先生，江蘇蘇州人，官至國子監博士，文徵明長子。文彭工書畫，精篆刻，有《博士詩集》。❺周天球　字公瑕，號幻海，又號六止居士、群玉山人、俠香亭長，幼時隨父親移居江蘇蘇州，曾向文徵明學習書法，書、畫皆為當時名家。❻錄曲者周及句　這十人皆為明代蘇州一帶名士。其中，彭年、顧承忠擅長書法，王逢年擅長古文辭，張復（當作「張復亨」）、俞允文、潘德元擅長詩歌，張鳳翼擅長度曲，管稚圭擅長繪畫。周及、王復亨二人生平不詳。❼吾弟　指王世貞之弟王世懋。王世懋，字敬美，別號麟州，時稱少美，官至太常少卿，擅長詩文。❽畫者錢穀尤求　錢穀，字叔寶，自號磬室，江蘇蘇州人，明代畫家。尤求，字子求，號鳳丘（一作鳳山），江蘇蘇州人，明代畫家。❾辨張生句　北宋宗室趙令時，初字景貺，蘇軾為之改字德麟，自號聊復翁，著有《侯鯖錄》八卷。趙德麟關於張生即元稹之辨見《侯鯖錄》卷五〈辨傳奇鶯鶯事〉一文。❿王廷璧　弘治《常熟縣志》載：王瓊，字廷璧，官終國子監學錄。

【語　譯】撰寫《會真記》的是元微之，把《會真記》敷演成戲曲《西廂記》的是王實夫，續寫《西廂記》「草橋夢」以後情節的是關漢卿。這幅畫卷分成八個部分，書寫題目的是文彭，用小楷書寫「記」文的是周天球，記錄曲譜的是周及、彭年、俞允文、王逢年、張鳳翼、潘德元、王復亨、顧承忠、管稚圭、張復，我的弟弟也記了一葉譜，完成繪畫的是錢穀、尤求。還有，考辨張生原型是元微之的是趙德麟，鈔錄下這條考證的是王廷璧。這〈畫會真記卷〉的完成真是藝文史上的一件千古風流事，吳中擅長詩、文、書、畫的作家們都參與進來了。《會真記》中寫到崔氏出嫁了，但沒有提及她嫁給了鄭恆，《西廂記》則寫她許婚給鄭恆，最終卻嫁給了張生。後來，一塊耕地中出土了崔鶯鶯的墓誌銘，她的丈夫果真就是鄭恆。又有人用年齡來考證這件事，說崔、鄭兩人年齡不匹配。無暇去論證匹不匹配這個問題了，偶展畫卷，讓老夫我掀髯而笑，彷佛坐在春風中，眼前百花盛開，何必去坐在蒲團上、考據這件無頭緒的事情呢？作此題跋於卷後。

【研　析】《會真記》講述了一個薄倖的愛情故事。張生遊蒲地，宿在普救寺中，偶然巧遇並解救了遠親崔氏一家，崔氏感激，令女兒鶯鶯拜謝張生。鶯鶯初不肯現身，無奈母親催促，乃以「常服悴容」出見。張生對美麗的鶯鶯一見鍾情，乃至於「因媒氏而娶」的禮節都不能等待，請求鶯鶯的婢女紅娘幫助遞送情詩。在紅娘的幫助下，張生與鶯鶯私定終身。此後，張生入京參加科舉考試，文戰不利，又試圖傳遞書信給鶯鶯，鶯鶯卻不肯再繼續與張生私通。張生儘管鍾情於鶯鶯，然而始終不能以嫁娶之禮對待鶯鶯，正所謂「始亂之」。鶯鶯以書信拒絕張生後，張生竟對鶯鶯下了「大凡天之所命尤物也，不妖其身，必妖於人」的冷酷評語，又所謂「終棄之」。金朝董解元將《會真記》改編為說唱藝術諸宮調《西廂記》，元代王實甫又把這個故事敷演成著名雜劇《西廂記》。在後人的改編中，「始亂之」的情節——張、崔二人私定終身的部分被加重渲染；而「終棄之」的故事結局被「終成眷屬」的大團圓式結局所取代。這反映了董、王二位曲藝家對自由戀愛的支持態度。《西廂記》歌頌自由愛情，爭取婚姻自主，塑造了崔鶯鶯、紅娘這兩位有性情、有才學、有主張，敢於反抗社會風俗的女性形象。在中國傳統社會「父母之命，媒妁之言」的婚姻制度下，在「三從四德」、「女子無才便是德」的女性教育下，《西廂記》無疑具有批判現實、爭取女性解放的意義，故而在文學史上「演變流傳成為戲曲中之大國巨制」（陳寅恪《元白詩箋證稿》）。

《會真記》的故事發軔於唐代中期，然而其生命卻在歷史的長河中一直延展，不斷變形。明代萬曆初期，為畫一幅《會真記》圖冊，竟然能發動起藝文薈萃之地蘇州的十數位詩人、畫家、書法家參與其中，「吳中一時翰墨能事盡此矣」。可見，西廂故事刻畫的那情感豐富、追求愛情的崔鶯鶯和那膽略過人、重情重義的小紅娘，如何地神奇地撼動了中國傳統社會數百年。西廂故事哀感頑豔，深入人心，而它最初的作者元稹，在借《會真記》開脫自己的愛情遺憾時，何曾想到那被他在現實人生中所錯失的、最後沉默而亡的「崔鶯鶯」終能在歷史中保有永遠的光采呢？

題孔子像於芝佛院

李贄

【題解】芝佛院：李贄友人周思久（號柳塘）吩咐僧人無念建寺於湖北麻城龍潭北岸。無念建寺時掘地，得三靈芝類佛像，因名「芝佛院」。李贄在萬曆五年（西元一五七七年）任雲南姚安（今雲南楚雄大姚、姚安、永仁地區）知府，萬曆八年（西元一五八〇年），李贄知府任滿後，辭官遊湖北黃安，寄居在友人耿定理家中。萬曆十二年（西元一五八四年），耿定理病逝，李贄與耿定理之兄耿定向在思想學術上的分歧漸大，次年三月，他離開了黃安，來到麻城維摩庵居住，萬曆十六年（西元一五八八年），他入芝佛院落髮為僧。由於李贄思想激進，他在黃安、麻城受到兩地保守士人的攻擊，萬曆二十九年（西元一六〇一年），他不得不離開芝佛院，北上至北京附近的通州，住在好友馬經綸家中。萬曆三十年（西元一六〇二年），工科給事中張問達彈劾李贄著書妄言，李贄被捕入獄，同年自殺於獄中。

【作　者】李贄（西元一五二七～一六〇二年），明代理學家、文學家，原姓林，字載贄，後改姓名，字宏甫，號卓吾，又號溫陵居士，晉江（今屬福建省泉州市）人，嘉靖三十一年（西元一五五二年）舉人，官至姚安知府，棄官以後，以講學著述為務，因其思想具有強烈的批判性，被禮部給事中張問達構陷入獄，在獄中自殺身亡。著有《焚書》、《續焚書》、《藏書》、《李溫陵集》，為《水滸傳》、《西廂記》、《琵琶記》作了評點。

人皆以孔子為大聖，吾亦以為大聖；皆以老、佛為異端，吾亦以為異端。人人非真知大聖與異端也，以所聞於父師之教者熟❶也；父師非真知大聖與異端也，以所聞於儒先❷之教者熟也；儒先亦非真知大聖與異端也，以孔子有是言也。其曰：「聖則吾不能」❸，是居謙❹也。其曰：「攻乎異端」❺，是必為老與佛也❻。

儒先億度❼而言之，父師沿襲而誦之，小子矇聾而聽之。萬口一詞，不可破也；千年一律，不自知也。不曰：「徒誦其言」❽，而曰：「已知其人」❾；不曰「強不知以為知」，而曰「知之為知之」❿。至今日，雖有目，無所用矣！

余何人也，敢謂有目？亦從眾耳。既從眾而聖之，亦從眾而事之，是故吾從眾事孔子於芝佛之院。

【注釋】❶熟　習慣。❷儒先　先儒，指漢、宋儒家諸子。❸聖則吾不能　語出《孟子・公孫丑上》：「昔者子貢問於孔子曰：『夫子聖矣乎？』孔子曰：『聖則吾不能，我學不厭而教不倦也。』子貢曰：『學不厭，智也；教不倦，仁也。仁且智，夫子既聖矣。』」❹居謙　處於謙虛的立場。上句意為孔子明明白白地表示過不願稱聖，後儒卻以為他只是在謙虛而已。❺攻乎異端　語出《論語・為政》：「子曰：『攻夫異端，斯害也已。』」❻是必句　意為孔子說過「攻訐異端」，後儒卻認為「異端」一定是指佛教、道教。孔子生活的春秋時期，佛教還未傳入中國，道教還未成立，孔子所言的「異端」不可能指佛、道二教。❼億度　猜測。億，通「臆」。料想。❽徒誦其言　語出朱熹《論語精義》引謝良佐語：「君子之於《詩》，非徒誦其言，亦將以考其情性；非特以考其情性，又將以考先王之澤蓋法度。」❾已知其人　語出《孟子・萬章下》：「頌其詩，讀其書，不知其人，可乎？」❿知之為知之　語出《論語・為政》：「子曰：『由，誨女知之乎？知之為知之，不知為不知，是知也。』」

【語譯】人們都把孔子當成大聖人，我也把孔子當成大聖人；人們都把老子、佛陀當成異端，我也把老子、佛陀當成異端。然而，人們並不曾真的去瞭解過「大聖」和「異端」是什麼，只不過習慣性地聽從父、師的教導罷了；父、師也不曾真的去瞭解過「大聖」和「異端」是什麼，只不過習慣性地聽從先儒們的教導罷了；先儒們也不曾真的去瞭解過「大聖」和「異端」是什麼，只不過因為孔子說過「攻擊異端」的話罷了。孔子說：「我還不能稱得上是『聖人』」，那些先儒們便臆定這是孔子在自謙。孔子說：「攻擊異端」，那些先儒們便臆定孔子所謂「異端」一定是指老子和佛陀。

先儒們胡亂臆度孔子的話，父、師們沿襲、傳誦先儒們的臆度，年輕人們糊裡糊塗地聽信。成千上萬的人說著同樣的臆度，此臆度便不能破除，千年以來都如此，人們不能反省到這一點。人們不會說「不能只傳聖人表面的話（還要瞭解它背後的情感和精神）」，只會說「我已經瞭解聖人了」；不會說「不要勉強把不知道的東西當成已知道的東西」，只會說「我就是知道了」。到今天，人們雖有眼睛，卻沒有什麼用處了！

我不是什麼了不起的人，我怎麼敢講自己是明眼人呢？我也只能服從眾人的意見了。既然我得服從眾人的意見「聖化」孔子，那也得服從眾人的意見供奉孔子，所以我現在就在這芝佛院裡服從眾人意見地供奉起孔子來吧。

【研　析】本文作於萬曆十六年（西元一五八八年）秋天，李贄其時六十二歲，剛剛遷至芝佛院不久，自薙頂髮，只留鬢鬚，表明離俗為僧的衷心，但他並沒有歸隱，仍然以入世的姿態積極地和理學士人論戰，他的第一部論文集《初潭集》就開始編纂於此時，《初潭集》後來成為了李贄的傳世著作《焚書》的一部分。那麼，為什麼李贄會來到芝佛院寄居呢？他為什麼要在佛教的芝佛院中題儒教的孔子像呢？他為什麼要寫作這篇文章呢？這是有其現實動因的。李贄在四十歲上，經過長期的努力，終於埋葬祖上三代的五口靈柩，完成了一個儒家士人的家庭義務，他五十四歲時，雲南姚安知府的任期也已經滿了，直到此時，他出仕二十八年，盡到了一個儒家士人的社會義務。所以，他希望在中晚年的人生中，能夠以一己清淨之身，專心體悟個人的生命意義，他在心學、佛學上的探究是從中年開始的，他在晚明思想界產生個人影響是從他晚年開始的。萬曆八年，李贄離開雲南以後，沒有接受朝廷的選調，也沒有回到福建老家，他下定決心脫離官場的爭鬥和故鄉的世俗事務，寄居在異鄉友人家中以研討性命之學。他曾說：「棄官回家，即屬本府本縣公祖父母管矣。來而迎，去而送；出分金，擺酒席；出軸金，賀壽旦。一毫不謹，失其歡心，則禍患立至，其為管束至入木埋下土未已也，管束得更苦矣。我是以寧漂流在外，不歸家也。」（《焚書・豫約》）所以，李贄辭官以後沒有回鄉，而是寄居在黃安好友耿定理家中。然而，萬曆十二年，耿定理病逝，李贄和耿定理的兄長耿定向在學術上互相悖離，於是他接受了友人周思久的邀請來到麻城，先居於維摩庵，四年後移居芝佛院。耿定向在當時也是一位名儒，人稱天台先生，他萬曆中期任刑部左侍郎，為官抗直，曾彈劾權相嚴嵩。但是，耿定向名義上是王陽明「心學」的弟子，實際上他的學術是程、朱理學一路，故而和李贄的從泰州王學入門、後漸至狂禪的進學途徑發生了衝突。耿定向在湖北士人中很有影響力，他開始批評李贄後，很多人也開始圍攻李贄，把他當成「異端」。萬曆十六年這一年，出資建立芝佛院的周思久作《學孔編》以聲援李贄，周思久認為學習孔子的途徑可以有千川萬徑，李贄問學從儒門入，他的學問最後即使別為一家，也並不違背孔子遺教。正是在這樣的情況下，李贄寫作了這篇〈題孔子像於芝佛院〉，以回應湖北士人對他「不學孔子」的攻擊。

李贄在明清思想史的視野下一直有「狂士」之稱，是一位具有現實批判精神的先鋒人物。但是不論在儒門，還是在禪門，他都不算是正統人物。這是因為他的儒學門徑（王學左派）本來就具有援禪入儒的傾向，他作有〈李中溪先生告文〉、〈王龍溪先生告文〉、〈羅近溪先生告文〉三篇文章，對王學後人李元陽（中溪）、王學浙中派的領袖王畿（龍溪）、泰州派的領袖羅汝芳（近溪）三致其意。其中，他尤其對泰州派的王艮（心齋）、羅汝芳（近溪）二人的思想極為讚賞，而泰州派是王學中最叛逆的一派，有狂禪作風的人比比皆是。羅近溪說：「聖人之學本諸赤子，又征諸庶民。」（羅汝芳《盱壇直詮》卷上）意即聖人之學本源於赤子之心（無汙無染的孩童之心），在平民百姓中求證自己的正確性，所以，人們只要返觀自己的赤子之心就遵循了聖學之道，而不必立一個孔聖人的格套來束縛自己。李贄在這篇文章中反對盲目尊孔的論調，這並不是他所發出的個論，而是明代中期自王陽明提出「人人皆可為聖人」以來，受到王學衝擊的明代士林所普遍呈現的一種思想新變。李贄寫作這篇文章的目的不是要批評先秦儒家的孔子、顏回、孟子等，而是要批判漢、宋以來的儒學藉由對孔、孟的改造而造成的「陽為道學，陰為富貴」的「假道學」。李贄晚年作有〈三教歸儒說〉，認為「儒、道、釋之學，一也」，只是在「假道學」盛行的情況下，「今之欲真實講道學以求儒、道、釋出世之旨，免富貴之苦者，斷斷乎不可以不剃頭做和尚矣。」意即在孔子遭到了「綁架」的現實情況下，要追求真正的儒學，反而只能入佛門當和尚了。儒學發展到王陽明，如同佛學發展到禪宗，禪宗以呵佛罵祖見真機，王學以離經叛道求存「真」儒的赤子之心。我們應當在這個思想背景下，來理解李贄的這一篇〈題孔子像於芝佛院〉。

李贄的《焚書》、《續藏書》在萬曆末（西元一六〇〇年代左右）即已傳入日本，其時，日本正處在倒幕時期，倒幕激進派領袖之一吉田松陰在野山獄中曾手抄《焚書》、《續藏書》，經由吉田的手抄本，李贄的思想在倒幕派中產生了普遍共鳴，成為了影響日本歷史的一種精神元素。李贄在他的那個時代就是一位「具有世界影響力」的思想家了。李贄以一種悲壯的方式結束了他的一生，卻以他那從不曾減弱的批判力量一直撼動著人們的偏見、盲見與無知。

童心說

李贄

【題解】〈童心說〉，是研究李贄思想的必讀篇目，通篇閃耀著叛逆的精神。

龍洞山農[1]敘《西廂》，末語云：「知者勿謂我尚有童心可也。」夫童心者，真心也，若以童心為不可，是以真心為不可也。夫童心者，絕假純真，最初一念之本心也。若失卻童心，便失卻真心；失去真心，便失卻真人。人而非真，全不復有初矣。

童子者，人之初也；童心者，心之初也。夫心之初，曷可失也，然童心胡然而遽失也？蓋方其始也，有聞見從耳目而入，而以為主於其內而童心失。其長也，有道理從聞見而入，以為主於其內而童心失。其久也，道理聞見日以益多，則所知所覺日以益廣，於是焉又知美名之可好也，而務欲以揚之而童心失；知不美之名之可醜也，而務欲以掩之而童心失。夫道理聞見，皆自多讀書識義理而來也。古之聖人，曷嘗不讀書哉？然縱不讀書，童心固自在也，縱多讀書，亦以護此童心而使之勿失焉耳，非若學者反以多讀書識義理而反障之也。夫學者既以多讀書識義理障其童心矣，聖人又何用多著書立言以障學人為耶？童心既障，於是發而為言語，則言語不由衷；見而為政事，則政事無根柢；著而為文辭，則文辭不能達。非內含以章美也，非篤實生輝光也，欲求一句有德之言，卒不可得。所以者何？以童心既障，而以從外入者聞見道理為之心也。

夫既以聞見道理為心矣，則所言者皆聞見道理之言，非童心自出之言也。言雖工，於我何與？豈非以假人言假言，而事假事、文假文乎？蓋其人既假，則無所不假矣。由是而以假言與假人言，則假人喜；以假事與假人道，則假人喜；以假文與假人談，則假人喜。無所不假，則無所不喜。滿場是假，矮人何辯也❷？然則雖有天下之至文，其湮滅於假人而不盡見於後世者，又豈少哉！何也？天下之至文，未有不出於童心焉者也。苟童心常存，則道理不行，聞見不立，無時不文，無人不文，無一樣創制體格文字而非文者。詩何必古《選》❸，文何必先秦。降而為六朝，變而為近體，又變而為傳奇❹，變而為院本❺，為雜劇❻，為《西廂曲》，為《水滸傳》，為今之舉子業❼，大賢言聖人之道皆古今至文，不可得而時勢先後論也。故吾因是而有感於童心者之自文也，更說甚麼六經、更說甚麼《語》《孟》乎？

夫六經、《語》《孟》，非其史官過為褒崇之詞，則其臣子極為讚美之語。又不然，則其迂闊門徒，懵懂弟子，記憶師說，有頭無尾，得後遺前，隨其所見，筆之於書。後學不察，便謂出自聖人之口也，決定目之為經矣，孰知其大半非聖人之言乎？縱出自聖人，要亦有為而發，不過因病發藥，隨時處方，以救此一等懵懂弟子，迂闊門徒云耳。藥醫假病，方難定執，是豈可遽以為萬世之至論乎？然則六經，《語》《孟》，乃道學之口實，假人之淵藪也，斷斷乎其不可以語於童心之言明矣。嗚呼！吾又安得真正大聖人童心未曾失者而與之一言文哉！

【注釋】❶龍洞山農　疑指明代哲學家顏鈞，字山農。❷滿場是假二句　這裡以矮子比喻假人，矮子看戲，目光被人遮住，即使滿場假戲，矮子也無從分辨。❸選　指《昭明文選》。❹傳奇　唐傳奇。❺院本　金代「行院」演劇用的腳本。

❻雜劇　戲劇名稱，始見於晚唐，後來多用來專指「元雜劇」。❼舉子業　指為準備科舉考試而作的文章。

【語　譯】龍洞山人評《西廂》，最後一句話說：「瞭解我的人不要說我還留有童心。」童心即是真心，如果認為童心不好，即是認為真心不好。所謂童心，是與「假」絕緣的純真，是本初之心。如果失去童心，便會失去真心；失去真心，便會失去真的人性。人性不真，就不能重得初心。

童子，是人之初；童心，是心之初。心之初，怎麼可能失卻呢！然而童心又是怎樣突然失卻的？開始的時候，有見聞從耳目進入內心，人們以見聞主導心靈而失卻了童心。長大以後，有道理從見聞中生發而進入內心，人們以道理主導心靈而失卻了童心。時間長了，見聞道理瞭解得越多，而所知所覺的東西越廣，於是又知道了喜好美名，因務必揚美名而失卻了童心。見聞道理，多是從讀書識義理而來的。古代聖人，何嘗不讀書！然而縱然不讀書，童心固在，縱然多讀書，也是以此來保護童心而不使它失卻的，不像有些學者們反而因為讀書識義理而妨害了童心。既然學者因為讀書識義理而妨害了童心，那聖人又何必多著書立言來妨害學人呢？童心既被妨害，從中生發出來的言語，則言不由衷；表現在政治上，則使政治無根柢；將它寫成文辭，則辭不達意。如果不能將內在美彰顯出來，如果不能生發出充實的光輝，要求一句有德之言，也不可得。為什麼呢？因為害了童心，卻以從外界進入的見聞道理為心。

既然以見聞道理為心，那麼說出來的話只是見聞道理，而不是憑童心說出自己的話。從見聞道理說出來的話雖然工巧，與「我」何干？這難道不是憑著假的人性說假話，做假事，寫假文嗎？如果人假了，那麼沒有不假的了。從此，和假人說假話，則假人歡喜；告訴假人假事，則假人歡喜；和假人談假文，則假人歡喜。沒有不假的，則沒有不歡喜的。滿場假戲，矮子怎能分辨？然而，即使那些天下至真之文，湮滅在假人手中而未能流傳於後世的，又豈在少數！為何呢？天下至真的文章，無一不出自於童心啊。如果童心常存，則道理行不通，見聞靠不住，則無論任何時期的文章都是真文章，任何人寫出來的文章都是真文章，任何形式體裁的文章都是真文章。詩歌何必只推崇《文選》，文章何必只推崇先秦。演變到六朝，演變到近體，又演變為傳奇，演變為院本，為雜劇，為《西廂記》，為《水滸傳》，為當今舉子們的八股文章，大賢說聖人之道在古在今都是至真之文，不能以時間先後論。所以我因此而感悟到童心自己就是至真之文，還說什麼六經，什麼《論語》、《孟子》？

六經、《論語》和《孟子》，不是被史官過分褒獎崇拜，就是被臣子極為讚美。或者被那些迂闊門徒，糊塗弟子，回憶老師的說法，有頭無尾，得前忘後，隨意聞見，記載成書。後來的學人沒有覺察到，便認為出自聖人之口，決定把它視為經典，誰知這其中大半並非聖人的話呢？縱然是出自於聖人之口的話語，也是有目的而發的，就像根據病情配給藥品，隨著節候調整方子，聖人用它們來救治那些闊門徒，糊塗弟子。開什麼藥得根據病情，藥方難以固定，那麼，難道又可以將聖人的話當作萬世不變的真理嗎？六經、《論語》、《孟子》，成了道學家的口實，成了出假人的淵藪，斷不可能在其中談童心之言，這一點已經很明白了。啊呀！我又去哪兒找一位童心未失的真正大聖人來和我一論文章呢！

【研　析】晚明時期，左派王學成為很多士人衝擊傳統、另立新知的力量，而李贄是其中的代表人物。這篇〈童心說〉駭世驚俗，從三個方面立下新論。

首先，從認知本體論的角度，提出了「心之初」的問題。世間萬物，人並非生而知之，要通過後天的學習才能得到「知識」，但「知識」本身卻並不等同於人的認知能力。而且，這後天習得的知識往往會反過來成為認知障礙，使得人們人云亦云，不敢，甚至是不願去發現自己的感受和見解。童言無忌，卻是發自內心的，成人的世界忌諱太多，只知道這樣那樣的知識和規矩，幾乎忘記了自己還有眼耳鼻喉，久而久之，難免萬眾一眼、萬眾一口，終於失卻了獨立的認知能力，即失卻了「心之初」。李贄把「心之初」等同於「童心」，等同於「真心」。他認為「童心」本善，一切世故虛偽皆從聞見道理而來。庸人胸中空空，只能把聞見道理當作了心，而把聖人之說當作了聞見道理。這豈不是違悖了聖人著書立說的本意嗎？

接著，展開「童心即真心」的觀點，李贄反對貴古賤今，認為只要包孕童心，詩文何來今古之分，又何來體裁之分？在這個立場上，李贄將雜劇、院本，甚至「舉子業」提升到和《昭明文選》、先秦古文同等的地位上來，與明中期以來提倡「文必秦漢，詩必盛唐」的復古思潮鮮明對立。如果從創作論的角度看，李贄無疑是持作者本位的觀點的，即只要作者用「童心」去寫作，則「無時不文，無人不文，無一樣創制體格文字而非文者」。一顆童心可以穿透上千年文學傳統的堅厚壁壘，而使人們拋棄同樣積累了上千年之久的權威注疏，直接以質樸的心去理解經典，去溝通經典與流行文學之間的時間鴻溝，而從根本上講，它們之間原本並不存在鴻溝，只是上千年的「假人」們造出了一條人為的鴻溝。

最後，李贄大膽提出六經、《語》、《孟》是「道學之口實，假人之淵藪」，從上文看出，李贄並不是認為六經、《語》、《孟》本身是「假文」，只是後人用它們作出來的文章、定下來的規矩是「假文」。他用對症下藥的例子來說明聖人著書立說的動機類同於因材施教，就像天下沒有萬能藥一樣，經典又怎能作為萬世不移的真理呢？李贄主張重新看待經典的態度，如果用後世章學誠的話說，即「六經皆史」，而「六藝本非虛器」，試圖抹平經典與非經典之間的那條界限。

《童心說》是一篇檄文，筆鋒凌厲，議論酣暢，其對於人們「童心既障，而以從外入者聞見道理為之心也」的痛加針砭，又何嘗不引發我們對當下價值觀念的忡忡憂心呢？

後蟋蟀對

張鳳翼

【題　解】對，本來是一種古代公文文體，本文戲謔性地使用它。本文選自張鳳翼《處實堂集》卷六。

【作　者】張鳳翼（西元一五二七～一六一三年），明代戲曲家、詩文家，字伯起，號靈墟、泠然居士，長洲（今屬江蘇省蘇州市）人，嘉靖四十三年（西元一五六四年）舉人，絕意仕進，布衣終身，與弟燕翼、獻翼並有才名，時稱「三張」。著有《處實堂集》、《句註山房集》、散曲集《敲月軒詞稿》、傳奇《紅拂記》、《祝髮記》、《竊符記》、《虎符記》、《灌園記》等。

作〈蟋蟀對〉後數年，其徒復有扣門而請者，曰：「秋期至矣，先生得無從事於鬭乎？」予命童子謝絕之，其徒退。童子斂手而請曰：「先生之謝鬭徒也，無乃異乎曩所對乎？」予曰：「然。子未知天下之不可以有鬭也，而矧一物乎哉！夫鬭莫大於涿鹿之戰❶，莫快於牧野之捷❷，然而骨以車載，血令杵漂❸，天下可有鬭乎哉？若乃七雄星列，三國鼎峙，六朝疊伯，五胡雲擾，當其時，咸舍耰鋤，事戈戟，去從容，從擊刺，匪仇而交劉❹，不怨而相戮。白首流離，黃髮狼狽，天下之死於鬭者十且六七。今承平二百餘年來，幸無所事鬭也，而可於物乎語鬭哉？鄴侯❺云：『臣好道，不與人為讎。』信斯言也，心竊慕之。夫身不欲與人為讎，而使物之無事而相讎且鬭，可乎哉？蟋蟀秋吟，吾聆其音，秋思以深；蟋蟀在牀❻，吾與徜徉，秋夢以長。蓋不必分人己、較勝負而亦樂於蟋蟀者多矣！」童子不對，視之則已頭觸屏而睡，予指而笑曰：「斯人也，其悟夫無鬭也夫。」

【注釋】❶涿鹿之戰　上古時代，炎黃部族與蚩尤部族在今河北涿鹿縣發生的一場大戰，事見《史記・五帝本紀》。❷牧野之捷　周武王討伐商紂王，雙方在今河南新鄉決戰，武王獲勝，史稱「牧野之戰」，事見《史記・殷本紀》。❸血令杵漂　語出《孟子・盡心下》：「以至仁伐至不仁，而何其血之流杵也？」❹劉　殺也，見《說文》。❺鄴侯　唐代李泌封號。❻蟋蟀在牀　語見《詩經・豳風・七月》：「十月蟋蟀入我床下。」

【語　譯】寫作〈蟋蟀對〉幾年以後，愛好鬥蟋蟀的人叩門邀請道：「秋天到了，先生難道不去鬥蟋蟀嗎？」我命令童子謝絕他們，他們離開了。童子拱手詢問：「先生謝絕了鬥蟋蟀的人，不是和您以前作〈蟋蟀對〉時的態度相反嗎？」我說：「是這樣的。你不知道，天下是不能容許有任何戰爭的，更何況故意驅使一種生物去彼此戰鬥呢！戰爭，宏大不過涿鹿之戰，爽快不過牧野之捷，然而，戰爭的代價是白骨用車載、血流能把杵漂浮起來，天下怎麼能有戰爭呢？戰國時七雄星列，漢末三國鼎峙，魏晉南朝的各個政權相繼稱霸，北朝時五胡紛擾，那時候，百姓都放下耕作的鋤頭，拿起作戰的戈戟，離開從容的生活，從事擊刺的戰鬥，人們無仇無怨而互相殺戮。白首黃髮的老者流離失所、狼狽逃竄，天下十分之六、七的人死於戰爭中。今天，太平了兩百多年了，人們應該以沒有戰爭而感到幸運，豈能驅使無辜生物去戰鬥呢？鄴侯說：『我愛好講道理，不和人結仇。』這話是對的，我私下裡仰慕鄴侯的處事原則。自身不想和人結仇，卻讓其他生物無故相鬥，難道可以這樣做嗎？蟋蟀在秋天鳴叫，我聆聽牠的叫聲，秋思更加深切；蟋蟀進入到床下，我任牠徜徉，秋夢更加深長。不必通過挑唆蟋蟀互相戰鬥以分出人、我、勝、負的遊戲，人們也能從牠們身上得到很多樂趣！」童子沒有了應答，一看，他已經頭抵著屏風睡著了，我指著他笑說：「這人真正覺悟了無鬥之旨了。」

【研　析】蟋蟀夏末成蟲，深秋死亡，壽命不過百餘日。人們在這小小秋蟲身上找到了很多賞秋樂趣，其中，「鬥蛐蛐」是最流行於市井的一種遊戲。本文作者張鳳翼曾經是「鬥蛐蛐」的愛好者，他作過一篇〈鬥蟋蟀對〉來對質疑難者「玩物喪志」的批評。在那篇〈鬥蟋蟀對〉中，張鳳翼將鬥蟋蟀的樂趣比作演練軍法、雅俗同樂。然而，不過數年以後，張鳳翼對這項民間娛樂的態度卻發生了根本逆轉。他覺察到「鬥蛐蛐」雖然只是一項娛樂活動，但是驅使這小小生物「不怨而相戮」，其間顯露出的鬥勝好殺之心卻與真正戰爭中的屠戮之心無異。蟋蟀帶來的秋趣不必非要「鬥殺」出來，只在靜夜聆聽牠清亮的鳴聲，就滿是明澈、悠長的秋意。

蟋蟀的鳴聲，已成為中國人秋夜的一個玲瓏象徵，它喚起人們對歲月流逝的驚警，《詩經・唐風・蟋蟀》云：「蟋蟀在堂，歲聿其莫。今我不樂，日月其除。無已大康，職思其居。好樂無荒，良士瞿瞿」；它也喚起人們對故鄉生活的回憶，《詩經・豳風・七月》云：「七月在野，八月在宇，九月在戶，十月蟋蟀入我床下」。張鳳翼借蟋蟀之鳴深其秋思、長其秋夢，享受這「承平二百餘年來」的鄉居生活。殊不知僅在數十年之後，明王朝就迎來了它的覆亡之災。明代嘉靖、萬曆年間，雖然維持著表面的繁榮，但政治混亂、社會動盪，危殆之勢已現端倪，明王朝至嘉、萬年間也已到了它的「秋」季。晚明文人記載的譬如山水、書畫、戲劇、博戲、盆景等種種生活雅趣雖甚為豐富，然而它們就像王朝之秋的蟋蟀聲，即將送走明代讀書人最後的寧靜夜晚。張鳳翼「天下無門」的願望又豈能實現？

與秦君陽

屠　隆

【題　解】秦君陽，出生於無錫望族秦氏，屠隆好友。屠隆在〈與鄒彥吉督學〉一信中稱：「秦君陽公子，僕之鮑叔也。」本文選自屠隆《栖真館集》卷十八。

【作　者】屠隆（西元一五四二～一六〇五年），明代文學家，字長卿、緯真，號赤水、鴻苞居士，別署一衲道人、蓬萊仙客、娑羅主人，鄞縣（今屬浙江省寧波市）人。萬曆五年（西元一五七七年）進士，官至禮部主事，被讒去官，餘生隱居。屠隆以詩文名，被王世貞列入「末五子」中。著有《栖真館集》、《由拳集》、《白榆集》、《遊具雅編》、《考槃餘事》、《茶箋》、《風儀閣樂府》。

臘月使者還自梁溪❶，得仁兄手書，知行李適以是月歸里中。何其神氣相感如此也！數千里倦遊人，入門與眷屬燈前情話，雖行落魄，亦聊可自遣。不佞弟荷仁兄骨肉至情，咫尺丰神，可勝飛動❷。本擬於元夕後便出門走晤知己，敘致契闊❸，乃弟頃若貧益甚，不能辦遊資，又恐不佞扶服西行，抵梁溪而足下已從北去，邈不相及。坐是逡巡畏沮❹，徒日夕神馳。敬遣小力修荒牘，奉訊仁兄，儻行李方春未果北，幸急見報，弟不難典衣裝為出門計。三年闊別，千里相思，猶然徘徊延望，不奮飛而歬❺，顧念仁兄疇昔之義為何！慚愧足死！仁兄急欲見弟，可以一言相促，助我遊興。

除夕始得剝土葬先君子，不封不樹❻，荒壟蕭然，人子之恨何言！老母今年八十有九，康強如昔，恨不肖一官拓落，家慈晚景淒涼。古人以善養親，不肖猶愧斯語。小堂西隙地可栽花木數本，聞江陰、無錫多牡丹、芍藥，乞足下覓一二種付奴子來，供幽人唫嘯。太夫人❼獻歲❽想益安好？家荊婦念太夫人及嫂夫人❾恩義不能去口，幸為道之。鄒彥吉❿先生曾出山不久，不通問，良以為懷。趙千里山水一幅、益王妃篆書四幅、韓昌黎集一部、羅念庵集一部、湖羅一端、詩扇一柄、漢黃龍元年鼎一枚，奉將鄙情，伏紙龎頓。

【注釋】❶梁溪　無錫市別稱。本為河流名，其源出自無錫市惠山，南北溝通運河、太湖。❷飛動　形神飛動，如在目前。《文心雕龍・銓賦》：「延壽《靈光》，合飛動之勢。」❸契闊　懷念。語出《詩經・邶風・擊鼓》：「死生契闊，與子成說。執子之手，與子偕老。」❹畏沮　停滯不前。❺歬　同「前」。❻不封不樹　沒有壘墳，沒有植樹。《禮記・王制》：「不封不樹，喪不貳事」，孔穎達疏曰：「不積土為封，不標墓以樹。」❼太夫人　這裡指秦君陽的母親。❽獻歲　歲首正月。❾嫂夫人　這裡指秦君陽的妻子。❿鄒彥吉　鄒迪光，字彥吉，無錫人，工詩善畫，官至湖廣提學副使。

【語　譯】去年臘月時，送信的人從梁溪來，我接到仁兄的手信，獲知您這個月返回故鄉了。讀了您的來信，我們之間多麼有心靈感通啊！你我都曾千里倦遊，終於得以歸家，與眷屬在燈下敘說別情，旅途中的失意落魄也得到了排遣。我這個不成才的弟弟蒙受了仁兄以骨肉相待的真情，您的丰神從信紙中透出，如在咫尺，甚至勝過了當面相對。本來計劃元旦就出門去拜訪您，敘述別情，但是我最近更加的貧窮，沒有能力置辦旅費，又擔心我急匆匆向西行，抵達梁溪時，足下又往北方去了，還是不及見面。因為這些緣故，我猶豫停滯，每天只能心馳神往。我打發我的小僕給您送了一封不合情理的信，訊問您的行蹤，如果您今年春天不去北方，請盡快報知我，我可典當衣服去置辦旅費，我並不以此為難。闊別三年，千里相思，我卻猶自徘徊遠望，不能立即飛奔到您的面前，我把仁兄的往昔情義當成什麼了！慚愧欲死！仁兄若急著見我，可回訊催促我，助興我踏上旅途的心情。

除夕的時候，我才掘土埋葬了先父，沒能壘墳，也沒能植樹，只有冷落的一座荒丘，為人之子，我的遺憾又怎能用語言說出來！老母今年八十九歲，和以前一樣安康強健，懊悔啊，我這個不肖子丟了官職，才導致家母老景淒涼。古人言要用善衣善食奉養父母，我真是愧對這句話呀。我的小庭院西面有一塊空地，聽說江陰、無錫盛產牡丹、芍藥，請足下為我找一、兩種，交給奴僕帶給我，供我這隱居之人吟嘯觀賞。太夫人正月間想來更加安好吧？我的妻子感念太夫人和嫂夫人的恩義，時時言說，希望您能為她轉達。鄒彥吉先生才出山不久，不通問訊，我十分思念他。您所惠贈的趙伯駒山水畫一幅、益王妃的篆書四幅、韓昌黎文集一部、羅念庵文集一部、湖羅一匹、詩扇一柄、漢代黃龍元年的古鼎一枚，容我表感謝之情，伏紙頓首。

【研　析】本文是屠隆寫給友人的一封日常書信，沒有高蹈的內容，相反，它充滿了生活的尷尬：這其實是一封索取經濟援助的信。收信人是屠隆老師的族子、也是他的好朋友秦君陽。屠隆自從蒙冤免職之後，經濟來源斷絕，一度依靠朋友的救濟過日子，而這位秦君陽便是對待屠隆最慷慨大度的那一位。儘管屠隆在給秦君陽的另一封書信中對自己的處境表示了豁達的心態：「浪憂浪喜，總屬妄因」，但現實生活的窘迫還是讓他屢次向這位友人求助。在信的開頭，屠隆首先說明自己不能立即啟程拜訪的原因：「弟頃若貧益甚，不能辦遊資」。借此，他委婉地道出了寫作此信的附加目的：請求朋友的資助。關於這個目的，屠隆並不過多掩飾，先說「仁兄急欲見弟」，需要「助我遊興」；再說自己無錢葬父，「荒壟蕭然」。相信秦君陽讀到這封信，定能明白屠隆所需要的並不僅僅是幾株可以種在堂側的「牡丹、芍藥」而已。讀到信的末尾，屠隆對秦君陽所贈厚禮表示答謝：「趙千里山水一幅、益王妃篆書四幅、韓昌黎集一部、羅念庵集一部、湖羅一端、詩扇一柄、漢黃龍元年鼎一枚，奉將鄙情，伏紙靡頓。」其中，南宋趙伯駒的山水一幅、漢鼎一枚是貴重古董；益王妃李氏的篆書是其當代藝術品；兩部書、一柄扇、一端羅皆高雅清玩之物。從屠隆寫給秦君陽的其他書信中得知，秦君陽落第歸鄉後，即在第一時間給予了屠隆物質幫助。屠隆曾以「區區雞肋小物」來形容科舉功名，安慰秦君陽不必為此失落，他雖然不得不受助於人，卻沒有一絲諂媚的態度，仍不改狂士本性。秦君陽送給屠隆的書、畫、金石古董等雅玩，表達了知音之情，不帶一點世間俗氣，可見他即使施助於人，也能謹存敬人之心。友情的表現，或如鍾子期知音，或如鮑叔牙分金，或如漢光武抵足嚴子陵，或如劉、關、張桃園三結義，或直率如子路「願車馬衣輕裘，與朋友共敝之而無憾」，或悲壯如「趙氏孤兒」故事中公孫杵臼的不惜一死——在父母、君臣、昆弟、朋友、夫妻這五種基本人際關係中，只有「朋友」脫離開血緣和禮教的因緣，而呈現出人與人之間最純粹、最自由的一種情感關係。《詩經・小雅・伐木》云「伐木丁丁，鳥鳴嚶嚶。出自幽谷，遷於喬木。嚶其鳴矣，求其友聲」，人對友朋的渴望出於自然本性。屠隆與秦君陽這一對朋友，一貧一富，貧者抱直，富者懷敬，《論語》曰：「貧而無諂，富而無驕」，這大概正是他們之間友情的表現。

書〈范蠡論〉後

釋德清

【題　解】本文作於「己酉秋日」，即萬曆三十七年秋。根據《憨山大師自敘年譜》記載，是年，憨山大師六十四歲。這一年二月份，為了修復曹溪南華寺大殿，憨山從端江押運木材回寺，卻被「一二不肖者」以侵占淨財的罪名誣告至巡按御史，誣案次年得到昭雪。自誣告興起，憨山即「飄然出山」，船居漂泊在今天的珠江流域。其間，他曾應友人項楚東之邀赴浛洸鎮，遭風破船，大病幾死。萬曆三十八年底，憨山辭去曹溪南華寺主持，寓居廣州長春庵。本文寫作時，憨山正被誣離山，漂泊於大江之上，應友人之請為《范蠡歸湖圖》寫贊，有感於自身遭際，遂發揮春秋時越國大夫范蠡的心志於千古之下。本文選自釋德清《憨山老人夢遊集》卷十八。

【作　者】釋德清（西元一五四六～一六二三年），明末高僧、詩文家，俗姓蔡，字澄印，號憨山，法號德清，諡號弘覺禪師，全椒（今屬安徽省滁州市）人。憨山德清與雲棲袾宏、紫柏真可、蕅益智旭並稱明末四高僧，著有《憨山老人夢遊集》。

此論蓋予於己酉秋日，舟泊珠江之滸，李參軍以《范蠡歸湖圖》請贊，余因是有感而作也。嘗謂古之文人評論古人物，若三蘇之作燦然，概不及。此何哉？是知求知己於千載之下，古人所難而期有日暮之遇者，非偶然也。蠡之心固難見，以予言而發之，則蠡亦將瞑目矣，奚有古今去來哉。

余謂丈夫處世，抱超世之見者，必不易見知於世。故龍與麟，舉世三尺之童皆知其為神且瑞，此約不見而爭誇之也。即旦見龍，人將以為蛇❶；麟一出，必見災於虞人❷。又何怪哉？余居曹溪❸之十年，蓋嘗一龍一蛇矣，唯不免一災，時有匡人之圍者❹兩旬。當己酉寒露降霜之候，清夜興發，侍者某偶於篋中檢出此素卷，余乘興捉筆，其論適在案頭，遂書之併識其意如此。

【注　釋】❶即旦見龍二句　語見《莊子‧山木》：「若夫乘道德而浮遊則不然。無譽無訾，一龍一蛇，與時俱化而無肯專為。」❷麟一出二句　典出《左傳‧哀公十四年》：「春，西狩於大野，叔孫氏之車子鉏商獲麟，以為不祥，以賜虞人。」虞人，掌管山澤的小吏。❸曹溪　指位於廣東省韶關市曹溪畔的南華寺。南華寺因禪宗六祖慧能曾於此弘揚「南宗禪法」而聞名於世。❹匡人之圍者　孔子周遊列國，至衛國匡地，被匡人誤認作殺擄之徒陽貨而遭到圍攻。

【語　譯】這篇〈范蠡論〉是我在己酉年秋天泊舟於珠江之畔時所作，那時，李參軍請我為《范蠡歸湖圖》作贊，我有感於心，故而寫下此論。我曾經說過，古代文人評論古人物，都不如三蘇能有豁然洞見。為什麼這麼說呢？古人欲求知音於千年之後，這「知音」卻很難在一朝一夕間遇到，知音難求不是偶然的現象啊。范蠡的心志今天已經難以顯露，我用自己的語言再次闡發它，范蠡也將瞑目九泉了，哪裡還會有古、今、往、來的時間隔閡呢。

我認為世間抱有超曠見識的大丈夫，必定不容易被世人所理解。譬如龍和麒麟，世間三尺高的孩童都知道牠們是神奇的瑞獸，人們大概因為沒有真正見到過龍和麒麟，所以爭相誇耀牠們。如果有一天龍真的出現了，人們會把牠看作是蛇；麒麟真的出現了，人們會把牠當成災禍而丟給虞人。這又有什麼奇怪的呢？我居住在曹溪十年，已嘗過「一龍一蛇」的滋味，最後仍然難免於這次災禍，當時被人圍攻了二十餘天。

在這己酉年寒露降霜的時節，我在清夜中來了興致，讓侍者某從箱中找出了這幅畫卷，恰好〈范蠡論〉又在案頭，我趁著興致提起筆來，把自己的心意書寫、記錄了下來。

【研　析】憨山大師三十三歲時，駐五臺山研讀佛經，一晚夢見自己進入了彌勒菩薩兜率天，「夢自身履空上升，高高無極，落下則見十方迴無所有，唯地平如鏡，琉璃瑩徹。」（《憨山大師自敘年譜》，下同）在這廣大清淨的虛空中，卻浮著一座樓閣，閣中顯現著俗世間的一切事情：「遠望唯一廣大樓閣，閣量如空，閣中盡世間所有人物事業，乃至最小市井鄙事，皆包其中，往來無外。」在俗世萬象中，憨山又看見了金剛寶座：「閣中設一高座，紫赤焰色，予心謂金剛寶座。其閣莊嚴，妙嚴不可思議。」憨山一面「歡喜欲近」，一面起了疑惑，「心中思惟：『如何清淨界中，有此雜穢耶？』才作此念，其閣即遠。尋復自思曰：『淨穢自我心生耳。』其閣即近。」這個夢彷彿暗示著憨山大師一生不避人世的修行方式。他所修行的是在人間的佛教——走一條積極入世、即凡成聖的道路。憨山大師年輕時參學南北，在五臺山講《華嚴經》，聽眾上萬人。慈聖太后贈送巨資給他建庵，他把這筆錢全部施捨給了山東饑民。雷州旱荒，死者載道，他組織掩埋屍首，並建立濟度道場，晝夜超度亡靈。他以十年之勞苦，復興了廣東韶州禪宗六祖的道場，被稱為曹溪中興祖師。然而，也正因為憨山大師積極入世的態度，使得他一生三度陷入訟案之災。第一次是在他五十歲那年，被明神宗以私創寺院的罪名遣去廣東雷州充軍。第二次是在他五十八歲時，受達觀大師「《妖書》案」牽連，再次被遣雷州。第三次是在他六十四歲時，遭奸僧誣告，被迫離開曹溪南華寺，漂泊在珠江之上——即本文寫作時的生活背景。憨山法師在晚明社會留下廣泛而深刻的足跡，他圓寂後，崇禎皇帝感其一生風采，送偈曰：「耆老和尚，何等形狀？撐持法門，已作棟樑。受天子之鉗錘，為佛祖之標榜」。

本文中，憨山和尚提到自己在曹溪忘我經營了十年，仍不免遭到「一龍一蛇」、被人圍攻的災禍，感慨世事艱難，人心險惡。但他有求知於古人的自信，因《范蠡歸湖圖》而發揚自己堅持信念、不計毀譽的志向。儘管數度背負流放的罪名，憨山和尚還是沒有選擇獨善其身的道路，而是像他對自己的弟子所說的那樣：「學道人，第一要骨氣剛烈，次要識量大，次要生死心切。」從這篇論范蠡的小文中，我們看到了憨山大師人生道路中的艱辛磨難——更看到了他堅守人間熱土不退、大無畏的精神毅力。

《詩歸》序

鍾惺

【題解】「竟陵派」是晚明重要的文學流派，創作風格「深幽孤峭」，理論風格獨立不群，以竟陵（今湖北天門）人鍾惺、譚元春為代表。大致在萬曆甲寅（西元一六一四年）至丁巳（西元一六一七年）年間，鍾、譚編選唐以前的詩歌，所成的一個詩歌選本即《詩歸》，由《古詩歸》和《唐詩歸》兩部分組成。鍾惺於萬曆丁巳八月、譚元春於同年十二月分別為《詩歸》作序，旨在闡發其詩學觀念。

【作者】鍾惺（西元一五四七～一六二四年），明代文學家，字伯敬，號退谷，又號止公居士、晚知居士，竟陵（今屬湖北省北門）人，萬曆三十八年（西元一六一〇年）進士，官至福建提學僉事。與同郡譚元春共同開創詩文流派「竟陵派」，合作選評《古詩歸》、《唐詩歸》。著有《隱秀軒集》、《史懷》等。

選古人詩，而命❶曰《詩歸》。非謂古人之詩以吾所選為歸❷，庶幾❸見吾所選者，以古人為歸也。引古人之精神，以接後人之心目，使其心目有所止❹焉，如是而已矣。昭明❺選古詩，人遂以其所選者為古詩，因而名古詩曰「選體」。唐人之古詩曰「唐選」。嗚呼！非惟古詩亡，幾並古詩之名而亡之矣。何者？人歸之也。選者之權力，能使人歸，又能使古詩之名與實俱徇❻之，吾豈敢易言選哉。

嘗試論之，詩文氣運，不能不代趨而下❼，而作詩者之意興，慮無不代求其高[8]。高者，取異於途徑[9]耳。夫途徑者，不能不異者也；然其變有窮也。精神者，不能不同者也；然其變無窮也。操其有窮者以求變，而欲以其異與氣運爭，吾以為能為異，而終不能為高。其究[10]途徑窮，而異者與之俱窮，不亦愈勞而愈遠乎？此不求古人真詩之過也。

今非無學古者，大要取古人之極膚極狹極熟，便於口手者，以為古人在是[11]。使捷者矯之，必於古人外，自為一人之詩以為異，要其異，又皆同乎古人之險且僻者，不則其俚者也[12]；則何以服學古者之心？無以服其心，而又堅[13]其說以告人曰：「千變萬化，不出古人。」問其所為古人，則又向之極膚極狹極熟者也。世真不知有古人矣。

惺與同邑譚子元春[14]憂之，內省諸心，不敢先有所謂「學古」「不學古」者，而第[15]求古人真詩所在。真詩者，精神所為也。察其幽情單緒，孤行靜寄於喧雜之中，而乃以其虛懷定力，獨往冥遊於寥廓之外[16]。如訪者之幾[17]於一逢，求者之幸於一獲，入者之欣於一至。不敢謂吾之說，非即向者千變萬化不出古人之說，而特不敢以膚者狹者熟者塞之也。

書成，自古逸[18]至隋，凡十五卷，曰《古詩歸》；初唐五卷，盛唐十九卷，中唐八卷，晚唐四卷，凡三十六卷，曰《唐詩歸》。取而覆⑲之，見古人詩久傳者，反若今人新作詩。見己所評古人語，如看他人語。倉卒中，古今人我，心目為之一易，而茫無所止者，其故何也？正吾與古人之精神，遠近前後於此中，而若使人不得不有所止者也。

【注　釋】❶命　命名。❷歸　歸趨；指歸。❸庶幾　希望。❹止　居留；止息。❺昭明　蕭統（西元五〇一～五三一年），字德施，南朝梁武帝蕭衍長子。天監三年（西元五〇四年）立為太子，未及即位而卒，謚昭明，世稱昭明太子。❻徇　曲從。❼詩文氣運二句　鍾惺將詩文的發展視為「活物」（《詩論》），所謂「氣運」，即從一個時代的詩文創作的總體成就著眼。代趨而下，一代比一代走下坡路。❽作詩者之意興二句　指作詩者個人的追求抱負。慮，大概。代求其高，一代比一代追求高上。❾途徑　這裡指作詩的技術。❿究　達；至。⓫學古者四句　針對明「七子」復古派。膚，浮淺。狹，狹隘。熟，習熟。便於口手，容易模仿。⓬使捷者矯之六句　針對公安派「信心而出，信口而談」（袁宏道〈張幼于〉）的創作主張。「使」疑為「便」。俚，俚俗。⓭堅　使堅固。⓮譚子元春　譚元春（西元一五八六～一六三七年），字友夏，號鵠灣，別號蓑翁，竟陵人，明天啟七年（西元一六二七年）鄉試第一，年輩稍晚於鍾惺。⓯第　但；只是。⓰察其幽情單緒四句　意指獨立於紛雜的時論之外，以清靜的心境體察古詩的精神內涵，而獲得自由無限之真諦。定力，佛教將止息散亂之心，歸於靜寂之禪定力稱為「定力」，為三十七菩提分法中「五力」之一。⓱幾　通「冀」。希望。⓲古逸　此指不見於《詩經》、散佚的先秦時代詩歌。⓳覆　審察。

【語　譯】我選輯古人詩歌，命名為《詩歸》，不是強要古人以我的選輯標準為指歸，而是希望見過這個選本的人，能以古人為指歸。古人作詩的精神，讓後人也能目濡心感，使他們的心目終得其所，像這樣就夠了。昭明太子編纂《文選》選古詩，人們以為它的選輯標準就能代表古人，因而把古詩稱作「選體」，把唐人的仿古詩稱作「唐選」。啊呀！不僅古詩的真面貌不得而見，恐怕連「古詩」一名也將要湮沒無聞了。為何？因為大家都信從《文選》啊。選詩者的權力，能使後人信從，甚至能使古人之詩的名與實都曲從自己的指歸，我豈敢輕易對待選輯的事情。

試論我的觀點：詩文創作之大勢，必然代代趨下，而作詩者的個人抱負，大概又代代趨高。所謂「高」者，都是在作詩技巧上力求變化。從技巧上來說，今古必然是有變化的，但是這種變化是有限的；從精神上來說，今古必然是相通一致的，但從中卻可以生出無限的變化來。固執於有限的技巧變換而欲與古人爭高下，我認為這樣的做法可以稱為「能」、「異」，而終究算不得「高」。窮盡種種技巧的同時，也窮盡了實現「新變」的可能性，不是離目標越來越遠了嗎？這其實是不求古人「真詩」的過錯啊。

當代並非沒有學習古人的人，但不過取古人浮淺、狹隘、習熟、便於模仿的一面，以為那就是古人的全部了。聰明的人糾正這種風氣，在古人之外，作自己的詩以鳴異，而所謂「異」，總結起來，又不出古人那些險僻、俚俗的地方，這樣怎能膺服學古者之心呢？沒有辦法使他們服氣，反而使他們的論點更加堅固，宣告世人：「千變萬化不出古人」。而追問「古人」是什麼，則又回到以前那些浮淺、狹隘、習熟的方面，使世人真不知古人的面目為何。

我與同鄉的譚元春先生對此深感憂慮。從內心來說，我們不論所謂「學古」「不學古」，而只是追尋古人「真詩」所在。所謂「真詩」所在，是古詩之精神所在。它似一脈幽獨的情緒，靜寄於世論的喧囂之中，以涵容萬象而又能如如不動之力，獨自冥遊於天外。體察到它的存在，就像尋訪者盼到相逢，探求者幸慶於收穫，行進者欣悅於到達一樣。我不敢說我的說法，和前面所謂「變萬化不出古人」的說法不同，只不過不敢取那些浮淺、狹隘、習熟的方面來敷衍填塞罷了。

書編成後，從《詩經》未收的先秦詩歌到隋代詩歌，共有十五卷，名為《古詩歸》；初唐詩歌五卷、盛唐詩歌十九卷、中唐詩歌八卷、晚唐詩歌四卷，共三十六卷，名為《唐詩歸》。編完後再取來審讀，發現流傳久遠的古詩，反倒像今人新作的詩。自己對古詩的評語，又好像出自他人之手。剎那間，古今人我，心目互換，茫茫然無所歸止。為何會這樣？正因為我與古人的精神在此書中融會貫通，而獲得了那必然的歸止。

【研　析】明代前期，「臺閣體」、「性氣詩」盛行，歌功頌德，宣揚道學，空洞無物。詩壇一片寂寂。弘治年間興起的以李夢陽、何景明為代表的「前七子」文學流派，嘉靖時繼起的以李攀龍、王世貞為代表的「後七子」文學流派，針砭時弊，宣導「文必秦漢、詩必盛唐」（《明史・李夢陽傳》），試圖以「復古」為旗幟來一振風氣。「七子」派力圖打破治道、性理之學對詩歌藝術性本體存在的侵奪而倡言復古，但在詩歌作法上主張「尺寸古法，罔襲其辭」（李夢陽〈駁何氏論文書〉）、「視古修辭，寧失諸理」（李攀龍〈送王元美序〉）的修辭模仿說，使得其「擬古」之路漸入絕境。晚明萬曆年間，公安（今屬湖北）「三袁」（袁宗道、袁宏道、袁中道）力矯擬古思潮，提出「代有升降，而法不相沿」（袁宏道〈敘小修詩〉），主張作詩者應該「獨抒性靈，不拘格套」（同上），張揚自我。但是，其「信心而出，信口而談」（袁宏道〈張幼于〉）的放達的文學主張又容易走向率意粗陋的詩風。此時，「竟陵代起，以淒清幽獨矯之，而海內之風氣復大變。」（錢謙益《列朝詩集小傳・袁稽勳宏道》）——在兩大巨峰前，鍾惺的這篇序文試圖以一石擊二鳥，同時針對「七子」派末流（即所謂「學古者」）「極膚極狹極熟」之病和「公安」派末流（即所謂「使捷者」）「險且僻」「不則其俚」之病，提出自己對「古人真詩」的見解。

自中唐以來，「復古」一直是文壇爭鳴的核心命題之一，鍾惺在這篇序文開頭即聲明《詩歸》的宗旨是「以古人為歸」。然而，正如後文所云：「選者之權力，能使人歸」，選輯詩歌本身即是選家傳達自己文學觀念的一種著作行為，毫無偏向的「還原」古人是做不到的。這裡所謂「以古人為歸」，其實是鍾、譚在宣揚自己自《文選》以下，決不蹈襲他人道路的自信。所以，雖然滿紙「古人」，但此文之用意在「重今」「重我」上。

站在辯駁的立場上，鍾惺將本來明顯對立的「學古者」和「使捷者」在「取異於途徑」這一點上統一了起來，認為他們都只不過在修辭等技術層面用力，都沒有上升到「精神」的層面，因此，以「險、僻、俚」來矯正「膚、狹、熟」，不過是等而下之的爭鬥。而在樹立的立場上，和「途徑」相對，指出了「真詩者，精神所為也」的「向上一路」。正如鍾惺自云：「不敢先有所謂『學古』『不學古』者」——此「精神」之探求，不只在故紙堆中，而更在結合當下感受的悟性礪煉中；不只在「自為一人之詩」的自信滿滿中，而更在對古詩的深刻瞭解之上，對那自由不滅之「幽情單緒」的體察中——在此覺悟之下，古今人我，殊途同「歸」。〈詩歸序〉可謂取徑獨高，但文字中它所批評的「七子」派、「公安」派的影響卻歷歷可感，可見，這篇詩壇「檄文」的重要一面，也在於對前賢理論的沿襲和繼承吧。

自題詩後

鍾 惺

【題 解】 題，書寫、品評的意思。題跋一類的文體適用範圍廣泛，即可針對具體的作品進行評價、介紹；也可以不論作品，作成自抒胸臆的散文。本文即屬於後一種。

李長叔❶曰：「汝曹勝流❷，惜胸中書太多，詩文太好，若能不讀書，不作詩文，便是全副名士。」余憮然❸曰：「快哉快哉！非子不能為此語，非我不能領子此語。惜己者❹不解，使己者解此語，其欲殺子，當甚於殺我。然余能善子語，決不能用子語。子持子語歸，為子用。吾異日且用子語。」數日後，舉此示友夏❺。友夏報我曰：「長叔語快，子稱長叔語尤快！僕稱長叔與子語快者，語亦復快！」夫以兩人書淫詩癖❻，而能歎賞不讀書、不作詩文之語，則彼能為不讀書、不作詩文語者，決不以讀書、作詩文為非也。袁石公有言：「我輩非詩文不能度日。」❼此語與余頗同。昔人有問長生訣者，曰：「只是斷欲。」其人搖頭曰：「如此，雖壽千歲何益？」余輩今日不作詩文，有何生趣？然則余雖善長叔言而不能用，長叔決不以我為非。正使以我為非，余且聽之矣。

【注　釋】❶李長叔　即李純元，鍾惺的同郡友人。李純元字長叔，號空齋，竟陵人，明萬曆庚戌年（西元一六一〇年）進士，官至陝西布政司左參議致仕，晚歲喜修禪悅而無意述作。❷汝曹勝流　你們這些名流。❸憮然　悵然失意的樣子。❹忌者　指那些嫉妒有才者的人。忌，妒忌。❺友夏　即譚元春，鍾惺的同郡詩文摯友，曾與鍾惺共同選編《詩歸》，同為「竟陵派」的開創者，年輩稍晚於鍾惺。❻書淫詩癖　指對詩書的極端愛好。❼袁石公有言二句　袁宏道，字中郎，號石公，湖北公安人，與兄宗道、弟中道號「三袁」，是「公安派」的創始者。袁宏道致友人黃平倩信中云：「詩文是吾輩一件正事，去此無可度日者。」

【語　譯】李長叔說：「你們這些名流，可惜胸中裝的書太多了，寫作的詩文太好了，如果能不讀書，不寫詩文，那便是萬全的名士了。」我悵然若失地說：「痛快痛快！除了你沒人能說出這樣的話，而除了我沒人能領會你的這番話。可惜那些妒忌我的人不理解你的話，如果他們理解了，那他們想要殺你，甚於想要殺我。但是，我雖然欣賞你的這番話，卻決不願意採用它。你把這番話帶回去，讓它為你所用，說不定將來某一天我會也採用它吧。」幾天以後，我把長叔的這番話給友夏看，友夏回答我說：「長叔的話痛快，你稱讚長叔的話更痛快！我對長叔和你的話的讚賞也是痛快的！」像我和友夏兩人這樣酷愛讀書作詩的人，卻能欣賞這番不讀書、不作詩文的話，那麼能夠說出這番話的人，看來決不認為讀書作詩是錯誤的。袁石公曾說過：「我這樣的人離開詩文就無法度日了。」我的感受和他是一致的。以前有個人詢問長生的秘訣，回答是「只要斷絕欲望就可以了」。這個人搖頭說：「如果這樣，即使活一千歲又有什麼好處？」我們這些人如果不作詩文，還有何樂趣可言？然而，我即使只欣賞長叔的話卻不採用它，長叔也決不會認為我不對，如果他真覺得我不對，我也只能聽之任之了。

【研　析】這是一篇抒瀉憤懣的文章。「不讀書，不作詩文」的人能做名士，而「胸中書太多，詩文太好」卻反而成了白璧之瑕，作者在為自己的「書淫詩癖」辯護之餘，也將當時的「名士」們狠狠諷刺了一番，認為所謂的「名士」們，不過是當時社會嫉才妒能的產物罷了，而像自己這樣「非詩文不能度日」的人是作不了、也不屑於作「名士」的。作者將心中的憤懣與二三知己分享，而用「痛快」二字表達自己對這種不平現實的態度，其間啼笑相雜的心情是很值得讀者品味的。

不過，李長叔充滿調侃意味的話卻未必只是調侃而已。也許，「不讀書，不作詩文」才能成為名士的社會風氣的確讓人匪夷所思，但是，作者將成不了「名士」的原因全部歸之一「忌」字，似乎也有些意氣用事了。對於晚明士人而言，「不讀書，不作詩文」的「名士」也許並不是那樣的不可理解。其實，自古以來，關於「讀書、作詩文」是否是成為「名士」的核心條件這一點上，是得不到肯定的答案的。這當然不是說讀書、作詩文與成為名士二者之間存在衝突，而是說「名士」代表著一種人格範式，而酷好詩書只是這種範式中的一個或然的表現罷了。「名士」的評定，在顏回是「一簞食，一瓢飲，在陋巷，人不堪其憂，而回不改其樂」的淡泊無私；在王子猷是雪夜拜訪戴安道，「經宿方至，造門不前而返」的任興由情。顏、王二人都無詩文作品留世，然而這並不妨礙他們成為貨真價實的名士。而在一些大「名士」眼中，對「名士」的認同，也往往與「詩文」無涉。關於明代中葉大儒王陽明，有這樣一段軼事：「於時王龍谿妙年任俠，日日在酒肆博場中，陽明亟欲一會，不來也。陽明卻日令門弟子六博投壺，歌呼飲酒。久之，密遣一弟子瞰龍谿所至酒家，與共賭。龍谿笑曰：『腐儒亦能博乎？』曰：『吾師門下日日如此。』龍谿乃驚，求見陽明。一睹眉宇，便稱弟子矣。」（袁伯修《白蘇齋類集》卷二十二）王龍谿以「酒肆博場」為道場，而王陽明偏偏以王龍谿為不俗，派弟子到酒家與王龍谿共賭，王龍谿起初不屑於王門下閉門讀書的「腐儒」，而淡淡一句「吾師門下日日如此」畢竟氣勢迫人，使他不禁「驚」而求見陽明。可見，「名士」的評定不是有固定「範本」的，而最終是以不同凡俗的品格為指要。當然，宣稱「余輩今日不作詩文，有何生趣？」的鍾惺終究也是一位名士，這不是因為他天天「讀書，作詩文」，而是因為他堅持自我，不為世俗所動的人格魅力。

《牡丹亭記》題詞

湯顯祖

【題解】《牡丹亭》傳奇，明代戲劇家湯顯祖的代表作品，熱烈謳歌愛情自由和人性解放，在中國古代戲劇史上有先鋒意義。本文選自湯顯祖《玉茗堂全集》文集卷六。

【作者】湯顯祖（西元一五五〇～一六一六年），明代戲劇家、詩文家，字義仍，號海若、若士、清遠道人，江西臨川（今撫州）人，萬曆十一年（西元一五八三年）進士，官至南京禮部主事，後因彈劾輔臣、不附權貴而被議免官。湯顯祖服膺陽明心學，文學觀念上呼應晚明「性靈派」主張，他在中國戲劇史上影響巨大，所創作的明傳奇今存《紫簫記》、《紫釵記》、《牡丹亭》、《南柯記》、《邯鄲記》五種。

天下女子有情寧有如杜麗娘者乎？夢其人即病，病即彌連❶，至手畫形容傳於世而後死，死三年矣，復能溟莫❷中求得其所夢者而生，如麗娘者乃可謂之有情人耳。情不知所起，一往而深，生者可以死，死可以生。生而不可與死，死而不可復生者，皆非情之至也。夢中之情何必非真，天下豈少夢中之人耶？必因薦枕❸而成親，待掛冠❹而為密者，皆形骸之論❺也。傳杜太守事❻者，彷彿晉武都守李仲文、廣州守馮孝將兒女事❼，予稍為更而演之。至於杜守收考柳生❽，亦如漢睢陽王收考談生❾也。嗟夫人世之事，非人世所可盡，自非通人恆以理相格耳。第云理之所必無，安知情之所必有邪！

【注　釋】❶彌連　彌，連也，久長意。❷溟莫　當作「冥漠」，昏暗意。❸薦枕　自薦枕席。語出宋玉《高唐賦》：「昔者先王嘗游高唐，怠而晝寢，夢見一婦人曰：『妾巫山之女也，為高唐之客。聞君游高唐，願薦枕席。』」❹掛冠　掛起冠冕，常喻指辭去官職。《後漢書・逢萌傳》：「時王莽殺其子宇，萌謂友人曰：『三綱絕矣，不去，禍將及人。』即解冠挂東都城門。」這裡指脫下衣冠。❺形骸之論　從身體、生理而論。❻杜太守事　《牡丹亭》中杜麗娘之父杜寶為南安太守。❼晉武都守李仲文句　李仲文之女、馮孝將之子媳的傳奇故事見《法苑珠林》卷九十二，兩個故事都有人鬼相戀、死而復生的情節。❽杜守收考柳生　見《牡丹亭》第五十三齣「硬拷」。杜麗娘復生後，柳夢梅去淮揚謁見杜寶，杜寶卻不能接受女兒死而復生的異事。❾漢睢陽王收考談生　見曹丕編短篇志怪小說集《述異記・談生》。睢陽王女兒死後化鬼，與書生談生結為夫婦而復生失敗，重回地下。談生失去妻子後，生活困頓，將妻子所贈的珠袍市售。睢陽王認出珠袍，拷問談生珠袍所自，最終認下女婿、外孫。

【語　譯】天下女子，難道還有比杜麗娘更多情的嗎？夢到情人即因情而病，一病就綿延不愈，至於親手為情人留下自畫像而死，死後三年，為了追尋那位夢中情人，又能從昏暗的冥界復生人間，像麗娘這樣的人，真稱得上是世間有情的人哪。情這東西，不知道從哪裡生出，一直往深處去，活著的人可以為情去死，死了的人可以為情復生。活著而不能與他（她）共死、死了而不能為他（她）復生的，感情都沒有深到極致。夢中的愛情未必是真的，藏著夢中人的男女難道還少嗎？一定要在床第間才能親近，一定要除下衣冠才能親密的，這種關係只是身體之間的關係，而不是心靈之間的關係。我為杜太守家寫的傳奇，模仿了晉朝武都守李仲文家、廣州守馮孝將家兒女們的傳說，稍稍加以改變而推演開來。至於杜太守拷訓柳生的情節，則來自於古小說中漢代睢陽王拷問談生的情節。誒呀！人間發生的事情，並不是用人間的道理就可以說盡的，自然也不是自號「通人」的人能夠用各種道理來研究的。然而，那些在道理上必定講不通的事情，誰知卻在情感世界中確定地發生了！

【研　析】《牡丹亭》是崑曲表演的一齣名劇。明興以來，北曲沒落、南曲興盛，弋陽、餘姚、海鹽、崑山被稱為南曲「四大聲腔」，其中崑山腔又「流麗悠遠，出乎三腔之上，聽之最足蕩人」（徐渭《南詞敘錄》）。湯顯祖是江西臨川人，江西雖是弋陽腔的發源地，然而「至嘉靖而弋陽之調絕」（湯顯祖〈宜黃縣戲神清源師廟記〉），《牡丹亭》是用當時盛行的崑曲寫成。和重聲律的吳江派相比較，以湯顯祖為鼻祖的臨川派更重詞藻，為了寫出優美詞章，不惜讓歌者面臨詰屈聱牙的唱詞。明代曲論家王驥德在《曲律》中謂「臨川近狂而吳江近狷」。

《牡丹亭》表現了對人性返璞歸真的認同。湯顯祖個性狷狂，思想上服膺王陽明，文學上接近「性靈派」，他借杜麗娘之口，道出自己「一生兒愛好是天然」（《牡丹亭・驚夢》），表達出一種反抗禮教的主張。《牡丹亭》寫「情」，不是寫柏拉圖式的無欲之情，它從一個女孩兒的思春——情慾的自覺開始寫起。本來，情慾是人性之天然，道德亦應是人性之天然。但是，內在的、自由的道德往往被「綁架」為外在的、教條化的意識形態，當這種「外在化」走到了極端，就會變成魯迅先生講的「吃人的封建禮教」，就會變成大多數暴力的工具——而在向這暴力的反抗中，「情慾」就不僅僅是天然的，它更成為正義的特殊表達。自然人性普遍壓抑的時代裡，杜麗娘那活潑潑生命的消磨是所有人生命正義的消磨，她的死而復生是所有人生命正義的復生，《牡丹亭》正有這不朽的批判精神。「情不知所起，一往而深，生者可以死，死可以生」，湯顯祖對這一個「情」字寄託了對自由的夢想，寄託了對自己孤介個性的堅持。他給崑曲表演家羅章二的一封書信中寫道：「我平生只為認真，所以做官、做家都不起耳。」（〈與宜伶羅章二〉）杜麗娘死於認「真」，湯顯祖困於認「真」，湯顯祖為自己寫了杜麗娘之死，為觀眾寫了杜麗娘的死而復生。不同的人看《牡丹亭》會有不同的感受，有的人看到了情慾，有的人看到了愛情，有的人看到的是對生命正義的熱情歌唱。

《俠遊錄》小引

臧懋循

【題解】元末楊維楨創作的《仙遊錄》、《夢遊錄》、《俠遊錄》、《冥遊錄》是現知最早的彈詞作品，後世合稱《四遊記彈詞》，今佚。本文選自臧懋循《負苞堂文選》卷三。

【作　者】臧懋循（西元一五五〇～一六二〇年），明代戲劇家、詩文家，字晉叔，號顧渚山人，長興（今屬浙江省湖州市）人，萬曆八年（西元一五八〇年）進士，官至南京國子監博士。臧懋循對戲曲史的最大貢獻在於編輯《元曲選》，保存了一百部元雜劇，占今存元雜劇三分之二。著有《負苞堂稿》。

余少時見盧松菊老人，云楊廉夫❶有《仙遊》、《夢遊》、《俠遊》、《冥遊》錄各四種，實足為元人彈詞❷之祖，每恨無門物色之。後四十年而得《仙遊》、《夢遊》二錄於里中蠶媼家，校刻行世矣。又十年，歲壬子，以採茶過壽聖寺。此創自吳赤烏，而重修於元之至正，巨麗甲吾邑。今皆為茂林修竹，獨毘陵閣猶巋然青葱峭蒨間❸，蓋佛力也。余登眺良久，忽豎子隧閣下，云承塵❹中多藏書，盡為蟲鼠嚙蝕，如敗絮。余念寺之廢久矣，而閣獨存是書，何遽不如閣耶！亟命撿之，則所謂《俠遊》者在焉。

讀其書，校前二錄小異，而豪爽激烈大過之，摹寫當時劍仙諸狀若抵諸掌，誠千古快事。然其間脫落者十二三，不敢泥❺闕文之說❻，輒為詳其首尾，繹其意義，仿而足之。亦不至如束廣微《補亡詩》❼，直用鑿空為耳。昔魯恭王壞孔壁而《尚書》諸經乃出❽，說者謂天之未喪斯文，故其藏也，若避秦火，而其出也，應漢表章。《俠遊》何物，出亦有時？然則古人秘書所煙滅而不傳者，固已多矣。太史公作《史記》，欲藏之名山，而副在京師，傳之通邑大都。有見哉！有見哉！

【注　釋】❶楊廉夫　楊維楨字「廉夫」。❷彈詞　一種用弦樂伴奏的民間說唱藝術。❸青蔥峭蒨間　形容山嶺青綠鮮明貌。語出左思〈招隱〉：「峭蒨青蔥間，竹柏得其真。」❹承塵　天花板。❺泥　拘泥。❻闕文之說　編校古書時，對於脫漏的字句保持空缺的做法。語出《論語・衛靈公》：「吾猶及史之闕文也。」❼束廣微補亡詩　西晉學者束皙曾經補寫過《詩經》中有目無詞的〈南陔〉、〈白華〉等六篇詩歌，結成作品集《補亡詩》。❽昔魯恭王句　西漢魯恭王破壞孔子舊宅，在舊宅壁中得到一批古文經傳。事見《漢書・楚元王傳》：「及魯恭王壞孔子宅，欲以為宮，而得古文於壞壁之中，逸《禮》有三十九篇，《書》十六篇。」

【語　譯】我小時候進見松菊老人，聽他說到楊廉夫有《仙遊錄》、《夢遊錄》、《俠遊錄》、《冥遊錄》四種，是元代彈詞的鼻祖，常常遺憾無門尋找它們。四十年後，我在鄉里一戶養蠶老婦人家裡找到了《仙遊錄》和《夢遊錄》，將它們校勘、刊刻，流傳於世。又過了十年，壬子歲，我因為採茶路過壽聖寺。此寺創始自三國東吳赤烏年間，重修於元代至正年間，曾經以其宏大華麗稱甲吾郡。現在化作一片茂竹脩林，唯獨毘陵閣巋然矗立在青綠鮮明的山嶺間，是因為有佛力的佑護吧。我登閣眺望了很久，忽然有一個年輕人從上面跑下來，說天花板上面有很多藏書，被蟲、鼠囓咬地像破敗的棉絮一樣。我想該寺廢棄已久，唯獨毘陵閣竟然還存有藏書，為何不立即上去！我馬上命令隨從拾撿閣中藏書，其中就有上文提到的《俠遊錄》一書。

我閱讀這本書，風格較之《仙遊錄》和《夢遊錄》小有不同，然而豪爽激烈大大超過了後二者，作者摹寫起當時劍仙的情狀，若運諸指掌，真是千古快意的文字。但是，十分之二三的書頁都脫漏了，我不敢拘泥於留下闕文的古訓，就詳細考察了《俠遊錄》的首尾情節，整理了前後文義的頭緒，仿照楊維楨的筆法補寫了它。我不至於像束廣微的《補亡詩》那樣，採取直接憑空生造的做法。古時，魯恭王毀壞孔子舊宅的牆壁，古文《尚書》等經傳得以重新出世，有人議論說這是上天不喪斯文的表現，上天將這些經傳藏起來，好像為了躲避秦火，又讓它們重新出世，好像回應漢代對「六經」表彰。比起先秦經傳，《俠遊錄》算不上什麼，難道它也會選擇重現於世的時機嗎？然而，古代藏書中，灰飛煙滅、不能流傳於世的書籍畢竟是大多數。太史公著作《史記》，本來想把它藏在山林中，不料副本留在京師，遂傳布於交通便利的大城市中。書籍的或存或亡，是天意啊！天意啊！

【研　析】元末作家楊維楨個性奇崛，以雄健的「鐵崖體」樂府詩著稱後世，他所創作的彈詞《仙遊錄》、《夢遊錄》、《俠遊錄》、《冥遊錄》（後人合稱《四遊記彈詞》）是中國現知最早的彈詞作品。彈詞是中國民間曲藝中的一種說唱藝術。至宋、元時期，傳統說唱藝術發展到一個高峰，諸宮調、唱賺、說話（說書）、陶真、彈詞等「諸色伎藝」留給今天餘味深長的想像。其中，諸宮調、唱賺融入到後世的戲劇表演中，而說話、彈詞至今依然是獨立表演的曲種。儘管今日的彈詞表演往往呈現出一種精緻婉麗的舞臺風格，但在元、明的時候，彈詞的表演者大多以盲人擔任，他們大多是負鼓持板、走街串巷的街頭藝人。臧懋循在另一篇序文中這樣描述彈詞表演者：「若有彈詞，多瞽者，以小鼓拍板說唱於九衢三市」（〈彈詞小序〉）。可見，最初的彈詞表演是由那些貧苦的流浪盲藝人或於集會鬧市中打一段爽朗潑辣的拍板，或於昏日煙月之下唱一齣粗糲滄桑的曲調，其個中滋味或非今日舞臺表演所能呈現。楊維楨的《四遊記彈詞》若真能重現於世，必如蘇東坡的〈念奴嬌〉詞，須由不成調的「鐵板銅琶」伴隨著街頭老藝人「嘔啞嘲哳」的嗓音，方能唱出其蒼茫韻味。

明代戲劇家臧懋循找尋這四部彈詞的過程頗為戲劇化：《仙遊錄》、《夢遊錄》得之於養蠶農家，《俠遊錄》得之於古寺閣中，《冥遊錄》竟不知所終。然而，令人扼腕的是，儘管經過臧懋循的重刊，楊維楨這「豪爽激烈」的四部彈詞卻仍然未能流傳至今，只借臧懋循的兩篇序文在歷史上留下了片羽吉光。楊維楨的四部彈詞在市井煙煤中、在蟲蠹鼠噬中幾乎化為了敗絮，卻在兩百餘年後借戲劇家臧懋循之手獲得了奇跡般的短暫新生。可見，注入作家真實心血的作品，彷彿自身也獲得了生命一般，在時光長河中有時而出、有時而沒，和後來的愛書人締結下一段段珍貴奇妙的緣分。

小漆園記

江盈科

【題解】漆園，戰國時莊周曾在宋國蒙邑（今河南省商丘市北）做過主管漆園的小吏，作者自名其齋「小漆園」，表達了對莊子學說的膺服之心。

【作　者】江盈科（西元一五五三～一六〇五年），明代文學家，字進之，號淥羅山人，桃源（今屬湖南省常德市）人，萬曆二十年（西元一五九二年）進士，官至四川提學副使。江盈科呼應袁宏道的文學觀念，是「公安派」的重要作家。著有《雪濤閣集》、《雪濤閣四小書》、《皇明十六種小傳》等。

《南華》內外篇❶，大抵發明逍遙之旨。逍遙者，無入而不自得之意也。莊周生季世，為漆園小吏，在囂繁冗瑣中，而見解超脫，不膠於事，為能極夫逍遙之趣。世儒求其說而不得，乃欲逃無何有之鄉，以求所為逍遙也者，溺其旨矣。不佞樗散之材❷，無當世用，荷上不棄，拔入制科❸，擇為長洲❹令。長洲於東南稱最岩邑❺，又文明之區，而吳會之衝❻也。蓋縉紳多於鄧林❼，使軺❽密於魚鱗，監臨眾於九牧❾，簿領叢遝，有如棼絲❿；胥吏閃幻，有如鬼蜮⓫。且頻年災青⓬，井邑蕭條；而五十萬之常賦，要於取盈。其自民而輸於官也，如雞口；其自官而輦於京師也，如牛後⓭。今日夜操鞭笞與疲民從事，猶然以歲課不登見奪餼⓮。大較長洲今見長難，取譴易，不稱苦心乎哉？不佞在職逾年，昕夕⓯拮据，形容凋落，攬鏡自照，瘠如枯魚。家人固疑予之不樂，而予中則無日不逍遙也者。要之盡吾之心，行吾之事，毀譽譬諸聚蚊⓰，得失比於夢鹿⓱。內無所營，外無所冀。退食⓲之頃，兀坐此齋，掃地焚香，消遣塵慮，悠然忘其身之楚人也，所居之吳苑也，而烏知今之為我耶？我之為今耶？又烏知長洲之能苦令，而令之能苦我耶？則亦何往而不逍遙也。於是顏⓳其齋曰「小漆園」，因為茲文以記歲月。

【注釋】❶南華內外篇　《莊子》為道家經典之一，在唐代被尊稱為《南華真經》，今傳三十三篇，其中〈逍遙遊〉等七篇被認為是莊子本人所作，稱為內篇，其餘諸篇被認為是莊子門生及後學所作，稱為外篇。❷不佞樗散之材　不佞，自稱時的謙詞。樗散之材，無用之材，〈逍遙遊〉：「吾有大樹，人謂之樗。其大本擁腫而不中繩墨，其小枝捲曲而不中規矩，立之塗，匠者不顧。」❸制科　古代科舉考試為招舉專門人才而臨時設置的科目。此處也泛指進士、明經等殿試常舉科目。❹長洲　縣名，古屬蘇州。❺岩邑　險峻之邑。❻吳會之衝　吳郡（今蘇州市）、會稽郡（今紹興市）往來衝要之地。❼鄧林古代神話傳說中的鄧林。《山海經・海外北經》：「(夸父)棄其杖，化為鄧林。」❽使軺　使臣的車馬。軺，輕便馬車。❾九牧　古代傳說中把天下分為九州，州的官長稱為牧。❿棼絲　紛亂的絲。棼，紛亂。⓫鬼蜮　鬼怪。蜮，一種能含沙射人的動物。⓬災青　稻穀青苗遭受災異。⓭其自民而輸於官也四句　言賦糧徵收於民時累顆積粒，而運輸到京後卻不算得什麼。雞口牛後，見於《戰國策・韓策》：「臣聞鄙語曰：『寧為雞口，無為牛後。』今大王西面交臂而事秦，何以異於牛後乎？」韋昭《注》：「言雞口雖小，而在上而貴；牛後雖大，而在下而賤也。」⓮奪餼　奪取俸祿。餼，糧食。⓯昕夕　朝暮。⓰聚蚊　《漢書・中山靖王傳》：「眾呴漂山，聚蚊成雷。」⓱夢鹿　《列子・周穆王》：「鄭人有薪於野者，遇駭鹿，禦而擊之，斃之，恐人見之也，遽而藏諸隍中，覆之以蕉，不勝其喜。俄而遺其所藏之處，遂以為夢焉。」⓲退食　臣子退朝後在家就膳，《詩經・召南・羔羊》：「退食自公，委蛇委蛇。」⓳顏　楣；題楣。

【語　譯】《南華經》的內外篇，生發闡明了「逍遙」的意旨。所謂「逍遙」，即無處不自得的意思。莊周生在末世，作一名管理漆園的小吏，在繁忙喧囂的沉冗瑣事中而能見解超脫，不膠著於事，極盡了「逍遙」的旨趣。而世間研求莊周學說的俗儒不得要領，卻想逃往不關世事的無何有之鄉，以求「逍遙」所在，真是溺殺了它的真旨。在下不過樗散之材，不堪為世所用，承蒙皇上不棄，提拔我中了進士，經過詮選，授予我長洲縣令一職。長洲是東南地區最為險峻的城邑，又是文明之邦，吳郡和會稽郡之間的衝要之地。士紳比鄧林的樹木還要多，使臣的車馬比魚鱗還要密匝，監察上司比九州之牧加在一起還要多，文案繁雜，好像紛亂的絲；下吏狡詐，好像害人的鬼怪。況且連年青苗遭災，市井蕭條，而每年五十萬石的賦糧，務必要收取齊全。向百姓徵收賦糧時，累顆積粒，而運輸到京師後，五十萬石糧食也不算得什麼，其前後待遇有同於雞口牛後。縣令即使日夜操持著鞭笞與筋疲力盡的百姓周旋，依然會因收不足賦稅而遭革職。總之，在長洲縣令任上，難以顯示出長處，卻容易遭到譴責，不叫勞心又叫什麼呢？在下任此職好多年，整日辛苦，形容憔悴，攬鏡自照，瘦如枯魚。家人當然會懷疑我不快樂，但我心中卻無日不逍遙。總之，盡我的心，做我的事，視他人的詆毀讚譽如同蚊鳴，視利祿得失如同夢幻。內心無所營求，對外界也無所期待。從官府回來，默默坐在齋中，掃地焚香，消遣塵世的煩惱，悠然忘記自己是楚人，而居住在這吳苑，忘記那個長洲令是不是我？我是不是那個長洲令？也忘記長洲能讓長洲令苦，而任長洲令能讓我苦？如此，則無往而不逍遙。於是，我為此齋題名為「小漆園」，寫了此文以為留念。

【研　析】「拜迎長官心欲碎，鞭撻黎庶令人悲。」縣令難做，而明代蘇州府的縣令更難做。《明史・食貨志》稱：「初，太祖定天下官、民田賦，凡官田畝稅五升三合，民田減二升……惟蘇、松、嘉、湖，怒其張士誠守，乃籍諸豪族及富民田以為官田……而司農卿楊憲文以浙西地膏腴，增其賦，畝加二倍。故浙西官、民田視他方倍蓰，畝稅有二、三石者。大抵蘇最重，松、嘉、湖次之，常、杭又次之。時蘇州一府，官糧歲額與浙江通省埒。」元末，群雄逐鹿中原，當時自稱「吳王」的張士誠是明太祖朱元璋的一大敵手，明建國以後，朱元璋對擁戴過張士誠的蘇州地區仍然耿耿於懷，所以蘇州地區的賦稅是天下最重的。「畝稅有二、三石者」，這已經是其他地方的八、九倍了，小小一個蘇州府負擔的稅糧，竟抵得過浙江全省。到了明中葉以後，雖然東南地區的賦稅有所減輕，但依然是非常繁重的。江盈科述苦說：「令日夜操鞭笞與疲民從事，猶然以歲課不登見奪餼。」不為虛言。況且，在收繳賦稅的任務之外，縣令還有其他數不清的煩惱瑣事，「縉紳多於鄧林，使軺密於魚鱗，監臨眾於九牧，簿領叢遝，有如棼絲；胥吏閃幻，有如鬼蜮。」光處理上上下下的複雜人事，就足夠令人身心疲乏了。江盈科的好友袁宏道做過吳縣縣令，和長洲一樣，吳縣也是一個水深火熱的去處，袁宏道在給朋友丘長孺的信中說：「弟作令，備極醜態，不可名狀。大約遇上官則奴，候過客則妓，治錢穀則倉老人，諭百姓則保山婆。一日之間，百暖百寒，乍陰乍陽，人間惡趣，令一身嘗盡矣。苦哉！毒哉！」侍奉上司就得像一個奴僕，應酬過往的官員就得像一個妓女，管理一縣錢糧就得像一個帳房先生，訓誡百姓就得像一個保媒婆。袁宏道抱怨得比江盈科還要激烈。而如江、袁輩，文雅風流之人，入仕後陷於如此尷尬的境地，是不得不尋找一個精神上的出口的。江盈科想起了和自己境遇相似的莊子，從莊子那裡學得了「逍遙」，從而讓自己活在兩個世界之中。莊子的「逍遙」，並不是遠離世俗的烏托邦，而就建立在這世俗之中。他借長梧子之口說：「眾人役役，聖人愚芚，參萬歲而一成純。萬物盡然，而以是相蘊。」意即小人熙熙攘攘，聖人渾樸相安，聖人糅合古今無數變異而自己卻精純不雜。萬物本無區別，而是互相蘊涵在這渾樸之中。世俗之鄉和逍遙之鄉，兩者本無區別，因為真正的淨土只可能存在於心靈之中。只有小人才會被外界環境所牽制，聖人無論在任何環境下，都能保有渾樸精純的精神家園。江盈科認為「內無所營，外無所冀」，就能無往而不逍遙，面對著可稱「斯文掃地」的仕宦際遇，他企圖用內心世界的完滿來抵禦現實世界的殘缺，所以，命名自己的書齋為「小漆園」。

桃花洞天草引

江盈科

【題　解】桃花洞天，即桃花源。桃花源在湖南省桃源縣水溪附近，因東晉陶淵明〈桃花源記〉、〈桃花源詩〉而得名，是作者的故鄉。引，文體名，「大略如序而稍為短簡」（徐師曾《文體明辨》）。

桃花洞天，圖經❶所稱第三十六洞天❷外，別一洞天也。不佞家於洞天，蓋淡然無慕於世，而偶與世搆❸，在喧繁之中，則時時憶洞天之景，可縷述云。方夫春風煽和，溪水乍綠，仙葩爛漫，蒸為紅霞，流為落英，而不佞與蘇、王諸君泛輕舸白馬浪光❹之間，庶幾遇所謂問津漁郎者❺與問答焉。逮夏而梅溪❻之濱，淥蘿❼之滸，青莎千頃，翠竹萬竿，文禽戲而上下，黃鳥鳴而往來，則相與披薰風，坐綠蔭，陶陶然忘其日之如年也。至秋而漳江、潯陽兩寺❽相映，皎月東出，澄波含璧，俯仰乾坤，湛然玉壺，而吾儕乃拍肩執手坐月中，調瑤琴，吹洞簫，往往興發，丙夜❾不寐。未幾朔風❿告寒，萬卉凋謝，而或黃雲⓫黯淡，瓊花四飛，此中諸山玲瓏，一水凝碧，則又相與著綈袍⓬，扶笻杖⓭，出郭遨遊，問酒家所在，而買醉壓寒，浩歌歸來。然則洞天之景，四序流易，吾人乘而行樂，與景俱適，何非逍遙婆娑時歟？顧自分屈首受書⓮，不能如瞿、黃⓯諸君，游於無言之境，時以其天趣所會，發為文詞，誠不自知工與不工，而就今筐笥所貯，要不可謂非洞天中來也。夫抉洞天之秘，直將遺世獨立，羽化登仙，而乃以戔戔⓰者當之，得無令瞿、黃諸君掩口笑乎？然要於各適其適，則不佞與諸君甘之矣。蘇、王別有集，茲概及之，以著一時相聚之雅云爾。

【注　釋】❶圖經　地方志一類圖書，有圖有文。❷三十六洞天　洞天，道教中神仙所居住的地方。三十六洞天指福建霍桐山、山東泰山、湖南衡山等三十六處天下名勝。❸搆　同「構」。交接。❹白馬浪光　「桃源八景」之一，又稱「白馬雪濤」，得名於後唐武陵太守梁嵩的傳說，在桃源縣南沅水之中。❺問津漁郎者　指點隱國所在的人，典出陶淵明〈桃花源記〉。❻梅溪　梅溪煙雨，「桃源八景」之一。梅溪在桃源縣南。❼淥蘿　淥蘿山在桃源縣南，淥蘿峰上的「淥蘿晴晝」，淥蘿峰傍的「楚山春曉」，均屬「桃源八景」。❽漳江潯陽兩寺　潯陽古寺、漳江夜月，亦屬「桃源八景」。❾丙夜　三更時分。❿朔風　北風。⓫黃雲　雪天之雲。⓬綈袍　質地粗厚的衣袍。《史記・范睢蔡澤列傳》有「綈袍戀戀，有故人之意」語，後世以「綈袍」作為眷念舊人的典故。⓭笻杖　竹杖。⓮屈首受書　指出仕為官。⓯瞿黃　瞿童、黃洞源。傳說中居住於桃源的兩位仙人。⓰戔戔　微小貌。

【語　譯】桃花洞天，就是圖經中所稱的三十六洞天外的「別一洞天」。在下家於這「別一洞天」中，淡泊而不羨慕世間繁華，偶然入世後，在喧囂繁華中，常常回憶起這洞天中的景色，可慢慢說來。想春風布暖，溪水乍綠，花開爛漫，如雲霞蒸騰，紛紛落英順水漂流，在下與蘇、王諸君泛舟於白馬浪光，只差與那桃花源中的「漁郎」相與問答了。到了夏季，前往梅溪之濱，淥蘿之滸，青莎千頃，翠竹萬竿，羽毛斑駁的飛禽上下嬉戲，黃鳥往來鳴叫，我們沐浴著暖風，坐在綠蔭之下，身在這一日如年的洞天仙境，陶然忘我。到了秋季，前往漳江閣、潯陽寺，兩寺相互輝映，皎潔的月亮東升，倒映在清澈的江水中如一方玉璧，俯仰天地，如身在玉壺之中，一片澄澈。我們拍肩執手坐在月光中，調瑤琴，吹洞簫，往往興來，三更不眠。不久，冬風告寒，百花凋謝，有時黃雲黯淡，雪花四飛，白茫茫中諸山玲瓏，一水凝碧，我們穿著綈袍，扶著竹杖，出城遨遊，尋訪酒家，買醉壓寒，浩歌歸來。洞天中的景色，四季流變，我們乘時行樂，隨適四時之景，何時不逍遙婆娑？想我屈首為官，不能如瞿、黃諸君，神遊於無言之境界，只時常把靈趣所會，寫成文字，實在不知工巧不工巧，而現今筐笥所貯的詩文，卻不能不說都是從洞天中得來的。若能抉取洞天的奧秘，直可以遺世獨立，羽化登仙，而我僅憑這淺薄文字，能不叫瞿、黃諸君掩口而笑？然而，深淺各有所歸，在下與諸君各自樂在其中。蘇、王別有文集，這裡收下他們的文章，以紀念那時相聚的風雅。

【研　析】美麗的「桃源八景」至今依然吸引著遊客們紛至遝來，而江盈科更是帶著一種幾近於膜拜的心情來回憶自己的故鄉。唐僧一休《桃花洞天志》云：「洞天營葺，唐以前無聞，自黃洞源、瞿柏庭相繼控鶴於茲，刺史溫造紀其事於桃川宮。宮之建當在唐大曆、貞元年間。」中唐時期，桃源開始了對神仙瞿童、黃洞源的崇拜，於是，也擁有了被稱之為「洞天」的資格。桃源之美，在於四季之流轉，春花和煦，夏木熾盛，秋月清朗，冬雪浩瀚，自然有靈機，而桃源有生命。江盈科記憶中的桃源，完美得幾乎不在人間，它充溢著不老的靈力，而也只有同樣不老的神仙才配與它為朋為侶。江盈科稱桃源之奧義為「無言之境」，所謂大道無言，帶出了一種揚棄了時間的永恆的意味。不錯，現實中的桃源，我們現在仍然可以踏訪，可是，卻不可能再見到本文中的「桃花洞天」，這無關世事的變遷，就算是江盈科所提到的當時與他共遊的「蘇、王諸君」，也可能看不到他所看到的桃花洞天，因為，這個「洞天」已名副其實，已全然是一個仙境，它只存在於江盈科的內心之中。所以，本文中的桃花洞天，幾乎讓人想起歐幾里德那些完善的幾何圖形，帶有一種經過理性過濾後的完美與純粹。然而，完美的桃花洞天還有一個名字：故鄉。因而，也就在這完美之下，難掩的，是深深的惆悵。魯迅先生見到故鄉時說：「我所記得的故鄉全不如此，我的故鄉好得多了。」然後，想起「一幅神異的圖畫來：深藍的天空中掛著一輪金黃的圓月，下面是海邊的沙地，都種著一望無際的碧綠的西瓜，其間有一個十一二歲的少年，項帶銀圈，手捏一柄鋼叉，向一匹猹盡力的刺去，那猹卻將身一扭，反從他的胯下逃走了。」魯迅心中的故鄉又是另一副完美的模樣，另一個不在人間的桃花源。而這樣的仙境化了的故鄉，卻只有那些已經失去了故鄉的人，才能看得到。因為「故鄉」已在現實中難尋，它才會更加美好，無限美好，像永恆那樣的美好。所以，江盈科說「今筐筥所貯，要不可謂非洞天中來也」「故鄉」對於他而言，是一種精神存在，是仙人們「遺世獨立」的地方，這不僅僅只有愉悅，只有滿足，深深的，是歎息，是紀念，是遺憾。這是外鄉人所不能體會到的複雜情感。幾百年後，我們欣賞著他的文字，想像著桃花源的美好，也感受到那份淡淡的滄桑。

獨坐

張大復

【題　解】本文選自張大復筆記小品集《聞雁齋筆談》卷一。

【作　者】張大復（約西元一五五四～一六三〇年），明代戲曲家、詩文家，字元長，自號病居士，崑山（今屬江蘇省蘇州市）人，布衣終身。著有《寒山堂新定九宮十三調南曲譜》、《梅花草堂筆談》、《聞雁齋筆談》、《噓雲軒文字》、《崑山人物傳》及傳奇《如是觀》等。

月是何色？水是何味？無觸之風何聲？既燼之香何氣？獨坐息庵❶下，默然念之，覺胸中活活欲舞而不能言者，是何解？

【注釋】❶息庵　作者書齋名。

【語譯】月光是什麼顏色？淨水有什麼味道？觸膚無感的微風能發出什麼聲響？快要焚盡的香有什麼氣味？在息庵中獨坐，默默自問，在胸中活潑潑舞動卻不能言說的，又是什麼呢？

【研析】這是一篇充滿禪意的小品文。淨光無色，淨水無味，無觸之風無聲，既燼之香無氣，故曰：至味無味、大音希聲。無色之月借人眼才有數色，有黃月者，杜甫〈送靈州李判官〉詩云：「氛迷日月黃」；有紅月者，耿湋〈發南康夜泊灨石中〉詩云：「赤月吐深樹」；有黑月者，蘇軾〈留別蹇道士拱辰〉詩云：「黑月在濁水」；有青月者，汪莘〈乙巳暮春初六日晚對新月〉詩云：「初見青青月一痕」；有碧月者，王同祖〈夜步內門〉詩云：「碧月朱闌綠柳邊」；有紫月者，張說〈寄天台司馬道士〉詩云：「瑤堂紫月閑」。無味之水借地質才有百味，清代劉源長《茶史》列出的泉水、江水、井水、雨水、雪水、梅水、冰水各有其味。無聲之風借空穴才有千聲，如莊子〈齊物論〉形容風聲有「激者、謞者、叱者、吸者、叫者、譹者、宎者、咬者」。無氣之香借火爇才有諸氣，如宋代陳敬《陳氏香譜》用甘、辛、苦、鹹、溫、寒、濃、清諸字形容香的不同氣息。月是何色？水是何味？風是何聲？香是何氣？色、味、聲、氣本無根，而俱生於因緣際會，一旦因消緣散，則一切歸於寂淨虛無。張大復屏緣獨坐，於一無所有處生出的「活活欲舞」者又為何？為道？為般若？為神鬼不測之物？意味深長。

煎茶

張大復

【題解】本文選自張大復筆記小品集《聞雁齋筆談》卷二。

童子鼻鼾，故與茶聲相宜。水煮聲喧，致有松風之嘆❶。夢眼特張，沫濺灰怒，亦是煎茶。蹭蹬❷舟中書。

【注釋】❶松風之嘆　形容煎茶時的水聲。蘇軾〈汲水煎茶〉詩：「雪乳已翻煎處腳，松風仍作瀉時聲。」❷蹭蹬　形容潦倒困頓的樣子。

【語譯】童子的鼻鼾聲，本來就和煎茶聲配合相宜。水沸騰時發出的喧嘯聲，曾讓東坡感歎像風吹過松針的聲音。在這困頓的舟中，沸騰的茶水潑濺在炭灰上，驚醒了酣夢中的童子。這也是煎茶的雅趣啊！記於潦倒的舟上生活中。

【研析】茶的世界，視、聽、觸、嗅、味五感皆入。其中若論「聽茶」的樂趣，則汲水時的軲轆聲、煎茶時的沸騰聲、分茶時的傾瀉聲以及飲茶時伴隨耳邊的更聲、蟲聲、清談聲，聲聲可品。北宋蘇軾詩言聽茶如同聽「松風」，他的學生黃庭堅以新奇的比喻形容煎茶聲曰：「曲幾團蒲聽煮湯，煎成車聲繞羊腸」（〈以小團龍及半挺贈無咎並詩用前韻為戲〉），北宋另一位詩人黃裳亦用「一簇蠅聲急須吐」（〈謝人惠茶器並茶〉）的獨特詩句表達他的聽茶感受。「松風」之聽雄雅，「車繞羊腸」之聽奇雅，「蠅聲」之聽趣雅。張大復的「聽茶」記錄則更似一曲詼諧的小型交響樂，主旋律是煮茶童子「鼻鼾」聲與煮水時發出的「松風」聲，終章是沸水潑濺在爐灰上的「怒」聲和終於驚醒的童子的呼叫聲，數種聲音交織成了一齣雅俗合奏。「亦是煎茶」，這個

「亦」字用得有深意：寒士生活雖然疏陋，有時甚至顯得滑稽，然而，「亦」能活出自己的一份自在閒雅。

月能移世界

張大復

【題解】本文選自張大復筆記小品集《梅花草堂筆談》卷三。

邵茂齊❶有言：「天上月色，能移世界。」果然。故夫山石泉澗、梵剎園亭、屋廬竹樹，種種常見之物，月照之則深，蒙之則淨；金碧之彩，披之則醇；慘悴之容，承之則奇。淺深濃淡之色，按❷之望之，則屢易❸而不可了。以至河山大地，邈若皇古❹；犬吠松濤，遠於岩谷。草生木長，閑如坐臥，人在月下，亦嘗忘我之為我也。

今夜嚴叔向❺置酒破山僧舍❻，起步庭中，幽華可愛。旦視之，醬盎紛然，瓦石布地而已。戲書此，以信茂齊之語。

時十月十六日，萬曆丙午三十四年也。同遊者，朱白民❼、邵茂齊、顧僧孺❽、茂齊之弟仲範、嚴叔向、沈雲父❾、予子桐、侄檟。

【注釋】❶邵茂齊　邵濂，字茂齊，常熟人，明末文士，與瞿星卿、顧朗仲、瞿元初合稱「拂水社四子」，作者友人。❷按　巡視。❸易　變換。❹皇古　上古。❺嚴叔向　作者友人。❻破山僧舍　破山寺，常熟市古剎，始建於南齊，位於虞山北麓破龍澗旁。❼朱白民　朱鷺，字白民，明末諸生，善畫竹，晚年出家華山寺，作者友人。❽顧僧孺　顧遠，字僧孺，號石廪山人，明末博士弟子，善經學、戲曲，作者友人。❾沈雲父　作者世交友人。

【語　譯】邵茂齊曾說：「天上的月色，能改變世界。」果然如此啊。那些山石泉澗、佛寺園亭、屋宇竹樹，種種日常物件，一經月光照耀就顯得深邃，一被月光包蒙就顯得清靜；那些金碧的色彩，一經夜光披拂就顯得醇美；那些頹敗、淒慘的廢墟，一旦承載了月光，就會變得幽奇。巡望這披拂著深、淺、濃、淡月光的世界，它屢屢變幻，讓人不可明瞭。以至於山河大地，看上去彷彿回到了上古時代的樣貌；人家庭院中的犬吠聲和松風聲，聽起來彷彿來自於比岩谷還要曠遠的地方。月光下，草木在生長，就像閒居坐臥的人一樣悠然自在，而人也忘掉了物我隔閡，不知我之為我。

今夜，嚴叔向在破山寺僧舍中置酒邀客，我邁步庭中，覺得眼前的景色幽麗可愛。白天再看這庭院，只不過是一些擺放雜亂的醬缸和廢棄遍地的瓦石罷了。我帶著遊戲的心情寫下這段文字，茂齊之言果真不假呀。

破山寺賞月之夜，在萬曆丙午三十四年十月十六日。同遊者有：朱白民、邵茂齊、顧僧孺、茂齊之弟仲範、嚴叔向、沈雲父、我的兒子桐和侄子櫝。

【研　析】「深」、「淨」、「醇」、「奇」、「邈」、「遠」是月光帶給張大復的審美體驗。當人們渴望進入一種審美態度時，月光往往成為激發這種態度的感覺媒介。初唐張若虛的長詩〈春江花月夜〉提出了一個著名問題：「江畔何人初見月，江月何年初照人？」遙在萬里之外的月光為什麼反而最能撥動人的心弦呢？大概在構成古人世界觀念的日、月、金、木、水、火、土諸種要素中，只有「月」最為遠離人對物質生存的關注，也正因為如此，人的一切無關物質生存的精神需求都紛紛向「月」去印證自己的世界歸屬。月能移世界，一切無處可歸的情感，都能借著月光來獲得具體形態。而那些在白日間焦慮著生存的人們，那些不得不汲汲營營地、卑微地生活著的人們，終於能在月光中看到一種充滿了肅穆美感的尊嚴人生：「河山大地，邈若皇古；犬吠松濤，遠於岩谷。草生木長，閑如坐臥，人在月下，亦嘗忘我之為我也」。這篇描寫「人在月下」的優美短文，大力渲染出月下世界的閒靜美好，字裡行間卻也提示出現實世界的煩瑣慘悴，可謂一喉兩聲，一筆雙關。

《酒顛》小序

陳繼儒

【題解】《酒顛》，明夏樹芳撰。夏樹芳，字茂卿，江陰人，萬曆十三年舉人。夏樹芳博通雜學，他的著作，除《酒顛》二卷外，《四庫全書》著錄有《茶董》二卷、《棲真志》四卷、《奇姓通》十四卷、《法喜志》三卷；另外，《千頃堂書目》著錄有《琴譜》二冊、《女鏡》八卷、《冰蓮集》十七卷；《明史》著錄有《詞林海錯》十六卷。

【作者】陳繼儒（西元一五五八～一六三九年），明代文學家、書畫家，字仲醇，號眉公、麋公，華亭（今屬上海市）人，諸生，年二十九自焚儒服，以示歸隱之志。著有《陳眉公集》、筆記《妮古錄》、《太平清話》、《偃曝談餘》、《小窗幽記》，文言小說集《閒情野史》、《珍珠船》，通俗小說《南宋飛龍傳》等，編有《寶顏堂秘笈》、《古文品外錄》、《國朝名公詩選》等。

夏茂卿撰《酒顛》，侈引東方、酈生、畢卓、劉伶諸人❶，以策酒勳。辯哉，無以應矣。予不食酒，即飲未能勝一蕉葉❷，然頗諳酒中風味。大約太醉近昏，太醒近散，非醉非醒，如憨嬰兒，胸中浩浩，如太空無纖雲，萬里無寸草，華胥❸無國，混沌無譜，夢覺半顛，不顛亦半，此真酒徒也。畢忘盜，未忘甕❹；劉忘埋，未忘鍤❺。俗人治生❻，道人學死❼，聖人之教，生榮而死哀，是皆猶

有生死在耳。然則將何如，樂天不云：「吾嘗終日不食、終夜不寢，以思無益，不如且飲。」❽

【注　釋】❶東方儷生畢卓劉伶諸人　東方，即東方朔，漢武帝時官至侍郎，性狂嗜酒，事蹟見《史記・滑稽列傳》。儷生，即儷食其，自稱高陽酒徒，曾助漢高祖攻下陳留，封廣野君，事蹟見《史記・酈生陸賈列傳》。畢卓，晉元帝時為吏部郎，常飲酒廢職，事蹟見《晉書》本傳。劉伶，東晉「竹林七賢」之一，曾作〈酒德頌〉，事蹟見《晉書》本傳。❷蕉葉　形似蕉葉的酒杯。❸華胥　傳說中無等級、無私欲、無夭殤、無愛憎、無厲害、水火刀斧雷霆都不能侵犯的理想國，典出《列子・黃帝》。❹畢忘盜二句　事見《晉書・畢卓傳》：「(畢卓)太興末為吏部郎，常飲酒廢職。比舍郎釀熟，卓因醉夜至其甕間，盜飲之，為掌酒者所縛。明旦視之，乃畢吏部也，遽釋其縛。卓遂引主人宴於甕側，致醉而去。」❺劉忘埋二句　事見《晉書・劉伶傳》：「(劉伶)常乘鹿車攜一壺酒，使人荷鍤而隨之，謂曰：『死便埋我。』」鍤，鍬。❻治生　謀生計。❼學死　謀求轉世升仙。❽樂天不云四句　樂天，白居易字。白居易《酒功贊》有句云：「吾嘗終日不食、終夜不寢，以思無益，不如且飲。」

【語　譯】夏茂卿撰寫《酒顛》，多引東方朔、儷食其、畢卓、劉伶等的事蹟，以記載酒的功勞。真是能言善辯啊，我無言應對。我不飲酒，即使飲酒也不能超過一盞蕉葉杯，然而我很懂得酒中的風味。大概太醉則近於眩暈，太清醒了則近於散淡，半醉半醒間，像無心機的嬰兒那樣，胸懷浩蕩，像沒有一絲雲的天空，沒有一寸草的原野，像在沒有邊界的華胥國，混混沌沌，沒有統系，夢醒以後，不完全是瘋顛，也有一半是，這才叫真酒徒。畢卓能忘掉偷盜是不法行為，不能忘掉酒甕子；劉伶能忘掉死，不能忘掉喝酒。世俗的人謀生計，出世的人謀升仙，聖人的教化，在世要榮顯、死去要哀悼，這都是在意生死啊。然而要怎樣做，樂天不說了嗎：「我曾經整天不吃飯，整夜不睡覺，因為像這樣的苦思也沒用，還不如喝酒吧。」

【研　析】陳眉公不善飲卻善醉，雖然「即飲未能勝一蕉葉」，卻自稱是「真酒徒」。他自信若能醉「如憨嬰兒」，也足與豪飲者一較高下了。古今酒徒，醉之狂者，如杜甫〈飲中八仙歌〉所形容的「知章騎馬似乘船，眼花落井水底眠。汝陽三鬥始朝天，道逢曲車口流涎，恨不移封向酒泉。左相日興費萬錢，飲如長鯨吸百川，銜杯樂聖稱避賢。宗之瀟灑美少年，舉觴白眼望青天，皎如玉樹臨風前。蘇晉長齋繡佛前，醉中往往愛逃禪。李白一斗詩百篇，長安市上酒家眠。天子呼來不上船，自言臣是酒中仙。張旭三杯草聖傳，脫帽露頂王公前，揮毫落紙如雲煙。焦遂五斗方卓然，高談闊論驚四筵」醉之雅者，如韓愈〈醉贈張秘書〉所形容的「所以欲得酒，為文俟其醺。酒味既冷洌，酒氣又氛氳。性情漸浩浩，諧笑方云云。此誠得酒意，餘外徒繽紛。長安眾富兒，盤饌羅膻葷。不解文字飲，惟能醉紅裙。雖得一餉樂，有如聚飛蚊。今我及數子，固無蕕與薰。險語破鬼膽，高詞媲皇墳」「八仙」之醉留名後世，韓愈亦可稱為善醉者。但「八仙」之醉，在眉公看來，也許近於「太醉」；韓愈之醉，即使「性情漸浩浩」，那「險語破鬼膽，高詞媲皇墳」的「文字飲」，無乃又「太醒」了一些吧。

「憨嬰兒」之醉，是一種怎樣的心理狀態呢？用感性的話語比喻：「如太空無纖雲，萬里無寸草，華胥無國，混沌無譜，夢覺半顛，不顛亦半」。之後，眉公又相當理性地解說道：「俗人治生，道人學死，聖人之教，生榮而死哀，是皆猶有生死在耳。」但酒徒畢卓能忘盜、劉伶能忘埋，換句話說，畢卓能忘生，而劉伶能忘死。則忘卻生死，忘卻自我，這才是「憨嬰兒」之醉，才是醉之至味。陳眉公不飲酒，但認為酒之為用，甚至勝於「聖人之教」，對酒之褒揚，不可謂不高。陶潛〈飲酒〉詩第十四首云：「故人賞我趣，挈壺相與至。班荊坐松下，數斟已復醉。父老雜亂言，觴酌失行次。不覺知有我，安知物為貴。悠悠迷所留，酒中有深味。」一句「不覺知有我」，正是「真酒徒」的感受。眉公此序最後以白樂天「以思無益，不如且飲」之言結束，則將「醉」之深意再進一層：在現實人生中真「醒」了的人，才能在酒中真「醉」吧。

《茶董》小序

陳繼儒

【題　解】《茶董》一書，明代夏樹芳（字茂卿）所撰。《四庫提要》評價此書云：「是編雜錄南北朝至宋金茶事，曰『茶董』者，取董狐史筆之意也。是書不及采造煎試之法，但擇詩句故實。」《茶董》不介紹茶的種、採、製諸般技術，而是從史書中摘錄和茶相關的史事，以彰顯茶在人們精神世界的重要地位。

范希文云：「萬象森羅中，安知無茶星？」❶余以茶星名館，每與客茗戰❷，自謂獨飲得茶神，兩三人得茶趣，七八人乃施茶❸耳。新泉活火，老坡窺見此中三昧，然云出磨，則屑餅作團矣❹。黃魯直去芎用鹽，去桔用薑，轉於點茶全無交涉❺。今旗槍❻標格天然，色香映發，岕❼為冠，他山輔之，恨蘇、黃不及見，若陸季疵復生，忍作《毀茶論》乎❽？江陰夏茂卿敘酒❾，其言甚豪，予笑曰：觴政❿不綱，曲爵分愬⓫，詆呵監史⓬，倒置章程⓭，擊鬥覆觚⓮，幾於腐脅⓯，何如隱囊⓰紗帽，翛然⓱林澗之間，摘露芽，煮雲腴⓲，一洗百年塵土胃⓳耶？醉鄉禁網疏闊，豪士升堂，酒肉傖父⓴，亦往往擁盾排闥㉑而入。茶則反是。周有《酒誥》㉒，漢三人聚飲，罰金有律㉓，五代東都有曲禁，犯者族㉔。而於茶，獨無後言。吾朝九大塞著為令，銖兩茶不得出關㉕，正恐濫觴於胡虜㉖耳。蓋茶有不辱之節如此。熱腸如沸，茶不勝酒；幽韻如雲，酒不勝茶。酒類俠，茶類隱，酒道固廣，茶亦德素。茂卿，酒之董狐㉗也，試以我言平章之，孰勝？茂卿曰：「諾。」於是退而作《茶董》。

【注　釋】❶范希文三句　范仲淹，字希文，宋代文學家和政治家。「萬象森羅中」一句見范仲淹詩〈和章岷從事鬥茶歌〉：「森然萬象中，焉知無茶星。」❷茗戰　鬥茶。❸施茶　捨施茶水，供行人解渴。❹新泉活火四句　蘇東坡〈試院煎茶〉詩云：「李生好客手自煎，貴從活火發新泉。」活火，《農政全書》卷三十九載：「活火謂炭火之有焰者」。屑餅作團，指製作茶餅。❺黃魯直三句　魯直，黃庭堅字。黃庭堅〈煎茶賦〉云：「去藙而用鹽，去桔而用薑，不奪茗味而佐以草石之良，所以固太倉而堅作強」。芎，香草名。點茶，用沸水沖泡茶葉。❻旗槍　比喻茶的葉和芽。❼岕　羅岕，綠茶名品之一，以浙江長興縣所產為最佳。又名陽羨茶。❽若陸季疵復生二句　唐代陸羽，字鴻漸，一名疾，字季疵，作《茶經》，世稱「茶聖」。據《新唐書》記載：「御史大夫李季卿宣慰江南，……有薦羽者，召之，羽衣野服挈具而入，季卿不為禮，羽愧之，更著《毀茶論》」。❾江陰夏茂卿句　夏樹芳曾作《酒顛》二卷。❿觴政　酒令。⓫分愬　分辨；控告。愬，通「訴」。⓬監史　監酒人。⓭章程　規矩。⓮擊鬥覆觚　鬥，酒器，帶長柄。觚，酒器，長身細腰，口部呈大喇叭形，底部呈小喇叭形。⓯脅　肋部。⓰隱囊　隱，倚靠。囊，袋狀物，這裡指靠墊。⓱翛然　自在超脫的樣子。⓲摘露芽二句　露芽、雲腴皆是茶的代稱。⓳塵土胃　意指受俗塵汙染的身心。⓴傖父　粗鄙之人。㉑排闥　推門。㉒酒誥　周公曾以成王之命下令全國戒酒，〈酒誥〉一文見《尚書・周書》。㉓漢三人聚飲二句　文穎《漢書註》：「漢律，三人以上無故群飲，罰金四兩。」㉔五代東都有曲禁二句　《新五代史・許循傳》云：「(許)循留守東都，民有犯麴者，循族殺其家。」東都，指洛陽。㉕吾朝二句　明代茶屬專賣商品，不得走私。「九大塞」泛指邊關，「銖兩」形容極少量。㉖胡虜　對北方遊牧民族的蔑稱。㉗董狐　春秋時晉史官，以直書不諱著稱。後世遂以「董狐」代指信史。

【語　譯】范希文說：「密密排列的天地萬物之中，怎麼知道就沒有『茶星』呢？」我以「茶星」命名館舍，每次與來客鬥茶，常說一個人飲茶得茶之神韻，兩三個人一起飲茶得茶之趣味，七八個人一起飲茶只是在散布茶水以解渴罷了。用新鮮的泉水、有焰的炭火烹茶，老坡窺見到這裡面的竅門，然而說「出磨」，則還是在使用茶餅啊。黃魯直煮茶用鹽而不用芎，用桔而不用薑，這和「點茶」的飲法毫無關聯。現在的茶葉崇尚自然，色與香相互交映，羅岕為冠，其他茶山為輔，可惜蘇、黃看不到，如果陸季疵復生，還忍心作《毀茶論》嗎？江陰夏茂卿談到酒，他說的話很豪邁，我笑著說：酒令沒有綱法，酒徒間相互控訴，呵斥詆毀監酒人，規矩顛倒，酒器倒覆，酒還會腐壞肋部，怎麼比得上枕著靠墊、戴著紗帽，自在超脫地在林泉間烹煮茶葉，洗淨百年塵土腸胃呢？醉後禁忌放寬，豪客登堂，酒肉之徒也常常拿著盾牌推門而入。飲茶則與此相反。周代有〈酒誥〉；漢代三人聚集飲酒，依照法律要罰沒金錢；五代時東都有酒禁，違犯者族誅。而對於茶，唯獨沒有議論針砭。本朝九大邊塞明令，銖兩重的茶葉都不得挾帶出關，正是擔心將茶流傳到胡虜之地，茶的氣節如此不可侵犯。使胃腸沸熱，茶比不過酒；使心韻如幽雲，酒比不過茶。酒像俠客，茶像隱士，酒的用處固然廣，茶卻也品性素淡。茂卿，是酒道中的董狐，請品評一下我的話，茶和酒，誰勝？茂卿答：「好。」於是回去作了《茶董》。

【研 析】陳眉公為夏樹芳的《茶董》、《酒顛》都作過序，但在茶、酒二者之間，他顯然更偏愛前者。本文的前半部分，從「出磨」到「點茶」，極其簡略地勾勒出從宋人到明人的飲茶習慣的轉變。簡單說來，就飲茶方式而言，唐宋以前人習慣使用茶餅，並在煮茶時加入調料。西晉劉琨給侄子劉演的信中說：「前得安州乾薑一斤，桂一斤，黃芩一斤，皆所需也。吾體中憒悶，常仰真茶，汝可置之。」陸羽《茶經》記錄唐人流行的飲茶方式是「用蔥、薑、棗、橘皮、茱萸、薄荷之等，煮之百沸」，雖然陸羽不贊同這樣的飲法，但也主張「初沸，則水合量，調之以鹽味」。一直到宋代，如本文所提到的黃庭堅，尚且堅持「去芎用鹽，去桔用薑」。我們現代人所習慣的用沸水沖泡茶葉的清飲方式，接近於本文所提到的「點茶」，則是到明代才開始通行於世的。看來，從古至今，茶是愈飲愈清，愈飲愈淡了。當然，這樣「標格天然」的風氣，也使茶之本色愈顯。陳繼儒稱讚茶「德素」，認為茶之品格可比隱士，若茶之味不能「淡」，則茶之道也不能深了。

《茶經》云：「茶之為飲，發乎神農氏，聞於魯周公。齊有晏嬰，漢有揚雄、司馬相如，吳有韋曜，晉有劉琨、張載、遠祖納、謝安、左思之徒，皆飲焉。滂時浸俗，盛於國朝，兩都並荊渝間，以為比屋之飲。」若神農氏真有其人，華夏茶史則淵源於洪荒時代。傳世文獻中飲茶的最早記錄，見於成書於戰國至西漢間的《爾雅》，云：「檟，苦荼。」晉代郭璞注曰：「樹小如梔子，冬生葉，可煮作羹飲，今呼早采者為荼，晚取者為茗，一名荈，蜀人名之苦荼。」檟、荼、茗、荈，都是茶的古名。而飲茶，起初是長江以南地區的生活習俗，《世說新語》記載永嘉南渡後，北方名士任育長把「茗」與「茶」認作二物，不知茶該冷飲還是熱飲；《洛陽伽藍記》記載仕於北魏孝文朝的江南人王肅在愛飲酪的北人面前卑稱自己愛飲之茶為「不中與酪作奴」，可見在當時的北部中原地區，茶還沒有普遍地進入到人們的日常生活中。但到了唐代，茶在「兩都並荊渝間，以為比屋之飲」，儼然已經風行中原及南方地區。到明代，飲茶之風，更是南北皆然。茶源遠流長，傳布廣泛，茶之美，終於為天下人所共用，眉公聲稱：「吾朝九大塞著為令，銖兩茶不得出關，正恐濫觴於胡虜耳。蓋茶有不辱之節如此」，這是文人過於浪漫的想法，迂腐又有點幽默。不過，換一個角度想，茶雖然不必承擔起華夷之辨，它那清明而深遠的意味，卻讓古今之人總不禁想要劃之為己有，引之為同道啊。

《花史》跋

陳繼儒

【題解】《花史》二十七卷，明代王路撰。王路，字仲遵，浙江嘉興人。

有野趣而不知水者，樵牧是也；有果窳❶而不及嘗者，菜傭牙販❷是也；有花木而不能享者，達人貴人是也。古之名賢，獨淵明寄興往往在桑麻松菊、田野籬落之間。東坡好種植，能手接花木，此得之性生，不可得而強也。強之，授以《花史》，將艴然❸擲而去之。若果性近而復好焉，請相與偃曝❹林間，諦❺看花開花落，便與千萬年興亡盛衰之轍何異？雖謂二十一史盡在左編一史中❻，可也。

【注　釋】❶果窳　瓜果。❷牙販　為買賣雙方撮合生意並從中盈利的人。❸艴然　生氣的樣子。❹偃曝　偃，仰臥。曝，曬太陽。❺諦　審查；細思。❻雖謂二十一史句　二十一史指《史記》、《西漢書》、《東漢書》、《三國志》、《晉書》、《宋書》、《齊書》、《梁書》、《陳書》、《魏書》、《北齊書》、《周書》、《南史》、《北史》、《隋書》、《唐書》、《五代史》、《宋史》、《遼史》、《金史》、《元史》。左編一史，指《左傳》。

【語　譯】居山野卻不懂得水的人，是樵夫牧人；有瓜果卻來不及品嘗的人，是菜販牙儈；有花木卻不能享受的人，是達官貴人。古代有名的賢達，只有淵明在桑麻松菊、田野籬落之間寄託興趣。東坡喜好種植，能親手接種花木。這種愛好由性情所生，不能強求。若是強求一個不喜愛花木的人，給他一本《花史》，恐怕他會憤然拋書離去吧。如果性情相近又都喜好花木，請與我一起仰臥在林間的陽光下，審看花開花落，這與千萬年興亡盛衰的道理又有什麼不同呢？即使說二十一史全在《左傳》一書當中，也是可以的吧。

【研　析】《花史》一書分為二十七目，先後為花之品、寄、名、辨、候、瑞、妖、宜、情、味、榮、辱、忌、運、夢、事、人、證、嫉、兀、藥、毒、似、變、友、花塵和花之器。誠如《四庫提要》論《花史》所云：「此書皆載花之品目，故實分類編輯，屬辭隸事多涉佻纖，不出明季小品之習。」此書分目繁雜，品評亦不精當，實在難當眉公此跋。當然，話又說回來，《花史》一書記載了許多實用的經驗，又圖繪了許多花卉栽培的工具，其作者看來也是一位善於栽花、插花之人，既能親手栽培，又能親手記下有關花的歷史典故，也是難得之人、難得之事了。

這篇小跋，將士、農、商三個階層的人都牽涉進議論範圍之中。顯然，樵牧日處山水而不知野趣，牙販日售果窳而不知野味，農人與商人都不是能談《花史》清趣的人。那麼，高於農、商的士人階層又如何呢？有花不知賞的「達人貴人」並不算嚴格意義上的「士人」，但是，「古之名賢」總可以算吧，可陳眉公依然認為除了陶淵明、蘇東坡，再舉不出其他人了。看來，不唯不讀書之眼、銅臭之眼、權勢之眼看不到花木之真趣，天性中不帶清緣者也不能談《花史》。這樣一來，《花史》的讀者真是少之又少了。而在這少之又少的喜歡「偃曝林間」、又喜歡從「花開花落」中看「千萬年興亡盛衰之轍」的人當中，陳眉公自認為可以算一個，這也許正是他作此跋的動機吧。

本文最後一句「二十一史盡在左編一史中」耐人尋味。歷代很多詩人都將歷史視為一個無始無終的迴圈，並為這個「迴圈」找到了帶有自己獨特風格的隱喻，如義山的垂楊暮鴉，如杜牧的煙雨樓臺，如東坡的大江東去，而陳眉公找到的則是「花開花落」，從這一點也略可感受他淡然平實的審美觀和人生觀。

《盆景》跋

陳繼儒

【題解】《盆景》一書，明代浙江新安縣汪懷玉撰。汪懷玉，生平未詳。

宋道君艮嶽之後❶，好置盆樹於禁殿中，故馬遠❷小景時有此圖。新安汪君好事剪剔，曲折能使人與樹兩相得，又點綴之坡陀岩岫❸，置之几案間，連林獨樹，雲氣欲滴，此古人未始有也。若購以兼金❹，護如頭目，綠熊席❺為坐，仇池石❻為伴，清水名香，幽人老衲摩挲❼其下，豈必五嶽❽遊哉！李營丘❾見奇樹輒圖寫投豹囊中，米元章❿云：「雲山皆吾書笥。」若以視懷玉，覺兩公為煩，不如樹石之有生氣也。嗟乎！人才難得，愛惜長養，有懷玉護樹心腸，干霄拂雲，刻手可待。脫⓫喜小就，為人耳目近玩，樹唯奇，去小草不遠矣。余嘗題天目盆松云：「一拳天目松，徂峨類其祖。中項秀擎雲，猶堪坐巢父。」⓬書擬懷玉一笑。

【注　釋】❶宋道君艮嶽之後　宋道君，宋徽宗。北宋宣和七年，徽宗詔皇太子嗣位，自稱曰「道君皇帝」。艮嶽，即位於汴京皇宮東北部的萬歲山，東北角在八卦之中屬於艮卦，所以又稱艮嶽。❷馬遠　字遙父，號欽山，南宋畫院待詔，其畫多作小幅。❸坡陀岩岫　坡，山坡。陀，山崗。岩，岩石。岫，山洞。❹兼金　上等金。《孟子·公孫丑下》：「前日於齊，王餽兼金一百而不受。」❺綠熊席　珍席名，《西京雜記》卷一云：「綠熊席席毛長二尺餘，人眠而擁毛自蔽，望之不能見，坐則沒膝，其中雜熏諸香，一坐此席，餘香百日不歇。」❻仇池石　珍石名，《雲林石譜》卷上云：「韶州之東南七八十里地名仇池，土中產小石，峰巒岩竇甚奇巧，石色清潤，扣之亦有聲。」❼摩挲　摩，切磋。挲，舞蹈。❽五嶽　指東嶽泰山、西嶽華山、北嶽恆山、中嶽嵩山、南嶽衡山。❾李營丘　北宋山水畫家，名成，字咸熙。李成先祖為唐宗室，五代時避難到北海，遂為營丘人，所以稱他為「李營丘」。❿米元章　米芾，字元章，北宋畫家。⓫脫　倘若。⓬一拳天目松四句　天目山，在今浙江杭州市。一拳，握拳大小。徂峨，巍峨。項，主幹。巢父，堯時隱士。

【語　譯】宋道君營建艮嶽之後，喜歡在禁殿中放置盆樹，所以馬遠小景中常有這樣的圖畫。新安汪君喜歡栽培盆樹，委婉周至，能使人和樹相得益彰。又把盆樹點綴在山坡岩洞間，放置在几案上，連結著山林之氣的一株獨樹，雲氣氤氳在枝葉間，幾乎要凝結滴墜，這是古人也不曾擁有過的。如果用上等金購買它們，像愛護頭目那樣珍惜它們，坐在綠熊席上，伴以仇池石、清水、名香，和老僧幽士一起切磋舞蹈，又何必非到五嶽去遊覽呢！李營丘看見奇特的樹就畫下來投到豹囊中，米元章說：「雲山是我的筆墨匣子。」如果和懷玉相比，反覺得二公的書畫煩悶，沒有樹石那麼有生氣。哎呀！人才難得，需要愛惜養護，如果有懷玉愛護盆樹那樣的心腸，干宵拂雲之材，垂手可待。倘若只懂得喜歡盆栽的小巧、容易親近，只讓它成為眼前玩物，即使盆樹的造型奇特，也不過和小草差不多。我曾為一盆天目松題詞說：「一拳天目松，徂峨類其祖。中項秀擎雲，猶堪坐巢父。」此文估計能博懷玉一笑吧。

【研　析】我國的盆栽歷史可以追溯到七千年前的河姆渡文化時期，河北東漢望都墓道壁畫中也繪有盆栽圖。

南宋劉克莊〈夏旱〉詩有「畦蔬新住摘，盆樹久停澆」之句，楊萬里〈題水月寺寒秀軒〉詩有「低低簷入低低柳，小小盆栽小小花」之句，可見至遲在南宋時，盆栽已經進入普通文人的日常生活了。到了明代，盆栽藝術更加精進，樹木與沙、石、假山等搭配，成為名副其實的「盆景」。陳眉公此跋中的「新安汪君」以培植盆栽聞名，他所培育的盆樹，「連林獨樹，雲氣欲滴」，大氣磅礴，而非以精巧為勝。陳眉公之所以稱賞汪懷玉之盆樹，就在於其不脫自然之氣這一點上。盆樹以小為貴，造型複雜，「枝無寸直」，很容易沾染上造作之匠氣。而汪懷玉的盆樹，能用「連林獨樹」來形容，可見其雖在屋簷之下，卻能讓人感覺到山林之氣。汪懷玉不過無名之輩，其小小一盆「連林獨樹」，甚至比山水名家李成、米芾之畫更「有生氣」，眉公此評，獨具隻眼。這篇小跋另一點有趣之處，即在於眉公將盆樹培植和人才培養聯繫了起來。盆樹雖小，但眉公卻欲「購以兼金，護如頭目，絲熊席為坐，仇池石為伴，清水名香，幽人老衲摩娑其下」可見其尊重愛護之心。這與王安石作〈傷仲永〉之心如出一轍。王安石感歎「仲永之通悟，受之天也。其受之天也，賢於材人遠矣。卒之為眾人，則其受於人者不至也」而陳眉公認為「脫喜小就，為人耳目近玩，樹唯奇，去小草不遠矣」神童也好，幼樹也好，若其天分難得，更應加以後天培養，才能最終造就棟樑之材。眉公欣賞汪懷玉的「護樹心腸」，而後世讀者更欣賞眉公愛惜人才的一片衷心，其以樹喻人的一番道理，今天讀來仍然是非常中肯和正確的。

題《情詞選》

陳繼儒

【題解】《情詞選》一書已佚，其編撰者嚴用晦，明代蘇州人，生於萬曆二十一年（西元一五九三年），卒於清順治十五年（西元一六五八年），一生未仕，遁跡湖山，另著有《秋水軒集》、《豔體詩二卷》。

嚴用晦隱居笠澤洞庭❶間，負山水翰墨之癖，喜為詩歌而耽詞曲更甚。客諷之曰：「晏元獻有《珠玉詞》，未嘗作婦人語❷。子何以戀戀此為用？」晦云：「『曲者，謂其曲盡人情耳』❸，『人非木石，誰能無情』❹，其誰能廢曲？登高望遠，驤首❺掀髯，拈取古今麗詞而歌之，可以挑閨秀，泣山鬼，邀落月，遏行雲，即少年豪客，苦節臞❻儒，未有不聞而啼笑錯出，手足舞蹈者。夫情之所鍾，即游魚秣馬❼且然，而況有血氣心智者哉！」眉公笑曰：「子之選，流於民間，書於郵壁，傳於學士大夫之口，豔則豔矣，倘遇秀鐵面❽將何如？」吾始為用晦取瓣香，禮西竺古先生❾座下，代君懺綺語障❿可也。

【注釋】❶笠澤洞庭　指太湖，《吳郡志》卷四十八引《揚州記》曰：「太湖一名震澤，一名笠澤，一名洞庭。」❷晏元獻有珠玉詞二句　《賓退錄》載晏元獻幼子晏幾道語：「先公平日小詞雖多，未嘗作婦人語也。」婦人語，女性化的語言。❸曲者二句　語出南宋胡寅〈酒邊詞序〉。❹人非木石二句　語出白居易〈李夫人〉詩：「人非木石皆有情」。❺驤首　抬首。❻臞　同「臒」。消瘦。❼秣馬　飼養的馬。❽秀鐵面　北宋禪僧法秀，南宗禪青原十一世。宋釋惠洪撰《禪林僧寶傳》卷二十六「法雲圓通秀禪師」傳云：「黃庭堅、魯直作豔語，人爭傳之，秀呵曰：『翰墨之妙甘施於此乎？』」❾西竺古先生　《廣博物志》卷十二載：「經成子，周武王時為柱下史，說《廣化經》，又以道授周公旦，乃退而閉居。因出遊西極大秦、竺乾等國，號『古先生』。」經成子，傳說中老子的名號之一。❿障　佛教語，指妨礙修行的種種罪業。

【語譯】嚴用晦隱居在笠澤洞庭間，有描山摹水的癖好，喜歡寫詩歌而沉迷於詞曲更甚。有人勸告他說：「晏元獻有《珠玉詞》，不作婦人語。您卻為何戀戀不捨？」用晦說：「『稱它為曲，是因為它能曲盡人情啊。』人非木石，誰能無情？誰能廢曲？登高望遠，舉首撚鬚，拈取古今美好的詞曲來歌唱，能挑撥閨秀，感泣山鬼，邀約落月，遏止行雲，即使是少年豪客，守節臞儒，沒有不聽到它而不禁泣笑錯出，手舞足蹈的。鍾情，哪怕是水中魚蝦中馬也如此，何況是有血氣心智的人呢！」眉公笑著說：「您選的詩，流行在民間，書寫在驛站的牆壁上，傳播於學士大夫之口，豔麗固然豔麗，然而倘或遇到一個秀鐵面怎麼辦呢？」不如我為用晦在西竺古先生座下焚香行禮，替你懺悔那豔語的罪過吧。

【研　析】這篇文章中，眉公用亦莊亦諧的語調談論了在各種詞話中長期爭執不下的一個問題：「詞之本色」，即詞這一文學體裁所獨有的特色。五代末人歐陽炯〈花間集敘〉云：「綺筵公子，繡幌佳人，遞頁頁之花箋，文抽麗錦，舉纖纖之玉指，拍按香檀。不無清絕之詞，用助妖嬈之態。」立下了詞為豔科的門戶，正是所謂的「男子而作閨音」。「豔」，即眉公所說的「綺語」，是詞區別於其他體裁的特色，是詞的獨特魅力。而所謂「豔」，不只是詞的語體特色，更是從內容上要求言「情」，特別地，要求言男女相悅相思之情。誠然，從五代開始，花間詞人中如鹿虔扆、李珣等人對「男子而作閨音」的花間格式已有所突破，把詞的題材擴展到了亡國、隱居、求仙等「士大夫之詞」上，到了以蘇東坡、辛棄疾為代表的豪放詞派，更「以詩為詞」、「以文為詞」，徹底改變了詞為豔科的閫域。然而，如果真要為詞這一體裁尋找它獨有的、區別於詩、文的內涵，很多詞論家依然選擇立足於這個「豔」字。宋陳師道評東坡詞說：「如教坊雷大使之舞，雖極天下之工，要非本色。」清人劉體仁《七頌堂詞繹》評辛棄疾詞云：「稼軒『杯汝前來』，〈毛穎傳〉也。『誰共我，醉明月』，〈恨賦〉也。皆非詞家本色。」清人謝章鋌《賭棋山莊詞話》總結說：「曼衍綺靡，詞之正宗，安能盡以鐵板銅琵律之？唯其豔而淫而澆而俗而穢，則力絕之。」嚴用晦所持的觀點，也是主張「詞為豔科」的，他所選的「豔詞」的範圍，今已不可考，但從本文「客諷之曰」的內容來看，不止於大晏的雍容淡雅，大概柳三變之纏綿綺靡，秦淮海之哀感頑豔，那種錐心之豔，不返之情，更為嚴用晦所心賞吧。眉公反問「誰能廢曲？」，其自信來源於詞曲特別能夠以情動人的特質。而哪怕心無掛牽的少年豪客，自律嚴格的苦節臞儒，也很難徹底放開兒女私情，很難不為搖盪心旌的詞曲所感所惑。眉公最後開玩笑說，要為嚴用晦代懺「綺語障」，這種代為悔「罪」的說法，反而更能表達出心中深切的認同。

歇庵記

陶望齡

【題　解】萬曆十九年（西元一五九一年），陶望齡的哥哥陶與齡逝世，他請假回鄉安慰老父，直到萬曆二十二年（西元一五九四年）才復官回朝（陶望齡〈亡兄德望傳〉）。請假歸鄉的這三年間，陶望齡曾借住在姐夫范櫝家中養病，「酣中閣」、「歇庵」皆是陶望齡當時所命名的范家樓閣（陶望齡〈酣中閣記〉）。本文選自陶望齡《歇庵集》卷九。

【作　者】陶望齡（西元一五六二～一六〇九年），明代文學家，字周望，號石簣，晚號歇庵居士，諡文簡，會稽（今屬浙江省紹興市）人。萬曆十七年（西元一五八九年）狀元，官至國子監祭酒，晚明「性靈派」重要作家。著有《歇庵集》。

酣中閣之前隙地❶，從丈許，繚垣❷為門。庭之東西各覆土壇焉，謀以蒔❸花草。久之，始得木芍藥數本，列植之，溉之失節，復槁，遂為空壇矣。閣下左偏一室曰「歇庵」，奉親之暇，退輒憩息，故稱庵曰「歇」也。噫嘻！士君子所騖❹於世而不可止者，豈非以其志與力哉？若余之羸惙❺迂愚，即有志甚強，而才與力交縶❻之，每自惟不足於物、無益世用以為嗟悼。然蹇蹄❼願息，弱翰❽

念悽，栖息之後，仰視駿馳鵬徙，覆以為勞矣。蓋人情窮則反本，夫安知所謂不足者之非予幸也？無聾盲之苦，無飢寒之慮，食息視聽無不如人而又過焉，而營營不知止，非惑也與？

庵中二榻、一几、蕉團一、儒釋書數卷。讀書宴坐，視其勤懶，寢處于于❾，然甚樂也。嗟乎！向使予不幸力豐而氣盛，材贍而智長，亦且追逐其嗜好，竭蹷❿奔奏⓫於物役之不暇，何暇去而從事於寂寥枯淡之道哉？雖然，有營，一也。安知余今所從事非惑之尤乎？去彼之營營以適此之營營，然且以為有是非焉、得失焉，惑不滋厚也與？事固有倒行逆施而後獲者，故勤之所以息也，作之所以止也。若予真所謂惰者，使予於斯道勤之不怠、作之不止，其必有廢然而止息者矣。名庵所以志也。

【注　釋】❶隟地　空地。隟，同「隙」。❷垣　牆。❸蒔　種植。❹騖　同「務」。追求。❺羸憊　弱小疲乏。❻縶　拘執。❼蹇蹄　駑馬。李賀〈呂將軍歌〉：「廄中高桁排蹇蹄，飽食青芻飲白水。」❽弱翰　疲鳥。夏侯湛〈觀飛鳥賦〉：「愛惠音之嚶嚶，美弱翰之參差。」❾于于　自得的樣子。《莊子・應帝王》：「其臥徐徐，其覺于于。」❿竭蹷　同「竭蹶」。顛倒，形容急迫的樣子。《荀子・儒效》：「故近者歌謳而樂之，遠者竭蹶而趨之。」⓫奔奏　同「奔湊」。奔走趨向。《後漢書・馬廖傳》：「賓客奔湊，四方畢至。」

【語　譯】酣中閣前有一塊空地，有一丈多的縱寬，四周築牆環繞，牆上開出院門。我在這個庭院的東、西面壘起土壇，計劃種植花草。過了好久，我才得到幾株木芍藥，我將它們整齊地種植在土壇中，但是因為灌溉失當，它們最後都枯死了，土壇就變得空空如也。我把閣下左面的偏室命名為「歇庵」，侍奉父親之餘暇，我都在這裡休息，所以叫它「歇」庵。誒呀！士大夫們不停地追求這世間的功名，他們所憑藉的無非是自己的志願與力量罷了。像我這樣弱小、疲憊、迂闊、愚笨的人，即使有強烈的入世志願，卻被才能和精力的不足所掣肘，每每為自己不夠成器、無用於世而悲歎自悼。然而，駑馬希望歇息，倦鳥想念棲息，得到棲息之後的駑馬和倦鳥，仰望駿馬奔馳和鵬鳥遷飛，反倒覺察出牠們的徒勞無功。窮途而知返本，這是人之常情，所以，怎知才力不足反而是我的幸運呢？沒有盲、聾的苦楚，沒有饑、寒的憂慮，吃的、住的、看到的、聽到的不但沒有不如人、反而比常人更優越，擁有這樣生活的我，如果還不停止奔走鑽營，難道不是執迷不悟嗎？

歇庵中擺放著兩張榻、一張桌、一個蕉葉蒲團、以及儒、佛兩家的幾卷書。我在這裡閒坐讀書，看自己或勤或懶的心情，起居悠然自得，很快樂。哎呀！如果我不幸被給予了豐盛的精力，才能眾多而智能優長，我也會去追求世間人的各種嗜好，終日為外物所驅使著，顛倒奔波而不得閒暇，哪有空閒去研究寂寥枯淡的學問呢？即使如此，研究學問同樣是一種鑽營啊。誰知道我現在所做的事情不是一種更深的迷惘呢？去除那方面的鑽營而歸向這方面的鑽營，還自以為兩者之間有是非、得失的區別，這難道不是滋長、加深迷惘嗎？世間的行事之例，有逆反世道而能獲得真知的，所以，人勤我息，人作我止。如果我真是世人口中的懶惰者，那麼，即使我一時在某條世道上勤奮不懈、勞作不止，也必然有廢棄止息的一天。用「歇」字名庵，以表達我的志向。

【研　析】陶望齡早慧，九歲時即「匡坐終日，與其兄虞仲問答，皆世外語，讀書往往有超解」（過庭訓《本朝分省人物考》）。

萬曆十七年，二十七歲的陶望齡在科舉考試中登甲榜第三名，授翰林院編修。登第後，這位「探花郎」卻在寫給弟弟陶奭齡的書信中道出自己厭倦科舉的真正心聲：「因笑向時迷陋，視一科名為究竟地，正如海師妄認魚背，謂是洲岸，真可痛也。」（〈登第後寄君奭弟書〉）在翰林院中，陶望齡與同為編修的袁宗道、黃輝志趣相投，日日談禪，以修仙問佛為事業。功利場中的科第官爵已不能滿足他們的心靈渴求，勘破生死成為這些年輕翰林官員的真正志向。陶望齡中舉後，他的治學興趣轉向了十足的「離經叛道」之路：他成為了陽明心學的著名擁躉，他積極闡發佛教和老、莊的哲學，並尋求將它們和儒教精神互相發揮。〈歇庵記〉寫作時，陶望齡剛過而立之年，其思緒文章就已標異立新，表露出他在哲學上的強烈興趣與不同凡俗的人生追求。

「歇庵」之命名顯然充滿了老、莊思想「無用以為用」的智慧。陶望齡借荒蕪的庭院點出一個與世不同的價值觀念：「歇」。此「歇」字，首先當指從追逐功名的生涯中退歇下來。陶望齡似乎是一位天生的隱士，他對隱居的渴望發自天性。他自述略有家產，不必為了生存而出仕。在「無聾盲之苦，無飢寒之慮，食息視聽無不如人而又過焉」的情況下，迷戀於宦途中的汲汲營營並不是人生的正路。陶淵明〈勸農〉詩云：「傲然自足，抱樸含真」，陶望齡亦相信世俗欲望的消滅能促進精神自由的發展。他警醒地避免大多數人攀附外物（「物役」）的生存狀況，體現出一位求道者的真誠追求。其次，這個「歇」字還進一步要求人們從一切後天的執著中退歇出來。陶望齡認為追逐功名之路是「營營」，但是，刻意追求「寂寥枯淡」的學問之路又何嘗不是另一種「營營」？避開功名不一定就意味著擺脫「營營」。若要回復天真、渾然的生命狀態，就要避開一切世俗道路，採取「倒行逆施」的方法，即：世人追逐「物役」也好、追逐「枯淡」也好，自己則一切反其道而行之——此所謂「歇」的應世態度。陶望齡把自己的生活動機積極地表達為「歇」，通過以「息」為勤、以「止」為作的特立獨行來尋求渾然的生命。他所選擇的這個「歇」字，絕不是屈服於頹惰消極，而是表達了一種向自我、向內心去求取生命力量和生活資源的、主動的人生哲學。

墨雜說七章・其二

陶望齡

【題解】本文選自陶望齡《歇庵集》卷十。

唐子西有言：「不能銳，因以鈍為體；不能動，因以靜為用。」❶予每三復於斯言。多病尠❷才，自放於無能，計生平用墨，歲不過數寸。而君房❸一日所餉，圭璧螺丸❹，充仞❺囊笥，重為墨君愧負。夫墨之為道，處於鈍銳動靜之間者也，故壽於筆而夭於研❻。若予非敢謂能鈍能靜也，而所謂不能銳與動則信矣。以墨君之半歸我之全，其庶幾完久乎。鐵堅於石，穴於桑氏❼，顧所歸何如人？研、墨之壽夭殆未有定也。

【注　釋】❶唐子西有言五句　語出自北宋唐庚〈古硯銘〉。❷尠　少見。❸君房　程大約，字幼博，又名君房、士芳，安徽岩寺鎮人，明代萬曆年間製墨名家，著有《程氏墨苑》。❹圭璧螺丸　形容各種形狀的墨塊。圭璧，原指祭祀用玉璧，蘇軾〈孫莘老寄墨〉其三用以比喻墨塊：「近者唐夫子，遠致烏玉玦。先生又繼之，圭璧爛箱篋。」螺丸，原是中藥名，明人用以比喻墨丸，沈德符〈香奩體重和梁夫人韻〉其四：「生憎眉史缺專官，黛硯螺丸位置安」。❺仞　滿。❻研　同「硯」。❼鐵堅於石二句　五代後晉人桑維翰落第後，鑄鐵硯為誓，發誓除非鐵硯磨穿，否則不會放棄科舉之途。事見《新五代史・晉臣傳》。

【語　譯】唐子西曾說過：「(硯臺)不能尖銳，以鈍表現它的形體；不能活動，以靜表現它的用途。」我反覆誦讀這句話。我多病少才，已經自棄於無能之人，估計按平常的用墨量，一年也只不過能用掉幾寸長的墨塊罷了。而君房一次送給我的墨塊，像圭璧、螺丸一樣裝滿了箱子，我深深覺得愧對墨君啊。墨的物理特徵，處於鈍、銳、動、靜之間，比筆的壽命長，比硯的壽命短。像我這樣的人，不敢自謂能做到「鈍」與「靜」，然而，自謂不能做到「銳」與「動」倒是真話。借墨君半鈍半銳、半動半靜的哲學，成就我的全生養性，則我也能夠長久地存身了吧。鐵硯比石頭堅硬，然而桑維翰也能磨穿它，這鐵硯的歸宿又能比誰更好呢？硯君的鈍、靜之道與墨君的半鈍半銳、半動半靜之道，到底哪個更長久，未可下定論啊。

【研　析】筆墨紙硯，文人摯友。韓愈作〈毛穎傳〉，為筆立傳；蘇軾作〈萬石君羅文傳〉，為硯立傳。明代焦竑得到萬曆年間製墨名匠程君房的饋贈，戲為〈翟道佚世家〉一文，為墨立傳。程君房本是太學生出身，他深諳文人品味，所製墨特別能投士林之所好。程氏製墨，據載用「漆液一參桐之二」的配比為原料，開了後世所謂超頂漆煙墨的製作先河。其墨色「一點如漆」，濃郁光亮。陶望齡得到了程君房「一囊墨」的餽餉，寫下了《墨雜說》七章。很多文人把人生寄託於寫作，墨塊即是他們特殊的生命度量，一方「數寸」長的墨塊是陶望齡一年的生命，一囊「圭璧螺丸」則可能拼出他一生的長度。

陶望齡由這一囊墨引發了對人生憂苦的感受。北宋唐庚作〈古硯銘〉戲言筆、墨、硯的壽命曰：「筆之壽，以日計；墨之壽，以月計；硯之壽，以世計。其故何也？其為體也，筆最銳，墨次之，硯鈍者也。豈非鈍者壽而銳則夭乎？」陶望齡借「墨君」之「處於鈍銳動靜之間」的處世哲學來反思現實。他斷定自己肯定不屬於「銳」者，絕不可能成為順水而流、望風而動的人，故而無法學習「筆」的道路。然而，「鈍靜」之「硯」的天命又能長久嗎？一旦遭人刻意穿鑿，即使是鐵硯也會被磨穿——在黑暗的政治環境中，一旦遭遇暴烈惡人，「鈍靜」的君子亦終究難以自保。所以，陶望齡也不認為硯君的道路能長久。嗚呼，為人難矣！參銳、鈍之變機，處義、利之涯際，一面要保有人格，一面要保全性命，窮竭一身之力，殫盡一世之智，只求得一種勉強湊合的生活。陶望齡此文，以「墨君」之道自勉，反映出他在苛刻的政治生涯中充滿不安的心理和對人生艱難的體會。

養蘭說

陶望齡

【題　解】本文選自陶望齡《歇菴集》卷十。

會稽多蘭，而閩產者貴。養之之法，喜潤而忌濕，喜燥而畏日，喜風而避寒，如富家小兒女，特多態難奉❶。予舊嘗聞之曰：他花皆嗜穢而溉，閩蘭獨用茗汁，以為草樹清香無如蘭味，潔者無如茗氣，類相合宜也。

休園中有蘭二盆，溉之如法，然葉日短，色日瘁，無何，其一槁矣。而他家所植者，茂而多花。予就問故，且告以聞。客歎曰：「誤哉，子之術也。夫以甘食人者，百穀也；以芳悅人者，百卉也。其所謂甘與芳，子識之乎？臭腐之極，復為神奇，物皆然矣。昔人有捕得龜者，曰龜之靈，不食❷也，篋藏之。旬而啟之，龜已饑死。由此言之，凡謂物之有不食者，與草木之有不嗜穢者，皆妄也。子固而溺所聞，子之蘭槁亦後矣。」

予既歸，不懌，猶謂聞之不妄，術之不謬。既而疑曰：物固有久而易其嗜、喪其故、密化而不可知者。〈離騷〉曰：「蘭芷變而不芳兮，荃蕙化而為茅。」夫其脆弱驕蹇，炫芳以自貴，余固以憂其難養，而不虞其易變也。嗟乎！於是使童子刈槁沃枯，運糞而漬之，遂盛。萬曆甲午五月廿五日。

【注釋】❶奉　侍候。❷食　餵食。

【語譯】會稽盛產蘭花，但以福建所產的蘭花為珍貴。蘭花的養殖之法，宜土潤但忌諱潮濕，宜氣燥但忌諱日照，宜風拂但忌諱寒冷，如同富人家的孩兒，嬌態格外多又難以侍候。我以前曾聽說：其他花卉都喜歡糞穢肥料的灌溉，唯獨福建所產的蘭花要用茶汁來澆灌，因為草木的清香無過於蘭花，氣味的潔淨無過於茶，兩者同類相合，彼此相宜。

我居住的休園中有兩盆蘭花，我用聽到的茶溉法澆灌它們，但是，它們的葉子一天比一天短，顏色一天比一天憔悴，不久，其中一株就枯死了。而別人家栽培的蘭花，茂盛又多花。我上門詢問原因，並且把我聽聞的茶溉法告訴人家。培植蘭花的這位外地人聽後歎息說：「您的方法是錯誤的！百穀以其甘美而成為人的食物，百花以其芬芳而使人愉悅。它們的甘美和芬芳從哪裡來，您知道嗎？腐臭到了極致，就會發生神奇的轉變，萬物都是這樣的。以前有個人捕到一隻龜，他說這隻龜是龜神，不給這隻龜餵食，而把牠藏到箱子裡。十天後開箱，龜已經餓死了。以這件事情來講，凡是所謂不用吃食物的動物，與所謂不用灌溉穢肥的草木，都是虛妄的說法。您的蘭花隨後也會枯死的。」

我回來以後，心情不悅，還認為我所聽聞的茶溉法不是假的、錯的。但過了一段時間，我又生出了疑惑：那些慢慢就改變嗜好、喪失舊態、隱秘變化而不可知的事物是真實存在的。《離騷》言：「蘭芷變得不芳香了，荃蕙化為了茅草。」蘭花看似脆弱、傲慢、以其芬芳而自矜珍貴，我只顧慮它難養，卻沒預料到它還會轉變。哎呀！我於是讓童子拔除槁死的植株，澆灌剩下的枯枝，運來穢肥溉漬它，然後，它就茂盛起來了。

萬曆甲午五月二十五日記。

【研　析】如果把這篇短文單純看作一篇哲理寓言的話，那麼，它表達了陶望齡對善惡共存的現實世界的一種整體性思考。

蓮出於淤泥，蘭茂於糞沃，清者不自清，濁者難為濁。如果說天無棄物，則蘭、糞本無清濁之分，所謂甘芳、腐臭，皆是人為。《子夏易傳》云：「在天成象，在地成形，變化見矣。」意即萬物化生，不論美醜，都是天造地設。況且大化流行，事物變動不居，腐朽變為神奇，鮮豔化為枯槁，方生方死，方死方生，又何必強設區別？有人想當然地用香茶去養香蘭，卻不知蘭花之香與糞漬之臭乃相助相生。

此文雖然名為〈養蘭說〉，卻並非局限於養蘭這一件事情，毋寧說養蘭這一具體事件引發了陶望齡的世界觀的整體波動。他是一位能深刻體會辯證法的士大夫，他對「世界」的理解吸收了儒、釋、道三家關於中和、圓通、變化等一些觀念。他曾回答有人對淨土宗的質疑曰：「心土一也，心淨土淨，心穢土穢。如形俯仰，影有曲直」（〈淨業要編序〉）。人們所生活的這個世界中，萬物森然羅列，其中有人所能「美」、所能「善」的，譬如香蘭、菩提；也有人所不能「美」、所不能「善」的，譬如糞溺、魔鬼。如果人們看不到香蘭可以依糞溺而生、菩提須要共魔鬼而存，則不能對世界有一個圓通的看法。陶望齡的哲學素養使得他反而對生活中不美、不善的東西有著異常的執著，他堅信：「人者，天地之心」。人心是價值的根源，「心淨土淨，心穢土穢」；而世界則是人心的影子，人心美則萬物美，人心惡則萬物惡。在「心物為一」的觀念上，陶望齡打通了佛教淨土宗和王陽明心性論儒學的義理境界。

陶望齡有著敏銳的哲學心靈，他對日常生活的觀察往往充滿著濃厚的思辨意味。他不知疲倦地在現實生活中去印證那些深深吸引了他的學說，譬如養蘭這樣的生活瑣事也能引發他對世界整體的思考。儘管，這樣的思考使得陶望齡對生活的表述變得遲疑與晦澀，卻真實地顯露出他好思、明辨的個性特徵。

拙效傳

袁宏道

【題　解】本文選自袁宏道《袁中郎全集》卷四。

【作　者】袁宏道（西元一五六八～一六一〇年），明代文學家，字中郎，號六休，又號石公，公安（今屬湖北省荊州市）人，萬曆二十年（西元一五九二年）進士，官至吏部郎中。袁宏道與兄宗道、弟中道合稱「公安三袁」，他是明清文學流派「性靈派」的代表作家，著有《瓶花齋集》、《瀟碧堂集》、《錦帆集》、《解脫集》

等，後輯為《袁中郎全集》。

石公❶曰：「天下之狡於趨避者，兔也，而獵者得之；烏賊魚吐墨以自蔽，乃為殺身之梯❷。巧何用哉？夫藏身之計，雀不如燕；謀生之術，鸛不如鳩。古記之矣。作〈拙效傳〉。」

家有四鈍僕：一名冬，一名東，一名戚，一名奎。冬即余僕也，掀鼻削面，藍眼虬鬚❸，色若繡鐵❹。嘗從余武昌，偶令過鄰生處，歸失道，往返數十回，見他僕過者，亦不問。時年已四十餘。余偶出，見其淒涼四顧，如欲哭者，呼之，大喜過望。性嗜酒，一日家方煮醪❺，冬乞得一盞，適有他役，即忘之案上，為一婢子竊飲盡。煮酒者憐之，與酒如前。冬傴僂突間❻，為薪焰所著，一烘而過，鬚眉幾火。家人大笑，仍與他酒一瓶。冬甚喜，挈瓶沸湯中，俟暖即飲，偶為湯所濺，失手墮瓶，竟不得一口，瞠目而出。嘗令開門，門樞稍緊，極力一推，身隨門辟，頭顱觸地，足過頂上，舉家大笑。今年隨至燕邸❼，與諸門隸嬉遊半載，問其姓名，一無所知。

東貌亦古，然稍有詼氣。少役於伯修❽。伯修聘繼室時，令至城市餅。家去城百里，吉期已迫，約以三日歸。日晡不至，家嚴同伯修門外望。至夕，見一荷擔從柳堤來者，東也。家嚴大喜，急引至舍，釋擔視之，僅得蜜一甕。問餅何在，東曰：「昨至城，偶見蜜價賤，遂市之；餅價貴，未可市也。」時約以明納禮❾，竟不得行。

戚、奎皆三弟僕。戚嘗刈薪，跪而縛之，力過繩斷，拳及其胸，悶絕仆地，半日始蘇。奎貌若野獐，年三十，尚未冠，髮後攢作一紐❿，如大繩狀。弟與錢市帽，奎忘其紐，及歸，束髮如帽，眼鼻俱入帽中，駭歎竟日。一日至比舍⓫，犬逐之，即張空拳相角，如與人交藝者，竟齧其指。其癡絕皆此類。

然余家狡獪之僕，往往得過，獨四拙頗能守法。其狡獪者，相繼逐去，資身無策，多不過一二年，不免凍餒。而四拙以無過，坐而衣食，主者諒其無他，計口而受之粟，唯恐其失所也。噫，亦足以見拙者之效矣。

【注　釋】❶石公　袁宏道自號。❷烏賊魚吐墨以自蔽二句　古人用烏賊墨作墨水使用，墨跡逾年消失。段成式《酉陽雜俎》前集卷十七：「烏賊，……遇大魚輒放墨，方數尺，以混其身。江東人或取墨書契，以脫人財物，書跡如淡墨，逾年字消，唯空紙耳。」❸虯鬚　蜷曲的鬍子。❹綉鐵　當作「銹鐵」。❺醪　濁酒。❻突間　指灶臺。❼燕邸　指袁宏道在京城的官署。❽伯修　袁宏道兄長袁宗道字。❾納禮　婚禮前男方向女方送禮的儀程。❿紐　結。⓫比舍　鄰舍。

【語　譯】石公說：「天下動物，兔子會狡黠躲避，然而還是被獵人捕到；烏賊會吐墨遮蔽自己，然而墨汁成為了牠被人捕殺的階梯。巧黠又有什麼用處呢？論藏身的方法，雀不如燕；論謀生的方法，鸛不如鳩。古人早有如此識見。我作〈拙效傳〉，再次申明笨拙的用處。」

我老家有四個笨拙的僕人：一個叫冬、一個叫東、一個叫戚、一個叫奎。冬是我的僕人，他長得鼻子尖向上掀、面頰消瘦，眼珠子發藍、鬍鬚捲曲，膚色像鐵鏽一樣。他曾跟隨我去武昌，我令他到鄰近的一位書生家裡去，他回來時迷了路，來回徘徊了數十遍，看見其他僕人路過，也不知道問問路。那時他已經四十歲了。我偶然出門，看見他淒涼地四處張望的樣子，好像要哭出來一樣，我呼喚他，他看見我，大喜過望。冬愛好喝酒，有一天，我家裡煮了濁酒，冬要了一盞，恰好有其他事要他做，他把這盞酒忘在桌上了，後來被一個婢女偷偷喝掉了。煮酒的人可憐他，又給他一盞，冬在灶臺前傴僂著身子，準備喝酒，不料被火焰一舔，燒著了眉毛、鬍鬚。家人大笑，再一次給了他一瓶酒。冬很開心，把酒瓶放在沸水中，想等酒熱了喝，不小心被沸水濺到，失手打碎了酒瓶，前後三番，竟然一口酒都沒喝到，他只好瞪著眼睛走出了灶間。我曾經令他開門，門樞稍微有些緊，他盡力一推，身子隨門向外一倒，跌在地上，頭顱觸地，兩腳翹在頭頂上，惹得全家大笑。今年，他跟隨我進京，和官署的門隸們嬉玩了半年，問他那些人的名字，他卻一個也說不出來。

僕人東也長得古樸，看起來有些詼諧。他年輕的時候侍奉伯修。伯修聘娶繼室的時候，令他到城裡買納禮用的餅。老家距離城裡有上百里遠，婚期已經迫近，和他約好三天後返回。約定返回的那一天，太陽快落山了，他都沒回來，我的父親和伯修急得到門外等候張望。傍晚，看見一個挑著擔、沿柳堤走過來的人，正是東。父親大喜，把他引進屋中，放下擔子一看，裡面只有一瓮蜂蜜。問他餅在哪裡，東說：「我昨天到了城裡，偶然遇見蜂蜜低價出售，就買了；餅的價格高，買不得。」當時，和親家約好第二天納禮，竟因此沒辦成。

戚、奎都是三弟的僕人。戚曾經去砍柴，跪著捆柴垛，用力過猛，把繩子扯斷了，拳頭打在自己的胸脯上，把自己打昏倒地，半天才甦醒過來。奎的樣貌像野獐子，三十歲都沒有束冠，頭髮在腦後結成一個大髻，看上去就像一股粗繩子。三弟給他錢買帽子，奎忘記了自己腦後的大髻，綁著大髻試帽沿，買回帽子來後，他解開大髻，把頭髮束在頭頂上，再把買回的帽子一戴，眼睛、鼻子都沒入帽中，驚訝了一整天。有一天，他到鄰舍去，被狗追逐，就赤手空拳地與狗搏鬥，一本正經地像在和人格鬥，最後還是被狗咬傷了手指，敗下陣來。奎的憨態如此。

我家狡黠的僕人，往往犯錯誤，獨有這四個笨僕能守規矩。狡黠的僕人，相繼都被趕出家門去，沒辦法養活自己，不到一兩年時間，難免挨凍受餓。這四個笨僕因為沒有過錯，坐享衣食，主人家相信他們無二心，按他們家庭的人口給予粟米，惟恐他們流離失所。誒呀，這也足可見笨拙的用處了。

【研　析】清代金聖歎〈讀第五才子書法〉評價長篇小說《水滸傳》的人物刻畫手法時，有「正犯」、「略犯」之說。所謂「犯」，指塑造人物的情節類型相衝突，比如武松打虎和李逵打虎即在「打虎」這個情節類型上相「犯」了。然而，真正的大作家卻是不怕衝突、犯而能避的。譬如「打虎」這個情節，《水滸傳》用在武松的人物塑造上是為了凸顯出其神勇，用在李逵的人物塑造上則是為了凸顯出其悲哀，用同一個類型化情節塑造出兩個截然不同的人物個性。本文是一篇合傳，傳主為四個「鈍僕」：冬、東、戚、奎。這四個人物，都以「笨拙」為特徵來進行塑造，這在性格類型上相「犯」了。然而，冬的笨拙表現為心思單純，東的笨拙表現為不懂世故，戚的笨拙表現為使蠻力，奎的笨拙表現為做事不會思量前後、區別。同為「笨拙」，四鈍僕之笨又各有區別，這又體現了作者袁宏道犯而能避、匠心所運之處。除此之外，本文筆法值得揣摩的還在於以明寫暗的「背面敷粉法」。袁宏道明寫四鈍僕，主要目的卻在烘托出「三袁」兄弟與眾不同的人生態度。描寫冬、東、戚、奎的笨拙是虛晃一槍，表達以「拙」為貴的人生智慧才是深意所在。四鈍僕的笨拙僅僅引人發笑，而「三袁」兄弟貴「拙」賤「巧」的選擇則令人深思。貴「拙」的智慧，《道德經》曰：「大巧若拙」，《論語》曰：「(甯武子)其智可及也，其愚不可及也」。人生走到中年以後，很多人往往更願意以「拙者」的面目示人。比如袁宏道在他的名詩〈顯靈宮集諸公以城市山林為韻〉其二中的自我寫照曰：「邸報束作一筩灰，朝衣典與栽花市。新詩日日千餘言，詩中無一憂民字。旁人道我真瞶瞶，口不能答指山翠」，這真是一個不顧前途的「笨人」，然而誰又能理解他「自從老杜得詩名，憂君愛國成兒戲」的深刻譏諷呢？這篇小品文既寫出四僕之笨拙，又寫出專門僱傭笨僕的「笨」主人，構成一幅意味深長的晚明名士風采圖。

回君傳

袁中道

【題解】本文選自袁中道《珂雪齋集》前集卷十六。

【作者】袁中道（西元一五七〇～一六二三年），明代文學家，字小修，號鳧隱，公安（今屬湖北省荊州市）人，萬曆四十四年（西元一六一六年）進士，官至南京吏部郎中。袁中道與兄宗道、宏道合稱「公安三袁」，是明清文學流派「性靈派」重要作家，著有《珂雪齋近集》、《前集》、《外集》等，後人輯為《珂雪齋集》。

回君者，邑人，於予為表兄弟，深目大鼻，繁鬚髯，大類俳場上所演回回狀。予友丘長孺❶見而呼之謂「回」，邑人遂「回」之焉。回聰慧，耽娛樂，嗜酒喜伎入骨，家有廬舍田畝，蕩盡，遂赤貧。善博戲，時與人賭，得錢即以市酒，邑人皆惡之。予少年好嬉遊，絕喜與飲，邑人以之規予曰：「吾輩亦可共飲，乃與無賴人飲，何也？」予曰：「君輩烏足與飲，蓋予嘗見君輩飲矣。當其飲時，心若有所思，目若有所注，杯雖在手，而意別有營。強為一笑，隨即愀然❷。身上常若有極大事相絆，不肯久坐。偶然一醉，勉強矜持，關防忍嘿❸。

夫人生無事不苦，獨把杯一刻差為可樂，猶不放懷，其鄙如何？古人飲酒，惟恐不舒，尚借絲竹歌舞以瀉其懷，況有愁人在前乎？回則不然。方其欲酒之時，而酒忽至，如病得藥，如猿得果，如久餓之馬望水涯之芳草，踣足驕嘶❹，奔騰而往也。耳目一，心志專，自酒以外更無所知。于于焉，嬉嬉焉，語言重複，形容顛倒，笑口不收，四肢百骸皆有喜氣。與之飲，大能助人歡暢，予是以日願與之飲也。」

人又曰：「此蕩子，不顧家，烏足取？」予曰：「回為一身，蕩去田產。君有田千頃，終日焦勞，未及四十，鬚鬢已白。回不顧家，君不顧身，身與家孰親？回宜笑子，乃反笑回耶？」其人無以應。回有一妻一子，然率在外飲，即向人家住，不歸。每十日送柴米歸，至門大呼曰：「柴米在此。」即去，其妻出取，已去百步外矣。腰繫一絲囊，常虛無一文，時予問回曰：「虛矣，何以為計？」回笑曰：「即至矣。」既實，予又謂曰：「未可用盡。」回又笑曰：「若不用盡，必不來。」予曰：「何以知之？」曰：「我自二十後，無立錐田，又不為商賈，然此囊隨盡隨有。雖邑中遭水旱，人多饑焉，而予獨如故。予自知天必不絕我，故終不憂。」予曰：「善！」回喪其子，予往慰之。回方醉人家，招之來，笑謂予曰：「絕嗣之憂寧至我乎！」相牽入酒家，痛飲達旦。

嗟乎！予幾年前性剛命蹇，其牢騷不平之氣，盡寄之酒。偕回及豪少年二十餘人，結為酒社，大會時各置一巨甌，校其飲最多者，推以為長。予飲較多，已大酣，恍惚中見二十餘人皆羅拜堂下。時月色正明，相攜步斗湖堤上，見大江自天際來，晶瑩耀朗，波濤激岍❺，洶湧滂湃，相與大叫，笑聲如雷。是夜城中居民，皆不得眠。今予復以失意就食京華，所遇皆貴人，不敢過為顛狂以取罪戾。易州❻酒價貴，無力飲，其餘內酒❼、黃酒，不堪飲。且予近益厭繁華，喜靜定，枯坐一室，或有兩三日不飲時。量日以退，興日以索。近又戒殺，將來酒皆須戒之，豈能如曩日之豪飲乎！而小弟有書來，乃云餘二十少年皆散去，獨回家日貧，好飲日益甚，予乃嘆曰：「人不堪其憂，回也不改其樂。賢哉！回也！」❽

【注　釋】❶丘長孺　丘坦，字坦之，號長孺，湖北麻城人，萬曆間名士，與「三袁」交往密切。❷愀然　憂愁的樣子。❸忍嘿　沉默的樣子。❹踣足驕嘶　形容馬顛仆嘶叫的樣子。❺岍　同「岸」。❻易州　在今河北易縣。❼內酒　官營酒坊釀造出來的酒。❽人不堪其憂四句　本是孔子讚賞顏回的話，語見《論語・雍也》。

【語　譯】回君是我的鄉人，和我是表兄弟的關係，長得深眼窩、高鼻子、鬍鬚繁茂，很像劇場中「回回」的樣子。我的朋友丘長孺見到他，戲呼他為「回回」，鄉人就也叫他「回回」。回君聰明，沉迷於遊樂，喝酒看戲的愛好深入骨髓，他家有田宅，被他揮霍乾淨，現在一身赤貧。回君擅長博戲，經常和人打賭，贏了錢就買酒，鄉人都看不起他。我年少的時候喜愛嬉遊，最喜歡和回君喝酒，鄉人勸我說：「和我們這些人也可以喝酒，為什麼非要和那個無賴一起喝？」我說：「你們不足以一起喝酒，因為我見過你們喝酒的樣子。你們喝酒時，好像心中別有所思，眼睛看著別處，即使酒杯在手，心思別有所慮。勉強地笑一笑，馬上又一副憂愁的樣子。好像常有天大的事情纏身，不肯久坐。偶然喝醉一次，也勉強保持矜持，時時小心提防，沉默著不肯開口。人生沒有一件事不苦惱，唯獨把杯飲酒的片刻能夠歡樂，此時還不肯放開胸懷，狹隘成什麼樣子！古人喝酒，惟恐不能舒展心情，還要藉助絲竹歌舞來一瀉愁懷，怎麼可能面對著一個憂愁的人？回君卻不是這樣，正當他想喝酒的時候，忽然得到了酒，就好像病人得到了良藥，猿猴得到了佳果，餓久了的馬兒望見水邊的芳草，顛仆嘶叫著奔騰過去。他的耳目一致，心志專一，除了酒什麼都不知道。他自得，自樂，語言重複，舉止顛倒，笑不絕口，四肢百骸都透出喜氣來。和他喝酒，能大大地助人歡暢之興致，所以我每天都願意和他喝酒。」

有人又說：「這是個浪蕩子，不顧家產，舉止怎能可取？」我說：「回君孑然一身，揮霍盡他的田產。您雖然擁有千頃田產，但是終日焦慮操勞，不到四十歲，髮鬢已經斑白。回君是不顧家產，您是不顧自身，自身與家產，應該親近哪個呢？應該是回君笑話您，您反而去笑話他？」那人無話可答。回君有一妻一子，但他多數日子都在外面喝酒，夜晚就在喝酒的人家借住，不回自己家裡。每隔十天送一次柴米回家，送到門口大呼：「柴米在這裡！」呼完即轉身離去，他的妻子到門口取柴米時，他人已經走出百步遠了。回君腰間繫著一個絲囊，裡面常常一文錢都沒有，我時常問他：「空了，怎麼辦？」回君笑著回答：「馬上就來了。」囊中有錢時，我又和他說：「別用光了。」回君又笑著回答：「如果不用光，就不會有錢來。」我說：「你怎麼知道？」他回答：「我自二十歲以後，無田產可作立錐之地，又不做買賣，但是此囊中的錢財隨時用盡、隨時又來。即使鄉中遭遇水旱災害，很多人陷於饑荒，而我的生活如同往常一樣。我自知上天一定不會斷絕我的生路，所以，我不發愁。」我說：「說得好！」回君的兒子死了，我去他家安慰他。他那會兒正在別人家裡喝醉了，命人把他叫回來，他笑著和我說：「絕嗣的憂慮豈會來到我這兒！」把我引入酒家，痛飲至天明。

哎呀！幾年前，我性子剛直、命運坎坷，把牢騷不平之氣全部寄託在酒上。我和回君以及二十多位豪放少年結成酒社，聚集時，各人面前放置一個巨大的杯子，較量誰喝得最多，推選他作社長。我喝得最多，已經大醉，恍惚間看到二十餘人在堂下向我膜拜。當時，月色正明，我們一起走在斗湖堤上，望見大江彷彿從天際流來，波光晶瑩耀朗，波濤拍岸，洶湧澎湃，我們相互間呼喊大叫，笑聲如雷。那一晚，城中的居民恐怕都沒能睡著。如今，我又失意地在京城寄食，所交際的都是貴人，不敢過於癲狂，免得自取罪戾。易州酒價格高，我沒有財力飲，其他的內酒、黃酒，又不值得一飲。況且我最近愈發厭惡繁華，喜愛靜定，枯坐室中，也有兩三天都不飲酒的時候。酒量日漸減退，酒興日漸索然。近來，我開始立殺戒，將來也要戒酒，豈能如以前那樣豪飲呢！酒社中有小弟來信，說二十餘位少年都散伙了，唯獨回君不改初衷，越來越貧窮，也越來越好飲，我於是感歎：「別人不堪憂愁，回君卻不改其樂，賢者啊！回君！」

【研　析】這篇為「浪蕩子」所作的傳記，開篇狡黠幽默，終篇莊嚴肅穆。傳主「回君」的生命彷彿一條豐沛的河流，汩汩沖出人間隘口，最終流向宏闊的海洋。「回君」是一位典型的「敗家子」，「嗜酒喜伎入骨」，蕩盡家產後靠賭博為生，得錢隨手散盡。家鄉父老避「回君」唯恐不及，唯獨袁小修偏偏喜愛和他共飲。這位世人眼中不成體統的「無賴人」贏得了袁小修的深深讚歎，原因無非一個字：樂。陶淵明〈雜詩・其五〉回憶往昔曰「憶我少壯時，無樂自欣豫」，人在童年、少年時往往不需要快樂的理由就能「無端」快樂，快樂原是生命的本色。可是，一旦成年之後，人的快樂彷彿成了一件有條件的事情，成了一件和得失捆綁在一起的事情。患得患失的心情中，快樂變得越來越艱難。袁小修不樂與「正經人」喝酒，因為他們不肯放下得失計較，不能享受飲酒樂趣。「回君」心中無得失計較，飲酒時「四肢百骸皆有喜氣」。這滿身「喜氣」，比美酒更能澆人塊壘，令人豁然開朗。袁小修喜愛回君，因為在無數處心積慮的普通人中，唯有這位天真爛漫的「浪蕩子」始終不改其單純、不改其瀟灑、不改其快樂。回君其人，不懂生命的人只看到他的荒唐，只有懂生命的人才能看到他的自由與無畏。袁小修在回君身上看到少年時的自己，那是一段無憂無慮、肆意歡飲的青春時光，然而曾經的「豪少年」們褪去短暫的光彩之後，不能免俗地長成了充滿各式焦慮的普通人。袁小修曾經狂放不羈，其兄袁宏道稱其少年時「的然以豪傑自命，而欲與一世之豪傑為友。其視妻子之相聚，如鹿豕之與群而不相屬也；其視鄉里小兒，如牛馬之尾行而不可與一日居也」(〈敘小修詩〉)。這樣的袁小修，也終於走向戒酒枯坐的生活。獨有「回君」始終不改其本色，亦始終不改其快樂。袁小修欣賞回君，竟然借用孔子評價顏回的話「賢哉！回也！」來讚美他，因為那源於自由心靈的、無待的快樂正是顏回最重要的精神遺產。袁小修借這一篇獨特的傳記，終於把一位世俗人眼中的「浪蕩子」融進了「亞聖」顏回雄闊的歷史生命中。

悔讀古書記

宋懋澄

【題　解】本文選自《九籥集》文集卷一。

【作　者】宋懋澄（西元一五七〇～一六二二年），明代文學家、藏書家，字幼清，號雅源，一作稚源或自源，松江華亭（今屬上海松江縣）人。與王圻、施大經、俞汝輯合稱萬曆松江地區四大藏書家，著有《九籥集》。

始余先人蓄古今籍甚備❶，八歲時涉獵司馬《通鑑》，不知有《新唐書》。偶見先人補之，因叩為何書，先人笑曰：「是當留之以待汝讀者。」已而先人客京師旅亡。余兄濙父課余制舉秇❷，一切古今書皆秘❸之。年十一始習《春秋》，讀左氏。竊向書肆欲購《韓昌黎全集》，誤得《韓非子》以歸，喜其文詞，每篝燈讀至子夜。又二年，竊《史記》，卒業未半，輒為藏書老奴索去。會有以《唐詩選》見遺者，得之如得醍醐❹。朝夕朗誦，與天籟相和，於是始成吟焉。時年十五矣。自是，害舉業之事不一，而詩與古文詞居半焉。

二十內閫於古，遇兩漢以下則勿視，曰：「是蝕吾古色者也。」二十外雖稍縱目，然遇六朝而下則掩卷，曰：「即不慎而蝕先秦，忍蝕其餘乎？」其於詩則三十內非唐人未與眉睫遇也。至三十外，老於世途，精神業已銷亡，而始悔株守❺之非，則無及於時日矣。

【注釋】❶備 同「備」。全備。❷制舉秇 同「制舉藝」。指明、清科舉所用的八股文。❸秘 鎖藏。❹醍醐 最上等的酥油，佛教用醍醐灌頂的儀式象徵智慧啟迪。❺株守 守株待兔，比喻執滯僵化，典出《韓非子・五蠹》。

【語譯】我的先父原本收藏了全備的古今書籍，我八歲的時候開始涉獵司馬光的《資治通鑑》，那時還不知道有《新唐書》。偶然間看見先父訂補《新唐書》，詢問這是何書，先父笑著說：「這是留給你以後讀的書。」不久，先父竟客死於京城。後來，我的兄長潑父教導我練習八股文，把一切古今書籍都鎖藏了起來。我十一歲的時候開始學習《春秋》，讀《左傳》。我私自跑去書店，想要購買《韓昌黎全集》，結果誤買回了《韓非子》，我喜歡《韓非子》的文詞，常常點燈讀到半夜。又過了兩年，我從藏書樓偷出《史記》來讀，還沒讀到一半，就被看守藏書的老奴要回去了。正好有人送了一本《唐詩選》給我，我如同得到了醍醐一般。我每天都朗誦唐詩，那些詩歌彷彿與天籟相合，從此，我開始學作詩了。那時我十五歲。從那以後，在我所做的事情中，妨害科舉的事不止一件，但對詩歌和古文辭的熱愛占了一半。

不到二十歲的時候，我局限於復古的思想，遇到兩漢以後的書籍看也不看，說：「這會侵蝕我的古色。」二十歲以後即使稍稍放開眼界，遇到六朝以後的書籍也掩卷不讀，說：「已經不小心侵蝕了先秦的古色，難道忍心再把漢魏六朝的古色也侵蝕了嗎？」至於詩歌，在三十歲之前，我非唐詩不入眼。過了三十歲以後，我漸漸在世途中老去，健旺的精力已經消磨光了，這個時候才開始後悔以前復古執滯的錯誤，然而已經錯過了好時光。

【研　析】南宋詞人蔣捷有〈虞美人〉一詞：「少年聽雨歌樓上，紅燭昏羅帳。壯年聽雨客舟中，江闊雲低、斷雁叫西風。而今聽雨僧廬下，鬢已星星也。悲歡離合總無情，一任階前、點滴到天明。」讀書也和聽雨一樣，不同的人生階段有不同的體會。少年時為情而聽雨，壯年時為志而聽雨，老年時為悟而聽雨。同樣，少年時為好奇而讀書，老年時卻為回憶而讀書。宋懋澄少年時熬夜偷讀《韓非子》、《史記》，別人送他一本《唐詩選》，他竟喜歡地朝夕朗誦。這可能和家中兄長為了逼迫他在科舉上用功，故意鎖住了藏書閣有關。《韓非子》、《史記》等書對於少年宋懋澄而言，非僅美文而已，更是衝破家長專制和科舉樊籠的象徵，故而他曾傾情而讀、剖心而讀。青年宋懋澄在讀書這件事情上進一步顯露出一種追求自由、叛逆科舉的性格傾向，他宣稱自己是古文辭的熱烈擁護者——這恰表現了他對科舉時文的排斥與反抗。然而，過了三十歲的宋懋澄卻發出「悔讀古書」的感慨。隨著年齡和資歷的增長，宋懋澄覺得反抗科舉是一回事，文章有古今之論又是另一回事，貴古賤今其實是偏見，而自己曾經堅持的「兩漢以下則勿視」、「六朝而下則掩卷」的閱讀視域實在狹隘。隨著少年抗爭意識的淡去，「讀書」這件事對宋懋澄來說越來越趨向於平實，故而他開始後悔自己「勿視」、「掩卷」的少年狂言。

宋懋澄的讀書經歷恰是明代復古主義思潮發展的縮影。明代初期，臺閣文學出於「鳴盛」的考慮，在詩界提出尊唐的號召。臺閣詩人凋零以後，「七子」派崛起於郎署，領袖文壇百餘年，接過了復古的旗幟，主張

「文必秦漢，詩必盛唐」。然而到了萬曆年間，「七子」派的復古主張遭到「性靈派」詩人的揚棄，詩壇又興起一股「反復古」的思潮。很多明代詩人都受到時代風氣的影響，在「復古」風氣的反覆中如同濃湯赤醬烹調過的鯉魚一般，看似大酸大甜，實際上沒有自己的味道。正如清初王漁洋〈論詩絕句〉所言：「耳食紛紛說開寶，幾人眼見宋元詩？」明代文壇轟轟烈烈的復古運動，爭奪「詩柄文權」也許是其首要動機。少年宋懋澄宣言唯讀「古書」的緣由，明顯受到了當時文化界復古氛圍的影響。我們可以從一位讀書人的經歷看一個時代的文化建樹與教訓，歷史通過宋懋澄的讀書心路再次警示：樹立在文化領域的強權意識，必然會帶來後世的批判與「追悔」。

《遊喚》序

王思任

【題　解】此序作於萬曆三十八年（西元一六一〇年）。《遊喚》所記，是王思任中年時暢遊故鄉山水的所見所感，由〈紀遊〉、〈東山〉、〈剡溪〉、〈南明〉、〈天姥〉、〈天台〉、〈雁蕩〉、〈孤嶼〉、〈華蓋〉、〈仙岩〉、〈石門〉、〈小洋〉等十二篇文章組成。

【作　者】王思任（西元一五七五～一六四六年），明代文學家，字季重，號遂東，晚號謔庵，山陰（今屬浙江省紹興市）人，萬曆二十三年（西元一五九五年）進士，官至禮部尚書。明亡後，於順治三年（西元一六四六年）絕食而死。著作輯為《王季重十種》。

天地定位，山澤通氣❶，事畢矣，而又必生人，以充塞往來其間，則人也者，大天、大地、大山、大水之所托以恆不朽者也。人有兩目，不第❷謂其晝視日，夜視月也；又賦之兩足，亦不第欲其走街衢田陌，上長安道已也。互❸一壓而人之識低，城一規而人之魄狹。天之下三山六水，土處❹一焉。一土之中，蠕蠕攘動，以盡其疆場，是惡能破蜂之房，而出蟻之穴耶？台、蕩❺諸山乃吾鄉几案間物，今年始得看盡，歸以語人，疑信相半，彼其眼足在胸中自立一隔扇耳。司馬子長聰明絕世，猶曰無昆侖❻；劉夢得初見天華，以為奇盡，後識九子，而悔其言之失❼。賢者如此，是安可以責蠕蠕攘動之百姓乎！夫天地之精華，未生賢者，先生山水。故其造名山大川也，英思巧韻，不知費幾爐冶，而但為野仙山鬼蛟龍虎豹之所嘯據，或不平而爭之，非樵牧則緇黃❽耳。而所謂賢者，方如兒女子守閨閾❾，不敢窺闊一步。是蜂蟻也，尚不若魚鳥，不幾於負天地之生，而羞山川之好耶！病老將至，秉燭猶遲。郤詵言山行一度，洗盡五年塵土腸胃❿，吾欲七千由旬⓫中賢者，共識其大，無被塵土竟埋其眼足也。作《遊喚》。

【注釋】❶天地定位二句　語出《周易・說卦傳》：「天地定位，山澤通氣，雷風相薄，水火不相射。」❷不第　不只。❸互　通「枑」。古代設置在官署前用以阻攔行人車馬的木架。❹土處　穴居。宋李衡《周易易海撮要》卷八引鄭玄語：「木處而顛，土處而病。」❺台蕩　雁蕩山、天台山。❻司馬子長二句　見司馬遷《史記・大宛列傳》：「太史公曰：《禹本紀》言：『河出昆侖，昆侖高二千五百餘里，日月所相避隱為光明也，其上有醴泉、瑤池。』今自張騫使大夏之後也，窮河源，惡睹《本紀》所謂昆侖者乎！」❼劉夢得初見天華四句　見唐劉禹錫〈九華山〉詩引：「昔予仰太華，以為此外無奇，……及今見九華，始悼前言之容易也。」❽緇黃　僧人道士。❾閨閫　內室。❿郤詵二句　郤詵，西晉初人，字廣基，終官雍州刺史，事見宋代祝穆《事文類聚》：「郤詵數月山行，喜聞樵語牧唱，洗盡五斗塵土腸胃」。⓫七千由旬　佛教用語，形容極廣闊的空間。

【語　譯】天和地確定自己的位置，山和澤相通以氣，世界已經完備了，那麼，為何一定要誕生人類，充塞在天地山澤之間呢，「人」之生，是因為大天、大地、大山、大水要託「人」以達到不朽。人有兩隻眼睛，不只用來在白天看太陽、晚上看月亮；人又被賦予了兩條腿，也不只用來在街道田野奔走、在長安道上追逐功名。桎壓低了人的見識，城限制了人的氣魄。天地間山水縱橫，人所營造的「土穴」只占萬千之一。在一穴之中，人們像蟲那樣紛擾爬行，窮盡了邊界，難道就不能打破蜂房、穿透蟻穴嗎？天台、雁蕩諸山，如同放置在我家鄉的几案上，今年始得遊覽遍。我回去把所見勝景告訴別人，別人都半信半疑，因為他們的見識在胸中立起了一道隔扇。司馬子長聰明絕世，尚且不信有昆侖；劉夢得初遊天華山，以為自己看盡了天下奇景，後來見到九華山，才後悔自己說錯了話。賢者尚且這樣，更何況紛紛攘攘的百姓呢！天地的精華，在賢者之前，先生出了山水。天地造出的名山大川，構思英拔，韻致精巧，不知費了多少冶煉功夫，卻只被野仙山鬼蛟龍虎豹們盤踞，而不平而爭的人，不是樵夫牧人，就是和尚道士。那所謂的賢者們，好像不出內室的婦人，不敢放開腳步。這就像蜂蟻，還不如魚鳥，不是幾乎辜負了天地賦予的生命、而無顏面對山川的美好了嗎！老病將至，秉燭而遊尚嫌不夠。郤詵說遊山一次，可以洗盡五年塵土腸胃，我希望七千由旬中的賢者，能看到天地之大，不要被塵土埋沒了眼足。因此，我作了《遊喚》。

【研　析】《遊喚》，顧名思義，勸遊之文也。王季重作《遊喚》的用心所在，即召喚人們走出市井，「無被塵土竟埋其眼足」。陳眉公稱《遊喚》十二篇云：「王季重筆悍而神清，膽怒而眼俊，其遊天台、雁宕諸山，時懦時壯，時嗔時喜，時笑時啼，時驚時怖，時呵時罵，時挺險而鬼，時蹈虛而仙。其經遊處，非特樵人不經，古人不歷，即混沌以來，山靈數千年，未嘗遇此品題知己。」此序正充分體現了這種桀驁不羈的文風。文章以《周易·說卦傳》中「天地定位，山澤通氣」之言開首，認為人生於天地之間，就當以為山水立傳為使命，起筆凌厲，大有與「長安道」分庭抗禮之氣勢。「遊」的意義之重大，竟聯繫到了天地生人的意義。接著，王季重稱市井為蜂房蟻穴，其中百姓「蠕蠕攘動」，不自知所處之卑狹，連讀書明禮的賢者都「方如兒女子守閨閾，不敢空闊一步」，諷刺辛辣，再醒讀者之耳目。最後，點出了《遊喚》所欲「喚」之人——當然，絕非人人皆可，而是——「七千由旬中賢者」。全文文勢犀利，王季重傲而不群的心性可見一斑。

而說到《遊喚》所欲「喚」的同志之人，「七千由旬中賢者」的說法比較抽象，《遊喚》組文的首篇〈紀遊〉一文則提供了更加具體一些的答案：「予嘗謂官遊不韻，士游不服，富遊不都，窮遊不澤，老遊不前，稚遊不解，哄遊不思，孤遊不語，托游不榮，便遊不敬，忙遊不慊，套遊不情，掛游不樂，勢遊不甘，買遊不遠，賒遊不償，燥遊不別，趁遊不我，幫遊不目，苦遊不繼，膚遊不賞，限遊不逍，浪遊不律。而予之所謂遊，則酌衷於數者之間，避所忌而趨所吉，釋其回而增其美，遊道如海，庶幾乎蠡測之矣。」這段話列舉了二十三種「不良」之遊，若從中推測季重之意見，則從「官」、「士」、「富」、「窮」幾句看來，遊者要擺脫世俗標準；從「老」、「稚」兩句看，遊者要有恰好的身體條件和內在修養；從「哄」、「孤」兩句看，遊伴的選擇很重要；從「托」、「便」、「忙」、「套」幾句看，遊者必須專心誠意；從「掛」、「勢」、「買」、「賒」幾句看，遊者要遠離功利炎焰；從「燥」句看，遊者要心地清靜；從「趁」、「幫」、「苦」幾句看，承擔旅遊的能力是必要的；從「膚」、「限」、「浪」幾句看，遊者的心情要嚴肅莊重。如若這些條件完全具備，則不知能否有幸為季重所「喚」？

總之，王季重喚遊之意，痛快酣暢，又有些高不可及，世人之遊，難逃「官遊」等之列。而拘限於城牆之中者，讀到「是蜂蟻也，尚不若魚鳥，不幾於負天地之生，而羞山川之好耶！」幾句，真止不住脊背發寒啊。

小洋

王思任

【題解】本文是王思任浙東紀遊散文《遊喚》中的一篇。小洋，灘名，在今浙江青田縣境內，好溪（古名惡溪）的下游。小洋並不是一個有名的遊覽勝地，描寫它的詩文很少，而其勝景今已杳然，所以曾在天地間的那一方「小洋」今天只能獨賴王思任此文得存了。

由惡溪登括蒼❶，舟行一尺，水皆汗❷也。天為山欺❸，水求石放❹，至小洋而眼門一辟❺。吳閟仲送我，挈睿孺出船口，席坐引白❻，黃頭郎❼以棹歌贈之，低頭呼盧❽，俄而驚視，各大叫，始知顏色不在人間也。又不知天上某某名何色，姑以人間所有者仿佛圖之。落日含半規❾，如胭脂初從火出。溪西一帶山，俱似鸚綠、鴉背青❿，上有猩紅雲五千尺，開一大洞，逗出縹⓫天，映水如繡鋪赤瑪瑙。日益曶⓬，沙灘色如柔藍懈白⓭，對岸則蘆花月影，忽忽不可辯識。山俱老瓜皮色⓮。又有七八片碎剪鵝毛霞，俱黃金錦荔，堆出兩朵雲，居然晶透葡萄紫也。又有夜嵐數層閂起，如魚肚白，穿入出爐銀紅⓯中，金光煜煜不定。蓋是際天地山川，雲霞日彩，烘蒸鬱襯，不知開此大染局作何制。意者，妒海蜃，凌阿閃⓰，一漏卿麗⓱之華耶。將亦謂舟中之子，既有蕩胸決眥⓲之解，嘗試假⓳

爾以文章，使觀其時變乎。何所遘⑳之奇也。夫人間之色僅得其五㉑，五色互相用，衍至數十而止，焉有不可思議如此其錯綜幻變者。曩吾稱名取類，亦自人間之物而色之耳。心未曾通，目未曾睹，不得不以所睹所通者，達之於口而告之於人。然所謂仿佛圖之，又安能仿佛以圖其萬一也。嗟呼，不觀天地之富，豈知人間之貧哉。

【注釋】❶由惡溪登括蒼　惡溪即今浙江好溪。源出東陽市東南，西南流至麗水市東入大溪。相傳水中多水怪，唐刺史段成式有善政，水怪遁去，故改惡溪名為「好溪」。括蒼，括蒼山，在今浙江永嘉、仙居、麗水、縉雲縣市界。❷汗　當作「汙」，小水坑，形容岩石間水流不暢，形成水渦。❸欺　欺凌，形容高山直逼青天狀。❹放　釋放，形容岩石阻礙水流狀。❺辟　開。❻引白　引，舉起。白，古代罰酒用的酒杯。❼黃頭郎　指船夫。❽呼盧　古代的一種賭博遊戲，共用五子，一面黑底畫牛犢，一面白底畫雉，擲子時若五子皆黑，即得彩，謂之「盧」，呼喊得「盧」，謂之呼盧。❾半規　半圓。❿鴉背青　藍黑色。楊萬里〈八月十二日夜誠齋望月〉：「才近中秋月已清，鴉青幕掛一團冰。」⓫縹　淡青色。吳均〈與朱元思書〉：「水皆縹碧，千丈見底。」⓬曶　同「忽」。迅疾貌。⓭柔藍懈白　柔和的藍、白色。⓮老瓜皮色　深青色。⓯出爐銀紅　即銀朱，紅顏料，用水銀和硫磺混合加熱而成。⓰阿閃　即阿閦，佛名。《法華經》中有佛阿閦，住在東方妙喜世界。⓱卿麗　卿雲之麗。卿雲，五色彩雲，古人視為祥瑞之氣。⓲蕩胸決眥　心胸坦蕩，眼眶睜裂。形容感情的激烈。⓳假　借給。⓴遘　逢；遇。㉑人間之色僅得其五　即青、黃、赤、黑、白五色。

【語譯】沿惡溪向括蒼山方向行駛，船每行進一尺都會遇到水渦的阻礙。高山直逼著青天，岩石束縛著水流，而到了小洋，眼目頓開。送我的吳閎仲，帶著睿孺出到船倉外，坐在席子上一起舉杯飲酒，船夫以一曲船歌贈送我們。大家本來在低頭博戲，抬眼一望，忽然大驚，各自大叫起來，才知道眼前的色彩不是人間所有啊。又不知道這些天上才有的色彩叫什麼名字，姑且用人間的顏色比喻形容它們吧。落日呈半圓狀，好像才從火中煉出的胭脂。西山一帶，俱呈現出像鸚鵡一樣的綠色和像鴉背一樣的藍青色，上空飄浮著猩紅色的雲，連綿五千里，雲中又開出一個大洞，露出淡青色的天空，而倒映著天空的水面，好像鋪滿了赤瑪瑙。太陽落得更低了，沙灘呈現柔和的藍白色，對岸的蘆花月影，模糊不可辨識。山川都是深青色。又有七八片像鵝毛一樣的霞，呈黃金錦荔色，而霞邊堆出的兩朵雲居然是紫葡萄色。幾層夜霧鬥起，好像在剛出爐的銀朱中穿插進了魚肚白色，金光閃閃。此時，天地山川，雲霞日彩，各種色彩互相烘映，好像開出一個大染坊，又不知道要染何物。在我看來，也許是為了和那海市蜃樓爭勝，或是和那東方的阿閦佛鬥強，天界中的卿雲才洩漏出了它的華彩；也許這也是要告訴我們幾個舟中的人：既然你們知道何謂「蕩胸決眥」，那麼，就把天界的色彩借給你們，讓你們觀賞它的變幻吧。我們遇到了多麼奇妙的事情啊。人間之色僅僅只是五種，這五色彼此借用，衍生到數十種顏色也就窮盡了，哪有像這樣錯綜變幻到不可思議的地步的。上文我所用的那些界定類比，也是以人間所有的東西來形容這種奇觀罷了，他人未曾目睹心識，所以不得不用大家所共見共識的東西來敘述和傳達，然而所謂形容，又怎能形容得出它的萬分之一來。啊呀，沒見過天地的富有，不知道人間的貧乏啊。

【研　析】「小洋」意即「小的水面」，若給「小洋」畫一幅素描，無非天、水、遠山和沙灘，對於很多旅人而言，「小洋」也許只是路途中平淡無奇的又一站。而如果不是因為奇妙的緣分，如果王思任不是在那時那刻恰好地經過小洋，也許它永遠湮沒無聞，人們永遠不會知道它曾有那樣美麗神奇的一刻。世間很多美好的時刻是不可再現的，本文所捕捉到的正是這樣的時刻。作者描寫的是日落時的小洋，像凡高的畫一樣，用鮮明的色塊來構圖，在「日益曶」的前後，有兩幅圖畫呈現在讀者眼前。第一幅是殘陽尚如「胭脂初從火出」時的景色，山是綠、藍的色調，晚雲被夕陽染得一片通紅，未被雲層覆蓋的天空保持著青白的顏色，水面倒映著紅雲，水色晶瑩涵潤，就像紅瑪瑙的光澤。第二幅是天色更晚，夜色開始籠罩大地時的景色，落日已不能將紅輝投射到大地上，只把日邊雲染成「黃金錦荔」和「晶透葡萄紫」的顏色，深藍的夜色滲到山的綠色和沙灘的白色中，此時，夜霧升起，籠罩在最後的晚霞上，就像白色的煙氣圍繞著通紅的火煉爐口一樣。這樣的夕景，如此綺麗壯美，甚至讓作者產生人天相隔之感。

然而，儘管已經進行了如此充分的描寫，作者依然感到言不盡意，但這不是因為自己駕馭語言的能力有限，而是因為語言本身的有限性。所謂「曩吾稱名取類，亦自人間之物而色之耳。心未曾通，目未曾睹，不得不以所睹所通者，達之於口而告之於人。」意即語言只命名了這個世界中的部分存在，語言遠遠不能表達出世界的完整性，對於那些尚未進入語言的存在者，無法以語言為媒介將它與他人分享，而那一刻夕空下的「不在人間」的色彩，正是這樣無法言說的存在。作者只能借助「所睹所通者」，即借助已經被命名的他物，來儘量接近地描繪它，而這種努力也許是徒勞的：「所謂仿佛圖之，又安能仿佛以圖其萬一也。」當然，儘管作者承認自己的描述可能是失真的、殘缺的、蒼白的，但這種承認最終並沒有減損他的文字的力量，而只是傳達出了那驚人之美的無限可能。

剡溪

王思任

【題　解】本文是浙東紀遊散文《遊喚》中的一篇。剡溪，曹娥江上游，流經今浙江省紹興市嵊州一段。《太平寰宇記》卷九十六「剡溪」條：「即王子猷雪夜訪戴逵之所也，亦稱戴溪。」讚美剡溪山水的詩句，如李白「忽思剡溪去，水石遠清妙。雪盡天地明，風開湖山貌」（〈經亂後將避地剡中留贈崔宣城〉）、「湖月照我影，送我至剡谿。謝公宿處今尚在，淥水蕩漾清猿啼」（〈夢遊天姥吟留別〉）、杜甫「鑒湖五月涼，剡溪蘊秀異。欲罷不能忘，歸帆拂天姥」（〈壯遊〉）等。

浮曹娥江❶上，鐵面橫波，終不快意。將至三界址❷，江色狎❸人，漁火村燈，與白月相上下，沙明山靜，犬吠聲若豹，不自知身在板桐❹也。昧爽❺，過清風嶺❻，是溪江交代處，不及一唁❼貞魂。山高岸束，斐❽綠疊丹，搖舟聽鳥，杳小清絕，每奏一音，則千巒嚁答，秋冬之際，想更難為懷❾。不識吾家子猷，何故興盡雪溪？無妨子猷，然大不堪戴❿，文人薄行，往往借他人爽厲心脾，豈其可！過畫圖山⓫，是一蘭苕盆景，自此萬壑相招赴海，如群諸侯敲玉鳴裾⓬。逼折久之，始得豁眼一放地步。山城崖立，晚市人稀。水口有壯臺作砥柱，力脫幘⓭往登，涼風大飽。城南百丈橋，翼然虹飲⓮，溪逗⓯其下，電流雷語。移舟橋尾，向月磧⓰枕漱取酣。而舟子以為何不傍彼岸，方喃喃怪事我也。

【注釋】❶曹娥江　古稱柯水，又稱上虞江，別稱東小江。錢塘江下游最大支流，長一百九十二公里。宋《嘉泰會稽志》卷十引《會稽典錄》云：「曹娥，上虞人。父盱，漢安二年迎伍君神，泝濤而上，為水所溺。娥年十四，自投江而死，江因娥得名也。」❷三界址　《方輿紀要》卷九十二「嵊縣」：「（嵊）縣北六十里，即會稽之三界鎮也。」❸狎　親昵；親近。❹板桐　古代神話中的山名。《楚辭・哀時命》：「擊瑤木之橝枝兮，望閬風之板桐。」❺昧爽　黎明。❻清風嶺　在今浙江嵊縣北。《方輿紀要》卷九十二「嵊縣」：「清風嶺在（嵊）縣北四十里。岩石峻險，下瞰剡溪。舊多楓木，名青楓嶺，後易楓曰『風』。」❼唁　慰問。❽斐　錯雜的色彩。❾秋冬之際二句　語出《世說新語・言語》篇：「王子敬云：『從山陰道上行，山川自相映發，使人應接不暇。若秋冬之際，尤難為懷。』」❿不識吾家子猷四句　典出《世說新語・任誕》篇：「王子猷居山陰。夜大雪，眠覺，開室，命酌酒。四望皎然，因起彷徨，詠左思〈招隱〉詩。忽憶戴安道，時戴在剡，即便夜乘小船就之。經宿方至，造門不前而返。人問其故，王曰：『吾本乘興而行，興盡而返，何必見戴！』」⓫畫圖山　在剡溪旁，嵊縣東北三十里。⓬敲玉鳴裾　腰間佩玉相互碰撞發出聲響。⓭幘　頭巾。⓮虹飲　《夢溪筆談》卷二十一：「世傳虹能入溪澗飲水。」⑮逗　停留。⑯月磧　月下的沙石淺灘。

【語　譯】浮舟在曹娥江上，江面呆板，始終不能讓人心情舒暢。將到三界址時，江上的景色親切起來，江村漁火，與白白的月亮上下交映，明亮的沙灘，安靜的山脈，犬吠的聲音聽起來就像山豹在吼。不覺中已經身在神山板桐。黎明時，過清風嶺，這是溪水匯入江水的地方，已來不及弔唁曹娥貞孝的魂魄。夾岸高山，交錯著的紅綠顏色，搖著船聽鳥兒鳴叫，渺遠清絕，聲聲都在群山中回蕩，到了秋冬季節，恐怕更讓人難以釋懷吧。不知道為什麼我們家子猷，會在雪夜的剡溪中興盡而歸？子猷倒無所謂，卻使戴逵大大難堪了吧。文人輕薄，往往把別人當作爽厲自己心脾的物品，這怎麼行！經過畫圖山，宛如經過一盆蘭苕盆景，從這裡開始，千萬條溪流共赴海洋，聽起來像諸侯們腰間的佩玉在相互碰撞。沿曲折的溪流舟行好久，此時始得放眼開闊的水面。山城傍崖而立，傍晚的集市人煙稀少。出水口處有一座高臺矗立其中如中流砥柱，脫去頭巾，用力登上高臺，大飽涼風。城南有一座百丈大橋，飛跨溪面，如長虹飲水，迅疾的溪水在橋下形成漩渦，止留不前，發出雷鳴般的聲音。我把船划向橋尾，在月下的淺灘中掬水洗漱。而那舟子也正喃喃自語，不解為什麼我會作出這等怪事，竟不把船停靠彼岸。

【研　析】這篇散文記錄的是作者沿剡溪北上嵊縣的一段旅程。這是一段孤旅，亦是人生中難得的一段單落時光，特別是那一夜「沙明山靜」的孤泊，真是寂靜得無暇。然而，孤泊，是一種怎樣的心緒呢？一般地理解，應該是寂寞吧，如張繼的那一首〈楓橋夜泊〉：「月落烏啼霜滿天，江楓漁火對愁眠。姑蘇城外寒山寺，夜半鐘聲到客船。」遭際蹇澀的人，心中更會湧起陣陣滄桑，如盧綸的那一首〈晚次鄂州〉：「雲開遠見漢陽城，猶是孤帆一日程。估客晝眠知浪靜，舟人夜語覺潮生。三湘愁鬢逢秋色，萬里歸心對月明。舊業已隨征戰盡，更堪江上鼓鼙聲。」甚至，厚重的悲涼化作一種一往不歸的悲憤，一次向著荒原的孤擲，如杜甫的那一首〈旅夜書懷〉：「細草微風岸，危檣獨夜舟。星垂平野闊，月湧大江流。名豈文章著，官應老病休。飄飄何所似，天地一沙鷗。」如果是一位天真熱情的詩人的話，對著孤泊，抑或會傲然地、卻也是倉促地，轉身逃離，如李白的那一首〈夜泊牛渚懷古〉：「牛渚西江夜，青天無片雲。登舟望秋月，空憶謝將軍。余亦能高詠，斯人不可聞。明朝掛帆去，楓葉落紛紛。」總之，孤泊，是憂傷的一種過於純粹的形式，那一葦小舟，總是安靜地載著人生的失落，如離群的雁，劃過清澈的夜空。

當然，孤泊，也有一種喜劇式的表達，如歐陽修的〈晚泊岳陽〉：「臥聞岳陽城裡鐘，繫舟岳陽城下樹。正見空江明月來，雲水蒼茫失江路。夜深江月弄清輝，水上人歌月下歸；一闋聲長聽不盡，輕舟短楫去如飛。」這是暫脫塵網的興奮，一個偶然蹺課的孩童。然而，這片刻的清趣只是詩人短暫停留的驛站，他不打算永久的駐泊，所以他不能夠平靜的咀嚼。偷得浮生半日閒，急急吞咽。

夜泊，安然地享受著孤獨的滋味，果然，還是想起了孟浩然的〈宿建德江〉：「移舟泊煙渚，日暮客愁新。野曠天低樹，江清月近人。」這種孤獨，是孤獨已久的隱者所刻意追尋的，它是他所想創造的一件作品，他滿心期待著它的降臨。如同孟浩然「移舟泊煙渚」那樣，本文中的王思任也是臨城不入，反而「向月磧枕漱取酣」，大概也是留戀著孤獨的味道吧。理解孤獨，接納孤獨，欣賞孤獨，直到滿足地與它默默相守，這是美好，不是憂傷，不是興奮，平淡而漫長，也許，這才是王思任在剡溪中所感受到的那一夜孤泊吧。

遊敬亭山記

王思任

【題解】敬亭山，古名昭亭山，在今安徽省宣州市北，明時屬甯國府宣城縣治。《嘉靖甯國府志》稱：「（宣城）城北十里曰敬亭，高數百丈，周廣倍之。」康熙時修《江南通志》稱：「（敬亭）東臨宛句二水，南俯城闉，煙市風帆，極目如畫。」敬亭之景，多入詩文，尤以謝朓、李白的登詠詩句最為著名。

「天際識歸舟，雲中辨江樹」，不道宣城❶，不知言者之賞心也。姑孰❷據江之上游，山魁而水怒，從青山❸討宛❹，則曲曲鏡灣❺，吐雲蒸媚，山水秀而清矣。曾過響潭❻，鳥語入流，兩壁互答。望敬亭，絳雰❼浮嶾，今我杳然生翼，而吏卒守之，不得動。既束帶趍謁事❽，乃以青鞋走眺之。

一徑千繞，綠霞翳染，不知幾千萬竹樹，黨結寒陰，使人骨面之血皆為茜碧。而向之所謂鳥啼鶯囀者，但有茫然，竟不知聲在何處。廚人尾我，以一觴勞之留雲閣上。至此，而又知「眾鳥高飛盡，孤雲獨往還」❾造句之精也。眺乎？白乎？歸來乎？吾與爾凌丹梯以接天語也。日暮景收，峰濤沸亂，饑猿出啼，予慄然不能止。

歸臥舟中，夢登一大亭，有古柏一本，可五六人圍，高百餘丈，世眼未睹，世想不及，峭崿斗突，逼嵌其中，榜曰「敬亭」，又與予所游者異。嗟呼！晝夜相半，牛山短而蕉鹿長❿，回視靄空⓫間，夢何在乎？游亦何在乎？又焉知予向者遊之非夢，而夢之非遊也？止可以壬寅⓬四月記之爾。

【注釋】❶宣城　南朝齊詩人謝朓，謝朓曾任宣城太守，故名。❷姑孰　古城名，城瀕姑孰溪而得名，三國吳黃武間（西元二二二～二二九年）築，即今安徽省當塗縣治。❸青山　又名青林山，即今安徽省當塗縣東南三十里青山。❹宛　安徽宣城古名。❺鏡灣　即鏡湖，一名陶塘，在今安徽蕪湖市中心。❻響潭　在今安徽省宣州市南二里響山域內。❼絳雰　紅霞。雰，同「氛」。霧氣。❽謁事　進見長官之事。❾眾鳥高飛盡二句　語出李白〈獨坐敬亭山〉詩。❿牛山短而蕉鹿長　意謂人壽短暫，不足盡遊覽之夢。牛山，在山東淄博東，《晏子春秋・諫上》載：「景公游於牛山，北臨其國城而流涕曰：『若何滂滂去此而死乎！』」蕉鹿，典出《列子・周穆王》：「鄭人有薪於野者，遇駭鹿，禦而擊之，斃之。恐人見之也，遂而藏諸隍中，覆之以蕉，不勝其喜。俄而遺其所藏之處，遂以為夢焉。」⓫靄空　布滿雲霧的天空。⓬壬寅　萬曆三十年（西元一六〇二年）。

【語　譯】「天際識歸舟，雲中辨江樹」，不經過宣城，不知道寫詩人心情的歡愉啊。姑孰城盤踞在長江的上游，山勢壯偉，水勢洶湧。而從青山向宛陵縣方向行進，到了曲曲折折的鏡灣，則雲霧升騰，山清水秀。我曾經過響潭，那和著鳥啼聲的流水聲，回蕩在兩邊的山壁間，好像在互相唱答。從那裡遠望敬亭山，高峻挺拔，浮現在紅霞之上，令人突然生出振翅高飛的嚮往，但職事困我，不能動身。等到進見長官之事畢，我換上青鞋，一往登覽之。

敬亭山間，山路一徑，千回百轉，綠蔭成霞，覆映道路。不知幾千萬株竹樹，集陰蘊寒，染我骨血皆為濃碧之色。所謂的鳥啼鶯囀，消失在一片茫然之中，不知聲在何處。登到留雲閣上，跟隨的廚師用酒慰勞我。到了這個地方，則又體會到「眾鳥高飛盡，孤雲獨往還」詩句之精妙了。啊！謝朓？李白？歸來？與我共登天梯，與天人共語。日暮時分，天光收斂，雲濤沸亂，饑猿啼叫，令我戰戰然不能自止。

從敬亭山歸來，我息臥在舟中，夢見登上一座大亭，有一株俗世間見不到也想像不到的古柏，五六人才能合圍，高百餘丈，嵌入亭內，峭拔突兀，亭懸一榜曰：「敬亭」，這和我白天登覽的敬亭又不一樣。啊呀！這一晝夜的經歷，正令人感慨「牛山」短而「蕉鹿」長啊。醒來回視霧空，夢中的敬亭在哪裡？現實中的敬亭又在哪裡？又怎麼知道我白天的遊覽不是在夢中，而夢中的遊覽才是現實呢？只能統統記作壬寅四月發生的事情罷了。

【研　析】姑孰、鏡灣在敬亭之北，而響潭在敬亭之南，從「山魁而水怒」，一變為「吐雲蒸媚」、再變為「鳥語入流」，筆涉敬亭之前，景色已三換；敬亭遠望「絳雰浮巘」，山中「一徑千繞，綠霞翳染」，留雲閣上「眾鳥高飛盡，孤雲獨往還」，日暮則「峰濤沸亂，饑猿出啼」，描敬亭之景，又是四換；作者似乎意猶未盡，在夢境中再求「與予所遊者異」之景色，遂有「古柏一本」的第八景。短短四百來字中，景色凡八次改換，雄渾、清秀、精巧、峻朗、清寒、孤高、驚慄、蒼遒，好似八幅畫卷展開在眼前。

倪雲林稱自己作畫「不過逸筆草草，不求形似，聊以自娛耳」(〈答張藻仲書〉)王思任這篇紀遊小品也採用了這樣簡筆勾勒的手法。八幅圖畫，八種情趣，每一景擇其風神獨特之處，以寥寥數字描摹之。所以，除了從四個層次刻畫敬亭之外，尚能餘下筆墨去描寫姑孰、鏡灣、響潭甚至夢中子虛烏有之景，雖然筆底生風，不及停駐，每一景只是幾筆帶過，就匆匆變換，然而讀之終篇，卻無赴「嘉年華會」那種雜遝的感覺，這是因為作者要傳達給讀者的，與其說是各個景點真實具體之風貌，不如說是自己胸臆間一種旺盛之「遊心」，正是這種「遊心」使得作者在夢中也要追求與向所遊者「異」的景色，而此「遊心」能驅遣作者一至於南北奔馳，夢魂牽縈，則絕非等閒「逸興閒情」所可比擬，其中傳達出一種堅決而嚴肅的人生情感來。同時，也正是這顆「遊心」統攝全文，在迥然異味的八幅圖畫中灌注了一致的精神氣脈。

此「遊心」究竟為何物？作者在最後一段做了交代：「嗟呼！晝夜相半，牛山短而蕉鹿長，回視靄空間，夢何在乎？游亦何在乎？又焉知予向者遊之非夢，而夢之非遊也？」人生有盡，在短暫的時光中，閱盡人間風景是不可能的，作者之所以那樣注重描寫景色之多樣，之所以在夢中也要自造一個與現實不同的「敬亭」出來，潛意識中是對增加生命密度的渴望，是一日盡三秋之遊的夢想。所以，此「遊心」源於一種對生命有限性的深層焦慮，《古詩十九首》云：「生年不滿百，常懷千歲憂。晝短苦夜長，何不秉燭遊？為樂當及時，何能待來茲！愚者愛惜費，但為後世嗤。仙人王子喬，難可與等期」，「敬亭夢」與「秉燭遊」正可相通，傳達出對短暫生命的珍惜與愛戀。

孤山夜月圖

李流芳

【題　解】這是李流芳為自己的畫作《孤山夜月圖》所作的題跋，選自《西湖臥遊冊跋語》。孤山，在西湖之中，北宋處士林和靖曾隱居於此。

【作　者】李流芳（西元一五七五～一六二九年），明代畫家、文學家，字長蘅，一字茂宰，號香海、泡庵，晚號慎娛居士，嘉定（今屬上海市）人，萬曆三十四年（西元一六〇六年）舉人，與唐時升、婁堅、程嘉燧並稱「嘉定四先生」。著有《檀園集》。

曾與印持❶諸兄弟醉後泛小艇，從西泠❷而歸時，月初上，新堤❸柳枝皆倒影湖中，空明摩蕩，如鏡中，復如畫中。久懷此胸臆，壬子❹在小築，忽為孟陽❺寫出，真是畫中矣。

【注　釋】❶印持　嚴印持，作者友人。❷西泠　橋名，又稱西陵橋，是從孤山到北山的必經之地。❸新堤　又稱趙公堤，南宋淳祐年間京尹趙與躊所築，自北山第二橋以達曲院。❹壬子　萬曆四十年（西元一六一二年）。❺孟陽　程嘉燧。

【語　譯】我曾和印持兄弟駕小艇醉後遊湖，從西泠返回時，月亮剛剛升起，新堤上的楊柳都倒映在湖中，柳枝的倒影在空闊明亮的水中摩擦蕩漾，像在鏡中，又像在畫中。我把這個景象記在心中好久，壬子年在小築，很快地為孟陽把它畫了出來，它真的在畫中了。

【研　析】李流芳文如其畫，畫如其文。董其昌評其畫「出入宋元，逸氣飛動」，黃宗羲評其題畫之文「瀟灑數言，便使讀之者如身處其間，真是文中有畫也」這一篇小跋情景生動，意趣盎然。「空明摩蕩」四字為點睛之筆。月夜泛舟，楊柳動搖而映於水，遇景駐舟，了之於心，再達之於手，先形於畫，後形於文，真乃一段藝壇佳話。而西湖此景，長蘅此人，其間宿緣，亦盡在這「空明摩蕩」四字之中了吧。

虎丘

李流芳

【題解】這是李流芳為自己的畫作《虎丘》所作的題跋，選自《江南臥遊冊題詞》。虎丘，相傳為春秋時吳王夫差葬地。漢代袁康《越絕書》記載：「闔廬塚在閶門外，名虎丘。……築三日而白虎居上，故號為虎丘。」

虎丘❶宜月、宜雪、宜雨、宜煙、宜春曉、宜夏、宜秋爽、宜落木、宜夕陽，無所不宜，而獨不宜於遊人雜遝之時。蓋不幸與城市密邇❷，遊者皆以附羶❸逐臭而來，非知登覽之趣者也。今年八月孟陽❹過吳門❺，余挐❻舟往會。中秋夜無月，十六日晚霽，偕遊虎丘，穢雜不可近，掩鼻而去，今日為孟陽畫此，不覺放出山林本色矣。丁巳❼九月六日清溪❽道中題。

【注釋】❶虎丘　又名海湧山，蘇州名勝，位於城西北。❷邇　近。❸羶　羊羶味。❹孟陽　程嘉燧。❺吳門　蘇州別稱。❻挐　通「橈」。船槳。這裡引申為撐船。❼丁巳　明神宗萬曆四十五年，即西元一六一七年。❽清溪　水名，在浙江嘉興平湖縣東南。

【語譯】虎丘的月、雪、雨、煙、春曉、夏、秋爽、落木、夕陽，沒有不宜人的，惟獨遊人雜遝時的虎丘不宜人。因為不幸和市區接近，遊人都像是追逐著羶臭味的蠅子那樣前來遊玩，他們並不知道登覽的樂趣。今年八月孟陽到吳門來，我撐著船去和他會面。中秋夜沒有月亮，十六那天晚上天放晴了，我們一起到虎丘遊覽，卻是汙穢雜遝的景象，不能接近，只好掩著鼻子離開了。現在為孟陽畫出，不覺中放出了山林的本來面目。丁巳年九月六日作於清溪道中。

【研析】遊人雜遝的虎丘固然難以入畫，幸而到了長蘅筆下，終於「放出山林本色」。這一篇題跋與畫作本身的關係不大，但交代這一段淵源，大概對於虎丘那無可奈何的「穢雜」之態，長蘅始終耿耿於懷，多少想借畫來彌補遺憾吧。不過，由此也可見，長蘅對於虎丘是非常喜愛和在意的。他在〈遊虎丘小記〉中談到自己平生數度造訪虎丘，只有兩次領略到虎丘本色，一次「坐釣月磯，昏黑無往來，時聞風鐸及佛燈隱現林杪而已」；一次則在「夜半月出無人」之時，長蘅愛靜景、清景，其人品畫風相映，淡泊可愛。虎丘與城市相接，以至於「丘壑化為酒場」，這樣的現象在現代社會更是屢見不鮮，長蘅為虎丘鳴不平的心情，想必現在的讀者們也是很能理解的。

沈巨仲詩草序

李流芳

【題解】沈巨仲，又名宏祖，字彥深，嘉定人，萬曆年間江東著名隱士。

今年夏與巨仲同舟至吳門[1]，往返者數日，舟中無事，朝夕相對，當杯展卷，各盡所懷。蓋與巨仲交十年來未嘗有此樂也。巨仲刻其《懷閣詩草》而屬余序之，余見巨仲詩亦已十年。於茲矣，巨仲十年於詩，何憂詩之不工哉！雖然，詩非能為，工之為工也，能為工而不必工之為工也。今巨仲之詩具在，今與世之詞人矜多而競靡，侶未足也。若夫興會所寄，一往而深，擊節扣舷，摩挲自得，則巨仲已有餘矣。今天下人風雅而家騷壇❷，吾不以巨仲易之也。余往時情癡，好為情語，有無題詩數十篇，嘗自命曰：「僕本恨人❸，終為情死。」至取二語刻為印記佩之。無何，而自笑其癡。今遂如昨夢，不復省矣。豈余之道力進耶，亦世故耗之也！巨仲浮沉十餘年，風情不減，讀其詩，春風穆然，使寒芽欲茁。嗟乎！何巨仲之多情也！夫情者數變之物也，巨仲之情十年而不變，巨仲之天全矣。余與巨仲交，愧不能盡巨仲，乃今始知之。昔人有言以「真率少許，勝人多許」，巨仲之詩如其人哉！如其人哉！——甲寅❹重九後二日。

【注釋】❶吳門　蘇州別稱。❷家騷壇　以騷壇為家，意指能詩之人，在詩壇上馳騁，就好像在自己家中一樣隨意。❸恨人　抱恨之人。❹甲寅　萬曆四十二年（西元一六一四年）。

【語譯】今年夏天我與巨仲同船去吳門，旅程往返需要好幾天，舟中無事，朝夕相對，把酒開卷，盡吐胸懷。我與巨仲結交十年來，從沒有這樣快樂過。巨仲刻印自己的《懷閣詩草》詩集，囑託我作序，我讀巨仲的詩，也已經十年了。這樣說來，巨仲寫了十年的詩，何愁作詩不工巧！即使如此，詩不能造作而得，何謂工巧，善於雕琢而又無意雕琢才叫做工巧。現今若拿巨仲的詩和世間詩人比數量多寡、比詞藻華麗，巨仲不足為侶。但若講興會深遠，格調自成，則巨仲為勝。現在天下好風雅的人，以騷壇為家，我卻不拿他們來取代巨仲的地位。我以前是個情癡，喜歡寫深情的話，做了幾十篇〈無題〉詩，曾自以為「僕本恨人，終為情死」以至於將這兩句話刻成印章佩戴。過不了多久，就自己笑自己癡了。到現在，這種心情就像往日的一場舊夢，已經不記得了。難道是我的修養進步了嗎，是被世故耗去了啊！巨仲浮沉十幾年，而風情不減少年，巨仲的詩，如美好的春風，能使寒芽茁發。哎呀！巨仲何其多情啊！感情是多變的東西，巨仲之情十年不變，巨仲的天真得到了保全。我與巨仲交往，愧不能完全了解巨仲，現在才開始了解他。前人曾說：「真率少許，勝人多許」，巨仲的詩正如他的為人啊！正如他的為人啊！——甲寅重九後二日。

【研　析】沈巨仲何人也？清初纂修的《江東志》稱：「沈宏祖，字彥深。高才博學，與金壇婁東並主文壇。邑有大事，有司閑往顧問。崇禎朝，以永折事叩閽，稿出其手，得以俞允。遇歲荒，糶給官米，有司令宏祖主之，民得實惠。平生具經濟才，當道欲薦舉，宏祖不樂榮仕，力謝之，高隱以沒。」這段話介紹了沈巨仲平生所做的兩件義舉。一件是為「永折事」纂寫奏摺，一件是替官府主持賑荒。所謂「永折事」，要從明代的漕運制度說起。沈巨仲的故鄉嘉定是當時賦稅最重的地區之一，百姓每年還要自己將賦米運到京師，誤工廢時，所以宣德六年，主管漕運的平江伯陳瑄上奏云：「江南民運糧諸倉，往返幾一年，誤農業。今民運至淮安、瓜州，兌與衛所官軍，運載至北，給與路費耗米，則軍民兩便。」建議將百姓自運改作由軍隊統一運輸，而百姓也要支付給軍隊相應的「運費」，即所謂官軍兌運民糧的「加耗」，朝廷再根據路程遠近具體規定不同地區的「加耗」，嘉定地區的常制為每石七錢。如果遇上災荒，地方上也可以上請減免運費，稱為「改折」。萬曆十一年，繁重賦稅壓得嘉定百姓疲不堪命，知縣朱廷益上請「改折」，由每石七錢，改為每石六錢。其後一年一請，又而後三年一請。萬曆二十一年，嘉定縣上請「永折」，二十四年獲准，從此每石賦糧的運輸「加耗」永遠降為六錢。「永折事」和賑災事充分說明了沈巨仲所具有的「經濟才」，他雖然是一介隱士，卻對一縣政治有舉足輕重的影響。又據明人眉史氏的《復社紀略》所載，沈巨仲還曾經加入過復社。可見，沈巨仲其人，是一個有熱切的世間關懷的人，是一個積極的入世者。

然而，也正因為沈巨仲是一個積極的入世者，他那不染世故，一派天真的詩歌，才更顯得難能可貴。李流芳已極是性情中人，但那個配帶著「僕本恨人，終為情死」之印的少年卻依然成了昨日舊夢，青春的多情銳感在歲月中漸漸被磨損殆盡，試問世間又有幾人能夠倖免？沈巨仲在俗務中「浮沉十餘年」而不改一往情深，他的詩歌中貫注著少年的多愁善感，和煦如穆然春風，而其胸懷「十年而不變」，任歲月磨蝕，瑩潤依然。李流芳感歎「巨仲之天全矣」，真不知這一句中包含了多少滄桑與不甘！詩壇多巧匠，李流芳卻棄多取少，棄工取拙，他愛重沈巨仲其人其詩，只一句「真率少許，勝人多許」，已足夠為《懷閣詩草》揚名立傳了。

題《怪石卷》

李流芳

【題　解】李流芳所畫《怪石卷》圖冊，早佚。

孟陽❶乞余畫石，因買英石❷數十頭，為余潤筆，以余有石癖也。燈下潑墨，題一詩云：「不費一錢買，割此三十峰。何如海嶽叟，袖裡出玲瓏❸。」孟陽笑曰：「以真易假，余真折閱❹矣。」舍侄緇仲從旁解之曰：「且未可判價，須俟五百年後人。」知言哉！丁巳❺十一月慎娛居士❻題。

【注　釋】❶孟陽　程嘉燧，作者友人。❷英石　石名，《雲林石譜》：「產於英州含光真陽縣之間，石產溪水中。」❸何如海嶽叟二句　米芾所撰《畫史》載，劉涇曾以硯山一石換得米元章家藏唐代畫家韓幹所繪馬圖《照夜白》。故詩云「何如海嶽叟，袖裡出玲瓏。」海嶽叟，北宋畫家米芾號。❹折閱　虧損。❺丁巳　萬曆四十五年（西元一六一七年）。❻慎娛居士　作者自號。

【語　譯】孟陽求我為他畫石，買了幾十方英石送我，作為我的潤筆費，因為他知道我愛石成癖。燈下潑墨，我畫成後題一首詩云：「不費一錢買，割此三十峰。何如海嶽叟，袖裡出玲瓏。」孟陽笑著說：「用真石換畫中的假石，我真是不划算呀。」我的侄子緇仲在旁邊分辯說：「現在不能講虧不虧，五百年後才能評判。」真是明白話！丁巳十一月慎娛居士題。

【研　析】李流芳有「石癖」，尤其愛怪石。其〈春日過梁溪〉詩云：「壯哉黿頭渚，蜿蜒出驚濤。砥柱豈有意，神功一何勞。下穿怪石叢，濺沫聲嘈嘈。奇狀洵不一，閃倏心魂搖。或如怒獸奔，或如劍戟交。或側立若屏，或嵌空若寮。」〈題畫再送王平仲〉詩云：「我愛燕子磯，怪石吞江勢。」〈初至白岳宿榔梅庵作〉詩云：「怪石摩空立，崢嶸有落勢。巨靈亦何意，造物惡瑣碎。辟此偉麗觀，使我心魂悸。」〈新安江中有懷玄度、伯昭諸子〉詩云：「對酒半輪月，隨舟兩岸山。碧潭寒見底，怪石巧當灣。」這些詩句，刻畫出的是那種臥在大江山嶽之中，能吞吐雲氣的巨石的形貌，怒拔賁張，奇崛詭怪。他為孟陽所畫的「怪石」，不知是否也有此般氣勢。只是，名石必怪，米芾所創的「瘦、漏、皺、透」的名石標準，其中已然包涵了一個「怪」字。本文中作為潤筆費的三十頭英石，因產於廣東英德而得名，和安徽靈璧的靈璧石、江蘇太湖的太湖石、江蘇崑山的崑石共稱四大名石，英石四面峰巒，通透嶙峋，也是石中難得之怪者。米芾以畫換石，數百年後的李流芳也以畫換石，千古風雅，不約而同。本文最後還留下了一樁公案，真石和李流芳所畫的「假石」，到底哪一個更值錢呢？緇仲說：「須俟五百年後人」，我們現在已略可當得這「五百年後人」了，如今，英石依然盛產，而李流芳的手跡罕存，存則是無價之寶，這勝負也明白可判了吧？

題閑孟詩冊

李流芳

【題　解】鄭閑孟，經學家，《梅村集》卷二十二：「如吳中邵茂齋、徐汝廉、鄭閑孟三君子皆號為通人儒者，而白首一經，穿穴書傳，於朝政得失、賢奸進退之故，則不聞有所論述，故其不遇以死也。」

五言古詩至少陵而一變，流而為退之樂天，至於東坡而變已極矣。然皆不出於少陵而能各成其一家者也。閑孟跅弛❶之才，不為律縛，獨古詩時一作之，有韓之奧，有白之達，有蘇之縱橫，而吐納風流，率其胸懷韻致獨絕，則前後五百年詩人中所無也。閑孟不喜以詩人自居，世無知其詩者，獨余與孟陽❷時稱之。今其遺詩不及百篇，傳之其人，豈無復有揚子雲者，以予之言為不妄乎❸！往歲庚戌❹在都下，閑孟寄予〈病起〉諸什❺，余與淑士❻負暄簷際，開卷讀之，時時叫絕。乃閑孟篋中所留有一二，為余所未見，其中有〈見懷〉之什，而都未及見寄，不知閑孟何意也。閑孟往往自怯其書❼，其寄予書卷，倩❽友人書之，予每以為恨，閑孟書雖不工，固閑孟之書也，手澤在焉。嗚呼！閑孟已矣，此真閑孟之手澤也，悲夫！天啟壬戌❾七月彥逸❿致此卷索題拭淚書此。

【注釋】❶跅弛　放縱，不循規矩。❷孟陽　程嘉燧，作者友人。❸豈無復有揚子雲二句　西漢揚雄《法言・問神篇》：「君子之言幽必有驗乎明，遠必有驗乎近，大必有驗乎小，微必有驗乎著。無驗而言之謂妄，君子妄乎？不妄。」❹庚戌　萬曆三十八年（西元一六一〇年）。❺什　《詩經》的〈大雅〉、〈小雅〉和〈周頌〉每十篇編成一組，叫做什。後來也用來泛指詩篇文卷。❻淑士　王志堅，字淑士，上海崑山人，萬曆庚戌進士，官郎中。❼書　書法。❽倩　請。❾天啟壬戌天啟二年（西元一六二二年）。⑩彥逸　鄭彥逸，閑孟弟。

【語　譯】五言古詩到杜少陵筆下風格一變，這種變化在韓退之、白樂天那裡得到流衍，到了蘇東坡筆下已達極致。他們不出少陵閫域而能各成一家。閑孟文才放縱，不願被律詩所束縛，只常作古詩，他的古詩有韓退之的奧僻，有白樂天的放達，有蘇東坡的縱橫，而那言語間的風流，則因為他獨絕的胸懷韻致，在前後五百年的詩人中都找不出。閑孟不喜歡以詩人自居，世間沒有知道他的詩的人，獨有我和孟陽時時稱道。如今他的遺詩不足百篇，如若在世間傳播開來，難道會沒有一個揚子雲，稱閑孟的話為「不妄」！庚戌那年我在京都，閑孟寄給我〈病起〉諸篇，我和淑士邊在簷下曬太陽，邊開卷讀詩，時時叫絕。閑孟詩篋中留下的一些詩，是我以前沒有見到過的，其中包括〈見懷〉等十篇，而為什麼不將它們寄給我，不知道閑孟作何想。閑孟往往自慚自己的書法，寄給我的詩卷，都是請友人代抄的，我卻每每以此為恨，閑孟的書法雖然不工整，但畢竟只有閑孟自己所書寫的，才是他的手跡啊。嗚呼！閑孟已逝，這些詩篇真成了閑孟的遺墨了，多麼令人悲哀啊！天啟壬戌七月彥逸送這詩卷來要求題跋，我流著淚寫下了此文。

【研　析】這是一篇詩序，也是一篇悼文，字裡行間透出李流芳對亡友的一片愛憐痛惜。《閑孟詩冊》雖不可見，但鄭閑孟其人卻從這篇文章中淺淺凸現。首先，鄭閑孟是一個只寫五言古詩的人。所謂「五言古詩至少陵而一變」，指五言古詩這種詩體到了近體興起的唐朝，其風貌發生了變化，許學夷《詩源辯體》云：「五言古至於唐，古體盡亡，而唐體始興矣。」這裡的「唐體」固然要比李流芳在本文中提及的「韓之奧」、「白之達」、「蘇之縱橫」包含多得多的內容，但所謂「變」，卻在韓、白、蘇等人的詩歌中表現得最為明顯。若再用《詩源辯體》的話說，這「變」在杜子美表現為「敘情若述」，在白居易表現為「議論痛快」，在韓退之表現為「快心露骨」。而東坡五古喜用禪思禪語，施補華《峴傭說詩》評曰「東坡五古，有精神飽滿、才氣坌湧甚不可及者」可見，五言古詩這一詩體，便於議論、抒情，便於展露作者的才學與性格，而相對於近體詩，它表現出來的感情可能更加地個性化一些。所以，作詩專用五古的鄭閑孟，想必是一個個性極為強烈、極重自我的人。關於這一點，錢謙益也為我們提供了證據，其《列朝詩集小傳》「鄭秀才胤驥」條載閑孟為人「性嗜酒，好長夜之飲，每飲輒湎面濡髮，酩酊無所知。試於有司，扶殘醉以往，咯嘔委頓，已而舐筆伸紙，據几疾書，文彩燦然，不自知宿酲之去體。」而「閑孟為文章，雄健好談經濟，詩不屑今體，專為五言古詩。兀奡排蕩，不規摹韓蘇，而意象近之。」鄭閑孟不拘小節，放浪形骸，連去科考的前夜都喝得酩酊大醉，而又文采斐然，文章長於議論，詩歌兀奡排蕩。李流芳稱讚亡友「韻致獨絕」、「吐納風流」，文由心生，閑孟想也是一位性情中人。

其次，鄭閑孟是一個書法不好的人。李流芳提及鄭閑孟生前寄給他的詩卷，都要請朋友代為抄寫，因為他「自怯其書」，而李流芳又是那麼一位書畫雙絕的人。這個細節展現了不拘小節的鄭閑孟心思細膩的另一面。也許，這是因為李流芳在他心中分量特別，才會被如此慎重地對待吧。閑孟「不喜以詩人自居」，他的詩歌只給親近的朋友看，可見他並不是一個喜好名聲的人，雖然好讀書，但對世事功名，也許並不看重。吳梅村在〈何季穆文集序〉中說「以吾耳目所聞見，如吳中邵茂齊、徐汝廉、鄭閑孟三君子，皆號為通人儒者，而白首一經，穿穴書傳，於朝政得失、賢奸進退之故，則不聞有所論述，故其不遇以死也，姓氏將泯滅而勿傳」這裡雖然是批評鄭閑孟不關心世事，只知道死讀書，但從另一個角度，也可以看出鄭閑孟其實是一個心思單純的讀書人。所以，鄭閑孟其人，一方面恃才不羈，一方面又溫柔單純，是一個相當可愛的人。而李流芳失去這位摯友時，又怎能不連呼「悲夫」哉！

明天啟至清初時期（十七世紀中葉）

明末清初作家群。這段時期湧現出一大批遺民作家，他們非常深入地思考個人與他人、個人與社會、個人與文化、個人與國家、國家與文化等等問題，形成一種非常獨特的時代表達。

棋譜新局序

錢謙益

【題　解】《棋譜新局》，晚明圍棋國手汪一廉（字幼清）的棋譜集，今佚。本文選自錢謙益《牧齋有學集》卷十五。

【作　者】錢謙益（西元一五八二～一六六四年），明末清初文學家，字受之，號牧齋，晚號蒙叟、東澗遺老，虞山（今屬江蘇省常熟市）人，明萬曆三十八年（西元一六一〇年）進士，明崇禎初官至禮部侍郎，是士大夫政治組織「東林黨」領袖之一，南明弘光朝時任禮部尚書。清兵南下，錢謙益投降清廷，順治三年（西元一六四六年）正月，受職禮部右侍郎，同年六月辭官歸鄉，暗中聯絡、支援反清復明勢力，直至生命終結。錢謙益是明末清初政治、文學界的重要人物，著有《初學集》、《有學集》、《投筆集》、《杜詩箋註》等，編有明詩史《列朝詩集》。

余不能棋，而好觀棋，又好觀國手之棋。少時方渭津❶在虞山與林符卿❷對局，堅坐注目，移日不忍去。間發一言，渭津聽，然許可，然亦竟不能棋也。中年與汪幼清遊，時方承平，清簟疎簾，看棋竟日夜，今皆為昔夢矣。

渭津為人淵靜閒止，神觀超然。對奕時，客方沈思努目❸，手顫頰赤，渭津閉目，端坐如入禪定。良久，客才落子，信手敵應，兩棋子聲響鏗然，目但一瞬爾。幼清沉雄精悍，絕倫逸群，每一遇敵，目光迸裂，透出方罫❹間，出奇制敵，橫從背觸❺，譬如駿馬追風，鑑鷹灑血，推枰決勝，擲帽大呼，雖受其攫撇❻者未嘗不拍手叫絕也。渭津下一子如釘著局上，不少挪動，亦未嘗有錯互。如他人按指啁哳❼、局罷覆數一二多少，恬不為意，如未曾措手者。幼清累勝輕敵，時有一誤，誤後斂手精思，少焉，出一奇著，如亂流而濟，如斬關而出，馬不及旋，敵不及距。自誤而得救，自救而得勝。人謂幼清之棋，不畏其不誤，而畏其誤，小誤則小勝，大誤則大勝。兵家言「敵人開戶」❽，「多方以誤之」❾，用此法也。

毘陵孫文介公❿弈居第二品，嘗語余曰：「吾輩下子便是俗著，渭津忽漫布子，腕下無一俗著，殆仙人謫墮爾。」余謂渭津無俗著、無敗著，幼清有敗著、亦無俗著。余所見國工多矣，若文介所云，渭津之後必推幼清。渭津善用全局，以〈車攻〉、〈吉日〉⓫為風聲；幼清善用敗局，以一成一旅⓬為能事。則亦運會使然，當局者未之或知也。幼清北遊歸，出其對弈全譜凡四十局，刻之以公於人，而屬余為序。余嘗記渭津賞符卿一著，咨嗟愛玩，遂不復終局。此局若竟，未必林果勝，方果負。渭津心賞神契、歎息罷局，古人之絕絃輟斤⓭，禪家之聲前句後⓮，妙不傳，非庸工所知也。幼清一角棋為錫人張以貞截斷，幼清精思救法，瞪視移晷，縮退一著，反接去，以貞愕眙歎為神助。此局今亦不傳矣。〈虯髯客傳〉謂「此局全輸」，未知是何敗著？蜀人發古墓，見先主方與武侯對奕，知仍講侵分局⓯否？

幼清之譜不曰全局，而曰新局，有旨哉！其言之也。幼清節俠奇士，從余於行營萬馬之中，單騎短箠，衝鋒突刃，以捍余於瀕死。秋高風緊，合圍大獵，騰上□□⓰馬，奪其勁弓，絃響霹靂，箭如叫鴟，連貫雉兔，擲草地不顧，控絃鳴鏑者咸為咋指。嗟乎！余十指如錐，不能奕，而能得善奕之幼清出死力以捍余。幼清以善奕擅名，中華之文弱巧人也，顧以長弓大箭，橫騖北庭。由此觀之，天下事夫寧有定局耶！項羽重瞳，湘東一目，山谷老人所托喻者⓱，安知夫爛柯之老、橘中之叟⓲，不揶揄竊笑耶？幼清曰：「善哉！斯局之後更有新局，國手之外豈無國手？夫子所言者道也，進乎技矣，請書之以為序。」

【注釋】❶方渭津　又名新，字子振，晚明圍棋國手。❷林符卿　晚明圍棋國手。❸努目　眼睛張大。❹方罫　棋盤。❺背觸　背觸俱非，微妙難解的禪宗公案。這裡代指玄機。❻攫撇　掠奪狙擊。❼啁哳　形容聲音繁雜細碎。❽敵人開戶　語出《孫子・九地》。❾多方以誤之　語出《左傳・昭公三十年》。❿孫文介公　孫慎行，號淇澳，官至禮部尚書，曾主講東林書院，諡文介，晚明理學家，江蘇武進人。⓫車攻吉日　《詩經・小雅》中描述田獵的兩首詩。這裡意為棋戰時依靠整體布局來取得成功。⓬一成一旅　方圓十里為一成，兵士五百為一旅，形容地窄人少。⓭絕絃輟斤　意為知己難求。伯牙絕弦，事見《呂氏春秋・本味》；匠石輟斤，事見《莊子・徐无鬼》。⑭聲前句後　禪宗術語，發聲前、收聲後的語句，意為言外之意。⑮侵分局　圍棋術語，意為在對方的陣勢中下子。⑯□□　此處原文缺失。⑰項羽重瞳三句　這裡的「項羽重瞳」代指圍棋中有兩個眼的活棋，「湘東一目」代指圍棋中只有一個眼的棋形。湘東一目，南朝梁湘東王蕭繹幼時眇一目，故稱。黃庭堅〈弈棊二首呈任公漸〉其二有句云：「湘東一目誠甘死」。⑱爛柯之老橘中之叟　代指對弈者。爛柯之老，事見任昉《述異記》。橘中之叟，事見牛僧孺《幽怪錄》。

【語　譯】我不擅長下棋，但是喜歡觀棋，又喜歡觀國手下棋。我年少的時候，方渭津在虞山和林符卿對局，我久坐注目，看了很長時間，不忍離去。我偶爾有些見解，渭津聆聽，然後認可我，可我最終還是不擅長下棋。中年時，我與汪幼清交遊，那時天下承平，一席竹簟，一卷疏簾，我終日地看他下棋，如今這些都成舊夢了。

渭津性格淵靜閒止，神態超然。對弈時，對手張目沉思，手抖面紅，渭津則閉上眼睛，端坐著好像進入了禪定。過了好一會兒，對手才落子，他信手應敵，先後兩步棋的落子聲鏗然響起，間隔不過眨眼的工夫。幼清的性格則沉雄精悍，氣魄絕倫逸群，每遇敵手，他目光迸裂，彷彿能穿透棋盤，行棋出奇制敵，縱橫玄妙，譬如駿馬追風，饑鷹灑血，決勝之時，對手推枰認輸，他擲帽大呼，即使那些在棋盤上遭到他掠奪狙擊的人們也未嘗不為他拍手叫絕。渭津落下一子就好像釘在局上一樣不能挪動，也未嘗下錯子。其他人落子時，指頭按在棋子上不肯放開，小聲猶疑，局罷覆盤，計算一、二目的得失，渭津對這些則坦然不在乎，就好像不曾對局一樣。幼清因為多次取勝而容易輕敵，他時不時會失誤，失誤後，他斂手精思，不一會兒，下出一步奇著，他的敗棋就如同從亂流中得救，如同困軍斬殺大將後衝出關卡，他的對手甚至來不及旋馬拒敵。幼清自誤而能自救，自救而能得勝。人們說幼清的棋，不怕他不失誤，反而怕他失誤，他小誤則小勝，大誤則大勝。兵家言「讓敵人打開門戶」，「採取多種方法讓敵人發生錯誤」，幼清善用這個辦法。

毘陵孫文介公的棋力算得上第二品，他曾經對我說：「我們這樣的棋手落子便是俗著，渭津看似隨意布子，腕下卻沒有一手俗著，他真是天上貶謫下來的仙人啊。」我說渭津無俗著、無敗著，幼清有敗著、但也無俗著。我見識過的國手多了，若如文介所云，渭津之後必推幼清。渭津善於布局，行棋就像〈車攻〉、〈吉日〉所描寫的精密策劃的圍獵；幼清擅長反敗為勝，利用狹小的實地獲勝。也許這也是時運際會造成的吧，他們自己都未必知道最終能成就如此棋風。幼清從北方歸來，拿出他的四十局棋譜，將它們刊刻公布於世，要求我為之作序。我記起渭津在一次對局中欣賞對手符卿的一手棋，歎賞玩味，竟然沒下完那一局棋。如果他把那一局棋下完，未必林符卿一定取勝，方渭津一定敗負。渭津那心賞神契、歎息罷局的心情，如同絕絃輟斤的古人、禪家聲前句後的機鋒，他所體會到的妙處不能言傳，也不是平庸的棋手可以知道的。幼清曾有一角棋被無錫人張以貞截斷，幼清精思救法，瞪視棋局很久，退縮了一手棋，反而把棋接上了，以貞瞠目結舌，感歎幼清有如神助。這局棋也沒有流傳到今天。很多神奇的棋局都沒有流傳下來，如同〈虬髯客傳〉中道士說「此局全輸」的那盤棋，不知是在第幾著失敗的？又如同蜀人發掘古墓，進入墓中，看見先主劉備正與諸葛武侯對弈，不知那盤棋是否仍是侵分局面？

幼清的棋譜不叫全局，而叫新局，有深意啊！言之如下。幼清是一位節俠奇士，曾跟隨我於兵營萬馬之中，他執短鞭，單槍匹馬，衝過刀鋒白刃，在瀕死的困境中捍衛了我的生命。記得曾在秋風強勁的時候，我們一起圍獵，幼清騰上馬背，奪下勁弓，他的弓弦發出霹靂響，弓箭疾馳的聲音像鴟鳴，射穿了雉兔，他拔下弓箭，卻擲獵物於草地不顧，獵手們都為他的豪傑氣概所驚訝。哎呀！我十指粗笨不能下棋，卻能得善弈的幼清出死力捍衛我。幼清以弈著名，本是我中華文弱纖巧的棋士，反而有一天要執著長弓大箭、縱橫馳騁在北方大漠。由此可見，天下之事豈有定局！山谷老人曾用項羽重瞳、湘東一目比喻棋戰之酣，怎知不被爛柯之老、橘中之叟所揶揄竊笑？幼清說：「善哉！此局之後更有新局，國手之外豈無國手？莊夫子說普遍規律超越了具體技術，請為我寫下此序。」

【研析】圍棋藝術源遠流長，《世本》記載說：「堯造圍棋，丹朱善之。」《論語．陽貨》曰：「飽食終日，無所用心，難矣哉！不有博奕者乎？為之，猶賢乎已。」圍棋幾乎誕生於華夏民族的史詩階段，三千年來以其用極簡形式包涵極繁變化的深奧趣味形成了獨特的文化表達。圍棋藝術易學難精，錢謙益言自己「不能棋」，然而又「好觀棋」，棋手各各不同的弈風表達出各各不同的性格，反過來說，能幫助人們認識自己獨特個性的圍棋亦真正實踐了藝術的根本力量。本文記載了晚明萬曆年間揚州方渭津、新安汪幼清兩位知名棋手。方渭津少有「神童」之譽，天機敏銳，根器不凡，行棋時置勝負於度外，有天人之姿。《世說新語・巧藝》評價名士王坦之、高僧支遁的弈風曰：「王中郎以圍棋是坐隱，支公以圍棋為手談。」坐隱者，隱於大化，物我兩忘，如同《莊子・大宗師》所曰「坐忘」：「墮肢體，黜聰明，離形去知，同於大通」。手談者，指尖之玄談，行棋時如同無聲的哲學探討。方渭津的氣質，正如同一位「坐隱」者，有一種遊於物外的超然姿態，故錢謙益稱他「古人之絕絃輟斤，禪家之聲前句後」，幾臻無跡可求的境界。汪幼清則又是一種性格，這是一位天真爛漫而又驚才絕豔的棋手，常因輕敵而失誤，又常因失誤而逼出神來妙手，真可謂性情中人。

「不能棋」的錢謙益也許不能從弈術分析上來展現方、汪的魅力，然而，這篇小文帶出一個更加普遍的話題：藝術的力量在於啟發人們對自我的認識，它越是能深刻發掘人的內在豐富性，就越能歷久彌新。《論語》云：「射不主皮，為力不同科，古之道也。」如同子弟們在鄉射禮上射箭的目的不在於力量比較，而在於昭示友愛。圍棋的較量不在於勝負定奪，而在於對「自我」的探求與展示。時至今日，人類棋手屢屢負於人工智能，但是圍棋並不是爭勝負的工具，它根植於人道價值，關聯於自我發現、樂趣與情感等等話題，它的意義終不會因時代變遷、科學發展而有所減損。

書舊藏宋雕兩漢書後

錢謙益

【題解】兩漢書，指東漢班固所著《漢書》和南朝范曄所著《後漢書》。本文選自《牧齋有學集》卷四十六。

趙吳興❶家藏宋槧兩漢書，王弇州❷先生鬻一庄得之陸水邨太宰❸家，後歸於新安富人。余以千二百金從黃尚寶購之，崇禎癸未，損二百金，售諸四明謝氏❹。庚寅之冬，吾家藏書盡為六丁下取❺，此書卻仍在人間，然其流落不偶，殊可念也。今年遊武林❻，坦公司馬攜以見示，諮訪真贋。予從臾勸，亟取之，司馬家插架萬籤，居然為壓庫物矣。嗚呼！甲申之亂❼，古今書史圖籍一大劫也。庚寅之火❽，江左書史圖籍一小劫也。今吳中一二藏書家，零星捃拾，不足當吾家一毛片羽。見者詫詡，比於酉陽羽陵❾，書生餓眼，「見錢但不在紙裹中」❿，可為捧腹。司馬得此十篋，乃今時書庫中寶玉大弓，當今吳兒見之，頭目眩暈，舌吐而不能收。不獨此書得其所歸，亦差足為絳雲老人開顏吐氣也。劫灰之後，歸心空門，爾時重見此書，始知佛言。昔年奇物，經歷年歲，忽然覆睹，記憶宛然，皆是藏識⓫變現，良非虛語。而呂不韋顧以「楚弓人得」⓬為孔、老之云，豈為知道者乎？司馬深知佛理，并以斯言諗之。

【注釋】❶趙吳興　元代書畫家趙孟頫。❷王弇州　王世貞，號弇州，明代「後七子」詩派領袖，累官南京刑部尚書，江蘇太倉人。❸陸水邨太宰　陸完，號水林，又號水邨，江蘇蘇州人，明代書畫收藏家，累官至吏部尚書、加太子太保。❹四明謝氏　謝三賓，曾為錢謙益門生，晚年降清變節。❺六丁下取　六丁神將下凡取走，指作者藏書樓「絳雲樓」失火一事。語出韓愈〈調張籍〉：「仙官敕六丁，雷電下取將。」❻武林　杭州。❼甲申之亂　明思宗崇禎甲申年（西元一六四四年），李自成攻破太原，清兵入關，多地遭屠城，崇禎皇帝自縊殉國，明朝滅亡。❽庚寅之火　清順治庚寅年（西元一六五〇年），錢謙益的絳雲樓意外失火，幾萬卷藏書大部化為灰燼。❾比於酉陽羽陵　酉陽羽陵，代指稀見古籍。「酉陽」典出《太平御覽》卷四十九引《荊州記》：「小酉山上石穴中有書千卷，相傳秦人於此而學，因留之。」「羽陵」典出郭璞《穆天子傳》卷五：「天子東遊，次於雀梁，蠹書於羽林。」❿書生餓眼二句　疑諷刺謝三賓沒有見過世面。「見錢但不在紙裹中」典出蘇軾《東坡志林》卷七：「俗傳書生入官庫，見錢不識。或怪而問之，生曰：『固知其為錢，但怪其不在紙裹中耳。』」古人為了便於攜帶零錢，通常將少量銅錢用紙包裹。⓫藏識　即佛教所言第八識、阿賴耶識。⓬楚弓人得　典出《孔叢子》卷四：「（楚王）喪其弓，左右請求之。王曰：『止也。楚人遺弓，楚人得之，又何求乎？』」

【語　譯】趙吳興家藏的宋刻本兩漢書，王弇州先生以出賣一座莊園的代價向陸水邨太宰的家人買下了它，後來又被一個新安富人買走。我以一千二百兩銀子的價錢從黃尚寶手上再購得它，崇禎癸未年，我損失了二百兩銀子，又把它賣給四明謝氏。庚寅年冬天，我家的藏書全被六丁神將下凡取走了，此書卻仍在人間，然而它總是流落不得其主，讓我十分掛念。今年，我到武林去，司馬坦公帶著一部宋刻兩漢書來拜訪我，向我諮詢它的真偽。我聽從他的勸說，馬上到他家去取看此書的其餘部分，司馬家的書庫中有萬部書籍在架，這件寶物居然就這樣被積壓在庫房中。哎呀！甲申之亂，是古今書史圖籍的一次大劫難。我家庚寅之火，則是江南書史圖籍的一次小劫難。如今蘇州的幾位藏書家，撿拾得一些零星古籍，還比不上我曾經收藏的一毛片羽。然而，見過這幾位藏書家藏品的人還到處誇耀，以酉陽羽陵相比擬，真如同貧窮書生，問：「不見用紙裹著的錢」，可不讓人好笑。司馬公得到這十篋宋刻兩漢書，算得上如今藏書界中的寶玉大弓，讓蘇州那幾位見到了，定讓他們頭目眩暈，吐舌而不能收。不僅這部古書得到了歸所，絳雲老人我也能開顏吐氣了。我自劫灰之後，歸心空門，此時竟然重見此舊藏之書，才知道佛言不虛。佛經說人在舊時見過的稀奇寶物，年長日久後，突然再次見到它，和記憶中的樣子相彷彿，這其實是人自己的藏識變現，此言不假啊。呂不韋只以「楚人遺弓，楚人得之」作為孔子、老子的無私之道，又豈是真正懂得無私之道者？司馬公深知佛理，我用以上的話勸告他。

【研析】明崇禎十六年（西元一六四三年），六十二歲的錢謙益築絳雲樓於半野堂之後（據葛萬里《牧齋先生年譜》），將一生積累的數萬卷藏書貯藏其中。這些藏書的來源，據曹溶〈絳雲樓書目題詞〉，或從江南各著名藏書樓轉購而來，「得劉子威、錢功父、楊五川、趙汝師四家書」；或向社會廣泛搜求而來，「更不惜重資購古本，書賈奔赴無虛日。用是所積充牣，幾埒內府」。絳雲樓上置「大櫃七十有三」，貯藏之。絳雲樓藏書曾經一時甲冠江南，「絳雲未燼之先，藏書至三千九百餘部」（吳騫《拜經樓藏書題跋記・讀書敏求記跋》）。然而，清順治七年（西元一六五〇年），絳雲樓意外失火，幾萬卷藏書大部化為灰燼。燼餘書籍，錢謙益盡悉贈予族曾孫錢曾（錢曾《讀書敏求記・邵子皇極經世衍數前集五十五卷》：「絳雲一燼後，牧翁所存書悉舉以相贈。」）。我們今天也只能從錢曾的藏書志《讀書敏求記》中窺得幾分絳雲樓的風采。絳雲樓之焚，對錢謙益打擊巨大，如焚心肝，他曾言「劫火餘燼，不復料理，蓬心茅塞依然。昔我每謂此火非焚書，乃焚吾焦腑耳」（〈贈別胡靜夫序〉）甚至，他在悼念早夭長孫桂哥的詩歌中，還囑託桂哥之魂上天去乞還絳雲樓藏書：「庚寅劫火六丁燃，彩字丹書運上天。汝去箋天應乞與，絳雲樓閣故依然。」（〈桂殤四十五首〉）悔痛之深，難以釋懷。本文曰「甲申之亂，古今書史圖籍一大劫也。庚寅之火，江左書史圖籍一小劫也」這是把國難、家難一併言之，大有「豈見覆巢之下，復有完卵乎？」（《世說新語・言語》）的衰世宿命之感。「庚寅之火」發生的前幾年，錢謙益曾將收藏的宋版兩漢書轉賣他人，劫火之後，他復於司馬坦處得見這部昔日舊藏，唏噓之餘，生出「藏識變現」的感歎。「藏識」是一個佛教專名，又稱「阿賴耶識」、「一切種子識」，是一切現在過去未來世、一切眾生所造業種儲藏的地方。「藏識」是佛教關於先驗人性討論中相當深奧難解的部分。消極的「分別我執」與積極的「清淨如來藏」是「藏識」作用於人的一體兩面。「藏識變現」乃「種子」的變現，大抵意指某物從人心的最深秘處幻現而出，而一切物皆在這最深秘處存有，所以人自有一切物，而不必非要在世俗的意義上擁有某物。錢謙益在經歷藏書焚失後，或正因為對藏書的執念太深，才會用「藏識變現」的佛理來開解自己。文章最後「楚弓人得」的典故，同樣意味著錢謙益試圖從執念中釋懷，一個人的失去意味著另一個人的得到，得、失消解於大化流行之中。個人生命亦本是流行，消積解塊之後，也就不會因得失而困擾了。

小池・水缸・書燈

文震亨

【題解】本文節選自文震亨風物小品集《長物志》卷三，題目為編者所加。

【作者】文震亨（西元一五八五～一六四五年），明代畫家、園林家、文玩家，長洲（今屬江蘇省蘇州市）人，「明四家」之一文徵明曾孫，天啟五年（西元一六二五年）恩貢入國子監，崇禎時官至中書舍人。明亡後，文震亨絕食死，諡節愍。著有《長物志》、《香草詩選》、《儀老園記》、《金門錄》、《福王登極實錄》。

小池

階前石畔鑿一小池，必須湖石四圍，泉清可見底。中畜朱魚翠藻，游泳可玩，四周樹野藤細竹。能掘地稍深引泉脈者更佳。忌方、圓、八角諸式。

水缸

有古銅缸，大可容二石，青綠四裹，古人不知何用，當是穴中注油點燈之物，今取以蓄魚最古。其次以五色內府官窯❶，瓷州❷所燒純白者亦可用，惟不可用宜興❸所燒花缸及七石❹、牛腿❺諸俗式。余所以列此者，實以備清玩一種，若必按圖而索，亦為板俗。

書燈

有古銅駝燈、羊燈、龜燈❻、諸葛燈❼，俱可供玩，而不適用。有青綠銅荷一片檠❽，架花朵於上，古人取金蓮之意，今用以為燈最雅。定窯❾三臺、宣窯❿二臺者，俱不堪用。錫者取舊製古樸矮小者為佳。

【注釋】❶內府官窯　專為宮廷燒製的瓷器，器身部或底部有「內府」等款識。❷瓷州　磁州窯，始建於宋代，以燒製釉下彩瓷器著稱。遺址在今河北省磁縣。❸宜興　今江蘇宜興市，東漢以後擅長燒製越窯青瓷。❹七石　缸名，口、底圓形，底部向內凸出，壁成弧形，約九十釐米高，缸口直徑約一米，能裝七石水（宋製一石約五十九點二公斤）而得名。❺牛腿　缸名，上粗下細，形似牛腿，故名。❻駝燈羊燈龜燈　以獅駝、羊、龜為造型的油燈。❼諸葛燈　燈名，形似長橢圓形的燈籠。清代方濬頤自註其〈讀諸葛武侯傳五十韻〉詩：「家舊有諸葛燈，形如燈籠而方，鎔鐵為之，凸其一面，嵌以玻璃，使光上射，暗中提之，可以防賊，今已不存。」❽青綠銅荷一片檠　帶有荷葉狀反光金屬板的高腳燈。反光板可調節，令光線向某個方向集中。❾定窯　宋代六大窯系之一，主要窯口分布在河北省保定市曲陽縣，該地區唐、宋時屬定州，故稱定窯，以產白瓷著稱。❿宣窯　宣德窯，明代宣德（西元一四二六～一四三五年）時江西景德鎮官窯，以燒製青花、祭紅、甜白、霽青瓷器著稱。

【語譯】

小池

在臺階前的山石旁邊開鑿一方小池，池邊一定要用太湖石圍起來，泉水要清可見底。池中畜養紅魚、綠藻，它們在水中游動的樣子可供賞玩。四周再種上野藤、細竹。池潭如果能掘地深一些，把泉脈引進來，就更好了。池潭忌諱開鑿成方形、圓形、八角形等各種人工形狀。

水缸

有一種古銅缸，大小可以裝下兩石水，青綠色銅鏽裹滿缸身，不知道古人用它作何用，應當作往裡面注油點燈的油缸用吧，現在把它用作養魚的魚缸，風味最古雅。其次，內府官窯燒製的五色瓷缸，磁州窯燒製的純白瓷缸都可用作魚缸。唯獨不可以用宜興花缸，以及七石缸、牛腿缸這樣一些俗氣的式樣。當然，我在這裡列出的魚缸，也不過為玩賞清雅預備一種樣式，如果讀者不理解其中精神，只知道按圖尋找，也是一種死板、俗氣的行為了。

書　燈

古董銅製駝燈、羊燈、龜燈、諸葛燈，都可供玩賞，然而不適於實用。裹滿青綠銅鏽的荷葉一片檠燈，鑄造花朵架在燈頭，古人取金蓮之祥的含義，現在用來做書燈最雅緻。定窯三臺燈、宣德窯二臺燈，都不適用。如果是錫燈的話，以舊時製造的那種古樸、矮小的形製為佳。

【研　析】詩有「詩情」，畫有「畫意」，即便建築，「無論哪一個巍峨的古城樓，或一角傾頹的殿基的靈魂裡，無形中都在訴說，乃至於歌唱，時間上漫不可信的變遷」（林徽因〈平郊建築雜錄〉）。生活中處處皆是意味，我們應當沉浸在這意味中，去忘卻人生的短暫。那些觸手可及的器物，它們不是生活的工具，它們有時即是生活本身。《淮南鴻烈・覽冥》云：「夫物類之相應，玄妙深微，知不能論，辯不能解。故東風至而酒湛溢，蠶咡絲而商弦絕。」所以，李商隱的詩歌中那女冠「一生長對」的「水晶盤」（〈碧城〉其一），李賀詩歌中那古舊紗罩下的「銀燈」（〈過華清宮〉），帶著強烈的意味，渲染出生活的色彩。文震亨，蘇州舊家子弟，書畫皆長，更有一種生活的清趣。他寫在一壺一硯、一榻一椅中那疏朗、自然、古樸的風韻越過了數百年的風塵，成為了文震亨其人特別的傳記。文震亨對器物的品味在明末甚至得到了崇禎皇帝的認同，屈大均〈御琴記〉記載崇禎皇帝好琴，「嘗制銅琴二百張，命中書文震亨各為之贊」。上文所選「小池」、「水缸」、「書燈」三則，貴在有生氣、有古色，從中可見文震亨的審美品味。雖然，平常日用之物無關緊要，卻不能用一種隨便的態度去選一些富貴式、板俗式、常見式的器具來應付生活。風雅的人懂得用自己的日常生活去表達自己，我們讀文震亨的《長物志》，淺看是精緻的「閑趣」，深看卻是對生活的誠摯與熱情。

秋閨夢戍詩序

譚元春

【題解】明末清初人錢謙益《列朝詩集小傳》「虎關馬氏女」條載：「《秋閨夢戍詩》，七言長句一百首，虎關將家婦馬氏所作。莆田宋玨比玉客越，得之於荒村老屋中，見『芳草無言路不明』之句，為之驚歎，錄而傳之，題曰《香魂集》。」清人黃虞稷所撰的《千頃堂書目》著錄有「虎關馬氏秋閨夢戍詩一卷」，其注與錢文略同。

【作者】譚元春（西元一五八六～一六三七年），明代文學家，字友夏，號鵠灣、蓑翁，竟陵（今屬湖北天門市）人，天啟七年（西元一六二七年）舉人。譚元春與同邑詩人鍾惺共同創立詩文流派「竟陵派」，其詩文輯為《譚友夏合集》。

古今勞臣思婦，感而生歎。夫歎之於詩亦不遠矣，何難即形之而為詩乎。嘗有一言數語，真篤淒婉，如猿之必嘯而後已者，非盡系乎才也，歎之至也。然役或不盡於戍，時或不及於秋，情或不生於夢，體或不限於七言律，數或不至於百篇，一歎而已矣。吾友宋比玉❶，客越❷之夜，忽若有通❸焉，而得《秋閨夢戍七言近體一百首》於荒村危垣之家，見其中有「芳草無言路不明」之句❹，驚歎而卒讀之，則虎關❺馬氏女也。凡秋來風物水月，枕簟❻衣裳，碪杵鐘梵❼，其清響苦語，一一搖人。而至於英雄之心曲，舊家之喬木❽，部曲之凍餒❾，兒女之瓢粒❿，悲天憫人，勤王恤私，非惟膚士⓫所不知，蓋亦仕宦男子，博雅通儒，所吟之而面赤者也。而又皆夢中聲情步履，倏⓬去來於孤燈瘦影之中，漁陽⓭之道路夜經，羅冪之車輪朝轉⓮，豈止「鶴鳴於垤，婦歎於室」⓯而已乎。歎者不足以盡其才者也，才者不足以盡其魂者也。百首之夢，無一不秋，三秋之魂，無一不香，故題曰《香魂集》。吾猶謂如此女士，而以婉戀⓰待之，但恐不受耳。或憐其大苦，余曰不然。〈伯兮〉之詩曰：「願言思伯，甘心首疾。」彼皆原在愁苦疾痛中，求為一快耳，若並禁其愁苦疾痛而不使之有夢，夢餘不使之有詩，此婦人乃真大苦矣。嗟乎，豈獨婦人也哉。

【注　釋】❶宋比玉　宋珏，字比玉，莆田人，年三十負笈入太學，遊金陵，走吳越，廣交遊，客死於吳門。❷越　指江浙閩粵地區。❸通　覺悟。❹芳草無言路不明之句　《明詩綜》錄全詩為：「夫重封侯愛妾輕，漫欹珀枕戀寒更。夢回遠戍相尋處，芳草無言路不明。」❺虎關　虎頭關，在今廣東東莞市西南海中大虎、小虎二山上。❻簟　竹席。❼碪杵鐘梵　代指擣衣聲和佛寺的鐘聲。❽舊家之喬木　這裡指思鄉之情。《孟子・梁惠王下》：「所謂故國者，非謂有喬木之謂也，有世臣之謂也。」❾部曲之凍餒　部下兵士的凍餓。❿兒女之瓢粒　兒女，男女。瓢粒，飲食。⓫膚士　膚淺的人。⓬倏　迅疾。⓭漁陽　借指動亂地區。⓮羅冪之車輪朝轉　羅冪，羅帳。車輪朝轉，形容輾轉難眠。⓯鶴鳴於垤二句　《詩・豳風・東山》中的詩句。⓰婉戀　同「婉孌」。美好意。

【語　譯】古今憂悴的臣子、悲思的婦人，有感於心而發於感歎。感歎的生發離詩歌的創作已不遠了，將其馬上表現為詩歌又有何難呢。曾有隻言片語，真摯淒婉，其不得不吐露好像猿不得不鳴嘯，這不僅關係到詩才，實在是因為感歎深切之至。然而，如果所悲之役不至以遠戍，所處之時節不到秋季，所感之情不至於夢繞魂牽，所用之體裁不限於七言律詩，創作的數量不到百篇，那也只能算是感歎一下罷了。我的朋友宋比玉，在旅居越地的一個夜晚，忽然有所感通，而在荒村破屋之中得到《秋閨夢戍七言近體一百首》，讀到「芳草無言路不明」之句，為之驚歎而將詩卷讀完，卷末署名虎關馬氏女。在這卷詩中，盡可見秋季所有的風物水月、所用的枕簟衣裳、所聞的碪杵鐘梵，詩句清苦，感動人心。至於從英雄的心曲、故鄉的喬木、兵士的凍餒、兒女的飲食中所生發出來的悲天憫人之感，盡力王事之心，撫恤私人之情，非但膚淺的人，就算是仕宦的男子、博識的雅士大儒，讀到也會自感羞愧吧。況且詩句描寫的，是孤燈瘦影之中，夢中人恍然若現，是夢至遠戍之地，是長夜輾轉不眠，此情此感，豈是「鶴鳴於垤，婦歎於室」的詩句所能表現。那些有感慨的人卻沒有像馬氏那樣的詩才，那些有詩才的人又沒有像馬氏那樣的心魄。這一百首寫夢之詩，無一不關於秋，而三秋之魂，無一不香，所以題名為《香魂集》。我尚且認為對於這樣巾幗中的高士，只以「婉戀」看待，恐怕不為她所接受吧。有人憐憫詩人的痛苦，我不以為然。〈伯兮〉之詩說「願言思伯，甘心首疾」她原是在愁苦疾痛中得到一種快感，如果禁止她感受到愁苦疾痛，並且禁止由此而生的夢和因夢而作的詩，那才是她的大苦啊。哎呀，又何止婦人如此呢。

【研析】蘇軾在〈石鐘山記〉中感慨自然界的很多奧秘，一直不為世所知，那是因為「士大夫終不肯以小舟夜泊絕壁之下，故莫能知；而漁工水師，雖知而不能言」。這是一個關於內心體驗與表現能力的話題，即關於所謂「意」與「筆」的話題，二者皆備，才能寫出真正好的文章來。譚元春的這篇散文中主要關注的也是這一點，而且，相對於〈石鐘山記〉針對揭示事物真相的「科學論文」一類的文章，譚元春所針對的則是文學創作，因而，所面臨的問題就更加複雜了。

這篇散文關於虎關馬氏的《秋閨夢戍七言近體一百首》評價，作者是在兩個層面上展開討論的。首先，和〈石鐘山記〉在同一個層面上，作者讚揚馬氏之高於一般詩人之處在於「歎者不足以盡其才者也，才者不足以盡其魂者也」即她能夠同時具備深切的內心體驗和高超的表現能力。然而，就整篇文章看來，作者格外推重「歎之至」，顯然是有所偏向地認為「內心體驗」是重要於「寫作能力」的。因而，作者才會認為馬氏詩作中對「英雄之心曲，舊家之喬木，部曲之凍餒，兒女之瓢粒」的真切表現，是令通識的大儒都要感到羞愧的，因為這些體驗，是書齋中的雅士們所無法獲得的，這正是馬氏作為一個「歎者」所具有的絕對性的創作優勢。作者不同意用《香魂集》來命名這一卷《秋閨夢戍七言近體一百首》，他認為馬氏已經超越了傳統意義中的女性作品，不只具有哀婉的特質，更具備一種「悲天憫人，勤王恤私」的關懷，一種「漁陽之道路夜經，羅冪之車輪朝轉」的刻骨深情，因而用女「士」來稱呼她，其實是在稱讚馬氏作品中所體現出來的內心體驗比傳統女性詩人更廣闊、更深沉。

而如果說推重「內心體驗」是作者討論的第一個層面的話，那麼，從「或憐其大苦」開始，則進入到第二個層面，這是〈石鐘山記〉中關於「能知」與「能言」的討論所未涉足的全新的領域，也是這篇文章最令人深思之處。在這個層面中，尤其值得注意這樣一句話：「彼皆原在愁苦疾痛中，求為一快耳。」這句話意謂對於詩人而言，「愁苦疾痛」不是他們的不幸，相反，他們正是在「愁苦疾痛」中尋求一種特殊的快感，尋求一種創作的幸福感，如果不讓他們「愁苦疾痛」，反而是強行剝奪了這種幸福感，所以，無憂無夢無詩的狀態才是真的「大苦」。這裡的「愁苦疾痛」，其實就是前文所說的「內心體驗」，而在這裡，在「內心體驗」之上，作者又拈出一個「快」字。原本作為創作動機的「感而生歎」，從「源」的地位下降到了「流」的地位。生活經歷的豐富與否影響到「內心體驗」的積累，但此時，自外而內的「體驗」也不是最重要的因素，關鍵在於有無一顆不斷渴求著種種「體驗」的心靈，能夠自內而外的需要著這個世界中的愛恨悲歡，並把對它們的吟詠當作生命中最大的幸福。這簡單說來，其實就是要有一顆需要被感動、容易被感動的心，而對於這顆敏感的「文心」的肯定，恐怕才是同樣作為詩人的作者的最懇切的述說吧。

自題《湖霜草》

譚元春

【題解】《湖霜草》，譚元春詩稿名，收入詩人萬曆四十七年（西元一六一九年）深秋東遊杭州西湖及周邊名勝之詩。其時，詩人三十四歲。

予以己未❶九月五日至西湖，三旬有五日❷而後返。又過吳興❸，窮苕霅❹。以為西湖之美在裡湖❺，苕霅之美在二漾❻；汲汲乎為之賦詩以顯於士君子間，而士君子之賀其遭者亦眾矣。當其不寓樓閣，不舍庵刹，而以琴樽書劄托彼輕舟也，舟人無酬答，一善也。昏曉不爽其候，二善也。訪客登山，恣意所為，三善也。入斷橋，出西泠，午眠夕興，四善也。殘客❼可避，時時移棹，五善也。挾五善以長於湖，僧上鳧❽下，觴止茗生❾，篙楫因風，漁茭聚火，奇唱發，流光升，霞斂星移，煙高霜滿，或聞鄰舟之一歎，或當空闊之無聲。當斯際也，屬秋冬乎？屬之人乎？屬之湖乎？曰不知也。細而察之，意綿綿於空翠古碧之中，逢客來而若斷；目恍恍於衰黃落紅之下，觸松色而始明，我懷伊何❿？誰念及此？夫哲人早悟，入山水而神驚；志士多憂，聞黃落則氣塞。況乎望山陟嶺，杳然無極，泊岸依村，動必以情。有西湖幽映其外，不待十里而步步皆深，有兩高⑪環照其上，尋至千里而層層欲霽。江海倒射乎韜光⑫之頂，溪流送陰於龍井⑬之前，響聲依然，如蘇子過亭之日⑭，泉事甚遠，同駱丞刳木之思⑮，又因而自念不已也。予清緣既不如人，壯歲又將去已。若得一間草閣，臨澗對松，半棹野航，藏身接友，老母肯俯從於外，子弟不相念於家，任野人之所之；朝在山而夕在水，度才力之所及，書一卷而詩一章，則西湖二漾之間，足吾生，濟吾事矣。縱不能，亦必踐李三長蘅⑯之約，樂饑忘返，往來小築⑰間，自勾盟⑱以之於紅落，自霜雪以之於炎歊⑲，自喧雜以之於無人，靜觀一年之消息，默審百物之去來，其為弘益，豈詩文而已耶？然二漾者又予之所入而懼，懼而返，返而後思入者也。苟不憚精魂之微，年載之久，游於其上，立於其中，映於其外，將使人蕩蕩默默而不自得，長蘅何擇哉？

【注釋】①己未　明萬曆四十七年，西元一六一九年。②三旬有五日　三十五天。一旬為十天。③吳興　今浙江湖州市，在苕溪下游。④苕霅　水名，又名苕溪、霅溪、大溪等，有東苕溪、西苕溪之分，為浙江省七大水系之一。⑤裡湖　西湖分為裡湖、外湖、岳湖、西裡湖和小南湖五個部分。⑥二漾　指夾山漾、草蕩漾。⑦殘客　指趨炎附勢之輩。《梁書・張纘傳》：「初，纘與參掌何敬容意趣不協，敬容居權軸，賓客輻湊，有過詣纘者，輒距不前，曰：『吾不能對何敬容殘客。』」⑧鳧　野鴨。⑨觴止茗生　只飲茶不喝酒。觴，酒器。茗，茶。⑩伊何　何人。伊，句中語氣詞。⑪兩高　指分別位於西湖西面和南面的北高峰、南高峰。⑫韜光　韜光庵，得名於唐禪僧韜光，寺位於靈隱山西北。⑬龍井　西湖西南山中地名，因泉得名。龍井泉，本名龍泓，又名龍泉，位於西湖西南風篁嶺上。⑭蘇子過亭之日　蘇軾熙寧四年（西元一〇七一年）至七年（西元一〇七四年）任杭州通判，元祐四年（西元一〇八九年）至六年（西元一〇九一年）任杭州太守。宋代費袞《梁溪漫志》云：「東坡鎮餘杭時，遇遊西湖，多令旌旗導從出錢塘門。……至冷泉亭，則據案剖決，落筆如風雨，分爭辯訟，談笑立辦。」⑮駱丞刳木之思　駱丞，指初唐詩人駱賓王。駱賓王曾遭貶入浙東任臨海縣縣丞，故世稱駱丞。據唐人孟啟所傳，徐敬業叛亂失敗後，駱賓王避隱靈隱寺，曾賦詩云：「捫蘿登塔遠，刳木取泉遙。」⑯李三長蘅　即李流芳，排行第三，故稱「李三」。⑰小築　小舍。⑱勾盟　當作「勾萌」。草木芽苗，曲者為勾，直者為萌。⑲炎歊　炎熱。歊，氣上升的樣子。

【語　譯】我在己未年九月五日到西湖，三十五天後返回。又到吳興，窮盡了苕霅。我認為西湖最美處在裡湖，苕霅最美處在二漾，迫切地寫詩來把它們的美好宣揚於眾君，也受到了眾君的祝賀。不住樓閣，也不宿庵剎，而將琴酒書劄託付給一葉輕舟，不用和舟師應酬，這是一個好處。不會錯過黃昏晨曉，這是第二個好處。訪客也好，登山也好，隨意而為，這是第三個好處。出入西泠、斷橋之間，午睡夕時才醒，這是第四個好處。避開趨炎附勢的人，隨時可以調轉船頭，這是第五個好處。憑著這五個好處長住在湖上，山上有僧人行走，水中有野鴨為伴，戒酒飲茶，隨風漂泊，漁火相聚時，絕妙的唱腔傳出，月亮升空，晚霞散去，星辰隨著夜深而移位，水煙高起，白霜滿布，有時聽到鄰舟中傳出的一聲歎息，有時則立在無聲的空閣中。此時此刻，當屬意於秋冬？屬意於某人？屬意於湖水？不明白啊。仔細審察，在那空闊蒼古的碧山綠水間，意趣聯綿不斷，有客來才被打斷；目光恍惚地看著葉黃花敗，觸到常綠的青松才變得明亮。我在懷念誰呢？誰又會想到我呢？哲人早慧，出山入水則心神驚醒；志士多憂，聞知凋落則氣色沮喪。何況我跋涉在杳然無邊的山嶺中，停泊在村莊之畔，所歷所為無不關情。外有西湖幽景，不到十里而步步加深；上有兩高峰環罩，攀至千里而層層晴朗。韜光庵所在的山巔反射著錢塘江的波光，溪流將山間綠蔭送到龍井泉前。江聲依舊，還像蘇子剛到冷泉亭的那一天；取泉甚遠，較駱丞賦「刳木之思」時未變，這又使我思考了很久。我清福已不如人，壯歲又將逝去，如果能有一間草閣，面對著深澗青松，一葉舟，泛槳於荒郊野水，容納己身，接待朋友，老母肯俯從我在山林，子弟不懷念家居，任憑我這野人自如來去，早在山而晚在水，估度自己的才力大小，作幾卷詩書，則西湖二漾之間，足夠度我餘生，完我心願了。縱然不能夠這樣，也必定會實現與李三長蘅的約定，忘卻饑餓，忘卻回歸，往來在西湖小舍間，從草木萌發到凋落，從霜雪之冬到炎歊之夏，從遊人喧雜之時到寂寥無人之時，靜觀一年的生滅，默審百物的榮枯，廣大受益，豈只在詩文上而已？而二漾是我進入後心生恐懼，因為恐懼而返回，返回後又想再次進入的地方。如果不怕精力微弱，年月長久，遊蕩在二漾之上，身處其中，影立其外，這將使人感覺到坦蕩空虛，無不自足於心，長蘅你怎樣選擇呢？

【研　析】譚元春科場蹇澀，「壯歲又將去已」，此序充分表達了他心中強烈的歸隱之志。隱士，古人又稱之為「肥遁之士」，所謂「肥遁」，得名於《易・遯卦》上九：「肥遯，無不利。」「遯」即「遁」之古字，「遯卦」之義，在於藏身退隱。王弼注「肥遯」云：「最處外極，無應於內，超然絕志，心無疑顧，憂患不能累，矰繳不能及，是以肥遯無不利也。」意即隱者「最處外極」，故能遠災避禍；「超然絕志」故能修身養性，古今多少智慧之士樂隱而不返，正如孔穎達疏「肥遯」所云，「遯而得肥」也。而隱道萬千，劉伶隱於酒，阮籍隱於吏，陶淵明隱於園圃，孟浩然隱於湖山，王通隱於學問，柳永隱於勾欄，天性使然，抑或遭際使然，自願也罷，無奈也罷，總歸各得其所而各保其性。「遁」斷不能「肥」利祿功名，也不能「肥」身體髮膚，所「肥」者，是深埋於心中的自我體認，也正是譚元春在此序中所自問的：「我懷伊何？誰念及此？」他眼中的西湖，不是多遺跡，多花柳，多堤橋亭臺，多館閣精舍的西湖，而是如同赤子般的、甚至有些野水孤山味道的西湖，因為他不同於一般的遊覽者，他踏上的是一段人生實驗，是對心中那「臨澗對松，半棹野航」的理想生活的短暫實踐，也正因為如此，他選擇了一種與日常生活最為迥異的遊歷方式：「不寓樓閣，不舍庵剎，而以琴樽書劄托彼輕舟也」。本文的取景視角也主要是在小舟之上，「僧上鳧下」的日景，「漁荧聚火」的晚景，都是從這個角度出發的。

在譚元春眼中，作西湖「肥遁之士」的好處首先用「五善」概括了出來，而這樣的無居止，無酬答，無約束，如閒雲野鶴一般的悠然自在的生活是湖山最顯而易見的誘惑，這是較外層的意義。而「霞斂星移，煙高霜滿，或聞鄰舟之一歎，或當空閣之無聲」的靜夜引發了作者內心更深處的感受，由「五善」的淡然閒適陡然轉向了「哲人早悟，入山水而神驚；志士多憂，聞黃落則氣塞」的銳感多情。原來，「望山陟嶺」，不是為了忘情，反是「動必以情」，而此情，竟是思、驚、憂、念，看來作者真不是借湖山以忘愁，而是借湖山抽引出被世俗生活所埋沒的那些尖銳的內心激情，這才是渴望歸隱的較深層的動機吧。文章最後幾筆帶到了「二漾」，云：「二漾者又予之所入而懼，懼而返，返而後思入者也。」一個「懼」字承接上文，將作者獨具個性的歸隱之趣闡釋得更加充分，而那種渴望一掃陳跡、重啟人生的昂揚的生命力，卻正是最能動人之處吧。

《世說新語補》袖珍小序

黃汝亨

【題　解】「《世說新語補》袖珍」，「《世說新語補刊》袖珍本」簡稱。袖珍本，又稱巾箱本。本文選自黃汝亨《寓林集》卷三。

【作　者】黃汝亨（西元一五八八～一六二六年），明代書法家、文學家，字貞父，錢塘（今屬浙江省杭州市）人，萬曆二十六年（西元一五九八年）進士，官至江西布政司參議。著有《寓林集》、《寓庸子遊記》、《古秦議》、《廉吏傳》、《天目遊記》等。

《世說》，史家者流，而清辭玄致，似閨秀林逸，風流獨擅。自二劉❶拔英，王、何❷集勝，解文之士莫不心賞。或苦帙重不便攜舉，山陰張肅之鳴琴小暇，東而鐫之，握不盈掌，而名流雋語，挾之懷袖。當夫閑房縱披，朋儕雜嘯，即從橫可觀，未專厥美。而行路風塵，帷幕障面，左右眇歡，孤悶自撥。單車襆被，動相追隨，纔一挑目而樂、衛、殷、劉穆然如對，方寸之間，霏霏千古，不知身之在遠。斯編之刻為功亦鉅，豈徒云瑯琊之倩妝、臨川之小隊已也❸？肅之作令，卓異江表，而操刀游藝，亦復有餘，則清談何妨於晉代乎？且為江左諸公一洒❹之矣。

【注釋】❶二劉　南朝劉義慶組織門客編撰《世說新語》，劉峻為其作了注釋。❷王何　明代王世貞、王世懋兄弟將明人何良俊所撰《何氏語林》與《世說新語》合刻。❸瑯琊之倩妝句　張肅之家豪富，家中蓄養著數班聲伎。瑯琊，王姓郡望，今屬山東臨沂，這裡代指元代王實甫所作元雜劇《西廂記》。臨川，明代戲劇家湯顯祖故鄉，今屬江西撫州，這裡代指湯顯祖所作、約於萬曆二十六年（西元一五九九年）刊刻的崑曲《牡丹亭》。❹洒　當作「哂」。

【語譯】《世說新語》，應當屬於史家類著作，但它修辭清雅、韻致玄遠，如同女子中的閨中秀女、男子中的山林逸士，獨有一種風流。自從劉義慶、劉峻開創了這部精華之書，王世貞兄弟又把何良俊所撰《何氏語林》與它合刊，自古能文之士無不在心裡欣賞此書。有的人苦於《世說新語》卷帙繁重，不便攜帶，山陰張肅之在彈琴的餘暇，把此書縮小刊刻，一隻手握著，掌中尚有盈餘，而書中名流的雋語，可以全部攜帶在懷袖中了。閒暇時可以在房中翻閱，朋友集聚喧囂時，橫豎舉著，不用一個人獨享。風塵僕僕的旅程中，帷幕遮面，身邊缺少歡愉，得自己排遣孤悶。一輛車、一卷鋪蓋，若有此書追隨陪伴，旅人抬眼就可以和樂廣、衛玠、殷仲堪、劉惔穆然相對，千古前的風雅在心中騰起飛揚，就感覺不到自己身處邊遠了。刊刻這《世說新語》袖珍版也是大功一件了，張肅之做的風雅事，又豈止所謂的「瑯琊之倩妝、臨川之小隊」而已？肅之他曾做過縣令，政績在江南地區很卓異，而他操刀遊戲小事，也做得綽綽有餘，清談這件風雅何必只限於晉代士夫間？我寫這篇小文，供江南諸公一笑罷了。

【研析】古代書籍的刊刻、裝幀是一門可愛的藝術。就裝幀而言，先秦編竹為「冊」，裂帛為「卷」。秦漢間編《戰國策》，折疊長卷為「本」，「蓋以一國為一本」（〈戰國策序〉高誘注）。漢人將五卷或十卷書用布袱包裹，稱之為「帙」。南朝蕭梁間人將數本書放入一個方盒中，稱之為「函」。古法裝幀中古樸的卷軸裝、經折裝，還有我們相對熟悉的線裝，仍然偶爾使用於現在的書籍製作中。就刊刻而言，唐代僖宗中和年間，出現了「雕版印紙」（柳玭〈家訓序〉），開啟了中國書籍的印刷事業，書板雕刻成為了一種專門技術。到了宋代，不惟「鏤板」、「鑱木」的事業興盛，還發明了更加便捷的活字印刷術，明清古籍留下了不少這種字跡整齊劃一的「活字本」。本文所提到的「袖珍本」，原名「巾箱本」。巾箱者，古人用於放置頭巾的小箱子。東晉葛洪曾經放置兩卷《漢書》在自己的巾箱中（〈西京雜記序〉），南朝蕭齊衡陽王「手自細書寫五經，部為一卷，置於巾箱中，以備遺忘。諸王聞而爭效為巾箱五經。此蓋小帙，便於隨行之本」（《南史・齊衡陽王鈞傳》）宋以後，便把小刻本稱為「巾箱本」，又因其小巧能納入袖中，又稱「袖珍本」。《世說新語》一書特多袖珍版本，這部被魯迅先生稱為「名士的教科書」、「記言則玄遠冷峻，記行則高簡瑰奇」（《中國小說史略》）的奇史，讀書人隨身攜帶它，如同攜帶一把特殊的摺扇，借其清曠放誕的「名士風」，以化日常生活中的煩悶鬱躁。清代葉德輝《書林清話》記載乾隆十三年姚培謙所刻袖珍本《世說》，「五行十一字本，長止今工部尺一寸八分，寬一寸一分。」按清工部頒牙尺計量（參考羅福頤《傳世歷代古尺圖錄》），則這部袖珍《世說》長約五點六釐米，寬約三點四釐米，除去行間距、字間距，每個字僅僅零點四釐米見方，真可謂小巧可愛。本文中提到的明代萬曆年間張肅之所刻的這部《世說新語》，「握不盈掌」，亦是文人士子們袖中的精緻尤物，可惜不知是否流傳至今。張肅之，即明隆慶五年狀元張元忭的兒子張汝霖。張氏家族從張元忭開始，名士代出，張汝霖之孫張岱更是明季著名的遺民文學家、史學家。張汝霖生活在明王朝最後的盛世時期，他因黨爭辭官後，在故鄉山陰（今浙江紹興）營造名園，並在越中地區興起豢養私家戲班的風氣，故張岱回憶錄《陶庵夢憶》中有「我家聲伎」云云。本文作者黃汝亭和張汝霖是好朋友，曾經欣賞過張家戲班的「瑯琊之倩妝、臨川之小隊」，更發揮了這位江南名士在生活其他方面的情趣——比如這部為旅途而刻的袖珍本《世說新語》。孔子云：「食不厭精，膾不厭細」（《論語・鄉黨》），生活不應當放縱物欲，也不應當自甘簡陋，越中名士的生活流風，透過一部小巧的袖珍書，至今令人玩味不已。

浮梅檻記

黃汝亭

【題解】檻，四周加欄杆的船。本文選自黃汝亭《寓林集》卷十。

客夏游黃山、白嶽❶，見竹筏行溪林間，好事者載酒從之甚適。因想吾家西湖上，湖水清且廣，雅宜此具。歸而與吳德聚謀制之。朱欄青幕，四披之，竟與煙水雲霞通為一席，泠泠如也。按〈地理志〉❷云：「有梅湖者，昔人以梅為筏，沉於此湖，有時浮出。至春則開花流滿湖面。」友人周東音至，遂欣然題之曰：「浮梅檻。」古今人意同不同，未可知也。書聯者二，一曰：「湍回急沫上，纜錦雜華浮」，一曰：「指煙霞以問鄉，窺林嶼而放泊」。每花月夜，及澄雪山陰，予時與韻人禪衲，尚羊❸六橋。觀者如堵，具歎西湖千載以來未有，當時蘇、白風流，意想不及。此人情喜新之譚，夫我輩寥廓湛妙之觀，豈必此具、乃與梅湖仙人爭奇哉？聊述所自，以貽觀者。

【注　釋】❶白嶽　今安徽休寧齊雲山。❷地理志　一般專指《漢書・地理志》，但其中未檢得梅湖記載。梅筏記載見唐・虞世南《北堂書鈔・舟部》。❸尚羊　徜徉。

【語　譯】我曾在夏天遊覽黃山、白嶽，看見竹筏穿行在林間溪流中，好遊玩的人在竹筏上載酒，看上去很舒適。我想起家鄉的西湖，湖水清又廣，用這竹筏泛舟湖上，正好配合風雅。回去以後，我和吳德聚策劃著造出了它。筏的四周裝上紅色的欄杆，披下青色的簾幕，在湖中竟與煙、水、雲、霞融為一體，潔淨無塵。〈地理志〉載：「有湖名梅湖，以前的人用梅樹做筏，筏沉入了湖底，不時又會浮出水面。到春天，湖面流滿了鮮花。」我的朋友周東音來拜訪，欣然為此筏題名為「浮梅檻」。梅湖的傳說，古今人用意是否相同，就不知道了。筏上掛了兩副對聯，一副寫著：「湍回急沫上，纜錦雜華浮」，一副寫著：「指煙霞以問鄉，窺林嶼而放泊」。每到花月交映的春夜，和山北白雪堆積的冬日，我時不時和雅士禪師一起，共乘此筏徜徉於六橋之間。湖邊觀賞此景的遊人多得像人牆一樣，感歎說：這是西湖千載以來沒有過的風雅，以蘇軾、白居易當時的流風雅韻，也想不到吧。我覺得這是人們喜愛新鮮事物的言談，我們心中如果有空遠玄妙的心境，何必一定要藉助這個工具、去和梅湖仙人爭奇呢？姑且寫下我的想法，送給此文的讀者。

【研　析】筏者，是抱孤志者的乘具，孔子所謂「乘桴浮於海」（《論語・公冶長》）。筏者，是大智慧者的舍具，《金剛經》中如來說法云：「知我說法，如筏喻者，法尚應舍，何況非法。」筏者，是幽居者的觀具，李頎所謂「閑觀野人筏，或飲臨川酒」（〈裴尹東溪別業〉）。筏者，是求仙者的幸運物，如張華《博物志》中記載的「八月槎」能夠從人間漂流到銀河。筏者，是深峽隱谷中的離緒，如杜甫詩云「無數涪江筏，鳴橈總發時」（〈奉使崔都水翁下峽〉）。在這篇小文中，作者有感於「梅湖」的優美傳說，造出「朱欄青幕」的一隻小筏，取名「浮梅檻」，目的是「與韻人禪衲，尚羊六橋」，並且體會「寥廓湛妙之觀」。所以，「浮梅檻」更是一隻幽居者之筏——體味西湖清歡的雅具。可惜，「浮梅檻」之筏，哪怕專門挑選「花月夜，及澄雪山陰」的時日浮泛，也能引來百十人圍觀，「觀者如堵」。晚明時期的西湖繁華如斯，熱鬧如斯！

西湖久負盛名，北宋時期已出現「羌管弄晴，菱歌泛夜」（柳永〈望海潮〉詞）的盛況。晚明時期的西湖，更是欣榮至極。明季張岱記曰「余嘗謂住西湖之人，無人不帶歌舞，無山不帶歌舞，無水不帶歌舞」（〈冷泉亭〉），每年二月花朝至五月端午，「山東進香普陀者日至，嘉湖進香天竺者日至」，以至於「如逃如逐，如奔如追，撩撲不開，牽挽不住。數百十萬男男女女、老老少少，日簇擁於寺之前後左右者，凡四閱月方罷」（張岱〈西湖香市記〉）。故而韻士們遊湖，萬萬不能選春夏花朝，不能選晴明朗日，只能選冬、夜、雨之時，「冬者，歲之餘也；夜者，日之餘也；雨者，月之餘也」（張岱《西湖總記》），一年中被熱鬧「餘」下的日子，才是領略西湖清韻的好時光，正是蘇東坡所詠「漸見燈明出遠寺，更待月黑看湖光」（〈夜泛西湖〉）。雨、雪、夜成就了文人筆下一種獨特的西湖之魄。「浮梅檻」的主人製造它時寄託著煙霞之志，它的名字中蘊涵著世外桃源的意味。然而，西湖的熱鬧無時可避，也是繁華，也是無奈。「朱欄青幕」的小筏泛於夜、雪之時仍然遊人「如堵」的西湖中，與其說表達出作者嚮往清幽境界的情調，不如說傳遞出作者天真浪漫、熱愛玩耍的不泯童心。

借閣記

金之俊

【題　解】本文選自金之俊《金文通公集》卷七。

【作　者】金之俊（西元一五九三～一六七〇年），清初大臣，字豈凡，又字彥章，號息庵，吳江（今屬江蘇省蘇州市）人，萬曆四十七年（西元一六一九年）進士，官至兵部右侍郎。明亡後，降清，官至吏部尚書，康熙元年（西元一六六二年）致仕，九年卒，謚文通。金之俊負有「貳臣」之譏，但入清後有善政、安民之聲。著有《金文通公集》。

人生天壤間，無一而非借也。借四大❶以為吾身，借函蓋❷以為吾居，借松風鳥語以為吾耳，借江山雲樹以為吾目，借翕張吐納以為吾口，借花馨草馥以為吾鼻，借三墳、五典、八索、九丘❸以為吾腹，借古今人物成敗得失、一切可悲、可舞、可法、可戒者以為吾之心思智慮。借則靈，否則塊然而已矣。張旭善借而能書❹，米顛善借而能畫❺，坡仙善借而能文❻，莊周善借而能為〈逍遙遊〉❼，甚則《易》借憂患而為爻、為象❽，《書》借政事而為謨、為誥❾，《詩》借性情而為風、為雅❿，《禮》借身心而為儀、為曲⓫，《春秋》借是非而為筆、為削⓬。無之乎弗借也，無之弗借，則無之弗靈也。此吾友姜開先⓭之所以有借閣也。開先細帙滿胸，雲烟滿楮，四方賢豪滿座，千秋氣誼滿眉宇，其殆得於借者深乎！若夫野月來眠，鄰花恣闖，此僅可以摹借閣之景，而「借之」之義，則浩浩乎、落落乎，吾不得而涯際之矣。倘有能明乎其義，則愚公之山不必徙，媧氏之天不必補，鶴⓮之巢鳩不必奪，蜂之膳人不必烹，不必叔季⓯，不必羲皇，不必城市，不必丘壑。登斯閣也，蓋有快焉，至足而無憾於天地間者也。開先唯唯，遂借余言記之。

【注釋】❶四大　佛教語，指地、水、火、風四大物質因素。❷函蓋　佛教語「涵蓋乾坤」，這裡代指天地。❸三墳五典八索九丘　《尚書・序》：「伏犧、神農、黃帝之書謂之三墳，言大道也。少昊、顓頊、高辛、唐、虞之書謂之五典，言常道也。……八卦之說謂之八索，求其義也。九州之志謂之九丘。丘，聚也，言九州所有土地所生風氣所宜皆聚此書也。」❹張旭善借而能書　唐代「草聖」張旭擅長從其他事物中去領會書法精髓，相傳他觀公孫大娘劍舞而悟草書之法。❺米顛善借而能畫　北宋書畫家米芾擅長臨摹古人書畫。❻坡仙善借而能文　北宋蘇軾〈前赤壁賦〉有句云：「惟江上之清風，與山間之明月，耳得之而為聲，目遇之而成色，取之無禁，用之不竭，是造物者之無盡藏也。」❼莊周善借句　《莊子・逍遙遊》討論「有待」、「無待」的話題。❽甚則易借憂患句　周文王被囚禁在羑里而演《易》。爻，《易經》中組成卦象的基本符號。象，《易傳》對卦辭的解釋。❾書借政事句　《尚書》是上古政治文獻的彙編。謨、誥是《尚書》中的兩種文體。❿詩借性情句　《毛詩・大序》云「情動於中而形於言」，又《文心雕龍・明詩》云「詩者，持也，持人情性」風、雅、頌，《詩經》分類。⓫禮借身心句　記載周代各種禮儀的《儀禮》一書又被稱之為〈曲禮〉。⓬春秋借是非句　《史記・孔子世家》言孔子筆削《春秋》。此處「筆削」偏指褒貶。⓭姜開先　姜啟，字開先，會稽人，清初詩人。⓮鶴　當為「鵲」。⓯叔季　末世。《魏書・釋老志》：「叔季之世，闇君亂主」。

【語譯】人生天地間，一切所有無一不是借來的。借四大以為身體，借天地以為居所，借松風、鳥語以為耳聞，借江山、雲樹以為目見，借開合吐納以為呼吸，借花馨草馥以為鼻嗅，借三墳、五典、八索、九丘以為腹中的道理，借古今人物的成敗得失，一切可悲歎、可鼓舞、可學習、可作教訓的歷史經驗以為心思智慮。懂得借的人才能得到靈性，否則，就是一塊木然無知的存在。張旭善借而能創造他的草書，米顛善借而能創造他的畫風，坡仙善借而能創造他的文章，莊周善借而能寫出〈逍遙遊〉，甚至，《易經》借憂患而造卦、象，《尚書》借政事而傳謨、誥，《詩經》借性情而詠風、雅，《禮》借人的身心而製出了《儀禮》。《春秋》借是非而行褒貶。無所不借，無所不借而無所不靈。這就是我的朋友姜開先命名「借閣」的原因。開先滿腹詩書，他的詩文滿紙雲煙，他的座上雲集四方賢豪，他的眉宇間布滿千秋之上的豪傑義氣，他真是深深了解「借」

的道理啊！野月來眠，鄰花恣闖，這只可形容借闍的景色，而「借」的道理，闊達、高超，我看不到它的邊際。如果有誰能說明白「借」的道理，那麼愚公不必移山，女媧不必補天，鳩不必奪鵲之巢，人不必烹蜂之膳，不必區別末世、盛世，也不必區分城市、山林。人們登上借闍，心胸間充滿快意，這快意足夠充足，則天地間再沒有遺憾的事情了。開先同意我的看法，借我的話作此記。

【研　析】金之俊本人熱愛研習佛學，作了很多佛偈，有〈贈得實上人偈〉曰：「六根四大，和合成幻。幻起幻滅，同歸幻化。」金之俊篤信佛教，持「緣起性空」的世界觀念，並把此觀念在本文中用一個字來表達——「借」。佛教「緣起性空」的觀念，認為世界本空，因緣起滅而變現萬物，緣起形起，緣滅形散，《雜阿含經》有偈曰：「有因有緣集世間，有因有緣世間集，有因有緣滅世間，有因有緣世間滅。」萬物本無自性，沒有一物的存在能夠具有本體論意義。故而，人乃「借」松風鳥語、江山雲樹乃至三墳五典、古今得失諸因緣而成己，「五經」乃「借」憂患、政事、性情、身心、是非諸因緣而成文。金之俊明亡後降清，官至順治朝吏部尚書，為官時多有愛民之善政，然而，在其致仕歸鄉後卻因「貳臣」身分不被家鄉士林所接納。金之俊之所以選擇一條變通的人生道路，和他對世界、自我的哲學認識是有關係的。

本文修辭的最大特色即排比句的連用，這又是和作者抽象世界觀的表達需求相輔相成的。《文心雕龍・風骨》言：「故練於骨者，析辭必精，深乎風者，述情必顯。捶字堅而難移，結響凝而不滯，此風骨之力也。若瘠義肥辭，繁雜失統，則無骨之徵也。思不環周，索課乏風，則無風之驗也。」「風」指向作者的思力，「骨」指向作者的筆力。就本文而言，「風」來自於作者對「緣起」論的充分理解，「骨」則指向對「緣起」論的有力表達。正因為「緣起」論是一種抽象世界觀、是對萬物的普遍形式的言說，所以本文在修辭上採用排比句連用的行文方法來凸顯其抽象性和普遍性——使用「排比」這種修辭手法正是作者「練骨」之所在。本文最後，連用八個「不必」把文意從「性空」論引向心性論，認為「山」、「天」、「巢鳩」、「膳人」、「叔季」、「羲皇」等等有形事物都是「假名」，從實相「借」出而非實相本身，實相自在人心清淨寂滅處。所以，

「不必」執著於有形，只需觀內在於人性的如來藏，行向內的矢量活動「悟」，則「至足而無憾於天地間者也」。這篇小文闡釋「借」之一字，風清骨立，體現出作者的佛學修養和信念。

陳定生書畫扇記（上）

吳應箕

【題解】陳貞慧，字定生，江蘇宜興人，明末復社重要成員，與冒襄、侯方域、方以智合稱「明末四公子」。曾同吳應箕等聲討阮大鋮，揭帖〈留都防亂檄〉，受到阮氏迫害入獄，明亡後隱居。其父陳于廷，東林黨魁；其子陳維崧，清初陽羨詞派領袖。本文選自《樓山堂集》卷十八。

【作者】吳應箕（西元一五九四～一六四五年），明代文學家，字鳳之，更字次尾，貴池（今屬安徽省池州市）人，明末貢生，「復社五秀才」之一，聲討權宦阮大鋮的檄文〈留都防亂檄〉作者之一，抗清以死，清乾隆時追謚忠節。著有《樓山堂集》、《讀書止觀錄》、《兩朝剝復錄》、《東林始末》。

定生所藏扇最富，自言少時購求不遺餘力，自弘、正以來，吳中賢哲墨妙亦略備矣。予展閱數次，擇其蹟最真，而人品書畫皆可傳世無疑者為記之。

沈石田❶《西軒坐雨圖》，自跋為擬王叔明❷筆，而徐髯仙❸書杜詩為一。周東邨❹《觀潮圖》，則吳文定❺書兀墓詩為一。唐伯虎❻一畫，自題詩，豪放，為本集未載。三扇絕奇，生平所未一二見也。

文衡山❼畫扇凡十，小圖大抹，淺絳深染，春華寒林，幽潭碧嶂，無所不具，斯美備矣。書亦各體有之，而細書〈落花〉十律尤精甚。有四面非自書，則王雅宜❽行楷居二；周公瑕❾擬黃山谷❿者一；其一為《玉女潭》圖，小楷書〈玉潭詩〉十六首者彭隆池⓫也。

陳白陽⓬畫六，皆花草。其畫墨菊者即白陽草書〈九日自酌〉詩也，書奇肆，詩亦真率可誦。畫茉莉者，彭隆池題其上右面，書為文徵仲⓭〈梅花詩〉。書其水草圖者周公瑕。其著色茶花、水仙者文文水⓮。而淡墨水仙尤佳絕，有周公瑕小題右，而書者文君元發⓯也。

仇十洲⓰畫五，皆工緻。煎茶圖，陸本仁⓱書。觀蓮圖，錄〈愛蓮說〉者為王子卿⓲。採菊、雪景二圖皆無書。畫碧梧修竹者殊有筆意，書為文三橋⓳〈江南春〉四首。此詩蓋和倪雲林⓴者，其卷藏洞庭許氏，吳中先哲和韻殆遍。歲壬申，予在吳門，借閱之許氏，曾索題其後，今觀此扇，亦頓還舊觀矣。

文文水山水圖二，一文三橋仿懷素草，一王百穀㉑細書〈茉莉曲〉。

文五峰㉒畫五，有無書者，有文文水書者，有王酉室㉓及王百穀書者。

陸包山㉔畫三，有《山水樓待月圖》最精，文衡山有題，而楷書〈月賦〉者許高陽㉕也。

謝樗仙㉖畫山水者二，其一無書，其一則王麟洲㉗書其〈答屠長卿歸隱〉七絕。王夙無臨池名，此書亦遒而有致。

錢磬室㉘、錢滄洲㉙畫扇各三。滄洲為陸士仁㉚書者一，公瑕書者二。磬室則一為百穀，一為皇甫百泉㉛，而《山水圖》則王弇州㉜書也。

陳括㉝山水甚奇，有文衡山書。

王繼山㉞寫臨雲臺者，則唐甯菴㉟書荊川㊱詩。

姚俊㊲有《歸去來圖》，書〈歸去來詞〉者王百穀也。

段紫峰㊳畫四，公瑕書其二，一王百穀，一顧霞山㊴。

作《蕉葉圖》者為周少谷㊵，有張某書其一扇。

而書、畫全者居商谷㊶也。

此皆隆、萬以上人，凡畫之面五十有一，書之面四十有五，書畫兼者惟文氏父子為多，而有畫無書者六，畫面別有題跋者亦數四。要之，皆可傳也。

近代書畫扇不勝載，別其尤者。

張苓石㊷近二十，書者多董元宰㊸、孫淇澳㊹、陳眉公㊺。

孫文介㊻詩扇五，其書未知於八法何如，然風骨棱棱，望而知為端人介士也。

董宗伯㊼畫三，皆其自書。其為《修微校書》作者，題跋皆微詞，閱之可一捧腹。

米友石㊽《松柏齋圖》，即書〈松柏齋詩〉。

趙文度㊾山水一，玄宰㊿書。

項日新(51)《蘭石圖》、鄒愚公(52)《寒林圖》各一，李長蘅(53)、陳百室(54)畫者各三，張鶴澗(55)二。多陳眉公書，范長倩(56)書者一，黃貞父(57)、婁子柔(58)楷書各一，文湛持(59)則留其楷者亦一，周仲馭(60)二。有〈陽羨歌贈定生〉及〈歲暮風雪中寄定生兼問朗三者〉，詩佳絕。

定生以為此豈以書畫論哉，吾傳其人耳，因與孫、文諸公並珍之。扇共五十餘，書畫各半，兼工者無如董宗伯，而按其款識皆為先宮保及定生作。宮保者，即中湛先生(61)也。吳子曰：「吾記定生諸扇，而不勝今昔之感焉。今之存於記中者，其書畫不知於先賢何如，觀其扇制而精、堅、脆、薄，其為升降也具矣。『觚不觚？觚哉！觚哉！』(62)定生其謂之何。」

【注釋】❶沈石田　沈周，字啟南，號石田，書畫名家，「明四家」之一，江蘇蘇州人。❷王叔明　王蒙，字叔明，元末書畫名家，「元四家」之一，浙江湖州人。❸徐髯仙　徐霖，字子仁，號髯仙，明代戲曲家，工書畫，江蘇南京人。❹周東邨　周臣，字舜卿，號東村，明代畫家，仇英、唐寅之師，江蘇蘇州人。❺吳文定　吳寬，號匏庵，明代詩人、散文家、書法家，官至禮部尚書，謚文定，江蘇蘇州人。❻唐伯虎　唐寅，字伯虎，書畫名家，「明四家」之一，江蘇蘇州人。❼文衡山　文徵明，字徵仲，號衡山居士，授翰林待詔，書畫名家，「明四家」之一，江蘇蘇州人。❽王雅宜　王寵，字履仁，號雅宜山人，明代書法家，江蘇蘇州人。❾周公瑕　周天球，字公瑕，明代書畫家，江蘇蘇州人。❿黃山谷　北宋書法家黃庭堅。⓫彭隆池　彭年，號隆池山樵，明代書法家，江蘇蘇州人。⓬陳白陽　陳道復，號白陽山人，明代畫家，江蘇蘇州人。⓭文徵仲　即文徵明。⓮文文水　文嘉，號文水，文徵明仲子，明代畫家、篆刻家。⓯文君元發　文元發，號湘南，文徵明之孫，擅書畫，明天啟壬戌科狀元。⓰仇十洲　仇英，號十洲，書畫名家，「明四家」之一，江蘇蘇州人。⓱陸本仁　字元德，善詩文書法，江蘇宜興人。⓲王子卿　字元寀，號箕泉，浙江杭州人。⓳文三橋　文彭，字三橋，文徵明長子，明代書畫家、篆刻家。⓴倪雲林　倪瓚，號雲林子，元末書畫名家，「元四家」之一，江蘇無錫人。㉑王百穀　王穉登，字百穀，明代詩人、書法家，江蘇蘇州人。㉒文五峰　文伯仁，號五峰，文徵明侄子，明代畫家。㉓王酉室　王穀祥，號酉室，明代畫家，江蘇蘇州人。㉔陸包山　陸治，號包山，明代畫家，江蘇蘇州人。㉕許高陽　許初，號高陽，明代書法家，江蘇蘇州人。㉖謝樗仙　謝時臣，號樗仙，明代畫家，江蘇蘇州人。㉗王麟洲　王世懋，號麟洲，王世貞弟，善詩文，江蘇太倉人。㉘錢磬室　錢穀，號懸磬室，明代畫家、藏書家，江蘇蘇州人。㉙錢滄洲　錢貢，號滄洲，明代畫家，江蘇蘇州人。㉚陸士仁　字文近，明代畫家，江蘇蘇州人。㉛皇甫百泉　皇甫汸，號百泉，明詩人，江蘇蘇州人。㉜王弇州　王世貞，號弇州，明代「後七子」詩派領袖，累官南京刑部尚書，江蘇太倉人。㉝陳括　字子正，陳白陽之子，畫家。㉞王繼山　王鑒，字汝明，號繼山，善書畫，江蘇無錫人。㉟唐甯菴　明代文人，生平未詳。㊱荊川　唐順之，號荊川，明代文學家、理學家、軍事家，「唐宋派」詩文領袖，江蘇武進人。㊲姚俊　字叔義，號玄散道人，明代畫家，江蘇蘇州人。㊳段紫峰　段銜，字紫峰，明代畫家，江蘇蘇州人。㊴顧霞山　顧明，號霞山，明代詩人，江蘇武進人。㊵周少谷　周之冕，號少谷，明代畫家，江蘇蘇州人。㊶居商谷　居節，號商谷，明代書畫家，江蘇蘇州人。㊷張苓石　張復，號苓石，明代畫家，江蘇太倉人。㊸董元宰　董其昌，字玄宰，清人避乾隆諱，改稱元宰。明代書畫名家，官至南京禮部尚書，謚文敏，華亭（今上海市）人。㊹孫淇澳　孫慎行，號淇澳，官至禮部尚書，曾主講東林書院，謚文介，晚明理學家，江蘇武進人。㊺陳眉公　陳繼儒，號眉公，晚明隱士、文學家、書畫家，今上海市人。㊻孫文介　即孫淇澳。㊼董宗伯　即董其昌。㊽米友石　米萬鐘，號友石，米芾後裔，明代書畫家，與董其昌齊名，號稱「南董北米」，今甘肅慶陽人。49趙文度　趙左，字文度，明代「蘇松畫派」領袖，今上海市人。50玄宰　即指董其昌。51項日新　生平未詳，疑出明代嘉興書畫世家項氏。52鄒愚公　鄒迪光，號愚谷，晚明詩人，官至湖廣提學副使，江蘇無錫人。53李長蘅　李流芳，字長蘅，「嘉定四先生」之一，明代書畫名家、文學家，今上海嘉定人。54陳百室　陳裸，號百室，明代畫家，江蘇蘇州人。55張鶴澗　張宏，號鶴澗，明代畫家，江蘇蘇州人。56范長倩　范允臨，字長倩，明代書畫家，江蘇蘇州人。57黃貞父　黃汝亨，字貞父，明代書法家、文學家，今浙江杭州人。58婁子柔　婁堅，字子柔，「嘉定四先生」之一，明代書法家、文學家，今上海嘉定人。59文湛持　文震孟，號湛持，文徵明曾孫，晚明文學家、經學家。60周仲馭　周鑣，字仲馭，東林黨人，明末志士。61中湛先生　即陳定生之父陳于廷。62觚不觚三句　語出《論語・雍也》。

【語　譯】定生收藏的書畫扇最豐富，自言年輕的時候不遺餘力地求購，蘇州自弘治、正德以來賢哲們的墨寶都差不多齊備了。我曾經展開覽閱過幾次，選擇其中最能體現其作者風格，而其作者的人品、書畫一定能傳世的畫扇，為它們寫記。

沈石田的《西軒坐雨圖》，目跋摹擬了王叔明的畫法，徐髯仙為之題寫了杜詩一首。周東邨的《觀潮圖》，則吳文定為之題寫了元墓詩一首。唐伯虎的一幅畫，自題詩，詩風豪放，唐伯虎別集並未載錄這首詩。這三幅畫扇絕奇，我平生少見。

文衡山所畫的扇面共十幅，用畫長卷的精神作小畫，淺絳山水烘染出意象深遠的春花、寒林、幽潭、青山，繪畫之美齊備了。扇題各體書法都有，而小字〈落花〉十首猶精美。有四面不是衡山自題，王雅宜用楷書題寫了兩面；周公瑕用仿黃山谷體題寫了一面；畫著《玉女潭》圖的那一面，彭隆池用小楷題寫了〈玉潭詩〉十六首。

陳白陽所畫扇面六幅，都是花草圖。墨菊圖題寫著白陽草書的〈九日自酌〉詩，書法奇肆，詩也真率。茉莉圖，彭隆池在它的右上角題詞，文徵仲題寫了〈梅花詩〉。水草圖的題寫者是周公瑕。著色茶花圖、水仙圖的題寫者是文文水。淡墨水仙圖尤其佳絕，右面有周公瑕的小題，題詞者是文元發。

仇十洲所畫扇面五幅，都工整有致。煎茶圖，陸本仁題寫。觀蓮圖，王子卿錄寫了〈愛蓮說〉於其上。採菊、雪景二圖無題詞。碧梧修竹圖很有意趣，文三橋為它題寫了〈江南春〉四首。〈江南春〉詩是他和倪雲林的詩，原卷收藏在洞庭許家，吳中先哲幾乎都和過此詩。壬申年，我在吳門，從許家借閱過此詩卷，曾經在卷後題詞，現在觀賞此扇，頓時想起那往昔觀賞過的詩卷。

文文水所畫山水扇面兩幅，一幅題寫著文三橋仿懷素和尚的草書，一幅題寫著王百穀小字〈茉莉曲〉。文五峰所畫的五幅畫扇，有的沒有題詞，有的有文文水的題詞，有的有王酉室及王百穀的題詞。

陸包山所畫扇面三幅，《山水樓待月圖》那一面最精美，有文衡山的題詞，許高陽用楷書題寫了〈月賦〉於其上。

謝樗仙所畫山水扇面兩幅，其中一幅無題詞，另一幅王麟洲題寫了他的七絕〈答屠長卿歸隱〉。王麟洲一向沒有書法上的名氣，這幅題詞遒勁有致。

錢磬室、錢滄洲各畫有三幅扇面。滄洲所畫的扇面，陸士仁題寫了一面，公瑕題寫了兩面。磬室的扇面，百穀題寫了一面，皇甫百泉題寫了一面，畫著《山水圖》的那面，王弇州為之題詞。

陳括所畫山水畫面甚奇，文衡山為它題詞。

王繼山畫了臨雲臺的那幅扇面，唐甯菴題寫了荊川詩。

姚俊畫了《歸去來圖》的那幅扇面，王百穀題寫了〈歸去來詞〉。

段紫峰所畫四幅扇面，公瑕題寫了二幅，王百穀題寫了一幅，顧霞山題寫了一幅。

周少谷畫了《蕉葉圖》的那幅扇面，有張某的題詞。

居商谷所畫的扇面，書、畫俱出其手。

以上都是隆慶、萬曆以前的人，有繪畫的扇面五十一幅，有書法的扇面四十五幅，書、畫同出一手的大多出自於文家父子，有畫無書的有六幅，畫面另有題跋的有四幅。總之，都可以傳世。

近代書畫扇數量多到不可俱載，把其中尤其好的提出來說一說。

張苓石所繪畫扇接近二十幅，為它們題詞多半是董元宰、孫淇澳、陳眉公。

孫文介所繪畫扇五幅，他的書法不好評價，但是風骨棱棱，看他的字便可知他是一個正直、高潔的人。

董宗伯所繪畫扇三幅，都是自己題詞的。他以名妓王微為對象所畫的《修微校書》圖，所作題跋，微言大義，讀之令人捧腹。

繪有米友石《松柏齋圖》的扇面，題寫了〈松柏齋詩〉。

趙文度所畫山水扇面一幅，玄宰為它題詞。

繪有項日新《蘭石圖》和鄒愚公的《寒林圖》的扇面各一幅，李長蘅、陳百室所畫的各有三幅，張鶴澗所畫的有二幅，這些扇面大多有陳眉公題詞，范長倩題寫了一幅，題有黃貞父、婁子柔楷書的各有一幅，留有文湛持楷書的也有一幅，周仲馭題寫了兩幅。題詩中，〈陽羨歌贈定生〉及〈歲暮風雪中寄定生兼問朗三者〉兩首，絕佳。

定生說人們豈是為了書畫而收集扇面，主要是為了流傳諸賢的人格風采，他因此和孫、文諸公珍藏了不少。扇面共五十餘幅，繪畫、書法對半，其中兼工書畫的無如董宗伯，款識都是先宮保公和定生所作。宮保公，即是定生父親中湛先生。吳子說：「我為定生收藏的扇面作記，有不勝今昔之感。今天寫入記中的扇面，不知先賢如何評價其繪畫、書法，光看精、堅、脆、薄的製扇工藝，就可知其高低優劣了。『觚不觚？觚哉！觚哉！』，定生又會怎麼解說它們呢。」

【研　析】韓愈的〈畫記〉是一篇備受爭議的著名散文，蘇東坡批評它像「甲乙帳」（《東坡志林》卷二），而欣賞摹效它的作品也不少，比如晁補之的〈捕魚圖序〉、秦觀的〈五百羅漢圖記〉等。本文承韓愈〈畫記〉之餘緒，也是一篇奇文，作者以看似「流水賬」的筆調記載了友人陳定生生活中一件用意深刻的事件：主動拋散歷年珍藏的書畫扇。

江蘇蘇州地區，自晉室南渡以至明代末年，受士文化滋養千餘年，即使一般讀書人家亦涵養有素，流風薈萃，稱美於世。本文羅列了一百餘幅書畫扇，其畫者、書者皆明初以來吳中名家，而如文衡山、文三橋、文文水、文五峰一門父子叔侄，更體現出吳地世家文化的底蘊。這一百餘幅名家書畫扇，令人歎為觀止，置之今日，能有如此收藏規模的博物家亦寥寥矣。由此可見，收藏者吳定生是何等博雅人物！本文僅僅千餘字，卻描繪了八十餘幅書畫扇的風貌。於扇面畫法有「小圖大抹，淺絳深染」、「淡墨尤佳」、「工緻」、「殊有筆意」之評價。於扇面書法有「細書精甚」、「奇肆」、「遒而有致」、「風骨棱棱」之賞鑒。於扇面詩文有「豪放」、「真率可誦」、「微詞捧腹」之品論。看似「流水賬」一樣的行文方式，其實有泛覽之觀、亦有凝注之目；有排列數量帶來的驚人效果、亦有評騭個性而留下的深刻印象。此文筆法別開生面，一百餘面書畫扇描寫得不枝不蔓、不冗不煩，一筆筆排列下來反而有種法相莊嚴、雄偉輝煌之感。

當然，此文的深刻用意並不僅僅在於其筆法如何。晚明國難之時，「復社」諸君子往往不惜性命以傳一線光芒，其人品節操撼動後世。吳次尾、陳定生皆「復社」成員，一個終成殉義而死的英雄，一個則成了遁隱深山的孤史。他們的人生抉擇，早在明亡前就已有準備。此文寫作緣由，按吳次尾〈陳定生書畫扇記〉（下）記載：「定生曰：『子且記之，吾將盡散諸扇。扇散而子記存，扇猶之予有也。』」原來，陳定生在準備拋散自己多年收藏的數百面畫扇之前，拜託友人吳次尾作此文留念。陳定生拋散半生珍藏，早有「覆巢之下，焉有完卵」的覺悟，故將一切身外物拋去，堅定心志以作最後的鬥爭。而在為這些書畫扇作「墓誌銘」的吳次尾眼中，行將散去的不僅僅是一批藝術精品，而是江南士人數百年的流風遺緒。他們過去所鍾愛的生活，隨同這些飽含著文化意蘊的書畫扇，將完全拋散於時代的悲劇之中——至於他們自己，則準備了然一身地去成就「讀書人」的最後價值。吳次尾一一羅列這些即將散亡的書畫扇，發出「觚不觚？觚哉！觚哉！」的感歎，這豈只是畫扇，這是他們珍愛的、行將消逝的文化價值。平淡行文下暗湧著深切懷念，冷靜羅列下暗示著堅定意志，這一篇奇崛之文，直可與韓愈〈畫記〉齊肩並列。

《陶庵夢憶》自序

張　岱

【題　解】序，也作「敘」，是一種用來評介作品的文體，後來也引申為臨別贈言的文章。張岱晚歲所成的吳地風土小品集《陶庵夢憶》八卷，收文一百二十餘篇，均為追憶早年生活的回憶錄性質的作品，此篇〈自序〉即繫於《陶庵夢憶》之首，別立風格，以述作者之深意。

【作　者】張岱（西元一五九七～一六八九年），明末清初史學家、文學家，一名維城，字宗子、石公，號陶庵，山陰（今屬浙江省紹興市）人，僑寓杭州。明亡後，隱居嵊縣西白山中。撰著明史《石匱書》，著有《瑯嬛文集》、《張子詩秕》、筆記《陶庵夢憶》、《西湖尋夢》等。

陶庵國破家亡，無所止歸，披髮入山，駴駴❶為野人。故舊見之，如毒藥猛獸，愕窒不敢與接。作自輓詩❷，每欲引絕，因《石匱書》❸未成，尚視息人世。然瓶粟屢罄，不能舉火，始知首陽二老❹，直頭餓死，不食周粟，還是後人妝點語也。饑餓之餘，好弄筆墨，因思昔人生長王、謝❺，頗事豪華，今日罹此果報：以笠報顱，以蕢報踵❻，仇簪履也；以衲報裘，以苧報絺❼，仇輕煖也；以藿報肉，以糲報粻❽，仇甘旨也；以薦❾報牀，以石報枕，仇溫柔也；以繩報樞，以甕報牖❿，仇爽塏也；以煙報目，以糞報鼻，仇香豔也；以途報足，以囊報肩，仇輿從⓫也。種種罪案，從種種果報中見之。雞鳴枕上，夜氣⓬方回，因想余平生，繁華靡麗，過眼皆空，五十年來，總成一夢。當今黍熟黃粱，車旅蟻穴⓭，當作如何消受？遙思往事，憶即書之，持向佛前，一一懺悔。

不次歲月，異年譜也；不分門類，別志林⓮也。偶拈一則，如遊舊徑，如見故人，城郭人民⓯，翻用自喜，真所謂癡人前不得說夢矣。

昔有西陵⓰腳夫，為人擔酒，失足破其甕，念無以償，癡坐佇想，曰：「得是夢便好。」一寒士鄉試中試，方赴鹿鳴宴⓱，恍然猶意非真，自嚙其臂曰：「莫是夢否？」一夢耳，惟恐其非夢，又惟恐其是夢，其為癡人則一也。余今大夢將寤，猶事雕蟲⓲，又是一番夢囈。因嘆慧業文人，名心難化，政如邯鄲夢斷，漏盡鐘鳴，盧生遺表，猶思摹拓二王⓳，以流傳後世，則其名根⓴一點，堅固如佛家舍利，劫火㉑猛烈，猶燒之不失也。

【注釋】❶駴駴　同「駭駭」。驚怖狀。❷作自輓詩　張岱曾和陶淵明自輓詩，作〈和輓歌詞三首〉。❸石匱書　二百二十卷，張岱所撰紀傳體明史巨著。❹首陽二老　指伯夷、叔齊。傳說他們因為反對周武王伐紂，不食周粟，餓死在首陽山中。❺王謝　指東晉王導、謝安兩大望族，後世以王、謝代指高門世族。❻以笠報顱二句　笠，斗笠。報，報復。簣，土筐。❼以衲報裘二句　衲，補綴過的衣服。裘，皮衣。苧，苧麻粗布。絺，細葛夏布。❽以藿報肉二句　藿，豆葉。糲，糙米。粻，糧食。❾薦　草墊。❿以繩報樞二句　樞，門軸。甕，瓦罐。牖，窗子。⓫輿從　車馬僕從。⓬夜氣　靜夜所養之良知，語出《孟子・告子上》：「夜氣不足以存，則其違禽獸不遠矣。」⑬黍熟黃粱車旅蟻穴　黃粱，即「黃粱一夢」。事出唐沈既濟《枕中記》。車旅蟻穴，意即剛從螞蟻國的夢幻中回來，事見唐李公佐作《南柯太守傳》。二句均意為從夢境中回到現實。⑭志林　即《東坡志林》，這裡代指分類編排的筆記。⑮城郭人民　代指前塵往事。《搜神後記》記載漢代遼東人丁令威學道有成後變作一隻仙鶴飛回故鄉，發現人事大變，於是唱道「有鳥有鳥丁令威，去家千年今始歸，城郭如故人民非，何不學仙塚纍纍。」⑯西陵　即西興，鎮名，在錢塘江傍。⑰鹿鳴宴　鄉試放榜次日，宴請主考以下各官及中試舉子的宴會。⑱雕蟲　微不足道的小技，指辭章學。《法言・吾子》：「雕蟲篆刻……壯夫不為」。⑲政如邯鄲夢斷四句　事見湯顯祖《邯鄲記》，謂盧生臨死時作遺表給皇帝，表示還有心摹寫王羲之、王獻之父子書法。政，同「正」。⑳名根　佛家將眼、耳、鼻、舌、身、意稱為「六根」，是產生感覺和意識的依據。這裡的名根，指產生好名思想的依據如同「六根」一樣堅固。㉑劫火　佛教之世界觀中，謂世界之成立分為成、住、壞、空四劫，於壞劫之末必起火災、水災、風災，火災之時，天上出現七日輪，初禪天以下全為劫火所燒。

【語　譯】陶庵我國破家亡，身心無寄，遁入深山，鎮日披髮，狀如野人。故人見我，驚駭如見毒草猛獸，不敢相認。我寫下了自輓詩，每每欲了斷此生，卻又牽掛那未完成的《石匱書》，尚容自己苟延性命。然而，這樣無米無糧，爐灶冷清的日子讓我懂得了伯夷、叔齊餓死首陽山時的無奈，所謂「不食周粟」的高傲，真是後人妝點門面的話啊。餓肚子的時日，我只能以文字為喜好。我曾經生長的家庭，富貴可比東晉王、謝二族，以前生活奢華的種種「罪過」，今日遭到了「報應」：頭戴竹笠、腳著草筐，這是報以前髮簪、鞋履的仇；百綴衣代替了皮裘、麻衣代替了葛衣，這是報以前輕煖衣飾的仇；肉食換作豆葉、細糧換作粗糧，這是報以前甘美食物的仇；草蓆作床、山石作枕，這是報以前溫柔床鋪的仇；用繩子拴門、用瓦罐作窗戶，這是報以前爽朗屋舍的仇；煙燻目、糞撲鼻，這是報以前香豔氣息的仇；揹負包裹、徒步跋涉，這是報以前車馬僕從的仇。以前種種罪案，如今都顯現出了報應。清晨雞鳴，我在枕上回想平生，繁華富貴，過眼皆空，五十年人生真是一場大夢。我就像《枕中記》裡的盧生從黃粱夢中醒來，《南柯太守傳》中的淳于棼從蟻國的夢幻中回來時那樣，不知怎樣平靜下來？遙思往事，想起來的便記下來，持向佛前，一一懺悔。

我不是要自編年譜，所以不必繫以年月；我不學《東坡志林》，也不必把這些文字分類編排。偶爾拈出一則，好像重遊故地，重見故人，昔日的城郭人民，往往讓我轉悲為喜，真是癡人前不能說夢啊。

我聽說以前西陵有個腳夫，幫人擔酒，卻失足打破了酒甕，想來想去沒法償還，痴坐呆想，說：「這是個夢就好了。」；又聽說一個貧寒士子鄉試中舉，赴鹿鳴宴時，還恍惚懷疑這不是真的，咬自己的手臂說：「這莫非是個夢嗎？」希望人事如夢也好，害怕人事如夢也好，都是癡人的想法。我現在從人生大夢中醒來，卻又記錄下那夢境，真似在說夢話一樣啊。可嘆文人秉慧根，重名心，正如《邯鄲記》裡的盧生，臨死時還盼望著摹寫二王書法以流傳後世。文人名根之堅固，真如同佛骨舍利，猛烈的劫火也燒不滅啊。

【研　析】張岱出身江南舊族，少年穎異，壯歲文名更行於天下。順治三年（西元一六四六年），在故鄉紹興淪於清兵鐵騎之後，張岱無意仕宦清廷，寧為一介布衣，終在遲暮之年驟墜貧困。人生幾何，由繁華風流一至憔悴流寓，心中憤激感慨可想而知。其輯舊遊瑣事為《陶庵夢憶》，入目是滄桑淒涼，下筆為少年逸事，正應後主詞句「夢裏不知身是客，一晌貪歡。」這篇序文點名了「夢憶」之旨，使文字背後的悲慨得以被聆聽，可謂一喉雙聲，歌泣同時。靖康難後，孟元老憶汴京而作《東京夢華錄》；宋元易代，周密憶臨安而作《武林舊事》——對照《陶庵夢憶》，可嘆古今繁華文字，個中有多少辛酸！

清兵破城後，張岱攜全家逃往嵊縣西白山內，首句「陶庵國破家亡，無所止歸，披髮入山，駴駴為野人」即描繪當時的慘痛情狀。而後文「想余平生，繁華靡麗，過眼皆空，五十年來，總成一夢」之感悟，更進一步脫離了「瓶粟屢罄」的當下景況，從一個更普遍的層次上道出了「無所止歸」之意：世間種種慾念追求，人們往往任其纏繞一生，殊不知此在之本質既是輪轉無常。正如曹雪芹所言「反認他鄉作故鄉」——同「滿紙荒唐言」一樣，張岱用「癡人說夢」來看待筆下的文字，而對於世事起落、人生虛無的入骨感慨，正是此文特別沉痛之處。

在寫法上，本文運用了反諷式的手法。對於早年生活，張岱內心是深深眷戀的，卻偏偏要說「一一懺悔」；而對於寫作《陶庵夢憶》的動機，本是一種對自我之固執，卻解釋成為「名心難化」——用否定的字面來表達內心深深肯定、執著的東西，這一點值得讀者細細玩味。

湖心亭看雪

張　岱

【題　解】「湖心亭」之址在今杭州市西湖中。嘉靖三十一年，杭州太守在「湖中三塔」之一的「湖心寺」的舊址上始建湖心亭，萬曆四年，按察僉事徐廷祼重建之，題額「太虛一點」，萬曆二十八年，司禮監孫東瀛改其名為「清喜閣」。在張岱生活的明末時期，湖心亭是西湖勝景之一，張岱十分喜愛此亭，曾用「如月當空」「在人為目」比喻湖心亭在西湖全景中的地位。

崇禎五年❶十二月，余住西湖。大雪三日，湖中人鳥聲俱絕。是日更定❷矣，余拏❸一小舟，擁毳衣❹爐火，獨往湖心亭看雪。霧凇沆碭❺，天與雲與山與水，上下一白。湖上影子，惟長堤❻一痕，湖心亭一點，與余舟一芥❼，舟中人兩三粒而已。到亭上，有兩人鋪氈對坐，一童子燒酒，爐正沸。見余大喜曰：「湖中焉得更有此人！」拉余同飲，余強飲三大白❽而別。問其姓氏，是金陵❾人客此。及下船，舟子喃喃曰：「莫說相公癡，更有癡似相公者。」

【注　釋】❶崇禎五年　西元一六三二年。崇禎是明思宗朱由檢的年號（西元一六二八～一六四四年）。❷更定　更是古代夜間的計時單位，一夜分為五更，每更大約兩小時。初更在晚上八時左右開始，叫作定更。❸拏　通「橈」。船槳。這裡引中為撐船。❹毳衣　毛皮的衣服。❺霧淞沆碭　霧淞，霧氣凍結在樹枝上而形成的白色冰晶。沆碭，空中的白氣。❻長堤　指貫通西湖南北的蘇堤。❼芥　小草。❽白　古時罰酒用的酒杯。❾金陵　今江蘇省南京市。

【語　譯】崇禎五年十二月，我在西湖。大雪下了三日，湖中鳥聲人跡皆無，一片寂靜。這一天初更過後，我乘一葉小舟，裹著皮衣，偎著火爐，獨自駛往湖心亭看雪。樹林間凝結著冰晶，白氣彌漫，天、雲、山、水，全是一片茫茫白色。湖中如影子一般模糊可見的，僅有長堤一線、湖心亭一點和我像草芥一樣的小舟及舟上的兩三人而已。到了湖心亭上，看到已有兩人對坐在毛氈上，一個童子正在旺盛的爐火上煮酒。他們見到我大喜，說：「這湖中竟然還有一人！」拉我一同飲酒，我勉力飲了三大杯，就告辭離開。問起他們的姓氏，回說是金陵人，客居在此。我回岸下船，船夫小聲說：「別說相公癡，還有像相公一樣癡的人啊。」

【研　析】一條小船在雪夜中駛出，東晉人王子猷也曾做過這幅畫面中的主人公，並為之留下了「乘興而行，興盡而返」的騷雅注腳，而在本文中，張岱所留下的則是一個蘊涵著無限追思的「癡」字。往昔的一次「癡」遊，在暮年遭際「國破家亡」的張岱看來，反而成為了不可企及的理想，而只有在成為往事之後，雪夜孤遊也才顯現為人生中不可再見的唯美。所謂「癡」，是在一種非我不能賞之的境界中的盡情沉醉。而對於此境界之紀念，作者只以這短短的百餘字，可謂字字珍重。

如同古希臘的塑像一般，理想中的美麗應該是簡淨而又無限的。這篇文章在用詞方面，通篇的形容詞只一「白」字，不止在視覺方面，似乎五感所及，皆以「白」形容之，而不容許他詞染指。在動詞的選擇上，主人公的動作，只不過用「拏」、「擁」、「飲」三者而已，天空、湖面和「我」之間彷彿凝有一種靜默的約束。然而，最見作者匠心之處，當在「湖上影子，惟長堤一痕，湖心亭一點，與余舟一芥，舟中人兩三粒而已」一句中「痕」、「點」、「芥」、「粒」幾個字的使用上。

物量詞的使用，常常不為人們所經意，服從約定俗成的規則，但這裡所用的「痕」、「點」、「芥」、「粒」，卻具有了特別的表現力。在張岱散文的用語風格中，物量詞往往是被省略的，常採用數詞和名詞直接結合的方式，如〈湘湖〉一文中「西湖止一湖心亭為眼中黑子」；〈葛嶺〉一文中「宣德間大旱，馬氏甃井得石匣一，石瓶四。」即使在使用物量詞的情況裡，也不立異標新，大多遵從常例，至於用「痕」稱量堤，用「點」稱量亭，用「芥」稱量舟，用「粒」稱量人，則獨為此文之煞費苦心處。可見，在這幾個物量詞的使用上，作者力圖使它們傳達出更豐富的內容來。一「痕」堤，一「點」亭，兩三「粒」人，這樣的詞語搭配是不常見的，因而具有一種特別的作用：彷彿畫家在畫幅中精心留下的空白一樣，以實體存在的微小和模糊，烘托出了一片茫茫的虛空。而這種空闊的感覺用這幾個簡單的物量詞表現出來，尤其簡練而醒人心目。整篇文章努力營造一種自然的、也是人生的唯美境界，而這片唯美的白色中的那一痕、一點、一粒，充滿了活潑的生命，表達出了作者在這片廣漠的虛寂中的那一份湧自內心的愜意，而這正是作者雪夜行舟所要尋找的東西，也大概正是那舟子所不能理解的「癡」處吧。

柳敬亭說書

張　岱

【題　解】柳敬亭，原名曹逢春，江蘇泰州人。曾為南明將領左良玉幕僚，明亡後，流落江湖，以說書為生，聲名大振，是明末清初的一位傳奇人物。當時的著名文人，如吳偉業、錢謙益、黃宗羲等都曾為柳敬亭立過傳。

南京柳麻子，黧黑，滿面疤癗❶，悠悠忽忽，土木形骸❷。善說書，一日說書一回，定價一兩，十日前先送書帕❸下定，常不得空。南京一時有兩行情人❹，王月生❺、柳麻子是也。余聽《景陽岡武松打虎》白文❻，與本傳大異。其描寫刻畫，微入毫髮，然又找截❼乾淨，並不嘮叨，勃夬聲如巨鐘，說至筋節處❽，叱吒叫喊，洶洶崩屋。武松到店沽酒，店內無人，謈地❾一吼，店中空缸空甓皆甕甕有聲。閑中著色，細微至此。主人必屏息靜坐，傾耳聽之，彼方掉舌❿。稍見下人呫嗶⓫耳語，聽者欠伸⓬有倦色，輒不言，故不得強。每至丙夜⓭，拭桌剪燈，素瓷靜遞，款款言之，其疾徐輕重，吞吐抑揚，入情入理，入筋入骨，摘世上說書之耳而使之諦聽，不怕其不齰舌⓮死也。柳麻子貌奇醜，然其口角波俏⓯，眼目流利，衣服恬靜，直與王月生同其婉孌⓰，故其行情正等。

【注　釋】❶疤瘤　疤痕疙瘩。❷悠悠忽忽二句　形容毫無矯飾、隨意自然之態。《世說新語・容止》：「劉伶身長六尺，貌甚醜顇，而悠悠忽忽，土木形骸。」❸書帕　指請帖和定金。❹行情人　走紅的人。❺王月生　秦淮名妓。❻白文　即大書，古代說唱藝術的一種，只說不唱。❼找截　找，補充。截，截斷。❽筋節處　關鍵部分。❾謈地　大聲地。❿掉舌　搖舌鼓唇，指開始說書。⓫呫嗶　低聲小語。⓬欠伸　打呵欠。⓭丙夜　三更時分。⓮齰舌　形容羞愧欲死。齰，咬。⓯口角波俏　口齒伶俐。⓰婉孌　美好。

【語　譯】南京柳麻子，面龐黑且滿布著疤痕疙瘩，身軀就像是用土木雕捏而成的，脫放不拘。善於說書，一天說一次，定價一兩銀子，請他說書的人十天前就要預送請帖定金，還常常不得空。南京那時當紅的兩位藝人，一位是王月生，一位是柳麻子。我曾聽過他說的大書《景陽岡武松打虎》，與小說本文大不一樣。他的描寫刻畫微如毫髮，而補敘和剪截又處理得俐落乾淨，一點不囉嗦。剛脆的聲音如同敲響大鐘，說到關鍵處，叱吒叫喊，氣勢洶洶，好像要把屋子震塌一樣。講到武松到店買酒，店內無人，大聲一吼，店內的空缸空甓都震得嗡嗡作響。在不經意的地方著意刻畫，細微到了這個地步。請他說書的主顧必須屏息靜坐，傾耳恭聽，他才肯開講。稍稍看見聽講的人低聲小語，或者打著呵欠，露出倦意，他就停下不講了，勉強再使他開口是做不到的。每到三更時分，擦乾淨桌子，剪亮燈芯，安靜地傳遞著白瓷茶具，聽他款款道來。那語調的快慢輕重，吞吐抑揚，入情入理，深致感人，摘下天下說書人的耳朵來聽聽柳敬亭說的書，恐怕他們都會羞愧得要咬舌自殺。柳麻子相貌奇醜，然而他口齒伶俐，眉目有神，衣著恬靜，簡直和王月生一樣美好，所以他們當紅的程度也是可以互相匹敵的。

【研　析】本文所涉筆的，是明亡後處於藝術成熟期的柳敬亭。此時，他的說書藝術已達到一種神乎其技的境界，而關於他如何獲得這樣的造詣，吳偉業所作的〈柳敬亭傳〉為我們提供了「前傳」。據吳偉業所傳，柳敬亭的說書生涯是以一個少年遊俠的逃亡經歷開始的：「年十五，獷悍無賴，名已在捕中。走之盱眙，困甚，挾稗官一冊，非所習也。耳剽久，妄以其意抵掌盱眙市，則已傾其市人。」少年柳敬亭不經研習，僅憑「耳剽」，其表演居然就能夠「傾其市人」，可見天賦之高。而這只是他的藝術生涯的第一步而已。柳敬亭曾自稱「吾之師乃儒者雲間莫君後光，莫君言之曰：『夫演義雖小技，其以辨性情、考方俗、形容萬類，不與儒者異道。』」邂逅莫後光之後，柳敬亭懂得了說書雖然只是一項「小技」，但說書人卻需要像儒士那樣博通，才能精進自己的藝術造詣。之後，經過了苦心研藝，柳敬亭才終於讓他的聽眾們，由「歡咍嗢噱」，到「危坐變色」，再到「倘然若有見焉，其竟也，恤然若有亡焉」，為自己的藝術樹立起了尊嚴，超越了取悅市井的層次。其後，柳敬亭廣與英豪交結，又入抗明將領左良玉的幕府，參預軍事，直至明朝滅亡，重回江湖，再操故業，於是有了本文所描繪的一幕。

這一位貌醜而意態蕭然的「柳麻子」，正是這樣一位經歷過人生大起落的奇士。而張岱在這篇散文中隻字不提柳敬亭的生平經歷，只是單純地對柳敬亭說書的意態風神進行了刻畫，試圖從這個間接的角度暗示出柳敬亭的不凡閱歷。文章開首即指出柳敬亭和妙妓王月生「行情正等」，通過這個反差設下了一個懸念，緊接著又著重描寫了柳敬亭說書的兩個特點，即：「閑中著色」與「不得強」。「閑中著色」點出柳敬亭說書不是照本宣科，而是對所說的野史小說有一己獨特之觀照，因而他在意的地方往往和常人不同；「不得強」則點出柳敬亭說書所具有的一種藝術尊嚴，其說書似乎不是在取悅，而是在施予他的聽眾，因而深夜那「拭桌剪燈，素瓷靜遞」的說書場面有一種特別的肅穆感。這些都強烈暗示著柳敬亭充實豐富的人生經歷所留下的性格烙印。最後，作者以「奇醜」和「婉孌」這一對反義詞來形容柳敬亭其人，意味深長，強調了藝術魅力不是從愉悅耳目的外在美好，而是從充實的內在精神世界中生發出來的。而那開篇所著意刻畫的柳敬亭的相貌之「醜」，讀之終篇，卻令人驀然發現：原來柳敬亭那一種超越了尋常的相貌之美的、迥異於凡俗的美好風度，真是非「醜」字不能充分形容啊！

彭天錫串戲

張岱

【題解】彭天錫，晚明人，出生於江蘇金壇世代望族，終身未仕，酷好戲曲表演，擅長「本腔戲」（崑曲）、「調腔戲」（吳地的地方戲）等，技藝精湛，聞名當時。彭天錫交遊廣泛，與當時著名文人如張岱、陳洪綬、阮大鋮，小說家馮夢龍，畫家曾鯨，名伶朱楚生等均有交往，去世後，其同鄉後輩、清順治十八年狀元馬世俊為作〈祭彭天錫太親翁文〉。

彭天錫串戲妙天下，然出出皆有傳頭❶，未嘗一字杜撰。曾以一齣戲，延其人至家，費數十金者，家業十萬，緣手而盡。三春多在西湖，曾五至紹興，到余家串戲五六十場，而窮其技不盡。天錫多扮丑淨❷，千古之奸雄佞幸，經天錫之心肝而愈狠，借天錫之面目而愈刁，出天錫之口角而愈險。設身處地，恐紂之惡不如是之甚也。皺眉迷眼，實實腹中有劍，笑裡有刀，鬼氣殺機，陰森可畏。蓋天錫一肚皮書史，一肚皮山川，一肚皮機械❸，一肚皮不平之氣，無地發洩，特於是發洩之耳。余嘗見一出好戲，恨不得法錦❹包裹，傳之不朽。嘗比之天上一夜好月與得火候一杯好茶，只可供一刻受用，其實珍惜之不盡也。桓子野見山水佳處，輒呼「奈何！奈何！」❺真有無可奈何者，口說不出。

【注釋】❶傳頭　劇本。吳梅村〈琵琶行〉：「北調猶存止弦索，朔管胡琴相間作。盡失傳頭誤後生，誰知卻唱〈江南樂〉。」❷丑淨　丑角，傳統戲劇裡的滑稽角色；淨角，傳統戲劇裡的花臉。❸機械　巧詐，《淮南子・原道》：「故機械之心，藏於胸中，則純白不粹，神德不全。」❹法錦　西南地區所產的一種錦緞。❺桓子野見山水佳處三句　事見《世說新語・任誕》篇：「桓子野每聞清歌，輒喚『奈何』。謝公聞之：『子野可謂一往有深情。』」

【語譯】彭天錫演技妙絕，而且齣齣都有劇本，不曾杜撰一字。他曾經為演一齣戲，將演員們邀請至家，花費幾十兩銀子，家產數十萬，隨手耗盡。春天多在西湖，曾五次到過紹興。到我家串演過五六十場戲，而尚不能窮盡他的演技。天錫多扮演丑角和淨角，千古以來的險詐英雄、諂媚小人，經天錫的理解而更顯得狠毒，借天錫的表演而更顯得刁詐，由天錫的唱白而更得顯陰險。處身於角色的境地立場中，表現得比商紂還要兇惡。皺著眉頭，眯著眼睛，實在是腹中藏劍，笑裡藏刀，一股鬼氣殺機，陰森可怕。天錫有一肚皮學問，一肚皮見識，一肚皮機謀，一肚皮磊落不平之氣，沒有地方發洩，專在演戲上發洩罷了。我看到一齣好戲，恨不得能用法錦將它包裹起來，使它流傳不朽。曾將一齣好戲比作天上一輪好月和火候恰到好處的一杯好茶，只能供人一時享受，因而更令人珍惜不盡。桓子野見好山水，就要呼喊「怎麼辦！怎麼辦！」這種無可奈何的心情，真是無法用語言來表達啊。

【研　析】張岱稱彭天錫為「曲中南、董」（《陶庵夢憶・劉暉吉女戲》），即謂彭天錫評戲的眼光秋毫不爽，堪與直筆不諱的史官南史、董狐相比。二人旨趣相投，互為曲中知音。張岱熟諳梨園三昧，少時曾以魏忠賢奸黨殘害忠良之事創作過戲劇《冰山記》，公演之時「觀者數萬人，臺址鱗比」，呼喊聲「洶洶崩屋」。然而，若論其修養癖好，則不在這尋常的喧填鑼鼓中，而更多地在於靜夜小園，知音二三，一班小戲，精緻玩摩之中。他筆下的戲劇演員，如朱楚生之「楚楚謖謖」，彭天錫之「鬼氣殺機」，若非沉靜之境則不能察不能賞。張岱自稱其家曾蓄有「可餐班」、「武陵班」、「梯仙班」、「吳郡班」、「蘇小小班」、「茂苑班」等六個戲班，其審美理念是建立在貴族式的家伎表演上的。而同樣出身名門、為戲耗盡「十萬家資」的彭天錫，其戲劇亦是貴族的。他們的戲劇不佐酒宴，不悅觀眾，而是在其中融入了一己之個性人生，以博會心者一笑。彭天錫以士之修養，託性命於戲，所以能造詣精絕，其個性足令觀者動容。更深一層講，張岱所欣賞彭天錫的，並不僅僅是他精湛的演技，更是他以戲為命的人生抉擇。而在這其中，表達出明季一種特別的士人風骨。彭天錫正因為有「一肚皮書史，一肚皮山川，一肚皮機械，一肚皮不平之氣」，才能將角色詮釋得活靈活現。而其胸中何嘗沒有過現世抱負？只是將這桀驁的人生，全力交付與一次次的粉墨登場，其飛揚跋扈之風姿，精湛絕倫之唱腔，一往無前之態度，確實是難得之美。張岱將一齣好戲比作「天上一夜好月與得火候一杯好茶，只可供一刻受用，其實珍惜之不盡也」，感歎好戲難得，也是感歎奇士難得。

夏侶龐靜影齋草序

魏學洢

【題　解】夏侶龐，作者友人，生平事跡不見他載。本文選自《茅簷集》卷五。

【作　者】魏學洢（?～約西元一六二六年），明代散文家，字子敬，浙江嘉善（今屬浙江省嘉興市）人，晚明名臣魏大中之子。魏大中因彈劾權臣魏忠賢罹害，魏學洢亦孤憤而死，鄉人私諡孝烈先生。著有《茅簷集》。

侶龐有冷癖，非興至，不浪墮一墨瀋❶。大類五日一水、十日一石者❷，會興盡，隨復棄去，散亂几上下，或存首失尾，或存尾失首，任蝸涎❸旋其間。予每見輒拾焉，篇什殊不可數數得也。而吾黨問文心誰慧，不得不以此事推侶龐。

吾嘗論文猶影也。物各一形而更得光明旁映之，則分身現而變態生。題無定相，貌之以文人之慧心，則奇幻出焉。且觀日昱乎晝，月昱乎夜❹，燈光昱乎晝夜，隨物形一俯一仰，影有不偕之往者乎？然而影之修短纖巨，恍惚變換，未始一一與形肖也。然而，形之變則以此盡。東坡〈泛潁〉詩云：「忽然動鱗甲，亂我鬚與眉。散為百東坡，頃刻復在茲。」形一也，水則幻作多影焉。漢高帝入咸陽，獲方鏡，人直來視之，影輒倒現，形一也，鏡則幻作倒影焉❺。天下之物孰有幻於影者哉！是故善畫者亦往往不貌形，貌影。形似者洵不敵寫影之盡變也。侶龐想有別徑，筆有別調，倏❻訇訇❼隱隱，挾萬騎奔突；倏飄飄在孤雲深塢間；倏幽艷如花前麗人，忽忽多恨；倏又如老衲一瓢一麈，道心玄澹。隨境所入，以侶龐之巧心映之，以侶龐之巧手畫焉，無往而不奇。竊笑彼還筆還墨者❽，不憖❾一出靈巧❿，殆回顧見影而驚以為木魅者也。唉彼惡知文人有慧業乎。

【注　釋】❶墨瀋　墨汁。瀋，汁液。❷五日一水句　形容慎重緩慢的繪畫創作。語出杜甫〈戲題王宰畫山水圖歌〉：「十日畫一水，五日畫一石。能事不受相促迫，王宰始肯留真蹟。」❸蝸涎　蝸牛行走時分泌的黏液。語出杜牧〈華清宮三十韻〉：「鳥啄摧寒木，蝸涎蠹畫梁。」❹日觀日昱乎晝二句　語出揚雄《太玄・告》：「日以昱乎晝，月以昱乎夜」。昱，照耀。❺漢高帝入咸陽六句　事見葛洪《西京雜記》卷三：「高祖初入咸陽宮，周行庫府，金玉珍寶不可稱言……有方鏡，廣四尺、高五尺九寸，表裏有明。人直來照之，影則倒見；以手捫心而來，則見腸胃五臟，歷然無硋；人有疾病在內，則掩心而照之，則知病之所在；又女子有邪心，則膽張心動。」❻倏　同「倐」。迅疾貌。❼訇訇　形容聲音很大。❽還筆還墨者　指南朝江淹夢還彩筆、唐朝王勃夢得贈墨之事。李善《文選》註引劉璠《梁典》所載：「(江淹) 嘗夢郭璞，謂之曰：『君借我五色筆，今可見還。』淹即探懷以筆付璞，自此以後材思稍減。」又，唐段成式《酉陽雜俎》前集卷十二記載：「(王勃) 少夢人遺以丸墨盈袖。」❾憖　通「應」。❿巧　通「竅」。

【語　譯】侶龐這人個性冷僻，除非興致來了，從不白灑一滴墨汁。他作詩文，慎重緩慢如同杜甫詩中所形容的「五日畫一水，十日畫一石」，一旦興致耗盡了，這些詩文又被他棄置不顧，散亂掉落在桌子上下，有的作品只有上端而無下端，有的作品只有下端而無上端，任由蝸牛回旋爬行的黏液留在上面。我每次看到這樣的情形都會將它們收拾起來，但也不能常常得到他的詩文。然而，如果要問我們這些人中誰最有聰慧的文心，不得不首推侶龐。

我常論作文如同描影。物體雖然有自己固定的形態，如果用光從旁邊映照它，則隨著光線變化，物體的分身（影子）會呈現出變化不一的形狀。就寫作而言，沒有一成不變的對象，文人若能用自己的慧心創造對象的面貌，其奇幻多變的姿態就會呈現。照亮白晝的是陽光，照亮夜晚的是月光，照亮夜晚書頁的是燈光，光線照在高低俯仰的物體上，影子也呈現高低俯仰的形狀？然而，影子的長短粗細、和瞬息變幻的形態未必和產生它的物體相似。儘管如此，物體的窮形盡態就涵蘊在它的影子裡。東坡〈泛潁〉詩寫道：「忽然間，風吹水面，生出鱗甲狀波紋，我倒映在水中的面容也亂了鬚眉，倒影隨後分散成一百重，待風停浪靜了，那一百重的倒影頃刻間回復如一。」一件物體，能在水中倒映出很多幻影。漢高祖入主咸陽宮，在寶庫中得到一面方鏡，人徑直去照，鏡中顯現倒立的人影，人的姿態不變，方鏡把人形幻化成倒立的樣子。天下的事物哪有比影子更善於變化的！所以，善於繪畫的不求似於對象形貌，而求似於對象的影子。寫形的確實比不上寫影的，後者能畫出變化的姿態。侶龐的詩文有別出蹊徑的想法，別具一格的筆觸，忽然間聲勢壯大，如率百騎奔馳突擊；忽然間寂靜無聲，飄向了深山孤雲間；忽然間如花前幽怨的美人，失意遺憾；忽然間如伴著一只葫蘆瓢、一柄拂塵的老和尚，道心深遠幽淡。動、靜不同的境界，通過侶龐的巧心反映出來、巧手書寫出來，無不奇妙。我私下裡嘲笑那在夢中還筆還墨的江淹，不應該剛出了靈竅，就驚訝於事物變幻的影子，把它們當成鬼怪。哎呀，誰能說文人沒有與生俱來的慧根呢。

【研　析】這是一篇講創作的小文。創作之事，原無所謂純主觀的寫作，亦無所謂純客觀的寫作。《中庸》講「不誠無物」，「誠」可以訓作「創生」義，意即如果人不主動去創生，沒有事物會對人顯現出有意義的存在。當我們看到、聽到、聞到、嘗到、觸到、想到某件事物時，我們即時「創生」了它們——哪怕這種「創生」是潛意識的。作家所「寫」的一花一葉，以至於讀者所「讀」到的一花一葉，「寫」與「讀」之間，更經歷了種種變相的反覆幻化。哪有單純的「寫實」？又哪有單純的「虛構」？正如王國維《人間詞話》所言：「自然中之物，互相關係，互相限制。然其寫之於文學美術中也，必遺其關係、限制之處。故雖寫實家，亦理想家也。又雖如何虛構之境，其材料必求之於自然，而其構造，亦必從自然之法則。故雖理想家，亦寫實家也。」魏學洢用一個優美的「影」字揭開創作的奧義：大千世界，皆是詩人之「影」，雖千形萬態，不離一個「我」字。

美的世界根源於一個美的「我」。這篇小文說夏侶龐的「文」之美，先說他能指麾「影」之用，而夏侶龐能指麾「影」之用，源自於他的「冷癖」——可以說是他獨特創造力的養成，也可以說是他對《中庸》所謂

「慎獨」修養法的個人實踐。夏侶龐很能立足於自我，他創作不是為了取悅他人，也不是為了在後世留下紀念，他提筆只為一個當下的興致，盡興而已。他甚至不願保存自己的作品，任其「或存首失尾，或存尾失首，任蝸涎旋其間」。夏侶龐其實是一個在生活中追求本真的人，他不肯淪陷於種種虛無的操勞煩擾中，他的「冷癖」也正是他對生活的熱情。六朝劉勰《文心雕龍・神思》篇講作家的日常修養曰：「陶鈞文思，貴在虛靜，疏瀹五藏，澡雪精神」，夏侶龐之所以能筆力奇幻，變化多端，盡寫作之能事，正因為他獲得了無法取代的內在自我。當萬物成為了一位作家變幻的影子的時候，他就把自己成就為一位「獨照之匠」了。

辛未春日悔語

祁彪佳

【題解】辛未，指崇禎四年（西元一六三一年），其時祁彪佳二十九歲。本文選自祁彪佳《遠山堂文稿》。

【作者】祁彪佳（西元一六〇二～一六四五年），明代戲曲家、文學家，字虎子，又字幼文、弘吉，號世培，諡忠敏，山陰（今屬浙江省紹興市）人。著有《遠山堂文稿》、《詩集》、《曲品》、《劇品》、《越中園亭記》、《宜焚全稿》。

祁子拂几靜坐，俯而思，茫然若有所失，慼慼然❶若無以自容。作而言曰：「日月逝矣，人壽難期，性有同然，誰甘中諉❷！」予向自恨其空疏固陋，故自勗也。惟有讀書為今日之急務，乃去年自春徂冬，園居者什八九，而簡點案頭之書，其經我目者幾何帙？存我思者幾何語？空疏固陋猶昔也，豈不愧哉！雖然，即使詞傾班、馬❸，藻擷潘、陸❹，其能居身敬以慎乎？遇物和而恕乎？處事明於義利之介乎？不能也。是則可謂真能讀書乎？夫一歲之中，其時不為不久，其搆接交乘不為不多，乃予欲舉一事之有益於身心，可作自家勾當❺者，無有也；一事之有利於民物，可作下世因果者，亦無有也。譬之日在波浪中，一波未平，一波又起，全不繇一身主張，其用何法而不及於溺哉？

人能覺非者即能成是。予為經生時，每搆一藝，覺新者之是舊者之非及，再搆，而向之所為是者，今又以為非，蓋進乎藝耳。至於居身、遇物、處事，則今日如是，明日又如是，今年如是，明年又如是，安所得一是處為我安身著腳耶？豈不悲哉！然道之於事，無乎不在，而昧者輒當面錯失。人謂繇❻於不能行，吾則謂繇於不能知。如明知義之為益，利之為損，從乎義之為利，從乎利之為害，則雖不顧義、利，豈得不顧利害、損益？惟是毫釐千里之間，辨之不真，欲趨向於此而又不覺失足於彼，猶整冠而不以鑒，夜出而不以燭也。予思先哲之言行非鑒與燭乎？古之上智尚且銘於盤盂❼，書於紳笏❽，況予下根人，安得不從此處入乎？正患其不能真讀書耳。倘經於目者即能存於思，存於思者即能體於身，行得一步且得一步之力，上得一層且得一層之力，繇其近而易行者以充於遠而不可及者，即不能頓徹本源，亦庶幾困學勉行❾之意耳。

予自知其空疏固陋也，故自勗之；予又知予之所謂不空疏固陋者，亦無補於空疏固陋也，故又自悔之，至於悔而更無一寸餘地、一刻閒工可容予之悠忽忽矣。豈不懼哉！

【注　釋】❶慼慼然　同「戚戚然」。憂懼的樣子。❷諉　退縮。❸班馬　兩漢史學家班固、司馬遷。❹潘陸　西晉文學家潘岳、陸機。❺自家勾當　指內在精神的成長。語出自朱熹《四書說約・中庸》：「自家勾當為誰勤？渠待誰央浼？少不得自家上緊。」❻繇　同「由」。❼銘於盤盂　指《大學》傳文中的「湯之盤銘曰：『苟日新，日日新，又日新。』」❽書於紳笏　指《論語・衛靈公》中子張將孔子的話「書諸紳」。紳，腰間大帶。❾困學勉行　語出《中庸》第二十章，意為在困難的砥礪下求知，勉力強行。

【語　譯】祁子掃拂案几，靜坐，低頭反思，心中茫然，若有所失，憂懼地彷彿無地自容。遂起立而言：「日月流逝，壽命難期，天性本同，誰又甘心中途退縮！」我以前自憾空虛、粗疏、執滯、簡陋，所以，用上面的話來自勉。現在惟有讀書是當務之急，去年從春至冬，我十有八九的日子在家居住，然而檢點案上書籍，過目的又有幾部？記下的思考又有幾字？我還是和以前一樣空虛、粗疏、執滯、簡陋啊，怎能不愧疚！即使如此，就算讀書讀到詞語能壓倒班固、司馬遷，文藻能從潘岳、陸機那裡擷取，又能做到以敬、慎修身嗎？做到以和、恕待物嗎？做到義利分明地處事嗎？恐怕還是不能吧。如果不能做到，那真能叫作讀書嗎？一年不可謂不長，遇到的事物不可謂不多，如果要舉出一件有益身心、能夠讓精神獲得內在成長的事情，我卻不能；舉出一件有利於萬物民眾、能夠為來生種下因果的事情，我也不能。每天就好像身處波浪中，一波未平一波又起，全不由自身主張，到底有什麼辦法能讓我不陷溺於這種虛無中呢？

　　人能覺察出錯誤，就能找到正確。我在作經生的時候，每寫出一篇時文習作，就覺得這篇新作是舊作趕不上的，等到再寫出一篇，又對已經認可的那一篇不滿意了，這是由於我的寫作技巧進步了的緣故。至於修身、待物、處事的方法，如果今天如此水準，明天還是如此水準，今年如此水準，明年還是如此水準，又怎麼能找到安身立腳處呢？真讓人悲哀啊！所謂天理，於萬事萬物中無不在，而蒙昧的人在處理事物中能與天理當面錯失。有人說蒙昧是由於不能行天理，我則認為這是由於不能知天理。一個人如果知道求「義」是有益的、求「利」是會帶來損失的，又能以「義」為利、以「利」為害，那麼，他即使不顧義利之辨，難道能不顧自身的利害、損益嗎？義、利、損、益之辨，差之毫釐、謬以千里，不能正確分辨它們，驅奔於此、又失足於彼，就好像不對著鏡子去整理衣冠、不用燭火照明而走夜路一樣。我想先哲們的言行難道不就是鏡子和燭火嗎？上古具有大智慧的人尚且把文字刻在銅盤中、書寫在衣帶上，像我這樣根器低下的人，難道能不向文字中去探求入道之門嗎？只是怕不能做到讀書的真工夫。讀書，如果文字過目了就能留下思考，思考了就能實踐，每行一步、每上一層，都能得到這一步、這一層的力量，由親近、易行的事物求索深遠、不可企及的道理，做到這樣，即使仍不能頓徹天理本源，也基本符合聖賢「困學勉行」的教導了。

我自知我的空虛、粗疏、執滯、簡陋，所以要勉勵自己；又知道我所謂能克服空虛、粗疏、執滯、簡陋的那些辦法其實也於事無補，所以又感到懊悔，以至於懊悔到覺得再無一寸餘地、無一刻閒工夫可以忽悠浪費了。我怎能不警懼呢！

【研　析】祁彪佳自悔不能「真」讀書，因為不能化「知」為「行」，又不能借「行」助「知」。他回顧「去年自春徂冬，園居者什八九」，可供讀書之日不可謂不多，但卻沒有絲毫「有益身心」、「有利民物」的精神收穫，故而焦急自恨，寫下這篇充滿誠意的自悔文。這一段獨白由悔讀書開始，卻由悔不讀書結束，其間經歷了兩段心路歷程。

首先，祁子自稱讀書無益。不論是司馬遷、班固的文章，還是潘岳、陸機的詞藻，如果不能幫助一個人修養敬、慎、恕、明的品行，不能幫助一個人正確地修身、待物、處事，那麼，讀它們又有何用？這是對不能行大道的焦慮。他自省讀書之日不斷，卻覺得自己仍然無法抵禦外界侵擾，生出隨波逐流的煩惱，這是對生命虛無感的焦慮。他甚至覺得自己心無定所、無處安身。「道之於事，無乎不在」，大道不離於倫常日用，讀書人不能把握自己的日常生活，必然對自己追求真理的根本途徑（讀書）產生懷疑。這是祁子悔讀書的第一段心路歷程。接著，在對知、行關係的自問陷於膠著的心理之下，他以快刀斬亂麻的決絕態度投向了朱熹所主張的「知先行後」觀，斷定自己「行」不通的原因是「不能知」。在進一步的思考中，他認為開啟「知」的關鍵是必須進行清晰的義利之辨。孔子曰：「不義而富且貴，於我如浮雲」（《論語・述而》），人生的最大利益是自我實現，而不是追逐一些虛名浮利。正如《中庸》中談到真正聰明的人會比較利益的大小，會選擇「仁道」而行（「利而行之」）。對於士大夫而言，自我實現的途徑是由內聖而外王，此道則在「先哲之言行」中——在「讀書」中能得到充分的展現。思路如同峰迴路轉，祁子在悔「讀書」之後，最終又悔「不讀書」。悔讀麗辭浮藻，悔不讀真才實學。這是祁子悔不讀書的第二段心路歷程。

這篇散文的主題其實是關於「知」、「行」關係的討論，這是儒家修身之學的一大肯綮。朱熹主張「知先行後」，王陽明主張「知行合一」。祁彪佳顯然更服膺於朱熹的哲學。撲朔迷離的國家命運使得晚明一部分知識份子走向個人生命與時代的剝離，也使得一部分知識份子走向個人生命對時代的獻祭。祁彪佳無疑屬於後者。在家國破碎的時代，他的精神世界受到很大衝擊，他無力改變歷史，只能通過格外嚴厲的自我批判而不斷地向著一種跨越時代的群體性價值靠近——即不斷地向著「真知」的價值境界靠近，並藉此來獲得心靈的力量與自信。這篇自悔文始於紛拏，終於堅定，劃出身處末世的祁彪佳精神掙扎的痕跡，文字強烈而又純粹。

失題

傅山

【題解】本文選自傅山《霜紅龕集》卷二十三。

【作　者】傅山（西元一六〇七～一六八四年），明末清初文學家、思想家、醫學家，初名鼎臣，字青竹，更名山，更字青主，號嗇廬、公之它、朱衣道人等，陽曲（今屬山西省太原市）人，明諸生。明亡守節，清廷特授中書舍人，託老病辭歸，開清代子學研究之先河。著有《霜紅龕集》、雜劇《紅羅鏡》、醫學著作《傅青主女科》、《男科》等。

老人家是甚不待動，書兩三行，眵❶如膠矣。倒是那裡有唱三倒腔❷的，和村老漢都坐在板橙上，聽甚麼「飛龍鬧勾欄」，消遣時光，倒還使的。姚大哥說十九日請看唱，割肉二斤，燒餅、煮茄儘足受用，不知真个請不請，若到眼前無動靜，便過紅土溝，喫盌大鍋粥也好。

【注　釋】❶眵　眼屎。❷三倒腔　晉劇中的一種聲腔。

【語　譯】老人家很是不愛動，寫了兩三行字，眼屎都要把眼睛粘起來了。倒是哪裡有唱三倒腔的，和村莊老漢們坐在板凳上，聽聽臺上唱什麼「飛龍鬧勾欄」之類的，消遣一下時光，這倒還行。姚大哥說十九日那天請看戲，他要切兩斤肉，燒餅、煮茄儘足客人享用，不知他真個請不請，若到那天他沒有動靜，我便去紅土溝，喝碗大鍋粥也好。

【研　析】清初曹溶〈懷傅青主〉詩曰：「西河阻絕鴈悠悠，頗訝蒲輪入帝州。仙仗一辭丹鳳闕，歸裝兼藉赤松遊。身依五藥常多病，世愛三蒼轉自愁。寄語龍池簪筆者，特書須表擊奸秋。」此詩表彰了傅山在明末為了營救被誣陷下獄的老師袁繼咸，毅然抗擊權閹魏忠賢的義舉。傅山一生，並不是消極避世的一生，根據清代丁寶銓所撰《傅青主先生年譜》，傅山二歲時便會誦讀《心經》，七歲時學習經書，「如宿通者」（好像生來就會一樣）。三十歲時拜入陝西提學袁繼咸主持的「三立書院」，同年十月，袁繼咸遭到魏忠賢一黨的陷害，被捕入京，傅山和一部分「三立書院」的同學奉師入京，檄討魏黨。三十一歲時，袁繼咸的冤案得以昭雪，傅山歸鄉隱居。三十四時，傅山開始研習醫術，學問走向綜博。三十八歲，明朝滅亡，這一年李自成的軍隊攻打太原，傅山應聘為太原守軍「軍前贊畫」（軍前顧問），參與防守。太原淪陷後，傅山失去家鄉，從此居無定所。四十八歲時，自號「紅衣道人」的傅山流寓平定。南明桂王「反清復明」的武安起義失敗，傅山亦因此事下獄，次年被友人龔鼎孳救出。五十七歲時，傅山與明遺民群體的知名領袖顧炎武、閻若璩、王顯祚交遊，從此守志不出，直至七十八歲逝世。傅山的一生，在政治、醫學、儒學、佛學、老學及書法等方面皆有所作為，實為積極入世的一生。

然而，傅山在生命最後兩年間所作的書信中，常常如本文一樣，展現出一位「甚不待動」的普通村居「老人家」的形象，彷彿明亡前的激烈鬥爭、明亡後的熱血志向都在他的生命中消散了，只剩下一位略顯貧寒的「老人家」對「三倒腔」、「大鍋粥」的簡單期待，這樣的精神表達或許是對政治使命的解脫——或許，他依然陷在自我身分的迷失之中。孔子云：「七十而隨心所欲不逾矩」，個人獲得全面自由的前提是能完成對「世界」的全面理解和表達。傅山雖以復明為志，老年以後，他對於清王朝的存在事實，既不能承認，也不能反抗，他選擇「視而不見，聽而不聞」。在他的人生中，「世界」已經部分坍塌了。一個人之所以能夠成功地實現自我，並不只依靠「個人」這一個因素，社群與國家的意義不可或缺。每一個能成功實現自我的人，他的世界圖景必由個人、社群與國家共同組成。當然，不能說只有成功的國家才能造就成功的社群和成功的個人，但是一個人一旦在自己的生命中缺失了「社群」與「國家」的維度，那麼他就難以在現實世界中表達自己，或者說他的自我表達最終是被部分封閉的。晚年傅山失去「世界」的同時，也彷彿失去了完整表達自我的動機——因此，只留下簡樸的物質欲求的「老人家」形象便成了他留在人世間的最後剪影。從這最後的剪影中，很難想像傅山曾經是一位有著激烈精神欲求的士大夫。傅山年老後獨鍾佛、老，對於這位天才而言，在如山困境的盡頭，不知解惑否？存惑否？

海市記

吳偉業

【題解】本文選自吳偉業《梅村家藏稿》卷三十九。

【作者】吳偉業（西元一六〇九～一六七二年），明末清初文學家，字駿公，號梅村，太倉（今屬江蘇省蘇州市）人，明代崇禎四年（西元一六三一年）進士，官至左庶子。南明弘光朝任少詹事。入清後被迫出仕，官至國子監祭酒。擅長七言歌行，世稱「梅村體」。著有《梅村家藏稿》、《綏寇紀略》、傳奇《秣陵春》、雜劇《通天臺》、《臨春閣》等。

余常之中州❶，與吾友張石平❷相見於大梁❸。大梁為天下饒，其城郭險以固，宮觀崇以峻，士女之所雜沓，車馬之所輻輳❹，五方百貨羅布而錯列。迺置酒，登繁臺❺，北望黃河從天來，屈潰❻倒注，洶洶乎奔伊闕以走龍門❼，豈不壯哉！別去十餘年，石平官兩浙觀察，余訪之湖上，握手話舊事，歎息久之。酒酣耳熱，石平曰：「子迺言大梁哉！予過臨官❽，觀海市矣。姑登樓望海，見海中有浮圖❾，長三十仞，白雲滃滃從之。初謂絕島，所未有之奇也。已而石塘闐沸，臨官人皆走且呼曰：『海市矣！海市矣！』未幾，赤壁矗起，甃城❿剝落若堵牆。

少間，色變白，危樓數十間湧出其際，窗櫺玲瓏，金碧如畫。忽蒼煙飛來，複閣盡沒，而修竹萬叢，松柏槎枒⓫，層城睥睨，橫亘異狀。煙盡，樓脊漸出，頓還舊觀。迺有長橋出於水上，隱隱歷歷，車馬無聲，樓船旗幟似有人隊介而立，其餘若鼎者、鐺者、幡蓋者、盤盂杯鎗者，目之所接，手之所指者，蓋不可勝數矣，而又儵忽盡矣。」石平之述海市如此。嗟乎！黃河決汴城⓬，陷疇昔之游所，登臨而肆眺者盡蕩為洪流，堙為魚鱉。迺東海巨浸中，顧有宮闕、城市、舟車，百物儼然，一都會焉。嘻！此不可解也！余與石平復相視笑，遂援筆為之記。

【注　釋】❶中州　今河南省一帶。❷張石平　作者友人，河南人，官兩浙糧儲觀察。❸大梁　今屬河南開封市。❹輻輳　聚集在一起。❺繁臺　古臺名，又名吹臺，相傳為春秋時晉國樂師師曠所築，遺址在今河南省開封市。❻潰　形容水勢廣大。❼奔伊闕以走龍門　伊闕、龍門為同一地，黃河支流伊水流經河南洛陽龍門山、香山，兩山相對如門闕，故名。❽鹽官　今浙江省嘉興市鹽官鎮。❾浮圖　同「浮屠」。梵文，佛塔。❿甃城　磚城。⓫槎枒　枝杈歧出。⓬汴城　開封舊稱。

【語　譯】我經常到中州去，和我的朋友張石平在大梁相見。大梁是一個富饒的地方，城郭險固，宮觀高峻，城中士女雜多、車馬聚集，五方百貨錯雜羅列。於是置酒，登繁臺，北望黃河從天際而來，闊大的水勢曲折倒灌，洶湧奔向龍門，豈不壯闊！分別十餘年後，石平擔任兩浙觀察，我到西湖拜訪他，握手話舊事，久久歎息。酒酣耳熱之際，石平說：「您剛才說起大梁！我在鹽官鎮時，看到海市了。那一天，我登樓望海，看見海中有浮圖，長三十仞，白雲騰湧圍繞。開始我以為是海島，沒有見過這樣的奇境。過了一會兒，石堤上人聲鼎沸，鹽官鎮的人都奔走相告說：『海市！海市！』不一會，海中赤壁矗起，磚城快速剝落若牆堵坍塌。一會兒，赤壁的顏色變白，數十間高樓湧出其間，窗櫺雕刻玲瓏，金碧輝煌得像一幅畫。忽然，一陣蒼煙飄來，樓閣全部湮沒在煙中，而又呈現出萬叢修竹和枝杈歧出的松柏，從上方傲視樓閣，橫亙奇異的姿態。蒼煙散盡，樓脊漸出，頓時恢復原來的樣子。一會兒又顯現出一座水上長橋，隱隱約約，橋上有車馬無聲地通過，樓船旗幟樹立，好像有人排隊站立，其餘有人捧持著鼎、鐺、幡蓋、盤盂杯鎗等物。海岸邊人們眼睛看到、手指指向的景象，不可勝數，然而，一會兒，這些景象又全部消失了。」石平所述的海市就是這個樣子。哎呀，黃河決口，湮沒了大梁，我以前遊歷、登臨、眺望的地方全被洪水湮沒，魚鱉出沒。而那東海巨波中！反而呈現出宮闕、城市、舟車，百物儼然具備，完全是一個大都市。呀！這不可解的幻象啊！我和石平相視而笑，提筆寫下此記。

【研 析】吳梅村之詩文特善敘事，往往借雄豔之幻筆變現事實，交錯時空，搖蕩情靈，別造出一種獨特的寫實風格。清初錢謙益〈梅村先生詩集序〉形容梅村詩歌的敘事技巧曰：「文繁勢變，事近景逢，或移形於跬步，或縮地於千里，泗水秋風，則往歌而來哭，寒燈擁髻，則生死而死生。」吳梅村所追求的現實主義風格帶有濃烈的奇幻、浪漫色彩，以表達他對歷史興亡、人事更迭的超脫態度。晚清朱庭珍《筱園詩話》評價吳梅村曰：「善於敘事……尤熟於漢晉南北史諸書。身際鼎革，所見聞者大半關係興衰之故，遂挾全力擇有關存亡、可資觀感之事，製題數十，賴以不朽。」吳梅村的史學修養優長，故而他雖然常以幻筆變化現實，貫穿其詩文的價值判斷卻往往是嚴冷難易的歷史理性。吳梅村因其兼具感性和理性的表現風格，成為清初詩壇獨樹一幟的詩文大家。

這一篇記錄海市蜃樓的散文同樣展現出吳梅村高超的敘事技巧和他感性、理性皆備的藝術風格。全文借友人張石平之口描寫海市之「幻」，先後造五變之結構：浮圖、赤壁、危樓、竹林、長橋。從西方淨土到人間情景，以及城市中士、工、商各自生活的環境一一如在目前。海市最初幻化出長達「三十仞」的浮圖，彷彿解說世界起源之理乃「清淨虛無」。接著，赤壁突兀而起，彷彿顯現世界生成、從無到有的過程。接著，世界由抽象的「赤壁」變化為具體的形象：富麗堂皇的高樓、修竹萬竿的叢林、熱鬧雜耍的長橋，這便是城市中的人間百態了。五個場景瞬息變化，又各有主題，其間貫穿著作者對世界生成與湮滅的哲學理解，並非徒為繁複的文字形容，但求新奇的感官刺激而已。

最後一段，由對海市的描寫轉到黃河潰堤、大梁城被淹的災難事件。也許因為身在戰亂年代，吳梅村早已對天災人禍司空見慣，故而面對「蕩為洪流，堙為魚鱉」的現實慘景，他自我解脫般地幻想那些被淹沒的城市、生靈最終都隨黃河水歸於大海，數十年後，在大梁城千里之外的江浙海域中，它們還會再一次以「海市」的方式顯現在人間。文章最後以「不可解」三字結尾，道出身在亂世的吳梅村在遭遇現實衝擊的每一瞬間，沉浸於感觀的同時又出離於感觀，以圖對生死、興亡等問題實現個人超脫的複雜心態。

萬履安先生詩序

黃宗羲

【題解】萬泰，字履安，明末遺民詩人、學者，曾師從明末理學家劉宗周。本文選自黃宗羲《南雷文定前後三四集》卷一。

【作者】黃宗羲（西元一六一〇～一六九五年），明末清初思想家、史學家、文學家，字太沖，號南雷，學者稱梨洲先生，餘姚（今屬浙江省寧波市）人，明諸生。南明魯王授左副都御史。入清後，黃宗羲拒絕清廷徵召，隱居著述，著有《宋元學案》、《明儒學案》、《明夷待訪錄》、《南雷文定》、《南雷詩曆》等，編有《明文海》。

李杲堂[1]選《甬上耆舊詩》，余欲合陸文虎[2]、萬履安兩先生刻之。杲堂以兩先生同時之人，其子孫未免比例，故稍遲之以待潦水之盡❸。杲堂既卒，公擇❹欲先以家集行世，問序於余，余謂先生之詩不可不急行也。今之稱杜詩者，以為詩史，亦信然矣，然註杜者但見以史證詩，未聞以詩補史之闕，雖曰詩史，史固無藉乎詩也。逮夫流極之運❺，東觀、蘭臺❻但記事功，而天地之所以不毀，名教之所以僅存者多在亡國之人物。血心流注，朝露同晞，史於是而亡矣。猶幸野制❼遙傳，苦語難銷，此耿耿者明滅於爛紙昏墨之餘，九原可作地起泥香，庸詎知史亡而後詩作乎？是故景炎、祥興❽，《宋史》且不為之立本紀，非《指南》、《集杜》❾何由知？閩、廣之興廢❿，非水雲⓫之詩何由知？亡國之慘，非《白石》⓬、《晞髮》⓭何由知？竺國之雙經，陳宜中之契闊，《心史》亮其苦心⓮；黃東發之野死，《寶幢》志其處所⓯。可不謂之詩史乎？元之亡也，渡海乞援之事見於九靈⓰之詩；而鐵崖⓱之樂府、寉年席帽之痛哭⓲，猶然金版⓳之出地也，皆非史之所能盡矣。

明室之亡，分國鮫人⓴，紀年鬼窟㉑，較之前代，干戈久無條序，其從亡之士、章皇草澤之民，不無危苦之詞。以余所見者，石齋、次野、介子、霞舟、希聲、蒼水、密之十餘家㉒，無關受命之筆，然故國之鏗爾，不可不謂之史也。

先生固十餘家之一也，生平未嘗作詩，今《續騷堂》、《寒松齋》、《粵草》皆遭亂以來之作也。避地幽憂，訪死問生，驚離弔往，所至之地必拾其遺事，表其逸民，而先生之詩亦遂棲楚蘊結而不可解矣。夫蔓草零露，仍歸天壤，亦復何限先生獨不能以餘力留之乎？故先生之詩，真詩史也，孔子之所不刪者也。

【注　釋】❶李杲堂　明末遺民詩人李鄴嗣。❷陸文虎　明末遺民詩人陸符。❸潦水之盡　意指下定論。唐代王勃〈滕王閣序〉：「潦水盡而寒潭清」。❹公擇　萬履安第五子萬斯選。❺流極之運　意指末世。全祖望〈沈文恭公畫像記〉：「此乃流極之運，未可盡歸之一人。」❻東觀蘭臺　漢代宮廷收藏歷史典籍的地方。❼野制　指私人著作。❽景炎祥興　南宋最後兩任皇帝端宗、少帝的年號。❾指南集杜　南宋末文天祥所著《指南錄》、及其所輯杜甫的詩歌《集杜詩》。❿閩廣之興廢　南宋最後兩位皇帝端宗、少帝分別在福州（今福建福州）、碙州（今廣東湛江碙洲島）被立為宋主。⓫水雲　南宋末遺民詩人、琴師汪元量。⓬白石　南宋詞人姜夔詞集《白石道人歌曲集》。⓭晞髮　南宋遺民詩人謝翱的文集。⓮竺國之雙經三句　元世祖至元二十一年楊璉真迦發掘宋帝陵寢，宋遺民林景熙、鄭宗仁、謝翱等撿拾帝骨重新埋葬於會稽蘭亭，林景熙作〈夢中作〉四首記此事，其二曰：「一抔自築珠丘陵，雙匣猶傳竺國經。」陳宜中，字與權，南宋末年宰相，宋亡後曾向占城（今越南）借兵，最後流亡暹羅（今泰國）。心史，又稱《鐵函心史》，宋遺民詩人鄭思肖的文集。⓯黃東發之野死二句　黃震，字東發，南宋末學者、詩人、官員。黃宗羲《宋元學案》稱宋亡後，黃東發餓死於鄞縣寶幢山。⓰九靈　元末詩人戴良，號九靈山人。⓱鐵崖　元末明初詩人楊維楨。⓲隺年席帽之痛哭　隺年，同「其年」。陳維崧，字其年，明末清初詩人、詞人。其詞〈滿江紅・秋日經信陵君祠〉首句曰：「席帽聊蕭，偶經過、信陵祠下。」⓳金版　青銅銘文等。⓴分國鮫人　分國，劃分行政區域。鮫人，異方魚人，這裡代指滿清統治者。㉑紀年鬼窟　紀年，編年命名。鬼窟，歪門邪道，這裡代指滿清統治者。㉒石齋次野介子霞舟希聲蒼水密之十餘家　依次指黃道周（號石齋）、黃毓祺（字介子）、吳鐘巒（號霞舟）、錢肅樂（字希聲）、張煌言（號蒼水）、方以智（字密之）。次野，不詳何人。

【語　譯】李杲堂編選《甬上耆舊詩》時，我想把陸文虎、萬履安兩位先生的詩加入其中。杲堂認為兩位先生是當代詩人，他們的子孫未免會比較高下，所以延遲選入，以待「潦水盡而寒潭清」的那一天。杲堂去世以後，萬公擇要刊刻他父親萬履安的文集，請我為之作序，我說萬履安先生的詩不可不盡快刊行於世。現在，人們稱讚杜甫的詩歌，稱之為詩史，確實是這樣的，然而杜詩的註解者只見有用史書來注釋詩歌的，未聞有用詩歌來補史書之闕的，即使稱「詩史」，「史」並未從「詩」得到借鑒。亡國之後，新朝的東觀、蘭臺只記載其開國功業，而天地良知之所以不毀，名教之所以得到留存，全靠身處末世的士大夫。忠心和鮮血一起流盡，生命和朝露一起乾涸，這些末世人物是沒有官方史書來記載的。幸好有私人著作能傳於遙遠的後世，那些悲憤的語言不會銷磨，耿耿忠心明滅在破舊的紙張和模糊的墨跡間，讓九原大地即時升起泥土的芳香，誰知道正史消亡後，詩史才會興起呢？所以，景炎、祥興之君，《宋史》不為他們立本紀，沒有《指南集》、《集杜詩》，人們將從哪裡知道？宋端宗、宋少帝的興廢，沒有水雲的詩，人們將從哪裡知道？亡國的悲慘，沒有《白石道人歌曲集》、《晞髮集》，人們將從哪裡知道？南宋帝陵被掘、林景熙等重葬帝骨的史事，陳宜中向占城借兵的史事，《心史》表明了他們的苦心。黃東發餓死郊野，《寶幢》詩記載了他殉國的處所。這些詩歌難道不是詩史嗎？元朝滅亡後，戴良渡海乞援的事跡記載於《九靈山房集》的詩歌中，而楊鐵崖的樂府詩、陳其年「席帽聊蕭」的詞句，就像新出土的青銅銘文一樣，所載歷史是正史中所沒有的。

明代滅亡之後，異方鮫人來劃分國家，歪門邪道來命名編年，較之以前的亡國時期，干戈日久，沒有秩序，那些跟隨宋室流亡的士大夫和平民百姓，並不是沒有記錄危險、艱苦生活的詩歌。憑我所見的，就有石齋、次野、介子、霞舟、希聲、蒼水、密之十餘家，這些詩歌不是奉命編纂的正史，然而，是記錄故國往事的金石之音，不能不把它們稱作史。萬履安先生是這十餘家中的一家，他生平未嘗喜愛作詩，《續騷堂》、《寒松齋》、《粵草》諸詩集都是他遭亂以來才寫的作品。萬履安先生避亂隱居，尋訪遺民生死，驚歎別離，哀悼死者，每到一個地方必然尋問遺民士大夫的遺事，表彰他們的氣節，因為這些悲苦的事情，他的詩歌也顯得淒楚、鬱結而難以明瞭。如同蔓草上的零露，故去的人命已歸天壤，然而又怎麼能限制萬履安先生用詩歌的力量留住他們呢？所以，萬履安先生的詩歌是真正的詩史，如果孔子再世，也不會刪除這樣的詩歌。

【研　析】明清易代之際的歷史狀況，《明史》或付之闕如，或語焉不詳。黃宗羲把萬履安以及「石齋、次野、介子、霞舟、希聲、蒼水、密之十餘家」詩人的詩歌稱為明亡之「詩史」。這幾位詩人分別是萬泰、黃道周、黃毓祺、吳鐘巒、錢肅樂、張煌言、方以智。這些詩人的詩歌之所以被稱之為「詩史」，一方面在於他們的詩歌反映出明亡時的社會現實；一方面在於他們的詩歌反映出明季士大夫的精神氣節。如果把前者形容為一團黑暗的話，那麼後者便是黑暗中透出的束束光明。如黃毓祺撰長詩〈哭馬文忠公〉，記載了甲申年三月十九日李自成破北京，崇禎皇帝自殺殉國，左諭德馬世奇自縊陪殉的悲壯史事。其詩曰：「靦顏人間世，多至千三百。殉君十數公，文忠蓋其一。自傷忝侍從，群盜至此極。主辱臣罪死，主死臣敢活！五拜十號叫，一叫再流血。平生簡書畏，畢命猶捧勑。不獲把天衣，生與堯舜訣。庶幾帝左右，仍載螭頭筆。轉身南向拜，哀哀孺子泣。豈不懷老母，王事有倉卒。累月書信稀，世梗道途澁。從今遊子魂，遄歸長繞膝。老僕牽衣諫，忍忘倚門夕。慷慨語之故，忠孝本一轍。臣節既已虧，子道亦云缺。」這首詩描寫了馬文忠拋家殉國前心中交織著遺憾和決絕的複雜情緒，記錄了崇禎朝最後的悲壯光景。再如萬履安〈不見惲仲升〉詩云：「忽漫相逢在草萊，一番歡喜不寐哀。鬚眉已與流年換，雲水今從何處來？成佛自須因慧業，生兒且喜是奇才。西風陌上塵如海，多少衣冠去不回。」江蘇武進惲氏，明初以來名士輩出，為一方士族之望。此詩題目中的惲氏父子，父名惲仲升，號遜菴公，明末理學家劉宗周的弟子，明亡後剃度為僧；子名惲格，後來成為清初著名書畫家，康熙以後人「得其片楮者尤珍若拱璧也」（彭蘊璨《歷代畫史彙傳》卷四十六），然其為人清貧落拓，死後竟借朋友之力才得以下葬。萬履安亡國後於靈隱寺再遇惲氏父子，有劫後餘生之感，有萬物蕭條之嘆，明末天子之命運、士族之命運、百姓之命運彷彿全在二人身上浮現了出來，百感交集下乃有此詩。「一番歡喜不寐哀」、「多少衣冠去不回」兩句尤為深刻，將明遺民的生存狀況和複雜情感鮮明地傳遞了出來。

作為歷史記錄概念的「詩史」一詞，最早出自唐代孟棨《本事詩》對杜甫的評價：「杜逢祿山之難，流離隴蜀，畢陳於詩，推見至隱，殆無遺事，故當時號為『詩史』。」在此之前，南朝齊梁間劉勰在其理論著作《文心雕龍》中講到「詩」的作用是「人稟七情，應物斯感，感物吟志，莫非自然」（〈明詩〉），「史」的作用是「史者，使也，執筆左右，使之記也。古者，左史記事者，右史記言者」（〈史傳〉），詩、史各職其責。而亂世之際，史官之執流離於詩人，「詩史」之體則寄託著士大夫詩人的身分歸屬和社會關懷，既言志，又記事，形成詩歌創作的獨特一途。

過雲木冰記

黃宗羲

【題解】明亡前兩年、崇禎十五年（西元一六四二年），黃宗羲三十二歲，這一年他赴北京科舉落榜，冬月（農曆十一月）返鄉，返鄉途中，他同兄弟黃宗炎（晦木）、黃宗會（澤望）夜遊四明（今寧波）的四明山，留下了這篇紀遊之文。本文選自《南雷文定前後三四集》卷二。

歲在壬午，余與晦木❶、澤望❷入四明，自雪竇❸返至過雲❹。雰霧淟濁❺，蒸滿山谷，雲亂不飛，瀑危弗落，遐路窈然。夜行撤燭，霧露沾衣，嵐寒折骨，相視褫氣，呼嗟咽續❻。忽爾冥霽地表，雲斂天末，萬物改觀，浩然目奪。小草珠圓，長條玉潔，瓏鬆❼插於幽篁，纓絡纏於蘿闕。琤琮俯仰，金奏石搏，雖一葉一莖之微，亦莫不冰纏而霧結。余眙諤而嘆曰：「此非所謂木冰乎？《春秋》書之，《五行》志之，奈何當吾地而有此異也！」言未卒，有居僧笑於傍曰：「是奚足異？山中苦寒，纔入冬月，風起雲落，即凍洛飄山，以故霜雪常積也。」

蓋其地當萬山之中，囂塵沸響，扃鐍❽人間，邨煙佛照，無殊陰火❾之潛，故為愆陽❿之所不入。去平原一萬八千丈，剛風疾輪⓫，侵鑠心骨，南箕哆口⓬，飛廉弭節⓭。土囊大隧⓮所在而是，故為勃鬱煩冤之所不散。溪回壑轉，蛟螭蠖蟄，山鬼窈窕⓯，腥風之衝動，震瀑之敲嗑，天呵地吼，陰崖沍穴⓰，聚雹堆冰，故為玄冥之所長駕⓱。群峰灌頂，北斗墮脇⓲，藜蓬臭蔚⓳，雖焦原竭澤，巫吁魃舞⓴，常如夜行秋爽，故為曜靈㉑之所割匿。且其怪松人楓㉒，礜石罔草㉓，碎碑埋磚，枯胔碧骨㉔，皆足以興吐雲雨，而仙宮神治，山岳炳靈，高僧懸記㉕，冶鳥木客㉖，窅崒幽深，其氣皆歛而不揚，故恆寒而無燠。

余乃喟然曰：「嗟乎！同一寒暑，有不聽命於造化之地；同一過忒，有無關係於吉凶之占。居其間者，亦豈無凌峰掘藥、高言畸行、無與於人世治亂之數者乎？余方齟齬世度，將欲過而問之。」

【注釋】❶晦木　黃宗羲二弟黃宗炎。❷澤望　黃宗羲三弟黃宗會。❸雪竇　山名，在今寧波地區。❹過雲　四明山中一地區名。❺洟濁　汙濁。❻呼嗟咽續　低聲呼號的樣子。❼瓏鬆　同「蘢蔥」。花木繁茂貌。❽扃鐍　鎖閉。❾陰火　熒火。❿愆陽　充足的陽氣。⓫剛風疾輪　強風如同駕著快車一樣襲來。⓬南箕哆口　指二十八宿中的箕宿。箕宿由四星組成，二星為踵，二星為舌。踵窄舌寬，故曰「哆口」，張口的樣子。⓭飛廉弭節　形容常年大風。飛廉，傳說中的風神。弭節，駐節停車。⓮土囊大隧　山崗與溝壑。⓯山鬼窈窕　語出屈原〈九歌・山鬼〉：「子慕予兮善窈窕。」⓰沍穴　冰雪封凍的洞穴。沍，閉塞。⓱駕　操縱。⓲墮脇　傾斜欲落。⓳臭蔚　氣味濃郁，語見曹植〈藉田說〉：「刺蘩臭蔚，弃之遠疆。」⓴巫吁魃舞　旱災時巫覡作法求雨。魃，旱鬼。㉑曜靈　太陽。㉒人楓　人形楓樹。《初學記》卷八：「麻姑山上，人登之，有物人形，眼、鼻、口、面，無臂、腳，俗名之楓子鬼也。」㉓礐石罔草　礐石，今名砷黃鐵礦石。罔草，一種藥草。二者多產於中國西南地區。㉔碧骨　傳說中仙人的屍骨，《太平寰宇記》卷八十：「巖中多仙人葬，莫測其來，遠望如膍膈之間，其棺內多碧骨，如珠。」㉕懸記　佛教語，佛對修行者未來證果成佛的預言。㉖治鳥木客　傳說中的木客鳥。任昉《述異記》卷下：「廬陵有木客鳥，大如鵲，千百為群，不與眾鳥相廁，俗云是古之木客化作。」

【語　譯】壬午歲，我和晦木、澤望進入四明郡，我們從雪竇山返回，來到四明山的過雲地區。那天霧靄渾濁，瀰漫山谷，像不會飛動的亂雲，冰凍的瀑布保持危險欲墜的姿態，眼前的路昏暗不明。我們撤去火燭走夜路，霧露沾濕了衣服，寒冷的嵐氣像要折斷骨頭，我們望著彼此，冷得喪失了膽氣，低聲呼號。突然，地表冥氣轉晴，天邊陰雲收斂，萬物改變了模樣，變得浩然奪目。小草上凝結的露珠凍成滾圓的樣子，冰凍的枝條如玉般潔白，幽竹裹冰，成蘢蔥的模樣，蘿薜纏雪，成瓔絡的模樣。俯仰間盡是琤琮冰柱，彷彿它們是能奏響的金石樂器，即使微小的草葉，無不凝結冰凍。我瞠目感歎說：「這難道不是所謂的木冰嗎？《春秋》書寫過，《五行》記錄過，竟然當地就有如此奇異的事物！」話還沒有說完，同行的本地僧人在旁邊笑著說：「這有什麼可奇怪的？山中酷寒，才入十一月，就風起雲落，冰霰飄揚，所以常常積聚霜雪。」

此地在萬山叢中，人間的囂塵沸響彷彿被鎖閉在外，即使有村煙佛照，也無異於潛入山嶺中的點點陰火，充足的陽氣不能進入其中。此地距離平原一萬八千丈之遠，身處其中，強風如同駕著快車一樣襲來，侵蝕人的心骨，看那天上的箕星正張開大口，恐怕風伯飛廉即在此駐節。巨大的山崗和溝壑隨處皆是，勃鬱煩冤之氣聚集難散。那回轉的溪壑，隱藏著蛟螭蠖蟄、窈窕山鬼，陰風衝撞的聲響、瀑布敲打山石所發出的震響彷佛天地在吼叫，陰冷的山崖、凝凍的山穴堆積著冰雹，因為這裡是被玄冥長久操控的地方。群峰好像要壓在頭頂上，北斗星好像要墜落下來，藜蓬濃郁的氣息瀰漫，即使中原炎熱地水澤乾涸，巫覡們試圖作法以祛除旱魃，此地也如同行走在秋夜一般涼爽，因為這裡是被太陽割捨、藏匿的地方。況且，怪松、人面楓和礜石、罔草生長在這裡，古碑古磚和乾屍碧骨埋藏在這裡，這些東西都會化作興吐雲雨的鬼怪，而那些神仙宮觀、山岳精靈、修行中的高僧、木客變化的神鳥，都藏在窅崒幽深的山罊中，它們的氣息斂藏不發，因為這裡長寒而沒有溫暖的時候。

我歎息道：「誒呀！天下都有寒暑變化，卻有不聽命於造化的地方；天下事都有對錯吉凶，卻有無關對錯吉凶的占卜。居住在這裡的人，難道沒有幾位採藥於凌雲之峰、語言高深、行為不羈、不參與人世治亂的高士在嗎？我正與世道相抵觸，將要拜訪他們。」

【研析】明末的文學審美出現種種顯著的轉向：從復古轉向新變、從經典美轉向個性美、從理念表達轉向經驗表達。大概正如同《詩・大序》所言：「治世之音安以樂，其政和；亂世之音怨以怒，其政乖；亡國之音哀以思，其民困。」國家的滅亡，文人對宏大敘事的需求也隨之煙消雲散，而出現了對另類審美的追求，比如明末的竟陵詩派，錢謙益《列朝詩集小傳》形容其趣味曰：「其所謂深幽孤峭者，如木客之清吟，如幽獨君之冥語，如夢而入鼠穴，如幻而之鬼國。浸淫三十餘年，風移俗易，滔滔不返。余嘗論近代之詩，抉擿洗削，以淒聲寒魄為致，此鬼趣也；尖新割剝，以噍音促節為能，此兵象也。鬼氣幽，兵氣殺，著見於文章，而國運從之。」竟陵詩派孤、峭、幽、寒的審美傾向，在視「唐音」為盛世之音的明代詩壇，被認為是詩人的帝國意識消退的又一證據。

這篇小文，同樣以幽、寒、陰、冥的「另類審美」記錄了作者一次冬季夜行的特殊體驗——彷彿打開了地府冥國一般的奇跡之旅。冬季夜行者為何？或為非常之際遇，或為非常之心情。黃氏兄弟夜行四明山的因緣今不得知，只知伴隨著「遐路窈然」的好奇與忐忑，一個令人興奮的夜晚開始了。黃氏兄弟「撤燭」入夜，寒霧沆瀣是把守幽冥的閽人，一段路程之後，「寒冰」的光芒突然照亮了世界，以至「浩然目奪」。這璀璨的酷寒光芒凝聚在每一株寂靜的枝葉上，「小草珠圓，長條玉潔」，彷彿瞬間換了天地。如此奇觀，引得黃氏兄弟忘卻了寒冷，驚喜歡叫：「此非所謂木冰乎？《春秋》書之，《五行》志之，奈何當吾地而有此異也！」木冰，即是我們今天所謂霧凇，四明山四季寒涼，其霧凇景觀為江南地區所罕有。夜行奇境，引發了黃宗羲的想像，他想像四明山丘陵連綿，人煙不至，終年大風，寒多燠少，是蛟螭、蠖蟄、山鬼乃至於「怪松人楓，礐石罔草，碎碑埋磚，枯胔碧骨」等陰物聚集的地方，其陰氣斂而不散，故能成此森然壯闊的幽冥境界。四明夜行還引發了黃宗羲對自我生命的思考，文章最後一段，黃宗羲表達出欲向幽冥處、苦寒處問人生的想法，對於自己將在末世中求光明的個人命運已有了覺悟。竟陵派詩人於孤寒處求「真」，黃宗羲於幽冥處求「壯」，追求「另類審美」的背後折射出的是社會劇變帶給明末士人的創傷和新生。

九龍盆飯僧題辭

方以智

【題　解】本文作於順治丁亥（西元一六四七年）二月，是時方以智剛從南明永曆政權告病歸山，遁遊於今湖南、廣西一帶，登湖南衡嶽而引發勘破生死之志願。選自方以智《浮山集》前編卷七。

【作　者】方以智（西元一六一一～一六七一年），明末清初思想家、科學家、文學家，字密之，號曼公，桐城（今屬安徽省安慶市）人，明崇禎十三年（西元一六四〇年）進士，授翰林院檢討，「復社」重要成員，與陳貞慧、吳應箕、侯方域並稱明末「四公子」，南明永曆帝擢禮部尚書、東閣大學士，辭不就。清兵南下，方以智在梧州出家為僧，法名弘智，字無可，別號大智、藥地、愚者大師等，晚年定居江西廬陵青原山淨居寺，自稱極丸老人。著有《浮山集》、《通雅》、《藥地炮莊》、《物理小識》、《東西均》等。

丁亥竊月❶，余止夫夷❷，理痾蓮潭剎中，日與芋苓伍，絕不見人。有僧掛錫來自衡嶽者，詫其崒嵂羅峙七十二峰、古王碑赤石字。遂勝夙心，不覺神往。僧因是屬其岣嶁❸之側九龍盆飯僧叢林❹，乞余言為諸檀越者❺倡云。

嗟乎！丈夫生亂世，欲舍此生久矣。以好遊名山之殘生，咫尺衡嶽，而又不獲去，跼高天，蹐厚地，悵悵其何所如乎！泰岱、太行、太華、嵩高、霍山，俱淪區脫❻矣，主五衍八正❼者，其亦悲世有願棄家遊五嶽者乎？嗟乎！向子未知死何如生，自今論之，其亦徐舍其身者乎？其猶有未能舍身者乎？又何怪世士之蠅營濡忍也！嗟乎！今日者，浮雲蒼狗矣。朝及夕，如木舜❽矣。吾固願世之食厚晏溫❾者，何必作沾沾觀乎。

【注　釋】❶竊月　同「命月」。農曆二月。❷夫夷　今湖南邵陽縣西。❸岣嶁　峰名，位於今湖南衡陽市。❹飯僧叢林　指大佛寺。❺檀越舍者　施主。❻區脫　匈奴語，指匈奴所建土堡。❼五衍八正　佛教語。五衍，五乘。八正，八正道。❽木舜　木槿，其花朝開暮落。〈鄭風・有女同車〉：「有女同車，顏如舜華」，孔穎達疏：「舜，木槿也」。❾食厚晏溫　同「食厚家溫」。《漢書・董仲舒傳》：「身寵而載高位，家溫而食厚祿」。

【語　譯】丁亥年二月，我停留在夫夷，住在蓮潭寺中養病，每天和地黃、茯苓為伴，不肯會見任何人。有一位從衡山來借宿的僧人，向我誇耀高峻羅峙的衡嶽七十二峰、和上古赤石王碑古跡。我以前就有到衡嶽遊覽的心願，聽了他的話，更加神往。這位僧人因為在岣嶁峰畔九龍盆飯僧叢林修行，為該寺的施主們向我求請贈言如下。

嗚呼！丈夫生逢亂世，久欲捨棄世事而出家。遊覽名山是我殘生的愛好，衡嶽不過咫尺之遠，我卻不能夠去，在這高天厚地之間畏縮不前，多麼不痛快啊！泰山、太行山、太華山、嵩山、霍山，全都淪陷於胡人的鐵蹄下，清談五乘、八正道的施主們，有悲於世事而寧肯出家飄遊五嶽的嗎？嗚呼！以前您不知道死之於生是怎麼一回事，今日時局已零落至此，難道不應該慢慢捨棄這世事了嗎？還是世事中尚有不能捨棄的呢？如果還有不能捨棄的名利，就無怪乎還有鑽營投降的士大夫了！嗚呼！今日的時局，如同浮雲幻成的蒼狗，瞬息變化，而人命如同朝開夕落的木槿花。我奉勸那些暫時享有豐厚衣食的人們，何必沾沾得意。

【研　析】西元一六四六年末，桂王朱由榔在廣東肇慶稱帝，史稱南明永曆政權。在父親朋友瞿式耜的推薦下，方以智擔任了永曆政權的左中允、少詹事、翰林院侍講學士等職。永曆皇帝懦弱懼敵，加之又遭到權閹王坤誣陷，方以智在第二年春即告病離朝（〈夫夷山寄諸朝貴書〉：「自北都萬死守節而歸，為馬、阮所陷，以白為黑，忠臣灰心，灑天瀰海，即得怔忡驚悸、嘔血頭暈之症，病且一年。今桂林復發之後，僅存人形耳。」）。之後幾年，方以智一直遁跡於湖南深山隱岳之中，其身看似暫避亂世焦土，其心卻愈趨進於決絕難返的境地——他登衡嶽而發「舍」之倡議，大有萬死不能避而不須避的人生覺悟。此時，明帝國北方國土已淪陷於清兵，北方的「泰岱、太行、太華、嵩高、霍山，俱淪區脫」，而南嶽衡山則真正成了明王朝的「殘山剩水」，徜徉於這殘山剩水中的方以智欲徹底地「舍」家、「舍」身，準備祭出生命中最後的光亮。

方以智的文風激厲幽峭，帶有楚辭「激狂」的審美特徵，他十分愛好楚辭，曾作〈九將〉、〈七解〉、〈激楚〉等仿楚辭體裁的作品，他的故鄉安徽桐城、以及亡國後所遁遊的湘贛地區亦在楚文化的輻射範圍中。然而，方以智對楚辭的愛好並不僅僅在修辭風格上，浪客逐臣的自我認同也讓他繼承了楚辭的表現風格。《文心雕龍・辨騷》曰：「不有屈原，豈見〈離騷〉？驚才風逸，壯志煙高，山川無極，情理實勞，金相玉式，艷溢錙毫。」明末蘇桓序方以智〈九將〉曰：「予知密（方以智字密之）則卿大夫之孫子也。皖桐之間，山水峭潔，風俗侈麗，英髦衡連，密從祖父庭訓之餘，容與適志，寧有憾耶？夫何而擬〈離騷〉也？……數上書而不一遇，退處草野，感嘆今昔，而放其抑鬱不平之氣於聲詩者，固比比是。密特進其詞意於〈離騷〉之間以自助焉已矣。」相似的天賦和人生遭遇使得方以智對屈原產生了巨大的心理歸屬感，也使他的文字風格帶上了楚辭那種激峭的特徵。本文的字裡行間蘊涵著對義利、生死問題勘破超越的努力，方以智後來在為衡山圖題辭時，謔言人生「亦不免為芋頭咽殺、磚頭踏殺、石頭滑殺」，所以不必患得患失、患生患死，而丁亥衡嶽之遊的確在方以智的內在精神發展中留下了印記。

水繪庵六憶小記・憶小三吾迴環故道

冒　襄

【題解】水繪園位於江蘇如皋，是「明末四公子」之一冒襄的祖產。明亡後，冒襄改「園」為「庵」，其〈水繪菴六憶歌〉有句云：「滄桑既改喬木摧，龍攣虎跛俱隤陊。大阮廢箸并相屬，余易為菴存劫灰。」水繪庵一度成為明遺民修禊集會的知名場所，然而在冒襄晚年，水繪庵逐漸失修衰頹。清代以後，水繪庵數度易主改建，上世紀八〇年代，中國政府再次按古貌重建。水繪園如今是如皋市的著名景點，被列為全國重點文物保護單位。本文選自冒襄《巢民詩文集》卷四。

【作者】冒襄（西元一六一一～一六九三年），明末清初文學家、書畫家，字辟疆，號巢民、樸庵，如皋（今屬江蘇省南通市）人。明末崇禎十五年（西元一六四二年）副榜貢生，與方以智、陳貞慧、侯方域並稱明末「四公子」。入清後，偕愛妾董小宛隱居如皋。著有《巢民詩文集》、《影梅庵憶語》等。

由玉帶橋歷逸園、橫塘，又通略彴❶至古洗鉢池，繞寒碧堂，抵小三吾❷。

浸月魚基而潨然❸不絕者為小浯溪，寒碧為鉢池所抱。

由鉢池而溯浯溪，為道二：一在堂之右，循畫堤一帶，逶迤演漾，過樓桑，貫長虹，繞藕花，從碧落廬再折而入；一在堂之左，則小舟掠寒碧，由淺渚竹塢，有小月池，如盤渦，曲堤三面，圍以虎落，旋轉城下，其年❹有「積水上孤城」之句，即此處也。每當月明風細，老夫與佳客各刺❺一舟，舟內一絲、一管、一茶竈，青簾白舫，煙柁霜篷，或由右進，或自左入，舉會食於小三吾下。今小月池與曲堤、半梗、他園潺湲中，絕非復向時迴環出沒矣。

【注釋】❶彴 獨木橋。❷小三吾 水繪園中臺名。唐代詩人元結築廬湖南浯溪畔，命名浯溪、吾亭、峿臺為「三吾」。葛立方《韻語陽秋》卷十三：「元次山結屋浯溪之上，有三吾焉。因水而吾之，則曰浯溪；因屋而吾之，則曰吾亭；因石而吾之，則曰峿臺。蓋取吾所獨有之義。」❸潺然 水急流的樣子。❹其年 指作者友人陳其年。❺刺 形容各小舟由支路探入小月池的樣子。

【語譯】經水路，由玉帶橋穿過逸園、橫塘，又通過簡單的獨木橋划向古洗缽池，繞過寒碧堂，可以由此抵達小三吾臺。急切地沿月魚基流過的是小浯溪，寒碧堂被洗缽池環抱著。

由洗缽池溯小浯溪而上小三吾臺，有兩條水道：一條從寒碧堂右面出發，沿著畫堤一帶，彎曲綿延，水波搖蕩，經過樹木、穿過長橋、繞過荷花潭，從碧落廬轉入小三吾臺；一條在寒碧堂左面，小舟掠過寒碧堂，由淺渚竹塢，到達小月池，小月池的水流呈盤渦狀，三面曲堤環繞，堤上圍著籬牆，水流在牆下迴旋，陳其年賦「積水上孤城」詩句處，就是這裡。以前，每當月明風細之夜，我和客人們各駕一小舟，舟內放置一弦樂、一管樂、一茶爐，青簾白舫，篷舵籠罩在煙霧中，有的走右邊水道，有的走左邊水道，全部會合於小三吾臺下，再一起聚餐。現在，小月池潺湲流入曲堤、半梗、他園，不能夠像以前那樣從左、右水道迴環出沒了。

【研　析】碧水環繞的水繪庵，以其自然構成論有澤、池、林、石、溪流，以其建築構成論有彴、橋、堤、堂、亭、廬。這是一座水上園林，水流賦予了建築的節奏感和表現力。以舟代車，漫遊園內，如同一首旋律，不同的「樂句」通過不同的動詞表現了出來：婉轉起伏時用繞、逶迤、折、轉，起承鋪墊時用歷、循，飛揚輕快時用過、貫、略，休止停頓時用「抵」，節奏拗頓時用「溯」，文心細緻。

水繪園的營造體現出明代私家園林的基本趣味：自然、通透、寫意。明代計東所著《園冶》一書，是明清造園藝術的理論結晶之一。在談到園林選址時，《園冶》言水園曰：「江干湖畔，深柳疏蘆之際，略成小筑，足征大觀也。」水園忌諱建築密集，錯落疏朗的亭堂傳遞出自然湖澤「悠悠烟水」的風貌，尤其霞起雲落之時，更有「拍起雲流，觴飛霞佇」之盛觀。水繪園的水面意境，則取材於江南水鄉之自然，以曲折往復的水道體現出江南水鄉幽秀的神韻，以「小」池、「小」亭襯托「月明風細」的吳地地理風情。水繪園的風格在「自然」之外，其「小三吾」一亭瞰四水的格局，又有「通透」的園林營造意識在其中。《園冶》在「借景」方面專立一題，曰：「夫借景，林園之最要者也。如遠借，鄰借，仰借，俯借，應時而借。然物情所逗，目寄心期，似意在筆先，庶幾描寫之盡哉。」有「借景」之術，才能有「通透」之妙，否則空間隔絕封閉，死氣沉沉。「曲徑通幽」乃江南水鄉之自然，然而「寒碧堂」闢開的兩條水路，一條以虹橋、荷花為景，一條以竹塢、曲堤為景，須借其間的建築物互相借景，才有齊發共映之妙，而兩條水道更借「小三吾」亭獲得統一。最後，園林的意境營造有「七分主人三分匠」之說，園林之「心」體現了主人之「心」。水繪園是冒襄與董小宛在明亡後的隱居之地，冒襄對它的「回憶」既非在樓閣，又非在匾額，而是在池魚、峭壁、古松、故道、桃花、垂楊這六件極日常化的事物上，這六件事物體現出明遺民的價值寄託轉移向「私我語境」，其間「歸隱」與「執守」兩端便是帶著「黍離之悲」的水繪庵之「心」。

別興詩自序

杜濬

【題解】本文選自杜濬《變雅堂遺集》文集卷二。

【作者】杜濬（西元一六一一～一六八七年），明末清初詩人，原名詔先，字于皇，號茶村，黃岡（今屬湖北省黃岡市）人，明監生，入清後，隱居南京。著有《變雅堂集》。

別興者何？送蔣子前民也。蔣子以十月廿日同兩王子、蔣叔子、杜子解維❶而上，以廿三日至白門❷，以十一月四日自承恩蘭若❸移襆被書策過杜子城北之寓齋。齋在雞鳴山❹尾之右，所謂十廟西門❺者，京城近日之極遠僻處也。風沙苦惡，氣象昏昏，居然龍荒窮朔無少異，凡四方有事來白門者例不至。或為杜子至者，北走十餘里，雖嚴冬，嘗流汗，氣息喘不止，入門坐未定，必首尤杜子何乃居於是。徐徐視梁柱欹腐，有落勢，牆壁皆傾倚，如巨人欲磬折將俯及客項者。客色然，恐其壓己也，坐不正，足跕跕欲外曳。又門外牛車彭彭，馬嗁趵跋，然日落風生，杜子急起導客，曰：「君真可以去矣！」送及門，蹤影滅。他日逢人更傳語：「杜子奈何居於彼！」不知杜子力不能遷，且亦陰利客之不能至焉耳。

乃蔣子何為者？事在城南，饑不及餐，顧獨得得然❻肯來共杜子數晨夕，反指城南為遠僻地。每一往過，輒尤城南之人如向人之尤杜子，歸則與杜子啞然而笑。時復相與想見古人囓雪吞氈，庶幾彷彿此地況味，且幸杜子無牛羊可盜❼。往往以為談柄，壯我幽悰❽如是者。不覺二十日，蔣子一旦辭杜子去。嗟乎！彼數子者皆零星先去久矣，蔣子為我獨留，我以慨於心也。計此二十日內，奔走與端居約略相半，笑嬉與愁寂情事非一。而杜子於其行也，目送口吟，趁筆直寫，其間或可以詩，或可以無詩，或盡於詩，或不盡於詩，或似詩，或不似詩，莊嫚雜陳，穨然自放，自非張祿先生❾所云「寒心者，〈大略〉具是」❿矣。總得如千首，命之曰：《別與》。少陵云：「乃不知與之所至而為詩」，知言哉！蔣子第藏之，自非忘言味道度外之士，彼徒以是為詩，而求一觀，其工拙者蔣子謹謝之，勿出也。

【注　釋】❶解維　解纜。❷白門　南京西南面宣陽門。❸蘭若　佛寺別稱。❹雞鳴山　即今南京市玄武區雞籠山，山間有南朝名剎雞鳴寺。❺十廟西門　南京西門附近有十廟，故有此名。❻得得然　特地。❼時復相與想見三句　指西漢使臣蘇武被羈留匈奴、牧羊北海的典故。❽悰　情。❾張祿先生　戰國時魏人范雎的化名。❿寒心者大略具是　指妒友心態，《荀子・大略篇》云：「士有妒友，則賢交不親；君有妒臣，則賢人不至。」

【語譯】別興詩寫給誰？送蔣君前民。蔣君於十月二十日同兩王君、蔣叔子和我解纜而上，二十三日到白門，十一月四日，他從承恩寺帶著鋪蓋、書籍住到我在城北的寓所來。我的寓所在雞鳴山尾的西面、當地稱為「十廟西門」的地區，是南京城中極為偏僻的地方。此處苦於風沙，天空昏沉，竟然和漠北朔方沒什麼區別，凡是來白門一帶的人都不到這裡。有來拜訪我的客人，往北走了十多里路，即使是嚴冬，也流汗、氣喘不止，進門後，還沒有坐定，必定先責怪我為什麼住在這兒。慢慢地，客人們注意到屋中樑柱腐壞傾斜，像要倒落的樣子，牆壁也都傾斜了，好像一位巨人將要彎腰壓在自己頭上了一樣。客人們變了臉色，惟恐牆壁倒塌壓住自己，不敢正坐，腳尖點地準備向外跑，門外又傳來牛車彭彭的聲音，馬啼跳踧的聲音，此時日落風生，我趕緊起身引導客人說：「您趕快回去吧！」，把客人送到門口，他們迅速離去，沒了蹤影。日後，我的客人們逢人就說：「杜君為什麼要住在那種地方！」他們不知道我無力搬遷，並且私下裡正得利於能以此謝客呢。

蔣君又是怎樣做的呢？他在城南辦完事，顧不上充饑吃飯，就特地搬來和我共渡幾個晨夕，反而說城南是偏僻的地方。他每次來，責怪城南的人就如同以前城南的人責怪我那樣，到寓所後，我們相對啞然而笑。有時我們想像古人囓雪吞氈的滋味，開玩笑說此地生活與之有幾分相似吧，比古人幸運的是我沒有牛羊可偷。蔣君常常這樣和我交談，助我隱居的幽情。不覺二十天過去了，蔣君辭別離開了。哎呀！前文提到的友人們都陸續離開了，唯獨蔣君留下來陪我，我心中感激他。想這二十多天中，我們一半時間奔走在外，一半時間留駐家中，或一起嬉笑，或一起發愁，一起經歷了很多事情。我為蔣君送行，目送口吟，提筆直寫，其間的情感經歷，有的可以寫成詩，有的不必寫成詩，有的能用詩表達，有的不能用詩表達，有的寫出來像詩，有的寫出來不像詩，語言莊、謔交雜，頹然自放，寫作目的並非出自於張祿先生所說的「寒心者，〈大略〉具是」那樣的妒友心態。共得千首詩，命名為《別興》。杜少陵說：「乃不知興之所至而為詩」，確實是這樣啊！請蔣君收藏這些詩，我沒有修養到忘言、味道、度外的境界，徒借詩歌來表達情感，供您一覽，詩歌笨拙的技巧請您寬恕，不要把它們流傳出去。

【研　析】杜濬真乃深於情者，竟然以千首《別興》送別友人蔣前民！本文採用了欲揚先抑的寫法，文章前半部分形容出一個離群索居、杜門厭客的自我形象，彷彿不近人情；文章後半部分卻與之相反，形容出一個深情易感的自我形象。情之一事，自古難以形容，薄情之人易解，深情的模樣卻往往叫人難懂——因為越是深刻入骨的情感，則越必須從特別之性格或特別之事件中逼迫而出。杜濬即是一位性格特別的人，他在另一篇散文〈華山畿擬古題詞〉中寫道：「世道不可為，皆由於人之無情。臣無情則不忠，子無情則不孝，妻無情則不貞，尚復有綱常哉！」其實，他把「情」看得很重、看做是人間最高的價值。如此重情的杜濬，卻選擇居住在城市之外、「風沙苦惡」的地方，恐怕不是因為薄情，反是因為重情，所以更不堪忍受人世間的薄情勢利吧！杜濬「絕客」的行為，讓人想起《論語》中的子路惟恐聽到好的言語，因為害怕自己的行為來不及去實踐的故事（《論語・公冶長》：「子路有聞，未之能行，唯恐有聞。」）。有時，人越是在意某事，就越容易感覺它不堪重負。人群中那些看似左右逢源的人未必看重人情，而那些看似落落寡合的人也許恰是情感深厚的人。由此，本文一開始所描寫的拒絕「人情」的杜濬，正為後文留戀「人情」的杜濬做了絕妙鋪墊。

「興」之一詞，含有感發的意思，朱熹《詩集傳》曰：「興者，先言他物以引起所詠之詞也。」故如蒹葭蒼蒼之於傾慕，彼黍離離之於憂愁。本文以「千」數起興，有一種天地萬物皆是觸目離情的意味蘊含其中。

暖椅式

李　漁

【題　解】本文選自《閑情偶寄》卷十「器玩部」。

【作　者】李漁（西元一六一一～一六八〇年），明末清初戲劇家、詩文家，原名仙侶，字笠鴻，一字謫凡，號笠翁，蘭溪（今屬浙江省蘭溪市）人，明諸生。清順治末，李漁移居南京，名其居曰「芥子園」，開書鋪編刻圖書，帶領家養戲班往富貴人家演出。著有傳奇《笠翁十種曲》、小說《十二樓》、《無聲戲》，雜著《閑情偶寄》等，作品輯為《李漁全集》。

如太師椅而稍寬，彼止取容臀，而此則周身全納故也；如睡翁椅而稍直，彼止利於睡，而此則坐臥咸宜、坐多而臥少也。前後置門，兩旁實鑲以板，臀下、足下俱用柵。用柵者，透火氣也。用板者，使暖氣纖毫不泄也。前後置門者，前進人而後進火也。然欲省事，則後門可以不設，進人之處亦可以進火。此椅之妙，全在安抽替[1]於腳柵之下，只此一物，御盡奇寒，使五官四肢均受其利而弗覺。另置扶手匣一具，其前後尺寸倍於轎內所用者。入門坐定，置此匣於前，以代几案。倍於轎內所用者，欲置筆硯及書本故也。抽替以板為之，底嵌薄磚，四圍鑲銅，所貯之灰務求極細，如爐內燒香所用者。置炭其中，上以灰覆，則火氣不烈，而滿座皆溫，是隆冬時別一世界。況又為費極廉，自朝抵暮，止用小炭四塊，曉用二塊至午，午換二塊至晚。此四炭者，秤之不滿四兩，而一日之內可享室暖無冬之福，此其利於身者也。若至利於身而無益於事，仍是宴安之具。此則不然。扶手用板鏤去掌大一片，以極薄端硯補之，膠以生漆，不問而知，火氣上蒸，硯石常暖，永無呵凍之勞，此又利於事者也。不寧惟是，炭上加灰，灰上置香，坐斯椅也，撲鼻而來者只覺芬芳竟日。是椅也，而又可以代爐，爐之為香也散，此之為香也聚。由是觀之，不止代爐，而且差勝於爐矣。有人斯有體，有體斯有衣，焚此香也，自下而升者，能使氤氳透骨。是椅也，而又可代熏籠。熏籠之受衣也止能數件，此物之受衣也遂及通身。迹是論之，非止代一熏籠，且代數熏籠矣。倦而思眠，倚枕可以暫息，是一有座之床；饑而就食，憑几可以加餐，是一無足之案。游山訪友，何煩另覓肩輿，只須加以柱杠，覆以衣頂，則沖寒冒雪，體有餘溫。子猷之舟❷可弃也，浩然之驢❸可廢也，又是一可坐可眠之轎。日將暮矣，盡納枕簟於其中，不須臾而被窩盡熱，曉欲起也，先置衣履於其內，未轉睫❹而襦褲皆溫。是身也、事也、床也、案也、轎也、爐也、熏籠也、定省晨昏之孝子也、送暖偎寒之賢婦也，總以一物焉代之。蒼頡造字而天雨粟、鬼夜哭，以造化靈秘之氣泄盡而無遺也。此制一出，得無重犯斯忌而重杞人之憂乎？

【注　釋】❶抽替　同「抽屜」。❷子猷之舟　東晉王子猷雪夜興起，駕舟訪問朋友戴安道，典出《世說新語・任誕》。❸浩然之驢　唐代詩人孟浩然喜歡在風雪中騎驢漫步，尋找詩思。典出唐彥謙〈憶孟浩然〉。❹轉睫　形容極短的時間。

【語　譯】暖椅比太師椅稍寬，太師椅只容一人坐，暖椅則能包納全身；比睡翁椅稍直，睡翁椅只有利於睡眠，暖椅則坐臥皆宜、宜坐多而宜臥少。暖椅前、後有門，兩旁鑲嵌木板，臀下、足下都安置木柵。用木柵的原因，是為了透出火氣。用木板的原因，是為了不讓絲毫暖氣外泄。前、後有門的原因，是留前門進人、留後門進火。然而，如果要圖省事，則後門可以不設，進人的地方也可以進火。暖椅的妙處，全在於腳柵之下安裝有盛放炭火的抽屜，只因為有這件東西，就能抵禦所有的嚴寒，使乘坐者的五官四肢不知不覺中都受到溫暖的益處。另外，安裝一只扶手匣，此匣的尺寸是轎內用扶手匣的兩倍。進入暖椅前門坐定，把此匣放置身前，用來代替桌案。兩倍大小於轎內用扶手匣的原因，是因為要放置筆硯及書本的緣故。抽屜用木板做成，底部鑲嵌薄磚，木板四面包銅，其中收貯的炭灰務必要極細，如同香爐中所用的香灰。把火炭放在抽屜中，上面用灰覆蓋，火氣不猛烈，卻能使滿座皆溫，坐在暖椅上，感受隆冬時節的別一世界。何況，炭費極少，從早到晚，只需要四塊小炭，早晨到中午用二塊，中午換二塊用至晚上。這四塊炭，秤重不到四兩，就能讓人享受一日室暖無冬的清福，這是暖椅有利於身體的地方。若只是有利於身體、卻無益於幹事，則仍是一件供人享樂的器具。暖椅卻不僅如此。扶手匣用鐵板鏤去手掌大的一片，再用極薄的端硯補填在鏤空的地方，則用生漆黏合，其用途不問而知，火氣上蒸，硯臺常暖，永遠不勞主人呵化凍墨，這又是暖椅有利於幹事的地方。不僅如此，炭上加灰，灰上放置香料，坐在椅子上，終日感覺芬芳撲鼻。這椅子，可以替代香爐，爐中的香煙易散，暖椅中的香煙則被聚攏起來。由此觀之，它不僅可以替代香爐，而且略略勝過香爐。人有身體，身體要穿衣服，暖椅中焚香，香氛自下往上升，氤氳透骨。這椅子，又可以替代熏籠。熏籠的香氣只能熏陶幾件衣服，暖椅的香氣不但熏陶衣服、而且遍及周身。以此論之，它不是可以替代一只熏籠，而是可以替代好幾只熏籠。主人困倦思眠的時候，靠著背枕可以暫時休息，它彷彿是一張能坐能臥的床；主人饑餓思食的時候，憑几可以用餐，它彷彿是一張沒有桌腳的几案。遊山訪友時，何煩另尋轎子，只須在這椅子上加裝柱杠，上面用衣服覆蓋作頂，則衝進寒雪之中，身體依然是溫暖的。子猷之舟可棄，浩然之驢可廢，這椅子又是一臺可坐可眠的轎子。天色晚了，把鋪蓋全部放進暖椅中，不一會兒，被窩就熏熱了，早晨起床前，先把衣服、鞋子放進暖椅中，片刻之間，襦、褲都變得溫暖。暖椅有利於身體、有利於幹事，可以作床、作桌、作轎、作爐、作熏籠，它彷彿是晨昏問安的孝子、彷彿是送暖偎寒的賢婦，上述種種益處，暖椅以一物而能總代之。蒼頡造字，天雨粟、鬼夜哭，那是因為造化靈秘被洩漏無遺。暖椅一出世，會不會重犯造化忌諱、而讓憂天的杞人更加憂愁呢？

【研　析】李漁為自己所設計的這件兼「床也、案也、轎也、爐也、熏籠也」數職於一身的「暖椅」配繪了插圖，不知它最終是否能被製造為實物。《紅樓夢》第五十一回描寫怡紅院冬日，「晴雯只在熏籠上圍坐」，若將這種可以坐臥的大型熏籠加以改造，或許能夠製造出本文所描述的「暖椅」來。

古代文人依照自己的個性愛好而創造出來的生活用具，最著名的要數南朝謝靈運設計的「謝公屐」。謝靈

此圖摘自清康熙刻本《閑情偶記》卷十。

運熱愛旅行，形跡常在山川江湖中，《南史・謝靈運傳》稱他「尋山陟嶺，必造幽峻，巖嶂數十重，莫不備盡。登躡常著木屐，上山則去其前齒，下山去其後齒」。謝靈運為方便登山而設計了一種屐齒可以拆卸的木屐，後世稱為「謝公屐」。「謝公屐」成為了後世文人寄情山水、滌蕩性靈的雅具，李白〈夢遊天姥吟留別〉有句云：「腳著謝公屐，身登青雲梯。」除此之外，比如東晉詩人陶淵明好酒，他用來漉酒的頭巾，後世稱「陶令巾」。北宋范仲淹〈依韻答提刑張太博嘗新醞〉有句云：「或落孟嘉帽，或拋陶令巾。」北宋書畫家米芾乘舟寫生，把沿途創作的書畫掛在船艙外晾曬，他掛滿書畫的小舟，後世稱「米家船」。明代王世貞〈題黃熊像〉有句云：「十年長泛米家船，詞畫嘗誇夙世緣。」「謝公屐」、「陶令巾」、「米家船」非只用具而已，它們能抒發性靈，流風載韻，成為文人生活的獨特表現。

李漁設計的這把「暖椅」，並不像「謝公屐」、「米家船」那樣成為了典型，即使在當時，它也沒有獲得任何名氣。然而，從這把暖椅的設計意圖中，可以看出清代文人冬日生活的情調：足不出戶，終日伏案，書籍為伴。如果一把椅子可坐、可臥、可讀、可寫、可肩輿而出行，能夠在寒冷中提供連綿的暖意和香氛，那麼，它就是讀書人冬日中的「孝子」和「賢婦」了。李漁《閑情偶寄》對文人的居處環境有詳細的設想，大至屋舍庭院，小至窗欄、几案、椅杌、床帳、櫥櫃、屏軸等等，皆作規劃。他引用《孟子・滕文公》「一人之身而百工之所為備」之語，表達了對營造居處環境的重視。物以人傳，一件家居物品是一種生活方式、一種價值觀念甚至是一個社會先進程度的表現。正如我們進入博物館，欣賞文雅精緻的明清傢俱時，它們沉默的姿態能夠述說一個時代的完整生活。李漁是一位不走「正道」的文人，然而，追求功名的「正道」速朽於時光之中，追求生活的「小道」卻能歷久彌新。在今天看來，傢俱、飲食、曲藝這些「小道」，承載了鮮活的文化生命，又何嘗遜於煌煌經史？

喫野菜說

龔鼎孳

【題　解】本文選自龔鼎孳《定山堂古文小品》卷下。

【作　者】龔鼎孳（西元一六一五～一六七三年），明末清初文學家，字孝升，號芝麓，廬州（今屬安徽省合肥市）人，明崇禎七年（西元一六三四年）進士，官至兵科給事中，入清後，官至禮部尚書，詩文與錢謙益、吳偉業齊名，合稱「江左三大家」。著有《定山堂全集》。

新雨後，綠蕪如髮，園蔬華華，青滿畦逕。啟扉視之，知一年春事又將爛熳矣。家人間擷作羹，劣得一飽。野香拂拂，從匕箸❶間出，誠有如子瞻所謂「飽霜雪之精，味含土膏者」❷。獨憐此物沒蓬蒿中，與貧士為伍，寒窗一嚼，勝十日大牢❸，甚不可進於達官貴人、鍾鳴鼎食❹、芍藥饌❺、珠砂羹之口。今中原敷敷❻，道殣相屬，鴈糞榆皮❼所在，仰以為命，甚且折骨解肢，與烏鳶爭攫喙之利❽。吁！可悲也！彼達官貴人日啖醲鮮，當翠袖奉卮、華園度夢時，亦曾念及野人藜藿不繼無耶！昔人曰：「民不可有此色，士大夫不可無此味。」知言哉。

【注　釋】❶箸　同「匕箸」。❷子瞻所謂二句　見蘇軾〈擷菜〉詩序：「輒擷菜煮之，味含土膏，氣飽風露，雖粱肉不能及也。」❸大牢　同「太牢」。天子祭祀社稷，牛、羊、豬三牲全備的犧牲規格稱「太牢」。❹鍾鳴鼎食　奏樂擊鐘，列鼎而食。形容豪門貴族的生活方式。❺芍藥饌　宮廷御饌，語見陳繼儒《見聞錄》卷六：「(桑悅)對曰：『使悅嘗上方芍藥饌，所不足甘，而一犳項何殊草具哉！』」❻敷敷　分散。❼鴈糞榆皮　饑民藉以充腹的東西。王錫爵〈勸請賑濟疏〉：「河南巡按御史陳登雲封進飢民所食鴈糞，示臣等觀。」❽欔喙之利　形容烏鳶耙梳、啄食屍體的樣子。欔，耙梳。

【語　譯】新雨後，綠葉像髮絲一樣柔順，滿園的蔬菜長勢茂盛，滿畦都是青綠的顏色。我打開門向外看去，知道又到一年春光爛漫的時候了。家人偶爾採來做羹，差不多也可充作一餐。野菜的香氣拂面，從匕箸間透出，正像蘇子瞻所說的：「飽蘊霜雪的精華，含蓄土地甘美的味道。」可惜它們，埋沒在野草中，與貧士為伍，寒窗士子咀嚼它的滋味，勝過十天太牢的盛宴，那些達官貴人、鍾鳴鼎食之家，那些食用芍藥饌、硃砂羹的貴人之口，是不知道它的滋味的。如今中原分裂，道路上陸續可見餓死的人，百姓仰仗鴈糞榆皮充饑活命，甚至折斷、拆散屍體的骨頭，與烏鴉、禿鷲爭奪屍肉。嗚呼！可悲的景象！那些達官貴人們每天吃著甘美、新鮮的食物，當他們享受著翠袖美人捧杯伺候的時候，當他們在豪華的園林中做著美夢的時候，是否想過普通百姓連藜藿都吃不飽！古人云：「百姓不可面有菜色，士大夫不可不知野菜的味道。」真是明智的話。

【研　析】「野人藜藿」之味為何？東周《詩經・豳風・七月》曰：「七月食瓜，八月斷壺，九月叔苴，采荼薪樗，食我農夫」；東晉陶淵明〈歸園田居〉曰：「種豆南山下，草盛豆苗稀」；中唐杜甫〈秋日阮隱居致薤三十束〉曰：「盈筐承露薤，不待致書求。束比青芻色，圓齊玉筯頭」；北宋蘇東坡〈點絳唇〉詞曰：「雪沫乳花浮午盞，蓼芽蒿筍試春盤，人間有味是清歡」；明代陳獻章〈與客夜飲〉曰：「老妻喚醒蒲團夢，更與殷勤煮菜根」；清代黃景仁〈晚泊九江尋琵琶亭故址〉曰：「蒓鱸蝦菜萬事足，安用江湖歎敝裘」；當代詩人海子〈平常人誕生的故鄉〉曰：「我想起在鄉下和母親一起過著的日子，野菜是第一陣春天的顫抖。」野菜是詩心，是慧性，是對幸福的歌頌，是對苦難的征服，是得於自然的感性開始，是歸於自然的理性最後，是重複地創造，是創造地重複。在土地中的人，在春天中的人，在故鄉中的人，怎能沒有獻給野菜的期盼和喜悅呢？

晴窗書事

龔鼎孳

【題解】本文選自《定山堂古文小品》卷下。

月來陰雨黯晦，檐溜❶滴瀝，如遠公山房蓮漏❷，才才吉吉，使人春愁暗長。今午風日稍霽，取架上書一卷，伏几讀之。瓶梅細細作寒香，從鼻間度去，急追之，如爐烟，因風一絲散漫，已復再來嬝人，因念此數點幽花，入吾碧紗淨榻間已十許日。僕兵事冗沓，跌塵土坑塹中，披衣晨出，夜不得息，纔支枕小臥，衙鼓一聲，好夢又敲斷矣。彼冰魂淡淡，孤芳自憐，從開至落，僅博吾半晌幽賞。鶯花九十❸，忽忽焉虛擲其三。人生百年，為茫劫驅迫如此，清福難享，信哉！

【注釋】❶檐溜　順簷溝流下的雨水。❷遠公山房蓮漏　東晉高僧慧遠居廬山時所造的計時器。謝維新《事類備要》：「惠遠以山中不知更漏，乃取銅葉製器狀如蓮花，置盆水上，底孔漏水，半之則沉，每晝夜十二沉，為行道之節。」❸鶯花九十　指三春九十天。

【語譯】最近一個月以來，天氣黯晦，陰雨綿綿，雨水順簷溝流下，發出才才吉吉的聲音，就好像慧遠大師山房中的蓮花刻漏，使人春愁暗長。今天天氣稍稍放晴，我取架上一卷書，伏几讀之。聞得花瓶中的梅花發出絲絲寒香，從鼻尖飄過，我急切地追尋它，它卻如同一縷爐煙，隨風散漫，又再來一縷裊裊襲人，想這數枝梅花，供在我的碧紗櫥間已經十幾天了。我在軍中的事務繁雜，如同跌入塵土坑中，從早晨披衣而出，直到夜晚都不得休息，深夜才支枕小臥，凌晨衙鼓一響，好夢又被敲斷。梅花的淡淡冰魂，只落得孤芳自憐，它從開至落，只博得我半心半意的欣賞。三春時光，已匆匆過了四分之三。百年人生，被茫然外務逼迫如此，清福難享，真是如此！

【研　析】北宋晏殊〈浣溪沙〉有「一向年光有限身」的感歎，人總是在對時間的警醒中去領會「生存」這件事。龔鼎孳書房中的梅花已經供養了「十許日」，他卻對梅花的存在毫無知覺，直到久陰的天氣「風日稍霽」，又能得空「取架上書一卷，伏几讀之」，身心從「茫劫」中稍稍抽出，這個時候，梅香突然照面了！德國當代存在主義哲學家海德格爾在他的著作《存在與時間》中提出「此在」的概念，「此在」指向人的本真的生存狀態，而所謂「本真的」在時間性上是「將來的」，一個人的「此在」先行具有地「在」他將來的世界中：「只要『此在』存在，它就已經把自己指派向一個來照面的『世界』了」(《存在與時間》第十八節)。在這裡，海德格爾所言的「將來」不指按照某一個計劃、設計而展開的那種時間流，凡是可以提前計劃、設計的時間都是對「此在」的遮蔽。他所謂的「將來」的到臨方式表現為每一個猝不及防、不可預測的「當下因緣」，當倉促的人們下意識地敞開自己直覺的時候，「此在」在當下直覺中現身了，這就是所謂的「經歷存在」。「此在」是人對自身的「領會」，它綻露在剛剛「照面」的當下情緒中，而直覺是領會「此在」的途徑。之後，「反思」開始對直覺領會進行「解釋」——「解釋」的活動或能留下「此在」，或丟失了「此在」。龔鼎孳在梅香突然照面的當下，直覺到自己情緒的波動，他「急追之」——那個「如爐烟，因風一絲散漫」的剎那當下如此珍貴，因為在那一瞬間，「此在」豁然開朗了。龔鼎孳刻意地試圖去記住聞到梅香時的直覺領會，並對它進行了反思，在反思後，他對自己的「生存」境遇有了一種整體性的認識：「人生百年，為茫劫驅迫如此，清福難享，信哉！」作家對當下直覺的捕捉能成就深刻的文字，因為只有當下直覺能領會「存在著」的秘密。龔鼎孳這篇小文對「梅香」的捕捉令人難忘，正因為它把一種「存在著」的體驗留在了文字中。

題樵耒二兒雜文

董　說

【題解】本文作於清順治十三年，選自董說《董說集》卷三。

【作者】董說（西元一六二〇～一六八六年），明末清初文學家、哲學家，字若雨，號俟庵、月函、漏霜，烏程（今屬浙江省湖州市）人，明諸生，復社成員，曾師從抗清死節的學者黃道周。明亡後，董說出家為僧，法號南潛，字寶雲。著有《丰草庵全集》，小說《西遊補》。

鷓鴣生❶曰：乙酉❷夏，余移家鹿山❸，耒兒始四歲耳。一家聚樵船中，惘惘❹西去。耒兒生未嘗見青山，初望見郭西遠峰綠溼，忽失聲曰：「彼青青者，雲堆矣。」船中人收涕為笑，乃指而告之曰：「山也。」已寓鹿山草堂，適晨雨，卷簾，雲滿天，了無見也，耒兒復失聲曰：「山亡矣」。則復聚而大笑。樵長於耒三歲，時能拾澗中石子，布地作小洛書❺，又喜縫槲葉為綠蓑衣樣，結草像漁父，衣蓑持釣，耽翫盡日。晚則隨余立書堂橋上，縱望紅霞縷縷。余或裂紙寫唐人〈遊仙曲〉❻，命樵兒緩聲誦之，亦悽放可聽也。歷十餘年，作石子小洛書者，弄筆墨造山海卦緯❼矣，狂論《歸藏》❽矣，表《周禮》六夢❾矣。失聲歎山亡者，出新意製香箋矣，能手定策卦十八變全圖❿矣。嗟乎！歲月新而齒髮改，不亦傷哉。

【注　釋】❶鷓鴣生　董說自號。❷乙酉　指順治二年。❸鹿山　在今蘇州市區西郊。❹惘惘　失意傷感的樣子。❺洛書　洪範五行圖。伏勝《尚書大傳・洪範五行傳》：「初，禹治水，得神龜負文於洛，於以盡得天人陰陽之用。」❻唐人遊仙曲　或指王績〈遊仙〉四首。❼造山海卦緯　為《周易》中的蒙卦、損卦作緯文。❽歸藏　傳說中的古易書，與《連山》、《周易》統稱「三易」。❾周禮六夢　《周禮・春官》：「以日月星辰占六夢之吉凶：一曰正夢，二曰噩夢，三曰思夢，四曰寤夢，五曰喜夢，六曰懼夢。」❿策卦十八變全圖　《周易》大衍筮法按「四營十八變」的順序進行占卜，其所成圖，即名「十八變全圖」。

【語　譯】鷓鴣生言：乙酉年夏天，我搬家到鹿山去，耒兒那時剛剛四歲。一家人聚集在一艘運柴船中，失意悲傷地向西駛去。耒兒出生以來還沒有見過青山，望見城郭西面的潤綠山峰，突然無意識地說：「那青色的，是雲堆呀。」船中家人收淚而笑，指著山告訴他：「那是山」。住進鹿山草堂以後，一天早晨下雨，捲起窗簾，陰雲滿天，什麼都看不見，耒兒又無意識地說：「山不見了」。家人又聚而大笑。樵兒比耒兒大三歲，那時會撿拾澗中的小石子，在地上排布小洛書，又喜歡把槲葉用草連接、縫成綠蓑衣的樣子，扮演蓑衣垂釣的漁父，整天沉迷於這些遊戲。傍晚，樵兒則隨我站立在書堂前的橋上，放眼望向縷縷紅霞。我有時撕一張紙，把唐人〈遊仙曲〉寫在上面，命樵兒慢慢讀誦，他讀得傷感自肆，可供我一聽。如今過去十多年了，曾經排布小洛書的那個孩子，已經能提筆為山海卦造緯文了，能自負地議論《歸藏》了，能解說《周禮》六夢了。那個無意識歎「山不見了」的孩子，能自出新意地製作香箋，能親手排出策卦十八變全圖。誒呀！歲月更新而容顏改變，這難道不令人感傷嗎！

【研　析】孩子的成長，彷若父母在精神上的一次新生。唐代大詩人杜甫稱羨畫家劉單的兩個兒子曰「自有兩兒郎，揮灑亦莫比。大兒聰明到，能添老樹巔崖裏。小兒心孔開，貌得山僧及童子」（〈奉先劉少府新畫山水障歌〉）。辛棄疾〈清平樂〉詞描寫自己的兒孫之樂曰：「大兒鋤豆溪東，中男正織雞籠，最喜小兒無賴，溪頭臥剝蓮蓬。」修身、齊家、治國、平天下，「家庭」是個人價值最切近的外在實現場所。「家庭」作為人倫實現的一端，在儒家文化中占有重要地位。〈詩經・周南〉始於〈關雎〉，終於〈麟之趾〉；《詩經・召南》始於〈鵲巢〉，終於〈騶虞〉。在這兩組被稱為「正風」的、代表了理想社群的詩歌中，家庭價值始於理想夫婦（〈關雎〉、〈鵲巢〉），終於理想子孫（〈麟之趾〉、〈騶虞〉）。

本文作於清順治十三年，亡國易代之際，如何維持「家、國、天下」的世界構成對於很多明代士大夫而言成為一種精神上的挑戰，而其中依然堅固如昔的價值維度只有「家庭」一維。當然，在董說這篇家居生活的隨筆中，我們只看到他對孩子成長過程的由衷享受，他也許並不想在自己兒子身上強加自己的志願，但兩個孩子對《易》學、尤其對生僻的《易》緯學的興趣顯然已經受到了他治學生涯的影響。對他而言，孩子們的成長已經實現了「於嗟麟兮」（〈周南・麟之趾〉）的欣慰感嘆。董說最終出家為僧，選擇全面放棄傳統儒家士大夫「家、國、天下」的外部世界，而把生命全部內轉。如本文這般的家庭記憶，便成為了他對常序世界的最後體味。

示兒燕

孫枝蔚

【題　解】本文是作者寫給兒子的一封短信，選自孫枝蔚《溉堂集》卷二。

【作　者】孫枝蔚（西元一六二〇～一六八七年），明末清初詩人，字豹人，號溉堂，三原（今屬陝西省咸陽市）人。明末時，參與抵抗李自成軍的戰爭，入清後，地方薦舉孫枝蔚等九人應康熙十八年（西元一六七九年）博學鴻詞科考試，試後，孫託病老求歸，賜內閣中書銜放歸。著有《溉堂集》。

初讀古書，切莫惜書，惜書之甚，必至高閣。便須動圈點為是。看壞一本，不妨更買一本。蓋惜書是有力之家藏書者所為，吾貧人未遑效此也。譬如茶杯、飯椀，明知是舊窑當珍惜，然貧家止有此器，將忍渴忍飢作珍藏計乎？兒當知之。

【語譯】初讀古人書時，不要愛惜它們，過分愛惜它們，一定會將它們束之高閣。直接在書上圈點就行了。看壞一本，不妨再買一本。愛惜書籍是有財力的藏書家才幹的事兒，咱們窮人家沒法學人家那樣。譬如茶杯、飯碗，明明知道是應當珍惜的古董，然而貧家只有這些器皿，莫非忍渴忍饑而將這些杯、碗珍藏起來嗎？孩子，你要明白。

【研析】古代書籍昂貴，一般書籍的價格，從唐代至清代，常以「一冊百錢」為價。當然，在不同的歷史時期，錢、銀的折算比例是不一樣的。我們以明代宣德、正統間楊士奇的購書經歷為例，他曾用「五百文」購得《諸儒史評》五冊（《東里集・諸儒史評》），並認為《史略釋文》一冊「市直百錢」（《東里集・史略釋文》）。按嘉靖初年的錢、銀換算法，一冊書籍大抵值銀一錢四分。根據《明史・食貨志》，明宣宗初年的一位正七品的縣令，其三分之二的年俸用銀支付，約二十七兩五錢銀子。那麼，按一位縣長的總收入來算，則他一天的收入大約能購入一冊書。古代的「一冊」書籍，頁數少的少至十餘葉（面），頁數多的很難超過兩百葉（面），如果對照我們今天的書籍價格，古人購書難矣、貴矣。故而明代楊廉〈別蔡介夫終養歸泉南十首〉有句曰：「年來幾俸金，舉以付書肆。」明、清藏書之家，非資財雄厚者不能為之。孫豹人早年毀家赴國難，晚年清貧，以至於子孫視「書」為奢侈之物。然而，書籍之為「物」固然是有價的，它對人生的影響卻不是能用金錢來衡量的。明代古文家歸有光〈項脊軒志〉有「借書滿架，偃仰嘯歌，冥然兀坐，萬籟有聲」的生活寫照，人對書籍的最迫切需求是「閱讀」，而不是「擁有」。孫豹人少年富貴，國難之後，家中的「古書」、「舊窑」漸漸由收藏品變成了生活必需品，在這一過程中，他也漸漸學會了用最誠懇的態度去面對生活。〈示兒〉一文簡短樸實，然而對於孟子所謂「貧賤不能移」者，又留一具體寫照。

題秋林落木圖

徐　枋

【題　解】《秋林落木圖》，宋代著名遺民鄭思肖畫作。鄭思肖，字憶翁，號所南，一生孑然，漂泊而終。鄭思肖的操守、文學、藝術諸方面皆孤峭高潔，成為後世士林的榜樣。明代程敏政《宋遺民錄》有傳。本文選自徐枋《居易堂集》卷十一。

【作　者】徐枋（西元一六二二～一六九四年），明末清初畫家、詩人，字昭法，號俟齋、秦餘山人，吳縣（今屬江蘇省蘇州市）人，崇禎十五年（西元一六四二年）舉人，父徐汧明亡殉節。入清後，徐枋隱居不仕，白號孤哀子，與楊無咎、朱用純並稱「吳中三高士」，與沈壽民、巢鳴盛並稱「海內三遺民」。著有《居易堂集》。

畫家皆祖顧長康❶，長康博學有才氣，文賦諧謔，為人高邁不羈，故當時推為三絕，謂癡絕、才絕、畫絕也。余嘗謂人必胸中自有所蘊蓄而寄之於一事，故能神韻超舉，天機卓絕。若長康者，苟無其才與癡，則其畫亦未必能精詣至於此也。後世若郭恕先之蟬蛻生死❷，米襄陽之遺忽形骸❸，黃癡翁❹之高寄，倪迂叟❺之清絕，其風調為何如者？此皆有不可一世之概，無所於容而一出之於畫，則當其驅染煙墨，圖繪山川，神會所寄，不僅謂之畫也。昌黎❻論張旭❼草書：「喜怒窘窮，憂悲愉佚，怨恨思慕，酣醉無聊，不平有動於中，必於草書焉發之。」

嗟乎！得之矣。昔宋之亡也，有遺民鄭所南先生，隱居不出，而嘗寫墨蘭以寄意。余謂所南畫蘭一花一葉，無不具風人❽之哀怨、《楚騷》❾之離憂，而可僅謂之畫耶？故其畫亦超絕千古。丁未❿秋日偶作《秋林落木圖》贈靈白大法師，并為題此，師覽余言，當為我首肯也。至搖落之感，所謂秋冬之際，尤難為懷，則又無俟余言矣。

【注釋】❶顧長康　顧愷之，字長康，東晉書畫家。❷郭恕先之蟬蛻生死　郭忠恕，字恕先，宋初書畫家。《宋史・郭忠恕傳》稱恕先死後，其屍如蟬蛻：「故人取其尸，將改葬之，其體甚輕，空空然若蟬蛻焉。」❸米襄陽之遺忽形骸　米芾，湖北襄陽人，北宋書畫家。遺忽形骸，語出王羲之〈蘭亭集序〉：「放浪形骸之外」。❹黃癡翁　黃公望，號大癡道人，元代書畫家，「元四家」之一。❺倪迂叟　倪瓚，自號倪迂，元代書畫家，「元四家」之一。❻昌黎　唐代文學家韓愈。❼張旭　唐代書法家，有「草聖」的稱號。❽風人　《詩經・國風》。❾楚騷　《楚辭・離騷》。❿丁未　康熙六年（西元一六六六年）。

【語譯】畫家都祖述顧長康，長康博學有才氣，為文作賦詼諧戲謔，個性高邁不羈，所以當時人都推稱他的「三絕」：癡絕、才絕、畫絕。我曾說一個人必須胸中自有蘊蓄，且將這蘊蓄寄託在一件事情上，才能在這件事情上表現出超脫的神韻、卓絕的天機。假若長康沒有他的才與癡，那麼他的畫也未必能達到如此精絕的造詣。後世畫家如蟬蛻生死的郭恕先，遺落形骸的米襄陽，寄託高遠的黃癡翁，清逸絕塵的倪迂叟，他們又有怎樣的風調？這些畫家都有不可一世的氣概，他們的胸襟氣概無地可容而一出之於畫，當他們驅染煙墨、圖繪山川時，他們的心神所寄，不僅僅在畫技上。韓昌黎論張旭草書云：「喜怒窘窮，憂悲愉佚，怨恨思慕，酣醉無聊，七情不平而有動於中，必在草書上表現出來。」哎呀！我從這些前輩書畫家身上有所覺悟。南宋滅亡之後，遺民鄭所南先生，隱居不出，曾畫墨蘭以寄託心意。我覺得他所畫墨蘭的一花一葉，無不具有〈國風〉哀怨之情、〈離騷〉離憂之怨，怎可僅把它們當作畫技來論？所南的畫因此超絕千古。丁未秋日，我偶繪《秋林落木圖》，贈靈白大法師，並題寫此跋。靈白大法師讀了我寫下的文字，應當首肯我的看法吧。至於零落凋謝之感，在這秋冬之際，尤其讓人難以釋懷，則又不用我多言了。

【研　析】季氏使閔子騫為費宰，閔子騫曰「吾必在汶上矣」（《論語・雍也》），堯欲讓天下予許由，許由曰：「鷦鷯巢於深林不過一枝，偃鼠飲河不過滿腹。歸休乎！君子無所用天下為」（《莊子・逍遙遊》）。有所不為者，狷介之士也。宋亡之後的鄭思肖，明亡之後的徐枋，其亡國之遭際、狷介之性格以及天才般的藝術稟賦，千古之間，知音可求。而他們那一種巋然屹立的姿態，輝映在傳統士人最需要接受人格考驗的明清易代時期。入清以後，徐枋秉承父志，以遺民自居，「遁跡不出，初居鄧尉山中，後隱靈巖之上，沙土舍數椽，讀書其中，布衣草履，終身不入城市。家貧常賣畫自給，雖藜藿不繼，而莫能強以一錢之餽。平日往來，同志數人外，雖至戚罕得見面」（《（同治）蘇州府志》）。徐枋對自己選擇的這種艱難孤獨的遺民生涯並不後悔，也不存一絲僥倖，並把這份決絕體現在他的繪畫藝術風格中。

這篇題跋評價了歷代著名畫家顧愷之、郭忠恕、米芾、黃公望、倪瓚等人，皆以其人品論其畫品。《孟子》提出「知人論世」的文學評價原則，徐枋把這一原則移用在繪畫評論上。對於同為「遺民」的鄭思肖，徐枋更是給予了深切的理解，透過其墨蘭圖「求則不得，不求或與。老眼空闊，清風萬古」（《宋遺民錄》鄭思肖墨蘭圖自題）的孤介態度看到了自己的藝術道路。文中兩次提及「不僅謂之畫」、「而可僅謂之畫」，失去了家、國的徐枋，把自我價值全部寄託在繪畫藝術上，成就了「用筆極整飭工緻，墨氣淹漬明淨」（張庚《國朝畫徵錄》）的繪畫風格，和他肅靜的人格操守一同在歷史上留下了一位介士的姿態。

宛臬記

魏　禧

【題　解】宛，中央隆高的樣子，《爾雅・釋丘》：「宛中，宛丘。」臬，古代測日影的標桿。宛臬，煢煢獨立的樣子。本文選自魏禧《魏叔子文集外篇》卷十六。

【作　者】魏禧（西元一六二四～一六八一年），明末清初古文家、詩人，字叔子，一字冰叔，號裕齋，學者稱勺庭先生，寧都（今屬江西省贛州市）人，明諸生，明亡後絕意仕進，隱居江西翠微峰「易堂」，與兄際瑞、弟禮合稱「寧都三魏」，魏氏兄弟又與彭士望、林時益、李騰蛟、邱維屏、彭任、曾燦在翠微峰講學，合稱「易堂九子」。魏禧特擅古文，與侯方域、汪琬並稱清初古文「三大家」。著有《魏叔子文集》。

余初遊秦郵❶，見黃黃山❷，問所與游何人，黃山曰：「李子以氣矜聞淮左。」折簡致之，相見於南樓。余遽返邗上❸，明年再至，始報謁。經西城之隅，屋瓦漸稀，林木蔬圃，雜藝如方罫❹。迺渡長渠，徑小隄，高下垂柳，望之隱見，若有亭榭，則廣池演漾，渠甓社之水❺東環而瀦之於是。架板橋左右，偏衡木，折而迤於門，垂堂則池水再絕，躡板如馮几，以延西除❻。倚檻而立，滉滉然，澄澄然，亭榭浮於水際，余顧而樂之忘返也。李子曰：「吾之新有斯堂也。其為我名之。」予曰：「堂中隆，四面水周。《爾雅》曰：『宛中，宛丘。』郭景純曰：『中央隆高，故曰丘。』上有丘為宛，丘斯堂也。不丘而臯，臯於水若丘加堂焉。丘有丘矣，名之曰宛臯。《詩》曰『宛在水中央』❼，思伊人也。李子二十年汲汲若不自釋者，誰思乎？」

【注釋】❶秦郵　江蘇高郵縣別稱。❷黃黃山　黃鳴岐，休寧人。❸邗上　江蘇揚州邗江區。❹方罫　棋盤。❺甓社之水　江蘇高郵市甓社湖。❻除　臺階。❼宛在水中央　語出《詩經・秦風・蒹葭》。

【語譯】我初遊高郵時，見到黃黃山，問他與何人交遊，黃山曰：「李子以氣節聞名淮左。」我致信邀請李子，相見於南樓。之後，我匆忙返回邗上，第二年再至高郵，才去拜訪他。經過西城後，房屋漸漸稀少，林木蔬圃，交錯種植如同一塊塊棋盤。於是渡長渠，徑小隄，從高下垂柳間眺望，隱約可見亭榭，它們建築在一片寬廣蕩漾的池水中，這池子是從東面引甓社湖的水環繞而來、積蓄而成。池中左、右各架一板橋，鋪上橫木，曲折通往池中屋堂，鄰近屋堂，橋被池水隔絕，我踩著僅供踏腳的窄板如同踩在几上一樣，被引向了堂西面的石階。進入堂中，倚欄而立，水面搖蕩、清澈，亭、榭彷彿浮在水際，我反倒樂而忘返了。李子說：「我新有此堂。為我給它取個名字。」我說：「此堂隆起於水中央，四面池水環繞。《爾雅》說：『宛中，宛丘。』郭景純說：『中央隆高的地勢，叫做丘。』中央有丘的地形叫做『宛』，丘隆起於地如同堂立於水面。堂高聳的樣子就像臯，不樹丘而樹臯，臯立於水中，如丘，如堂，如宛。我把此堂命名為宛臯。《詩》云『宛在水中央』，表達思念伊人的意思。李子二十年不懈追求，又到底在思念著什麼呢？」

【研析】「宛臯」，水上堂也，魏禧友人「李子」建於城郊者。宛，中央隆高的地形；臯，標桿也。名以「宛臬」，形容孤堂矗水，四圍茫茫，惟影相顧的模樣。〈秦風・蒹葭〉云：「遡洄從之，道阻且長，遡游從之，宛在水中央」，「宛臬」築出思念的意味，「思伊人也」。然而，「誰思乎？」

楚辭〈九歌・湘夫人〉描寫湘君仰慕湘夫人，然而思見不得，於是「築室兮水中」，用草木建築一座水上百草堂。「宛臬」的主人也有求之不得的「伊人」嗎？

《漢書・郊祭志》記載了漢武帝在汶水之上重建天子之堂「明堂」的史事，其時濟南人公玉帶獻黃帝明堂古制圖，明堂的建築亦是由數座「水上堂」構成：「明堂中有一殿，四面無壁，以茅蓋，通水，水圜宮垣。為復道，上有樓，從西南入。」環繞明堂的水面叫「辟雍」，「辟者，璧也，象璧圓，又以法天。於雍水側，象教化流行也。辟之為言積也，積天下之道德也，雍之為言壅也，壅天下之殘賊，故謂之辟雍也」（班固《白虎通德論》卷四）。魏禧「以氣矜聞淮左」，他觀看這座類似於明堂局部的環水孤堂，所思者乃華夏之故國乎？

宋代祖龍學有詩曰：「松風逗磬僧齋冷，石水環堂客夢寒。」（〈寺有四絕，一曰靈岩，予以赴官，獲此稅鞅，因賦拙句，用志其行〉）詩題中的「稅鞅」意為解脫羈絆，則環水而居，隔絕塵囂，或者，宛臬象徵著寂靜心靈的回歸？

如果建築能言說，水上堂則是一種帶有濃厚的言說欲望的建築形式。而一個人若無思無慕，又怎會選擇環水孤居？魏禧的年長友人李思訓曾評價此文曰：「班剝奧秀，柳子厚復出於世。」「宛臬」之為建築有一種幽辟的意味，魏禧的散文又有一種幽雋的風格，兩相呼應，成此美文。

白渡泛舟記

魏　禧

【題　解】 白渡，在今江西省吉安市泰和縣。作者於康熙十六年丁巳（西元一六七七年）四月至泰和拜訪友人蕭孟昉，遇大水，寫下此文。本文選自《魏叔子文集外篇》卷十六。

丁巳四月，予訪蕭子孟昉❶於白渡，舍龍眠陳子❷之室。門臨清溪，平坡曼衍，綠草延緣，洲渚迴間，黃犢烏犍散牧其間，或嚙、或飲、或寢、或犇。隔岸有高樹斷林，屋瓦上下，隱隱見大江，遠山黛橫，平截天末。予甚樂之，獨恨未有亭閣足游憩。五月八日晴天無雲，江水倒入，浸灌坡陀，綠頂微出。明日大漲，東西瀰漫，勢合大江，極目所周，不下十里，五抱之樹、叢篠瓠蔓，植半水中。孟昉方營滕❸寓予，薄莫❹過之，登黛橫樓，以觀漲水。周虎落❺，樓在中央。孟昉曰：「月出風微，與子汎舟乎？」予大喜，於是牽野航❻，懸躡板❼，而坐浮乎中流。波平如縠❽，人影在江，予謂孟昉曰：「吾性翫花月，觸緒紛來，不能自定。唯臨流水，則忘憂。」孟昉曰：「人生適意為樂耳。苟能自樂。何往非水？吾明年六十，其何不自解天之弢❾？」為詩曰：「子有酒食，何不日鼓瑟。且以喜樂，且以永日。宛其死矣，他人入室。」

時同汎者孟昉二子從淯、從沛，弟子從泓，妹壻陳子則象，白水僧寂聞。孟昉乃指二子而謂予曰：「《詩》所謂他人『匪他』❿，此即是也。」人苦樂不相代，如食木果，甜酸自知耳。既夜，舟子迴船鼓枻，予扣舷而歌曰：「山杳靄兮月霏微，水澹澹兮吾何之？洞庭無風兮彭蠡不波，葉陂⓫吾徜羊⓬兮風吹衣。」

【注釋】❶蕭子孟昉　作者友人蕭伯升，字孟昉。❷龍眠陳子　作者友人陳焯，字默公。❸營膝　謀求一席之地。❹薄莫　通「薄暮」。❺虎落　藩籬。❻野航　農家小船。❼躡板　水岸供人踏腳的木板。❽絚　同「亘」。延伸出去的樣子。❾解天之弢　解除天生的束縛。語出《莊子・知北遊》：「解其天弢，墮其天袠。」❿匪他　意指家人兄弟，語出《詩經・小雅・頍弁》：「豈伊異人？兄弟匪他。」⓫葉陂　春秋時楚惠王封諸梁子高於葉（今河南平頂山葉縣），號葉公，葉公所築渠稱葉陂。⓬徜羊　同「徜徉」。

【語譯】丁巳年四月，我到白渡拜訪蕭子昉，住在龍眠陳子的寓所裡。寓所門前臨著一條清溪，平坡延展，綠草連綿，溪中洲渚曲折相間，黃牛、黑牛散牧坡間，牛兒們或吃草、或飲水、或寢臥、或奔跑。對岸有高大的樹林遮斷視線，從屋瓦空隙間，隱隱可以看見大江流淌，遠山如一抹橫臥的黛色，阻斷了天際。我很喜歡這景色，只是遺憾沒有可供遊憩的亭閣。五月八日天晴無雲，江水氾濫，倒灌溪中，溪水淹浸坡陀，洪水中，綠色的坡頂微微露出。第二天水勢大漲，瀰漫東西，淹沒了陸地，將與江面連接，極目所望，一片汪洋，不下十里，五抱的大樹、叢篠瓠蔓，大半植物淹沒在水中。孟昉為我找了一席安身之地，傍晚的時候，他來拜訪我，我們一起登上黛橫樓，察看水勢。樓的四周築起籬牆阻隔洪水，樓在水中央。孟昉說：「月亮出來了，微風輕拂，我們一起泛舟吧？」我很樂意，於是牽來野舟，踏過躡板，浮泛在洪水之中。微波綿延，人影倒映在江中，我對孟昉說：「我性好耽玩花月，心緒觸動，七情紛紛湧起，不能自定。只有在面對流水的時候，才能忘憂。」孟昉說：「人生適意為樂。如能自樂。哪裡不是臨水？我明年六十歲了，何不自己解開天生的束縛？」他作詩曰：「子有酒食，何不日鼓瑟。且以喜樂，且以永日。宛其死矣，他人入室。」

當時一起泛舟的人，還有孟昉的兩個兒子從湑、從沛，姪子從泓，妹婿陳則象，白水僧寂聞。孟昉指著兩個兒子對我說：「《詩》所謂他人『匪他』，這就是了。」別人不能代替我去感受苦樂，比如食木果，甜酸只有自己知道。夜深了，舟子擊槳返航，我扣舷而歌曰：「山杳靄兮月霏微，水澹澹兮吾何之？洞庭無風兮彭蠡不波，葉陂吾倘羊兮風吹衣。」

【研　析】作者友人蕭孟昉評價此文曰：「寫景處有難畫之工，無一筆依〈赤壁〉而旨益高妙，歌寓意自深，但覺瀟灑出塵耳。」這篇文章呼應蘇軾著名的散文賦〈前赤壁賦〉而作，兩篇文章一雄渾壯美，一沖淡瀟散，然而闡發人生解脫、生死超越的主旨則一致。

蘇軾〈前赤壁賦〉由苦悟樂，先言人生之悲，曰：「寄蜉蝣於天地，渺滄海之一粟」，後又言人生之解脫曰：「惟江上之清風，與山間之明月，耳得之而為聲，目遇之而成色，取之無禁，用之不竭，是造物者之無盡藏也。」大有破除一切分別與執著，於呼吸行走中去安身立命的人生覺悟，充滿無所畏懼、無所倚恃的勇氣和對未來充分開放的光明心態。本文也先言人生的際遇無常，那「平坡曼衍，綠草延緣，洲渚迴間，黃犢烏犍散牧其間」的平和山村，數日之後竟遭洪災：「江水倒入，浸灌坡陀……極目所周，不下十里，五抱之樹、叢篠瓠蔓，植半水中。」然而，漫漫洪水之中，作者和友人居然還有泛月遊覽的興致：「人生適意為樂耳。」《周易・繫辭》曰：「近取諸身，遠取諸物」，向外「格」物是求真理的一條途徑，向內「省」身是求真理的另一條途徑。當外在際遇陷於不可把握的無常漩渦中時，即是向內觀照、省求人生安定之理的時候，即所謂「適意為樂」的時候。

本文語言沖淡平和，然而字裡行間充滿對世事荒誕的體認，倏而平坡綠草，倏而洪水滔天，倏而又夜歌於洪水之上，所當悲者一無所悲，所當懼者一無所懼，只留下流水帶來的啟悟和骨肉暫聚的淺淺歡情。洪水氾濫的畫面充滿一種無法揮去的毀滅感，作者從內心求得的自我覺悟卻如同昏暗天地間的一點明亮，給他帶來超越苦難的正面力量。

十二硯齋記

計東

【題解】本文是作者為友人汪懋麟的書齋「十二硯齋」而作的一篇記文，選自計東《改亭詩文集》卷九。

【作者】計東（西元一六二五～一六七六年），明末清初文學家，字甫草，號改亭，吳江（今屬江蘇省蘇州市）人。明末曾作《籌南五論》上史可法，入清後，中順治十年（西元一六五七年）舉人，陷奏銷案被革去功名，布衣終身。著有《改亭詩文集》。

孔子善言覺，莊周善言夢。然孔子信其夢，猶信其覺也，周公兩楹❶是已。莊言夢曰「栩栩然」，言覺曰「蘧蘧然」❷，覺言大，夢亦言大也。莊曰：「君乎？牧乎？固哉！」❸，夢之中又占其夢。故變〈小雅〉曰：「視天夢夢」❹，天若曰予詔，人亦若是則已矣。江都汪季舟舍人，仕京朝，貧無以賃屋宅，一硯自隨，日治之甚勞苦，夜臥病，夢入一殿中，硯多至不可數，悉瑰麗秀潤，心欲之，採其尤可愛者懷十二以歸。蘧蘧然覺，仰視其賃屋，識之曰：「十二硯齋」。不知硯之為夢，屋之為賃也。其友聞之曰：「善乎！汪舍人！君乎，牧乎，硯乎，一也。」《周禮．大宗伯》屬中士二人掌六夢❺，於季冬聘王夢，獻吉夢於王。噫！誕矣！今十二月，屆時舍人不以獻而以私其居，語其友曰：「為我記之。」其友曰：「記之。子得十，我乞二，子許我乎？」舍人曰：「諾。甘與子同夢。《詩》言之矣，敢不勉乎？『視天夢夢』，予既獻之矣，子何吝？」其友曰：「諾。」故記之。

【注釋】❶周公兩楹　事見《禮記・檀弓上》：「（孔子曰）予疇昔之夜夢坐奠於兩楹之間，夫明王不興而天下其孰能宗予？予殆將死也。」❷莊言夢曰二句　語出《莊子・齊物論》。栩栩，生動的樣子。蘧蘧，徐徐，悠然的樣子。❸莊曰四句　同出《莊子・齊物論》。❹故變小雅曰二句　視天夢夢，昏亂不明的樣子，語出《詩經・小雅・正月》。《毛詩》將〈大雅・民勞〉、〈小雅・六月〉以後的詩歌稱為「變雅」。❺六夢　事見《周禮・春官》：「以日月星辰占六夢之吉凶：一曰正夢，二曰噩夢，三曰思夢，四曰寤夢，五曰喜夢，六曰懼夢。」

【語　譯】孔子擅長言說自己的覺醒，莊周則擅長言說自己的夢。然而，孔子相信自己的夢，如同相信自己的覺醒，「周公兩楹」的典故就是個例子。莊周用「栩栩然」形容夢時的自己，用「蘧蘧然」形容醒時的自己，用「大覺」形容覺醒，也用「大夢」形容夢境。莊周又言：「是君主？還是牧人？固執於這樣的區別真是愚昧啊！」，有人不自知身處夢境，卻還為夢中的自己占卜凶吉。變〈小雅〉故而哀歎：「天下是一場夢」，君主說「詔予即命」，庶人也只能把它當作又是一場大夢罷了。揚州汪季舟舍人，在京城做官，貧窮到幾乎無力租賃房屋，隨身只有一方硯臺，白天非常勞苦地處理政務，夜間臥病，夢見自己進入到一座宮殿中，殿中硯臺多到不可勝數，都很瑰麗秀潤，他心中很想要這些硯臺，選擇了尤其可愛的十二方帶回家。徐徐醒來，仰視自己的租屋，就把這屋子命名為「十二硯齋」。不在乎硯臺是夢到的，屋子是租來的。他的朋友，我，聽到這件事情，感歎：「善乎！汪舍人！君乎，牧乎，硯乎，都是一個夢啊。」《周禮・大宗伯》任命兩位中士掌管六夢，負責在季冬的時候聘問王夢，並獻群臣的吉夢歸美於王。噫！荒誕啊！現在也是季冬十二月，這時的汪舍人不獻出他的吉夢而把它留給自己，只對我說：「為我記下它吧。」我回答：「我會記下的。只是那夢中的硯臺，您得十方，我要兩方，您允許嗎？」舍人說：「好。願和您分享這個夢。《詩經》中已有前言，敢不勉力而為？『天下是一場夢』，我已經獻出我的夢了，又怎麼會對您吝嗇呢？」我說：「好。」記下了這件事。

【研　析】《周禮》有掌夢之士，有獻夢之禮。東漢大經師鄭玄注〈春官・大卜〉云：「夢者，人精神所寤」，唐代賈公彥疏曰：「謂人之寐，形魄不動，而精神寤見」。寤者，醒也，精神知覺中特殊的一種「清醒」狀態即是夢。故夢者，似虛而實，似幻而真。〈春官〉言大卜用蓍龜占卜天子之夢，云：「掌三夢之法，一曰致夢，二曰觭夢，三曰咸陟。」「三夢」分別為夏、商、周三朝的占夢法。天子之夢，是國家凶吉之「寤見」；小人之夢，則是自身的潛意識和隱藏情緒的「寤見」。

本文所記汪季舟，曾任康熙朝史館修纂官，這位獨仕京朝的揚州貧士，日常僅「一硯自隨」，一朝臥病，夜晚夢入一「硯」殿，從夢中摘得十二方硯臺來歸現實。由夢觀人，汪季舟嗜欲淺矣，嗜文深矣！白居易《白氏六帖事類集》記載了南朝著名詩人江淹夢中得五色筆的故事，明代計東這篇小文則記載了康熙朝名士汪季舟夢中得十二硯的故事。得筆之夢，得硯之夢，又乃文人之魄的典型「寤見」。

「夢」的體驗在中國古代文學中是一個極廣泛的題材。先秦《莊子・齊物論》留下莊周夢蝶的寓言；東晉《世說新語・文學》篇有衛玠問夢的故事；唐代詩人以夢為詩者多矣，比如杜甫〈晝夢〉、白居易〈因夢有悟〉等等；宋、元時〈紀夢〉漸漸成為了一種專門題材，詩人們借此題材以作自我紓解、以發對歷史的評價和對現實的觀察。所謂的私言、真言、狂言、幻言，皆在夢中「寤見」了。到了明代，一些理學家所作的〈紀夢〉組詩則成為了一個文學新現象，陳白沙、湛甘泉、羅一峰等皆有是作。羅一峰集中的紀夢詩多達三百餘首，朱彝尊《靜志居詩話》稱其：「一峰專心理學，詩不與韻士爭長，而集中紀夢詩多至三百餘首，難乎免於癖矣」。清代詩人的紀夢題材既有晉人〈遊仙〉一類詩歌的冶豔，也有借夢境談性理的枯淡，或往往仙佛、理學交雜而出。夢境之可紀、可感，甚至可贈、可獻，正因為人們相信恰有在虛幻的夢境中才能找到的真實。

日本鎌倉明月院有「以身外身，做夢中夢」的題詞，浮生若夢而夢若醒，「夢境」是短暫人生中特別且珍貴的生活體驗。而我們今天借助文字能夠進入到千百年前古人的夢境之中，也是因於和古人的一種特別且珍貴的宿緣吧。

賣藝文

呂留良

【題解】清順治十七年，作者因為政治觀點不同而隱居在家，和幾位處境相同的朋友一起策劃謀生的辦法，故有此文。選自呂留良《呂晚村先生文集》卷八。

【作者】呂留良（西元一六二九～一六八三年），明末清初文學家，字莊生，號東莊，初名光輪，字用晦，一字留侯，號晚村，崇德（今屬浙江省桐鄉市）人。清諸生，康熙時削髮為僧，名耐克，字不昧，號何求老人。呂留良公開反對異族統治，死後因牽涉曾靜謀反案而遭開棺戮屍。著有《呂晚村先生文集》、《東莊吟稿》，與吳之振等合編《宋詩抄》。

東莊有貧友四，為四明鷓鴣黃二晦、檇李麗山農黃復仲、桐鄉殳山朱聲始、明州鼓峰高旦中❶。四友遠不相識，而東莊皆識之。東莊貧或不舉晨爨❷，四友又貧過東莊。獨鼓峰差與埒❸，而有一母、四兄弟、一友、六子、一妾，乃以生產枝梧其家，而以醫食其一友，友為鷓鴣也。鷓鴣貧十倍東莊，而又有一母、五子、二新婦、一妾，居剡❹中化安山，有屋三間，深一丈，闊纔二十許步，床竄書籍，家人屯伏其中，烈日霜雪，風雨流水，遶攻其外，絕火動及旬日，室中至不能啼號。鼓峰雖以醫佐之，不給也。而又有金石玩好之性，喜鑿印章，結構撫摹秦漢間，作南唐圖書記❺或摹松雪朱文筆法❻，高雅可愛。至其精論六書❼，則斯邈俗吏，茫昧古法，殆不可與語。

東莊謂賣此頗可得飽腹，謀之鼓峰。云鷓鴣技不止此，若其可以玩世者，則又善畫畫，李思訓❽、趙伯駒❾二家法精致微妙，出是亦可得錢。因憶吾黃麗農畫亦兼南北宗，尤妙董、巨❿神理，下筆秀潤，生動直坐元四家於廡下。麗農固自秘，郡人亦無識者。年來困益甚，子女十數人，有子之妾四。麗農少壯故豪奢，日夕遂至不堪。責逋者環坐戶外，輒慟哭欲自引絕，責逋者多驚散去，然稍閒，又欣然弄筆，都不復憶也。吾友賣畫，此當與結伴。而鷓鴣意又欲賣文與詩，謂此事可吾輩共討耳。然吾姊丈聲始淵源程、朱，所作文不減歐九⓫，為雜著小品奇詭、要裊、渟蓄，出入蒙莊、史遷、昌黎⓬間，而獨不喜作詩，是亦有不能共討者。顧其人別無藝能，於經紀為尤拙，隨意至友人處，坐講今古，竟日不倦，其家具食食之，否，亦論難泉湧，了不知餓，便至昏黑。家有二幼子、一弱女，早喪母，惟一房老與俱，則腸鳴如雷矣。桐鄉人皆以為癡行，且飢欲死，出其長，但文耳，而其文又可傳而不可賣。鷓鴣曰：「姑試之。安必其無一遇也。」

因約聲始竟賣文，餘友共賣文與詩，麗農、鷓鴣共賣畫，鷓鴣、東莊共賣篆刻，東莊獨賣字。鼓峰掀髯，曰：「終不令子單行。」鼓峰小楷類《樂毅》⓭，論及東方朔⓮，像贊、行書逼米海岳⓯，間追顏尚書⓰。於是鼓峰、東莊共賣字，既以自食，且以食友。約成草於吳孟舉⓱之尋暢樓。孟舉書畫故奇艷，涉筆成趣，得天然第一，謂「吾手獨不堪賣耶？」「然如子家不貧，何？」曰：「請以字佐鼓峰、東莊，以畫佐鷓鴣、麗農，吾出藝而諸君共收其直，可乎？」眾曰：「幸甚。」東莊乃脫藁而屬孟舉書。

【注釋】❶四明鷓鴣黃二晦句　依次指黃宗炎（號鷓鴣）、黃子錫（號麗山農）、朱聲始（號殳山）、高斗魁（號鼓峰）四位遺民隱士。❷舉晨爨　清早燒火做飯。❸埒　等同。❹剡　今浙江紹興嵊州境內。❺南唐圖書記　用南唐後主李煜所創的金錯刀書體刻成的藏書章。❻摹松雪朱文筆法　模仿元代書畫家趙孟頫（號松雪道人）書體的朱文印章。❼六書　漢字構成的六種規則，東漢許慎《說文解字》歸納為：指事、象形、形聲、會意、轉注、假借。❽李思訓　唐代畫家。❾趙伯駒　南宋畫家。❿董巨　南唐畫家董源、巨然。⓫歐九　北宋文學家歐陽修，行第排九，故稱歐九。⓬蒙莊史遷昌黎　依次指莊周、司馬遷、韓愈。⓭樂毅　東晉書法家王羲之的小楷作品《樂毅論》。⓮東方朔　西漢文學家，其論有〈答客難〉等傳世。⓯米海岳　北宋書畫家米芾，號海岳外史。⓰顏尚書　唐代書法家顏真卿，代宗時官至吏部尚書。⓱吳孟舉　吳之振，字孟舉，浙江桐鄉人，明末清初詩人、書畫家、藏書家。

【語　譯】我有四個貧窮的朋友，他們是四明號鷓鴣的黃二晦、檇李號麗山農的黃復仲、桐鄉號殳山的朱聲始、明州號鼓峰的高旦中。這四位朋友彼此間並不完全認識，而我都認識他們。我窮到有時早晨沒法舉炊，這四位朋友貧窮的程度又超過我。唯獨鼓峰的狀況和我差不多，但是他有一母、四兄弟、一友、六子、一妾要供養，他的家人靠生產勞動支撐家計，他靠行醫資助一位朋友，這位朋友就是鷓鴣。鷓鴣比我窮十倍，況且又有一母、五子、二新婦、一妾需要供養，家在剡中化安山，家中有屋三間，每間屋子深一丈，寬才二十步左右，放置著床、灶、書籍，家人困頓地藏身於屋中，烈日霜雪，風雨流水，遶攻屋外，動不動就絕食以至於十天之久，家人餓到無力啼號。即使有鼓峰行醫資助，也不夠。而鷓鴣又愛好金石碑刻，喜歡篆刻印章，模仿秦、漢間的古式結構，他雕刻的金錯刀體藏書章和趙松雪體朱文印章，高雅可愛。他還精通六書之學，那些卑劣的、不通古書的世俗學者，不能和他同日而語。

我認為鷓鴣可以賣他篆刻的技藝，以此飽腹，就和鼓峰商量這事。鼓峰說鷓鴣的技藝不只如此，可供世人清玩的，還有繪畫，鷓鴣的繪畫得李思訓、趙伯駒二家精致微妙的神韻，他賣畫也可得錢。我又想起黃麗農的畫也兼擅南、北宗，尤其能妙得董源、巨然的神理，下筆秀潤，生動處直可與元四家相比較。麗農以前自藏畫技，郡中無人知道他善畫。然而最近他貧困益甚，還要供養子女十數人、有子之妾四人。麗農少年時生活豪奢，突然間落到貧困不堪的境地。討債的人環坐在他門外，他就佯裝慟哭，要上吊死，嚇得討債的人吃驚散去，然而過了一會兒，他又欣然弄筆，好像都不記得剛才發生過什麼。我們幾個朋友賣畫，應當和他結伴。鷓鴣又想賣文與詩，找我們計劃這件事。我的姐夫聲始學問淵源程、朱，寫出的文章不減歐陽修，所作的雜著、小品文奇詭、柔美、含蓄，風格出入莊周、司馬遷、韓愈之間，唯獨他不喜歡作詩，所以也有不能一起計劃的。聲始這人沒有其他藝能，在經紀生活方面尤為笨拙，他經常隨意到友人家，坐講古今，終日不倦，友人家留他吃飯，他就吃，不留他吃飯，他也議論如泉湧，完全不知道餓，一直講到天黑。他家有兩個幼子、一個幼女，三個孩子早年喪母，惟有一位老婢陪伴照顧，孩子們經常餓得腸鳴如雷。桐鄉人都認為聲始癡傻，況且他的家人快餓死了，拿出他的長處，只有文章，但他的文章可傳於後世，卻不可賣於今世。

鷗鴣說：「試試看吧。怎知就不能遇到知音呢。」

所以，我約聲始一起賣文，其餘朋友一起賣文與詩，麗農、鷗鴣一起賣畫，鷗鴣和我一起賣篆刻，我獨自一人賣字。鼓峰掀起鬍鬚說：「不會讓你獨自一人的。」鼓峰的小楷寫得類似王羲之《樂毅論》，所作論趕得上東方朔，像贊、行書直逼米海岳，有時追美顏尚書。於是鼓峰和我一起賣字，既憑它養活自己，且憑它養活朋友。我們在吳孟舉的尋暢樓擬定賣藝約定。孟舉書畫奇豔，涉筆成趣，得天然第一義，他問：「難道唯獨我的技藝不堪賣嗎？」我回答：「像您這樣的家產，並不貧困，為什麼要賣藝呢？」他說：「請讓我用字輔助鼓峰、東莊，用畫輔助鷗鴣、麗農，我貢獻技藝而諸君共收所得錢財，可以嗎？」大家都說：「那是我們的榮幸。」我於是寫下這篇文稿，請孟舉謄寫了它。

【研　析】這篇散文為考察清初明遺民的經濟狀況提供了一個生動寫照。西元一六四四年，北京淪陷於李自成的軍隊，朱明王朝宣告滅亡，之後，弘光朝、魯監國、隆武朝、永曆朝等南明政權亦先後興、滅於中國南方。明季士人捲入悲壯激蕩的救亡鬥爭中，一方面明政權覆亡之狂瀾難挽，一方面「不事二主」的士大夫精神阻絕了與清政權合作的道路。所以，明遺民在入清之後陷入了多重困局，首當其衝的，便是經濟來源的問題。明遺民中的很多人曾毀家救國，或在戰亂中喪失了田地財產，入清之後又不能通過出仕來獲得家庭收入，士人又不善體力勞作，故而明遺民中雖多有才華橫溢的名士，其生活卻往往陷於貧困的境地。清代全祖望《續耆舊》一書中為兩百位明遺民詩人立傳，其中有五十餘位「貧士」生活在溫飽之下。

本文作者呂留良亦曾散萬金之家以酬孤志，入清後隱居故鄉浙江崇德縣南陽村東莊，同境況相似的四位「貧友」共謀生計。這四位「貧友」乃黃宗炎（鷗鴣）、黃子錫（麗山農）、朱聲始（叒山）、高斗魁（鼓峰）。黃宗炎，字晦木，世稱鷗鴣先生，與兄黃宗羲、弟黃宗會並稱「東浙三黃」，「學術略與兄宗羲等，而性情奡岸幾過之」（徐鼒《小腆紀傳》）。黃宗炎在順治七年、十三年兩度因參與復明抗清義軍而被捕，賴其同志兄、友劫法場救出。南明政權相繼覆亡後，黃宗炎「盡喪其資，提藥籠遊海昌、石門間，賣藝文以自給」（徐鼒

《小腆紀傳》。高斗魁，字旦中，號鼓峰，都御史、名將高斗樞之弟，清兵入關後，兄弟二人隱居故鄉。黃子錫，字復仲，號麗農山人，呂留良的表兄，出身浙江秀水望族，其父祖輩號稱「一門六進士」。其父黃承昊曾任崇禎朝戶部給事中，因忤逆權閹魏忠賢而被貶歸鄉。明亡後，秀水黃氏舉門偕隱。朱聲始，呂留良的姐夫，服膺程朱，為浙江四明知名學者，四方諸生「聞桐鄉朱聲始先生講濂洛之蘊，負笈而從」（周之方〈從姪邑庠生起貞墓誌銘〉）。黃宗炎擅長易學、繪畫、篆刻、詩文，高斗魁擅長醫術、書法，黃子錫擅長繪畫，朱聲始擅長理學、散文。四人深受士文化薰陶浸染，藝文優長，視節操為性命。入清後，守節的士人失去了政權的庇護，於是呂留良和他的朋友不得不打起了「賣藝」的主意，以自謀生路。這篇小文雖語帶詼諧，卻是遺民生活的悲歌一曲。然而，磨難並不止於節士「賣藝」，在共約「賣藝」之後，各種毀辱議論紛起、各種勢利之徒附會，呂留良和他的朋友們意識到此「藝」不可賣，賣之則人格受累，無奈之下中止「賣藝」，又做〈反賣藝文〉以示反悔之意。在〈反賣藝文〉中，呂留良沉痛述說當時遺民們的艱難處境曰：「夫至沿門號索而猶不免於輕薄者之嬉戲，予之所以滋悔也。」面對現實生活的困境，呂留良感歎：「藝固不可賣，可賣者非藝，東莊諸人以不賣為賣者也。且吾寧與人奴市乞擔糞、踏歌、操作之賤工伍耳。人出匄販之下，而欲假簒於豪賢，此人奴市乞輩之所不為者」，他們所堅守的人格價值曾經連生死都不能動搖，當然也不應屈服於眼前的生計。

《論語‧衛靈公》記載孔子周遊列國時，在陳國遭遇絕糧，隨行弟子餓到不能坐起，子路憤怒地問：「君子亦窮乎？」孔子回答：「君子固窮，小人窮斯濫也。」明遺民是中國士文化中一道深沉壯烈的風景，特殊的歷史處境迫使他們在衣、食、住、行的每一個細節中去作出對「君子之守」的艱難闡釋，以「君子固窮」的生活方式完成其沉重的生命抉擇。

王東村文集序

陳恭尹

【題解】本文選自陳恭尹《獨漉堂詩文集》文集卷三。

【作者】陳恭尹（西元一六三一～一七〇〇年），清詩人，字元孝，號半峰，又號獨漉，順德（今屬廣東省佛山市）人，明諸生，南明永曆帝授錦衣衛指揮僉事，入清後隱居。與廣東詩人屈大均、梁佩蘭合稱「嶺南三家」。著有《獨漉堂詩文集》。

蓬萊一島，一夜自海外來，與羅山合曰「羅浮」，為百粵之望❶。外貌明秀不若廬，體勢廣大不及衡，負其奇與衡、廬鼎足而立，未有議其伯仲者也。予登其上，周行諸峰，安覩所謂縫合處哉？然其靈卉異木，紛郁苒弱❷，萬不識一二，大非衡、廬所有。又其夜半，日月倒景，霞彩萬變，靈幻恍惚，不可窮極，信天下之奇觀也。

東村王子，早通五經，舉於鄉，海內知名。其為人虬鬚犀首❸，恂恂❹似不能言，遇几榻，齁然熟寢，好果餌，伸手求索，若穉子❺。至有所著述，終夜立黑地中，倚柱吟思，比曉不肯休，蚊蚋噆❻於肌膚，不少避，壯夫不若也。所為詩文追險走僻，達於康莊，如窮厓古蘚，斑駁層積，深林老魅，戄立毛髮。哀猿幽幽鳴谷中，意態巉削獨出，不必有所從來。欲盡剝棄古人皮毛，敲骨而奪之髓，信天下之奇作也。或以謂王子豈一夜從蓬海中來耶？或曰試使王子向明而立，從後而望，其心必其六竅猶人，而一竅獨虛明者也。或曰王子生羅浮下，以奇觀發其奇文，故其為人貌樸而中不窮，亦大略似之。

【注釋】❶蓬萊一島四句　羅浮山在廣東博羅縣，袁宏〈羅浮山記〉稱：「羅山自古有之。浮山者本蓬萊之一峰，堯時洪水泛海，澌來傅於羅山。崖巘皆合，至今卉木不同，浮山皆海中類也。」❷苒弱　柔弱的樣子。❸犀首　無事好飲酒的人，事見《史記・張儀列傳》：「陳軫曰：『公何好飲也？』犀首曰：『無事也。』」❹恂恂　溫順恭謹的樣子。❺穉子　同「稚子」。❻噆　叮咬。

【語譯】蓬萊仙境中的一座小島，一夜忽然從海外飄來，與羅山合併在一起，人們稱它「羅浮山」，是百粵群山之首。羅浮山外貌明秀不如廬山，體式廣大不如衡山，它憑藉自己的奇特地貌而與衡山、廬山鼎足而立，沒有人能在三者間評出個高下。我登上羅浮山，遍行諸峰，哪裡看得出羅山、浮山拼合的痕跡？山上花卉靈動、樹木奇特，長得茂密柔順，我只認得出萬分之一二，大部分花木是衡山、廬山所沒有的。到了夜半時分，日月代換，霞光萬變，靈妙恍惚，景色幻變不可窮極，真是天下奇觀。

東村王君，少年時就通解五經，舉於鄉試，聞名海內。王君鬍鬚捲曲，好飲酒，溫順恭謹，一副不善言論的樣子，他遇床便睡，鼻鼾轟然，喜歡零食果餌，伸手便要，像個孩子一樣。然而，在創作詩文的時候，他整夜站立在黑暗中，倚靠這柱子，思考吟詠，天亮了都不肯休息，蚊蚋叮咬肌膚也不躲避，這樣的專注力，壯漢也比不上。他寫詩作文，好像從險僻的小路走向康莊大道，風格如同僻遠山崖上年深日久、層積斑駁的苔蘚，如同深林中老魅發出的令人毛髮聳立的叫聲。他這樣的風格不是向哪位前輩詩人學來的，譬如山谷中哀猿幽幽鳴叫，那聲音自然就如峭壁一般尖新特立。他的詩能棄古人皮毛、得古人神髓，真是天下奇作。有人說王君莫非是那一夜隨浮山從蓬萊漂來的仙人？有人說他曾讓王君逆光站立，望向他的後背，他的心靈七竅中有六竅和常人一樣，有一竅能自放光明。有人說王君生長在羅浮山下，受到羅浮山奇觀的啟迪而作出了奇文，他外表樸實，內涵卻深廣不可窮盡，這個說法大概就是正確的了。

【研　析】孟子望見齊王之子，喟然歎曰：「居移氣，養移體，大哉居乎！夫非盡人之子與？」地傑則人靈，生活的環境對一個人的氣質形成具有很大的影響，故而在《論語》中，孔子堅持「席不正，不坐」。那一方端正的坐席，不僅僅是一個坐具，更能營造出一種有秩序的環境，從而支持並鼓勵謹肅、恭敬人格的養成。古人形容美人之眉曰「遠山」，形容美人之目曰「秋水」，兩千餘年前的屈原形容湘水女神的丰姿，只用一句：「裊裊兮秋風，洞庭波兮木葉下」。不必尺寸具體的描畫，只需要把美人所處的美好環境形容出來，就已經能夠充分傳遞出她的神韻了。所居移人，美好的環境能養成美好的人。唐代李商隱也是一位善寫美人的詩人，他的〈碧城〉詩描寫那些出宮成為「女冠」的唐代公主們，對她們的居所環境用了「大落墨」的筆法，「碧城十二曲闌干，犀辟塵埃玉辟寒」、「若是曉珠明又定，一生長對水晶盤」，儘管渲染的是居處和器物，然而公主們冶豔富貴的身姿也隨之凸出紙面。

本文是一篇羅浮山下的詩人小傳，也採用了「所居移人」的寫法，通過形容奇幻、靈妙的羅浮山來塑造生於羅浮山下的詩人王東村，所謂「以奇觀發其奇文」。王東村是一位很有個人風格的作家，他的詩文「追險走僻」，他創作時的狀態不類常人，他外貌木訥而靈魂深邃，這一切都與羅浮山的個性特徵一一對應。山岳與詩人，秉持著同一股靈氣，天生地長，如同彼此的影子一般共峙並立，山耶？人耶？南朝劉勰《文心雕龍‧物色》篇談到環境對詩人的塑造，曰「天高氣清，陰沉之志遠；霰雪無垠，矜肅之慮深。」詩人王東村那獨特的個人風格，不來自於橫空出世，而是源自於他對自己生活環境的真誠理解。道家的老子有「和光同塵」之說，儒家的張載有「民胞物與」之說，「個人」世界的形成離不開自然和社會的參與，而一個人「個性」塑造的真正開始，也必然要求他（她）對自己所處環境能有真正的認識。

清順治至康熙時期

（十七世紀後半葉至十八世紀初葉）

清初作家群。清代士林逐漸形成自己文化性格的時期。作家們各有風範，但對宋、明士文化有強烈的繼承性，並且保有在瑣碎日常生活中去實踐自我的興趣。

西城別墅記

王士禛

【題解】本文選自王士禛《帶經堂集》卷六十五。

【作者】王士禛（西元一六三四～一七一一年），清詩人，字子真，一字貽上，號阮亭、漁陽山人，新城（今屬山東省淄博市）人，順治十五年（西元一六五八年）進士，官至刑部尚書，諡文簡。王士禛被稱為康熙朝詩壇盟主，創有「神韻說」等詩學理論，著有《帶經堂集》、筆記《居易錄》、《池北偶談》、《香祖筆記》等。

西城別墅者，先曾三王父司徒府君❶西園之一隅也。初萬曆中，府君以戶部左侍郎乞歸養，經始此園於里第之西南，歲久廢為人居，唯西南一隅小山尚存。山上有亭曰：「石帆」；其下有洞曰：「小善卷」；前有池曰：「春草池」；池南有大石橫臥曰：「石丈山」；北有小閣曰：「半偈閣」；東北有樓五間，高明洞豁，坐見長白諸峰，前有雙松甚古，曰「高明樓」。樓與亭皆燬於壬午之亂❷，唯松在焉。

康熙甲子，予以少詹事兼翰林侍講學士奉命祭告南海之神❸，將謀乞歸侍養。祭酒府君兒涑❹念予歸無偃息之所，因稍葺所謂石帆亭者，覆以茅茨櫺檻，皆仍其舊，西尻而東首。南置三石儡立，曰「三峰亭」，後增軒三楹曰「樵唱」。

直半偈閣之東，偏由山之西，修廊繚紹以達於軒閣。由山之東有石坡陀出亭之前，左右奔峭❺，嘉樹蔭之，曰「小華子岡」，岡北石磴下屬於軒閣，其東南皆竹也。南有石磴與洞相直，洞之右以竹為籬，至於池南。籬東一徑出竹中，以屬於磴曰「竹徑」。其南限重關內外皆竹，榜「茂林修竹」四大字，岌岌飛動，臨邑邢太僕❻書也。樓既久燬，葺之則力有不能，將於松下結茅三楹，名之曰「雙松書塢」，西園故址盡於此。出宸翰堂之西有軒，南向，左右佳木修竹，軒後有太湖巨石，玲瓏穿漏，曰：「大椿軒」。軒南室三楹，迴廊引之，曰「綠蘿書屋」。其上方廣，可以眺遠，曰：「嘯臺」，薜荔下垂作虯龍拏攫之狀，百餘年物也。是為「西城別墅」。

予嘗讀李文叔《洛陽名園記》、周公謹所記〈吳興園圃〉，水石亭館之勝甲於通都，未幾已為樵蘇芻牧之所。而先人不腆❼敝廬，飽歷兵燹，猶得厪存數椽於劫灰之後，豈非有天幸歟！

余以不才被主知，承乏臺長❽，未能日夕歸憩於此，聊書其顛委❾以為之記，示吾子孫俾勿忘祖宗堂構之意云。或笑之曰：「是蕞爾❿者，何以記為？」余曰：「非然也。釋氏書言維摩詰方丈地，能容三萬二千師子座，第三禪遍淨天⓫

上，六十人共坐一鍼頭聽法。能作如是觀，安在吾廬之儉於《洛陽》、〈吳興〉乎？」因并書之。

【注　釋】❶先曾三王父司徒府君　王士禎曾三祖父王之垣，卒贈戶部尚書，故稱「司徒」。❷壬午之亂　崇禎十五年，滿清軍隊發動的一次大規模深入明朝腹地的戰役。❸祭告南海之神　南海神廟在今廣州市。隋唐以來，皇帝有派官員到此舉行祭典的傳統。❹祭酒府君兒涑　王士禎長子王啟涑。祭酒府君，王士禎曾任國子監祭酒，故以此自稱。❺奔峭　形容山峰勢若奔湧。❻邢太僕　邢侗，字子愿，臨邑（今山東德州）人，官至陝西太僕寺少卿，明代著名書法家。❼不腆　謙辭，意為淺陋。❽臺長　王士禎時任左都御史，故稱「臺長」。❾顛委　始末。❿蕞爾　形容地方狹小。⓫第三禪遍淨天　佛教言初禪天至四禪天共十八天，其中，三禪天有三天：少淨天、無量淨天、遍淨天。

【語　譯】西城別墅，位於我故去的曾三祖父司徒府君的西園一角。萬曆中葉，府君在戶部左侍郎任上向皇上乞求退休歸養，開始在府第的西南面營造西園，年長日久後，園林廢棄，變為屋宅，只有西南角上的一座小山尚存。山上有亭名曰：「石帆」；亭下有洞名曰：「小善卷」；洞前有池名曰：「春草池」；池南有橫臥大石名曰：「石丈山」；大石北有小閣名曰：「半偈閣」；閣的東北面有樓五間，高朗明亮，坐在樓中可以看見長白諸峰，樓前有一雙古松，樓名曰「高明樓」。高明樓與石帆亭都燬於壬午之亂，只有雙松留存下來。

康熙甲子年，我以少詹事兼翰林侍講學士的身分奉命去祭祀南海之神，祭事完畢後，我也打算向皇上乞求退休歸養了。我的兒子涑憂慮我歸養後沒有起居休息的地方，就重建了石帆亭，亭頂以茅草覆蓋，窗欄四圍，按照它原來的樣子修成，坐西朝東。南面三石立置，稱「三峰亭」，後面增蓋了三間軒室，名曰「樵唱」。通向半偈閣的東面，繞著由山的西面，有一道繚紹迴廊可以抵達軒閣。由山的東面，石帆亭的前面，有石坡傾斜綿延，山石左右奔湧，上有嘉樹蔭庇，這石坡名曰「小華子岡」，岡北石階下連軒閣，東、南面都是竹林。石坡南面有石階可以通向「小善卷」洞，洞的右面以竹林為藩籬，往前抵達「春草池」的南面。竹林中有一條小徑往東面延伸，連接到石梯，這條小徑叫「竹徑」。南大門內外都是竹林，掛一塊「茂林修竹」的匾額，字跡岌岌飛動，是臨邑邢太僕所書寫的。高明樓損毀已久，無力重修，只在雙松下建了三間茅屋，命名曰：「雙松書塢」，西園的舊址就是這些了。宸翰堂的西面新建一間軒室，朝向南，左右種植佳木修竹，軒後有一塊太湖巨石，玲瓏穿漏，名之曰：「大椿軒」。軒南有室三楹，迴廊引之，名之曰「綠蘿書屋」。屋上方廣，可以眺遠，名之曰：「嘯臺」，從屋頂垂下的薜荔作虯龍搏鬥的樣子，這薜荔也是生長百餘年的植物了。以上的園林房屋即是我的「西城別墅」。

我曾經讀過李文叔的《洛陽名園記》、周公謹所記的〈吳興園圃〉，它們水石亭館的勝景當時甲於大都，然而不久就荒廢成採薪放牧的地方。我先人留下的簡陋園林，雖然飽歷兵燹，還能僅存數椽於劫灰之後，豈非幸運地得到上天眷顧！

我得到天子的知遇之恩，暫時在京擔任左都御史，不能歸憩西園別墅，把它的來龍去脈略微記下來，告訴子孫不要忘記祖先建築家園的用心。有人笑話說：「不過是個小地方罷了，何必記下來？」我說：「不是這樣的。佛教經籍記載維摩詰方丈大小的地方，能容下三萬二千師子座，第三禪遍淨天上，六十人共坐在一個針頭上聽法。能這樣看，我的林園又怎麼會比《洛陽名園記》、〈吳興園圃〉中的那些名園簡陋呢？」所以我寫下以上文字。

【研　析】陶淵明〈讀山海經〉其一有詩句云：「眾鳥欣有託，吾亦愛吾廬」，此文正是步入老年的王士禎「吾亦愛吾廬」的存照留念。故以園林記為形式，羅列出一位士大夫安養晚年的精神需求。「西城別墅」由一山、一池、一臺、一閣、四軒、六室組成，是一座小巧的園林。關於這些山、池、臺、閣、軒、室的題名，則有深意所在。首先，這些題名體現出明清士大夫「三教合一」的文化修養與精神歸宿。比如「半偈閣」之名，得自《大般涅槃經》釋提桓變身羅剎，點悟迦葉，宣說半偈「諸行無常，是生滅法」的故事。比如「大椿軒」之名，得自《莊子・逍遙遊》「上古有大椿者，以八千歲為春，八千歲為秋」之句。比如「高明樓」之名，得自《中庸》「君子尊德性而道問學，致廣大而盡精微，極高明而道中庸」之句。其次，園林題名還體現出晚年王士禎對生活的觀察與總結。比如「小善卷」之名，《子夏易傳・繫辭》曰：「小人以小善為无益而弗為也，以小惡為无傷而弗去也，故惡積而不可掩，罪大而不可解」，提醒後人「勿以惡小而為之，勿以善小而不為」。再次，這些題名體現出一位老者渴望安養晚年的精神需要。比如「春草池」之名，得自謝靈運〈登池上樓〉詩「池塘生春草」之句，寓意順其自然的心態。比如「樵唱」、「嘯臺」寓意退隱江湖的晚年生涯。最後，園林題以石、竹、松、蘿等為名，則體現出淡泊物慾、順隨大化的心靈方向。

「西城別墅」是王士禎預備著安養晚年之地，這位康熙年間位高權重的詩壇領袖在這小小園林中抒發了一位士人關於「安老」的心理需求：解脫、長壽、自適、自然。

小品自序

廖　燕

【題　解】小品，其名始見於西元四世紀時鳩摩羅什對《般若經》的翻譯，詳譯本稱作《大品般若》，略譯本稱作《小品般若》。後世稱短小的寓言、隨筆、雜感、雜論等文章為「小品文」。

【作　者】廖燕（西元一六四四～一七〇五年），初名燕生，字夢醒，號柴舟，曲江（今屬廣東省韶關市）人。廖燕的思想富於變革精神，文學史上把他列為代表明清「性靈派」思潮的作家。廖燕在日本漢學界獲得高度評價，日本漢學家近藤元粹將他列為明清文壇「八大家」之一。著有《二十七松堂集》。

己未❶春，予僦居城東隅❷，茅屋數椽，簷低於眉，稍昂首過之，則破其額。一巷深入，兩牆夾身，而臂不得轉，所見無非小者。屋側有古井一，環甃❸狹淺，僅可供三四爨❹，天甫❺晴則已竭。井邊有圃，雖稍展，然多瓦礫，瘠瘦，蔬植其中則短細苦澀不可食，予每大嚼之不厭。巷口數家，為樵汲、藝圃與拾糞、賣菜傭所居。其家多小雛❻，大亦不至五六歲，時入嬉戲，或偷弄席上紙筆畫眉頰戲者，予頗任之。門外有古槐一株，頗怪，時有翠衣❼集其上。旁有小石墩數塊，客至則坐其下談笑，客多鄉市雜豎❽，所談皆米鹽菜豉，無有知肉食大言者❾。予雖欲大言之，而客莫能聽也，以故凡筆之於文者皆稱是。辛酉❿七月日，偶搜破簏中舊稿，得文九十三首，類多短幅雜著，零星散亂，因稍為校次，付奚⓫錄過，目為小品，附《二十七松堂集》刻之。時予適改燕生單名燕。燕者，小鳥也，古燕字從鳥從乙⓬，或曰，蓋得天地巨靈者。越一歲，為壬戌⓭春正月刻成。是歲德星⓮見於北。

【注　釋】❶己未　康熙十八年，西元一六七九年。❷僦居城東隅　租賃房屋而居。城東隅，指廣東韶州城東。❸甃　井壁。❹爨　炊。❺甫　始；才。❻小雛　兒童。❼翠衣　青綠色的鳥。❽雜豎　賤稱，指奴僕使役之人。❾知肉食大言者　《左傳・莊公十年》：「肉食者謀之，又何間焉？」肉食者，每日有肉吃的人，指大夫以上的官吏。❿辛酉　康熙二十年，西元一六八一年。⓫奚　奴僕。⓬古燕字從鳥從乙　古「燕」字或作「鳦」，讀如ㄧˋ。⓭壬戌　康熙二十一年，西元一六八二年。⓮德星　司馬貞《史記索隱》：「德星，歲星也。歲星所在有福，故曰德星。」歲星，即現代天文學中的木星。一說，德星乃景星。景星，客星之一種，古人認為景星見則應人君有德。客星，即現代天文學中的新星、超新星。

【語　譯】己未年春天，我在城東賃屋而居，幾間茅屋，門簷低過我的眉，穿門時微微抬頭，則會磕破額頭。

我的房屋在狹巷的深處，巷壁夾身，沒有轉動臂膀的餘地，所見到的都是狹小的景象。屋子旁邊有一口古井，井壁狹淺，水量僅夠供給三、四炊，天才放晴不久就會乾竭。井旁有園圃，即使稍稍開闊一些，卻多瓦礫，土地瘠瘦，種植在其中的菜蔬短細苦澀，難以入口，而我卻每每大嚼不厭。巷口居住的幾家人，以砍柴、擔水、種植、拾糞、賣菜營生。這些人家多兒童，年齡大的也還不到五六歲，時常到我的屋子裡嬉戲，有的偷玩席上筆墨，畫花眉頰嬉鬧，我很放任他們。門外有一株古槐，狀貌古怪，常有翠衣鳥棲集其上，旁邊有幾塊小石墩，客人來了就坐樹下談笑，客人多是市井中奴僕使役之人，所談的內容都是米鹽菜豉，沒有能談大事的人。因為我即使想談大事，客人也聽不懂，所以我寫下來的文章也是談這些的。辛酉七月，偶爾搜撿破簏中舊稿，得文九十三首，大多是短篇雜著，零星散亂，因而稍稍校對編次，並吩咐奴僕抄錄，編為「小品」一日，附在《二十七松堂集》後刊刻。此時我剛好改名「燕生」為單字「燕」。燕，小鳥，古時的「燕」字從鳥從乙，有人說，那是因為燕得天地巨靈之故。過了一年，壬戌年春正月刻成。這一年德星現於北方。

【研　析】康熙初年的三藩之亂，給廖燕的故鄉廣東帶來巨創。康熙十五年，吳三桂故將、韶州總兵張星耀等人起兵叛亂，廖燕在這場兵災中家破人亡，他在詩文中詳細留下了這次劫難的始末點滴。而本文中「僦居城東隅」的生活寫照，並不是其中最慘痛的一段，在記錄康熙十六年五月逃亡經歷的〈橫溪行〉一詩中，廖燕寫到妻女在韶州城外染痢瀕死時的場景，讀來讓人觸目驚心：「妻孥餒且病，死鬼啼咿嚶。生鬼猶在床，陰風暗孤縈。」康熙十六丁巳、十七年戊午的這兩年，廖燕度過的是「詩遂與淚爭多矣」（〈丁戊詩自序〉）的一段時光。所以，康熙十八年開始的這一段陋巷之居，雖困頓之極，卻是大難之後的重來的平靜，在頗有些自嘲的筆調之下，不乏生活中小小的情趣。此時，廖燕以授館做塾師為生，混居於「樵汲、藝圃與拾糞、賣菜傭」之間，每日與頑童相伴，真應了「九儒十丐」之言。然而，低矮的茅屋、狹淺的古井、瘠貧的園圃、偷弄筆墨的鄰家兒童和坐談於古槐樹下的販夫走卒，像這樣的市井陋巷中的和平，卻也足夠成為劫後餘生者的安慰。所以，其中人物，「偷弄席上紙筆畫眉頰」的兒童固是天真，大嚼苦澀園蔬的作者本人也讓人不禁莞爾，甚至只知道談「米鹽菜豉」的「鄉市雜豎」亦頗有詼諧的味道。

這段時期，廖燕主要寫作小品文，也談講那一些「米鹽菜豉」。因為居於「無有知肉食大言者」的市井百姓之間，廖燕「雖欲大言之，而客莫能聽也。」而這樣一些小品文，廖燕最終還是將其結集刊刻，並在此時改名為「燕」。他自負地說：「燕者，小鳥也，古燕字從鳥從乙，或曰，蓋得天地巨靈者。」從這個名字上來看，他對這個文體、對這一段生活，終究懷有著一種別樣的珍重之情吧。

選古文小品序

廖燕

【題解】古文，是相對於八股文（時文）而言的一種文體。唐韓愈反對魏晉以來駢儷的文風，提倡先秦漢代所普遍使用的散體文，並稱散體為古文。後世即用「古文」作為文言所寫的散體文章的通稱。「古文小品」即指古文短章。

大塊❶鑄人，縮七尺精神於寸眸之內。嗚呼！盡之矣。文非以小為尚、以短為尚。顧小者大之樞，短者長之藏也。若言猶遠而不及，與理已至而思加，皆非文之至也。故言及者無繁詞，理至者多短調。巍巍泰嶽，碎而為嶙礪沙礫，則瘦、漏、透、皺❷見矣。滔滔黃河，促而為川瀆溪澗，則清漣瀲灩生矣。蓋物之散者多漫，而聚者常斂。照乘粒珠❸耳，而燭物更遠，予取其遠而已。匕首寸鐵耳，而刺人尤透，予取其透而已。大獅搏象用全力，搏兔亦用全力，小不可忽也。粵❹西有修蛇，蜈蚣能制之，短不可輕也。

【注釋】❶大塊　大自然。❷瘦漏透皺　鑒賞名石的標準，為北宋米芾所創。❸照乘粒珠　《史記・田敬仲完世家》：「梁王曰：『若寡人，國小也，尚有徑寸之珠，照車前後各十二乘者十枚。奈何以萬乘之國而無寶乎？』」❹粵　廣東省別名。

【語譯】大自然造人，濃縮全身的精神於眼眸之中。啊呀！全在其中了。文章並非以小、以短為好。而是因為「小」往往是「大」的樞紐，在「短」中往往貯藏著「長」。離題遠而不及中心，或者理已道盡又加冗文，這兩者都不是很好的文章。所以說肯綮的文章不用繁多的詞彙，說理透徹的文章往往是短篇。巍巍泰山之石，碎為嶙礪沙礫，也可見瘦、漏、透、皺的風貌。滔滔黃河之水，分流為短促的川瀆溪澗，也生出了清漣瀲灩。事物分散則衍漫，事物斂聚則精煉。照乘之珠細小，卻能照亮遠的地方，我只取它能照遠物這一點而已。匕首不過是幾寸長的鐵片，刺人尤其深透，我只取它刺人透這一點而已。大獅子與象搏鬥用盡全力，與兔搏鬥亦用盡全力，不可忽略小的東西啊。粵西有長蛇，蜈蚣能制服牠，不可輕視短的東西啊。

【研　析】這篇短序連用七個比喻來說理，行文駢散結合，語辭雄辯而質樸，語勢剛健而流暢，頗有先秦諸子散文的韻味。「古文小品」是為文體之新創。「古文」樸重，而「小品」流易；「古文」奉大雅之音，而「小品」尚詼諧文字。選者輯所謂「古文小品」，即借古文以尊小品之體，在風格上矚目古文之莊雅雋潔，而並非一般短小文字可與論列。選者所立之標準，簡言之：短而精。就這一點而言，這篇序文本身即是一個範本。若再進一步探求，選者連用七個比喻來具體說明「短而精」的內涵。開篇明義，以人之眼眸為喻，強調文章重在「神采」，冗調長篇，不如片語解頤，這是總喻。接下來的六個比喻，展開三層意義。首先以泰山之石、黃河之水為喻。泰山之石碎為沙，黃河之水促為溪，依然不失巍巍、滔滔，緣其來自雄岳長江。為文亦是如此，根底深厚，才能一語生輝。泰山、黃河二喻意在勸學，筆下一二百字，砥礪十年功夫。其次，以明珠、匕首為喻，力證短章更能入人深、說理透、摹物真，所謂「言及者無繁詞，理至者多短調」，其「言及」、「理至」之標的，固已非聲律辭藻之道，而近於格物致知之途。最後，以大獅搏兔、蜈蚣噬蛇為喻，旨在提醒世人小品並非卑瑣之體，亦是不可輕為之文。綜之，選者以古文之法衡小品，特重力透紙背的短悍文字，直破小品文輕便之傳統，撻伐凡庸，而另立高標，於小品一體，可謂深愛之。

答李湖長書

廖燕

【題解】李湖長，名、字待考，居會稽，是廖燕的詩文友，對廖燕的文章人品十分地尊崇，曾贊廖柴舟〈書柳子厚文集後〉一文曰：「世界從來逼狹，惟以大量勝之，即處斗室中，自具海闊天空境界，這便是君子坦蕩蕩的道理。然非十年讀書，十年養氣，恐亦未足以語此。柴舟其庶幾乎！」又贊廖燕〈書梅聖俞詩集序後〉一文曰：「此文雖似翻案，然特地為吾輩苦吟人指出一條活路，何減換骨金丹。」

承示新詩一十六首，誦之灑然，辭調淒婉，頗具作者之意，從此闖古人之閫❶不難。然欲索和於僕，則非所願也。和詩，僕最不喜，或強為則有之，然亦以此為鄙久矣。方欲以此語足下，乃反望之於僕乎？古無有以和詩稱者，有之自元白❷始。無論其所和佳不佳，而必以我性情之物為供他人嚬蹙之用，性情之謂何？況時地意趣必有不相合者，而方步之趨之，牽強湊泊以求附其辭，象其意，全詩皆為人用而我不存焉，雖不作可也。且彼所欲言者已去，而我所欲言者無因，因而因其已去之言，無者將之使有，以無病之心胸而為無端之歌哭，其詩未成而所以為詩者已先去我矣。而謂僕為之乎？天下方以是相高，雖賢者不免，毋怪足下也。人不能自為創始，又從而步趨其後者，又不獨此矣。其甚者揚子雲之擬《易》❸，魏曹丕之築受禪臺❹，皆和詩之屬也。曹丕無論矣，子雲以作《太玄》之才而為他文，亦何不宜，而必以此擬《易》，其文是，其意非也。邯鄲之步❺佳矣，學之者必毫釐分寸邯鄲而後可。然邯鄲則似矣，而不知其為婦也。天下為婦者豈少哉？而愚者方以其為是，毋論其他矣。事不可襲，而襲者為拙。步不可學，而學者為婦。孔子著書未嘗異人，而亦何嘗襲人。和詩者，襲人之漸也，為詩之蠹❻而性情之仇也。足下之詩，雖未嘗襲人，然不可為其漸❼。萬事盡然，豈獨詩乎？頃見足下志益銳，詩益富，恐隨俗相高，而不察古人不屑之意，猥❽以僕為時俗之為，故罄❾談於此，使知僕為人，亦所以進足下也。拙刻一卷附正，山野率直，幸惟諒鑒。不宣。

【注　釋】❶闌　門檻。❷元白　元稹、白居易。❸揚子雲之擬易　揚雄，字子雲，西漢人，擬〈易〉而作《太玄經》十九篇。❹魏曹丕之築受禪臺　指魏文帝曹丕仿堯舜禹「受禪」之舉，奪帝位於漢獻帝一事。受禪臺，《元和郡國志》曰：「許州有丹書臺，魏文帝受禪，有黃鳥銜丹書集此。」❺邯鄲之步　代指模仿剽襲，《前漢書》卷一百：「昔有學步於邯鄲者，曾未得其仿佛，又複失其故步，遂匍匐而歸耳。」❻蠹　書蟲。❼漸　苗頭。❽猥　隨便。❾罄　盡。

【語　譯】承蒙您將十六首新詩呈示於我，這十六首詩誦讀起來灑脫有致，辭調淒婉，很好地體現了作者的深意，從這裡起步，闖入古人的境界也不是難事。然而，如果要向我索取和詩，則不是我願意做的事。和詩，我最不喜歡，有的人強迫我作過一些，而我卻鄙夷這種事情很久了。剛想把我的心情告知足下，您卻反而期待我去作這樣的事嗎？自古以來沒有靠作和詩而出名的詩人，如果說有的話，從元、白開始。然而，無論所和之詩好不好，必定要將發自性情的東西供他人韻腳所驅使，這樣，性情何在呢？何況時、地、意趣必定有扞格不容的地方，亦步亦趨、牽強湊合以求附和辭語、模仿意象，全詩都為他人所用而自我不存，這樣的詩，即使不作也行。而且，對方所吟詠的情景不在我眼前，我所和的詩句沒有藉由，憑著不在眼前的情景，無中生有，無病呻吟，詩還沒有寫成，使詩成為詩的東西已先離我而去。您認為我會這樣做嗎？然而，天下正崇尚這種應和酬答的舉動，即使是賢達的人也不免如此，這不獨怪足下；人們不能自己創始，而步趨他人之後的事情，也不獨此一件。其中厲害的如揚子雲模仿《易》、魏曹丕修築受禪臺，都是同和詩相類的事情。且不說曹丕，子雲拿作《太玄》的才華去作其他文章，有什麼不好，一定要用這樣的才華去模仿《易》，文章是好的，模仿的意圖卻是錯的。邯鄲步美妙，學習的人必定毫釐分寸都模仿相似才滿足。然而，雖然和邯鄲步相似了，卻不知這是婦人的舉動。天下學婦人舉動的難道還少嗎？而愚昧的人正以此為正確的行為，更別指望其他了。做事不可以抄襲，抄襲的舉動是蠢笨的舉動。步伐不可以模仿，模仿的舉動是婦人的舉動。孔子寫的書未嘗有異於他人，卻也何嘗抄襲過他人。所謂和詩，是抄襲他人的苗頭，是詩歌的蛀蟲、性情的仇敵。足下的詩歌，即使未嘗抄襲他人，卻也不可滋長這樣的苗頭。萬事都是這樣，又豈止詩歌如此？最近見足下的志氣愈加精銳，詩作愈加豐富，唯恐足下隨世俗所高，而不能察覺古人不屑為此的深意，隨隨便便地要我做世俗所尚的事情，所以，這裡毫無保留地說出我的想法，使您知道我的為人，也使足下得到進益。附上我自刻的詩文一卷，山野之人率直，幸望見諒。以上。

【研　析】古人以詩歌相互寄、贈、酬、答的行為，稱為詩歌唱和。《論語・述而》篇云：「子與人歌而善，必使反之，而後和之。」和詩之風，起於漢魏，興盛於唐之中葉，自此後，一直是文人間極為普遍的一種交往方式。如唐代元稹、白居易的《元白唱和集》，即是和詩中之著名者。詩歌唱和，未必局限於本朝詩人之間，也有很多詩人追和前朝詩歌，正所謂與古人神交心會，尤其是漢魏兩晉南北朝時期的古題樂府，歷朝歷代都不乏追和者。要之，唱和之詩，是以文人間交往、集會為契機而產生的一種詩歌類型，可以是一二好友間的喁喁私語，也可以是館閣之臣的集體應制之作。一組唱和詩歌，可作於同時同地，也可作於異時異地，而唱和者之間僅憑書信交通。詩歌唱和，要求在內容上有所關聯，有的還要求作答詩者必須依照所答詩歌的韻腳用字及順序，稱為次韻，或步韻。古來很多文人的詩歌唱酬，都傳為後世的風雅美談，如初唐的《高氏三宴集》、《漢上題襟集》等等，記錄了當時文人詩歌集會的場景。而文學史上某個文學集團的形成，某種文學風氣的宣導，亦多借詩歌互唱的方式得以進行。當然，詩歌唱和作為一種文人間交際的工具，應酬意味濃厚，和、答者的寫作受到諸多束縛，往往不能將胸中情性發之於筆端，這是和詩的無奈之處。廖燕寫作這封書信，議論古今和詩之弊，回絕了友人李湖長索求和詩的極為「普通」的要求。他認為和詩「雖不作可也」，正是因為「和詩」本質是交際的，而不是個性的。然而，自唐以後，文人間互和詩歌的風氣極其興盛，這篇書信能夠不隨俗流，自立孤標，正顯示出作者不苟於世的桀驁品格。

二十七松堂自序

廖　燕

【題解】二十七松堂，廖燕書齋名，築於韶州廖氏祖基之上，屋前植有二十七株松樹，故名。

筆代舌，墨代淚，字代語言，而箋紙代影照❶，如我立前而與之言而文著焉，則書者以我告我之謂也。且吾將誰告？濛濛❷者皆是矣，嘷嘷❸者皆是矣，雖孔子猶不能告之七十二國❹，況下此者乎？退而自告之六經之孔子而後可焉，則千古著書之標也。故舌可筆矣，淚可墨矣，語言可字矣，而影照可箋紙矣。而我不書乎？而書不我乎？以我告我，宜聽之而信且傳也。曲江廖燕自識。

【注　釋】❶影照　畫像。❷濛濛　愚昧不通的樣子。❸嗥嗥　野獸吼叫的樣子。❹雖孔子猶不能告之七十二國　指孔子遊說列國諸侯無功，失意落魄之事。

【語　譯】用筆代替舌，用墨代替淚，用文字代替語言，用信紙代替畫像，寫文章，如同和自己對面而談，所謂書寫，就是把自己說給自己聽。我能向誰述說自己呢？愚昧不明的人到處都是，像野獸那樣嗥嗥不休的人到處都是，即使是孔子，也不能在七十二諸侯處求得理解，何況不如他的人呢？退回書齋向六經、向孔子處求理解才是可行的，這是千百年來著書立說的準的。所以，我的舌即我的筆，我的淚即我的墨，我的言語即我的文字，我的畫像即我的信紙。我不就是我的文字嗎？我的文字不就是我嗎？把自己說給自己聽，願能聽從這句話並且信奉它、傳播它。曲江廖燕自記。

【研　析】大抵獨往獨來之人，難免遭際偃蹇，滿腔的憤懣無奈，更發為孤志不移，廖燕的這一篇〈自序〉正表達了這樣的心情。

此文首先用筆、墨、字、紙類比舌、淚、語言、影照，認為寫作的行為其實是一種自傳的行為。詩文、辭賦、戲劇、傳奇、筆記，其內容大可絲毫不涉及作者自身，但卻不可能抹去作者的影子。作者的個性、閱歷和學識，總會在自己的文字中劃下痕跡，甚至不妨借他人之酒杯，澆心中之塊壘。一支筆可以寫盡古往今來、人鬼神怪，而無一字不在為自己立傳。反過來說，作者也通過自己的文字來反觀自我、理解自我。「如我立前而與之言而文著焉」的看法，作者即讀者，讀者即作者，寫作即是自己和自己之間的一場交談。當然，在這篇文章中，廖燕說「書者以我告我之謂也」，挾裹著一股悲憤的情緒，不僅僅是為寫作行為本身下一普遍定義，更是為了表達自己那一種孤獨無告的生存狀態。廖燕自感學問才華難行於世，以至於只能自寫自讀，對於一個作者而言，這是何等慘澹的境地！不能找到自己的讀者的作者，與其寄希望於「濛濛者皆是矣，嗥嗥者皆是矣」的社會現實，不如退回書齋，「自告之六經之孔子」。然而，廖燕所立下的這個「千古著書之標」，實在是基於絕望之上的自信，孔子、六經之真理想、真精神，無論在哪一種現實中，又何嘗不是孤獨的呢？這篇〈自序〉所宣告的「以我告我」的姿態，是一個獨行者的姿態，也是一個理想主義者的姿態。

書錢神論後

廖　燕

【題　解】〈錢神論〉，西晉人魯褒所撰的一篇諷刺拜金主義的文章。

每怪人為萬物之靈，萬物皆其所役使，而獨見役於一物。一物者何？錢是也。自有此物以來，無貴無賤，無智無愚，無賢無不肖，靡不爭趨之唯恐後，熙熙攘攘，至於今為特甚。有之則可以動王公，無之則不足以役奴隸。嗚呼異哉！神蓋至此乎！今以神稱之，洵乎❶其為神也已。然予每見此物多歸於貪吝之夫，而獨慳❷於吾輩，豈能神於彼而不能神於此歟？抑世人之所謂神，非吾之所謂神者歟？噫！世人之所謂神者，吾知之。若吾之所謂神，固非錢神之所能為，又豈世人可得而知者哉！吾亦神吾之神而已矣。

【注　釋】❶洵乎　確實。❷慳　吝嗇。

【語　譯】每每奇怪人為萬物之靈，萬物皆被人所驅使，而人唯獨被一種東西所驅使。這一種東西是什麼呢？是錢。自有錢以來，無論貴賤，無論愚智，無論賢與不肖，無不爭相追逐，唯恐落後，熙熙攘攘。到現在更厲害了，有它可以打動王公，沒它則不足以服役奴隸。啊呀，神奇啊！竟有如此神通！現在用「神」來稱呼它，它確實是神啊。然而我見這東西大多屬於貪婪吝嗇的人，卻唯獨對我這樣的人慳吝，怎麼能只在那裡顯神通而不在這裡顯神通呢？或者世人所說的神，和我所說的神不同呢？唉！世人所說的神，我了解。我所說的神，本來就不是錢神所能勝任的，世人又怎麼能夠了解呢！我也只把我的神奉為神而已。

【研　析】這一篇短文為古人而作，亦為今人而作。俗云：「有錢能使鬼推磨」，「錢神」之神通廣大，歷代皆然。廖燕一生，不但與「錢神」無緣，而且深為其所苦。康熙十六年，廖燕書齋「二十七松堂」毀於三藩之亂，因家貧無力營繕，遂將其廢基質出。直到康熙三十三年，借韶州協鎮孫清、游擊查之愷的財力，廖燕才能將故基贖回，重建「二十七松堂」。他曾作〈贖屋行〉詩謝孫、查二人云：「君不見古人為朋買山隱，琴書得庇生丰韻，寧料今人勝古人，幽懷喜遂滿園春。」廖燕為人孤高自負，難得為一諂詞，此詩卻折掉了一身傲氣。士人不為五斗米折腰，官易棄，「錢神」之掌卻難逃。錢，「有之則可以動王公，無之則不足以役奴隸。」這樣的狀況，真為古今社會之共同悲哀。然而，廖燕雖然也為「錢神」所苦，卻堅持著心靈的聖地，在那裡另立一「吾之神」。「吾之神」，「固非錢神之所能為，又豈世人可得而知者哉！」韓愈論詩云：「窮而後工」，歷來真詩人，大抵心中都有一位「吾之神」，而那些不朽之詩，從來無關「錢神」之力。這篇短文有感於魯褒之論，諷刺拜金成風的世道人心，語調詼諧辛辣，篇末「吾之神」的提出，自信昂揚，讀之而後快。

作詩古文詞說

廖　燕

【題　解】詩、古文、詞，皆文體名。這篇文章批判科舉應試用的八股文，而提倡用詩、古文、詞等非功利性文體進行創作。

予嘗習八股矣，予嘗見天下之習八股者矣，其得售者一，其不得售者常千百也。售其可必乎？抑不可必乎？或曰：精者必售。予嘗見精而不售者矣。或曰：庸腐者不售。予嘗見庸腐而售者矣。豈非其權在人而不能必之於己者耶？嘗以謂天下之樂莫如讀書，而讀書之至樂又莫如作文，盡天下古今之書皆予所當讀者，盡天下古今之文皆予所當作者，寧必八股云乎哉！予因棄八股而從事於詩古文詞，時方搦管構思，不無慘澹經營之狀，似亦有時而不樂者矣，及其得意疾書，便覺鬼神與通，造化在手，不難取天地宇宙山川人物區畫而位置之。雖天地宇宙山川人物之大且繁，亦不得不默然拱聽❶，退而就我之範圍也。況此時我之為我，無父兄師友督責於其前，又無主司❷取捨榮辱之慮束縛於其後，惟取胸中之所得者沛然而盡抒之於文，行止自如，縱橫任意，此其愉悅為何如者耶？然而文尚未成也。迨文之既成，則把杯快讀，自贊自評，非者去之，不必主司之擯斥也；是者存之，不必主司之收錄也；至佳者精者，則浮大白❸以賞之，不必主司品題刻布❹家傳而戶誦也。何也？以其權在己而不必俟之人也。俟之人者不樂。俟之己者而尚有不樂者乎？且文或未至佳至精則已耳，若已不讓古人，則可傳天下而垂後世，姓名在古今天壤之間，其為光榮亦已極矣，尚何登賢書與擢上第之足羨也哉！嗚呼！人壽幾何，忽焉坐老。與其習不能必售之時文❺，何如從吾所好之為愈也，予故棄彼而取此也。至於樂與不樂，則作者能自得之，非予一人之私言也。

【注　釋】❶拱聽　拱手而聽。拱手，兩手相合於胸前，表示恭敬。❷主司　特指科舉考試的主管部門。❸大白　大酒杯。❹品題刻布　品鑒、題詞、刊刻、傳布。❺時文　指八股文。

【語　譯】我曾作過八股，也曾看過天下作八股的人，其中科舉得中的，千百人當中只有一人。得中有其必然的原因嗎？或者沒有必然的原因呢？有人說：作得精熟的一定得中。我曾見過作得精熟而落選的。有人說：作得平庸腐朽的不得中。我曾見過作得平庸腐朽而中舉的。這難道不表明了評價的權利在別人手中而不在自己手中嗎？我曾經說過天下沒有比讀書更快樂的事，而讀書的最大快樂則莫過於作文，天下古今之書盡是我當讀的，天下古今之文盡是我當作的，難道非八股文不可嗎！我因此放棄八股文而作詩、古文、詞，有時握筆構思，不是沒有慘澹經營的狀況，好像也有不快樂的時候，然而，等到得意而奮筆疾書時，便覺得與鬼神相通，握自然之力在手，置劃天地、宇宙、山川、人物也不是難事。即使天地、宇宙、山川、人物那樣博大繁雜，也不得不沉默著拱手聽從、退就我的範圍。何況這個時候我就是我，前面沒有父兄師友督導責成，後面不必憂慮主司取、捨、榮、辱的束縛，只將充沛於胸中的文字盡情抒寫，行止自如，縱橫任意，這是怎樣的快樂啊？而此時文章尚未作成。等到文章完成，則舉杯暢讀，自己讚歎、自己賞評，不好的刪去，不一定要主司來擯斥；好的留存，不一定要主司來收錄；最好最精的，則用大杯盛酒獎賞自己，不一定要主司來品題刻布、使其家喻戶曉。為什麼這樣說呢？因為評價的權力在自己而不一定要倚賴他人。倚賴別人不愉快。倚賴自己還會不愉快嗎？況且，若不是至好至精的文章便罷了，如果已是不讓古人的好文，則自可以傳布天下、流傳後世，姓名留在千古天地之間，這樣的光榮已經是極至了，那麼，登上名賢書和及第榜這樣的榮耀還有什麼可羨慕的呢！啊呀！人的壽命有多長，一會兒功夫就到了老年。與其作不一定能中舉的時文，不如聽從自己的愛好更高明，這是我之所以放棄八股文而選擇詩、古文、詞的原因。至於作得快樂不快樂，作者自己能體會得到，並非是我的一家之見。

【研　析】清初曾璟所作〈廖燕傳〉云：「迨康熙元年，燕年十九，補邑弟子員，忽忽不樂，常言士生當世，澤及生民曰功，死而不朽曰名，世人不悟，專事科第陋矣。因屏去時文，築室武水西，顏曰二十七松堂。」廖燕自少年時便厭棄因陳蹈襲的八股文，而建書齋「二十七松堂」，專習古文，立志傳之後世而不朽。這篇文章既說詩、古文、詞，亦是一篇反對八股的檄文。所謂「予嘗見天下之習八股者矣，其得售者一，其不得售者常千百也。」正狀出舉子們慘澹經營、身不由己之貌。如此人生，廖燕不屑為之，更何況場屋之中風氣腐敗，不以文章擇士，哪怕八股文作得精熟，也未必能夠登第。廖燕絕意於科舉仕進一途的初衷，在於不能忍受自己文章的評騭之權「在人而不能必之於己」，乾脆退居而作不干功名的古文，靜享讀書作文之樂而不必處處仰人鼻息。廖燕愛作詩、古文、詞，感覺「造化在手」、「行止自如」，從這種寫作行為中得到極大的精神自由。這種「取天地宇宙山川人物區畫而位置之」的自由寫作的態度，二百多年以後的林語堂也將其表達在闡揚小品文的主張之中，他在《人間世》的發刊詞中說：「蓋小品文……可以談天說地，本無範圍，特以自我為中心，以閒適為格調，與各體別，西方文學所謂『個人筆調』是也。故善治情感與議論於一爐，而成現代散文之技巧。」所謂「個人筆調」，正是廖燕所強調的「我之為我」。如果說八股文是為他人而作，那詩、古文、詞便是為自己而作，若能讓千百年後的人們讀其詩文便能如見其人，那一生一世的顯達榮耀也就不足為惜了。然而，性情之友，往往是名利之敵，廖燕願以一世功名換取「把杯快讀」的愜意，足見繼踵淵明之志。

游金牛山記

潘耒

【題解】金牛山，位於今湖南省常德市，本文選自潘耒《遂初堂集》文集卷十六。

【作者】潘耒（西元一六四六～一七〇八年），清代聲韻學家、史學家、詩人，字次耕，號稼堂，晚號止止居士，吳江（今屬江蘇省蘇州市）人，師事顧炎武，康熙十八年（西元一六七九年）舉博學鴻詞科，授翰林院檢討，與修《明史》。著有《遂初堂集》、《類音》。

楚南山水之勝聞天下，余浮湘涉沅，數百里烟濤浩然，水觀頗暢，獨未及登山。頃來，龍陽邑令余若山、學博❶申宮雍為言金牛之勝，欣然欲往。天久陰，質明忽霽，遂呼肩輿❷出邑南門，見遠山蒼然矗立天際，則金牛也。距縣六十里，半道入山塢，茅簷竹舍錯落谿谷間，夾道多楓楠雜樹，霜餘皆作丹黃色。籠岡絡阜三十里，斐亹❸不絕，如行雲錦中，饒有佳致。吾鄉紅葉涉冬即殘，楚南地煖，得霜稍遲，十月杪方盛。白樂天四月遊廬山，見山花盛開，賦詩云：「常恨春歸無覓處，不知轉入此中來。」❹金牛秋光正如匡廬春色耳。山徑蒙密，多不可輿，時時步躧，踏落葉行。緣谿度壑，路殊幽峭，過數小嶺，至山南面，境界忽開，數十里川原村落皆在掌中。遙山連綿包其外，隱隱如大環，環中雞犬桑麻，別一世界。金牛寺在山半，不甚高，而臨望廣博，遙青疊翠，如朝如拱，烟雲開合，瞬息萬變，諸山勝概，一寺遂能收之，信絕境也。

金牛為古道場，載在《燈錄》❺，蕪廢殆百年，僧跡幾絕。今住持寉宕，本江左人，靈巖之法孫❻，卓❼一茅居。此人頗敬信，稍稍營葺，殿宇舊制未十二三，然規模宏遠矣。寉公見余至，大驚喜，擷山蔬作羹，宿其丈室，互訊吳、楚法門事，夜分不寐。明晨上山，巔地益高，所見益廣，遠山周遭皆數層，近者鐘釜帖伏❽不可算數。循崖東下，得風雨二洞，一石下垂如鼻，中分二孔，咫尺間燥濕迥殊，亦一異也。

《志》❾載金牛之勝有八，皆瑣細不足誇，余所喜者佛寺多幽邃。金牛獨雄偉軒豁，百里山川悉入目中，且若天造地設，為茲屏障者，宜乎為歷代祖庭。而久廢不能驟振，將顯晦自有時耶。寉公言居此山二十七年，從未見衣冠過客有至此者。余謂有師二十七年不下山之堅苦，遂有余一宿即入山之勇決。人不負山水，山水亦何嘗負人？吾未遊鼎、朗諸山❿，遊於是乎始，故記之。

【注釋】❶學博　縣學中的經學博士。❷肩輿　轎子。❸斐疊　紋彩。❹白樂天五句　詩句見白居易〈大林寺桃花〉。❺燈錄　北宋釋道原所撰《景德傳燈錄》。❻法孫　再傳弟子。❼卓　建築。❽鐘釜帖伏　像倒扣的鐘和鍋一樣貼服在大地上。❾志　地方志。❿鼎朗諸山　湖南鼎山和朗山。

【語　譯】湖北南面的山水之勝聞名天下，我浮泛湘水、沅水之間，數百里煙波浩渺，水景讓人心情舒暢，唯獨沒能登山。最近，龍陽縣令余若山、縣經學博士申宮雍對我描述金牛山的美景，我欣然欲往。天氣久陰，鄰近天亮的時候忽然放晴，於是起轎出城南門，望遠山蒼然，矗立天末，這就是金牛山了。金牛山距離縣城六十里，路程過半時進入山壩，茅簷竹舍錯落分布在谿谷間，楓楠雜樹夾道生長，霜降後都變作紅黃色。山崗繞城三十里，斑斕燦爛，不絕於路，如行走在彩色雲錦中，風景饒有佳致。我故鄉的紅葉一到冬天就凋零，湖北南部氣候溫暖，霜降稍遲，十月末，紅葉才茂盛起來。白樂天在暮春四月遊廬山，見山花盛開，賦詩云：「常恨春歸無覓處，不知轉入此中來。」如同匡廬春色，金牛秋光也比其他地方要遲來一些。山徑樹蔭蒙密，很多路段不能抬轎，我時時下轎步行，踏著落葉行走。攀過谿壑，山路變得格外幽峭，翻過數座小嶺，到達山南面，境界忽然開闊，數十里川原村落看上去就像可以握在掌中一樣。連綿遙山，包裹其外，隱隱如同一個大環，環中則是雞犬桑麻別一世界。金牛寺在半山腰，不是很高，登臨卻能望到遙遠廣大的地方，遠方青翠重疊的山巒，如朝拜，如拱手，煙雲聚散，瞬息萬變，諸山勝景，登一寺能盡收之，確實是絕妙境地。

金牛寺是一座古道場，記載在《景德傳燈錄》中，荒廢近百年，幾乎到了無僧人居住的地步。現在的住持寉宕，本來是江左人，靈巖法師的再傳弟子，建了一所茅屋居住。此人非常敬信佛祖，稍稍修葺了金牛寺，恢復的殿宇和金牛寺舊制相比不足十分之二三，然而他立下了宏遠的計劃。寉公見我來，大大驚喜，摘山菜作羹招待，我晚上住宿在他的方丈室，互相訊問吳、楚佛門事，夜半不寐。第二天早晨上山，登得越高，所見越廣，四周遠山層層疊疊，近處山丘如同倒扣的鐘和鍋一樣貼服在大地上，不可勝計。順著山崖往東下山，有風、雨二洞，中間一石下垂，如人鼻，中分二孔，二洞相距咫尺，乾濕迥異，也是一個奇異的景觀。

地方志記載的金牛山八處勝景，在我看來都瑣細不足誇，我所喜歡的是山上幽邃的佛寺。其中，唯獨金牛寺稱得上雄偉高大，百里山川都能收入眼中，這些山川好像它天造地設的屏障，難怪是歷代佛教祖庭。但是，金牛寺荒廢已久，不能立即振興，它的顯赫、隱晦也許自有其時吧。寉公說他來金牛寺居住已經二十七年了，從來沒見過有上山遊覽的士大夫來到金牛寺的。我說有法師您二十七年不下山的堅苦，才有我入山一宿的果斷決定。人不負山水，山水亦何嘗負人？我還沒有遊覽鼎、朗諸山，金牛山是此番旅行的開始，所以為它寫下這篇記。

【研析】任意翻開一本中國古代縣志，瀏覽它所登載的「縣境形式圖」，在如龜甲一般的古樸線條中，山川、村落、古寺構成了中國古代鄉、縣的空間美學——正如杜牧在他那首著名的〈江南春〉中所描繪的風景那樣：「千里鶯啼綠映紅，水村山郭酒旗風。南朝四百八十寺，多少樓臺煙雨中。」鄉居生活，又如白居易〈秋遊平泉贈韋處士、閑禪師〉所描繪的生活那樣：「尋雲到起處，愛泉聽滴時。南村韋處士，西寺閑禪師。山頭與澗底，聞健且相隨。」傳統中國的縣、鄉中，空間的意蘊是充滿詩意的，山川、村落、古寺散布在幽闊的自然中，它們之間的聯繫是有序而神秘的，人們的心靈寂靜且充滿著活躍的體驗。而那些尤其傑出、敏銳的「巖棲川觀」者，則在如此空間中追逐著生命的解放，創造出了與自然的個別對話。同樣，中國的山水畫汲取了這種美學意識，講究「遠」的空間意識，品鑒至有深遠、平遠、淡遠、閒遠、幽遠種種之說。北宋畫家郭熙在其畫論《林泉高致》中提出畫山的「三遠法」：「高遠之色清明，深遠之色重晦，平遠之色有明有晦。高遠之勢突兀，深遠之意重疊，平遠之意沖融而縹縹緲緲。」這種「遠」的繪畫空間意識來源於中國人對傳統鄉、縣地域的空間體驗，它不是建築物的集合或者單一地貌的呈現，它是遼闊而活潑的生活空間和精神空間的聚合。

本文所體現的空間要素，亦是由山川、村落、古寺所構成的傳統中國的典型鄉縣風貌。山是秋山，秋林，「皆作丹黃色」，綿延三十里，「如行雲錦中」。村是小村，包裹在山谷中，「環中雞犬桑麻別一世界」。寺是古寺，方丈親切，可「宿其丈室，互訊吳、楚法門事，夜分不寐」。如今讀來，這篇散文令人興起無端的鄉愁。現代城市的空間美學，是用各種建築物構建起來的，它體現出工業時代的規範性和統一性，體現出科技、效率等價值，提示著城市人作為各種職業場合「工作者」的自我認同。然而，基於宗族、鄉里、宗教等傳統人倫價值的生活方式在大城市中漸漸被邊緣化，也帶來都市人的人生迷惘。所以，讀這篇小文時，感覺時間在文字中暫時停止了奔跑，彷彿將現代城市中無暇顧及自己的人們，重新放回到他們各自生命的開端處。

《幽夢影》季語五則

張潮

【題解】《幽夢影》，張潮所著格言小品集，本文選自中華書局西元二〇〇八年出版本。

【作者】張潮（西元一六五〇年～？）清代文學家、出版家，字山來，號心齋，歙縣（今屬安徽省黃山市）人，曾任翰林院孔目。刊刻《昭代叢書》、《檀幾叢書》，著有《心齋聊復集》、《花影詞》、《幽夢影》等。

讀經宜冬，其神專也；讀史宜夏，其時久也；讀諸子宜秋，其致別也；讀諸集宜春，其機暢也。

春聽鳥聲，夏聽蟬聲，秋聽蟲聲，冬聽雪聲，白晝聽琴聲，月下聽簫聲，山中聽松風聲，水際聽欸乃❶聲，方不虛生此耳。若惡少斥辱，悍妻詬誶❷，真不若耳聾也。

春者天之本懷，秋者天之別調。

春雨宜讀書；夏雨宜弈棋；秋雨宜檢藏；冬雨宜飲酒。

春風如酒，夏風如茗，秋風如煙，如薑芥。

【注釋】❶欸乃　象聲詞，柳宗元〈漁翁〉：「欸乃一聲山水綠」。❷垢誶　造謠誹謗。

【語譯】讀經宜在冬天，神志專一；讀史宜在夏天，白晝久長；讀諸子宜在秋天，意致獨特；讀詩文集宜在春天，生機暢達。

春天聽鳥聲，夏天聽蟬聲，秋天聽蟲聲，冬天聽雪聲，白晝聽琴聲，月下聽簫聲，山中聽松風聲，水際聽欸乃聲，才算不白生雙耳。若聽惡少斥責辱罵，聽悍妻造謠誹謗，真不如耳聾了好。

生生之春是上天的本心，凋落之秋是上天的別調。

春日雨天宜讀書；夏日雨天宜弈棋；秋日雨天宜整理藏品；冬日雨天宜飲酒。

沐春風如飲酒，沐夏風如品茗，秋風如煙、如啖薑芥。

【研析】自然給予詩人的啟發，頻繁熟悉莫過於四季之變換。《詩經》「比興」傳統表現出強烈的季節感，如〈周南・桃夭〉以春天的桃花起興，〈召南・草蟲〉以秋天的蟈蟈、蚱蜢起興，而如〈豳風・七月〉、〈小雅・出車〉則以全篇季語構成敘事、抒情的網絡。南朝文學理論家劉勰在《文心雕龍》中專闢〈物色〉一章，言四季能深刻地感發人情，曰：「是以獻歲發春，悅豫之情暢；滔滔孟夏，鬱陶之心凝；天高氣清，陰沉之志遠；霰雪無垠，矜肅之慮深。」北宋理學家張載在他著名的散文〈西銘〉之首言「乾稱父，坤稱母；予茲藐焉，乃混然中處。故天地之塞，吾其體；天地之帥，吾其性。」中國的傳統哲學設定了人性與自然的先驗同構原則，賦予了人對自然同情與審美的能力，要求人們在現實生活中去追求「天人合一」的精神體驗——而季語創作是這種體驗在文學作品中最常見的實踐方式之一。

季語雖然在詩文中最為常見，但要寫得有精氣流轉卻很困難。正因為它已形成熟習之模套，反而最容易被視為詩文中言之無物的泛泛之音。哪怕是詩聖杜甫，其詠春暮「穿花蛺蝶深深見，點水蜻蜓款款飛」（〈曲江〉其二）的詩句也遭到北宋大儒程頤「如此閑言語，道出作甚？」（《河南程氏遺書》卷十八）的批評。季節的感受一方面是天然的，一方面需要作者調動自己獨特、真實的人生修養去構建它。比如北宋歐陽修著名的散文賦〈秋聲賦〉中「噫嘻悲哉」的蕭颯秋音只有步入中年的「歐陽子」聽得到，他的書僮只在這澎湃的秋聲中「垂頭而睡」。可見，季語創作之根本靈魂不在於能客觀地去寫實自然景觀，而仍在於作者主觀情感與思想的表現力度。張潮的文言小品集《幽夢影》體現了傳統士大夫典型的生活情趣和審美傾向，問世以來得到很多文人的讚揚、評價，現代散文家林語堂也非常欣賞其所透出的生活格調，把它翻譯成英文，向西方介紹這東方主義式的生活風雅。上文所選《幽夢影》季語五則，生動刻畫出一位傳統讀書人的懷抱與修養，展現出比較成熟的文化養成和令人嚮往的精神生活。

題王覺斯先生畫扇記

曹　寅

【題　解】王鐸，字覺斯，河南孟津人，明天啟壬戌（西元一六二二年）進士，授庶吉士，崇禎朝累官禮部尚書，清初仍授禮部尚書，謚文安。王鐸書、畫雙絕，清代秦祖永《桐陰論畫》言其藝術風格言：「魄力沉雄，邱壑峻偉，筆墨外別有一種英姿卓犖之概，殆力勝於韻者。觀其所為書，用筆險勁沉著，有錐沙印泥之妙，書之關紐透入畫中矣。書、畫同源無二理焉。」本文選自曹寅《楝亭詩文鈔》。

【作　者】曹寅（西元一六五八～一七一二年），清文學家，字子清，號荔軒，又號楝亭，原籍豐潤（今屬河北省唐山市），一說遼陽（今屬遼寧省遼寧市），自其曾祖父曹錫遠開始成為滿清正白旗漢人包衣，其孫曹雪芹著作了小說《紅樓夢》。曹寅本人，及其父曹璽、其子曹顒、嗣子曹頫均擔任江南織造一職，康熙六次南巡，曹家接駕四次。曹寅曾在康熙四十四年奉旨刊刻《全唐詩》、康熙五十一年奉旨刊刻《佩文韻府》，本人著有《楝亭詩鈔》、《文鈔》、《詞鈔》、雜劇《北紅拂記》、《太平樂事》、傳奇《續琵琶記》，匯刻前人文字音韻書《楝亭五種》、前人藝文雜著《楝亭藏書十二種》。

覺斯先生書長於隸、楷，畫善元人小景❶，詩模少陵❷。世所見者多末路應酬無聊之作，吳人謂其字中有麵、詩中有蔥，蓋輕薄之口過甚，實不然也。丁亥九月，真州讌集，松客運使❸出家藏娛客，有番抹麗羅浮蝶畫扇❹，乃覺斯題貽司寇公❺者，畫筆古拙，楷如黍米，坐中咸傳玩。值竹垞朱太史❻至，因述司寇公太夫人一品百齡事，眾起立遶畫，讚仰若優鉢曇❼。間又述北海先生❽家子孫皆僦屋居，甲海內收藏之富，今已蕩然無寸縑片紙，眾復為之悚肅感歎。既而命酒，淋漓酣暢，松客屬杯促題，竹垞因事直書，繼之以詩文，意稱足然。余敬松客，即翰墨細事，寶惜遺芬，數十年如未手觸，況其於鄉閭之間、朝廷之上，更有遠大於此者乎！此扇之傳，不止百世，謹因在坐一時欣嘅❾之致，移燭泚筆以記之。

【注　釋】❶小景　中國山水畫流派之一，始於北宋僧人惠崇。❷少陵　唐代詩人杜甫，號少陵野老。❸松客運使　李斯佺，字松客，曾官兩淮鹽運使。❹番抹麗羅浮蝶畫扇　畫著番茉莉花和羅浮山蝴蝶圖案的折扇。❺司寇公　清初著名文人王士禎，官至刑部尚書。❻竹垞朱太史　康熙年間著名文人朱彝尊，號竹垞，授翰林院檢討，參修《明史》。❼優鉢曇　梵語，即曇花。佛經認為優鉢曇開花是金輪王現世的瑞應。❽北海先生　明末清初藏書家孫承澤，號北海。❾欣嘅　同「欣慨」。欣悅、歎息之意。

【語　譯】覺斯先生書法上擅長隸書、楷書，繪畫上擅長元人小景，詩歌模仿杜少陵。世人常見的是他身處末路時無聊應酬的作品，吳地人戲稱他字中有麵、詩中有蔥，這評價輕薄太過，其實不是這樣的。丁亥年九月，李松客運使在真州宴集賓客，拿出家中藏品以娛客，有一柄番抹麗羅浮蜨畫扇，是覺斯先生題贈司寇公的舊物，畫筆古拙，小楷如黍米般大小，傳玩於坐中賓客。恰好竹垞朱太史至，講起司寇公母親一品太夫人百歲生日的軼事，大家聽後，起立遶畫扇，讚仰若對優鉢曇花。其間又講起北海先生的子孫如今都租屋居住，想昔時他的收藏富甲海內，如今寸縑片紙蕩然無存，眾人又為之悚肅感歎。之後，置酒命飲，淋漓酣暢，松客注滿酒杯，勸促賓客們題詞，竹垞援筆直書，其餘賓客繼之以詩文，這次宴會讓我感到心滿意足。我敬佩李松客，對待前人遺芬，即使細微如一柄畫扇，他也能如此愛惜，收藏數十年好像從未觸摸過一樣，何況他在鄉閭之間、朝廷之上，更有比這遠大的美德！此扇的流傳，將不止百世，我謹因一時欣慨之致，移來燭火，提筆蘸墨以記之。

【研　析】王覺斯的書畫以雄峻力沉著稱，「書法有擬山園石刻，諸體悉備。畫山水宗荊、關，邱壑偉峻，皴擦不多，以暈染作氣，傳以淡色，沉沉豐蔚，意趣自別」（馮金伯《國朝畫識》），其畫風更近似於北方畫派的荊浩、關仝，蒼茫雄渾。本文中這一柄「番抹麗羅浮蜨」摺扇當屬王覺斯書畫中少數細巧精緻的作品：花草蝴蝶的構圖，古拙的筆法，以及細密如「黍米」的小楷。收藏者李斯佺非常珍愛這柄折扇，「數十年如未手觸」。然而，在康熙四十六年九月的李家宴席上，這柄折扇在座中賓客間的傳示卻不僅僅意味著藝術上的品鑒，更因它曾見證了清初三位士大夫的命運：題畫它的王鐸、獲贈它的王士禎、收藏它的李斯佺。這三人中，王鐸官至禮部尚書，王士禎官至刑部尚書，李斯佺時任兩淮鹽運使，三人皆居高位、掌實權，難怪座中諸人要「起立遶畫，讚仰若優鉢曇」，對它頂禮膜拜，為它題詩賦文。

扇之為物，本來就是世間炎涼的見證，西漢班婕妤作〈怨歌行〉曰：「新裂齊紈素，皎潔如霜雪。裁為合歡扇，團團似明月。出入君懷袖，動搖微風發。常恐秋節至，涼風奪炎熱。棄捐篋笥中，恩情中道絕。」曹寅觀賞此扇時的心情定是複雜的，曹家是滿清皇室的包衣奴才，特別倚靠與康熙皇帝的特殊因緣而成為一時顯貴，然而這一類貴族更類似於皇帝的私臣，而非國家的社稷之臣。康熙晚期，曹寅的家族因種種原因拖欠國庫巨款，翻手為雲，覆手為雨，他難以擺脫頃刻顛覆的危機感。當然，李家宴會上心情複雜的不僅僅曹寅一人，不過觀扇而已，座中諸人倏而頂禮讚歎，倏而「悚肅感歎」，一席之間，炎涼頓起，世故立現，難道這柄折扇真能扇起人們的熾熾心風？

遊潭柘記

方　苞

【題　解】潭柘寺，位於今北京市西郊，始建於西晉永嘉元年。明代劉侗《帝京景物略》記河北民諺曰：「先有潭柘後有幽州」。本文選自《望溪集》卷十四。

【作　者】方苞（西元一六六八～一七四九年），清代散文家，字靈皋，號望溪，桐城（今屬安徽省安慶市）人，康熙三十八年（西元一六九九年）舉人，受戴名世案牽連入獄，雍正帝即位時獲赦，官至禮部侍郎。方苞是清代影響很大的古文流派「桐城派」的創始者之一，著有《望溪集》、《抗希堂十六種》。

康熙戊戌夏，四月望❶後七日，余將赴塞上，寓安❷偕劉生師向過余，會公程❸可寬信宿❹，乃謀為潭柘之遊，而從者難之曰：「道局窄，不利行車，窮日未可達也。」少間，雲陰合，厲風起，眾皆以為疑，寓安曰：「車倍儎❺，雨淋漓，詰旦❻必行。」

既就途，果回遠，經砠磧❼，數頓撼❽。薄暮抵山口，而四望皆荒邱，雖余亦幾悔茲行之勞而無得也。入山一二里，徑陡仄，下車步至寺門，而山之面勢始出，林泉清淑之氣曠然與人心相得。時日已向暝，乃宿寺西堂。質明起，二子披衣攀躡，窮寺之幽與高，降而左出寺，循山徑東上，求潭柘舊址，泉聲隨逕轉，蘙薈密蒙，如行吳越溪山中。遇好石輒列坐淹留，不能進，日將中，從者曰：「更遲之，事不逮矣。」余拂衣起，二子相視悵然，計所歷於山，得三之二，去潭側二里，竟不能至也。昔莊周自述所學，謂「與天地精神往來」❾，余困於塵勞，忽睹茲山之與吾神者善也，殆恍然於周所云者。

余生山水之鄉，昔之日，誰為羈紲者？乃自牽於俗，以桎梏其身心，而負此時物，悔豈可追邪！夫古之達人，巖居川觀，陸沉❿而不悔者，彼誠有見於功在天壤，名施罔極，終不以易吾性命之情也。況敝精神於蹇淺，而慼慼以終世乎！余老矣，自顧數奇，豈敢復妄意於此。而劉生志方盛，出而當官得自有其身者，惟寓安耳。然則繼自今，寓安尚可不覺寤哉？

【注釋】❶望　望日，農曆每月十五日。❷寓安　作者友人。❸公程　公差。❹信宿　兩晚。❺車倍僦　租車費翻倍。❻詰旦　清晨。❼砠磧　石山和石灘。❽頓擴　顛簸。❾與天地精神往來　語出《莊子・天下》。❿陸沉　隱居。

【語譯】康熙戊戌年夏天，四月望日之後又過了七天，我將赴塞上，寓安偕同後生劉師向拜訪我，恰好我的公差還有兩天寬裕時間，我們就計劃遊覽潭柘寺，隨從為難地說「去潭柘的道路狹窄，不利車行，一整天都到不了。」話音落地不久，陰雲四合，大風刮起，眾人都開始猶豫，寓安說：「花兩倍價錢租車，如果陰雨淋漓，我們清早就必須啟程。」

第二天，我們踏上旅程，路途果然迂迴遙遠，經過石山和石灘，顛簸數次。接近黃昏的時候，我們到達了山口，然而四周望去都是荒丘，即使是我也開始後悔這次可能徒勞無功的旅行了。入山一二里，山路陡峭逼仄，下車步行到寺門，山的形態才開始顯露，林泉清淑之氣豁然撲面，讓人心情舒適。此時，天光已快昏黑，我們借宿在寺院的客堂。次日天剛亮，同行二子披衣登山，窮盡山寺的幽高處，下山從寺的左面出發，順著山徑東上，尋求潭柘寺的舊址，泉聲伴隨曲折的山路，樹蔭密蒙，好像走在吳越溪山之中。我們路遇佳石就列坐其上，淹留時光，不忍前進，快到中午時，隨從說：「時間晚了，來不及了。」我拂衣而起，同行二子悵然對視，我們估計登臨了三分之二座山，離龍潭只有最後二里地，卻竟然不能抵達。昔時莊周自述所學，謂「與天地精神相往來」，我久困於塵勞俗務，忽然間目睹此山，產生了一種精神上的熟悉感，此時才恍然覺悟莊周的話。

我出生在山水之鄉，以往到底是什麼在羈絆著我？竟將自己牽於俗務，桎梏身心，而辜負了山水，追悔莫及！古代曠達之人，居巖穴、觀流水，隱居而不悔，他們認為哪怕垂天之功、不朽之名也不能交換一個人的真性情。何況那些耗費精神的蹇淺俗務，和憂慮不安的人生！我老了，自認命數不偶，豈敢再妄想居巖穴、觀流水的人生。劉生出仕之志方盛，只有寓安，在宦途中卻能保有自我。然而從今日開始，寓安對人生怎麼能沒有更高的覺悟呢？

【研　析】康熙五十年，戴名世《南山集》案爆發，被這一樁震動朝野的文字獄所牽連的著名文人中，包括了清代「桐城派」的先驅方苞。康熙五十一年，方苞在北京刑部大獄中寫下紀實散文〈獄中雜記〉，後來經過大臣李光地的營救，他最終得以免罪，以布衣身分詔值暢春園蒙養齋，為朝廷編校御製樂律、算法諸書。本文作於康熙五十七年，方苞其時五十歲，繁重的編著工作和失去自由的生活讓他身心疲憊。然而，儘管以知天命之年遭遇了桎梏之命運，方苞在這劫後餘生的第五年，心中還是燃起了對生活的渴望，於是有了這一次京郊潭柘山之遊。

這篇遊記記錄了一次不完整的旅程，方苞最終未能走到自己預期的目的地，整個行程與其說是為了紀遊，不如說寫下了一個關於方苞自己的人生隱喻，平淡而又嚴冷地道出他困阻、遺憾而又乍現光芒的五十年人生前半程。踏上潭柘之旅的決定，是在一個頗有張力的環境下達成的，一開始就有「從者」發難曰：「道局窄，不利行車，窮日未可達也」，不僅如此，天氣陰沉，「眾皆以為疑」。和一般欣然鼓舞的旅行不同，潭柘之旅的開端便籠罩在一種莫名的壓力之下。然而，方苞及其友人依然決定次日前往。經過一整天艱難路程，他們來到「四望皆荒邱」的山口，踏著薄暮，深入山中，「林泉清淑之氣曠然」，這時終於得證此行不虛。入山第二天，方苞和友人們像自由的孩童一樣攀躡於山崖之上，流連於密林清溪之間。然而，在這一方無拘無束的時空中，「從者」帶著現實的壓迫感再次侵入：「更遲之，事不逮矣。」此時，潭柘山已遊三分之二，距離他們的旅程目的地「潭柘舊址」不過二里，「竟不能至也」。區區二里山路，淹留片刻即能至，而方苞竟然不敢至，可見他生怕耽擱「公程」，生活得何其戰戰兢兢。這篇遊記，始終貫穿著一股潛在壓力，不自由的處境和渴望自由的內心構成字裡行間的呼喊。細細追尋，潭柘之旅又彷彿一篇隱晦的「自傳」，失之咫尺的目的地、充滿坎坷的路途、珍貴而短暫的歡樂無不暗示著作者自己的人生。方苞少年成名，在國子監讀書時被稱為「江南第一」，三十八歲考中省試第四名，隨即因為母病歸鄉，未能參加之後的殿試，也因此未能取得一個讀書人最後的功名「進士」。歸鄉後五年，他雖然文名遠傳，卻又受到文字獄的牽連，經歷了牢獄之災，被迫接受了不自由的生活。一般的遊記不會記錄不完整的旅行，本文卻通過這「不完整」映射了作者的現實人生。在最後的行文中，方苞渴望解脫現實處境，做一個像莊子形容的那樣「與天地精神往來」的、自由的人。創作本文後，方苞的命運轉變，成為雍正朝和乾隆朝都十分倚重的學者，他在官時事務繁忙，八十歲致仕歸鄉，兩年後病重去世——世間最終沒能等來他自由自在的、毫無遺憾的再一篇〈遊潭柘記〉。

竹石

鄭燮

【題解】鄭板橋一生畫竹最多，《十笏茅齋竹石圖》是他的代表作品之一，流傳至今。本文選自《板橋集》。

【作者】鄭燮（西元一六九三～一七六六年），清代書畫家、詩人，字克柔，號板橋，興化（今屬江西省泰州市）人，乾隆元年（西元一七三六年）進士，先後任山東范縣、濰縣知縣，愛民善政，後辭官歸田，以賣書畫為生。在繪畫史上，鄭板橋是揚州畫派的代表畫家，與金農、黃慎、李鱓、李方膺、汪士慎、羅聘、高翔合稱「八怪」。著有《板橋集》。

十笏❶茅齋，一方天井，修竹數竿，石筍數尺，其地無多，其費亦無多也。而風中雨中有聲，日中月中有影，詩中酒中有情，閒中悶中有伴，非唯我愛竹石，即竹石亦愛我也。彼千金萬金造園亭，或遊宦四方，終其身不能歸享。而吾輩欲遊名山大川，又一時不得即往，何如一寶小景，有情有味，歷久彌新乎？對此畫、構此境何難？斂之則退藏於密，亦復放之可彌六合也❷。

【注釋】❶笏　竹。❷斂之二句　語出《二程遺書》卷十一：「《中庸》之言，放之則彌六合，卷之則退藏於密。」意為《中庸》所講的道理放開來可瀰漫在天地萬物中，收縮起來則可藏在人們隱秘的方寸心靈中。

【語譯】十笏茅齋，有天井一方，數竿修竹，數尺石筍，占地不多，花費也不多。然而，風中雨中有竹葉聲，日中月中有竹枝影，詩中酒中有主人情，閒中悶中有知心伴，不唯我愛這園中竹石，竹石也愛我啊。那些花費千萬金錢營造園亭的權貴們，有的遊宦四方，終身不能歸享園林。而我這樣的人想要遊覽名山大川，又一時不能馬上前往，何不營造一方小景，有情有味，有著歷久彌新的韻致?對此小園，作畫造境又有何難?這就是《中庸》所說的「欽之則退藏於密，亦復放之可彌六合」的道理了。

【研　析】鄭板橋愛畫「竹」，竹無需沃土，象徵著鄭板橋自身獨立無恃的人格。其〈竹石〉詩贊曰：「咬定青山不放鬆，立根原在破岩中。千磨萬擊還堅勁，任爾東南西北風。」鄭板橋畫竹時的審美體驗，有與天地清氣相往來的精神寄託，「江館清秋，晨起看竹，煙光日影，露氣皆浮動於疏枝密葉之間，胸中勃勃遂有畫意」（《板橋題畫》）。鄭板橋畫竹之法，借悟於古今書家，更見其在技法上抽象昇華的努力，他論北宋黃庭堅曰：「魯直不畫竹，然觀其書法，罔非竹也。瘦而腴，秀而拔，欹側而有準繩，折轉而多斷續，吾師乎！吾師乎！」（《板橋題畫》）鄭板橋以竹為友，哪怕旅居之地，小庭窗外，常伴修竹，常以佚名之詩題畫：「小院茅堂近郭門，科頭竟日擁山尊。夜來葉上蕭蕭雨，窗外新栽竹數根。」（〈時余客枝上村隔壁即馬氏行庵也〉）鄭板橋畫竹，傾注了他的個性與遭際，凝聚了他在所有藝術門類中獲得的領悟和技巧，故而他的竹畫百世不朽。

在中國藝術史中，松、竹、梅、蘭長久地成為文人畫的主題，它們的神意早已強烈地凸出於它們的物形。這篇題跋中的「修竹數竿，石筍數尺」的「小景」，竟然寄託著「欽之則退藏於密，亦復放之可彌六合」的神奇功用，這功用不僅僅為鄭板橋所創造，它根植於中國傳統士文化的土壤中。故而自然之松、竹、梅、蘭有時而凋落，紙上的墨松、墨竹、墨梅、墨蘭卻往往能擁有更鮮明、更長久的靈魂。

縹碧軒記

劉大槐

【題　解】《廣志》曰「碧有縹碧，有綠碧」。縹碧者，淡青色也。南朝吳均〈與朱元思書〉：「水皆縹碧，千丈見底」。本文選自劉大櫆《海峰文集》卷五。

【作　者】劉大櫆（西元一六九八～一七七九年），清代散文家，字才甫，又字耕南，號海峰，桐城（今屬安徽省安慶市）人，雍正年間副榜貢生，選黟縣教諭。劉大櫆授古文法予姚鼐，又與方苞、姚鼐並稱桐城文派的「三祖」。著有《海峰文集》。

吾父讀書於居室之東，偏右樹以桐，左植以蕉。吾父几坐其間，几席衣袂皆為空青結綠之色，因命之曰「縹碧軒」。已而吾父得足疾，蓐處者二年。疾稍愈，間至其中，則向之所植蕉皆已蕩為清風，而桐惟一樹存焉。笑曰：「是惡覩所謂縹碧者乎？雖然，學以致其道，而聞道者未見，其人求安之心害之也。吾分之所當為，吾求而不得，則雖高堂邃覒、層臺曲沼❶，其亦何裨？求而得之，則雖在蒼烟、白露、圊穢❷之中，皆以縹碧視之可也！奚必區區於是哉？」言既畢，叔子大櫆退而為之記。

【注　釋】❶曲沼　曲折迂迴的池潭。❷圊穢　茅廁汙穢。

【語　譯】我父親的讀書處在居室的東面，偏右種植桐樹，偏左種植芭蕉。我父親端坐其間，桌几、坐席、衣袂都帶上青綠的顏色，因而將此軒命名為「縹碧軒」。過了一段時間，我父親得了足疾，臥床兩年。足疾稍微好轉後，他偶爾到軒中，原來種植的芭蕉已蕩然無存，而只有那株桐樹還在。他笑著說：「哪裡還看得到所謂縹碧之色？儘管如此，人們學以致道，我卻未見有聞道者，這都是人們求安逸的心理導致的。分所應當的內在修養，我求而不得，則即使我居處於高峻深邃的屋宇之中、層臺曲沼的園林之中，又有何益處？求而得之，則即使我居處於蒼煙之郊、白露之野、茅廁汙穢之中，都可以縹碧之色視之！何必在不重要的地方計較呢？」父親的話剛說完，三兒子大櫆退而記之。

【研析】此文末尾處附有《海峰文集》校錄者評語「簡而文，淡而不厭」。能取得這樣「淡而有味」的行文效果，歸功於兩個字：義與趣。本文之「義」在於《孟子》所云「反求諸己」的精神修養，本文之「趣」則在於充滿清澈綠意的居處之樂。劉大櫆的學生姚鼐認為「學問之事有三端焉，曰義理也，考證也，文章也。是三者苟善用之，則皆足以相濟，苟不善用之，則或至於相害。」（〈述菴文鈔序〉）顯然，本文的「義」和「趣」互相輝映，成就了「相濟」之美。

欣賞桐城派的散文，如同欣賞蘇軾、朱熹的詩歌，需要能夠體會「自然理趣」，體會自然之美和義理之美的融合。「縹碧軒」之得名，緣於一桐一蕉帶給小庭的濃厚綠意，這綠意廓然於軒、牆之中，浸潤於衣、書之上，彷彿連空氣都染成了淡青色的。此情此境，王維〈書事〉詩云：「坐看蒼苔色，欲上人衣來」，楊萬里〈閒居初夏午睡起〉詩云：「芭蕉分綠與窗紗」。然而，真正將衣物、紗窗浸染為綠色的難道是苔蘚、芭蕉、桐樹嗎？非也！是詩人的心靈和眼睛將衣物、紗窗浸染成了綠色。所以，「縹碧軒」的顏色根本上來自於主人的心靈，而寄託在那一桐一蕉上。在主人久病，芭蕉枯萎之後，「縹碧」之名依然沒有失去它的意義，因為主人心靈中的綠意並沒有斷絕。《孟子》有一段話，將人的心靈形容為源泉，源泉充沛則無往而不達：「原泉混混，不舍晝夜，盈科而後進，放乎四海，有本者如是。」君子由內而外地創造所處世界，而不能被外在環境所主宰，《孟子》所謂「聲聞過情，君子恥之」。本文在義理上本於孔、孟的「內聖」之學，這一精神主旨在自然綠意的自得自適中表現了出來，行文簡潔，意蘊靈動，體現了劉大櫆「日麗春敷，風雲變態」（方東樹〈書惜抱先生墓誌後〉）的散文風格。

游晉祠記

劉大櫆

【題 解】太原晉祠初建於西周時，晉國始祖唐叔虞的一支宗室遷至晉陽（今太原市境內），在懸甕山麓建立宗廟「晉祠」。懸甕山是晉水的發源地，唐李白〈憶舊遊寄譙郡元參軍〉詩云：「時時出向城西曲，晉祠流水如碧玉。浮舟弄水簫鼓鳴，微波龍鱗莎草綠。」本文選自《海峰文集》卷五。

太原之西南八里許有周叔虞❶祠，祠西為懸甕山，山之東麓有聖母廟，其南又有臺駘❷祠，子產所謂汾神也❸。有泉自聖母神座之下東出，分左右二道，居人就泉鑿二井，井上為亭檻以覆之。今左井已湮，泉伏流地中，自井又東，沮洳❹隱見可十餘步，乃出流為溪。溪水洄洑❺，繞祠南，初甚微，既遠乃益大，溉田殆千頃。水碧色，清泠見底，其下小石羅布，視之如碧玉，游魚依石罅，往來甚適。水上有石橋，好事者夾溪流曲折，為室如舟。左右喬木交蔭，老柏數十株，大皆十圍。其中廁以亭臺、佛屋，采色相輝映，月出照水，尤可愛。溪中石大者，如馬、如羊、如棋局，可坐。予與二三子攝衣而登，有童子數人詠而至，不知其姓名，與竝坐久之。

山之半有寺，鑿土為室，繚曲宏麗。累石級而上，望之墟烟遠樹，映帶田塍如畫。《山海經》云懸甕之山，晉水出焉，周成王封弱弟於唐，地在晉水之陽，後遂名國為晉。既入趙氏，稱晉陽。昔智伯❻決此水以灌趙城，而宋太祖復因其故智以平北漢❼。甚哉！水之為利害也。唐高祖蓋以唐公興❽，嘗禱於晉祠，既定天下，太宗親為銘而書之立石，以崇叔虞之德。今其石在祠東，又其東為宋太平興國之碑❾。

是來也，余兄奉之官徐溝❿，余偶至其署，因得縱觀焉。念余之去太平興國遠矣，去唐之貞觀益遠矣，溯而上之以及智伯，及叔虞，又上之至於臺駘、金天氏之裔，茫然不知在何代。太原之去吾鄉三千餘里，久立祠下，又茫然不知身之在何境。山川常在而昔之人皆已泯滅其無存。浮生之飄轉無定，而余之幸游於此，無異鳥跡之在太空？然則士之生於斯世，雖能立振俗之殊勳，赫然驚人，與今日之游一視焉可也。其孰能判憂喜於其間哉！於是為之記。

【注　釋】❶周叔虞　周成王的弟弟叔虞。❷臺駘　傳說中少昊金天氏的後裔，繼父為水官，治水有功，顓頊封為汾水神。《左傳・召公元年》：「昔金天氏有裔子曰昧，為玄冥師，生允格、臺駘。宣汾洮，障大澤，以處大原。帝用嘉之，封諸汾川，沈、姒、蓐、黃實守其祀。」❸子產所謂汾神也　《史記・鄭世家》：「(子產曰)則臺駘，汾、洮神也。」❹沮洳　泥沼。❺洄洑　迴旋的流水。❻智伯　又稱「智伯瑤」，姬姓，智氏，名瑤，春秋末期晉國「四卿」(智、韓、趙、魏)之首。智伯瑤曾因趙氏不肯獻地而聯合韓、魏兩家決晉水攻趙邑晉陽(今太原)。❼宋太祖句　開寶二年(西元九六九年)，宋太祖伐北漢，攻其都城晉陽，北引汾河水灌之。事見《宋史·太祖本紀》。❽唐高祖句　唐高祖李淵曾是隋朝貴族，襲封唐國公。❾宋太平興國之碑　宋太宗太平興國年間所立〈新修晉祠碑銘並序〉。❿徐溝　今山西太原徐溝鎮。

【語　譯】距離太原西南郊八里外有周叔虞的祠堂，祠堂西面是懸甕山，山的東嶺有聖母廟，南嶺有臺駘祠，臺駘即子產所說的「汾、洮神」。聖母神座下有泉水湧出，向東面流出，分為左、右二道，當地人在泉眼上方開鑿了兩口井，建欄亭覆蓋井口。如今，左面那口井已經坍塌了，泉水在土下流淌，往東走十餘步，全是泥沼，隱約可見水流。泉水最終湧出地表，流淌成一條小溪。溪水迴旋，繞過臺駘祠，向南流去，起初水勢甚微，流出一段距離後，水勢變大，能灌溉千頃良田。水色碧綠，清泠見底，水底羅列小石，看上去就像碧玉一樣，游魚舒適地往來石縫之間。水上架有石橋，興致勃勃的人們在曲折的溪泮建屋，看上去好像一艘艘小舟。左、右岸邊喬木交蔭，有老柏數十株，都是十圍大樹。林中夾雜亭臺、佛屋，彩色的簷牆相輝映，月出照耀水面時，尤其可愛。溪中大石，形狀如馬、如羊、如棋局，可供坐憩。我與二三子牽衣登山，有幾位少年歌詠而至，不知道他們的姓名，與他們同坐了好一段時間。

山腰有寺，開鑿土窯為房屋，繞山而建，宏大壯麗。順著石階而上，眺望遠方，村煙、遠樹，與田埂相輝映，如在畫中。《山海經》記載晉水出懸甕山，周成王封幼弟叔虞於唐，封地即在晉水的北面，後來，就命名封國為晉。成為趙氏的封邑後，又稱晉陽。古時，智伯潰晉水引灌趙城，而宋太祖又用故計水攻北漢。不得了啊！水作為戰爭的利害關鍵。唐高祖憑藉隋所封的唐國公而興起，曾經在晉祠祈禱，平定天下後，唐太宗親自作銘，書寫立碑，以追崇叔虞的美德。現在，這塊唐碑在臺駘祠東面，再往東，則是北宋太平興國時期所立的宋碑。

我這次來太原，是因為我的兄長奉之到徐溝做官，我到他的官署拜訪，故而得以縱遊晉祠。我所處的時代，距離北宋太平興國時期已經很遠了，距離唐太宗貞觀時期更遠，上溯至春秋智伯、西周叔虞，更上溯至少昊金天氏後裔臺駘，茫然遠古，不知何時。太原距離我的故鄉三千里，久立祠下，又茫然不知身在何境。山川恆在，古代人物卻皆已泯滅不存。浮生飄轉無定，我有幸到此地遊覽，而我留下的足跡，何異於鳥兒飛過天空後留下的痕跡？然而，士之生於世，即使能立下振動世俗、赫然驚人的大功業，也終將在歷史中泯滅，其泯滅可以說同我今日的無名之遊等量齊觀。誰又能辨別其間憂喜！我於是寫下此記。

【研　析】「晉祠」是晉文化的重要歷史標誌。晉文化可以追溯到華夏歷史藐古之初，《詩經‧唐風》諸章傳唱了兩千餘年，春秋時晉文稱霸、戰國時「三家分晉」的歷史故事，常被改為傳奇小說、搬上戲劇舞臺。相傳帝嚳先後封堯於陶、唐二地，號為「陶唐氏」。晚商時期，「陶唐氏」一支遷往晉南，亦稱「唐」氏，是為晉文化始祖。西周成王將唐地封給了自己的弟弟叔虞，號為「唐叔虞」，唐叔虞後代中的一支遷至晉陽（今太原市境內），並在懸甕山麓建立宗廟「晉祠」。秦更漢迭，唐興宋始，晉祠見證了兩千多年的朝代變遷，而在清初劉大櫆的眼中，它隱去了千百次歷史戰爭的殘酷與滄桑，目下呈現出一幅繁華人間的圖景：曲水沃田，環山間的屋宇鱗次櫛比。《中庸》言天地悠久云：「不見而章，不動而變，無為而成天地。之道可壹言而盡也：其為物不貳，則其生物不測。」晉祠之為物，一時經戰鬥，一時歷和平，可證天道「不測」。然而，晉祠祭天敬祖，數千年變遷卻不能改變它最初的文化價值，又可證天道「不二」。晉祠帶給作者時空無垠的感受，如同「鳥跡之在太空」。在這無垠的時空中，一切「赫然驚人」的殊功無所謂「重」，普通人的平凡生活亦無所謂「輕」。《中庸》又言：「《詩》云『鳶飛戾天，魚躍於淵』，言其上下察也。君子之道，造端乎夫婦，及其至也，察乎天地。」作者將自己平凡的「今日之游」和歷史上英雄人物的「殊勳」相提並論，體現出儒家重視日常生活、要求人在自己的日常生活中彰顯天道力量的思想。

就本文的寫作方法而言，劉大櫆作為「桐城派」的代表作家，充分體現了「不為空言，言之有物」的創作宗旨。所謂「有物」，即劉大櫆的老師方苞所提出的、後來被桐城派奉為圭臬的「義法」一說。方苞在〈又書貨殖傳後〉一文中解釋「義法」說曰：「《春秋》之制『義法』，自太史公發之，而後之深於文者亦具焉。義即《易》之所謂言有物也，法即《易》之所謂言有序也。義以為經，而法緯之，然後為成體之文。」所謂「義」，即義理、哲理；所謂「法」，即敘事、修辭的方法。方苞的「義法」說和南朝劉勰《文心雕龍》中提出的「風骨」說有相似之處。不過，「風骨」之「風」對應一切感性和理性活動，而「義法」之「義」則只強調對應於儒學一門之資源。在桐城派後來的發展中，關於「義」的範圍有過討論，比如劉大櫆弟子姚鼐認為「義」必須「得程朱而明孔孟之旨」乃可（〈再復簡齋書〉），而劉大櫆本人「氣盛才雄，兼集莊、騷、左、史、韓、柳、歐、蘇之長而以義理出之」（光緒《桐城縣志》）。劉大櫆對於「義」的取捨範圍是比較寬容的，相較於「五經」之文，他重視從更廣泛的資源中去求取散文美的真諦。就本文之具體而言，本文之「義」直指《中庸》諸義；本文之「法」則體現為大處著眼、細處落筆，層次清晰，意味深長的敘事方法。兩者結合，正如文後校錄者所評：「敘次景物，曲折分明如畫，因而感慨古今，波瀾闊遠，是大文字。」

清雍正至嘉慶時期

（十八世紀中葉至十九世紀初葉）

盛清作家群。體制化極端穩固的外環境下，士人積極追求個體價值在士文化傳統中的伸張。

題羅兩峰鬼趣卷

沈大成

【題　解】羅聘，清代畫家，號兩峰，「揚州八怪」之一，以畫鬼著稱於世。本文選自沈大成《學福齋集》卷十四。

【作　者】沈大成（西元一七〇〇～一七七一年），清代校勘學者、詩文家，字學子，號沃田，華亭（今屬上海市）人，布衣終身，與經學家惠棟、戴震、王鳴盛交遊，校訂《十三經註疏》、《史記》、《前後漢書》、《南北史》、《五代史》、《通典》、《文獻通考》、《昭明文選》等多部典籍，有博洽之稱。著有《學福齋集》。

世之可憎者，莫鬼若矣。而羅君兩峰乃貌之，又從而乞題之。兩峰其嗜奇而為是耶？抑有所感而然耶？其有觸於漆園之髑髏❶、而梵筴之十種❷耶？或者以為兩峰工人物，所畫神祇仙釋多矣，其一變而圖此，蓋有慕於吳道子、龔聖予❸之徒也？沃田老人曰唯唯否否，不然。

夫人死而為鬼，鬼生而為人，猶夫日月之升沒，寒暑之遞更，晝夜之互嬗，草木之榮落也，豈外氏輪回一切之謂哉？則吾且與兩峰言之，其見於經《易》之「睽」曰：「載鬼一車」❹，幽王之變〈小雅〉曰：「為鬼為蜮」❺，左氏之《傳》曰：「鬼有所歸，乃不為厲」❻。《周官》之職太祝則曰鬼，號男巫則曰冬堂贈、春招弭❼。凡以神仕者，以冬日至致天神人鬼，以夏日至致地祇物彪❽，以禬凶荒札喪❾。其它見於傳記雜家者，有曰方相四目、魌頭二目者矣❿；有曰凡使十二神甲作、胇胃之屬，追惡鬼者矣⓫；有曰山鬼者矣⓬；有曰黎邱之鬼⓭者矣；有曰魃蜮與畢方⓮者矣。嗟嗟！自古及今，鬼之為類緐⓯矣。

然太史公曰「儒者不言鬼神，而言有物。」是故聖人死曰神，賢人死曰鬼，眾人死曰物。兩峰安得盡貌之？而吾亦安得盡徵之乎？況夫人有賢有愚，鬼有大有小，仰而闚諸天，則輿鬼五星⓰，俯而指諸地，則鬼國在貳負之尸北⓱。阮孚⓲無之，失之苛；韓子原之，鄰於迂⓳。蘇公⓴好說之，未免滑稽。則兩峰和墨舐筆，時必有揶揄其旁，而聲魗魗㉑不止也。

【注釋】❶漆園之髑髏　《莊子・至樂》曾描述莊子與道旁骷髏的對話。莊子做過漆園吏，故以「漆園」代稱。❷梵筴之十種　十種佛經。梵筴，貝葉經的裝幀方式。❸吳道子龔聖予　吳道子，唐代畫家。龔聖予，名開，宋末元初畫家。二者皆以畫鍾馗著稱。❹易之睽曰二句　《周易・睽卦》爻辭。❺幽王之變小雅曰二句　語出《詩經・小雅・何人斯》。《毛詩序》將〈大雅・民勞〉、〈小雅・六月〉以後的詩歌稱為「變雅」。❻左氏之傳曰三句　語出《左傳・昭公七年》。❼周官之職二句　語出《周禮・春官・大宗伯》：「大祝掌六祝之辭以事鬼神」、「(男巫)冬，堂贈，無方無筭；春，招弭，以除疾病。」堂贈，逐疫。招弭，招安。❽地祇物彪　指土地、山岳、湖泊等自然神。彪，魑魅。❾禬凶荒札喪　驅除饑荒、疫病、死亡等災難。❿方相四目句　事見《周禮・夏官・司馬》，方相、魌頭均指人們驅除疫鬼時所戴的面具。⓫凡使十二神二句　《後漢書・禮儀志》列出甲作、胇胃等十二位食災追惡的神祇。⓬山鬼句　事見屈原〈九歌・山鬼〉。⓭黎邱之鬼　《呂氏春秋・

慎行》篇所記載的黎邱山上善於模仿人類舉止的鬼。⑭魃蜮與畢方　語出張衡〈東京賦〉，薛綜註：「魃，小兒鬼；畢方，老父神。」⑮緐　通「繁」。⑯輿鬼五星　指二十八宿中的鬼宿。⑰鬼國在貳負之尸北　典出《山海經．海內北經》，鬼國、貳負皆上古神名。⑱阮孚　西晉名士，「竹林七賢」之一阮咸的兒子。⑲韓子二句　韓愈曾作〈原鬼〉論。⑳蘇公　北宋蘇軾。㉑魒魒　鬼魅發出的聲音。

【語　譯】世上讓人憎惡的事物，莫過於鬼。而羅兩峰君卻要為它們作畫，又進而請我為他的畫鬼圖題辭。兩峰君是因為好奇而畫鬼嗎？還是另有所感呢？他畫的鬼中有漆園吏筆下的骷髏嗎、有佛經中的神怪嗎？有人認為兩峰工於人物畫，畫過很多神祇、仙、釋，一變而畫鬼，是因為仰慕吳道子、龔聖予吧？我表面上不置可否，心中卻不以為然。

人死而為鬼，鬼生而為人，就像日出月沒、寒暑更替、晝夜互換、草木榮枯一樣，這難道只是佛教講的一切事物都在輪迴中的意思嗎？我同兩峰君說說儒家講的鬼，《易經》「睽」卦云：「載鬼一車」，周幽王〈小雅〉云：「為鬼為蜮」，《左傳》云：「鬼有所歸，乃不為厲」。《周官》以事鬼神言太祝之職，以冬祛疫病、春招平安言男巫之職。凡是事神的官員，冬至日致祭天神人鬼，夏至日致祭地祇物鬽，以驅除饑荒、疫病、死亡等災難。其他傳記雜家所記載的，有說方相四目、魌頭二目的；有說凡使十二神甲作、胇胃之類追惡鬼者的；有說山鬼的；有說黎邱之鬼的；有說魃蜮與畢方的。嘖嘖！自古及今，鬼的種類十分繁多。

然而，太史公司馬遷說：「儒者不言鬼神，而把它們稱作存在物。」所以，聖人死後稱為神，賢人死後稱為鬼，眾人死後稱為物。兩峰怎麼能把它們全畫出來呢？而我又怎麼能把它們的來歷全部徵引出來呢？況且人有賢有愚，鬼有大有小，仰而視諸天，則可見鬼宿，俯而指諸地，則傳說中有鬼國神在貳負神之尸的北面。阮孚否認鬼的存在，失之苛刻；韓子作〈原鬼〉，議論臨於迂腐。蘇公好說鬼，未免淪於滑稽笑談。兩峰和墨舐筆時，想必也有鬼怪在一旁揶揄，發出魒魒不止的聲音吧。

【研　析】《論語》教人：「子不語怪力亂神」、「敬鬼神而遠之」。其實，儒家並非不認可鬼、神的存在，《中庸》曰：「鬼神之為德，其盛矣乎！視之而弗見，聽之而弗聞，體物而不可遺。使天下之人齊明盛服，以承祭祀。洋洋乎！如在其上，如在其左右。《詩》曰：『神之格思，不可度思！矧可射思！』夫微之顯，誠之不可揜如此夫。」這段話認為鬼神乃天地之精氣，無所不在。一旦天下人都穿著禮服同時祭祀，鬼神便會顯現出它們的形態。程子注釋曰：「鬼神，天地之功用，而造化之跡也。」張載注釋曰：「鬼神者，二氣之良能也。」在《中庸》的表述中，鬼神是天地造化的運作，是如同風、雨、雷、電一般的自然存在。儒家的其他經典中不乏對神、鬼的描繪，比如《周禮》、《詩經》等，鬼神是儒家天人關係論中的一個有趣話題。

聖人「子不語怪力亂神」、「敬鬼神而遠之」的訓誡只是教導人們不應該去妄求鬼、神的力量，人應當依靠自己的力量去實現理想生活。「揚州八怪」之一的羅兩峰專喜畫鬼，他也不是為了尋求一個「用」字，而是為了突出一個「趣」字。《中庸》所描繪的「使天下之人齊明盛服，以承祭祀」的場面難以想像，鬼神的顯現永遠是一個無法普遍實證的話題。然而，人們從未喪失過對它們的熱衷，講鬼故事的人也不必藉助任何神秘的個人經歷，他們或借鬼諷人，或表達對未知力量的好奇，他們把鬼怪當作凡人生活中的樂趣。羅兩峰文集中有〈秋夜集黃瘦石齋中說鬼〉詩，描繪秋夜造訪的大、小鬼曰：「頸或曲且高，身或短而僂。齒露瓠中犀，指或大如股。風捲一院陰，倏忽遠堂廡。悄然尋潛踪，落葉聲如雨。」畫鬼無關維護神秘主義的辯論，亦無關對超能力的好奇，對羅兩峰而言，鬼怪就是拯救無趣生活的一團樂趣、一線生機，故題其畫曰「鬼趣卷」。

訪寒庄草堂記

全祖望

【題　解】本文選自全祖望《鮚埼亭集》卷三十。

【作　者】全祖望（西元一七〇五～一七七一年），清代哲學家、史學家、地理學家、文學家，字紹衣，號謝山，鄞縣（今屬浙江省寧波市）人，乾隆元年（西元一七三六年）進士，選庶吉士，後辭官歸鄉，主講蕺山、端溪書院，著述終老。全祖望曾續修《宋元學案》，校、箋北魏酈道元著《水經注》、南宋王應麟著《困學紀聞》，著有《鮚埼亭集》、《經史答問》、《漢書地理志稽疑》等。

寒庄草堂在鄞❶南湖上所謂小江里者，故職方駱先生精舍也。其地蓋已累易主，乾隆辛未，諸生盧鎬假館授徒於其地。予歎曰：「三十年以來求職方之子孫以訪其軼事，而不可得；則求其詩文，而不可得；則求其邱墓而表之，而又不可得。年運而往，里中之知職方者希矣。今過其草堂，其安可嘿然❷而已！」況其石闌花時，風流宛在，是固東籬❸之遺也。乃為之記。職方諱國挺，字天植，寒庄其五十字，故諸暨人也。居鄞甬❹二世，有殊材。當是時，其東鄰李氏❺方貴盛，忠毅公❻鎮三藩，一門子弟多雋士，而職方以諸生崛起，名甚盛，里人引而齊之曰：「李、駱不以勢位甲乙也。」鄞士尚節義，職方所與為素心者曰華公夏❼、王公家勤❽、陸公宇燝❾、高公宇泰❿，風格相伯仲。而東江事起左右，錢忠介公⓫破家輸餉，遂為六狂生之亞，降紳夫己氏⓬欲殺之，亦與六狂生等。

忠介浮海，戊子又有五君子之難⓭，夫己氏欲株連先生，而帛書中無其名，乃散流言，謂待翻城之後盡籍諸薦紳家以賞軍，蓋激眾怒以害之。華公聞而歎曰：「如此則國人皆曰可殺矣！天植之肉其足食乎？」竟被逮，訊久之得脫，而家遂中落。於是柴門土室，不接一客，蕉萃⑭三十餘年以卒。然每年五月初二日，必致祭於石傘山房，為華公也，而配以楊、屠、董諸公⑮；六月二十日致祭於石雁山房，為王公也，而配以施、杜諸公⑯。西臺、東臺嗚咽之聲相接，邏舟⑰雖過，不恤也。嘗夜宿草堂，慟哭驚四鄰，門人皆起，先生尚未寤，旦而問之，則曰：「夢見蒼水⑱相語於荒亭木末之間，不覺失聲。」因作〈寒厓紀夢詩〉，所著有《寒厓草堂集》。

駱氏本自諸曁來，無族屬，一子傳之一孫，祕其集不肯出，以多嫌諱也。乃未幾而其子卒，其孫又卒，駱氏遂無後，其集竟不知所之。嗚呼！其可痛也！職方之惓惓於華、王諸公如此，今孰為職方念及者乎？百年以來，諸公之或死或生不必盡同，而其趨則一。吾鄉遂以成鄒魯之俗⑲，其功大矣，是非世俗之所知也。此予之所以過草堂，低徊留連，不能自已也。

【注釋】❶鄞　今屬浙江寧波。❷嘿然　沉默無言的樣子。❸東籬　代指東晉隱士詩人陶淵明。陶淵明〈飲酒〉其五有「採菊東籬下」語。❹甫　才，副詞。❺李氏　李文纘，錢維喬《(乾隆)鄞縣志》卷十六引《續耆舊傳》：「(駱國挺)與李文纘齊名，里人稱曰李駱」。❻忠毅公　明末名臣左光斗，謚曰忠毅。❼華公夏　華夏，字吉甫，又字默農，明末抗清義士，「六狂生」之一，順治二年跟從寧波錢肅樂起兵。❽王公家勤　王家勤，字迪一，明末抗清義士，「六狂生」之一，順治二年跟從寧波錢肅樂起兵。❾陸公宇燝　陸宇燝，字周明，明末抗清義士，「六狂生」之一，順治二年跟從寧波錢肅樂起兵。❿高公宇泰　高宇泰，字原發，又字虞尊，明末抗清義士。⓫錢忠介公　錢肅樂，明末抗清義士，曾任南明魯王政權右僉都御史，順治二年率領寧波數千義士起兵，謚忠介。⓬降紳夫己氏　明末投降清兵、迫害反清士人的謝三賓。夫己氏，對不願指明姓名的人的稱呼。⓭五君子之難　順治五年初，華夏、王家勤、楊文琦、屠獻宸、董德欽秘密聯合四明王翊、舟山黃斌卿無果後，貿然發動反清起義，失敗後被殺害，史稱「寧波五君子之難」。⓮蕉萃　同「憔悴」。⓯楊屠董諸公　指「五君子」中的楊文琦、屠獻宸、董德欽。⓰施杜諸公　明末抗清義士施邦炌、杜懋俊。⓱邏舟　指清兵巡邏舟。⓲蒼水　明末抗清義士張煌言號。⓳鄒魯之俗　孔孟之俗。

【語　譯】寒匡草堂位於鄞縣南湖邊小江里，是已故駱職方先生的讀書處。草堂屢次易主，乾隆辛未年，秀才盧鎬借此地開館授徒。我歎息說：「三十年來，我訪求駱職方的子孫以問軼事，卻不可得；訪求他的詩文，卻不可得；訪求他的墳墓以刻碑表彰，又不可得。年代久遠，鄉里中知道駱職方的人已經不多了。如今，我尋訪到他的寒匡草堂，豈可默然不語！」何況草堂石欄花圃，彷彿舊時格調，有陶淵明東籬採菊之遺風。於是，我寫下這篇散記。駱職方名國挺，字天植，寒匡是他五十歲時取的字，祖上原是諸暨縣人。駱氏定居鄞縣才兩代人，然而，駱職方先生才能出眾。當時，駱氏東鄰李氏正富貴興盛，左忠毅公鎮守三藩，門下弟子多有才智傑出的人，而駱職方以秀才的身分崛起，聲名很盛，鄞人引李文纘等視之，說：「李、駱不能以勢力高下而排甲、乙位。」鄞縣之士崇尚節義，駱職方素心交往的士人有華夏、王家勤、陸宇燝、高宇泰，他們的高風亮格彼此類似。東江起義前後，錢忠介公典賣家產以作軍費，駱公成為「六狂生」的同志，投降士紳某氏想要殺害他，也和想要殺害「六狂生」一樣。

錢忠介公帶兵流亡海上後，鄞縣又發生了戊子五君子之難，某氏想以五君子事株連駱職方，然而，帛書中並沒有駱先生的名字，(不能借清兵之手殺先生) 某氏於是散布流言說：「五君子」一黨將在寧波城光復後盡徵諸鄉紳家產以犒賞軍隊，目的是為了激發眾怒，借刀殺人。華公聽聞此流言，歎息說：「如此，所有國人都可以隨意殺害了！駱天植之肉夠他們吃嗎？」駱職方先生最終還是被逮捕了，審訊了很久才被放出來，從此家道中落。於是，他居住在柴門土室中，不見一客，憔悴三十餘年後去世。然而，每年五月初二日，他必到石傘山房祭奠華公，而配祭楊、屠、董諸公；每年六月二十日他必到石雁山房祭奠王公，而配祭施、杜諸公。祭臺東、西嗚咽之聲不絕，即使清兵巡邏舟經過，也不懼怕。傳說他曾夜宿草堂，夢中慟哭，驚起四鄰，門人起身察看，他還沒有醒，天亮詢問，他說：「我夢見和張蒼水在荒亭木末之間談話，不覺失聲慟哭」。駱先生因此事作〈寒厓紀夢詩〉，他的著作有《寒厓草堂集》。

駱氏原本從諸暨來，本地無族屬，駱職方先生有一子一孫，秘藏他的文集不肯示人，多半是為了避嫌。不久，他的兒子去世了，他的孫子接著又去世了，鄞縣駱氏於是沒了後人，駱先生的文集不知所終。誒！讓人痛心啊！駱先生惓惓不忘華、王諸公，如今有誰能紀念他呢？百年以來，吾鄉明末諸義士或死或生，不必盡同，然而他們的志向是一致的。我的故鄉之所以成就孔孟之風，他們有很大功勞，這一點世俗之人卻是不知道的。這一點也是我之所以尋訪寒厓草堂，低徊留連，不能自已的原因。

【研　析】清順治二年（西元一六四八年），清軍攻陷浙東地區，鄞縣六位布衣秀才張夢錫、陸宇㸌、毛聚魁、華夏、王家勤、董志寧立誓抗清，時稱「六狂生」。順治五年，浙東清兵撤防福建，華夏、王家勤和鄞縣另外三位布衣士人楊文琦、屠獻宸、董德欽謀劃收復鄞縣的起義失敗，「戊子五君子」全部犧牲。鄞縣復明士人以大學士錢肅樂為首，包括「六狂生」、「五君子」、「管江三烈士」以及駱國挺、施邦炌等人，在明亡的國難中毀家救國，捨生取義，名留青史。鄞縣是明季典型的鄉紳自治的鄉村社會，在長達數百年的士風浸染和儒家君子教育的影響下，這個方圓僅數十里的縣治烈士輩出，由此可見宋明以來深植於中國鄉村社會的儒家士文化土壤。

生於清代、並參加過清朝科舉考試的全祖望不應該對朱明政權有感情，他在寒厓草堂前對前明遺民駱國挺的紀念，他對鄞縣鄉風的繼承，都應源於他對儒家士文化的歸屬與信仰。他認為在小型鄉村自治社會中，儒家士文化能培育尚情無私的君子之風，其所培養的價值觀念上達於國家，下達於個人，營造出堅固的社群紐帶。而當擔傳統中國鄉村文化建設的往往是鄉村中的士階層——即所謂的鄉紳階層。寒庢草堂對於鄞縣的意義，無關某朝某代之類的國家機器，它代表了根植於鄉村社會中壯烈而正統的士精神。明亡後，「六狂生」在故鄉奮挽狂瀾之際，曾對本地鄉紳發出倡議，同志者固能同道，而唯私利是圖者亦比比皆是，特別是降清鄉紳謝三賓出賣、構陷了很多復明義士，直接導致戊子起義夭折。「六狂生」之一的華夏最所遺憾的甚至不是朱明政權的覆滅，而是明代士文化的腐敗墮落。他在長文〈兩番對簿語略〉中寫道：「大明無鄉紳久矣！即有，亦膏腴潔衣、多買田產為子孫計耳。否則，擁姬傲物，取快一時，如與大明結沒世不可解之仇矣。安得鄉紳只若這幾個秀才，為著明倫堂三字丹心耿耿，刻不能昧。一戴紗帽，狼心狗行，無復人理。」士大夫階層在明代政治專制化和科舉功利化等種種原因的侵蝕下，受到嚴峻的歷史考驗，明遺民所代表的士大夫人格價值在明亡時表現為捨生取義的悲壯，在清初表現為君子固窮的堅守。全祖望認同駱國挺的操守，又感歎駱氏後人的凋零，玉碎瓦全的現實之中，以恢復士風為己任的他面臨「天喪予也」的困境，他在寒庢草堂前「低徊留連，不能自已」的心情既悲慨交雜，又透露出一往無悔的豁然與堅定。

隨園記

袁　枚

【題　解】隨園是袁枚在南京任官時買下的園林，從乾隆十四年（西元一七四九年）至乾隆三十五年（西元一七七〇年），袁枚前後六次為隨園作記。本文選自袁枚《小倉山房集》文集卷十二。

【作　者】袁枚（西元一七一六～一七九八年），清代詩文家，字子才，號簡齋、隨園，錢塘（今屬浙江省杭州市）人，乾隆四年（西元一七三九年）進士，在江寧知縣任上辭官隱居。袁枚是清代「性靈」詩派的代表人物，與趙翼、蔣士銓並稱「乾隆三大家」。著有《小倉山房集》、《隨園詩話》、《隨筆》、筆記《子不語》等。

金陵❶自北門橋西行二里得小倉山，山自清涼胚胎，分兩嶺而下，盡橋而止。蜿蜒狹長，中有清池水田，俗號乾河沿。河未乾時，清涼山為南唐❷避暑所，盛可想也。凡稱金陵之勝者，南曰雨花臺，西南曰莫愁湖，北曰鍾山，東曰冶城，東北曰孝陵，曰雞鳴寺。登小倉山，諸景隆然上浮，凡江湖之大，雲煙之變，非山之所有者，皆山之所有也。

康熙時，織造隋公當山之北巔構堂皇❸，繚垣牖，樹之萩千章、桂千畦，都人游者翕然盛一時，號曰隋園，因其姓也。後三十年，余宰江寧❹，園傾且頹弛，其室為酒肆，輿臺嚾呶❺，禽鳥厭之，不肯嫗伏，百卉蕪謝，春風不能花。余惻然而悲，問其值，曰三百金。購以月俸。茨牆剪闔，易簷改塗。隨其高為置江樓，隨其下為置溪亭，隨其夾澗為之橋，隨其湍流為之舟。隨其地之隆中而欹側也，為綴峰岫；隨其蓊鬱❻而曠也，為設宧窔❼。或扶而起之，或擠而止之，皆隨其豐殺繁瘠，就勢取景，而莫之夭閼❽者，故仍名曰隨園，同其音，易其義。

落成歎曰：「使吾官於此，則月一至焉；使吾居於此，則日日至焉。二者不可得兼，舍官而取園者也。」遂乞病，率弟香亭、甥湄君移書史居隨園。聞之蘇子曰：「君子不必仕，不必不仕。」然則余之仕與不仕，與居茲園之久與不久，亦隨之而已。夫兩物之能相易者，其一物之足以勝之也。余竟以一官易此園，園之奇可以見矣。己巳三月記。

【注　釋】❶金陵　南京舊稱。❷南唐　五代時定都南京的李姓政權。❸堂皇　這裡代指宏偉的房屋。❹江寧　南京舊稱。❺輿臺嚾呶　奴僕吵鬧。❻蓊鬱　草木茂盛。❼宧窔　同「宧奧」。幽深密閉的地方。❽莫之夭閼　不去阻攔，語出《莊子・逍遙遊》。

【語　譯】從南京北門橋向西行走二里，抵達小倉山，它是清涼山的支脈，分成兩座山嶺綿延而下，抵達北門橋為止。清涼山蜿蜒狹長，山中有清池水田，俗稱乾河。河未乾為水田時，清涼山是南唐權貴的避暑之地，風景之美可想而知。凡是稱讚金陵勝景的，都會提到南面的雨花臺，西南面的莫愁湖，北面的鍾山，東面的冶城古跡，東北面的明孝陵、雞鳴寺。登上小倉山，上述諸景凸現，浮上眼簾，一切大江大湖，雲煙變幻，不是小倉山所有的景色，都被此山所盡收。

康熙時，江寧織造隋公在小倉山北嶺建造宏偉的屋宇園林，四周環繞矮牆畫窗，園中種植千株萩蒿、千畦桂花，成為南京人一時遊覽的勝地，號稱「隋園」，因主人姓氏而命名。此後三十年，我出任江寧縣令，隋園已經傾圮頹廢，屋室變為酒肆，奴僕吵鬧，禽鳥厭棄，不肯降臨，百卉枯萎，再不能在春天開花了。我為它感到惻然悲傷，詢問它的價格，主人說需要三百兩銀子。我用一個月的俸祿買下了它。用茅草編織成圍牆，剪出門的形狀，更換屋簷，改變小徑的路線。順著地勢高的地方建江樓，順著地勢低的地方建溪亭，順著夾澗架橋，順著湍流泛舟。順著隆起欹側的山坡，點綴石峰、石岫；順著植物茂密而曠野，建築幽秘的屋廬。扶起傾倒的樹木，停止它們相互擠壓的狀況，一切都隨其豐饒、蕭瑟、繁茂、貧瘠的本來面貌，就勢取景，而不加干涉，仍以「隨園」為名，保留讀音，改換意義。

落成之日，我感歎說：「我在這裡做官，一月能來隨園一次；我居住在這裡，日日都在隨園中。官職與園林不可兼得，我寧肯捨棄官職而取園林。」於是，我上疏乞求病退，帶著弟弟香亭、外甥湄君把書籍搬移到隨園中，在此定居。蘇子曾說：「君子不必仕，不必不仕。」然而，我出仕或不出仕，居此園久或不久，也都打算隨緣而已。兩件東西間之所以能做出取捨，其中一件東西必足以勝過對方。我最終用一個官職交換了這座園林，此園之奇妙可以想見。己巳年三月記。

【研　析】「隨園」之於袁枚，正如同「園田居」之於陶淵明，陶淵明作〈歸園田居〉六首以紀歸隱之志，袁枚六記「隨園」亦如之。「隨園」是袁枚反觀自己的「觀具」，他的詩話稱《隨園詩話》，食譜稱《隨園食單》，他的全部精神生活都試圖用「隨園」二字來表達。乾隆十四年，袁枚首記「隨園」，敘述其來歷和得名。乾隆十八年，袁枚作「後記」，敘述經營「隨園」的困難：「年費千金」。他由此感悟家園「存我」即可，公卿富豪「程巧致功，千力萬氣」以造園，不如文士「一水一石，一亭一臺，皆得之於好學深思之餘」。乾隆二十二年，袁枚作「三記」，談論「隨園」之屋、廊、丘、臺之治，任其自然，甚至「棄其南一椽不施，讓雲煙居，為吾養空遊所」云云。他說「使吾力常沛然有餘，而吾心且相引而不盡，此治園法也，亦學問道也」，表達了一種自適自得的生活觀念。乾隆三十一年，袁枚作「四記」，詳細描述了「隨園」生活的四季之美。乾隆三十三年，袁枚作「五記」，記載「隨園」的歷次營建，「為隄，為井，為裡、外湖，為花港，為六橋，為南峰、北峰」。其中寄寓了他對故鄉杭州的思念：「居家如居湖，居他鄉如故鄉」。乾隆三十五年，袁枚作「六記」，敘述自己將隨父親葬在「隨園」，而自己的妻、妾、奴、僕亦將隨自己葬在「隨園」。歷經二十年歲月，「隨園」不僅是袁枚的養生之具，也成為了他的送死之所。

「隨園」之「隨」字，有順勢而為的意思。其山、水順小倉山而來，其營建「就勢取景」，其得來不過袁枚一月俸祿之費，可謂隨「緣」而得。袁枚以得「隨園」為契機，放棄仕途，將生命投入到一種更為積極生動的形態中，亦可謂隨心而動。之後二十年的歲月中，「隨園」之「隨」，更增添了隨遇而樂、隨親而歸的含義。程子注《易傳》有「仁者無對」之說，君子順應大化流行、命運變動而能無往不自得，「隨園」之「隨」含蘊著袁枚自由、自然、自立的人生態度。

隨園食單序

袁　枚

【題解】選自《小倉山房集》卷二十八。

詩人美周公而曰「籩豆有踐」❶，惡凡伯而曰：「彼疏斯稗」❷，古之於飲食也，若是重乎。他若《易》稱鼎亨❸，《書》稱鹽梅❹，「鄉黨」內則瑣瑣言之❺。《孟子》雖賤飲食之人，而又言飢渴未能得飲食之正❻。可見凡事須求一是處，都非易言。《中庸》曰：「人莫不飲食也，鮮能知味也。」《典論》曰：「一世長者知居處，三世長者知服食。」古人進鬐離肺❼皆有法焉，未嘗苟且。子與人歌而善，必使反之，而後和之❽，聖人於一藝之微，其善取於人也如是。

余雅慕此旨，每食於某氏而飽，必命家廚往彼竈觚❾執弟子之禮。四十年來頗集眾美，有學就者，有十分中得六七者，有僅得二三者，亦有竟失傳者。余都問其方，略集而存之，雖不甚省記，亦載某家某味以志景行❿，自覺好學之心理宜如是。雖死法不足以限生廚，名手作書亦多出入，未可專求之於故紙，然能率由舊章，終無大謬，臨時治具，亦易指名。或曰：「人心不同，各如其面，子能必天下之口皆子之口乎？」曰：「『執柯以伐柯，其則不遠』⓫，吾雖不能強天下之口與吾同嗜，而姑且推己及物，則食飲雖微，而吾於忠恕之道⓬則已盡矣，吾何憾哉！」若夫《說郛》⓭所載飲食之書三十餘種，眉公、笠翁⓮亦有陳言，曾親試之，皆闕於鼻而蜇於口，大半陋儒附會，吾無取焉。

【注釋】❶邊豆有踐　語出《詩經・豳風・伐柯》。豆，木豆，一種食具。邊，同「籩」。竹豆。踐，排列。❷彼疏斯稗　當作「彼疏斯粺」，語出《詩經・大雅・召旻》。疏，稷米。粺，精米。❸易稱鼎亨　鼎亨，同「鼎烹」。用鼎烹煮食物，語出鄭玄《周易》「鼎卦」註。❹書稱鹽梅　語出《尚書・說命下》。鹽梅，鹽漬青梅。❺鄉黨句　《論語・鄉黨》有「食不厭精，膾不厭細」句。❻孟子二句　語出《孟子・盡心上》：「飢者甘食，渴者甘飲，是未得飲食之正也，飢渴害之也。」❼進鬐離肺　語出《儀禮》「公食大夫禮」、「士冠禮」等，意指處理魚和三牲。❽子與人歌三句　語出《論語・述而》。❾竈觚　即「灶突」，代指廚房。❿以志景行　以表景仰。⓫執柯二句　參照著手中斧柄的樣子去伐木，意為準則不遠。語出《詩經・豳風・伐柯》。柯，斧柄。⓬忠恕之道　所謂忠道，《論語・雍也》言：「己欲立而立人，己欲達而達人」；所謂恕道，《論語・衛靈公》言：「己所不欲，勿施於人」。⓭說郛　元末陶宗儀所編雜事筆記。⓮眉公笠翁　明末隱士陳繼儒、李漁。

【語譯】詩人讚美周公而言「邊豆有踐」，厭惡凡伯而言「彼疏斯稗」，古人對於飲食之事，如此看重。其他比如《周易》稱「鼎亨」，《尚書》稱「鹽梅」，《論語・鄉黨》言及細碎的飲食之事。《孟子》即使看不起注重飲食之人，又提出飢渴未能得飲食之正的觀點。可見，要做對任何事情，都不是容易的。《中庸》曰：「人莫不飲食也，鮮能知味也。」《典論》曰：「一世長者知居處，三世長者知服食。」古人處理魚鮮、三牲都有法度可循，從不馬虎。孔子與別人一起唱歌，如果唱得好，一定要請他再唱一遍，然後和他一起唱，聖人對於微不足道的技藝，也如此善於向別人學習。

我仰慕飲食之道，每次在某家飽餐一頓後，一定會派自己的僕人到那家的廚房中去學習。四十餘年來，我收集了很多美食食譜，有學成的，有學得十分之六七的，也有只學會十分之二三的，還有最終失傳的。我一般都會詢問主家食譜，收集保存，即使不能記得很清楚，也會在食譜上標明「某家某味」以表達景仰之情，自認為好學者應該有這樣的心理。固定的食譜不能夠限制廚師靈活的操作，就如同著名的書法家也多有變化的風格，不能只從他的字帖去探求他的書法藝術，即使如此，如果能有舊章可循，終究不會有大的差謬，臨時設宴，也容易指出菜餚的名稱出處。有的人說：「人心不同，如同他們各自的面相不同，您能確定天下人的口味都如同您的口味嗎？」我回答：「『執柯以伐柯，其則不遠』，我不能強求天下人的口味與我相同，但能姑且推己及人，飲食雖是小道，我仍然能在這上面行出一個忠恕之道，我又有什麼遺憾！」至於《說郛》所記載的三十餘種食譜，眉公、笠翁也曾提及，我曾經親自嘗試，做出的食物都難聞蜇口，那些食譜大半都是陋儒的牽強附會，我不採用它們。

【研　析】明代焦竑《國史經籍志》專設「食經」一目，列出四十餘種書目，其中歷史悠久的飲食之書，如北魏崔浩所撰《食經》等。今天還能讀到的古人食經僅存寥寥數種，如宋代陳達叟著《蔬食譜》、元代賈銘著《飲食須知》、元代倪瓚著《雲林堂飲食制度集》、明代盧和著《食物本草》、清代袁枚著《隨園食單》。這些古人食譜，重點不在食物製作的方法和過程的記錄，而在於烹調、飲食習慣的養成。

袁枚《隨園食單》分為「須知單」、「戒單」、「海鮮單」、「江鮮單」、「特牲單」、「雜牲單」、「羽族單」、「水族有鱗單」、「水族無鱗單」、「雜素菜單」、「小菜單」、「點心單」、「飯粥單」、「茶酒單」十四目，是談論飲食，也是談論人生。比如，第一條「須知單」，講到食材選購，稱「凡物各有先天，如人各有資禀。人性下愚，雖孔孟教之無益也；物性不良，雖易牙烹之亦無味也」；講到醬醋等作料準備，稱「廚者之作料，如婦人之衣服、首飾也，雖有天姿，雖善塗抹，而敝衣藍縷，西子亦難以為容。」當飲食之道成為一個人生活態度的表達時，它不能因陋就簡，而必須貫穿著嚴肅的、一絲不苟的精神。《隨園食單》要求豬選「皮薄」者，雞選

「騙嫩」者，鯽魚選「扁身白肚」者，鰻魚選「湖溪游泳」者，鴨選「穀喂之」者，筍選「壅土」生之者。即是作料，「醬有清濃之分，油有葷素之別，酒有酸甜之異，醋有陳新之殊，不可絲毫錯誤。」這些一絲不苟的飲食原則，不僅代表著袁枚對待生活的態度，還體現出他的審美觀念、倫理觀念、甚至政治觀念。如「戒單」之立，結合「為政者興一利不如除一弊」的行政經驗。其中，「戒耳餐」、「戒目食」、「戒穿鑿」三條，和袁枚「性情之外本無詩」（〈寄懷錢嶼沙方伯予告歸里〉）、「作詩不可無我」（《隨園詩話》）的詩歌觀念相一致。《隨園食單》中還有「戒落套」一條，將品鑒唐詩和品鑒飲食合為一道：「唐詩最佳，而五言八韻之試帖名家不選，何也？以其落套故也。詩尚如此，食亦宜然。今官場之菜名號有十六碟八簋四點心之稱，有滿漢席之稱，有八小喫之稱，有十大菜之稱，種種俗名，皆惡廚陋習。」再比如，袁枚詩歌擅長讚美自然生命的多樣性，其〈苔〉詩曰：「各有心情在，隨渠愛暖涼。青苔問紅葉，何物是斜陽？」而《隨園食單》排斥火鍋，即因為火鍋不分火候，一鍋雜燴，袁枚認為這違背了萬物各本天性的原則。

民以食為天，飲食之道若在生存需要上論，它是人的枷鎖，那些能夠「辟穀」、「餐風飲露」的高士仙人們就能掙脫這條枷鎖。《孟子》言「飢者甘食，渴者甘飲，是未得飲食之正也，飢渴害之也」，被迫牽於生理欲求和本能驅動，這是人不自由的地方。古人「食經」、「食方」、「食單」等書籍，其主旨不是為了生存而飲食，而是為了生活而飲食。飲食是人體會審美自由的活動，《論語》曰「食不厭精，膾不厭細」，又豈為口腹之慾？

枯脫齋記

汪　縉

【題　解】 本文選自汪縉《汪子文錄》卷七。

【作　者】 汪縉（西元一七二五～一七九二年），清代理學家、古文家、詩人，字大紳，吳縣（今屬江蘇省蘇州市）人，三十一歲選為貢生。汪縉在學問上融通儒佛，與當時學者彭紹升、羅有高往復論學。著有《汪子文錄》、《二錄》、《三錄》、《讀書四十偈私記》、《讀易老私》等。

季晉❶在日，予嘗與之讀書於家，題讀書處曰「言秋館」。近授徒南城，館曰「響秋」。庭前離立寒石數塊，樹無一焉。客有過予者，曰：「可略種桐蕉，待秋作響。」予應之曰：「枯脫，盡矣。」客意予有身世之感也，愴然而去。予於此有身世之感矣，抑不獨有身世之感也。佛經曰：「愛河乾枯，使汝解脫。」又曰：「人以愛欲交錯，心中濁興，故不見道。當捨愛欲，愛欲垢❷盡，道可見矣。」予之所謂「枯脫盡者」，此也。客去書之，為〈枯脫齋記〉。

【注　釋】❶季晉　作者亡弟。❷垢　煩惱，佛教語。

【語　譯】季晉生前，我曾和他一起在家讀書，將讀書處題名為「言秋館」。近來，我在南城開館授徒，館名「響秋」。庭前分置寒石數塊，沒有種植一株樹木。有來拜訪我的賓客說：「可種植些桐樹、芭蕉，等到秋天，聽它們簌簌作響。」我回答說：「樹葉枯萎脫落，彷彿走到了盡頭。」來客以為我有傷感的人生經歷，悲歎而去。我確實有傷感的人生經歷，然而它不僅僅是傷感。佛經說：「只有愛河乾枯，才能讓你獲得解脫。」又說：「人因為愛欲交錯，心中煩惱興起，所以看不見真理。應當捨棄愛欲，愛欲的煩惱蕩盡，真理就顯現了。」我所說的「樹葉枯萎脫落，彷彿走到了盡頭」，當做如此理解。賓客離去後，我把心中想法寫下來，作〈枯脫齋記〉。

【研　析】此文是汪縉為悼念其亡弟季晉而做。汪縉與其弟季晉從小相伴讀書，感情篤深，他的很多篇詩文中都有紀念亡弟的影子，如〈言秋詩鈔序〉曰：「予兄弟兩人在館中相唱酬，嘗有句云：『文章殘白首，兄弟共寒鐙。』……無何而季晉亡矣，獨坐言秋館，顧影清吟，誰復與共寒鐙邪？」又如〈二耕草堂記〉記載：「二耕名其堂焉，季晉曾居其地數月，歸告我曰：『地與海藏寺相連，得我兩人讀書其中，咿唔聲與鐘磬聲相應，乃大佳也。』予愛其言有味，每欲踐其約，而季晉亡矣。」汪縉將亡弟的詩歌編為《言秋詩鈔》，大抵與「秋」相關聯的事物都能喚起他對亡弟的情感。他還將自己講學的書館命名為「響秋」，而僅在庭院中布置寒石數塊，沒有種植一株樹木，秋聲闃寂，將於何處聽秋？其實，秋聲對汪縉而言，承載著對亡弟生前生活的特殊回憶，鳴響在心靈的深處，並不能向外去聽得。

「枯」之為審美觀念，書、畫中有「枯筆」之法，詩歌中有「枯淡」之美，造園藝術中亦有「枯山水」之意境。「枯」之一字，若放在哲思禪理上來說，蘊涵抽象之美、空空之悟、有無相生等理趣。然而，若將「枯」字放在感情表現上來說，有悼亡、思親的含義在其中，比如明、清士人家庭中有繪畫《風木圖》以紀念逝去父母的傳統。《風木圖》以《韓詩外傳》「樹欲靜而風不止，子欲養而親不待」之語立意，即以風中枯木為主要的構圖因素。本文作者汪縉以「枯」意紀念亡弟，即在人生哲學上本於佛經，又在感情表達上透露出哀思難釋的深厚意味。魯迅先生有一篇散文題名為〈為了忘卻的記念〉，本文亦有如此意味。汪縉以「言秋」、「響秋」名館，借館思人，而「響秋」是一座枯索的庭院，又借以闡發佛經「愛河乾枯，使汝解脫」的教義。汪季晉詩集名「言秋」，秋聲已隨他的逝去消失在兄長汪縉的生活中，成為了他心底的記憶。愛之生，憾之生，為了忘卻而紀念，正因為無法忘卻吧。

跋陳目耕篆刻針度後

周廣業

【題　解】陳克恕，字體行，號目耕，浙江海寧人，清代中期著名的篆刻家，著有《篆刻針度》八卷。本文選自周廣業《蓬廬文鈔》卷四。

【作　者】周廣業（西元一七三〇～一七九八年），清代藏書家、校勘家、學者，字耕崖，號勤圃，海寧（今屬浙江省嘉興市）人，乾隆四十八年（西元一七八三年）舉人，曾參與校勘《四庫全書》。著有《孟子四考》、《蓬廬文鈔》、《讀易纂言》、《石經紀略》、《經史避名匯考》等。

王麟原❶嘗言：「玩印刻可以得《河》、《洛》縱橫之意，可以見井田開方之法，可以存盤鼎鐘鬲之制，可以識專門名家之學，可以寫防奸杜偽之志。故篆刻能仿古者，為益甚多。」余於陳君是書亦云。丙午立夏前四日。

【注　釋】❶王麟原　王禮，字子尚，後改字子讓，元末明初詩文家，有《麟原文集》二十四卷。

【語　譯】王麟原曾說：「玩賞印章篆刻可以得到《河圖》、《洛書》經緯天地的道理，可以觀察西周井田開闢的法度，可以留存盤鼎鐘鬲的製造方法，可以知曉專門名家的學問，可以寫出一部防奸杜偽的歷史。所以說，篆刻能模仿古人之學，有很多益處。」我對於陳君的這部著作也作如此評價。丙午年立夏前四日記。

【研　析】陳目耕所著《篆刻針度》，書名取自元好問〈論詩絕句三首〉其三「鴛鴦繡了從教看，莫把金針度與人」，「針度」意為技法傳授。《篆刻針度》分為十九目，「考篆」考察篆體字源流，「審名」考察印章別稱，「辨印」考察歷代印章特徵，「論材」考察印章金、石、木、角各種製作材質，「分式」考察不同用途印章的不同形制，「制度」考察印章篆刻線條的不同使用場合。具體的篆刻技法方面，「定見」論構圖思維，「參考」論印譜參照，「摹古」論學習古人篆刻法，「章法」論空間設計，「字法」論字體設計，「筆法」論線條肥瘦等，「刀法」論用刀技巧，「擷要」論篆刻典、正、雅等諸種審美範式。其餘五目，「用印」解說印章使用諸事項，

「收藏」解說印章收納、保養諸事項，「選石」專講印章石材，「雜記」講解刻刀、印床、印矩、印刷、印筋、印色池、印油等篆刻工具的使用。「總論」一目則從篆刻者的文化修養和精神狀態來討論印章的藝術品味。《篆刻針度》是一本篆刻學的小型百科全書，將篆刻藝術所涉及到的知識分門羅列，為初學者提供了入門津筏。

本文借用王麟原的五個比喻闡發了篆刻藝術的趣味。所謂「《河》、《洛》縱橫之意」，指篆刻構圖的讖緯學意義；所謂「井田開方之法」，指空間安排的均衡方正之美。以上兩條體現在《篆刻針度》中「定見」、「章法」、「字法」、「筆法」等條目中。所謂「盤鼎鐘鬲之制」，指印章金石材料的炮製，這體現在「論材」、「刀法」等條目中。所謂「專門名家之學」，指篆刻藝術對書法學、金石學、考古學等方面修養的要求，這體現在「制度」、「參考」、「摹古」等條目中。所謂「防奸杜偽之志」，指印章作為證信工具的現實用途，這體現在「分式」、「制度」、「用印」等條目中。篆刻是一種體現在方寸之地上的藝術，小小一方印章體現出製作者在金石學、書法學、考古學方面的素養，蘊涵他的人生哲學和藝術品味。印章可以象徵一位士人全面的精神生活，成為他具體而微的自我表達，印章篆刻在傳統社會中已成為一種流傳普遍的文化。

瓶友記

吳玉綸

【題　解】選自吳玉綸《香亭文稿》卷五。

【作　者】吳玉綸（西元一七三二～一八〇二年），清代詩文家，字廷韓，號香亭，固始（今屬河南省固始縣）人，乾隆二十六年（西元一七六一年）進士，官至兵部右侍郎，降翰林院檢討，纂校七年後復原職致仕。著有《香亭文稿》、《詩稿》。

案頭一瓶，形甚古，色如東山之嵐。會余撫案臥，夢一措大❶衣青衫揖余曰：「別矣。」聲太息者數。醒，瓶碎諸地。余曰：「瓶友亡矣。」泣下久之，收其殘者藏之篋。

【注釋】❶措大　貧寒書生。

【語譯】案頭置一瓶，形製甚古，顏色就像東山青色的嵐氣。我偶然間伏案而眠，夢見一位穿著青色長衫的窮酸書生向我作揖，說：「告別了。」歎息數聲。我醒來後，案上瓶已碎在地上。我說：「我的瓶友死了。」哭泣了很久，拾起殘片，收藏在篋中。

【研析】讓瑣碎的生活變得情致宛然，一個夢境達成了這樣的效果。「東山之嵐」為何色？是貧寒樸拙的友人身上青衣的顏色。這位案頭沉默相伴的「瓶友」一日進入吳玉綸的夢中，向他作揖告別。吳玉綸醒來見到一地碎瓷，憾恨亦無可言，空餘惆悵。環顧身邊器物，且不論花、草、犬、貓這樣有生命的伴侶，即使是金、石、木所成的無機器具亦充滿了珍貴、友愛的情感。吳玉綸的學生汪學金評價這篇生活小品曰：「奇事奇文，纏綿周致，想見吾師做人肝膽。」

　　在傳統中國人的觀念中，生命是可以在任何形式中流轉的，故而人轉生為動物、為植物、為木石、為器具，或者動物、植物、木石、器具轉生而為人，這些「轉化」都能被傳統中國人自然地理解，並把它們寫成一個個美麗的傳奇故事。北宋大儒張載《正蒙・太和》中有這樣一段話：「太虛不能無氣，氣不能不聚而為萬物，萬物不能不散而為太虛。」這就是我們通常聽到的「大化流行」。不像當代理性啟蒙運動造就的「人類中心主義」，「大化流行」的宇宙觀賦予萬物互相平等、互相轉化，因而能互相理解、互相尊重的特質——創生出一個眾生有情的世界。

　　這篇小文非常簡短，只有寥寥五十七個字，然而敘事、抒情從容有餘，「起伏頓挫俱備」（吳玉綸友人王蘭泉評語），如若多加一字，倒反成了畫蛇添足，正如吳玉綸另一位友人曹鳴廷評價：「語簡味厚，節短音長」。這樣的筆法，讓人想起律詩中絕句的寫法：短則短矣，氣固神完。

雨後小記

吳玉綸

【題解】選自《香亭文稿》卷五。

辛未春，山左旱，余詩云：「入春壟麥應時生，寒食煙消雨不成。天意妬花湔祓❶少，絳桃憔悴落山城。」後大雨，仲夏六日也。晚霽，與青山兄小坐，憶乙丑同學於古蓼城之素心亭，喜雨賦詩，亦系今日。此泠泠❷者，非竹聲昔鳴於牆角東耶？盈盈者非伊夕月色下照耶？今雨舊雨，不啻❸樂意相關耶？自今以往，其將登瀛洲、歌〈湛露〉❹耶？將不崇朝而遍甘霖耶❺？抑將占田園之甲子❻，潤草木於春秋❼，終身皆樂境耶？然推而廣之，無往非雨；精而思之，無往非學。溝澮之盈，戒無本也❽。滿缶之吉，美有孚也❾。迎機而導，如觸石出，膚寸合也❿。抱琴而鼓，乃聽其音得其趣也。

學猶雨之意，雨猶學之境，後視今猶今視昔也。由今雨而俯仰後先，不忘舊學，「小畜」所以懿文德也⓫。由今學而商量新故，不忘舊雨，見知見仁⓬，存乎所樂也。吾與兄值天喜之候，愜素位⑬之懷，惟是在今言今，在雨言雨，總以不離乎在學言學者，寓其樂於綠滿窗前，新流活潑中也，其即古人以喜名亭⑭意乎？

【注釋】❶湔祓　洗滌。❷泠泠　清冷的樣子。❸不啻　不止。❹湛露　指《詩經·小雅·湛露》。❺將不崇朝句　語出《公羊傳·僖公三十一年》：「觸石而出，膚寸而合，不崇朝而遍雨乎天下者，惟泰山爾。」❻占田園之甲子　語出南宋范成大〈秋日田園雜興〉其六：「甲子無雲萬事宜」。❼潤草木於春秋　語出李延壽《北史·流求傳》：「望月虧盈以紀時節，草木榮枯以為年歲」。❽溝澮二句　語出《孟子·離婁下》：「苟為無本，七八月之間雨集，溝澮皆盈，其涸也，可立而待也。」❾滿缶二句　語出《周易·比卦》爻辭：「有孚盈缶」。孚，誠信。❿迎機三句　語出《公羊傳·僖公三十一年》。膚寸合，形容雲氣密集。膚寸，先秦長度單位，一指寬為寸，四指寬為膚。⓫小畜句　《周易》「小畜」卦，卦辭「密雲不雨」，象辭「君子以懿文德」。⓬見知見仁　語出《周易·繫辭上》。⓭素位　所處之地位，本位。⓮以喜名亭　北宋蘇軾曾作〈喜雨亭記〉。

【語譯】辛未年春天，山東乾旱，我作詩云：「入春壟麥應時生，寒食煙消雨不成。天意妬花湔祓少，絳桃憔悴落山城。」後來下了一場大雨，那天是仲夏過後的第六天。傍晚放晴了，我和青山兄小坐，回憶起乙丑年在古蓼城素心亭的同學聚會，大家共賦喜雨詩，今天也同樣是久旱逢雨的時節。這清冷的雨聲，莫非不是那年鳴響在東牆角的雨打竹葉的聲音？這盈盈的月色，莫非不是那晚的月色？今日之雨和昔日之雨，難道不止在樂意上有關聯？從今以後，人們能登瀛洲、歌〈湛露〉了嗎？天下能在一日之內而遍灑甘霖嗎？抑或人們能在田園中度過六十甲子，讓豐茂的草木滋潤歲月，終身都處在豐樂之中了嗎？推而廣之，一切收穫都是雨帶來的；精而思之，一切智慧都是學習帶來的。孟子用滿盈的溝澮作比喻，戒除人們學無根本的毛病。《周易》用「滿盈的缶，吉祥」作提示，讚美誠信的品格。泰山的雲氣，因時利導，從岩石中生出，密集瀰漫而成雨。抱琴彈奏的人，聽雨音而得琴趣。

學習之道猶如成雨之道，雨成之境界如學成之境界，從未來看待今日如從今日看待過去。形容成雨之先的密雲遍布，引申「不忘舊學」的意義，這是「小畜」卦闡發「君子以懿文德」之義的方式。同樣，以今日的學問追溯以前的學問，如同不忘舊雨之義，智者見知，仁者見仁，尋求樂趣而已。我和兄長您逢此吉日，抒發本心，雖是談論今日之雨，卻總離不開對學習之道的討論，將學習之樂寄寓在滿窗綠意、新流活潑中，這就是古人用「喜雨」名亭的意義嗎？

【研析】本文為喜雨而作，吳玉綸友人王蘭泉評價曰「文境極濃，文情極澹，此仙品也。」喜雨是一個傳統題材，杜甫〈春夜喜雨〉詩云「隨風潛入夜，潤物細無聲」，蘇軾〈喜雨亭記〉文曰：「五日不雨可乎？曰：五日不雨則無麥。十日不雨可乎？曰：十日不雨則無禾。無麥無禾，歲且薦饑，獄訟繁興，而盜益滋熾，則吾與二三子雖欲優遊以樂於此亭，其可得耶？」雨之為德，在於其能瀰漫於天地萬物間，或綿密、或滂沱的雨水「瀰漫」成濕潤的土壤、舒展的花朵、豐裕的食物、蔥綠的詩意、優遊的心情，甚至是安寧無盜的生活。

乾隆十六年仲夏後六日降臨的這場大雨，在吳玉綸的筆下，時間上向前「瀰漫」到六年前，向後「瀰漫」到人生甲子之後。六年前與同學在素心亭的賦詩，甲子之後對豐潤田園的想像，都從當下這場大雨中「瀰漫」出切實的喜悅來。不僅如此，這場大雨還「瀰漫」到「為學」的話題上來：「學猶雨之意，雨猶學之境。」雨水的漫溢，雨水的積蓄，雨水的流動，雨水的聲響，提示著做學問應當深源固本、誠意篤實、應用無礙、契合性情。

水之為德，即在於其能流動和瀰漫，因而能實現生命的轉化。西漢劉向《說苑》轉引《韓詩外傳》「智者何以樂水」一段曰：「泉源潰潰，不釋晝夜，其似力者；循理而行，不遺小間，其似持平者；動而之下，其似有禮者；赴千仞之壑而不疑，其似勇者；障防而清，其似知命者；不清以入，鮮潔而出，其似善化者。」水對「智者」的一切啟發，都離不開它能流動和轉化的特性，否則，死水一潭便失卻了水的生命和靈魂。轉化、彌漫、擴充，這樣的動詞成為理解儒家哲學的關鍵，天道能夠依靠萬物「彌漫」出來，《大學》所謂「格物致知」；人道能夠「擴充」到萬物中去，《孟子》所謂「我善養吾浩然之氣」。於自然論「天人合一」，於社會論「老吾老以及人之老，幼吾幼以及人之幼」。對於儒家而言，天、地、人之間，自我與他人之間，正是通過轉化、彌漫、擴充的方式互相忠誠、互相理解、彼此成就。真理實現自己的方式不是孤高的矗立，而是親切的彌漫。同樣，個人自我實現的方式不是閉關自守，而是張載所謂的「民胞物與」。本文結尾「寓其樂於綠滿窗前，新流活潑中也」一句意味雋永，雨能轉化世界，讓生生不息的天道彌漫在所有生命的更新和變化中——此之謂「喜雨」。

登泰山記

姚鼐

【題解】選自姚鼐《惜抱軒詩文集》文集卷十四。

【作者】姚鼐（西元一七三二～一八一五年），清代散文家，字姬傳，一字夢穀，學者稱惜抱先生，桐城（今屬安徽省安慶市）人，乾隆二十八年（西元一七六三年）進士，官至刑部郎中，乞歸，在南京、揚州等地書院講學。曾師從劉大櫆，與方苞、劉大櫆並稱桐城文派「三祖」。著有《惜抱軒集》，編有《古文辭類纂》、《五七言今體詩鈔》。

泰山之陽❶，汶水西流；其陰，濟水東流。陽谷皆入汶，陰谷皆入濟。當其南北分者，古長城也。最高日觀峰，在長城南十五里。余以乾隆三十九年十二月，自京師乘風雪，歷齊河、長清，穿泰山西北谷，越長城之限，至於泰安。

是月丁未，與知府朱孝純子潁由南麓登，四十五里道皆砌石為磴，其級七千有餘。泰山正南面有三谷，中谷遶泰安城下，酈道元❷所謂環水也，余始循以入。道少半，越中嶺，復循西谷，遂至其巔。古時登山，循東谷入。道有天門，東谷者，古謂之天門谿水，余所不至也。今所經中嶺及山巔，崖限當道者，世皆謂之天門云。道中迷霧冰滑，磴幾不可登。及既上，蒼山負雪，明燭天南；望晚日照城郭，汶水、徂徠如畫，而半山居霧若帶然。

戊申晦❸，五鼓，與子潁坐日觀亭，待日出。大風揚積雪擊面。亭東自足下皆雲漫。稍見雲中白若樗蒱❹數十立者，山也。極天雲一線異色，須臾成五采。日上，正赤如丹，下有紅光，動搖承之。或曰，此東海也。迴視日觀以西峰，或得日，或否，絳皜❺駁色，而皆若僂❻。亭西有岱祠，又有碧霞元君祠，皇帝行宮在碧霞元君祠東。是日，觀道中石刻，自唐顯慶以來，其遠古刻盡漫失。僻不當道者，皆不及往。山多石，少土；石蒼黑色，多平方，少圜。少雜樹，多松，生石罅，皆平頂。冰雪，無瀑水，無鳥獸音跡。至日觀數里內無樹，而雪與人膝齊。桐城姚鼐記。

【注釋】❶陽　山的南面稱陽，北面稱陰。❷酈道元　北魏地理學家，著有《水經注》。❸晦　晦日，月底。❹樗蒱　一種古代的棋類遊戲。❺皜　同「皓」。白色。❻僂　駝背的人。

【語　譯】泰山的南面，有汶水向西流去；它的北面，有濟水向東流去。南谷的溪流都匯入汶水，北谷的溪流都匯入濟水。標誌南、北分界的，是古長城。最高處日觀峰，距離長城南面十五里。我在乾隆三十九年十二月，從京師冒著風雪，經過齊河縣、長清縣，穿越泰山西北谷，跨過分界泰山南、北的古長城，抵達泰安縣。這月丁未日，我與知府朱孝純（字子潁）順著南麓登山，四十五里山道都是石階，有七千多級。泰山正南面有三條溪谷，中間那條繞到泰安城下，就是酈道元所記載的「環水」，我們順著環水開始進入泰山。走過小半旅程，橫越中間的山嶺，又沿西面溪谷向上，到達了最高峰。古代登山者，大多順著東谷進入泰山。進山路上建有天門，東谷道口的天門，古稱為「天門谿水」，我沒有經過。如今我經中嶺登頂，山道上有崖石當道，世人稱為「天門雲」。山道中霧重冰滑，石階滑到幾乎不能攀登。但登上頂峰後，遠望蒼山負雪，像點亮在天南的一支明燭；傍晚，夕陽照耀城郭，汶水、徂徠峰美得像畫一樣，山腰環繞的雲霧如同一條衣帶。

第二天戊申是晦日，清晨五更，我和子潁坐在日觀亭，等待日出。大風揚起積雪，撲面而來。走到亭東，往腳下望去，一片漫漫雲氣。稍稍可見雲中有好像在站著樗蒱的數十個白影，都是山峰。天邊的雲層中出現一線異色，片刻間五彩綻放。太陽升起來了，如丹血一般的正紅色，下面的紅光，搖曳托舉著它。有人說，這就好像東海日出啊。回望日觀亭西面的山峰，有的得到初日照耀，有的尚未，紫色、白色相間雜，形狀卻都像駝背的人。日觀亭西面有岱祠，又有碧霞元君祠，皇帝的行宮在碧霞元君祠的東面。這天，我們欣賞道旁的石刻，都是自唐代顯慶年間以來的石刻，更遠古的崖刻已經全部丟失了。遠離山路的偏僻地方，都來不及去遊覽。泰山石多，土少；崖石現蒼黑色，多呈平方形，圓形的少見。雜樹少，松樹多，生長在石縫中，都是平頂松。冰雪的季節，沒見到瀑布，也不見鳥獸的音跡。抵達日觀峰前，數里內沒有樹木生長，積雪齊膝。桐城縣姚鼐記。

【研　析】散文是講究韻律感的，尤其對於「桐城派」古文名家們而言。這篇著名的〈登泰山記〉創造出一種特別的韻律感，它的句子很短，大部分句子僅留下基本的主、謂、賓結構，而減少狀語、補語的使用，文法極為簡潔，有一種鍛煉之美在其中。它的節奏是凝練、端重的，情緒的流動是有節制的，一個個文字被緩慢而有力地書寫了出來，一個個音符被飽滿而響亮地吐露了出來。

泰山的自然之美，在於端、重、正、大，《詩經・魯頌・閟宮》曰：「泰山巖巖，魯邦所詹。奄有龜蒙，遂荒大東。至於海邦，淮夷來同。莫不率從，魯侯之功。」杜甫〈望岳〉詩云：「岱宗夫如何，齊魯青未了。」本文描寫泰山的自然風貌，也突出其壯闊之美：「陽谷皆入汶，陰谷皆入濟。當其南北分者，古長城也」；突出其平正之美：「山多石，少土；石蒼黑色，多平方，少圜。少雜樹，多松，生石罅，皆平頂。」泰山在華夏民族的歷史文化中，是具有非凡意義的。《漢書・五行志》曰：「泰山岱宗，五嶽之長，王者易姓告代之處也」，封禪泰山象徵著天子之位的合法性確證。《春秋公羊傳・僖公三十一年》曰：「山川有能潤於百里者，天子秩而祭之。觸石而出，膚寸而合，不崇朝而徧雨乎天下者，唯泰山爾」，泰山以其正大光明的特質而成為具有強烈神性的文化地標。

作者的泰山之旅，「自京師乘風雪，歷齊河、長清，穿泰山西北谷，越長城之限，至於泰安」，再從泰山南麓中谷登上了長達四十五里、七千餘級的冰封石階，最終在白雪皚皚的泰山之巔欣賞到了壯闊的雲海日出。整個旅途，如同一次虔誠的朝拜一般。

在充分理解泰山的自然風貌和文化氣質的前提下，作者在這篇散文中創造出相應的典重、和緩、凝練的韻律美，正如清代學者王先謙評價曰：「具此神力，方許作大文。世多有登嶽，輒作遊記自詫者，讀此當為擱筆」（《續古文辭類纂》）。

游媚筆泉記

姚　鼐

【題　解】根據清代鄭福照《姚惜抱先生年譜》，此文作於乾隆甲申（西元一七六三年）。又，姚鼐〈左筆泉先生時文序〉記載本文寫作因緣稱：「鼐後成進士，從世父自天津歸，則先生築別業於媚筆泉，故自號筆泉。……先生邀編修府君及鼐遊於泉上，鼐歸為作記，先生大樂而時誦之。」媚筆泉是姚鼐故鄉名勝龍谿峽谷中的一處幽景。選自《惜抱軒詩文集》卷十四。

桐城之西北，連山殆數百里，及縣治而迤平❶。其將平也，兩崖忽合，屏矗墉回❷，嶄橫❸若不可徑。龍谿曲流，出乎其間。

以歲三月上旬，步循谿西入。積雨始霽，谿上大聲漎然，十餘里旁多奇石、蕙草、松、樅、槐、楓、栗、橡，時有鳴嶲。谿有深潭，大石出潭中，若馬浴起，振鬣宛首而顧其侶。援石而登，俯視溶雲❹，鳥飛若墜❺。

復西循崖可二里，連石若重樓，翼乎臨於谿右。或曰：「宋李公麟❻之垂雲沜也。」或曰：「後人求公麟地不可識，被而名之。」石罅生大樹，蔭數十人，前出平土，可布席坐。

南有泉，明何文端公❼摩崖書其上，曰：「媚筆之泉」。泉漫石上，為圓池，乃引墜谿內。左丈學沖❽於池側方平地為室，未就，要客九人飲於是。日暮半陰，山風卒起，肅振巖壁榛莽，群泉礚石交鳴，遊者悚焉，遂還。是日，薑塢先生❾與往，鼐從，使鼐為記。

【注　釋】❶迤平　平緩。❷墉回　高牆環繞的樣子。❸嶄橫　險峻橫絕。❹溶雲　倒映在水中的雲。北宋劉敞〈寄贈獻臣〉：「龍興幽泉中，溶雲自潛飛。」❺鳥飛若墜　鳥越往上空飛，牠倒映在水中的影子看上去就越往水下沉。❻宋李公麟　北宋畫家，隱居桐城龍谿，號龍眠居士。❼明何文端公　明代崇禎朝內閣輔臣何如寵，安徽桐城人，諡文端。❽左丈學沖　姚鼐同鄉前輩左學沖，明末抗清名臣左光斗姪孫。❾薑塢先生　姚鼐伯父姚範，字南青。

【語　譯】桐城縣西北，山脈綿延數百里，至縣城附近才變得平緩。山勢即將化作平坦時，忽現兩崖合抱，如巨屏聳立，如高牆環繞，險峻橫絕，道路似乎被切斷了。龍谿之水，從中曲折流出。

在今年三月上旬，我從西面步行進入龍谿。那天，久雨始晴，谿上水聲㶑然大作，十餘里谿谷道路旁，有很多奇石、蕙草、松樹、樅樹、槐樹、楓樹、栗樹、橡樹，時時聽到鳥兒鳴叫。谿上有一個深潭，一塊巨石矗立潭中，形狀像一匹從潭中起浴的馬兒，振鬣回首，環視牠的夥伴。我攀登到巨石頂上，俯視水中雲影，鳥兒往上飛，牠們的影子好像沉到了潭水深處。

又沿著西面山崖走了大約二里地，連綿的山石像一重重樓閣，又如同鳥兒舒展翅膀一般凌駕於谿水右側。有人說：「這就是宋代李公麟所畫的垂雲沜啊。」有人說：「後世人尋訪不到李公麟的寫真地，用垂雲沜命名了這個地方。」石縫間長出一株大樹，樹蔭下可坐數十人，樹前有一片平地，也可布席而坐。

深潭南面有一口泉眼，泉眼上方有明代何文端公的摩崖題詞：「媚筆之泉」。泉水漫出地面石塊，形成圓池，水流最後被引入龍谿中。丈人左學沖在池側平地上築起一室，尚未完工，邀客九人來此飲酒。日暮，天色稍陰，山風突起，蕭瑟地吹拂在巖壁荒野間，眾泉與磯石在風中交響和鳴，我們感到有些戰慄，就出谷返回了。這日，我是跟從薑塢先生出遊的，他讓我寫下了這篇遊記。

【研　析】筆泉之名，湖北蘄春有王羲之「洗筆泉」，山東濟寧有李白「浣筆泉」，安徽桐城的「媚筆泉」則因姚鼐此文而令後世遐想。能「媚」畫家、文人之枯筆，龍谿風景的幽奇美麗由此泉可想。北宋桐城籍畫家李公麟曾隱居龍眠山，作組畫《龍眠山莊圖》，其中一圖繪出數條垂潭瀑布，潭中巨石矗立，石上圍坐數人講經，這片巨石名為「垂雲沜」。桐城人認為「垂雲沜」即媚筆泉畔的羅漢臺。北宋蘇轍還作有〈題李公麟山莊

圖二十首・垂雲沜〉一詩云：「未見垂雲沜，其如歸興何？路窮雙足熱，為我洗磐陀。」伴隨著李公麟充滿禪意的白描，龍眠山在北宋以後成為了士文化山水審美的一個典型。姚鼐一行逆龍谿而入龍眠山，羅列「奇石、蕙草、松、樅、槐、楓、栗、橡」的狹窄谿谷如同一個百寶箱一般向眾人開放，其間龍谿行為曲流，止為深潭，而媚筆泉則著重代表了龍谿峽谷與人文精神相融合的部分，成為龍眠山居士風度的一種表現。明、清以後，媚筆泉成為桐城文士們的鄉愁，明末崇禎時期的東宮諭德倪嘉善以媚筆泉命名他的文集；康熙時禮部尚書張英屢屢為它賦詩，如其〈夏佳嶺〉其一曰：「媚筆纔過水一灣，杜鵑花裏小躋攀。莫嫌度嶺勞筋力，隔斷塵寰是此山」；姚鼐同鄉前輩左學沖亦以「筆泉」為號。姚鼐此文，若論繫於其間的情感，則是故鄉山水中的士風與文氣，對桐城遊子心靈歸屬感的啟迪吧。

這篇散文再次體現了姚鼐的語言風格：凝練而充盈。每個句子像繩索一樣絞緊，再質樸有序地排列出來。詩、文、詞的「法度」都須在字句「鍛煉」上得以體現，蘇軾〈崔文學甲攜文見過〉一詩曰：「清詩要鍛煉，乃得鉛中銀」。《四庫提要・樂軒集八卷》評價宋陳藻散文曰：「古文亦主於鍛煉，字句不為奔放閎肆之作。」唐、宋以至於明、清的古文家以秦漢散文為榜樣，特別重視鍛文煉句，力求語言不枝不蔓，簡潔精煉。本文短小精悍，語言風格內斂蘊藉、質樸有力，成為姚鼐的又一篇代表作品。

黃詩逆筆說

翁方綱

【題　解】翁方綱無論在書法創作還是理論上都頗有建樹，除本文外，還作有〈宋人楷書論〉、〈明人小楷論〉、〈歐顏柳論〉、〈歐虞諸論〉、〈尖園肥瘦說〉、《蘇米齋蘭亭考》等諸篇探討書法藝術和法帖考證的文章與著作。本文選自翁方綱《復初齋文集》卷十。

【作　者】翁方綱（西元一七三三～一八一八年），清代書法家、金石學家、經學家、文學家，字正三，號覃溪，晚號蘇齋，直隸大興（今屬北京市）人，乾隆十七年（西元一七五二年）進士，授翰林院編修，官至內閣學士。翁方綱創「肌理說」詩論，著有《復初齋文集》、《詩集》、《石洲詩話》等。

偶見梧門❶《劄記》援愚說山谷詩用逆筆，而其言不詳，恐觀者不曉也。逆筆者，即南唐後主作書「撥鐙法」也❷。逆固順之對，順有何害，而必逆之？逆者，意未起而先迎之，勢將伸而反蓄之。右軍❸之書，勢似欹而反正，豈其果欹乎？非欹無以得其正也。

逆筆者戒其滑下也，滑下者，順勢也，故逆筆以制之。長瀾抒瀉中，時時有節制焉，則無所用其逆矣。事事言情，處處見提掇焉，則無所庸其逆矣。然而胸所欲陳，事所欲詳，其不能自為檢攝者，亦勢也。定以山谷之書卷典故非襞績❹為工也，比興寄託非借境為飾也，要亦不外乎虛實、乘承、陰陽、翕闢之義而已矣。《易》曰：「尺蠖之屈以求信也，龍蛇之蟄以存身也」❺，此則道之大者，就其精義入神言也。若下而就至淺者言，則米老❻作書云「無垂不縮，無往不收」，又何嘗非此義乎！凡用筆四無依傍，則謂之瘦，傳以肉彩，則謂之肥，乃坡公〈墨妙亭詩〉譏杜之貴瘦而卻有細筋入骨之句❼，則肥瘦豈二義歟？知瘦肥非二，則順與逆、欹與正非二也。可與立乃可與權，中道而立，其機躍如❽，夫道一而已矣。

【注　釋】❶梧門　清代文學家法式善號。❷南唐後主句　南唐後主李煜傳承、總結了書法筆勢的「七字撥鐙法」。元陶宗儀《書史會要》卷九：「李後主七字撥鐙法：擫、壓、鉤、揭、抵、導、送。」❸右軍　東晉書法家王羲之曾領右將軍，故稱「王右軍」。❹甓績　堆砌。❺易曰三句　語出《易傳．繫辭下》。❻米老　北宋書畫家米芾。❼坡公墨妙亭詩句　蘇軾〈孫莘老求墨妙亭詩〉有句：「顏公變法出新意，細筋入骨如秋鷹」、「杜陵評書貴瘦硬，此論未公吾不憑」。❽躍如　躍躍欲現。

【語　譯】偶然見到梧門的《劄記》引用我「黃山谷詩用逆筆」的看法，但是引言不夠詳盡，恐怕讀者不理解我的意思。所謂「逆筆」，就是南唐後主歸納的關於書法筆勢的「七字撥鐙法」。逆固然是順的對立面，順有什麼妨害，而必須逆反它？所謂逆，筆意未起而先迎之，筆勢將伸而反收之。王右軍的書法，筆勢似欹而反正，難道他是想要欹的效果？不欹則無以顯現正。

逆勢用筆就是要防止筆勢下滑，下滑，是順勢導致的，所以要用逆筆防止它。詩人胸臆如長波抒瀉時，如果能時時節制，就不必使用逆筆。事事都有其情實，如果處處都能提振之，也不必使用逆筆。然而，胸中之意渴望陳說，事物之情需要詳述，不能自行監督約束，也因順勢而致。我堅信黃山谷詩中的書卷典故不是用堆砌為工整，比興寄託也並非借造境為裝飾，黃詩中典故、比興的運用也無外乎體現了虛實、轉承、陰陽、開合等詩法而已。《易傳》說：「尺蠖這種小蟲先彎曲身體而後才能伸長，龍、蛇蟄伏不動是為了保存自身」，這是從大道理來講，是就「逆筆」之精義、入「逆筆」之神髓而言。如果以淺顯的方式來講，則米老所說的「無垂不縮，無往不收」的書法原則又何嘗不是此意！書法中用筆四無依傍，則謂之字瘦，傳以肉彩，則謂之字肥，坡公〈墨妙亭詩〉譏嘲杜甫貴瘦而卻有「細筋入骨」之句，其實肥、瘦難道是截然對立的兩種筆法嗎？知道瘦、肥並非兩種筆法，則知順與逆、欹與正也不是兩種筆法。有所樹立才能有所變化，中道而立，靈機躍躍欲現，萬物之道，一而已。

【研　析】林語堂先生在〈中國書法〉一文中表達了這樣的觀點：「在我看來，書法代表了韻律和構造最為抽象的原則，它與繪畫的關係，恰如純數學與工程學或天文學的關係。欣賞中國書法，是全然不顧其字面含義的，人們僅僅欣賞它的線條和構造。在這絕對自由的天地裡，各種各樣的韻律都得到了嘗試，各種各樣的結構都得到了探索。……這樣，書法藝術給美學欣賞提供了一整套術語，我們可以把這些術語所代表的觀念看作中華民族美學觀念的基礎。」引林語堂先生之觀點而申之，本文所探討的「逆筆」技法，翁方綱形容為：「逆者，意未起而先迎之，勢將伸而反蓄之。」——這和《易傳・繫辭》所謂「書不盡言，言不盡意」之義相關，和《周易》「小畜」卦「密雲不雨」的卦辭相關，和《老子》「物壯則老」、「進道若退」的辯證法相關。而這些哲學的洞見帶來了中國美學的特別範疇：「含蓄」。

首先，「含」、「蓄」二字，都有充實、養育的意思在其中。「含蓄」之美，若借《二十四詩品》所言「是有真宰，與之沉浮」，則不論在哪種藝術形式中，作者意志力的積蓄是「含蓄」之美成立的前提。危積厚養，引而不發，才能形成一種頓挫的節奏、沉著的風度。「含蓄」之義的申發，在書法藝術中，表現為「藏鋒」的行筆方式，亦即本文所言「逆筆」之法。東晉「書聖」王羲之在其著作《筆勢論》中提出十四條用筆之法，其中「藏鋒者大」、「起筆者不下」二勢，更強調用筆者力量與氣勢的凝聚和收斂，理性的節制更能成就「勢」與「力」的充分傳遞。其次，在「含蓄」的文化韻律感中，「不盡」、「有餘」的意味非常重要，同時，亦有「中和」審美觀念的潛移默化，所謂五音相濟、五味調和。

《中庸》云：「執其兩端，用其中於民」，這不僅僅是治國的智慧，已成為傳統中國人進行藝術創作和品鑒時的審美慣性。表現在書法中，即「回」、「逆」、「返」的行筆方式，如北宋書法家米芾所言「無垂不縮，無往不收」，即避免在筆墨中傳遞出精疲力竭、往而不返的感覺。結尾「中道而立，其機躍如」二句，化用《中庸》之語，形容出作者藝術心靈中那一種動靜同時、起止一瞬的微妙韻律。

記乘騾子埝

沈叔埏

【題　解】子埝，洪水上漲時，在堤壩頂上臨時加築的單薄小堤。本文選自沈叔埏《頤綵堂文集》卷五。

【作　者】沈叔埏（西元一七三六～一八〇三年），清代史學家、詩文家，字埴為，號帶湖，秀水（今屬浙江省嘉興市）人，乾隆三十年（西元一七六五年）南巡召試中一等，賜舉人，授內閣中書，與修《歷代職官表》，分校《一統志》、《通鑑輯覽》、武英殿《四庫全書》。乾隆五十二年（西元一七八七年）中進士，授吏部主事，旋乞歸。著有《頤綵堂文集》。

余幼未步馬，壬午癸未間，由揚之豫，客上南河，陳司馬❶署中稍稍知乘騎，吉行❷而已。一日，自揚橋往鄭州，汛之，十八堡❸同人皆跋馬，余獨乘一老白騾，柔習便安❹，登降惟適。旁觀目笑之曰：「此河帥白莊恪❺所遺坐騾也。」見道陂有纓冠者❻，輒止不行，行不能十餘里，倦矣。既至大堤，前騎去已遠，余猶彈鞚❼徐行。貪看村莊景物，騾循隴陁行，誤足登子埝，數武乃始覺之。埝無容足處，俯視則河流如脫笴❽，有數倍於不測淵耳。正彷徨間，余默揣曰：「騾之智豈出老馬下哉？彼亦知愛軀命者，徒急何益？不如任其行，缺處當自下。」頃之，果然到公廨❾。同人訝余後至，述其繇❿，皆色變。坐定，爭為余賀，且獻嘲曰：「君可謂『注坡驀澗，履險如夷』⑪者矣。」余笑曰：「『我亦平行踏[illegible][illegible]，神完骨蹻腳不掉』⑫耳。」

夫堤之有子埝，猶城之有女牆也，今欲攬轡於女牆，雖習蟻封盤馬⑬者有所不能，而余以不善騎之故，倖脫於險，設此時猝鞭而下之，則人騾葬魚腹久矣。昔唐李平鄉懷遠常乘款段以免驚蹶⑭，明雲間馮勅齋行可⑮騎馬登一木橋，橋忽斷，倉皇之際，馬攢四足如一，因而回身下橋，是亦馬之智也。〈拙賦〉⑯曰：「拙者吉，省心。」〈雜言〉⑰曰：「乘獨後之馬。」信然。

【注　釋】❶陳司馬　陳韶，字九儀，號花南，曾任浙江臺州通判。作者有〈九月廿四日陳花南司馬拓集漪園次漁洋雨登湘中閣詩韻，時將有章門之行〉一詩。司馬，通判代稱。❷吉行　知悔而行，《易經・困卦》：「吉行者，知悔而征，行必獲吉也。」❸十八堡　今江蘇省中部里下河平原地區，以宋末、元末所建「十八堡」聞名。❹柔習便安　溫順馴服、便利安穩。❺白莊恪　白鍾山，乾隆時任江南河道總督，謚莊恪。❻纓冠者　仕宦之人。❼[illegible]鞚　鬆弛馬勒。❽脫筈　離弦之箭。筈，箭尾扣弦的部分。❾公廨　官署。❿繇　同「由」。緣由。⓫注坡驀澗二句　蘇軾評杜甫〈哀江頭〉詩之語，見魏慶之《詩人玉屑》卷十四，意為騎馬衝下山坡、跨過溝澗，如履平地。⓬我亦平行踏[illegible][illegible]二句　語出韓愈〈記夢〉詩，意為「我亦平步履險境，神完骨健腳不抖。」⓭蟻封盤馬　在蟻穴中騎馬，形容在惡劣條件下發揮才能。語見鄧粲《晉紀》。⓮昔唐李平鄉句　唐中宗時宰相李懷遠，平鄉（今河北邢臺）人，喜歡騎遲緩的馬，事見《新唐書》本傳。款段，馬行遲緩貌。⓯明雲間馮勅齋行可　馮行可，號勅齋，雲間（今上海松江縣）人。⓰拙賦　北宋周敦頤所作。⓱雜言　宋・李邦獻《省心雜言》。

【語　譯】我幼時未曾學習騎馬，壬午年癸未月，我由揚州出發去豫州，旅途中寄居在上南河，在陳知府的官署中粗略學會了騎馬，知悔而行而已。一日，我們自揚橋鎮出發去往鄭州，途中遇洪水，十八堡的同仁都騎馬而行，我獨乘一匹老白騾，牠溫順馴服、便利安穩，上下坡都讓我感到舒適。旁觀者看到笑說：「這是河帥白莊恪留下的坐騎呀。」此騾在道坡上看見仕宦之人，就停止不前，走了不到十里，牠就顯出疲倦了。抵達大堤的時候，前方騎馬的人已經走遠了，我依然鬆弛馬勒慢慢走。一路貪看村莊風景，老白騾順著低堤上坡，誤足登上子埝，走了好幾步，我才發現。埝上幾乎沒有容足之處，向下俯視，則見河流如離弦之箭，危險數倍於不測深淵。徬徨無錯間，我默默揣測：「老騾之智豈下於老馬？牠也知道愛惜性命，白白著急有什麼用？不如任牠走，走到缺口處，牠應當自己知道下堤吧。」過了一會兒，牠果然帶著我走到公署。同仁怪我晚到，我講述了緣由，大家聽後都變了臉色。坐定，爭相祝賀我脫險，並且開玩笑說：「君可謂『衝下山坡、跨過溝澗，如履平地』的人了。」我笑著回應：『我亦平步履險境，神完骨健腳不抖。』」

大堤上建子埝，如同在城牆上壘女牆，如今要在女牆上騎馬，即使是能在蟻穴中騎馬的人也做不到，而我卻因為不善騎馬，僥倖脫險，如果那時急忙揮鞭驅使老白騾下子埝，則人、騾早就葬身魚腹了。古時，唐代平鄉李懷遠常騎慢馬以免受驚，明代雲間馮勅齋行可騎馬登上一座木橋，橋忽然斷了，倉皇之際，馬收攏四足如一足，回身下橋，這也是依靠馬的智慧。〈拙賦〉曰：「笨拙者吉祥，省心。」〈雜言〉曰：「乘坐那匹落後的馬。」果然如此。

【研　析】「後行」往往是一種智慧。《老子》言：「聖人後其身而身先」、「不敢為天下先」，聖人不事爭先，反而能以其「拙」、「後」的行為呼應天道涵渾。同樣，「徐行」亦是一種美德。孟子在回答曹交關於「人皆可以為堯舜」的疑問時，答曰：「徐行後長者謂之弟，疾行先長者謂之不弟，夫徐行者豈人所不能哉？所不為也。堯舜之道，孝弟而已矣。子服堯之服，誦堯之言，行堯之行，是堯而已矣。」（《孟子・告子下》）孟子認為，想要成為堯、舜那樣的聖人，先要從懂得「徐行」開始。堯、舜之所以不會爭先恐後，是因為他們事事都從自己的本心發出，故而不會因為外物影響而擾亂步伐。《中庸》言：「君子居易以俟命，小人行險以徼幸」，儘管世人都想獲得「君子」的頭銜，但一旦落實到具體生活中，卻往往陷入錙銖必較的心態，甚至為了爭奪而做出「小人」行徑。

「後行」、「徐行」，人人都能做得到，卻很少有人能認真地去貫徹它。本文中的「老白騾」雖然是一匹動物，卻懂得「後行」、「徐行」的智慧與美德，從容不迫地把作者從危險的「子埝」上馱了下來。這匹老騾不願爭先，一路徐行，見到「纓冠者」，「輒止不行」，似乎知曉禮儀。誤登「子埝」後，不善執轡的作者乾脆把性命託付給老騾，老騾亦果然馱著作者安全脫險。事後，作者感慨：不可小看習慣「後」行的老騾的智慧。

人們若把騾馬僅僅當作騎乘的工具，則速度、耐力是評價牠們的標準。然而，若把騾馬看做有情感、有理性的生靈，則人所能獲得的陪伴經驗會更加生動化、多樣化。甚至，在和動物相處的過程中，人們能夠更加積極地完成同情、反思、寬宥等高級心理體驗。很多作家愛描寫「不完美」的動物，因為在牠們身上更能體現人與動物之間情感交流的純粹性。杜甫寫作〈瘦馬行〉時，正值因救房琯而得罪太子李亨，無處託身之際，故而他能對一匹陌生瘦馬的命運寄託極其深切的同情與祝福：「當時歷塊誤一蹶，委弃非汝能周防。見人慘澹若哀訴，失主錯莫無晶光。天寒遠放雁為伴，日暮不收烏啄瘡。誰家且養願終惠，更試明年春草長。」同樣，本文作者選擇一匹行走緩慢的老騾，不為了追求「疾走如風」的快感，而著重於體驗老騾的情感世界和牠的思維方式。謝靈運〈游名山志序〉曰：「君子有愛物之情，有救物之能」，自然萬物不是人類的資源和工具，無論從感性上還是從理性上，它們都能帶給人們強大而純粹的精神昇華。

《乞食圖》傳奇序

錢維喬

【題　解】《乞食圖》傳奇二卷（又名《虎阜緣》）是錢維喬根據明末黃周星的小說《張靈崔瑩合傳》創作的一齣戲劇作品。乾隆晚期，《乞食圖》傳奇被搬上舞臺，風靡一時。人們將它類比《西廂記》，有「後崔張」之稱。乾隆五十七年（西元一七九二年），錢維喬將他創作的《碧落緣》、《鸚鵡媒》、《乞食圖》三種戲劇合刻為《竹初樂府》。本文選自錢維喬《竹初詩文鈔》文鈔卷一。

【作　者】錢維喬（西元一七三九～一八〇六年），清代戲劇家，文學家，字樹參，一字季木，號曙川，又號竹初居士、半園逸叟、半竺道人、林棲居士等，武進（今屬江蘇省常州市）人，乾隆二十七年（西元一七六二年）舉人。著有《竹初樂府》、《半園之半記》、《竹初詩文鈔》等。

曩於都門見張夢晉❶美人花鳥各一幀，筆墨秀潤，髣髴六如❷，題款規模松雪翁❸，亦頗與唐類，乃歎兩人同里友善，才藝頡頏。今販夫牧豎咸知有唐解元，而靈則舉其名字，士林有茫然者。嗟乎！文人之傳亦有幸、有不幸歟！考《明史》，靈之名僅附見於唐寅傳，外此有閻起山《二科狂簡志》以靈居桑悅❹之次，又王穉登《丹青志》載之。

間又閱黃周星《張靈崔瑩合傳》，則其事尤足悲也。夫靈一狂生耳，於瑩未嘗問名、納采，有蹇修片言之訂，揆諸禮，瑩無可死？然語有之：「女為悅己者容」。瑩以憐才，慷慨一念之誠，至流離挫折，歷存亡而不改其志，亦人所難能者。昔文君心悅長卿，蹈鶉奔之行，史遷特津津述其事❺；文姬三適之婦，徒以家風淹雅，蔚宗登之〈列女傳〉中❻。豈不以女而才，才而失所偶，其殷憂感憤與士不遇略同？若必繩以婚姻之常，拘拘禮節，則摽梅求吉、尨吠懷春、靜女城隅、狂且溱洧❼，聖人當早刪而不存，何以為風雅濫觴哉？又況瑩之死雖非禮，而不病於貞也。推桉❽餘閒，偶填傳奇一種，倘他日播之優孟❾，則人以知唐者知張，或亦闡幽之一道。至於易死為生，謬加完合，則筆端幻境，夫亦詞人常技。妄言而妄聽之，識者當不予哂。

【注　釋】❶張夢晉　張靈，字夢晉，工詩善畫，和祝允明（字枝山）、唐寅（字伯虎）、文璧（字徵明）並稱明代「吳中四才子」。❷六如　唐寅號「六如居士」，曾中南直隸鄉試第一，故下文又稱「唐解元」。❸松雪翁　元代書畫家趙孟頫號「松雪道人」。❹桑悅　明代詩文家，字民懌，以狂簡著稱。❺昔文君心悅長卿三句　卓文君與司馬相如私奔事見司馬遷《史記・司馬相如列傳》。鶉奔之行，代指私奔的行為，語出《詩經・鄘風・鶉之奔奔》。❻文姬三適之婦三句　蔡文姬三嫁之身世，見范曄《後漢書・列女傳》。范曄，字蔚宗。❼摽梅求吉四句　皆《詩經・國風》中表現女子追求自由愛情的詩歌。分別是〈召南・摽有梅〉、〈召南・野有死麕〉、〈邶風・靜女〉、〈鄭風・溱洧〉。❽推桉　同「推案」。推開公案，意為公務之餘。❾優孟　演員。

【語　譯】我以前在京都見到張夢晉所畫的美人花鳥圖各一幀，筆墨秀潤，依稀類似唐六如的風格，題款模仿松雪翁，也頗與唐六如相類似，於是感歎同鄉的這兩人相交友善，才藝也不相上下。如今的小販牧童都知道有唐解元，但是舉出張靈的名字，即使士林中人也有茫然不知的。哎呀！文人能否留名於後世，也得看幸運、還是不幸運！檢索《明史》，張靈之名僅附見於唐寅本傳，除此之外，閻起山所撰《二科狂簡志》把張靈的名字排列在桑悅之後，還有就是王穉登的《丹青志》記載了張靈事跡。

　空閒時，我又讀了黃周星撰寫的《張靈崔瑩合傳》，兩人的戀情尤其讓人悲歎。張靈是一位狂生，從未對崔瑩行過問名、納采之禮，也從未書寫過隻字片語的盟誓，按照禮的標準衡量，崔瑩何必殉夫？然而俗語說：「女為悅己者容」。崔瑩因為愛惜張靈的才華，抱著無私、誠懇、專一的志願，以至於流離挫折，歷經生死考驗而不改其志，這也是一般人很難做到的。古時，卓文君心中喜愛司馬長卿，與他共赴鶉奔之行，司馬遷《史記》特地津津有味地記下這個故事；蔡文姬是三嫁之婦，因為她出身家風淹雅之士族，范蔚宗將她列名〈列女傳〉中。難道不是因為這些女子有才華，又失去了配偶，她們的深憂激憤和士大夫懷才不遇的感懷略有相同之處？若必以婚姻常態為準繩，拘泥於禮節，那麼，《詩經》中摽梅求吉、尨吠懷春、靜女城隅、狂且溱洧等詩歌，聖人應當早就刪去不存，它們又怎會成為後世詩歌的起源呢？況且崔瑩之死即使不合於禮，但是沒有人能詬病她的忠貞。我在公務之餘，按曲填詞，寫作了一部傳奇，倘若他日搬演舞臺，那麼，人們會因為唐六如而記住張靈，這或許也是闡發歷史幽情的一個方法吧。至於我在劇中謬加張、崔二人死而復生、終於完婚的情節，是筆端的幻境，也是劇作家常用的技巧。我妄言之而讀者妄聽之，了解我的人應當不會嘲笑我。

【研　析】《乞食圖》傳奇描寫了明代前期蘇州才子張靈和閨秀崔瑩之間的愛情悲劇，刻畫了崔瑩這樣一位風華絕代、情義深重的傳奇女性角色。張靈，字夢晉，工詩善畫，和祝允明、唐寅、文璧並稱「吳中四才子」。然而，相較於祝、唐、文三人的聲名顯赫，早亡的張靈在歷史上顯得格外落寞。

明末黃周星所撰才子佳人小說《張靈崔瑩合傳》，後經清代錢維喬改編為傳奇腳本，其事不知虛實，其情哀感頑豔，一度轟動了乾隆後期的崑曲舞臺。崔瑩，字素瓊，本是蘇州隱士崔翁的女兒。狂生張靈一日遊虎丘，摹效魏晉名士劉伶襤褸乞食的逸事行樂，遊戲間，偶見崔瑩出舟，一見難忘。後來，張靈的朋友唐寅把這次聚會繪成《張靈乞食圖》，崔翁偶見此圖，十分欣賞張靈的率真個性，遂向唐寅索要此圖，攜帶歸家。崔氏父女聽聞張靈才名，喜愛他豪宕不羈的性格，便擬娉張靈為婿。張靈也對那日的虎丘佳人念念不忘，正拜託唐寅代為查訪。本來兩情相悅，佳緣即成。不想禍事橫生。寧王朱宸濠為了隱藏叛亂形跡，打算向宮中進貢美女十人。此時，因向崔瑩求婚不成而銜恨在心的季生借刀殺人，向朱宸濠推薦了崔瑩，並將他偷繪的崔瑩畫像獻給朱宸濠。朱宸濠湊滿「十美」後，崔瑩被強行貢入宮中。離家前，她在《乞食圖》上題詩，拜託父親轉交張靈，了卻她仰慕才子的心意。後來，朱宸濠叛亂爆發，「十美」在進宮途中被遣返回鄉。崔瑩回家後，未料父親和張靈竟在短短數月前相繼病逝，她攜酒到張靈墓前，哭讀張靈詩草，悲憤自殺。

這是一齣情感衝突相當激烈的戲劇，錢維喬給予張靈、崔瑩以深切同情，劇末安排了兩人在冥間終成眷屬的情節。對於身為女性的崔瑩，錢維喬把她塑造成一位激烈孤憤的悲劇人物，不同於明清士大夫「女子無才便是德」的「閨範」標準，錢維喬更欣賞那些能在感性和理性上都得到充分成長的女性們。而像「崔瑩」這樣無視禮教、自信剛烈的女性角色能在清代中葉戲劇舞臺上大受歡迎，反映出無論處在怎樣封閉的社會中，率真人性的表達總能尋得一線曙光。

伊犁日記・嘉慶五年元月十五日

洪亮吉

【題　解】嘉慶四年（西元一七九九年），五十三歲的洪亮吉因上〈乞假將歸留別成親王極言時政啟〉而觸怒皇帝，流放伊犁。他將由京入疆的見聞寫成一卷本《伊犁日記》。

【作　者】洪亮吉（西元一七四六～一八〇九年），清代史學家、經學家、地理學家、文學家，字君直，一字稚存，號北江，陽湖（今屬江蘇省常州市）人，乾隆五十五年（西元一七九〇年）進士，授翰林院編修，五十三歲時因言政觸怒皇帝，被流放新疆伊犁，不久赦還，改號更生居士。著有《更生齋集》、《詩餘》、《卷施閣集》、《北江詩話》、《比雅》、《毛詩天文考》、《春秋左傳詁》、《東晉疆域志》、《十六國疆域志》、《補三國疆域志》、《漢魏音》、《曉讀書齋雜錄》、《伊犁日記》等等。

十五日。五鼓行，四十里過康阜縣❶，又七十里抵黑溝❷，日平西。重車至定更❸方到，因分餉酒肉。是日寒不可耐，篝火亦不溫。然飯後尚南北行各半里許，山光四面撲入冰雪中。爆竹一兩聲，唯見山禽桀桀、村犬狺狺而已。是夕，寒不能寐。

【注釋】❶康阜縣　今新疆自治州阜康市。❷黑溝　黑溝驛，清代重要驛站。在康阜縣康樂驛西七十里。❸定更　初更，晚七時至九時。

【語譯】十五日。五更啟程，四十里後到達康阜縣，又西行七十里抵達黑溝驛，此時已紅日西沉。而裝載衣食行李的車子入更才到，到後，大家分餉酒肉。這一天寒不可耐，靠近篝火也不覺得溫暖。然而，飯後，我仍向南、北面各行半里多路，四面山景，撲入冰天雪地中。除了一兩聲爆竹，只聽得見山禽桀桀鳴叫、村犬狺狺吠叫而已。這天晚上，寒冷到不能入眠。

【研析】嘉慶四年（西元一七九八年）九月一日，洪亮吉從北京良鄉鎮出發，經陝西、甘肅，由哈密地區進入新疆。臘月寒冬中，洪亮吉一行翻越天山南北麓，在鎮西府（今巴里坤哈薩克自治縣）渡過除夕。嘉慶五年（西元一七九九年）元月，洪亮吉途經今天昌吉回族自治州境內的木壘縣、奇臺縣、吉木薩爾縣，在康阜縣（今天的阜康市）西七十里的黑溝驛渡過這一年元宵節的夜晚。元宵這一天，他們奔波了一百一十里路程，入更之後才得到食物補給，酷寒之夜宿營野外，「篝火亦不溫」，「寒不能寐」。較之中原「火樹銀花」的佳節盛況，這恐怕是洪亮吉一生中最特殊的元宵節了。然而，艱苦的生活條件不能減弱這位地理學家的探索興趣，他在飯後「南北行各半里許」，欣賞邊疆山村「山光四面撲入冰雪中」的清壯景色，體會「爆竹一兩聲，唯見山禽桀桀、村犬狺狺」的寂靜元夕。

五十三歲的洪亮吉抱持著一種「半生蹤蹤未曾閑」（〈出關作〉）的好奇心情踏入了流放伊犁之旅。西行途中，一路都有友人送行，既入哈密之後，由於新疆各郡縣地方官多由朝廷派遣漢人官員管理，洪亮吉接受了來自哈密通判王湖、宜禾縣令景安、奇臺縣尉張潮海、吉木薩縣丞蔣錦成等人的拜謁和饋贈。這些官員甚至遠自安徽陽湖、江蘇蘇州而來仕疆。雖天山異域，亦不乏中原、江南士大夫流播其間，所以洪亮吉的西行之路上並未隔離於中原文化氛圍。一路上，對邊疆治理抱有學術興趣的洪亮吉沉浸於奇麗酷寒的北疆風光、地理、人情之中，寫成了《塞外記》、《天山客話》、《伊犁日記》等珍貴史料。在詩歌創作上，他留下了紀行組詩〈伊犁紀事詩四十二首〉，其中最末一首云：「積雨冥蒙路不開，巑岏歷盡始三臺。萬松怪厎都相識，曾向童年入夢來。」伊犁之行在洪亮吉看來，彷彿是一直等待的宿命之旅——挫折對於一位強者而言，只能使他的生命更加地傳奇、壯美。

東南山中看桃花記

劉大紳

【題解】本文作於嘉慶十五年（西元一八一〇年）。其時，作者約六十四歲，自山東致仕歸鄉五年。東南山中桃花是作者故鄉寧州（今雲南華寧縣）的本地風光。本文選自劉大紳《寄庵詩文鈔》文鈔卷一。

【作者】劉大紳（西元一七四六～約一八二八年），清代文學家，字寄庵，雲南寧州（今屬雲南省玉溪市）人，乾隆三十七年（西元一七七二年）進士，任山東新城知縣。嘉慶十年（西元一八〇五年），劉大紳致仕還鄉，被雲南本土士人團體「五華五子」尊為師長。著有《寄庵詩鈔》、《文鈔》。

庚午閒居，課子姪賦彩雲，見南中飄飄然，若漢武帝之誦〈大人〉❶也。一日有客持桃花相示曰：「東南山中千萬樹桃花盡開矣。」便攜所藏酒，出東門，詣甸尾❷城冀，偕張兄金門往。先是，旬日前與金門約以二月朔二、三日，往看桃花。至是，適二月二日，而金門已扃戶❸出。余嘗語金門：「天下閒人，惟我與君二人耳。」今日閒人我獨耶？念此外無可與謀者，因屬其子趣之於山口橋邊相待。至橋邊，綠陰如幄，翠草成茵，河水從西來，清淺可數魚子。坐石上望東南一帶，層見疊出，遠不可極，非夙見之，幾不知為桃花又將作彩雲觀矣。

金門久不至，於是遂獨往山中，山中人皆相謂曰：「桃花待寄庵久矣。」每過一花樹下，便徘徊不能去，若可十數日留者，顧私心欲盡攬其勝。輒前往，周旋曲折十餘里未能止，未倦，即坐，坐即飲酒。往日攜酒必二杯與俱，一酌金門，一寄庵自酌。金門既不至，則以一酌桃花，一寄庵自酌。每酌以三為節，日未夕，而寄庵醉，桃花亦爛漫有酒態矣。遂歸。循支河隄柳陰中，蹇衣徐步，時時迴視，久之，如在天際，去人已遠。

初過山口，時東南望，無桃花，有怪石，百十成群，作獸形，作人形，作禽鳥形，亦有如門、如屋、如亭、如臺者，磊落秀潤，巧繪所不能圖也。不數武而桃花見。桃花不名一色，非雲霞佳氣不足擬之，與梨花間植者掩映，尤有殊致。樹上時時有乾鵲❹，見人則喜噪不止，若為桃花報客至者。

昔謝安石好為攜妓之遊❺，吾嘗謂秋冬山中，菊枝傲霜，梅英霏雪，幽人高士孤吟獨嘯之時，非伎樂所宜。惟春風淡蕩，桃李芳菲，寶馬香車，錦衣玉貌，絲竹並陳，謳歌四起，乃相稱耳。然名花灼灼娛人，老子興已不淺，亦無所用此為。吾意欲化身千萬億，使千萬億桃花樹下皆有一寄庵在，呼之欲出，不可得，則置千百大圓鏡，印千百寄庵，在千百桃花樹下，豈非快事？而乃僅託之一詩、一賦、一記之間也，毋乃渺乎小哉？是日風拂拂不少止，然桃花樹下未有一片作紅雨飛者。歸道甸尾城，視金門，猶不知其所之也。

【注釋】❶漢武帝之誦大人　西漢司馬相如見漢武帝好仙，獻〈大人賦〉。❷甸尾　屬今雲南省建水縣。❸扃戶　閉戶。❹乾鵲　喜鵲。❺昔謝安石句　東晉謝安攜妓東山的典故見《晉書・謝安傳》。

【語譯】庚午年，我閒居在家，教授子姪作彩雲賦，見南山中雲氣飄飄，好像漢武帝所誦的〈大人賦〉中所描寫的那樣。一天，有客人持一支桃花給我看，說：「南山中千萬樹桃花都開放了。」我便攜帶著收藏的酒，出東門，至甸尾城側，偕同張兄金門同往觀花。距此十天前，我曾與金門相約在二月初二、三日左右，一起去看桃花。那天恰好是二月二日，但是金門已經閉戶外出。我曾和金門說：「天下閒人，惟有我與君二人。」今日閒人只剩下我一個了嗎？除了金門，我想我找不到可以一起謀劃觀花的朋友了，所以囑託他的兒子轉達：我去山口橋邊等他。來到橋邊，樹陰如同帳幕，綠草如同鋪在大地上的墊子，河水從西來，清淺可數游魚。坐石上眺望東南一帶，山嶺層見疊出，目力不能極其遠，若不是以前見過，幾乎不可能知道這山嶺中的桃花將開出彩雲般的景色。

久候金門不至，我於是獨往山中，山中居民見我都說：「桃花等待寄庵您很久了。」每經過一株花樹，我便徘徊不能去，如果可以留居十餘日，我將實現自己盡攬其勝的心願。接著往前，周旋曲折，不停走了十餘里，未感到疲倦，一邊坐下來休息，一邊飲酒。往日帶酒，必定一起帶上二個酒杯，一個酒杯用來給金門倒酒，一個酒杯給我自己倒酒。金門既然沒來，則用一個酒杯給桃花倒酒，一個酒杯給我自己倒酒。每次斟酒以三杯為度，太陽還沒有西沉，而我已經醉了，滿眼桃花爛漫坦率，彷彿它們也帶上了酒態。於是啟程歸家。順著支河隄的柳陰，揭衣緩步，時時回望東南山，久之，山嶺如在天際，離人已遠。

想我剛剛翻過山口的時候，時不時往東南方向望去，不見桃花，只見怪石，百十成群，作獸形，作人形，作禽鳥形，也有如門、如屋、如亭、如臺等形狀的，磊磊眾石秀潤可愛的樣子，再精巧的繪畫也畫不出來。沒走幾步，桃花現身了。桃花林不能只用一種色彩來形容，非用雲霞佳氣不足比擬，幾樹梨花雜植，掩映其間，尤其有別緻的風韻。樹上時時有喜鵲，見人則鳴噪不止，彷彿在向桃花通報客人到了。

古時謝安石喜好攜妓而遊，我曾說秋冬山中，菊枝傲立寒霜中，梅花飄揚若雪，只適合幽人高士孤吟獨嘯，而不適合伎樂喧囂。唯獨春風輕撫、桃李芳菲之時，駕著寶馬香車，載著錦衣玉貌的貴人，絲竹並奏，謳歌四起，才與攜妓之遊相稱。然而，桃花灼灼娛人，老夫我已興致不淺，用不著伎樂助興。我欲化出千萬億個分身，讓千萬億株桃花樹下都有一個我在，一呼喚就能應答，若這不可能，則放置千百面大圓鏡，映出千百株桃花樹下的千百個我，豈不痛快？而僅僅將此日桃花帶給我的快樂寄託在一詩、一賦、一記之中，難道不顯得渺小嗎？這一天風吹拂不停，然而桃花樹下沒有一片落花飛作紅雨。返回時路過甸尾城，我去拜望金門，他仍然不知所之。

【研析】劉大紳的故鄉寧州縣，明、清時屬滇中臨安府。清代鄂爾泰《（雍正）雲南通志》卷二記載臨安府的氣候稱「四序恆溫，不裘不葛」，是一個四季如春的地方。劉大紳〈愛日〉詩云：「又作茅檐曝背人，凌冬愛日煖如春。天心自為無衣計，帝闕終須有疏陳。」冬春煖燠的氣候使得寧州桃花通常在一月就已經盛開了，比如嘉慶十六年（西元一八一一年）元宵過後，劉大紳邀友人南山看桃花詩云：「出城二三里，年年舊遊處。紅霞赤雲劃不開，一望盡是桃花樹。」若到了二月初，山中桃花必是爛漫已極，作雲蒸霞蔚之盛景了。

嘉慶十五年二月初二，作者約友人「張金門」去家鄉東南山中看桃花，「金門久不至」，作者獨自一人進入山中。這一日的桃花會，在「寄庵」(作者)、「桃花」和缺席的「金門」三者之間展開了。賞花是人們的一項社會生活，若赴名勝之地的花朝，比如西湖花月，則賞花之所也必是各種市井風情、人情關係的雜匯之地。而滇中寧州城外南山上的紅雲中，呈現出一場極簡單的賞花會：作者眼中、心中只有桃花和一位「不知所之」的老友罷了。簡單的人際關係和情感關係暗中呼應了作者對「桃花源」的理解與描繪，而故鄉的僻遠和質樸正是作者所追求的精神歸宿。作者去南山看桃花的心理體驗，潛藏一種尋求「隱國」的欲望。他形容從村廓望向南山，只見層層疊疊的綠樹，不見桃花。進入山口，草叢中臥著奇形怪狀的巨石，彷彿守衛一般，仍然不見桃花。越過巨石，數步之間，花海突然現身了。作者獨自一人在花海中，有化身千萬的幻覺，離開花海之後，彷彿從夢中走出一樣。繼而，作者回到村落，繼續去尋找那位「不知所之」的老友。這一齣賞花記如同一場簡潔的現代話劇，將作者晚年質樸、單純的生活狀態表現了出來，刻畫出滇中之鄉的寧靜和美麗，閒淡的文字當中飽含了深切的情感。

惜字爐記

紀大奎

【題解】本文選自紀大奎《雙桂堂稿》卷四。

【作者】紀大奎（西元一七五六～一八二五年），清代理學家、格致學家、史學家、古文家，尤精《易》學，字向辰，號慎齋，龍溪（今屬江西省撫州市）人，乾隆四十四年（西元一七七九年）舉人，官至重慶府合州知州，有善政聲。著作有《易問》、《地理末學》、《古律經傳附考》、《筆算遍覽》、《六壬類聚》、《四書文》、《雙桂堂稿》等等，後輯為《紀慎齋全集》。

余考傳記所載蒼頡始製字，「天為雨粟，鬼為夜哭，龍為潛藏」❶。數者❷

之所以為祥各異，或以為洩造化之幽秘，而末世人心詐偽之端亦由之而起，蓋太古混沌之風將不可復見，故鬼神為之愀然而憂。余獨以為不然。

古結繩時，書契未立，百官無以治萬民，無以察庶物，無以別民生，其間若鳥獸然。強者食弱，眾者暴寡，知者禍愚，勇者苦怯，而蛟螭、猛獸、罔兩❸之類又往往日見於其間，蓋民之不得遂其生，而憂患危苦以死者多矣。聖人立書契，而後人倫有所明，庶物有所紀，士得之以治其學，農得之以治其業，商賈得之以治其利。文明既啟，而蛇虫、妖怪之族避人而潛處，萬物欣欣然各得其所。向之憂患危苦以死，而汩其游魂於淒風暮雨之間者，念其身不得與於有文字之世，享生人之樂，感而共傷，以至於泣。生既不適，而死亦易悲，蓋惟其當無字之世，以至於此。然則字之造福於人，人亦可以思矣。抑天之雨粟何也？粟者，人之所以保其命；字者，人之所以通其性。天地之所以生人者，性命而已矣。夫性定而後可以有其生，故製字而雨粟者，此性與命相通之符契也。天意以為斯人，蓋於是而後得，以長有其生也。

是故粟既盈，人或播棄而屑越之，吾知其必有天殃，彼不思夫雨粟之仁也。字既多，人或拋殘而穢汙之，吾知其必有鬼禍，彼不思夫夜哭之慘也。夫天與鬼神之所重，而人違之。日積其所為殃與禍者，於冥冥之中以喪其性命而不能自見。

拾字於塗，又為千簍分送各肆而以時收之，臨之以文昌之神，諸君之用心可謂勤矣。於是欲要諸久而請，余有感於斯文也。

【注釋】❶天為雨粟三句　事見漢佚名緯書《春秋元命苞》。❷數者　象數學者。❸罔兩　精怪。

【語譯】我考察傳記所載，蒼頡造字後：「天為雨粟，鬼為夜哭，龍為潛藏」。象數學者對此事是災是祥各有說法，有人認為蒼頡洩露了造物者的秘密，末世之人心詐偽也因此事肇端，因為遠古混沌之風將不可復現，故而鬼神為此悲傷憂愁。我卻不這樣認為。

遠古結繩記事，不立文字，百官沒有文字作為治理萬民、體察庶物、分辨民生的工具，人與人之間的交流方式如同鳥獸一樣。強者以弱者為食、人數多的欺凌人數少的、聰明的禍害愚笨的、勇莽的難為懦弱的，而蛟螭、猛獸、精怪之類又往往白晝現於人間，所以人民無法生存，很多人至死都生活在憂患危苦之中。聖人發明文字，然後人倫得以顯明，萬物得以綱紀，士得文字以治學，農得文字以治業，商賈得文字以治利。文明開啟之後，蛇蟲、妖怪之族避人潛藏，萬物欣欣然各得其所。遠古那些一生生活在憂患危苦中，死後遊魂飄蕩在淒風暮雨間的怨鬼們，想到自己不得出生在有文字的時代，享受人生的快樂，共同感傷，以至於哭泣。他們生不逢時，死後也悲慘，都是因為生活在無文字的時代，以至於此。所以，文字何等地造福人類，人也可以想一想。上天像下雨那樣降下粟米又有什麼意義呢？粟米，是人用來保持生命的東西；文字，是人用來貫徹天性的東西。天地生人，給予人的無非性、命而已。造物者定人性而後生人，所以倉頡造字而上天雨粟，這是天理與人性相貫通的證兆。上天造人之意，因造字而得以彰顯，讓人類保持長久的生存。

所以，當粟米充盈的時候，有的人播撒、拋棄它們，我知道人必遭天殃，因為他不懂得上天雨粟的仁德。當字紙累積得很多的時候，有的人拋棄、撕毀、汙損它們，我知道這人必遭鬼禍，因為他不懂得怨鬼夜哭的慘狀。天與鬼神看重的，人反而違逆之。一個人造下的殃禍日積月累，他將喪命於冥冥之中而不自知原因。

諸君在道路上撿拾字紙，又分送了上千個紙簍給各個商鋪及時收集字紙，讓它們歸於文昌神，此番用心可謂勤謹。諸君很早以前就向我邀約文字，我有感於心，寫下此文。

【研　析】「焚字爐」是明、清時期的一項民間風俗，象徵著對文字的敬畏和對知識的重視。在傳統中國社會中，有「愛惜字紙」的祖訓，凡是寫有文字的紙張，不可隨意汙損，丟棄時要慎重處置，「焚字爐」即為此而設。除本文外，明代茅元儀以及清代蔡衍鎤均作有〈惜字爐記〉。在其他史料中，清代書院中有設置「惜字爐」的記載，比如查揆重建河北邯鄲紫山書院時，「院中有字爐，予捐錢一百五十千文交典商生息，按月權子母以一分計，命戶庫以時收買字紙，此亦敬學之一端，恐其久而弛也」（〈紫山書院記〉）。劉光蕡《味經書院志》中也有建造「焚字爐」的記載。乾嘉間錢塘名士胡宗溥、晚清中興名臣胡林翼均有向鄉間捐贈「惜字爐」的事跡（《（民國）杭州府志》、《胡文忠公年譜》）。

「惜字爐」體現了《易傳》「觀乎人文以化成天下」的文化建設情懷。與之相對，有的名士出於對保持「初心」的強調，認為文字是一種後天束縛，比如蘇軾〈石蒼舒醉墨堂〉詩：「人生識字憂患始，姓名粗記可以休」云云。況且，關於蒼頡造字，《淮南鴻烈解》載有意義難解的「天雨粟，鬼夜哭」的傳說，漢代緯書《春秋元命苞》又增記了「龍潛藏」一說。針對「造字」的歷史傳說和「識字」的價值辯證，本文從文化創生的角度出發，試圖重新解釋傳說，申明文字創生的偉大意義。首先，就「鬼夜哭」、「龍潛藏」的傳說而言，紀大奎認為一切生物的原生狀態都是以弱肉強食為原則的，而文字的發明打破了這個原則。道德、倫理、法律、科學等等通過文字而使人脫離開動物的生存方式，使人不同於動物的那一部分天賦得以迅速成長，最終成就了人道主義世界。人道主義世界的根本精神是超越了功利限制的，故而可以避免「強者食弱，眾者暴寡，知者禍愚，勇者苦怯」的生存災難。蒼頡造字之後，人成了萬物之長，故言「龍潛藏」。而遠古時期以非人道的方式生活、死亡的「鬼」，「念其身不得與於有文字之世，享生人之樂，感而共傷，以至於泣」。其次，就「天雨粟」的傳說而言，紀大奎認為「粟」代表了人的肉體生存所需，而「字」代表了人的精神生存所需，二者皆是人與生俱來的本能需要。他在「粟」、「字」兩件事物上來討論人的先驗性話題，「粟」表達人先天的「命」，「字」表達人先天的「性」，「天雨粟」的傳說象徵著「性與命相通之符契也」。

這篇散文充滿了哲學意味，從「惜字」的風俗引申出對文化生成、人性生成等重大話題的思索。我們今天是一個「信息爆炸」的時代，然而讀到古人營建「惜字爐」的舉動，或許能讓我們稍微拾起早已失去的敬畏文字之心吧！

《松壺畫訣》二則

錢杜

【題解】錢杜自號松壺小隱，又號松壺居士，他著《松壺畫訣》一書，總結平生畫技，還著有題畫詩集《松壺畫贅》、繪事雜記《松壺畫憶》等。本文選自清代秦祖永《畫學心印》卷八。

【作者】錢杜（西元一七六四～一八四五年），清代畫家、詩文家，初名榆，字叔枚，更名杜，字叔美，號松壺，錢塘（今屬浙江省杭州市）人，嘉慶五年（西元一八〇〇年）進士，候選主事。錢杜一生好遊，足跡遍布雲南、四川、湖北、河南、河北、山西、江蘇等地，畫風接近趙孟頫、文徵明細筆一路，清秀典雅。

畫中寫月，最能引人入勝，全在渲染襯貼得神耳。如秋蟲聲，何能繪寫？只在空階細草、風樹疏籬，加以渲染得宜，則自然有月，自然有蟲聲盈耳也。

他可類推，學者當深思之。作巨幀與作小幅無異，便無怯嫩散漫之病。

山水中松最難畫。各家松針凡數十種，要惟挺而秀，則疏密肥瘦皆妙。昔米顛❶作《海嶽庵圖》，松計百餘樹，用鼠鬚筆剔針，針凡數十萬，細辨之，無一敗筆，所以古人筆墨貴氣足神完。柳亦頗不易寫，諺云：畫樹莫畫柳。信然。然山水陂塘間，似不可缺。前人所寫，亦有數十種。王右丞❷能作空勾柳，其法柳葉須大小差錯，條條相貼，逐漸取勢為之，自有一種森沉旖旎之致。至趙大年❸之「人」字，徐幼文❹短剔如松針，皆秀絕塵寰，並可師法。

【注釋】❶米顛 北宋書畫家米芾。❷王右丞 唐代詩人、畫家王維。❸趙大年 北宋畫家趙令穰。❹徐幼文 元末明初畫家、詩人徐賁。

【語譯】畫中之月，最能引人入勝，全仗畫家渲染襯貼，得月之神髓。譬如秋蟲聲，如何能夠畫出？然而，繪出空階細草、風樹疏籬，只要渲染得宜，則自然有月，自然有蟲聲滿耳。繪畫其他事物，也可以此類推，學畫者應當深思這一點。創作巨幀時如同在創作小幅，就不會犯怯嫩散漫的毛病。

山水中松樹最難繪畫。不同的畫家有數十種松針的畫法，關鍵是要畫得挺秀，則無論疏密肥瘦，都能得其奧妙。古時，米顛創作《海嶽庵圖》，畫中有百餘棵松樹，用鼠鬚筆剔繪松針，總共剔繪出數十萬根松針，仔細分辨，無一根松針是敗筆，所以說古人繪畫貴在氣足神完。柳也不容易畫，諺言：畫樹莫畫柳。確實是這樣。然而，山水坡塘間，好像也不能缺少柳樹。前人畫柳的方法，也有數十種。王右丞能畫空勾柳，要點在於柳葉必須大小參差錯落，葉葉相貼合，逐漸形成氣勢，自有一種森沉旖旎的韻致。至於趙大年的「人」

字柳葉，徐幼文短剔柳葉如繪松針，都秀絕塵寰，都可以師法。

【研　析】 本文所選二則，一則關於寫月，一則關於寫葉。寫月一則，涉及現代藝術理論中的「通感」問題。錢鍾書先生將西方 synaesthesia 一詞翻譯作「通感」，認為中國古代文藝批評家沒有明確拈出這種手法。關於「通感」，是通過聯想而實現的感覺挪移。錢鍾書舉出中國古代很多描寫聲音的詩詞，以證「以目為耳」的通感寫法，比如東漢馬融〈長笛賦〉：「爾乃聽聲類形，狀似流水，又象飛鴻。」再比如《牡丹亭・驚夢》形容鶯聲「嚦嚦鶯聲溜的圓」一句，將聽覺感受轉化為視覺感受「圓」。畫家創造的是視覺印象，由此視覺印象牽發直覺或者經驗，在聽覺、嗅覺、觸覺方面獲得聯想，深化審美感受——這就是本文所謂「只在空階細草、風樹疏籬，加以渲染得宜，則自然有月，自然有蟲聲盈耳也。」錢鍾書先生認為中國人運用「通感」手法的哲學根源或在於道家「心凝形釋」（《列子・黃帝篇》），或在於佛家「六根互相為用」（《大佛頂首楞嚴經》卷四）。其實，在普通人的日常語言中就常有通感的運用，比如「秀色可餐」之類成語，或許真如英國哲學家培根所言，這是「大自然在不同事物上所印下的相同的腳跡」（《學術的進展》）。

寫葉一則，涉及現代藝術理論中關於「創生對象」的問題。本文提到中國畫家畫松針、柳葉各成風格，有「數十」家松針，亦有「數十」家柳葉。松針、柳葉本來就有自然的形態，若像植物學家那樣單純寫實，則百手同出，無所差別，但是畫家的使命不是臨摹對象，而是創生對象。明代徐文長看到南宋畫家夏圭的山水畫後讚美：「觀夏圭此畫，蒼潔曠迥，令人舍形而悅影！」（〈書夏圭山水卷〉）當代美學家宗白華在散文〈形與影〉中引用了徐文長這段評語，認為藝術家不應當追求形似對象，而應當以創作者的精神氣韻為主要表現內容，寓神於形，甚至「舍形悅影」、「離形得似」。松針、柳葉的繪法至有數十家之多，源於不同畫家有不同的精神風貌和情感意識。

《松壺畫訣》凝聚了錢杜一生的藝術經驗，而關於錢杜其人，他的生活和藝術似處在兩個極端。晚清著名文人陳文述作〈錢叔美松壺畫贅序〉，稱錢杜「中年落魄，雞棲葦下，復避債萬里外，往來古戰場。顧所為畫，類文衡山，尤深於北宋荊、董諸家，幽秀窈邈，若花在春，若仙在雲。而其為詩，則又超妙清曠，真氣往來。」光緒年間詩人曹楙堅與錢杜友善，曾作〈題錢叔美紀游畫冊〉詩，亦讚其畫藝、歎其遭際曰：「絕塞蜻蛉傳畫稿，空山魑魅識詩人。丹青未療貧如洗，咫尺還看技入神。」錢杜的畫風清逸離俗，絕不能想像他的實際生活竟然長期陷於糾紛煩惱中。我們今天讀《松壺畫訣》，有一種人生靜美的感受，彷彿能夠進入到這位畫家隔絕物外、沉潛技藝的精神世界中。

再游虎邱山記

顧廣圻

【題解】虎邱山，即蘇州西北郊名勝虎丘。虎丘的記載始自西漢，《史記》、《越絕書》記錄了虎丘得名由來。自漢以來，虎丘積澱了豐厚的歷史人文底蘊，成為吳文化的地標。本文選自顧廣圻《思適齋集》卷五。

【作者】顧廣圻（西元一七六六～一八三五年），清代校勘學家、藏書家、目錄學家，字千里，號澗蘋、無悶子，別號思適居士、一雲散人，元和（今屬江蘇省蘇州市）人。著有《思適齋集》。

己丑❶三月廿六日，飯於紉之❷家，同至半塘寺，即舊《志》❸元和縣之壽聖教寺也。詢寺僧以後梁龍德陀羅尼經幢，不能對。尋宋紹興❹魏憲寺碑，僅得明代重刻本，殊不耐觀，舍而之虎邱。

入門讀「德佑❺乙亥天臺戴覺民」、「淳佑❻癸卯長樂潘牥」二題名於石上。稍進於紹聖呂升卿❼書試劍石旁，讀「淳佑辛亥程振父」題名過千人。坐屆劍池石壁前，水潦方涸，其下通步，仰視宋元諸人題名，俱羅列在目，往往可讀。登磴道，未至可中亭，數武，其側一石，北向隱隱有字。乃與紉之剔榛櫟、披苔蘚，諦辨之，乃正書六行，行四字，云：「周師成主吳縣簿，倪祖義訪之，因同遊。開禧❽丙寅□❾月十三日。」不特地志無之，亦自來著錄金石家所未見，為之一喜。可中亭外則點頭石，石上有「己巳九月太原王質」等題名，己巳蓋所謂天聖❿之七年者也。遂由方丈繞至四面觀音殿，觀牆間所嵌崇寧⓫大悲像贊，下一角微損，像在上方，仍精好如新也。乃從天王殿而下，出及二門，門兩旁皆碑，限以木柵，不能迫視，心疑黃文獻至正碑⓬在其中。紉之目力及遠，次於東向一碑撰文結銜之下瞥得文獻名，於是循省其額，果〈雲巖寺興造記〉也。是可以補前遊之缺矣，又為之一喜。

維時夕陽在山，取閑道度望山橋，步田野中，達下塘之方家橋，謂紉之曰：「我輩今日之樂，樂於一切游虎邱者，固然矣，特未識視彼不游虎邱，而終年畢世勞勞役役以名利之窟為遊者，其苦樂相去為何如？」因相與一笑而別。

【注釋】❶己丑　道光九年（西元一八二九年）。❷紉之　葉汝蘭，字紉之，蘇州人。❸舊志　以前的地方志。清雍正二年元和縣從長洲縣分出，屬蘇州府管轄。❹紹興　南宋高宗年號。❺德佑　南宋恭帝年號。❻淳佑　南宋理宗年號。❼紹

聖呂升卿　紹聖，北宋哲宗年號。呂升卿，北宋哲宗臣呂惠卿之弟。❽開禧　南宋寧宗年號。❾□　此處原文缺字。❿天聖　北宋仁宗年號。⓫崇寧　北宋徽宗年號。⓬黃文獻至正碑　元代黃溍（謚文獻）至正五年所作〈虎丘雲岩禪寺興造記〉，碑刻立於虎邱。

【語　譯】己丑年三月二十六日，我在紉之家吃過飯後，同他一起到半塘寺，即以前舊《元和縣志》所記載的元和縣壽聖教寺。向寺僧詢問後梁龍德陀羅尼經幢，寺僧不能回答。又向他尋訪南宋紹興魏憲寺碑，僅得此碑明代重刻的拓文，不值得一賞，我們就捨半塘而去往虎邱。

進入虎邱山門，在山石上讀到「德佑乙亥天臺戴覺民」、「淳佑癸卯長樂潘牥」二題名。稍往前，在紹聖年間呂升卿所書試劍石旁邊，看到有「淳佑辛亥程振父」等千餘條題名石刻。坐在劍池石壁前，劍池水正處在乾涸期，有步道通向池中，走入池底，仰視池壁上宋、元諸人題名，羅列滿眼，往往清晰可讀。登上石徑，還沒到可中亭，亭外數步，道旁草叢中有一石，石北面隱隱有字。我與紉之剔除榛礫，披開苔蘚，到石前仔細辨認，乃楷書六行，每行四字，云：「周師成主吳縣簿，倪祖義訪之，因同遊。開禧丙寅□月十三日。」這條題名記不但地方志沒記載，從來著錄虎邱碑刻的金石家也沒有見到，我們發現了它，為之一喜。可中亭外側有點頭石，石上刻有「己巳九月太原王質」等題名，己巳即指北宋天聖七年。接著，由方丈室繞到四面觀音殿，欣賞殿牆間所鑲嵌的崇寧年間大悲像贊，碑下一角微損，大悲像在上方，依然精好如新。我們從天王殿往下，出虎邱，直到二山門，門兩旁都是石碑，用木柵圍住，不能湊近了看，我懷疑黃文獻至正年間所撰碑文當在其中。紉之的目力能看到遠處，他在東面一碑撰文結銜之處瞥見黃文獻之名，於是順著往上查看碑額，果然是〈雲岩寺興造記〉。找到此碑可以彌補舊遊的缺憾，我們又為之一喜。

此時，夕陽沉在山間，我們漫步度過望山橋，行走在田野中，抵達下塘的方家橋，我對紉之說：「我們今日之樂，樂於一切遊虎邱的人，固然如此，只是不知道和那些從不遊虎邱、終生勞苦、遊於名利之窟的人相比，苦、樂又相差多遠？」說完，和他相與一笑而告別。

【研　析】北宋朱長文稱虎丘之景有「三絕」：「望山之形不越岡陵，而得登之者見層峰峭壁，勢足千仞，一絕也；近臨郛郭，矗起原隰，旁無連屬，萬景都會，西聯穹窿，北亙海虞，震湖滄洲，雲氣出沒，廓然四顧，指掌千里，二絕也；劍池泓渟，徹海侵雲，不盈不涸，終古湛湛，三絕也」（〈蒲章諸公倡和詩題辭〉）。但是，吸引本文作者顧千里遊覽虎丘的，卻不是這「三絕」的自然美景，而是虎丘的歷代題名碑刻。

「題名」是古人的一種石刻文化，雖然只是在碑、柱、壁、摩崖等材質上題記姓名、年月的簡單體裁，但因其體現了文字、書法、篆刻諸方面的造詣，受到歷代金石學家的重視。特別是具有特殊史料價值的題名錄，比如「唐代尚書省郎官石柱題名」、「唐代御史臺精舍題名」、元稹所撰〈翰林承旨學士廳壁記〉等，更因其能補正史、方志之不足，而對政治史、官制史的研究有重要意義。另外，在考據歷史人物生平履歷的時候，「題名」也是不可忽視的史源之一。比如韓愈的文集編成後，專有「題名」一目，對研究韓愈的交遊、生平具有史料意義。

顧千里是一位著名的考據學家和金石學家，從他踏入虎丘的第一步開始，那些或是呈露在石壁顯豁處、人人可見的題名，或是要等水落石出後才能看到的、池壁上的宋元人題名，或是荒草叢中經過「剔榛礫、披苔蘚」而現身的、地志未載的南宋間人的題名，都成為他不同常人的「我輩之樂」。在顧千里的眼中，山光水色視若不見，虎丘更像是一座碑林博物館，那一行行質樸的古刻題名穿越歷史時光，成為了學者眼中的寶藏。在碑石摩崖間讀到古人題名，或許能讓人產生出一種異代同慨之感，比如唐代杜牧有〈見宋拾遺題名處感而成詩〉一首云：「竄逐窮荒與死期，餓唯蒿藿病無醫。憐君更抱重泉恨，不見崇山謫去時。」然而，對於考據學者顧千里而言，虎丘碑刻更是人文精神的一種即目呈現，能讓他直接體會到與千年士文化共在的自我歸屬感。如果說風景是一首詩，一般人的虎丘遊往往是浪漫感性的唐人之詩，而顧千里的虎丘遊則更像一首充滿了文字之趣、學問之趣的宋人之詩吧。

趙非石琴譜序

盛大士

【題　解】本文提到的「虞山」，即今江蘇常熟虞山。晚明常熟琴家嚴澂開創了「清、微、淡、遠」的虞山琴派，其遺風盛於清代，流於民國。明末清初屈大均〈書薛孝穆先友傳後〉：「今天下之琴，皆以虞山所傳者為正音。」本文選自盛大士《蘊愫閣文集》卷二。

【作　者】盛大士，生卒年不詳，清代畫家、詩文家、詞人，字子履，號蘭雪、蘭簃，鎮洋（今屬江蘇省蘇州市太倉縣）人，嘉慶五年（西元一八〇〇年）舉人。著有《樸學齋筆記》、《蘊愫閣文集》。

虞山下有泉泠泠然[1]，環繞城濠，流而為七，象琴之絃，名曰琴川。其鄉人多善琴，相傳嚴氏遇仙人授指法，其聲清靈超脫。江以南之琴，首推虞山派。

山東南三十里曰唐墅，琴藪也。有李氏兄弟，長曰詠葭，次曰味霞，味霞之子曰小霞，皆善琴，而詠葭尤善。其鄉人有趙君，字非石，世習賈人業，性孤癖，不善貿易，虧其貲，困甚。工於詩，吟哦聲日夜不輟，曾學琴於詠葭，盡得其指法。余客唐墅，從非石受琴，得《思賢操》一曲，今忘之矣。詠葭謂非石琴意微妙而過於悽惋。

未幾，非石以幽憂死，余傷感不已，乃讀其所訂琴譜，而序之曰：夫琴調六氣，君子聽之以平其心也。然而凡音之起，由人心生，不能使樂心感者為悲哀，哀心感者為歡樂。故深於琴者，雖各極其妙，而不能無所偏異。於靡靡之響，千手一轍，故其不能無所偏也，即琴之所以可貴也。

琴之音有五，宮音主信，商音主義，角音主仁，徵音主禮，羽音主智。

琴之絃有七。一絃屬土，為宮在，《天符經》曰：「土星分❷，旺四時」，絃用八十一絲。二絃屬金，為商在，《天符經》曰：「金星，應秋之節」，絲用七十有二。三絃屬木，主角在，《天符經》曰：「木星，應春之節」，絲用六十有三。四絃屬火，主徵在，《天符經》曰：「火星，應夏之節」，絲用五十有四。五絃屬水，主羽在，《天符經》曰：「水星，應冬之節」，絲用四十有五。六絃為文聲，主少宮在，《天符經》曰：「文星，於人為文德，柔應剛也」。七絃為武聲，主少商在，《天符經》曰：「武星，於人為武功，剛應柔也」。

其右手指法三十有五，其左手指法四十有九。其向徵❸曰外、曰出，其向身曰內、曰入。其大指向外出絃曰擘，向內入絃曰托；其食指向內入絃曰抹，向外出絃曰挑；其中指向內入絃曰勾，向外出絃曰剔；其名指向內入絃曰打，向外出絃曰摘。是為初明之八法。其按絃之法稍一輕浮，則吟猱❹飄忽，綽注❺狂誕，一曲之音，不相聯絡。至徽之上下，分數❻務在按準，而吟猱收轉則必用力圓健，動指自然。手法既合節，奏自雅。

然疾徐輕重之節奏同，而歡娛愁苦之意趣不同。或謂琴通於詩，「歡娛之辭難工，愁苦之音易好」❼，吾謂以愁苦之人聽愁苦之音，則以為工耳，非琴之果有所偏也。今於玉驄金勒、豪華貴介之前，而操〈烏夜啼〉、〈平沙落雁〉諸曲，則未必知其工矣。非石以賈人子避俗如仇，至於窮以死，故其琴聲哀。余又工愁善恨，故聽非石之琴而有感焉。余不能哀樂而樂哀，則序非石之譜雖不能盡述非石之琴之妙，而不可謂非非石之知己也。今也人琴俱亡，所存者其譜耳。乃其琴譜存，而其詩已盡散矣。悲夫。

【注　釋】❶泠泠然　聲音清越的樣子。❷星分　又名「分野」，古人用二十四星宿對應地面上的二十四個地理區域。❸徽　七弦琴琴面遠人端十三個指示音位的標誌。❹吟猱　彈奏古琴的指法，左手按弦，往復移動，使發顫聲，小曰吟，大曰猱。❺綽注　彈奏古琴的指法，左手從本音位下音，上滑至本音稱綽；從本音位上音，下滑至本音稱注。❻分數　要點。❼歡娛之辭難工二句　語出韓愈〈荊潭唱和詩序〉。

【語　譯】虞山下有一股水聲清越的山泉，流出環繞城濠，再分為七條支流，彷彿古琴上的七股弦，所以此地取名叫琴川。這個地方的人多善鼓琴，相傳有一位姓嚴的本地人遇到仙人傳授指法，琴聲清靈超脫。江南古琴流派，首推虞山派。

虞山東南三十里外，有一個叫唐墅的地方，是古琴家的淵藪。有一對李氏兄弟，年長者名詠葭，年幼者名味霞，味霞的兒子名小霞，三人都善於鼓琴，而詠葭的技藝最高。李氏的鄰人中有一位趙君，字非石，家中世代從商，然而他個性孤癖，不善於商業貿易，虧損了資本，很是困頓。趙君擅長作詩，吟哦聲日夜不輟，曾向詠葭學琴，盡得他的指法。我客居唐墅時，跟從趙非石學琴，學得《思賢操》一曲，如今卻已忘記了。詠葭曾說，非石琴意微妙，但是過於悽惋。

不久，非石因為幽憂而死，我傷感不已，讀他所訂正的琴譜，為之作序言：琴能調節六氣，君子聽琴以平靜內心。然而，所有的音樂都是由人心生發出來的，不能由快樂的心情生發出悲哀的音樂，或由悲哀的心情生發出歡樂的音樂。所以，深通琴理的人，即使各極悲、歡、喜、怒之妙，卻不能無所偏執。那些萎靡不振的音樂，千手如出一轍，所以，正因為這不能無所偏執，才是琴聲所以可貴的地方。

琴有五個音階，宮音象徵信，商音象徵義，角音象徵仁，徵音象徵禮，羽音象徵智。

琴弦有七股。一弦屬五行中的土，為宮音所在，《天符經》言：「土星，旺四時」，一弦用八十一根絲撚成。二弦屬五行中的金，為商音所在，《天符經》言：「金星，應秋之節」，二弦用七十二根絲撚成。三弦屬五行中的木，為角音所在，《天符經》言：「木星，應春之節」，三弦用六十三根絲撚成。四弦屬五行中的火，為徵音所在，《天符經》曰：「火星，應夏之節」，四弦用五十四根絲撚成。五弦屬五行中的水，為羽音所在，《天符經》曰：「水星，應冬之節」，五弦用四十五根絲撚成。六弦稱為文聲，為少宮音所在，《天符經》曰：「文星，在人主文雅之德，以柔應剛」。七弦稱為武聲，為少商音所在，《天符經》曰：「武星，在人主武功，以剛應柔」。

演奏時，右手指法有三十五種，左手指法有四十九種。指法中向琴徽的方向撥動琴弦叫做外、出，向自身的方向撥動琴弦叫做內、入。用大拇指向外、出撥弦叫做擘，向內、入撥弦叫做托；用食指向內、入撥弦叫做抹，向外、出撥弦叫做挑；用中指向內、入撥弦叫做勾，向外、出撥弦叫做剔；用無名指向內、入撥弦叫做打，向外、出撥弦叫做摘。以上是初明八法。按弦的指法稍一輕浮，則吟猱顯得飄忽，綽注顯得狂誕，一支曲子的音符顯得不相連貫。琴徽的十三個上下音位，務必按準，而吟猱收轉的指法，則務必用力圓健，動指自然。指法如果符合規矩，演奏自然高雅動聽。

然而，輕重緩急的節奏相同，歡娛愁苦的意趣卻不同。有人說琴道通於詩道，所謂「歡娛之辭難工，愁苦之音易好」，我說愁苦之人聽愁苦之音，才會覺得動聽，琴聲並不能讓所有聽眾產生情感上的相同偏向。比如，在玉驄金勒、豪華貴介們的面前，演奏〈烏夜啼〉、〈平沙落雁〉諸曲，他們未必能體會得到這些曲子的動人之處。趙非石雖是商家子，卻生性避俗如仇，以至於窮困而死，所以他的琴聲聽起來哀傷。我也工愁善恨，所以聽非石鼓琴而能有所感觸。我不能以哀心去聽歡樂的音樂，也不能以樂心去聽悲哀的音樂，我為趙非石的琴譜作序，即使不能說盡非石琴曲的妙處，卻不能不算是非石的知己。如今，趙非石人琴俱亡，只有他的琴譜留存下來。他的琴譜留存下來，他的詩歌卻已經喪失殆盡了。真讓我覺得悲哀啊。

【研　析】音樂源自於人的內在情志，《禮記・樂記》云：「樂者，音之所由生也，其本在人心之感於物也。是故其哀心感者，其聲噍以殺；其樂心感者，其聲嘽以緩；其喜心感者，其聲發以散；其怒心感者，其聲粗以厲；其敬心感者，其聲直以廉；其愛心感者，其聲和以柔。六者非性也，感於物而后動。」一切自然聲響落在人的心靈中，便像語言那樣，成為人的情感載體；再由心靈中流出，自然聲響便成為人的「心聲」，傳遞出哀、樂、喜、怒、敬、愛各種情緒。反過來說，音樂也可以由外向內地去影響人，《論語・述而》篇記載孔子「聞韶樂，三月不知肉味」，《論語・泰伯》篇記錄孔子討論人的成長曰：「興於詩，立於禮，成於樂」。傳統中國將禮樂視為治國之重器，〈樂記〉中常見這樣的比喻：「宮為君，商為臣，角為民，徵為事，羽為物，五者不亂，則無怗懘之音矣。宮亂則荒，其君驕；商亂則陂，其官壞；角亂則憂，其民怨；徵亂則哀，其事勤；羽亂則危，其財匱。五者皆亂，迭相陵，謂之慢。如此，則國之滅亡無日矣。」宮、商、角、徵、羽五音比喻天子、臣、民、勞役、財貨五個政治要素，紊亂的音樂意味著政治的不平衡，雅正的音樂則意味著政治的和諧。

在禮樂文化的設想中，樂器即是禮器，不同的樂器代表著不同的禮制、道德和倫理含義，而古琴在中國禮樂文化中就是一種表徵「君子」的特別樂器。古琴最初為五弦之琴，東晉嵇康〈贈秀才入軍〉其四云：「目送歸鴻，手揮五弦。」戰國曾侯乙墓曾出土了一張十弦琴，但唐以後定其形制為七弦琴，分宮、商、角、徵、羽、少宮、少商七弦。相傳琴或為伏羲造、或為神農造、或為仲尼造，東漢班固《白虎通德論》論其得名之由曰：「琴者，禁也，所以禁止淫邪、正人心也。」琴的每一個部件，都有特殊含義，東漢蔡邕論琴曰：「削桐為琴，面圓法天，底平象地。龍池八寸，通八風；鳳池四寸，象四氣。」琴，是象徵君子之風的樂器，〈樂記〉曰：「絲聲哀哀以立廉，廉以立志，君子聽琴瑟之聲，則思志義之臣。」鄭玄在注釋〈唐風・山有樞〉「何日不鼓瑟」一句時稱：「君子無故琴瑟不離於側」。中國古代的琴師，乃君子之一體，不能僅僅將其當作樂工來看待。而歷史上有名的琴師，人們亦往往以性情、氣節論之，不只討論其技藝之一道。比如南宋宮廷琴師汪元量即可作士林代表，他富有民族氣節，曾冒險探訪被元人囚禁在北京大獄中的文天祥，後人作詩贊曰：「昔有汪水雲，抱琴訪燕獄。文山序其詩，翱羽譜作曲。詩存琴不傳，遺響諒難續。虞山者誰子，異代承芳躅」（方文〈題張虞山理琴圖〉）。本文也為虞山派的琴師趙非石立了一章小傳。趙非石家世代業商，子孫本應精明重利，但他天性好儒，不精於經商，反倒精於操琴，不謀利，不營生，一生的情感、志向全部傾瀉於琴音。「琴意微妙而過於悽惋」不只形容趙非石彈奏的《思賢操》，也形容了他的至性至情的一生。本文欲傳趙非石之人，卻從七弦、指法、知音三個方面詳細介紹古琴，因為趙非石的個性和古琴這種樂器互相映發，也正因為琴這種樂器從後天進一步啟發了趙非石的天性，才最終造就了這位虞山琴師清愴特立的一生。

遊鳥目山房記

盛大士

【題　解】本文選自《蘊愫閣文集》卷三。

虞山西譙門❶外數十步，枳籬屈曲，石廊旋轉，背山面水而構者，曰烏目山房。昔耕煙散人棲其中，仿一峰淺絳法❷，得山氣最勝。其前榮❸曰「小天臺」，四圍多山，桃花夾以篁篠，紅潤欲滴。後舍松、杉、柏、檜，或偃或立。旁有亭曰「西亭」，亭左右泉磵鉤帶，涎玉沫珠。前望城垣，緣坡而上，岡翠繚繞，遊者四時無不宜。園池易主，窗牖缺圮，薪木蕪穢。有西山農家子，出百鎰❹賃屋，貰酒於其中，披剃榛莽，繕治復其舊觀，不數載，為文士觴詠地。

余客虞山，友人吳項儒、張椒卿晨過余寓，拉余出，徑造山房。孫少初先至，獨坐，陳二小碟、酒一壺，已飲其半，三人各罄所餘。出望簷際，有炊煙旋旋迴合，蒸而為雲，日朦朧無光，四山翳蔽，霧重若雨。少頃，雨大。至門外，履聲橐橐，項儒曰：「必黃琴六也。」是會也，項儒為東道主，先約少初、琴六，出城而邀椒卿，同過余，同遊山房，作竟日懽。琴六居北門，道遠，其來遲，又遇雨，衣裳皆濕，喘息未定，即索紙筆，欲聯句❺。椒卿袖中出詩《韻》，少初奪之曰：「飲酒耳，何詩為？」酒保以饌具❻請，項儒令煮蠶豆、燒新筍、翦嫩韭、擷香芹、烹魚、殺雞，皆鮮美有風味。酒半，雨少止，懸崖奔溜❼從松梢下倒垂，鱗鬣❽淨如櫛沐。余折松枝擊甌，椒卿和而歌，歌曰：「雲黮黮兮山之阿，搴青蔓兮引翠蘿。我所思兮不見，空搔首兮踟躕。」亦不知其何所指也。

俄而陰霾陡掃，山骨盡露，遙望西北諸峰，扈者❾、巋者❿、章者⓫、隆者⓬、隋者⓭、隒者⓮、扉者⓯，遠近俯仰拱揖。其東山則薄曦，半嶺雉堞⓰橫截之，堞外萬花攢簇，明豔灼日，堞以內煙霏霧結，琳宮梵宇，咫尺不能辨也。余數人仰視城內，人若墜雲海；視城外，若出雲表。呼聲、笑聲與雲吐吸，痛飲盡醉，而興愈豪。琴六不善飲，見少初拇戰⓱不止，直前取巨觥立飲，遂大醉。椒卿、少初皆頹然，項儒半醉。余自負不醉，踏月獨歸，項儒尾其後。余且行且吟，歸寓就寢。明日晨起，則疇昔之夜行吟躑躅於月下者，皆不記憶矣。晤項儒，始知之。諸君雖醉，不若余之甚也。辛未四月二十日記。

【注釋】❶譙門　建有瞭望樓的城門。❷一峰淺絳法　元代畫家黃公望，號一峰，獨創「淺絳山水」畫法。❸前榮　房屋的南簷。❹鎰　古代重量單位，一鎰合二十兩（一說二十四兩）。❺聯句　古代一種詩歌遊戲，多人參與，每人出一聯，共同組成一首詩。❻饌具　餚膳。❼奔溜　水流。❽鱗鬣　代指松樹，鱗喻樹皮，鬣喻松針。❾扈者　廣大的樣子。❿巋者　屹立的樣子。⓫章者　平頂的山。⓬隆者　凸頂的山。⓭隋者　狹長的山。⓮隒者　岩石層疊的山。⓯扉者　像門扇的山。⓰雉堞　古代城牆上鋸齒狀的女牆。⓱拇戰　猜拳。

【語譯】虞山縣城西譙門外數十步遠，有一處有著曲折的枳木籬笆、迴旋的石廊、背山面水的地方，這就是烏目山房。耕煙散去，人們棲息在山房中，看上去如同一峰筆下的淺絳山水畫，烏目山房最能得山之清氣。它的南簷叫「小天臺」，四望皆山，山上桃花交映在竹林間，紅潤欲滴。後院種植著松、杉、柏、檜，或倒或立。舍旁有亭稱「西亭」，亭左右泉澗環繞，飛濺的水花如同珠玉一般。舍前與城垣對望，有坡可攀援上山，四周翠岡繚繞，對於遊覽者而言，此地四時相宜。園林幾經易主，窗戶缺損，草木蕪雜。後來有一位西山農民，出百鎰銀錢租下此屋，打算在其中賣酒，他削平叢雜的草木，修繕、恢復了山房的舊觀，不幾年，這裡就成為文士們觴詠的地方。

我客居虞山，友人吳頊儒、張椒卿在一個早晨拜訪我的住所，把我拉出家門，徑直來到烏目山房。孫少初已經先到那裡了，獨自一人坐著，桌上放著二碟小菜、一壺酒，壺中酒已飲過半，我們三人於是把酒壺中剩下的酒喝光了。走到窗簷瞭望，見遠近炊煙迴旋聚合，蒸騰為雲，太陽朦朧無光，四面山峰被雲翳所遮蔽，霧很重，好像要下雨了。一會兒，大雨降臨。有屐聲橐橐，來至門外，頊儒說：「這必定是黃琴六到了。」此次聚會，頊儒做東道主，先約了少初、琴六，再出城邀請椒卿，又一起來找我，打算同遊烏目山房，盡一日之歡。琴六居住在北門，路遠來遲，又遇大雨，衣裳都淋濕了，他入門喘息未定，就索紙筆，要聯句。椒卿剛剛從袖中抽出《韻》書，就被少初奪去，說：「來飲酒，作什麼詩？」酒保來問餚膳，頊儒令店家煮蠶豆、燒新筍、翦嫩韭、擷香芹、烹魚、殺雞，都是鮮美有風味的菜餚。酒半，雨稍止，懸崖上的雨水倒垂，從松梢流下，鱗鬣潔淨如洗。我折下松枝擊甌，椒卿配合節奏而歌唱，歌曰：「雲䰄䰄兮山之阿，搴青蔓兮引翠蘿。我所思兮不見，空搔首兮踟躕。」也不知道他歌詞的意旨是什麼。

片刻後，陰霾突然掃去，山形盡露，遙望西北諸峰，有的廣大、有的屹立、有平頂的、有凸頂的、有狹長的、有岩石層疊的、有像門扇的，遠近矗立，俯仰錯落，像人那樣彼此拱手揖讓。東山那邊略晴，半山腰有雉堞將山橫截成兩半，堞上萬花攢簇，明豔映日，堞下山城中煙飄霧結，道觀佛寺，咫尺間不能分辨。我們幾個人仰視山城，城內人好像墜入了雲海中；看城外，彷彿雲外世界。我們的叫聲、笑聲與雲氣相吐吸，痛飲大醉，而興致愈加豪放。琴六不善飲酒，見少初不停地猜拳賭酒，徑直向前取一巨杯，站著飲下，於是大醉。椒卿、少初都頹然大醉，項儒半醉。我自負沒醉，踏月獨歸，項儒尾隨在我身後。我且行且吟，歸家就寢。第二天晨起，昨夜在月下行吟躑躅的事情，我都不記得了。和項儒碰面，才知道那時情狀。可見，諸君雖醉，都不如我醉得厲害。辛未年四月二十日記。

【研析】留在中國詩文中的「宴會」無計其數，奢華可如司馬相如〈上林賦〉所形容的天子之宴：「巴俞宋蔡，淮南干遮，文成顛歌，族居遞奏，金鼓迭起，鏗鎗闛鞈，洞心駭耳。荊吳鄭衛之聲，韶濩武象之樂，陰淫案衍之音，鄢郢繽紛，激楚結風」。簡樸可如《詩經・小雅・瓠葉》所形容的以葫蘆葉和兔頭為菜餚的宴會：「幡幡瓠葉，采之亨之」、「有兔斯首，炮之燔之」。激烈可如《史記・項羽本紀》所載「項莊舞劍，意在沛公」的鴻門宴。風雅可如東晉王羲之〈蘭亭集序〉所記的「流觴曲水，列坐其次」的「脩禊事也」。登科的宴會叫曲江宴，李紳〈憶春日曲江宴後許至芙蓉園〉詩云：「歸繞曲江煙景晚，未央明月鎖千門」。拜官的宴會叫燒尾宴，韋巨源拜尚書令，上燒尾食單，清代陳元龍《格致鏡原》記其名目曰：長生粥、冷蟾兒羹、同心生結脯等等。至於那些棲息於田園、山林中的隱士們的宴會，孟浩然膾炙人口的〈過故人莊〉詩云：「綠樹村邊合，青山郭外斜。開筵面場圃，把酒話桑麻。」

盛大士和朋友們的這場宴會，是在一幅淺絳山水中舉行的忘憂之筵，令人印象深刻的是它的舉辦場所「鳥目山房」的優美風景：峰嶺之曲，嵐氣四合，風雲瞬變，林泉清冽。那一天，山雨過後，崖松「鱗鬣淨如櫛沐」，濃霧升起，「人若墜雲海」。賓客們酣醉天真，盡脫窠臼，「呼聲、笑聲與雲吐吸」，清樂如此，人生幾回？席間相聚的朋友，不謀事，不鬥詩，憨然一醉，灑然而歸，其間心情，幾近於忘機。忘機是最難得的心緒，世間事大都有為而作，又有多少時光能讓羈靮中的人體會那忘機之樂呢？林語堂先生引用美國作家梭羅歌頌蟋蟀的文字道：「一隻蟋蟀的單獨歌兒更使我感到趣味。它暗示『出世已遲』，但也只有當我們認識時間和永恆的意義時，『遲延』才感覺得到。其實它什麼也不遲，只是趕不上世間一切瑣屑而匆忙的活動罷了。它表現著成熟的智慧，超越一切俗世的思想，它就這樣在春的希望和夏的炎熱中間具著秋的冷靜和成熟的智慧。」《生活的藝術》盛大士和他的朋友們，忘機痛飲，不設目的，毫不計較，無所作為，甚至一切「皆不記憶」，其對人生況味的成熟理解，類同於梭羅筆下那隻蟋蟀的鳴叫。全文雖以宴會為主題，但筵席間的賓主應酬不是描寫的重點，作者只一徑將大自然如其自在的變化描寫下去，字裡行間凸現出對生活意義的真誠思考。

寶山記游

管　同

【題　解】寶山縣，今屬上海市。選自管同《因寄軒文集》初集卷七。

【作　者】管同（西元一七八〇～一八三一年），清代散文家，字異之，號育齋，上元（今屬江蘇省南京市）人，道光五年（西元一八二五年）舉人，曾受聘為安徽巡撫鄧廷楨西席。管同師從姚鼐，與劉開、方東樹、梅曾亮並稱「姚門四傑」，為桐城派後期重要作家。著有《因寄軒文集》、《孟子年譜》、《七經紀聞》等。

寶山縣城臨大海，潮汐萬態，稱為奇觀。而予初至縣時，顧未嘗一出，獨夜臥人靜，風濤洶洶，直逼枕簟，魚龍舞嘯，其聲形時入夢寐，間意灑然快也。

夏四月，荊谿❶周保緒自吳中來，保緒故好奇，與予善。是月既望，遂相攜觀月於海塘。海濤山崩，月影銀碎，寥闊清寒，相對疑非人世境。予大樂之。不數日，又相攜觀日出，至則昏暗，咫尺不辨，第聞濤聲，若風雷之驟至。須臾，天明，日乃出，然不遽出也，一綫之光，低昂隱見，久之而後升。《楚詞》

曰：「長太息兮將上」❷，不至此烏知其體物❸之工哉！及其大上，則斑駮激射，大抵與月同，而其光侵眸，可略觀而不可注視焉。後月五日，保緒復邀予，置酒吳淞臺上，午晴風休，遠波若鏡。南望大洋，若有落葉十數浮泛波間者，不食頃，已皆抵臺下，視之皆莫大舟也。蘇子瞻記登州之境❹，今乃信之。於是，保緒為予言京都及海內事，相對慷慨悲歌，至日暮乃反。

寶山者，嘉定分縣，其對岸縣曰崇明。水之出乎兩縣間者，實大海之支流，而非即大海也。然對岸東西八十里，其所見已極為奇觀。由是而迤南鄉，所見落葉浮泛處，乃為大海，而海與天連，不可復辨矣。

【注釋】❶荊谿　今屬江蘇宜興。❷楚詞二句　語出屈原〈九歌・東君〉。❸體物　描繪事物。❹蘇子瞻句　指蘇軾〈登州海市〉詩。

【語譯】寶山縣城瀕臨大海，千變萬化的潮汐堪稱奇觀。我初到這裡的時候，未嘗出門觀海，只在夜深人靜時，臥聽濤聲洶洶而來，彷彿直逼枕席，魚龍舞嘯，它們的聲音、形態時時進入我的夢中，帶來瀟灑快意的想像。

夏日四月，荊谿周保緒從蘇州來訪，保緒向來好奇，與我相交友善。這個月十六日，我們一起去海塘觀月。海濤拍岸，如山岳崩塌，銀色的月影隨波濤碎成千萬片，寥闊清寒，讓人懷疑不是人間境界。我非常快樂。幾日後，我們又一起觀日出，到海塘時，天色昏暗，分辨不清咫尺外的事物，接著聽到濤聲，好像突然而至的風雷。片刻，天亮了，太陽升起，然而，不是立即升起，一線之光，低昂隱見，過了好一會兒才升起來。《楚詞》言：「長太息兮將上」，不到海邊觀日出，怎會知道《楚詞》如此善於狀物！等到太陽徹底升起來，日光激射，海面上光點斑駁雜錯的樣子，大抵與觀月時所看到的景色相類似，然而日光刺眼，可暫視而不可注目。五月五日，保緒又邀請我，飲酒吳淞臺上，午後天晴無風，遠望波平如鏡。南望大洋，彷彿有十幾片落葉漂浮在波浪間，不到一頓飯的工夫，它們已經全部抵達臺下，看過去全是大舟。蘇子瞻關於登州之境的記載，到如今我終於相信了。那天，保緒和我談論京都及海內事，相對慷慨悲歌，日暮才返回。

寶山是嘉定分縣，對岸是崇明縣。兩縣之間的水涯，其實是海水入陸的一部分，並不是大海真正的樣子。然而，這東西兩岸間八十里寬的水涯，已經極是奇觀了。從這裡往南延伸，大舟如落葉漂浮的地方，才是大海，那裡海天相連，不能分辨彼此。

【研析】 這是一篇記敘海月、海日、海帆的散文。《文心雕龍・物色》談到自然對人情志的引發作用曰：「物色相召，人誰獲安？是以獻歲發春，悅豫之情暢；滔滔孟夏，鬱陶之心凝；天高氣清，陰沈之志遠；霰雪無垠，矜肅之慮深。」自然之巨象，無過於海，浩渺無垠，吞吐日月，風雲瞬變，故而觀海能讓人心中的悲喜之感擴大倍增，能激發人的壯志雄心，正如曹操那首著名的樂府詩〈觀滄海〉：「日月之行，若出其中；星漢粲爛，若出其裏。幸甚至哉，歌以詠志。」唐代韓愈激勵詩人孟郊的〈孟先生詩〉也道：「求觀眾丘小，必上泰山岑。求觀眾流細，必泛滄溟深。子其聽我言，可以當所箴。既獲則思返，無為久滯淫。卞和試三獻，期子在秋砧。」哲學家遇「大水」必觀，從中引申出君子修身、齊家、治國、平天下的道理，《荀子・宥坐》篇言「君子見大水必觀焉」，因為水德無私、不竭、善化，象徵著義、勇、法、正、察、志等高尚人格。

本文作者管同觀海，則是通過觀海月、海日、海帆來進行的。觀月，在於觀其影，山月清癯，海月明闊，月影投射在海波之上，便有銀光萬里之遠，唐代張若虛樂府詩〈春江花月夜〉首句云：「春江潮水連海平，海上明月共潮生」。本文描寫海月，亦有「月影銀碎，寥闊清寒」之句，作者生出了「疑非人世境」的離塵出世之想。觀日則不同，旭日東升，總和建功立業的入世渴望聯繫在一起，本文描寫東海日出，如「一綫之光，低昂隱見」，掙扎之狀中透出不可遏制的新生態勢，讓人得到奮鬥不息的精神激勵。觀海帆，則讓人開闊眼界，生出環遊異方的願望。管同和朋友在吳淞口觀帆，體會到蘇軾在登州觀海市的新奇心情。夜觀月、朝觀日、日觀帆，本文盡數觀海之樂，卻仍不免以「保緒為予言京都及海內事，相對慷慨悲歌，至日暮乃反」結束，可見面對日漸明顯的國運衰落，晚清士人心中那時時揮之不去的憂思鬱緒。

江亭消夏記

梅曾亮

【題　解】本文作於道光二十六年（西元一八四六年）。選自梅曾亮《柏梘山房全集》文集卷十一。

【作　者】梅曾亮（西元一七八六～一八五六年），清代散文家，字伯言，又字葛君，原名曾蔭，上元（今屬江蘇省南京市）人，道光二年（西元一八二二年）進士，官至戶部郎中，乞歸後講學揚州書院，為桐城派後期重要作家，著有《柏梘山房全集》。

都中❶燕客者❷曰：「館曰堂，皆肆也，觀優者集焉。樂閒曠，避煩暑，惟江亭為宜。」

地當南城西，故為水會，今則四達皆通車。甲午五月望，徐廉峰編修、黃樹齋給諫招客而觴之。天氣清佳，地曠人適，以客皆雄於談而失飲也，乃射覆❸以行酒。當今者取尊俎❹閑物載經典者，隱一字為鵠❺，而出其上下字為媒。因媒以中鵠者不飲。然所出字，皆與鵠緜褫判散❻，不可膠附，又出他字相佐輔綴。其鵠者愈專，而媒愈幻，務以枝人心，使不使尋，逐以為快。忽然得之，歡愕相半。每一覆而罰，飲者十數人。酒肴既饜，憑軒周流。下多葭葦，蒙籠坡陀❼，風草相唑，柯葉綷縩❽，疑其下有波浪瀨汩聲，渺若大澤，無涯江湖之思焉。

主客多江東南人，歲比❾大水，談者以為憂。於斯亭，又悵然於不可得水也。給諫遂歸而圖之，圖中人皆面山，左倚城，指亭下相顧語者，亭之西軒也。上元❿梅曾亮記。

【注釋】❶都中　京都，今北京。❷燕客者　同「宴客者」。❸射覆　又稱「射鵠」，古代一種文人酒令遊戲。❹尊俎　杯盤。❺鵠　射覆遊戲中的謎底。❻緜褫判散　脫落、離散。❼坡陀　地勢起伏貌。❽綷縩　象聲詞，形容衣服摩擦的聲音。❾比　近來。❿上元　南京舊稱。

【語譯】京城中宴請賓客的人都說：「堂、館都是酒肆，看戲的人雲集。若是喜愛閒靜、空曠，想要躲避煩擾、熱鬧，則江亭最為適宜。」

京城西南郊，以前曾是江水會合的地方，如今已成為四通八達的車馬匯聚之地。甲午年五月十五日，徐廉峰編修、黃樹齋給諫在此招客飲酒。天氣清朗，曠野開闊，令人舒適，客人們因為雄談而忘了飲酒，於是射覆以行酒令。掌令者取席上杯盤間無關緊要的物件作為謎底，尋找經籍中和謎底相關連的典故，將謎底字隱藏起來作為「鵠」，誦其相關典故作為謎面，又露謎底相關詞的上、下字作為媒介。循媒介而猜中「鵠」的人不必被罰酒。然而，掌令者給出的謎面都和謎底相脫離，不能膠聯在一起，又給出一些媒介字作為輔助。

謎底愈發刁鑽，媒介愈發迷幻，務必讓猜謎一方走向歧途，使他找不到答案，這是掌令一方的快樂。猜謎一方突然猜中了，驚喜參半。每令必罰，十餘人認罰飲酒。酒肴既飽，出亭憑軒周遊。亭下多蘆葦，茂密起伏，風草相交，草葉綷縩作響，彷彿腳下有波浪鼓蕩的聲音，遠望渺茫若大澤，令人生出江湖無涯之思。

主人、客人中多長江以東、以南人，江南近年來遭遇水災，賓客為此擔憂。而對於眼下聚會的江亭，又為其下江水的乾涸而感到遺憾。黃給諫回去後將此次聚會的情形繪成了一幅畫，畫中人都面向山岳，左倚城池，江亭西軒中指著亭下蘆葦、回顧談話的人即是我。上元梅曾亮記。

【研析】「射覆」，又稱「射鵠」，是一款今天已幾近絕跡的傳統遊戲。晚唐李商隱在他〈無題〉詩中形容「射鵠」的場面曰：「身無彩鳳雙飛翼，心有靈犀一點通。隔座送鉤春酒暖，分曹射覆蠟燈紅。」「射覆」遊戲中，分為射方和覆方。覆者，覆蓋也，覆方負責藏物；射者，猜度也，射方負責猜度覆方所藏何物。射覆或起源於一種古老的占卜方式，春秋《關尹子》載：「不知道、妄意卜者，如射覆。盂，高之存金存玉，中之存角存羽，卑之存瓦存石，是乎非是乎，惟置物者知之。」則射覆遊戲最初是在倒覆的盂下藏金、玉、角、羽、瓦、石等物，然後由求卜者揭取，以預測運氣。東漢班固《漢書・東方朔傳》記載了西漢術士、大臣在宮廷中聚會射覆，侍臣東方朔利用《易經》猜中了覆方所藏的守宮、寄生等罕見生物，獲得漢武帝的獎賞。彼時，射覆已不再重視其占卜功能，而變成單純的智力遊戲。

射覆發展到後世，不再需要盂、盆等實物道具，演變成酒席上一種即興比試學問的語言遊戲。清代《紅樓夢》第六十二回描寫了大觀園紅香圃中舉行的一次射覆宴會。覆方寶琴欲覆屋額「紅香圃」的「圃」字，便提示射方香菱一個「老」字，暗中借用《論語》「吾不如老圃」一句，可惜香菱不熟悉《論語》，「滿堂滿席都不見有與『老』字相連的成語」，猜不出來，輸了此令。接下來覆方探春欲覆酒席上雞肉的「雞」字，她提示射方寶釵「人」、「窗」兩字，暗中借用了《周禮・春官》中「雞人」和南朝劉義慶《幽明錄》中「雞窗」兩個典故。學問淵博的寶釵一猜即中，但她沒有直接回答謎底「雞」字，而是借用和「雞」字相關的另一個典故「雞塒」（出自《詩經・王風・君子於役》），回答了一個「塒」字，同樣淵博的探春心中便也知道寶釵猜中了。由此可見，「射覆」是一種非常文人化的酒令遊戲，要求參與者熟知詩文典故，輸令者不僅要被罰酒，還暴露出學識短淺的毛病。相反，酒桌上能夠順利射覆，說明參與者在學識上旗鼓相當，別有一種知音默契的快樂。

清代中期以後，考據學派興盛，士大夫大多博學多才，在射覆遊戲中，更以生僻、刁鑽的典故以炫才逞能。本文所記載的這一場發生在道光十四年初夏江亭中的射覆酒會，覆方「緜褫判散」，全力干擾對手，射方殫精竭力，「忽然得之，歡愕相半」。然而，江亭外，江水已涸，荒草叢生；江亭內，要求具備良好傳統文化修養的射覆遊戲依然在文人間熱鬧地舉行著。這彷彿形成一個隱喻：江河日下的晚清時局中，傳統文化的延續將迎來歷史挫折前最後的平靜光景。遊戲本為行樂，本文的最後卻以「憂」、「悵」兩字結尾，顯現出一種及時行樂、卻憂思難忘的情緒特徵。

游小盤谷記

梅曾亮

【題　解】本文作於嘉慶二十三年（西元一八一八年）。選自《柏梘山房全集》文集卷十。

江寧❶府城，其西北包盧龍山而止。余嘗求小盤谷，至其地，土人或曰無有。惟大竹蔽天，多歧路，曲折廣狹如一，探之不可窮。聞犬聲，乃急赴之，卒不見人。

熟五斗米頃，行抵寺，曰歸雲堂。土田寬舒，居民以桂為業。寺旁有草徑甚微，南出之，乃墜大谷。四山皆大桂樹，隨山陂陀，其狀若仰大盂。空響內貯，謦欬❷不得他逸。寂寥無聲，而耳聽常滿。淵水積焉，盡山麓而止。由寺北行至盧龍山，其中阬谷窪隆，若井竈齦齶❸之狀。或曰：遺老所避兵者。三十六茅菴，七十二團瓢，皆當其地。

日且暮，乃登山循城而歸。瞑色下積，月光布其上，俯視萬影摩盪❹，若魚龍起伏波浪中。諸人皆曰：「此萬竹蔽天處也。所謂小盤谷，殆近之矣」。同游者侯振廷舅氏、管君異之、馬君湘帆，歐生岳庵，弟念勤，凡六人。

【注　釋】❶江寧　南京舊稱。❷謦欬　咳嗽聲。❸齦齶　凹凸不平貌。❹摩盪　摩擦震蕩。

【語　譯】江寧府城，它的西北面至盧龍山的包圍而止。我曾去西北郊尋找小盤谷，抵達後，有的本地人告訴我根本沒有這個地方。入山後，唯見遮天蔽日的大竹林，山中有多條歧路，它們曲折、寬窄的程度都是一樣的，探入這些山徑，彷彿永遠不能抵達盡頭。有犬吠聲，我急忙循聲而去，終於到了不見人煙的深山中。

大約走了煮熟五斗米左右的時間，我抵達一座寺院，名叫「歸雲堂」。這裡的田地寬闊，居民以種植桂樹為主業。寺旁有一條不顯眼的草徑，向南方延伸出去，往下墜入一座大谷中。谷中，四面山峰都生長著大桂樹，隨山勢起伏，大谷的形狀像一只仰口大盂。聲響彷彿被貯藏在谷中，一聲咳嗽都不能逃逸出去。四周似乎寂寥無聲，耳中卻常有聲音。淵水積為溪流，一直流到山麓而止。由寺北行至盧龍山，路途中阬谷高低不平，像井灶凹凸於地面的樣子。有人告訴我：這是明末遺老躲避戰爭的隱居處。三十六茅菴、七十二團瓢，都在這裡。

太陽下山了，我出谷、登山，順著城牆回家。夜色下沉，月光遍布，向下俯視，只見萬影搖蕩，彼此摩擦，好像魚龍起伏於波浪中。眾人都說：「這就是萬竹蔽天的地方。所謂小盤谷，大概就在這附近了吧。」同遊者有舅父侯振廷，管異之君、馬湘帆君、後生歐岳庵、我的弟弟念勤，一共六人。

【研析】本文的結構簡潔，語言樸素精練，體現出清代桐城文派的典型文風。小盤谷，呼應其名之「盤」字，體現出一種「深藏周納」的自然形勢。作者並沒有找到小盤谷，只記載了尋找小盤谷的歷程，而此歷程之曲折已盡將小盤谷的神秘道出。進山之初，「大竹蔽天」，楚辭《九歌・山鬼》云：「余處幽篁兮終不見天」，天光難以穿透的竹林彷彿屏障一般擋住了人們前進的腳步。隨後，岔路歧分，犬聲遙聞而難蹤，讓人迷惑。探尋者堅持闖入秘境，則如徑入世外桃源一般，一路來到「土田寬舒」的歸雲堂寺，寺南通向一處形似大盂的幽谷，寺北則通向深山。幽谷之中，「空響內貯」、「淵水積焉」，連聲音和流水都能藏納其內。通往深山的路途中，明末遺老的避兵遺跡留存了數百年。夜晚歸城的時候，萬頃竹海又成為了收藏月光的處所，「萬影摩盪」，波瀾壯闊，引發探尋者對小盤谷的最後想像。本文沒有對小盤谷的正面描寫，烘托始終，卻能傳遞出其藏納萬物的精神特質。

當然，本文以尋找小盤谷為主題，然而潛在的主角依然是作者自己，所謂「一切景語皆情語也」（王國維《人間詞話》）。對小盤谷的無果尋找並不是毫無目的，它直接指向作者自身某種精神訴求的表達。因而，儘管尋找小盤谷的表面情節中沒有作者身姿的直接展現，「隱形」的主角卻通過獨特的布景敘述了自己。十九世紀中葉，俄羅斯著名畫家瓦斯涅佐夫在為戲劇舞臺繪製背景時，力圖使舞臺布景能夠完整映射戲劇內容，讓觀眾在看到舞臺的瞬間就能把握戲劇的情感基調。在欣賞本文時，我們也有同樣的感受，描寫景物的表層文字之下，流淌著作者主觀的情感與意志。因而，小盤谷之記不僅是對地理形態的描繪，也暗示出作者避世歸隱的心理「形態」。用簡潔的描寫投影出多層次的聯想，言簡意長，情調雋永，即使小盤谷終不可尋，這篇小文卻依然具有深刻的感染力。

清道光至咸豐時期（十九世紀中葉）以及清同治至民國初年（十九世紀後半葉至二十世紀初年）

清代走向衰亡。清亡不同於明亡，近三千年的舊世界將徹底改觀。山雨欲來風滿樓，這一時期所選作品或反思、或抒情、或記錄，字裡行間充斥著一種複雜的憂鬱，但與明遺民的那種孤憤決絕是有所不同的。

清道光至咸豐時期（十九世紀中葉）

說京師翠微山

龔自珍

【題解】翠微山今處北京市西北，龔自珍仕京時對翠微山有特別的情感，〈己亥雜詩〉第九首「別翠微山」言：「翠微山在潭柘側，此山有情慘難別。薛荔風號誼士魂，燕支土蝕佳人骨。」本文選自龔自珍《定盦全集》續集卷一。

【作者】龔自珍（西元一七九二～一八四一年），清代文學家、史學家、經學家、思想家、目錄學家，一名鞏祚，字璱人，號定盦，仁和（今屬浙江省杭州市）人，著名小學家段玉裁是其外祖父。龔自珍道光九年（西元一八二九年）舉進士，官至禮部主事，道光十九年辭官，為嘉靖、道光間今文經學派重要人物。著有《定盦全集》等。

翠微山者，有籍於朝，有聞於朝，忽然慕小❶，感慨慕高，隱者之所居也。

山高可六七里，近京之山，此為高矣。不絕高，不敢絕高，以俛❷臨京師也。不居正北，居西北，為繖蓋❸，不為枕障也。出阜城門❹三十五里，不敢遠京師也。僧寺八九，架其上，構其半，臚其趾，不使人無攀躋之階，無喘息之憩。不孤巉，近人情也。與香山靜宜園，相絡相互，不觸不背，不以不列於三山為慰❺也。與西山，亦離亦合，不欲為主峰，又恥附西山也。草木有江東之玉蘭，有蘋婆❻，有巨松柏，雜華靡靡芬腴。石皆黝潤，亦有文采也。名之曰翠微，亦典雅，亦諧於俗，不以僻儉名其平生也。最高處曰寶珠洞，山趾曰三山盦。三山何有？有三巨石離立也。山之盩❼有泉，曰龍泉，澄澄然渟其間，其甃❽之也中矩。泉之上有四松焉，松之皮白，皆百尺。松之下，泉之上，為僧廬焉，名之曰龍泉寺。名與京師宣武城南之寺同，不避同也。寺有藏經一分，禮經以禮文佛❾，不則野矣。寺外有刻石者，其言清和，康熙朝文士之言也。寺八九，何以特言龍泉？龍泉迟❿焉。餘皆顯露，無龍泉，則不得為隱矣。

余極不忘龍泉也。不忘龍泉，尤不忘松。昔者余游蘇州之鄧尉山，有四松焉，形偃神飛，白晝若雷雨。四松之蔽可千畝。平生至是，見八松矣：鄧尉之松放，翠微之松肅；鄧尉之松古之逸，翠微之松古之直；鄧尉之松殆不知天地為何物，翠微之松天地間不可無是松者也。

【注釋】❶小　此處借代自杜甫《望岳》「一覽眾山小」句。❷俛　同「俯」。❸繖蓋　皇帝出行時御用的傘蓋。❹皇城

門　明、清時北京內城九門之一。❺懟　怨。❻蘋婆　一種梧桐科常綠喬木。❼盩　盤曲處。❽甃　用磚砌池壁。❾文佛　釋迦牟尼佛即釋迦文佛。❿迟　隱蔽曲折。

【語　譯】翠微山，登記在地理志中，聞名於當世，人們忽然發現它能「一覽眾山小」而喜愛它，感慨它的高大而仰慕它，它是隱士們選擇居住的地方。

山高大約六、七里，京城附近的山巒，這已經算高峻了。不是非常高，不敢非常高，以至於俯臨京城。不在京城的正北方，在西北方，像傘蓋，不像枕屏。離阜城門三十五里，彷佛不敢遠離京城。有八九座寺院，有的淩駕於山頂，有的建構於山腰，有的羅列於山腳，不讓遊人沒有攀登的階梯，沒有喘息休憩的地方。不孤高陡峭，彷佛懂得親近人情。翠微山與香山靜宜園相絡，不抵觸、不悖離，它不能名列京城三山，也不因此而有怨氣。與西山亦離亦合，不作西山主峰，又彷佛以依附西山為恥。翠微山的草木有江南的玉蘭，有蘋婆，有巨大的松柏，雜花靡靡芬芳。山石黝潤，也有紋彩。山名翠微，亦典雅，亦諧合於世俗，不以僻儉顯示其平生志向。最高處名叫「寶珠洞」，山腳稱三山盦。三山指什麼？指三塊分立的巨石。山中曲折隱秘的地方有泉水，名叫龍泉，積蓄成清澈的水潭，四周用磚砌起規矩的池壁。泉上方有四棵松樹，松皮發白，都有百尺之高。松的下方，泉的上方，是僧居處，名叫龍泉寺。寺名與京師宣武城南的寺廟相同，卻不避諱同名。寺中有藏經處，禮拜佛經即禮拜釋迦文佛，否則不合規矩。寺外有石碑，碑文清和，乃康熙朝文士所撰。八九座寺廟，為何特別指出龍泉寺？因為龍泉寺特別隱蔽。其他寺廟都處於顯露的位置，沒有龍泉寺，則不能體會幽隱。

我最不能忘懷龍泉。不能忘懷龍泉，尤其不能忘懷那四棵松樹。以前我曾遊覽蘇州的鄧尉山，山上也有四棵松樹，它們的形態安閒，神采卻飛揚若龍，彷佛在大白天就能召喚雷雨。四棵松樹陰蔽千畝之地。平生步履至翠微山，我見過八棵不平凡的松樹了：鄧尉山的松樹放逸，翠微山的松樹肅穆；鄧尉山的松樹彷佛上古逸人，翠微山的松樹彷佛上古直士；鄧尉山的松樹幾乎不知天地為何物，翠微山的松樹則是天地間所不能不有的。

【研　析】道光十九年（西元一八三九年），龔自珍往返於南北之間，作下著名組詩〈己亥雜詩〉，其中對晚清社會的衰敗進行了紀實寫照。比如第八十五首描寫鴉片氾濫、屢禁不止的現象：「津梁條約徧南東，誰遣藏春深隝逢。不枉人呼蓮幕客，碧紗幮護阿芙蓉。」再比如第一百一十八首描寫外國銀元流行中國的現象：「麟趾褭蹄式可尋，何須番舶獻其琛。漢家平準書難續，曰仿齊梁鑄併金。」本文或作於〈己亥雜詩〉之前，然而，社會病態和外來侵略早在乾隆末年已露端倪。道光時期，時局步步沒落，傳統文化的精英們生出悲壯情懷和危機意識，他們的審美觀念亦向正統禮教回歸，試圖從「經禮三百，曲禮三千」的經典審美中汲取民族復興的力量。龔自珍在他的另外一篇名文〈病梅館記〉中對「梅以曲為美，直則無姿；以欹為美，正則無景；梅以疏為美，密則無態」的奇僻審美觀提出了批評，主張恢復正大陽剛、生機勃然的正統審美觀。同樣，在這篇小文中，他對京師翠微山的描繪帶有一種理想主義色彩，含蘊著對重興儒學價值傳統的認同與期待。

本文將翠微山擬人化描寫，其地理位置、高度、地形、土石、植被、流泉、廟宇都象徵著君子的人格。首先，它「不居正北，居西北」，象徵著君子禮讓自謙；它「不敢遠京師」，象徵著君子不忘家國，擔負責任；它「不孤巉」，象徵著君子樂群愛人；它「不欲為主峰，又恥附西山」，象徵著君子有獨立人格；它「雜華靡靡」，象徵著君子有文采；它「名之曰翠微」，亦雅亦俗，象徵著君子不行險求怪；山上龍泉寺「名與京師宣武城南之寺同，不避同也」，象徵著君子不重浮名；龍泉寺位置不顯露，象徵著君子不求外物；龍泉之松「肅」，象徵著君子個性嚴謹莊重。翠微山之美，是一種「溫、良、恭、儉、讓」的典型君子之美，在失落了民族傳統價值的「病態」社會中，龔自珍對翠微山寄託了超越審美的民族情懷。

還硯記

彭蘊章

【題　解】清代康、乾年間福建詩人黃任素有硯癖，名其齋曰「十硯齋」。道光年間的彭蘊章偶得黃任舊硯，將此硯歸還黃氏後人，作此文紀念。選自彭蘊章《歸樸龕叢稿》卷五。

【作者】彭蘊章（西元一七九二～一八六二年），晚清詩文家，字詠莪，長洲（今屬江蘇省蘇州市）人，道光十五年（西元一八三五年）進士，官至文淵閣大學士、充上書房總師傅。卒，諡文敬。著有《歸樸龕叢稿》。

余年二十餘時，得一硯，背有二鸜鵒眼❶，下凸如腹，銘曰：「炯其目，潤其腹，遠汝則為俗，近汝一生奚福不得？不寶汝如玉？」下款曰：「莘田任」，旁鐫「水英星晶」四篆字，下有印曰「十硯主人」。硯廣三寸，直五寸，質潤色白，類世所稱蕉葉白者。以示惕甫王先生，先生曰：「此閩南黃莘田，物雖不過百餘年，亦可珍也。」余後攜之入都，置几案間三十年，而於十硯主人之生平猶未詳也。

永福黃蘅洲太守慶安曾與余同官水部，時奉諱里居。余以重整考亭書院謀於福州士大夫，因得復見蘅洲，并讀莘田先生❷所著《香草詩集》。始知先生為蘅洲從曾祖，詩學淵深，選言富麗，嘗令粵東之四會❸，以縱情詩酒，為上官劾罷，歸裝唯端溪石數枚而已。所謂十硯者，皆所得古硯。而余所藏之硯，則令四會時斲也。先生嘗寓吳門❹數年，學書於汪退谷，則此硯之流落吾吳，有自來矣。余既喜硯之得所考證，復以蘅洲求十硯主人遺硯，日久僅得其二，遂以此硯贈之。俾百年故物復歸其家，亦黃氏子孫異時佳話也。

【注釋】❶鸜鵒眼　指端石上的圓形斑點，形如八哥之眼，外有暈。❷華田先生　黃任，清康熙、乾隆年間詩人、藏硯家，著有《秋江集》、《香草箋》。❸四會　今廣東四會市。❹吳門　今屬江蘇蘇州。

【語譯】我二十多歲的時候，得到一方硯臺，它的背面有兩個鸜鵒眼，它的底部凸起如人腹，刻有銘文言：「炯其目，潤其腹，遠汝則為俗，近汝一生奚福不得？不寶汝如玉？」銘文下方留款：「莘田任」，旁邊鐫刻「水英星晶」四個篆字，下面又篆刻「十硯主人」印。這方硯臺寬三寸，長五寸，石質潤白，材質類似世人所稱的「蕉葉白」端石。我拿給王惕甫先生看，王先生說：「這是閩南黃莘田，即使是不到百餘年前的東西，也很珍貴了。」我後來把它帶到京師，放置在几案間差不多三十年，然而對於十硯主人的生平卻還是不了解。

永福太守黃蘅洲慶安曾與我同在工部做官，當時，他里居守孝。我因為重整考亭書院的事情而與福州士大夫們共同謀劃，因此得以復見黃蘅洲，並讀到他的先祖華田先生所著的《香草詩集》。才了解到華田先生是黃蘅洲的堂曾祖，詩學淵深，文辭富麗，曾經擔任廣東東部四會縣縣令，因為縱情於詩酒，被上司彈劾罷官，歸鄉行李中只有數枚端溪石而已。所謂「十硯」，都是華田先生所藏的古硯。而我所收藏的這一方，則是他作四會縣令時才鑿刻的。華田先生曾經寄居在吳門好幾年，跟從汪退谷學習書法，所以此硯會流落在吳地，有其原因。我既欣喜於此硯的由來得到考證，又因為黃蘅洲求「十硯主人」的遺硯，花費很長時間卻只找回其中兩方，就把此硯贈送給他。使百年故物復歸它的老家，這也是黃氏後世子孫的一段佳話了。

【研　析】生活於康熙、乾隆年間的詩人黃任去世後，他的居所「十硯齋」卻在福建地區持續地享有美名。生於嘉慶二十五年（西元一八二〇年）的福建籍學者謝章鋌在他的山館自記〈賭棋山莊記〉中回憶道：「且余憶少年游歷，每過謝氏二梅亭、黃氏十硯齋，未嘗不流連終日，後讀林氏《樸學齋小記》，尤覺神往。然是數者皆介在闤闠，無甚傑構，愈歎地以人傳，勝在地，不若其勝在人也。」端硯之於黃任，入其魂，名其居，也成就了其身後之名。

黃任出身在福建白雲鄉一個著名的書香門第，他的曾祖父黃文煥是晚明崇禎年間的名臣直士，黃任本人官聲廉潔、文名流播，在福建士林中享有百年聲譽。然而黃任流傳最廣的生平故事，則是他深厚的硯癖。黃任在任官廣東高要時，曾親自挑選了一批當地所產的端石，再交給蘇州製硯名匠顧二娘斲磨，並刻上「莘田任」的署名，後來，這批硯臺成為他最具個人特徵的收藏。出身江蘇蘇州的彭蘊章偶然得到其中一枚「蕉葉白」端硯，三十年後，他任官福建，這枚硯臺也藉此因緣重返故主家中。

高古雅逸的藝術品味，是使刻有黃任之字「莘田」的端硯成為後世收藏者眼中瑰寶的原因。黃任的硯賞觀念集中體現在他的兩組組詩〈題林涪雲陶舫硯銘冊後〉和〈疊前韻奉東余田生京兆〉中。如「固應尺寸人爭搨，是割磨崖片段來」一首，強調應將金石學融入到硯臺製作中。再如「為愛端巖好格標，行藏都記硯頭雕」一首、「片石爭求月旦知，不經題品不稱奇」一首，強調刻在硯體上的短銘的重要性，因為它能體現出硯主的生平、志向。又如「古欵遺凹積墨香，纖纖女手切干將。誰傾幾滴梨花雨，一灑泉臺顧二娘」一首、「案頭拂拭字流香，是我前年遠寄將。五色煉來供絢爛，摻摻磨遍越珠娘」一首，記錄了製硯行業中女性工匠的細膩技藝。時至今日，黃任的詩歌或許已沒有多少人知曉，而鐫刻著「莘田」印的古硯陳列在博物館中、出現在收藏家的記錄中，依然受到時代的追捧。這位愛硯如命的詩人，最終融入端硯藝術的長久生命中，留下了人以硯傳的一段佳話。

記小皮受撻

沈 垚

【題 解】本文選自沈垚《落帆樓文集》卷七。

【作 者】沈垚（西元一七九八～一八四〇年），清代地理學家，字子敦，烏程（今屬浙江省湖州市）人，道光十四年（西元一八三四年）浙江優貢生。著有《西域小記》、《地道記》、《元史地理志釋》、《新疆私議》、《附蔥嶺南北河考》、《漳北滱南諸水考》、《後漢書註地名錄》等，詩文輯為《落帆樓文集》。

小皮者，皮姓，名福，禮部左侍郎新城陳公❶故僕也。其父先事公，故公家人皆呼福為小皮。

道光十四年秋九月，公取垚充浙江優貢生，且命載後車入都❷。時上以史評代公為浙江學政，而命公留杭州讞獄❸。公以能文章、扶植寒士名海內，賓客戶外屨常滿。小皮性敏，以事公久，亦學為詩，公輒取而改正之。小皮又樂山水游，於什伯儕偶❹中灑然出塵物也。公遇閒暇時，輒與客圍棋，客或不至，則呼小皮侍奕。垚將從公北上，謁公於行館，公出圖籍屬題，小皮捧卷拂几侍立，循謹甚，時淵乎若有所思。

明年公事竣，入京，小皮則薦事史學政。史略無學術，不接士大夫，而縱其弟往來民間不禁，惟又吝且躁，數以米鹽瑣屑撻責其僕。小皮性溫雅，尤史所不喜，鞭朴殆無虛日。小皮故好佛，又屢遭箠笞，不勝痛楚，遂長齋不肉食，欲削髮為僧於西湖，嘗泣曰：「奴不才，受陳大夫恩厚。大夫憐奴有母，故不令從而北，薦事學政。而所遇如此，命也，又奚敢怨。」聞者憐之。

沈垚曰：今之公卿率庸猥鄙嗇，概置天下大小事不問，惟孳孳焉❺庇私人、殖貨利是務。士之能讀書者，居則無所得食，轉死溝壑，出而幸見賞公卿，亦不過頤指使之，犬馬畜之，而旋以千秋之報責之，故居者、出者皆無以自立。能為寒士地者，僅見一新城陳公，而公又不可作矣。天喪斯文，風雅道盡，不獨士能讀書者無地自容，即奴僕之有性情者，亦必遭摧折。時運如斯，可哀也已！

【注　釋】❶禮部左侍郎新城陳公　陳用光，字碩士，新城（今江西省黎川縣）人，曾任禮部左侍郎，福建、浙江學政。❷載後車入都　隨車進京應省試。❸讞獄　審理案件。❹什伯儕偶　什伯，泛指軍隊的基層單位。儕偶，同類。這裡代指底層僕役。❺孳孳焉　形容專注的樣子。

【語　譯】小皮，姓皮，名福，是禮部左侍郎新城陳公的舊僕。小皮的父親服侍陳公在先，所以陳公家人都稱呼皮福為小皮。

道光十四年秋九月，陳公錄取我為浙江優貢生，命我隨他入京應省試。當時，皇上用史評替代陳公官浙江學政，命陳公暫留杭州審理案件。陳公以擅寫文章、樂於扶植寒士聞名海內，居處常常賓客盈門，門外擺滿客人們的鞋子。小皮生性聰敏，因為長期服侍陳公，也學著作詩，詩成，陳公就取來幫助改正。小皮又喜歡遊覽山水，在僕役群中灑然出塵。陳公在閒暇時，邀請客人來下圍棋，有時客人不能來，就呼喚小皮來對奕。我即將跟隨陳公北上時，曾到行館拜謁他，陳公拿出圖籍命我題詞，小皮捧書卷、持拂塵侍立在一旁，很是溫順、恭謹，有時還露出深思的樣子來。

第二年，陳公辦完公事，離杭入京，把小皮推薦給史學政做僕從。史評是一點兒學問都沒有的人，他不與士大夫交往，縱容弟弟跋扈民間而不予禁止，他為人吝嗇且暴躁，屢次因為米鹽等瑣屑小事責罵、鞭撻僕人。小皮性格溫雅，更不被史評喜愛，幾乎無日不遭到鞭打。小皮往昔好佛，如今屢遭鞭撻，痛楚到不能忍受，於是舉長齋不食肉，想要在西湖邊削髮為僧，他曾經哭著說：「我沒有才能，受到陳大夫的厚待。陳大夫憐惜我有母親在老家，所以沒有命令我跟從他北上，把我推薦去服侍史學政。然而，遇到如此殘暴的主人，這是命運啊，我又怎敢抱怨。」聽到他這番話的人都生出憐憫之情。

沈垚言：如今的公卿大多平庸、猥瑣、卑鄙、吝嗇，天下事無論大小，置之不問，只專注於包庇自己親信、謀取貨利錢財。能讀書的士子，隱居家中則無處得食，輾轉奔波，死於溝壑，出仕又能幸運地被公卿所賞識的，也不過被這些人頤指氣使，像犬馬一樣被蓄養起來，而隨後這些人又以立下千秋功業來苛責他們，所以士人無論隱居、出仕，都沒有自立之地。能給予寒士容身之地的公卿，僅見一位新城陳公，而陳公又不能再生於世。天喪斯文，風雅之道消逝殆盡，不獨讀書士子無地自容，即使有性情的奴僕，也必遭摧折。時運如此，真可悲哀啊！

【研　析】本文所要敘述的是清末士文化的下沉衰敗，作者的筆觸沒有直接描寫傳統君子們如何失卻了自己的生存空間，而是通過一個受過君子之風熏陶的奴僕小皮的遭遇來控訴價值顛倒的社會現實。小皮，不算真正邁入「君子」的階層，他只是認同、喜愛君子之道的一位小人物，然而，卻因生不逢時，落入了猥瑣功利的虎狼人之手，最終不堪忍受虐待而決意出家。小皮的遭際，不僅是他個人的悲劇，還是「風雅道盡」的傳統文化的哀歌。本文名為「記小皮受撻」，鞭子真正抽打到的卻是文雅、同情、寬容這樣一些人道價值，末世之可怕不在於物質的短缺，甚至不在於社會秩序的混亂，最可怕的是人道價值的毀滅，讓「人吃人」的邏輯堂而皇之地盛行於時。

生於禮崩樂壞之後的孔子，堅信「德不孤，必有鄰」（《論語・里仁》），獨自走一條「君子固窮」（《論語・衛靈公》）的道路。時人目孔子為「知其不可而為之」者（《論語・憲問》）、「累累如喪家之犬也」（司馬遷《史記・孔子世家》。而孔子實在是一位勇者，敢於為了那肉體生命等不到的、百年之後的一縷光芒，平靜自信地行走在一生未盡的黑暗中。孔子的生命融入到後世士人的命運中，「貧士失職」的詠歎就常見於詩文。西晉左思〈詠史〉詩曰：「世胄躡高位，英俊沉下僚。」東晉陶淵明〈飛鳥〉其三曰：「道喪向千載，人人惜其情。」唐代杜甫年輕時作〈奉贈韋左丞丈二十二韻〉，首句道：「紈袴不餓死，儒冠多誤身。」不論在哪個時代，失志、失職總是士人在其個人生命中所要承擔的壓力。然而，在古代中國，士文化不僅關係著「士」這一個階層，它還擔負著全社會人道價值的構建與表達。一旦正統士文化全面失效，隨之而來的是道德的失序和良知的踐踏，所損害的是涉及所有階層的正義亡失。五代時期，政權更迭頻繁，暴力主義至上，在這個亂世即將結束的時候，人們把身著儒服的書生重新出現在街市作為一個充滿希望的象徵，張穆之〈觸鱗集序〉曰：「分裂大壞如五季，文物蕩盡，而魯儒猶往往抱經伏農野，守死善道。……而魯之學者始稍稍自奮壠畝，大裾長紳雜出於戎馬介士之間，父老見而指以喜曰：『此曹出，天下太平矣。』」直到北宋前期，歐陽修喟歎「斯文終有愧於古」（蘇軾〈六一居士集敘〉），他在「慶曆新政」中洗刷五代習氣，大力振興士文化，其用心又豈止於「士」之一個階層？

清代士文化是一個大話題，我們從這篇小文中看到的是從一個小人物身上折射出來的社會痼疾：科舉考試在人才選拔上的失效、士文化的衰落、功利主義的盛行、人道價值的淪陷。作者沈垚是一位歷史地理學家，曾和龔自珍曾互相問學，互有書信來往，然而，哪怕是這樣一位立志守在書齋中的考據學者，也在他的文字中傳遞出「山雨欲來風滿樓」的時代變革訊息。

跋劉寬夫藏苦瓜和尚畫松冊

何紹基

【題　解】清初，明靖江王朱亨嘉之子朱若極改名石濤，剃度出家，法號元濟，自號大滌子、苦瓜和尚、瞎尊者等等，與弘仁、髡殘、朱耷合稱「清初四畫僧」。石濤天賦超逸，懷奇負氣，是中國繪畫史上的一位巨匠。

本文選自何紹基《東洲草堂文鈔》卷十二。

【作者】何紹基（西元一七九九～一八七三年），清代詩人、書法家，字子貞，號東洲，晚號蝯叟，道州（今屬湖南省永州市）人，道光十六年（西元一八三六年）進士，官至四川學政。著有《東洲草堂文鈔》、《詩鈔》、《說文段注駁正》等。

畫至苦瓜和尚，奇變狡獪，無所不有矣。最其得意迹，則黃山之松也。萬山青破中，著古怪衲子❶，如岋雲光、飲濤淥者，蓋苦瓜自寫照耳。

顧嘗聞六舟上人❷談及黃海之游，不惟村煙絕蹤，佛宇亦罕，憩眠食飲，或竟日不得其處，雖嗜游者少至焉。因知名山靈境，惟其與人世隔絕，故松氣、石色、雲月光俱自成古曠，與太清接。苦瓜必恆造斯域，得其荒空靈異之趣，故畫家無不心師造化，無如此老之真得髓也。

寬夫老兄愛苦瓜畫，尤愛松，所至遇松，輒為桑下之戀❸，蓋其性情骨貌皆與松似故耳。適屬余題「松緣」二字齋額❹，又見示此冊，索題數語。見中有畫松幅，又平生見苦瓜松頗多，草草記此。

【注釋】❶衲子　僧人。❷六舟上人　清代嘉慶、道光年間僧人、金石家、詩人，名達受，浙江海寧人。❸桑下之戀　典出《後漢書・襄楷傳》：「浮屠不三宿桑下，不欲久生恩愛，精之至也。」❹額　牌匾。

【語　譯】繪畫到了苦瓜和尚這裡，奇特、幻變、狡猾，無所不有。他最得意的畫作，是黃山的松樹。萬重青山的裂隙中，出現一位古怪僧人，好像山中吸雲光、飲清濤的仙人一般，這就是苦瓜和尚的自我寫照啊。

我曾聽六舟上人談起他的黃海之遊，不僅村煙絕跡，佛寺也難以見到，睡眠飲食，有時終日找不到處所，即使嗜好旅遊的人也少有來到那裡的。我因此知道名山靈境，正因為與世隔絕，所以其中的松氣、石色、雲月光都能自成古樸曠遠的韻致，彷彿與太清仙境相通。苦瓜和尚必定常常造訪那樣的仙境，才能獲得其間荒遠、空曠、靈動、奇異的意趣，所以，儘管畫家無不向造化學習，卻都不如此老能得造化的真髓。

寬夫老兄喜愛苦瓜和尚的畫，也尤其喜愛松樹，凡遇松樹，就戀戀不忍離去，這是因為他的性情骨貌都與松樹相類似的緣故。恰好他囑託我題寫「松緣」二字作為齋額，又出示此畫冊，索求數語題跋。我見到其中有小幅松畫，平生又多見苦瓜和尚畫松，就草草寫下了此文。

【研　析】清初遺民李驎《虬峰文集》中留下〈大滌子傳〉一文，記載了石濤曾自述一夢曰：「夢登雨花臺，手掬六日吞之。」石濤天才橫放，富於創造，他的天賦從孤絕的身世和靜默的自然中透出，終成一代宗匠。後世對石濤的評價，多如「筆意縱恣，脫盡窠臼」（馮金伯《國朝畫識》）云云，何紹基則用少見八字讚歎之：「奇變狡獪，無所不有」。

「清初四僧」弘仁、髡殘、朱耷、石濤，經歷戰亂兵燹，家破國亡，於人生有格外慘烈的認識，在藝術上卻成就了思力飽滿、又極富創造力的風格境界，是中國藝術史上一道雄健橫絕的風景。四人之中，朱耷、石濤乃明朝宗室，入清之後，煢煢煢，無所依歸。朱耷筆下那些白眼向人的禽魚、寂寥孤兀的草木，落拓倔強，力破紙背。石濤比朱耷小三十五歲，明亡時，他還是個嬰兒，所以，石濤畫中殘山剩水的意味並不像朱耷那麼強烈，然而，他亦不得不終身做一個世外人、局外人。石濤的畫風，如同那「吞六日」的夢境一般，蘊涵著極大的內在熱情，這股熱情化作敏銳而獨特的審美洞察，即本文所謂「荒空靈異之趣」。「清初四僧」，從他們的社會身分來講，可謂《莊子・大宗師》所稱的「畸人」，然而，「畸於人而侔於天」，他們的畫筆不用媚世、不用娛人，自我抒寫，天真獨照，成就了最高的藝術境界。

牧牛圖跋

戴　熙

【題　解】《法華經・譬喻品》用「露地白牛」比喻清淨境地，五代後秦釋鳩摩羅什翻譯《佛說放牛經》用牧牛比喻修行。佛教偈、頌、論中常以牛比喻人的心性，牧牛比喻修養心性。禪宗將牧牛喻繪成圖畫，形成圖文皆備的理事典型。宋代《景德傳燈錄》記載牧牛圖最初為五牛之圖，而禪師廓庵所繪《十牛圖頌》、禪師普明所繪《牧牛圖頌》十章流傳最廣。四川省大足縣保存至今的宋代摩崖造像「大足石刻」中有一組「牧牛圖頌」的壁畫。本文選自戴熙《習苦齋集》古文卷四。

【作　者】戴熙（西元一八〇一～一八六〇年），清代畫家、詩文家，字醇士，號鹿床、榆庵、松屏、蒓溪、井東居士等，錢塘（今屬浙江省杭州市）人，道光十一年（西元一八三一年）進士，官至兵部侍郎，引疾歸，死於太平軍，諡文節。著有《習苦齋集》、《畫絮》、《題畫偶錄》等。

東坡先生〈祈雪霧豬泉〉詩：「歲晏風日暵❶，人牛相對閑。」施司諫❷注引果州❸清居和尚述《牧牛圖》第十章：「露地白牛安眠，牧者禪寂」；第十一章：「牛亡而鞭箠尚在」；第十二章：「人牛俱亡」。施注本刊宋嘉泰間，則《牧牛圖》由來舊已。童時，先大夫假畊心和尚藏《本命》❹，予圖錄此事，垂四十年。今夏病瘧，僵臥累月，忽悟此圖，與子輿氏❺求放心之旨合。聖經❻「知止」節，魯《論》❼「志學」章，均與此圖大意相類。偏索舊稿，竟失之。曹葛民藏淨意軒刻蓮大師原本，以示予，恍睹童時所圖錄者，因重模一本，壽諸梓。

察予書者，兒子有恆，助予朽畫者，猶子以恆也。

【注釋】❶暎 同「煐」。溫暖。❷施司諫 南宋施元之、施宿父子曾校注蘇軾詩集。施元之曾官左司諫，故稱施司諫。❸果州 今屬四川南充。❹本命 與本命元辰說相關的佛經。❺子輿氏 孟子，名軻，字子輿。❻聖經 指《大學》。❼魯論 指《論語》。

【語譯】蘇東坡先生〈祈雪霧豬泉〉詩有句云：「歲晏風日暎，人牛相對閑。」施司諫注釋此句時引用了果州清居和尚解說《牧牛圖》的語句：第十章「露地白牛安眠，牧者禪寂」之語、第十一章「牛亡而鞭箠尚在」之語、第十二章「人牛俱亡」之語。

施注蘇詩刊刻於南宋嘉泰年間，《牧牛圖》由來已久。小時候，先父借畊心和尚收藏的《本命》經，我曾將經中的《牧牛圖》臨摹下來，至今已是四十年前的往事了。今年夏天，我得了瘧疾，僵臥在床好幾個月，忽然間覺悟《牧牛圖》的意旨，同子輿氏「求放心」之旨是相通的。聖經「知止」節，魯《論》「志學」章，都與此圖的大意相類似。遍尋舊稿，竟然發現四十年前臨摹的《牧牛圖》丟失了。曹葛民收藏有淨意軒刻蓮大師原藏的《牧牛圖》，借我觀賞，恍惚間我好像再次見到兒時所臨摹的《牧牛圖》圖冊，於是我重新臨摹了一本，並付諸刊刻。

幫助我搜尋此圖的，是我的兒子有恆；幫助我重新臨摹此圖的，是我的姪子以恆。

【研析】宋代類書《錦繡萬花谷》引《傳燈錄》記載《牧牛圖》淵源云：「〈牧牛序〉云：『昔吾佛垂滅，

命弟子曰：善守汝心，譬若牧牛，無令縱逸，犯人苗稼。予嘗畫為五牛，其一體純白，喻真性無染；其二首漸黑，喻迷真起妄；其三體純黑，喻業垢嬰纏；其四首漸白，喻背妄歸真；其五又純白，喻復本還源。其理直而簡。』」則最初的《牧牛圖》可能由五牛組成，白色比喻真性，黑色比喻迷妄，整幅構圖由白牛起、白牛終，比喻真性遮蔽、迷妄升騰、復歸真性的修行過程。隨著大乘義理的普及，《牧牛圖》不再表現為非白即黑的簡單法理，而將黑白互轉視為擺脫理筌、真俗合一的過程。《錦繡萬花谷》再引《傳燈錄》記載曰：「佛印了元作〈牧牛圖序〉云：『教中以正位乎白牛為極，宗門則不然。未復黑牛而無繫絆，超然獨往，乃大乘菩薩反本還源。』乃作四牛，一調伏，二回頭，三變白，四還源。」佛印所作《牧牛圖》注目黑牛，闡發菩提依煩惱而起，悟者不避煩惱的大乘佛理。這與《五燈會元》所記載的奉先深禪師淮水邊言「透網之鱗」的著名公案有共通之妙。後世流行的廓庵禪師、普明禪師所繪《牧牛圖》皆有十章的篇幅。以普明禪師所繪為例，他以牛喻心，將悟道過程繪成十步：未牧、初調、受制、回首、馴服、無礙、任運、相忘、獨照、雙泯。最後一幅「雙泯」圖一物都無，空茫一片，頌曰：「人牛不見杳無蹤，明月光含萬象空。若問其中端的意，野花芳草白叢叢。」真性流行，與萬事萬物不存區隔，成大圓通的境界。

《牧牛圖》不僅在釋門中流行，也與儒門宗旨神會。戴熙將他由圖而「悟」的內容表達為：「與子輿氏求放心之旨合。聖經『知止』節，魯《論》『志學』章，均與此圖大意相類。」《孟子・告子上》曰：「學問之道無他，求其放心而已矣」，強調返身成仁。《大學》曰「止於至善」，強調存天理於人心。《論語・學而》曰「君子不重則不威，學則不固」，強調為學次序當先內後外。儒門指示內聖之學的修行途徑，往往與佛教心性修養論有異曲同工之妙。

戴熙一生喜愛繪畫，少年時曾臨摹過佛經中的《牧牛圖》，然而一直到老年時臥病長夏，才恍悟圖理，待尋舊稿，「竟失之」。修行是一個長久的過程，「任運」、「相忘」的體驗本來就不是年輕人所能擁有，更何況在此之後還有「獨照」、「雙泯」的境界。戴熙從初摹《牧牛圖》起，經歷了四十年人生，方才「忽悟此圖」。其「悟」從「未牧」、「初調」徑入「無礙」、「任運」，這是長久歲月賦予他的洞見，但仍然未能窮盡《牧牛圖》

指示出的最高體會。《牧牛圖》堪稱「圖經」，寓佛理於日常題材之中，而「獨照」、「雙泯」兩圖尤其空寂深湛，教人一生求索。

白雲書院記

汪士鐸

【題　解】本文選自汪士鐸《汪梅村先生集》卷六。

【作　者】汪士鐸（西元一八〇二～一八八九年），清末歷史學家、地理學家，字振庵，一字梅村，號悔翁，江寧（今屬江蘇省南京市）人，道光二十年（西元一八四〇年）舉人，賜國子監助教銜。汪士鐸因對中國人口問題的關注而被稱為中國早期人口學者。著有《汪梅村先生集》、《汪悔翁乙丙日記》、《悔翁筆記》。

蓋聞廨鄰馬隊，續之未許談經❶；館闢雞鳴，次宗於焉❷。講學自貨殖盛而儒林衰，閭教息而家塾廢。禮殿賃夫，蘭若精舍廁於茅茨，而山鄉社主❸，蕞邑道流❹，棲止雖有叢祠，吉繚不庀巫覡❺，則更無木蘭❻之聞鐘，慈恩❼之下榻矣。

馮君鏡堂，有唐之考，卜邑北山之陽。翠微之間，雲霞之崖如堂者密，厥壤數畝，剷其嶅嶨❽，夷其厜㕒❾，周以崇寏❿，甓以堅石，為屋若干楹，顏曰：白雲書院。

迺基迺植，既雘既堊⑪，其庭陛足以習禮容，其室宇足以資講誦，其奧而窅⑫者足以備燕息，其陵而曠者足以寄嘯詠。門廡庖廥敘其次，床桯檈几儲其用，栵栭欂櫨⑬靡弗碩，清泠安㬮⑭靡弗宜人。殫其慮，殆無以易，於是吳會東西、徽嶺南北，章逢弦誦者⑮得安宅焉。

夫謹筦庫，慎出入者，守泉之賤虜。市田宅，謀積箸者，趨時之駔儈。飾裘馬而美器玩，漁聲色而交權勢，閈閎無不高，池囿無不麗，甚或桂棟葯房⑯以奉慈氏，步櫩曲屋以媚婉孌，此季世之俗懷，富家之恆態。間有諷青衿⑰而若刺，笠蒙泉⑱而思養，而乃講堂邇於闤闠，豐屋⑲淆以會計，糅雜子女零星、米鹽牛馬呼於聽觀，鴻鵠至於寥廓。以此論學，草宅禽饗⑳而已。

馮君產財中人，性獨上善，節飶飫㉑肥腯之奉，捐袪褎㉒繒綺之華，器具無雕琢之觀，趨走嫺捷給之僕，韋知、愛之勸㉓，沮創宏鉅之規制。鳩工飭材，間以稱貸，祁寒甚暑，躬親拮据，卒使不其淹高密之重緩㉔也。呻裘氏之壤㉕，量功較德，豈不賢歟？

君諱飛鴻，太學生，績谿人，取胡氏，春秋六十有二。丈夫子六人，長登茂早歿，次恩沛、士俊、熙文、士英、維揚，咸能嗣君之志。熙文文庠生，餘皆武庠生。繼室以石氏，無出。諸孫二十餘人，他行不書，懼勞更僕。贊曰：

「藂苴壤堅，蔚為儒廛。若彼力田必逢年㉖，非此其身於後人。」

【注　釋】❶廨鄰馬隊二句　典出陶淵明〈示周續之、祖企、謝景夷三郎〉詩句：「馬隊非講肆」。廨，官署；學校。❷館闕雞鳴二句　南朝雷次宗曾在南京雞鳴山開館授徒。❸山鄉社主　代指鄉村中的社稷之神。❹蕞邑道流　代指地方上的儒學名流。蕞邑，小邑。❺吉繚句　意為沒有祭司置辦祭祀活動。吉繚，見《周禮・春官》所載「吉禮」、「繚祭」。❻木蘭　木蘭院，揚州古寺，晚唐淮南節度使王播少年貧賤，曾寄食此寺，寺僧嫌棄他吃白食，故意在飯後才敲開飯鐘，王播故有詩句云：「慚愧闍黎飯後鐘」。❼慈恩　慈恩寺，唐貞觀二十年太子李治為其母文德皇后所立，後成為唐代文人經常聚會的地方。❽嶅嵒　大小岩石。❾厜㕒　高丘。❿崇賔　高大的圍牆。⓫既雘既塈　完繕、粉刷。⓬窅　同「適」。⓭栵栭欂櫨　指屋簷上的斗拱。⓮安靁　溫暖。⓯章逢弦誦者　代指儒生。章逢，「章甫縫掖」的簡稱，意為儒生衣冠。⓰桂棟葯房　出自屈原〈九歌・湘夫人〉。⓱青衿　《詩經・鄭風・子衿》首句云：「青青子衿，悠悠我心。」⓲蒙泉　《周易・蒙卦》象曰：「山下出泉，蒙」。⓳豐屋　高大的房屋。⓴草宅禽饗　意為徒勞無功，語出西晉孔晁《逸周書》卷三：「若農之服田務耕而不耨，維草其宅之；既秋而不穫，維禽其饗之。」㉑飶飫　飲食。㉒袪褎　衿袖。㉓知愛之勸　意為獨善其身，語出《老子》：「是以聖人自知不自現，自愛不自貴。」㉔高密之重緩　東漢經學家鄭玄，山東高密人，宋神宗時被追封為高密伯。重緩，性子緩慢，鄭玄註《禮記・王制》「剛柔、輕重、遲速、異齊」句有「謂其情性緩急」之說。㉕裘氏之壤　菟裘，士大夫告老歸隱的處所，典出《左傳・隱公十一年》。㉖力田必逢年　語出《史記・佞幸列傳》：「諺曰『力田不如逢年，善仕不如遇合』」。

【語　譯】我曾經聽說，周續之不許人們在馬隊鄰舍談經，雷次宗在雞鳴山上開館講學。講學的風氣今不如古，如今商業興盛、儒學衰微，學校關閉、家塾廢除。孔廟中的禮殿被租作他用，學舍設立在簡陋的茅屋裡，鄉村中的社稷神主、地方上的儒學先賢，即使有祠堂棲身，也沒有祭司舉行祭祀，更別提還能見到木蘭院裡的儒生、慈恩寺中的雅會了。

馮鏡堂君，即馮有唐的父親，在北山南面找到了一塊地方。青翠的山色間，白雲環繞的高峻懸崖中，他開闢了數畝土地，剷除了大、小山石，夷平山丘，築起四面高牆，用堅硬的磐石打下地基，建築了若干房屋，掛上「白雲書院」的匾額。

打下地基、立起梁柱、完繕房屋、粉刷牆壁，白雲書院的庭殿足夠習禮，室宇足夠講學，有寬闊、舒適的地方可供休息，有平曠的地方可供嘯詠。門、廡、庖、廥按規矩設置，床、桯、檈、几放入屋中以備使用，斗拱無不粗壯，冷暖無不宜人。馮君殫精竭慮，「白雲書院」無可替代，於是蘇州東西、徽嶺南北的儒生們都有可以安居的地方了。

嚴守倉庫財物出入的，叫守財的賤僕。拿著算盤、買賣田宅的，叫投機的市儈。富人們用輕裘、車馬裝飾自己，器具玩物無不精美，漁獵聲色，交結權貴，宅門無不高大，池囿無不奢華，甚至建築桂棟葯房以供奉彌勒菩薩，建築步行走廊和迴旋樓閣以討好孌妾，這些情形都是末世的風俗，富家的常態。偶爾有讀〈子衿〉而知諷刺淫奔、占「蒙卦」而思孝養雙親的富人，又把講堂建在閨闥附近，高大的禮殿和從事會計的屋子混淆在一處，耳目間糅雜子女零星、米鹽牛馬的呼喊，胸中的鴻鵠之志歸於虛無。在這樣的地方講學，徒勞無功而已。

馮君財產中等，性情上善，他節儉自己肥美的飲食，捐棄華美的絲袖，使用不經雕琢的器具，打發走能幹敏捷的僕人，違反《老子》獨善其身的誡訓，終於建成了規模宏大的白雲書院。他聚集工匠、整治材料，偶爾還需要進行借貸，在嚴寒酷暑中親自勞苦操持，終於讓白雲書院的建造沒有沉沒在鄭玄所謂的緩慢、拖延下，馮公此舉比得上魯隱公營建菟裘的功德，豈不稱賢？

馮君名叫飛鴻，太學生，安徽績谿人，娶胡氏，享年六十二歲。六個兒子都長成堂堂偉丈夫，長子登茂早歿，其餘兒子恩沛、士俊、熙文、士英、維揚都能繼承他們父親的志向。熙文是文生，其他兒子都是武生。娶繼室石氏，沒有生育。孫輩共有二十餘人。馮君的其他善行就不再記敘了，否則恐怕要勞煩打更僕人，寫上個通宵了。我為馮君作贊曰：「在野草叢生的地方，鑿地築土，建成蔚為大觀的學舍。此番耕種必能應天時，光自身，垂慶後人。」

【研　析】當代新儒家梁漱溟先生在他西元一九三七年出版的《鄉村建設理論・認識問題》中談到：「所謂中國近百年史即一部鄉村破壞史，可以分成兩期來看：一、前半期——自清同光年間起，至歐洲大戰；二、後半期——自歐洲大戰，直到現在。」本文記錄的清代同治年間安徽績谿鄉學衰落的情況即是一幅「鄉村破壞」的具體圖景：「禮殿賃夫，蘭若精舍廁於茅茨，而山鄉社主，蕞邑道流，棲止雖有叢祠，吉獠不庀巫覡，則更無木蘭之聞鐘，慈恩之下榻矣。」鄉村間學校停廢，教育沒落，禮殿租賃，儒生們側身茅茨，沒有修學講禮的正規場所，神社、祠堂無人祭祀。道光年間的另一位文人鄭珍則以「野狗吃人」的記載加深了人們對晚清鄉村衰敗的印象：「自道光以來邑多野狗，實曰豺。通四鄉，日必食三、四人。往來倏忽，一嘷群應，物雖百斤者，必盡一食。」(〈游城山記〉)

面對衰頹的晚清社會，龔自珍曾認為即使城市沒落了，鄉村的發展卻可寄予樂觀的預想，他在〈尊隱〉這篇文章中寫道：「京師之日短，山中之日長矣。風惡、水泉惡、塵霾惡，山中泊然而和、洌然而清矣。人攘臂失度，啾啾如蠅虻，則山中戒而相與修嫺靡矣。朝士寡助失親，則山中之民一歗百吟、一呻百問疾矣。朝士僝焉偷息，簡焉偷活，側焉徨徨商去留，則山中之歲月定矣。」在漫長的歷史長河中，中國鄉村的耕讀傳統曾經是士文化的重要產生地和庇護所，同樣，鄉紳也是維繫鄉村文明的重要資源，一度在田園山村中創造出高品位、高層次的隱士文化。所以，龔自珍認為在「學而優則仕」的秩序被打亂之後，大量的讀書人會從城市返回鄉村，從而帶來鄉村的充實與發展，所謂「山中之民有大音聲起，天地為之鐘鼓，神人為之波濤矣」。

然而，龔自珍的預想儘管參考了古代中國的社會傳統，卻未能在晚清鄉村衰落中得到實現。晚清鄉村不但沒能迎來文化的回歸，反而面臨著劇烈的文化流失。在這種情況下，興辦鄉學是鄉村士大夫自救的重要舉措。本文中的鄉紳馮鏡堂，盡貲家財，籌建了「白雲書院」，讓儒生們的耳目心智能夠暫離種種瑣碎的生存煩擾，而在「翠微之間，雲霞之崖」習禮、講誦、燕息、嘯詠，培養出高潔的心胸和遠大的情懷。自從孔子歸鄉，開創「有教無類」以來，民間舉辦的私立書院即是文化傳承的重要陣地。此文寫作百年之後，當代新儒家梁漱溟認為晚清中國的衰敗根本是因為「文化失調」，他在鄉村社會復興的設想中，依然提出應重建鄉村組織，改造鄉約，興辦鄉農學校。曾經在古代中國星羅棋布的鄉村書院儘管一度在近代經濟、政治變革中失卻了它的地位，然而在漫長的歷史中，或在未來新的時代中，它始終代表著人們對人文價值的精神渴求。

拜鵑堂詩敘

魯一同

【題解】《拜鵑堂詩》是明末清初詩人潘問奇的詩集。潘問奇，字云程，號雪帆，又號雪颿，錢塘（今浙江杭州）人。入清後，潘問奇祝髮出家，其詩集百餘年後獲得清代詩壇的熱切關注。選自魯一同《通甫類稿》續編上。

【作者】魯一同（西元一八〇五～一八六三年），清代詩人、古文家，字通甫，一字蘭岑，江蘇山陽（今屬江蘇省淮安市）人，道光十五年（西元一八三五年）舉人，著有《通甫類稿》、《詩存》。

《拜鵑堂詩》一卷，錢塘潘雪帆問奇作。安東張文學❶從敗簏中檢得，遭河變漶漫，已缺其姓氏，考之阮侍郎❷《雜說》，乃復明。

士窮阨於時，不得已以文章自喜，則無弗思傳於後，而後世愛我與否，既不可知。果足自樹立，必當有其人而其間。又有時勢遷異、風影雨濕、蟲蠹鼠齧，庸兒市儈糊辟覆瓿、汙泥蔑、隋溷廁，若滅若沒。數十百年而遇其人，搜剔而庋藏❸之，又往往遭不測之變，兵刃、水火百端，將顯而復晦，幾盡而僅存也。文人一寸之心既死之餘氣，而所以挫折摧敗之者，極萬物之變而未有窮已。烏乎！其可悲也已！

而古之以文傳於後者，慮無不經此十數者之變，卒不聞銷滅泯沕，光耀有加焉，亦可知文章之力，天地不能忌，風雷不能取，刀戟不能傷，水火不能濡且爇，又何壯也！

雪飄詩新警稜露❹，悲鬱有致，其能爭此十數者之變，蓋非偶然。獨張君嗜奇好古，一致其纏綿於異代不相屬之人，得則喜，而失則悲，若骨肉親戚相保護，盟約質劑❺以相要，古人不惜挫辱於世而恃後世之知我，豈不然乎？曹子建曰：「後世誰相知？定吾文者。」嗚呼！不有後世，彼能以其貴介之力、聰明富贍之奇，孤行於數千年之久哉？敘雪飄詩，又儻然失矣。

【注釋】❶文學　明、清時對秀才的別稱，見清代葉良儀《餘年閑話》卷二：「如舉人則稱鄉進士，貢生則稱歲進士，監生則稱太學，秀才則稱文學。」❷阮侍郎　阮元，嘉靖、道光年間經學家，曾先後任禮部、兵部、戶部、工部侍郎。❸庋藏　收藏。❹稜露　威嚴正直，語出《世說新語・容止》：「孫興公見林公：『稜稜露其爽』」。❺質劑　西周稱買賣契約為質劑。

【語　譯】《拜鵩堂詩》一卷，錢塘潘雪帆問奇所作。安東張文學從破敗竹簏中檢出，遭水災，字跡漶漫，已缺失作者姓氏，求證於阮侍郎的《雜說》，才讓作者復明於世。

士夫困窘於時運，不得已以文章自娛，而不去考慮自己的文章能否傳世，而後世的人是否喜愛我的文章，更不可知。若我的文章果然能夠自我樹立，則必定有後世的知音，後世的知音也必定能分其閒暇去流傳它。留存於世的文章，有遭遇時勢變遷、風吹雨濕、蟲蠹鼠嚙的，有被庸兒市儈用來糊牆壁、覆瓿口的，有被泥穢所汙染的，有墮入豬圈或廁所的，時時瀕臨消失。即使在數十百年之後遇到知音，被搜集、珍藏起來，又往往還會遭遇不可預測的變化，經歷兵刃、水火百端災難，即將顯明於世而又復處於晦暗，幾乎喪失殆盡而僅存一線生機。文人既死，寸心之餘氣留存在他的文章中，而文章所遭受的挫折摧敗，歷盡萬物之變也不能窮已。哎呀！真是可悲啊！

古代文章能流傳於後世的，想來無不經歷過上述十幾種災難，而終究沒有消失泯滅，終於能大放光芒，這也能證知文章的力量，天地不能戒除，風雷不能取締，刀戟不能傷害，水火不能淹沒、焚燒，又是何其的壯大！

雪颿的詩歌新警威嚴，悲鬱有致，它們能從上述十幾種泯滅災難中得以留存，並非偶然。唯有張君嗜奇好古，以至於對異代不相關的詩人念念不忘，得其詩則喜，失其詩則悲，保護這些詩歌就像保護自己的骨肉親戚一般，對待它們就像立下盟約質劑一般，古人不怕屈辱於當世而期待後世的知音，難道是沒有道理的嗎？曹子建言：「後世誰是我的知音？是釐定我文稿的人。」哎呀！沒有後世知音，難道曹子建能憑藉他貴介的身分、聰明富贍的才華，而流行數千年之久嗎？敘雪颿之詩，又讓我悵然若失。

【研　析】我們在讀古代小說、戲劇的時候，常讀到「宿緣未盡」的情節。比如著名的《白蛇傳》，白素貞找到已幾經輪迴的恩人許仙，斷橋相會即是「宿緣」。關漢卿創作的元雜劇《裴度還帶》，裴度撿到韓瓊英的玉帶即是「宿緣」。曹雪芹《紅樓夢》中寶玉初見黛玉，笑道「這個妹妹我曾見過的」，這即是「宿緣」。本文中，明末清初錢塘（今浙江杭州）詩人潘問奇和近兩百年後的安東（今江蘇漣水）文人張文學亦是有「宿緣」之人——表緣之物，則是潘問奇的詩集《拜鵑堂詩》。張文學從「敗簏」中撿得此集，悲其漶漫，考其作者，使得百年前詩人潘問奇的詩集得以重現於世。

潘問奇其人，明遺民也，感於亡國之難，而甘作一介貧士，後半生與世疏離。清代陶元藻《全浙詩話》引《桂堂詩話》敘其生平曰：「雪帆年六十外出家天壽山。」潘問奇的朋友田登有〈送潘雪帆祝髮天壽山〉一首記其出家之事曰：「自悔披緇晚，低回別母難。獨尋天壽路，莫上寢園看。禾黍春山遍，牛羊夕照寬。劫灰飛不到，只有化城安。」寫出了潘問奇悲寂的心緒和決絕的人生選擇。《全浙詩話》又引《兩浙詩鈔》記載潘問奇身後事道：「雪帆一生，孤寂如僧。詩與田梅岑合刻，又著《拜鵑堂草》。客死揚州天寧寺，太守傅澤洪重其人，葬之平山堂側，為文志其墓，查士標書丹。」詩人潘問奇在他的時代是寂寞孤獨的，不曾想百餘年後他的詩歌竟會流譽於士林。清代乾隆年間著名文人紀曉嵐的伯父紀邁宜曾作〈夜讀潘雪帆詩〉曰：「挑燈秋夜坐，閑讀雪帆詩。佳句愁中得，孤懷世外知。」本文作者魯一同評價潘詩曰：「新警稜露，悲鬱有致」。文章詩賦，往往異代知音，或在千古之下，劉勰《文心雕龍・知音》篇感歎：「知音其難哉！音實難知，知實難逢；逢其知音，千載其一乎！」誠如此矣。

定香室記

吳敏樹

【題　解】本文選自吳敏樹《柈湖文集》卷十一。

【作　者】吳敏樹（西元一八〇五～一八七三年），清代散文家，字本深，號南屏、柈湖魚叟，巴陵（今屬湖南省岳陽市）人，道光十二年（西元一八三二年）舉人，官至瀏陽縣訓導。著有《柈湖文集》。

湘中山故多產蘭，山中人以其常有也，不能奇重之。余來淨居，假一室，灑埽頗潔，而惜其無花以娛主。僧告曰：「山有蘭。」余喜與僧偕覓之，不得。有老僧知其處，而往得之，且盈十本。乃皆以瓦盆蓺之，供室中，皆滿，而名其室曰：「定香之室」。

余嘗聞佛之為說有所謂定者，余未能通曉其旨，顧以為蘭之為香，與諸草木異者，其香幽以遠，微而不可執，恆使靜者聞之，穆然有神明之意也，豈非以其定耶？香，浮氣也，雖有浮而若無動者，其本固不同也。余以是識之，儻可謂佛者機耶？今之室，固佛者之室也，而余老且讀書於此，猶欲斂閟其氣，時有發聞，如與靜者期之，如蘭也者，而豈果佛之說哉？

蓋辨物名者曰：「蘭有山澤草木之不同。」今非古所謂蘭者，而今之云蘭又有一花、數花之異，乃其形類而香同者，皆蘭之屬也，可無辨？僧又曰：「此蘭中有四時花者，葉尤狹而長者，是其種。」余又異之。淨居北去余家百里，其山以寺名，曰寺洞。平江❶之西境，余以兵警，常避家洞中，江氏因來此寺。云咸豐六年三月既望。

【注釋】❶平江　今屬湖南省岳陽市。

【語　譯】湖南山中盛產蘭花，山民因為時常能見到蘭花，並不看重它們。我到淨居寺來，借住在一間屋子裡，灑掃乾淨的屋中，遺憾沒有鮮花可供娛情。一位僧人告訴我：「山中有蘭花。」我欣喜地和這位僧人上山尋蘭，卻沒有找到。有一位老僧知道哪裡有蘭花，按他的指示去尋找，我們採到了蘭花，而且採了十株之多。回去後，用瓦盆栽種起來，供養在室中，蘭香滿室，我把這間屋子命名為：「定香之室」。

我曾經聽聞佛家說「定」，卻不能通曉它的意旨，只是覺得蘭香和其他草木香不同，它的香氣幽遠，微妙卻不可執著追尋，常使修行禪靜的人嗅聞，肅然可見神明的意旨，難道不是因為蘭香可啟發「定」的道理嗎？香，是浮動的氣息，然而即使是浮動的香氣中也有能貞定人心的，因為香氣的本源不同。我以「定」的意義認知蘭香，不知這是否可以稱作佛家所說的「機緣」？我現在的居室，固然是佛寺之室，而年老的我在這裡讀書，尚且希望能收斂浮躁的心氣，儘管它還是時時發見，與蘭相遇，如同與禪靜之人相期，難道果然是佛家所說的「機緣」嗎？

擅長分辨植物的人說：「蘭有山蘭、澤蘭、草蘭、木蘭的不同。」現在的蘭花並非古人所謂的蘭花，而現在的蘭花又有一花、多花的差別，凡是形狀類似而香氣類同的，都歸於蘭花之屬，怎能不再作分辨？寺僧又言：「這種蘭花是蘭花中能四季開花的，找到花葉尤其狹長的，就找到這個種類了。」我又為之感到奇異。淨居寺在我家北面百里之外，它所在的山以寺為名，叫寺洞山。平江縣的西面，常有兵亂，我們家經常避亂寺洞山中，江氏也是因為同樣的緣故來到此寺。咸豐六年三月十六日記。

【研　析】「定」之一字，宋代陳彭年修訂的字典《重修玉篇》解釋「定」為：「安也，住也，息也」。《詩經・鄘風・定之方中》云「定之方中，作於楚宮」，用「定」字稱謂二十八宿中的室宿，有「歸止」的含義。歷史上，漢臣蔡邕不仕王莽，身後得謚「貞定」；北宋大儒胡安國安貧守道，身後得謚「文定」；南宋名臣李綱慮國忘家，身後得謚「忠定」。「定」所形容的人格，有一種固執守內、不役於外物的特徵。

釋家論修養心性的「三無漏」法曰：戒、定、慧。《壇經・坐禪》曰：「善知識！何名禪定？外離相為禪，內不亂為定。」《五燈會元・章敬暉禪師法嗣》解說「三無漏」法曰：「帝曰：『云何名戒？』對曰：『防非止惡謂之戒。』帝曰：『云何為定？』對曰：『六根涉境，心不隨緣名定。』帝曰：『云何為慧？』對曰：『心境俱空，照覽無惑名慧。』」「定」的修煉，強調心不逐外境，則能燭照虛白，自性洞然朗現。

儒家的功夫論亦強調「定」的功用。《大學》談到君子鍛煉心性的次序時言：「知止而後有定，定而後能靜，靜而後能安，安而後能慮，慮而後能得」。南宋朱熹解釋這裡的「定」為「志有定向」，「靜」為「心不妄動」，「安」為「安其所止」，「慮」為「處世精詳」，「得」為「得其所止」。君子求內心堅定，應該積極立志，由有所立而有所破，由有所動而有所靜，最終達到「得其所止」的安定狀態。

「定」的精神狀態，綜合起來講，是一種重內輕外、向內省察的自我修養過程，它的反面則是向外追逐、輕受誘惑的心理狀態。那麼，蘭之香氣又為何能助人悟「定」呢？吳敏樹形容蘭香云：「其香幽以遠，微而不可執，恆使靜者聞之，穆然有神明之意也」。蘭的香氣，能啟迪人們對於幽谷、深林的想像，故而能與「靜者」的心靈產生共振。正如桃花喜陽而密植叢生，其「灼灼其華」的色彩感能帶來喜慶熱鬧的聯想，蘭花喜陰，它的生長環境往往是深邃幽靜的，故孔子有「空谷幽蘭」之感歎。吳敏樹生於硝煙四起的清末，他的生命多半處於蟄伏的狀態，在常見的「甜香」、「清香」等諸種香氣之外，他將蘭的氣息命名為「定香」，將一種擊穿五感、直契靈魂的宗教精神體驗寄託在幽蘭之氣中。

辛丑二月初三日記

鄭　珍

【題　解】本文選自鄭珍《巢經巢詩文集》文集卷三。

【作　者】鄭珍（西元一八〇六～一八六四年），清代詩人、學者，字子尹，晚號柴翁，遵義（今屬貴州省遵義市）人，道光十七年（西元一八三七年）舉人，官至貴州荔波縣訓導，晚清宋詩派代表作家。著有《巢經巢詩文集》、《儀禮私箋》、《說文逸字》、《說文新附考》。

晨寤復寐，莫五❶禮閣上文昌神，亦不覺也。起見架下書〈蒼蒼竹林寺詩〉，念開歲來三十餘日，昨夕始提筆作此字，視前時每元日即繙❷寫滿几案，自疑是前生。噫！可涕也已！

記去年今朝，母病愈數日，春和天晴，能偕孫兒女，屋榮❸籬角坐暄光中，觀菜臺果蕾以為快，余亦快。庀❹少行李，計明日赴茲閣。母曰：「吾以病，久稽❺汝事，至是得無慮。及汝生日，且歸耳。」嗚呼！豈知今之今日，視去歲之今日，竟成兩世耶！當日以窶人子❻，發憤讀書，意有在焉。今皆大非，而奚以讀書為也？昔時謂書不誤人，而今知特誤人。如田家兒，目不識一字，足終身不出十里，黧面赤骭❼，以勤，以勞，以日夕，唯力是奉，得有余今日之悔哉？視新購《皇清經解》十巨堆插架上，益感念用此奚為也！莫五方整理未已，心境之相懸，可勝歎耶？書以為是日記。

【注　釋】❶莫五　作者家僕。❷繙　風吹擺動的樣子。❸榮　屋簷。❹庀　整理。❺稽　延遲。❻窶人子　窮苦人家的兒子。❼骭　小腿骨。

【語　譯】早晨醒後又睡著了，連莫五禮拜閣上的文昌神，我都沒有覺察到。起床見到架下所寫的〈蒼蒼竹林寺詩〉，回想起元旦以來三十多天，昨晚才提筆寫下了些許文字，比起以前每到元日便滿桌詩篇翻飛的情形，自己都懷疑那是前生的情景。哎呀！我真該為此流淚！

想起去年今日，正當母親病愈後數日，春風和藹，天日晴朗，母親帶著孫兒、孫女，坐在屋簷籬角的暖光中，快樂地觀察菜臺、果蕾，我也很快樂。那天，我整理了少許行李，打算第二天就搬到閣上去。母親說：「因為我的病，你讀書的事情拖延了很久，如今不必再有顧慮了。到你生日的時候，就回家吧。」哎呀！怎知今年今日，比起去年今日，竟與母親陰陽兩隔！以前，我這個窮人家的兒子，發憤讀書，懷抱著孝敬雙親的心願。如今，大大違悖了這個心願，我還為了什麼而讀書呢？以前說讀書不誤人，而今才知道讀書特誤人。如果我像一個田家子那樣，目下不識一字，足下終身不離家十里，曬黑了臉，赤裸著小腿，日夕勤勞，盡力奉養雙親，還會有今天的悔恨嗎？望著書架上新購入的十大匣《皇清經解》，我愈發感念讀此何用！莫五還沒把屋子整理好，我的心境已和剛才迥然懸殊，滿腔感慨怎能歎盡？我把它們寫下來，作為今天的日記。

【研　析】鄭珍在這篇日記中展現出一種矛盾的情感：一方面，讀書一直是他人生的主要事業，是他自我價值的立足處；一方面，他因為要閉門讀書，錯失了陪伴母親的最後時光，留下難以彌補的遺憾。書籍教人孝的道理，他卻因為要刻苦讀書而錯過了行孝的現實機會。目不識丁的「田家兒」尚能盡天倫之樂，讀書人懸梁刺股，又是為了什麼？鄭珍「悔」讀書的心情，源自對亡母的思念，而讀書一事，卻終究不能只從功、用上去看。

為了什麼而讀書？——也許今天的年輕學生對這個問題依然沒有堅定的答案。讀書並不是一個人獲得能力的唯一途徑，《論語・先進》記載下子路的質疑：「有民人焉，有社稷焉，何必讀書然後為學？」北宋大儒程頤論到「格物致知」時，曰：「凡一物上有一理，須是窮致其理，窮理亦多端：或讀書講明義理；或論古今人物，別其是非；或應事接物，而處其當。皆窮理也。」（《二程遺書》）可見，若是為了有功有用，並不一定非讀書不可。

退一步講，讀書，和蒔花、藝圃一樣，純粹只是為了「有趣」二字而已。讀書這件事情，還是陶淵明想得最明白，他在自傳中形容自己：「閑靜少言，不慕榮利。好讀書，不求甚解；每有會意，便欣然忘食」（〈五柳先生傳〉）。或如貶居永州的柳宗元，「盜取古書文句，聊以自娛」（〈唐鐃歌鼓吹曲十二篇序〉）。南宋無門慧開禪師作頌曰：「春有百花秋有月，夏有涼風冬有雪，若無閑事掛心頭，便是人間好時節。」讀書之樂亦復如此。

進一步講，文字帶給讀書人生命的，除去這天真浪漫的純粹興趣，還有一條沉入血脈的自我構建、自我認識之路。「讀書」不僅是一種行為，它還能讓人悲喜交激，讓人捨身忘死。《孟子》有這樣一段話：「有天爵者，有人爵者。仁義忠信、樂善不倦，此天爵也；公卿大夫，此人爵也。」文字就是封給天下讀書人的「天爵」，是他們安身立命的地方。唐代大詩人杜甫年輕時自信地形容自己：「讀書破萬卷，下筆如有神。賦料揚雄敵，詩看子建親。李邕求識面，王翰願卜鄰。自謂頗挺出，立登要路津。致君堯舜上，再使風俗淳」（〈奉贈韋左丞丈二十二韻〉）。年老時，他給自己的小兒子贈詩道：「詩是吾家事，人傳世上情。熟精文選理，休覓綵衣輕」（〈宗武生日〉）。這位仕途坎坷的詩人，將「詩歌」視作自我價值的歸依。

要之，熱愛讀書的人不必有鄭珍之「悔」，最純粹的讀書人只為自己的內在精神愉悅而讀書。反之，不愛讀書的人也不必為了達到功利目的而讀書，否則，就成了龔自珍〈詠史〉詩中諷刺的那樣：「著書都為稻粱謀」。

孤麓校書圖記

張文虎

【題　解】本文選自張文虎《舒藝室雜著》乙編卷下。

【作　者】張文虎（西元一八〇八～一八八五年），清代校讎學家、詩人，字孟彪，又字嘯山，號天目山樵，南匯（今屬上海市）人，諸生，同治中入曾國藩幕，晚年主講江陰南菁書院。參與校定《守山閣叢書》、《小萬卷樓叢書》，著有《舒藝室詩存》、《隨筆》、《雜著》、《古今樂律考》、《索笑詞》。

浙江文瀾閣在西湖孤山，下功令願讀中祕書❶者，許領出傳寫。道光乙未冬，錢錫之通守❷輯《守山閣叢書》，苦民間無善本，約同人往。僑寓湖上之楊柳灣，去孤山二里許，面湖環山，上有樓，樓下集群胥❸。間日扁舟詣閣領書，命抄，畢則易之，往近數刻❹耳。同人居樓中校讎，湖光山色滉漾几席間，鉛槧❺稍倦，凝睇四望，或行湖濱數十步，意豁如也。朝日夕月，晦冥雨雪，湖之變態不窮而皆得之。伸紙舐筆之際，奇文疑義，互相探索，旁徵博引，駁詰辨難，或達昏旦。游西湖率以春夏秋，無至冬者至，又群日夜讀書一樓，若未始知有西湖者。鄰人相笑，傳說以為癡，而不知湖之奇，吾曹盡之矣。文瀾閣書多勝俗本，然篇目卷次與《提要》時有同異，或絕不類。有有目無書者，亦有名在存目者，不盡《四庫全書》原本也。是役也，以十月初至西湖，居兩月，校書八十餘種，抄書四百三十二卷。同游六人：金山錢熙祚、熙泰，顧觀光，平湖錢熙咸，嘉興李長齡，南匯張文虎。越六年，而《守山閣叢書》竣，通守乞吳興費丹旭補圖識昔游，而屬文虎記之。

【注　釋】❶中祕書　宮廷藏書，文瀾閣屬於宮廷藏書樓。❷錢錫之通守　錢熙祚，字錫之，以捐辦海塘石工保舉通判。❸胥　小吏，這裡指以抄書謀生的人。❹刻　古代計時單位，一晝夜共一百刻。❺鉛槧　寫作、校勘。

【語　譯】浙江文瀾閣在西湖孤山上，朝廷頒布恩德，令願讀中秘書的人，允許從文瀾閣領書出來傳寫。道光乙未年冬天，錢錫之通守編輯《守山閣叢書》，苦於民間找不到善本，約同人前往西湖文瀾閣。我們借住在湖畔楊柳灣，此地離孤山二里多水路，面湖，背環山，灣上有樓，樓下聚集了許多抄書匠。隔上幾日，同人駕扁舟到文瀾閣領書回來，命抄書匠抄寫，抄完一本，就再換一本，往返不過花費數刻時間。同人住在樓中從事校讎工作，湖光山色蕩漾在桌椅間，工作到感覺有些疲倦時，凝目四望，或者繞湖濱行走數十步，心神豁然開朗。在朝陽夕月中，或在晦冥雨雪中，西湖萬變的姿態不必窮搜而盡得體會。同人間展紙舐筆之際，奇文疑義，互相探索，旁徵博引，駁問辨難，有時從清晨辯論到黃昏。遊西湖的人都選擇春、夏、秋三個季節，沒有人在冬天來，更沒有人日夜在一座小樓中群聚讀書，好像不知道自己身在西湖一樣。鄰人都嘲笑我們，傳言我們是一群傻子，他們不知道西湖的奇觀，我們已經盡收胸中了。文瀾閣的藏書大多勝過世俗版本，然而篇目卷次與《文淵閣四庫全書總目提要》時有差異，有的完全不一樣。文淵閣目錄中著錄的書，有一些文瀾閣並沒有收藏，有一些著錄在《文淵閣四庫存目叢書》中的書籍，文瀾閣收入正式目錄，總之，《文瀾閣四庫全書》和《文淵閣四庫全書》原本不盡相同。這次校讎工作，我們從十月初到西湖，居住在湖邊兩個月，一共校書八十餘種，抄書四百三十二卷。同人共有六位：金山錢熙祚、熙泰，顧觀光，平湖錢熙咸，嘉興李長齡，南匯張文虎。六年後，《守山閣叢書》刊刻竣工，錢熙祚通守請求吳興費丹旭補繪此圖以紀念昔日西湖校書之旅，而囑託我為之作記。

【研　析】古代書籍的傳播，藉抄寫、刊刻兩條途徑。因在抄寫、刊刻的過程中常會犯下缺漏、錯誤、衍文等毛病，而一部著作也會由於寫、刻質量的不良而造成閱讀誤差，所以古人養成了讀書必問版本的習慣。道光年間，金山錢熙祚召集同仁，根據《墨海金壺》殘本和《文瀾閣四庫全書》中的少見善本圖書，經過六年校勘，編成版本精良的《守山閣叢書》一百一十二種，為後世讀書人造下福祉。

在漫長的校書過程中，本文記載了《守山閣叢書》編校者錢熙祚、錢熙泰、顧觀光、錢熙咸、李長齡、張文虎等六人在道光十五年冬宿西湖的一段插曲。這段校書生活，有乘舟詣孤山借書的雅趣，有從書窗中凝眄西湖朝夕的閒趣，有同仁間疑義相析的理趣。西湖之美，市井之人觀其春夏花月，而讀書人則觀其詩骨文風。歷代文人對西湖的筆墨雕琢，使得它的人文價值已超越了自然景觀價值，故而本文作者稱：「不知湖之奇，吾曹盡之矣。」

這六人中，錢熙祚、熙泰、熙咸出自於金山一個世代藏書之家，從錢熙泰的父輩開始，這個家族祖孫三代二十餘人在中國古籍校勘歷史上做出了貢獻。張文虎曾為錢氏西席，學問廣博，精通校勘學和音韻學。顧觀光亦是金山地區著名的布衣學者，尤其擅長數學、天文、曆法、物理等格致之學。錢熙祚、張文虎等人在道光十五年三度至西湖孤山上的文瀾閣借書，在張文虎的記憶中，這一段西湖賃樓抄書、校對的生活是充實而又詩意的。晚清學者的讀書生活，校勘學家顧廣圻有〈松蔭讀書圖為洪銘之題〉詩云：「窗外松枯幾載餘，蔭留猶得鎮安居。不如人最無過我，馬背船唇讀父書。」這樣似乎隔絕世事的學究生活，在反對者看來，也許是枯燥無情的；在贊同者看來，也許又是充實快樂的。然而，晚清時代的漢學家們，在個人生活的劇烈動蕩中，能夠保持理性的心態和成熟的自信，維護了考據、校讎等傳統學問的價值和意義，做出了流芳後世的斐然成績。

求闕齋記

曾國藩

【題　解】此文約作於道光二十五年（西元一八四五年），是年曾國藩三十五歲，經歷兩次牢獄之災後，升授正五品詹事府右春坊右庶子。選自曾國藩《曾文正公詩文集》文集卷二。

【作　者】曾國藩（西元一八一一～一八七二年），晚清政治家、文學家，字滌生，原名子誠，字伯涵，湘鄉（今屬湖南省湘潭市）人，道光十八年（西元一八三八年）進士，授翰林院檢討，官至兩江總督。在文學上，曾國藩是桐城古文派、晚清宋詩派的代表作家，其詩文輯為《曾文正公全集》。

國藩讀《易》至「臨」，而喟然歎曰：剛侵而長矣。至於八月有凶，消亦不久也。❶可畏也哉！天地之氣。陽至矣，則退而生陰；陰至矣，則進而生陽。一損一益者，自然之理也。

物生而有耆欲，好盈而忘闕。是故體安車駕，則金輿鏓衡❷不足於乘；目辨五色，則黼黻文章❸不足於服。由是八音繁會不足於耳，庶羞珍膳不足於味。窮巷甕牖之夫，驟膺金紫，物以移其體，習以蕩其志，向所搤捥而不得者，漸乃厭鄙而不屑御。旁觀者以為固然不足訾議。故曰位不期驕，祿不期侈，彼為象箸，必為玉杯，漸積之勢然也。而好奇之士巧取曲營，不逐眾之所爭，獨汲汲於所謂名者。道不同不相為謀，或貴富以飽其欲，或聲譽以厭其情，其於志盈一也。

夫名者，先王所以驅一世於軌物也。中人以下蹈道不實，於是爵祿以顯馭之，名以陰驅之，使之踐其迹，不必明其意。若君子人者，深知乎道德之意，方愳❹名之既加，則得於內者日浮，將恥之矣。而淺者譁然騖之，不亦悲乎！

國藩不肖，備員東宮之末，世之所謂清秩❺，家承餘蔭，自王父母以下，並康彊安順，孟子稱「父母俱存，兄弟無故」，抑又過之。〈洪範〉曰：「凡厥庶民，有猷❻，有為，有守，不協於極，不罹於咎❼，女則錫之福。」若國藩者，無為，無猷，而多罹於咎，而或錫之福，所謂「不稱其服」❽者歟？於是名其所居曰「求闕齋」，凡外至之榮，耳目百體之耆❾，皆使留其缺陷。禮主減而樂主盈，樂不可極，以禮節之，庶以制吾性焉，防吾淫焉。若夫令問廣譽，尤造物所靳予者，實至而歸之，所取已貪矣，況以無實者攘之乎？行非聖人而有完名者，殆不能無所矜飾於其間也，吾亦將守吾闕者焉。

【注　釋】❶剛侵而長三句　臨卦彖辭，意即陽剛之氣漸漸發展。至八月（陽衰陰盛）有凶，不久亦會消解。❷金輿鏓衡　代指華貴的車駕。金輿，帝王車駕。鏓衡，嵌金飾的車轅端橫木。❸黼黻文章　代指繡著黼黻紋樣的華貴衣物。❹愳　同「懼」。❺清秩　清貴的官職。❻猷　謀略。❼不協於極二句　行為不合法度，但沒有構成犯罪。❽不稱其服　語出《詩經・曹風・候人》，諷刺某官員的人品配不上他所穿的官服。❾耆　同「嗜」。

【語　譯】國藩讀到《易經》的「臨卦」，喟然歎息說：此卦彖辭言陽剛之氣逐漸發展，至八月（陽盛陰衰）有凶，不久亦會消解。天地之氣豈不讓人敬畏！陽氣發展到極致，退而生陰；陰氣發展到極致，進而生陽。有損有益是自然道理。

人生而有欲望，喜好盈餘而容易忘記不足的好處。所以，當身體懂得安享車駕時，金輿鏓衡都不足夠乘坐；當眼睛懂得分辨五色時，黼黻紋樣的華貴衣物都不足夠穿著。從此，八音繁會不足聽，庶羞珍膳不足嘗。居窮巷、以甕作窗的貧夫，突然間承受金印紫綬，物欲改變了他的身體，奢侈習氣蕩盡了他的志向，以前得不到、只能對之扼腕歎息的東西，他竟然漸漸嫌棄而不屑於使用。旁觀者看到這樣的變化，也認為理所當然，不足以非議。所以說，官位不應期待高，俸祿不應期待多，此時用象牙箸，彼時必想要用白玉杯，欲望累積，勢必如此。然而，還有一種好奇之士，巧妙獲取，曲折營求，不追逐眾人爭奪的物欲，獨汲汲於獲得所謂的名聲。道不同不相為謀，有的人求富貴以滿足他的物欲，有的人求名譽以滿足他的虛榮，他們在貪求有餘這一點上都是一樣的。

所謂名位，是先王用來驅引世人進入儀軌的東西。資質中等以下的人，學習先王之道不篤實，即用顯赫的物欲表徵爵位，用陰謀詭計獲得名聲，他們履踐名位的表象，卻不明白名位的實義。君子深知道德的涵義，才會畏懼名位外加於身、而才德內虛於心的情形，以此為恥辱。然而，淺薄的人還爭相奔向這種恥辱，豈不悲慘！

不肖子國藩，居東宮官員之末，世人所謂身居清要，家中承祖先庇護，自祖父母以下都健康安穩，孟子稱「父母俱存，兄弟無故」為幸運，我的幸運又過於此。《尚書‧洪範》言：「天下百姓中，有謀略的、有作為的、有操守的，即使他們行為有時不合法度，但沒有構成罪責，就要賜福給他們。」像我這樣的人，無作為，無謀略，屢次犯下罪責，卻也得到了上天賜福，難道不是所謂的「不稱其服」嗎？於是命名我的居所為「求闕齋」，凡是外來的榮耀，耳目身體的嗜好，都讓它們留下缺憾。禮主張節制，而樂聲以盈耳為美，樂聲不可超過限度，用禮來節制它，也用禮來節制人們的欲望，防止過分的娛樂。至於美好、廣博的名聲，更是造物者所吝於給予的，行為達到了，才能獲得名聲，取得名聲已經是貪求了，何況名不副實地掠奪名聲呢？行為達不到聖人的標準而有完美名聲的人，幾乎不得不矜誇修飾自己，而我將堅持我的不完美。

【研　析】《周易》中的「臨卦」，坤（☷）上兌（☱）下，形成「澤上有地」、「居高臨下」之勢。陽爻在下，漸漸成長，和陰爻互相消長，吉中有凶。該卦象辭曰：「臨，剛浸而長。說而順，剛中而應，大亨以正，天之道也。至於八月有凶，消不久也。」意即陽剛之氣漸漸發展，和悅順利，下卦陽爻居中，和上卦陰爻相應，正直亨通。然而，此卦陰上陽下，在陽消陰長之際，有「凶」兆出現，要以「至臨」、「知臨」、「敦臨」的誠懇態度化凶為吉。

曾國藩寫作這篇文章的時候，剛剛經歷了兩次入獄、旋即獲釋升遷的戲劇性人生轉折。曾國藩第一次入獄是因為彈劾地方官員而遭到圍攻報復，第二次入獄是因為獻藥給靜貴妃而未能立即見效，因欺君之罪入獄。然而，在第二次入獄後不久，曾國藩所獻之藥終於見效了，他被釋放出獄，還官升正五品。早在邁入仕途之前，青年曾國藩就已經經歷過兩次落榜、一旦高中的起伏人生。在道光二十五年的一個夏日，時運逐漸好轉的曾國藩在讀到《周易》中的「臨卦」時，有感於居安思危的必要性，為自己的居所作下了這篇齋記。

「求闕」二字本於陰陽輪轉、禍福相倚的人生哲學。《尚書・大禹謨》留下了「滿招損，謙受益」的格言，《易傳・繫辭》總結了「一陰一陽之謂道」的規律，《老子》道出「物壯則老」的觀察，至有蘇軾〈前赤壁賦〉「客亦知夫水與月乎？逝者如斯而未嘗往也，盈虛者如彼而卒莫消長也」的人生感悟。在中國傳統文人的觀念中，萬事萬物都潛在著一種向自身反面轉化的辯證法，故而否極泰來、盛極則衰的訓誡深入人心。君子因為看透了榮辱盛衰之間的潛在因果性，故而懂得「求闕」；小人放任一己之私欲無限膨脹，故而一味「求盈」。虛名浮利，君子懼之如虎，小人愛之如蜜；得失成敗，君子反其道而求之，小人則鑽營而忘返。自然有消長之漸，人生有升降之替，所謂「吉」、「福」、「有餘」正是在「不足」、「減損」的人生智慧中生長出來的。曾國藩寫作此文時正處於順遂的時期，家庭中「父母俱存，兄弟無故」，仕途上又獲得了驟然升遷，但是，盈為虧之漸，得為失之因，經歷過挫折的曾國藩對眼前的「順遂」反而生出特別警惕的心情，故用「求闕」二字名齋，以告誡、警示自己。

汪心農菊香膏墨

徐　康

【題　解】汪谷（西元一七五四～一八二一年），字琴田，號心農，又號漸門居士，安徽休寧人，僑居江蘇蘇州，乾隆年間書法家、製墨家。本文選自徐康《前塵夢影錄》卷上。

【作　者】徐康，生年約在西元一八一三年，清代學者，通曉雜家百藝，字子晉，號窳叟，長洲（今屬江蘇省蘇州市）人，著有《前塵夢影錄》。

汪心農居士得明季阿膠一巨篋，嗅之有菊花香，遂自製墨。最上乘者曰「白鳳膏」，重三錢，背「心農氏製」。其次曰「菊香膏」，大字，背「乾隆辛亥心農製」，字稍小。又有兩種，曰「知其白」，曰「知其黑」，背「心農氏製」，字皆王夢樓太史❶書，各重五錢半。

隨園❷每託心農以菊香膏料造墨，分貽名公巨卿。余所及見者，如「秋帆尚書❸吟詩之墨」，腰員，扁形，綫雲環繞，陰面「隨園叟袁枚製」。一曰「思元主人❹吟詩之墨」，長方式，背「隨園叟袁枚恭製」，主人為豫邸世子。一曰「敬齋相公❺吟詩之墨」，背「倉山叟袁枚製」，長方式，員首。一曰「雨窗先生❻吟詩之墨」，一曰「麗川中丞❼吟詩之墨」，背皆書「隨園叟袁枚製」，形色同前，皆重六錢。其分遺女弟子者，式如白鳳膏，重三錢，面「閨秀吟詩之墨」，背「隨園手製」。

老友黃心齋❽云：隨園廣交游，內自王侯，外至封圻❾，尚風雅者無不造墨贈遺。如禮邸世子，《小倉山房集》❿中見其投贈詩文必有贈墨。然余生平所見祇此數種，劫後更為希覯。若近時肆中所售「隨園先生著書之墨」，真同泥凷⓫，最為贋品下乘，明眼人咸能辨之。

【注　釋】❶王夢樓太史　王文治，號夢樓，乾隆時期詩人、書法家。❷隨園　清代乾隆年間名士袁枚。❸秋帆尚書　畢沅，字秋帆，乾隆、嘉慶年間著名學者，官至湖廣總督。❹思元主人　愛新覺羅・裕瑞，裕親王修齡次子，《紅樓夢》續書研究家。❺敬齋相公　福康安，號敬齋，乾隆年間官至武英殿大學士兼軍機大臣。❻雨窗先生　阿林保，字雨窗，官至閩浙總督。❼麗川中丞　奇豐額，官至江蘇布政使。❽黃心齋　黃國珍，作者友人。❾封圻　封疆大臣。❿小倉山房集　袁枚文集。⓫泥凷　同「泥塊」。

【語　譯】汪心農居士得到一巨筐明末阿膠，聞起來有菊花香，於是用它自製墨塊。最上乘的名「白鳳膏」，重三錢，反面印「心農氏製」字樣。次一等的名「菊香膏」，用大字印在正面，反面印「乾隆辛亥心農製」字樣，字稍小。還有其他兩種，一名「知其白」，一名「知其黑」，反面印「心農氏製」字樣，書法出自王夢樓太史之手，各重五錢半。

隨園主人經常拜託心農用菊香膏料為他造墨，製成後，分送名公巨卿。就我所見到的而言，有「秋帆尚書吟詩之墨」，腰部呈圓弧狀，扁形，環繞線雲花紋，反面印「隨園叟袁枚製」字樣。有「思元主人吟詩之墨」，長方形，反面印「隨園叟袁枚恭製」字樣，所謂「思元主人」指豫親王府世子。有「敬齋相公吟詩之墨」，反面印「倉山叟袁枚製」字樣，長方形，首端呈圓弧狀。有「雨窗先生吟詩之墨」，有「麗川中丞吟詩之墨」，反面都印有「隨園叟袁枚製」字樣，形狀同前，都重六錢。隨園主人分送他女弟子們的墨塊，形製如同白鳳膏，重三錢，正面印「閨秀吟詩之墨」字樣，反面印「隨園手製」字樣。

我的老友黃心齋說：隨園主人交遊廣泛，內自王侯，外至封疆大臣，這些愛好風雅的名公巨卿無不得到隨園主人造墨餽贈。譬如禮親王府世子，從《小倉山房集》中隨園投贈他的詩文可見，每次贈詩，必附贈墨。然而，我平生所見過的菊香膏墨只有上述幾種，劫難後更為少見。像近來店鋪中出售的所謂「隨園先生著書之墨」，真如同泥塊，最是下等贋品，明眼人都能分辨。

【研析】清代製墨技術，有取煙、研煙、和膠、去渣、收餅、入盒、入麝、成條諸道工藝。墨匠取用松煙或者油煙，將煙塊研磨成細粉，再和以牛皮或驢皮熬製的膠，反覆捶打，製成墨塊的原料，再經過成型、貯藏而得成品。清代謝崧岱在《南學製墨劄記》中記載墨匠「和膠」，先用上等牛皮、驢皮熬膠，要熬到「蒸化之水清者為上，畧渾次之，黑而滯者決不可用。筆醮膠水，全不滯筆，寫去，若無膠，然則極佳矣」。清澈的膠水對墨的質量有決定性影響，有的墨匠還會在和膠的過程中加入草藥、礦藥以調節顏色，謝崧岱記載的「藥方」有：「綠礬、青黛作敗，麝香、雞子青引濕，榴皮、藤黃減黑，秦皮書色不脫，烏頭膠力不隳，紫草、蘇木、紫礦、銀硃、金箔助色發艷」。這些藥不僅能調節墨色，也能治療疾病，無怪古人有「藥墨」之稱。汪心農菊香膏墨得名之由即在「和膠」這道工藝上，他選用有菊花香味的、貯藏百年以上的明季阿膠製墨，原料獨一無二，十分珍貴。

一塊佳墨是能夠讓使用者在視覺、嗅覺、觸覺上獲得愉悅享受的工藝品。製墨者若有高超的書畫造詣，再在墨塊表面用色粉題寫詩文或者繪畫山水、花鳥、仕女，則能製作出流芳百年的藝術精品。從唐代開始，墨塊即是文人間的餽贈佳品，李白〈酬張司馬贈墨〉一詩云：「上黨碧松煙，夷陵丹砂末。蘭麝凝珍墨，精光乃堪掇。黃頭奴子雙鴉鬟，錦囊養之懷袖間。今日贈予蘭亭去，興來灑筆會稽山。」明、清之際，贈墨之風盛行，乾隆間名士袁枚贈送給名公巨卿及其女弟子的汪氏菊香膏墨，已成為「隨園」風流的一張名片，以至於咸豐年間的街肆上常常出現冒稱「隨園先生著書之墨」的贗品。今天，北京故宮博物院藏有汪心農製菊香膏墨一匣八錠，雖然是難得一見的收藏品，其餘韻尚存人間。隨著書寫工具的改變，傳統製墨工藝漸漸失去了它的實用功能，而將以一種更加凸顯其藝術性的方式留在現代人的生活視野中。

江亭聞笛記

龍啓瑞

【題　解】咸豐五年（西元一八五五年），作者遊覽湖北均水，登江亭遠望有感，作下此文。選自龍啟瑞《經德堂文集》卷三。

【作　者】龍啟瑞（西元一八一四～一八五八年），清代音韻學家、文字學家、文學家、目錄學家，字輯五，一字翰臣，臨桂（今屬廣西省桂林市）人，道光二十一年（西元一八四一年）狀元，官至江西布政使。龍啟瑞擅長古文，與呂璜、朱琦、彭昱堯、王拯並稱「桐城派」的「嶺西五大家」。著有《經德堂文集》、《經籍舉要》。

咸豐乙卯夏，余泛舟乎均水之陽。薄暮，維舟隄下，登乎江亭，以瞰夫沔北之山。客有吹笛於舷間者，倚而聽之，若遠若近，繚絞乎迴風，激越乎流波。於斯時也，天容沉寥，月色皓旰，禽鳥宵肅，響振林木，而萬壑相與為寂焉，其諸類乎太古之元音歟？何感人之遠也！

往余遊粵東，英德間之所謂觀音巖者，蒼崖罅裂，佛閣內嵌而外臨乎江滸。余朝而登，夕而弭櫂❶其麓，中夜鉦鐃❷齊奏，梵唄交作，繁會之音與水石相激盪，濁者殷巖谷，清者徹雲霄，凝然浮於太虛而不知餘音之所極。方斯時也，余不聽之以耳，而聽之以心，不求合於聲也，而求合於意。蓋歷乎天下，索之冥冥，而未一再遇也。今之所聞，其殆幾乎！

雖然，余今者以有形得之，未若昔者以無形得之之為愈也。昔者以無形得之，未若來者以無形形得之之為愈也。則試反而求之乎莽埌❸之野，以息夫寂寞之濱，雲藏四山，萬籟淵嘿❹，神風穆若，清泠起乎層巔，儵乎❺敻乎❻，其希微乎，為有聞乎？為無聞乎？用是反諸人生而靜之初，以觀夫物感未交之始，其於聲音之道，庶其有合哉？因書之以為記。

【注　釋】❶弭櫂　停泊。弭，停止。櫂，長槳。❷鉦鐃　兩種打擊樂器。鉦似鈴，鐃似鈸。❸埌　曠遠。❹嘿　同「默」。❺儵乎　迅疾的樣子。❻敻乎　幽遠的樣子。

【語　譯】咸豐乙卯年夏天，我在均水北部泛舟。那日薄暮，繫舟於江堤之下，我登上江亭，賞玩沔水北面的山巒。有旅客在船舷間吹笛，倚亭欄而聽之，笛聲若遠若近，纏綿迴旋，與流水相激蕩。那時，天空杳渺，月色皓白，禽鳥無聲，笛聲振響林木間，而萬壑山林在這響聲中愈發寂靜，這笛聲莫非類似於太古元音？為何能如此感人深遠！

往昔，我旅居廣東，英德縣有一處叫觀音巖的地方，蒼蒼懸崖，布滿裂縫，佛閣內嵌在崖縫中，臨江面水。我早晨開始沿江而上，傍晚停泊在岩麓之下，半夜聽到岩上鉦鐃齊奏，交雜著僧人念經的梵唄聲，眾多音響交匯，與水石相激蕩，低音深入岩谷，高音上徹雲霄，聲凝成形，浮於太虛，不知餘音能上升至多高多遠。當時，我不是用耳朵去聽，而是用心去聽，不求與聲律相合，而求與意志相合。後來，我經行天下，在冥冥中求索，卻再也沒能遇到這樣的聲音了。而如今的笛聲，幾乎能和那夜的梵唄聲相比擬。

即使如此，今日笛聲是有形之聲，不如昔日梵唄聲是無形之聲。昔日梵唄聲是無形之聲，又不如未來對「無形」之「形」的抽象昇華。返求於荒茫曠遠的原野，息心於寂寞的江濱，四圍山岳藏於雲中，萬籟深沉不語，和洵、清泠的神風起於山巒之巔，迅疾幽遠，杳渺微弱，若有？若無？於是，反思人生之初的清靜心，未與萬物交接的初始心，此清靜心、初始心是否能和某些聲音相合呢？我把這些感受書寫下來，作下此記。

【研析】這是一篇含蘊哲理的優美散文。作者用聲音之喻闡發人們認識自我與世界的三個層次：「有形」、「無形」、「無形形」。

宋明儒家以「性」字論人的先驗直覺（「理」），又以「情」字論此先驗直覺的形下經驗（「端的之發」）。朱熹〈答陳器之〉一書中言：「凡物必有本根。性之理雖無形，而端的之發最可驗。故由其惻隱，所以必知其有仁；由其羞惡，所以必知其有義；由其恭敬，所以必知其有禮；由其是非，所以必知其有智。使其本無是理於內，則何以有是端於外？」惻隱、羞惡、恭敬、是非等情感表現，動於容，觸於物，形於觀感——而這些情感的內在根源則是被表達為仁、義、禮、智的超驗之「性」。聯繫本文來看，「情」是觸物而來的「有形之聲」；「性」是內省得證的「無形之聲」。

本文中的「有形之聲」指均水舟中傳出的江上笛聲，「若遠若近，繚紋乎迴風，激越乎流波」。作者「倚而聽之」，在感官上獲得愉悅的享受，情感上獲得直接的激發。梁元帝《金樓子・立言》所謂「綺縠紛披，宮徵靡曼，脣吻搖會，情靈搖蕩」者，馬融〈長笛賦〉所謂「紛葩爛漫誠可喜也，波散廣衍實可異也」者，白居易〈琵琶行〉所謂「嘈嘈切切錯雜彈，大珠小珠落玉盤」者，皆形容「聲」之有形、可感。「有形之聲」能從外而內地引發人們的情感波動，「無形之聲」則能啟發人們對寂然本我的內在體驗。本文中，作者用往昔在觀音巖聽到的中夜梵唱聲來解說「無形之聲」，他「不聽之以耳，而聽之以心，不求合於聲也，而求合於意」。在那次經歷中，作者超越了感觀刺激和情感湧動，於天人合一處證悟了對「天理」（「性」）的反溯。這裡的「聽」就不再是心隨物動、追逐音節的「聽」，而是在克服了一切外在性和特殊性後，對那內在於精神深處的、寂然不滅的先驗直覺的倏然體證。這樣的體證是可遇不可求的，《老子》所謂的「大音希聲」者庶幾可以形容之。

文章最末一段，作者於「有形」、「無形」之外，又拈出「無形形」之義，並把追尋「無形形」的過程形容為「反諸人生而靜之初」、「觀夫物感未交之始」。如果「無形」指人對先驗之「性」的剎那體證，那麼，追索這剎那體證，形成自我反思，再進一步昇華為對先天生命的某種言說，這就是對「無形形」的追尋過程。世間「有形」、「無形」之物盡被詩人所捕捉，但對「無形形」的表達則是哲學家所追求的事業了。

五十七歲小像自記

徐時棟

【題　解】本文作於同治九年（西元一八七〇年）七月，選自徐時棟《烟嶼樓文集》卷十六。

【作　者】徐時棟（西元一八一四～一八七三年），清代藏書家、方志學家、詩文家，字定宇，一字同叔，號柳泉，鄞縣（今屬浙江省寧波市）人，道光二十六年（西元一八四六年）舉人，官至內閣中書。著有《四明六十志校勘記》、《烟嶼樓文集》、《詩集》等。

少時喜令人寫小影，有《夢游明山》、《秋野祭詩》諸圖，皆不類，而亦亡矣。道光二十六年五月，故友湯蓮塘之弟星崖為先太夫人圖《燕居兒孫侍》，又作《閏重三日聯句》圖，兩圖皆存吾貌，或曰似，或曰不似。是歲，吾年三十三，鬑鬑者❶尚無有，即似，亦故我，非今我也。既為鮮民❷，絕意進取，妄以著述自娛，朝夕不遑暇，無益之事未嘗一念及之。

一日陳樹珊語余曰：「吾姻徐條君者善寫真，他日來吾家，當召子。」余漫應之曰：「諾。」同治九年五月己丑，會飲鄭蓮卿家，又語余曰：「子嘗欲使條君寫真，詰朝❸宜來，來則召子。」余已忘前語，則又漫應之曰：「諾。」翌日庚寅，條君果至，重違❹樹珊意，往赴之，此五十七歲小像之所由作也。圖成，在陳氏者皆曰類我；攜之歸，家人洎❺，主我，諸君皆曰類我；連日客自外來，又皆曰類我。自視之，信類我，我豈能識我？窺鏡而後知我之為我乃如此。於是召春嶙，使縉涼衫❻而手一書，危坐簟上。蓋四十年來苟無事故，吾手中未嘗一日而釋卷也。條君名曰理，慈谿畫者；春嶙名隆炎，吾再從兄渭泉子也，世其父為畫者。是年七月己巳，柳下生徐時棟記。

【注釋】❶鬑鬑者　鬚髮稀疏貌。〈陌上桑〉：「為人潔白皙，鬑鬑頗有鬚。」❷鮮民　無父母的煢獨之民。❸詰朝　早晨。❹重違　重違其意，難以違反其意志。語見《漢書・孔光傳》：「上重違大臣正議。」❺洎　及；到達。❻涼衫　白涼衫，士人便服。

【語　譯】我年輕的時候喜歡讓人幫我繪製小幅畫像，有《夢游明山》、《秋野祭詩》幾幅畫像，但是畫得都不像，這幾幅畫像後來也丟失了。道光二十六年五月，舊友湯蓮塘的弟弟湯星崖來到我家，為先祖母畫了《燕居兒孫侍》圖，又畫了《閏重三日聯句》圖，兩圖中都畫了我的形貌，有的人說像，有的人說不像。這一年，我三十三歲，鬚髮尚未變得稀疏，即使畫得像我，也只像昔日之我，並非如今之我。父母雙亡之後，我斷絕了仕進的念頭，任性地以著述自娛，朝夕不得閒暇，對於無益之事的念頭，一次都沒有想過。

一天，陳樹珊對我說：「我的親家徐條君善於繪畫肖像，過幾天他來我家，到時邀請您過來。」我隨意回答說：「好。」同治九年五月己丑那一天，我們在鄭蓮卿家喝酒聚會，樹珊又對我說：「您曾想要條君幫您繪製肖像，他明早就來，來了就請您過來。」我已經忘記了前次的對話，又隨意回答說：「好。」第二天庚寅日，條君果然來了，難以違背樹珊的好意，我前往赴約，這就是繪製五十七歲小像的緣由。畫像完成後，當時在陳家的人都說像我；我帶著畫像回家，家人來到畫前，主張像我，朋友們也都說像我；連日來，有客人從外地來訪，又都說像我。我自己觀察，確實像，我又怎能辨別像不像呢？對著鏡子，然後知道原來自己是這模樣。後來，我邀請春疄來家，我自己則穿著絲質便服，手持一書，端正地坐在竹席上，請春疄再幫我繪製一幅肖像畫。四十年來，如果沒有其他事情，我的手中未嘗一日放下書籍。條君名理，是慈谿的一位畫家；春疄名隆炎，是我堂兄渭泉的兒子，他繼承父業，也成為了一位畫家。本年七月己巳，柳下生徐時棟記。

【研　析】中國畫中的人像寫真藝術，自西漢宣帝繪《麒麟閣十一功臣圖》始其流行宮掖之風。中唐以後，翰林院中設有「寫真待詔」。《舊唐書・李德裕傳》記錄唐敬宗求仙，聽聞有浙西隱士周息元，壽數百歲，敬宗將其召入長安。周息元自言認識「八仙」傳說中的「張果老」，宮廷術士葉靜能遂令「寫真待詔」李士昉向其詢問張仙形貌，圖之以進。不僅在宮廷中，自中唐開始，寫真之風逐漸流行於一般士大夫的日常生活中，白居易《題舊寫真圖》：「我昔三十六，寫貌在丹青。我今四十六，衰顇臥江城。豈比十年老，曾與眾苦并。

一照舊圖畫，無復昔儀形。形影默相顧，如弟對老兄。況使他人見，能不昧平生？羲和鞭日走，不為我少停。形骸屬日月，老去何足驚。所恨凌烟閣，不得畫功名。」此詩顧「影」自歎、愛惜時光的心情和本文有類似處。明、清以後，民間寫真之風更盛，甚至被明代戲劇家湯顯祖寫成《牡丹亭》中的一折重頭戲。

中國畫分寫意、工筆兩派，寫意畫講究捨形悅影、離形存神，而工筆畫講究細緻入微的形似之巧。儘管如此，一幅作品總是形神皆備的，單純只有「意」、或者單純只有「形」的畫作幾乎是不存在的。作為人物肖像而言，因其紀實之用，固然在技法上更加偏重工筆白描，但是只摹其貌、不得其神的肖像並不能讓像主滿意。比如本文作者徐時棟，年少時請人為自己繪過《夢游明山》圖、《秋野祭詩》圖，又在家庭生活中留影於《燕居兒孫侍》圖、《閏重三日聯句》圖，他對以上寫真圖均不滿意，概曰「不類」。一個人的形貌總是含蘊著他的個性、情緒、修養和生活方式，這些要素是一個人的「神采」，僅對其面貌身材的僵化臨摹終究是「不類」的。徐時棟五十七歲時在同鄉陳樹珊家中請畫家徐理繪成一幅肖像畫，家人朋友都說像他，此畫必定做到了形似上的成功。但是，徐時棟自己仍然不太滿意，可能此畫和他心中的自我形象還有一定差距。為了精確刻畫出自己隱居著書、手不釋卷的神情，徐時棟請來自己的姪子徐春疄，繪下他「持書危坐」的肖像畫。明末畫家曾鯨特擅肖像畫，他使用「墨骨」技法使人物面部更顯立體，此形似之工可學，而他能讓筆下人物凸出各自性格氣質，「妙得情神」（姜紹書《無聲詩史》），此中奧妙則難以言傳。《孟子》言「四體不言而喻」，無形的精神因素貫徹於有形的視覺印象，能讓像主言「類我」的肖像畫家，必有深入體察對象而能兼繪形神的高超能力。

待月謻棊譜序

方濬頤

【題解】謻，別門，代指與主屋隔開的別室。本文選自方濬頤《二知軒文存》卷十五。

【作　者】方濬頤（西元一八一五～一八八八年），清代學者、詩人、出版家，字子箴，號夢園，定遠（今屬安徽省滁州市）人，道光二十四年（西元一八四四年）進士，在四川按察使任上因案除名，回揚州創辦了淮南書局。著有《二知軒文存》、《詩鈔》、《詩續鈔》、《夢園書畫錄》、《古香凹詩餘》等。

嘉、道間，吾皖國手推合肥周先生萃，先叔曾祖珠泉公❶延至家，教先叔祖潤之公❷弈。公甫弱冠，聰慧異常，不期年即匿受二子。周先生曰：「此後努力自強，非予所能教矣。」予兒時習聞之。猶記夜窗讀書，見先祖豫圃公❸獨坐打譜，茫然不解所謂。至十九歲，適有歙人許明達者為予鈔書，自言善弈，因倩其畫紙為局，招子祥、子健兩弟共學。拈子於撫松草堂及柏蔭軒，往往至漏三下。先大夫❹遣奴子趣之，始歸寢。一日，拉許君與潤之公弈，受九子，一劫而敗，心以為異，頗思自奮。然每當局，落子如雨點，不計勝負，不顧死活，俗呼為「馳棊」，蓋嘲其太速也，既入此派，奚能有進境耶？

及長，遊京師，外舅周文勤公❺最喜弈，與國手沈介之❻、僧秋航❼相角，輒命侍觀。間偕友人，邀李海門❽暨介之弈，為之懸采，窺其勞神苦思，日不過兩局，心又厭之。十凡軟紅，聊假手談遣興，原不必以此博名高也。

宦粵九年，公餘耽於吟詠，遂不復知棊局幾道。戊辰之秋，量移兩淮，值芰塘六弟來嶺南，相隨度嶺，而北舟中他無所事，唯以一枰相對，詩癖之外，自是又添一癖矣。己巳春，抵邗上，遇周小松❾，予仍作壁上觀，而樂與不如己者戰，竟由四子增至十三子，覺縱橫變化，罔不如意，豈真有進境耶？

今年沔陽徐君耀文❿來揚州，年已六十有九，而神采煥發，豪氣過人。其時，待月謻方落成，清簟疏簾，藉消長夏。耀文始讓予四子，每日八局，三日後即減為二子，又二十日居然對壘爭雄矣。閏六月杪，耀文將還鄉，手一編視予曰：「以君善守，故攻者不易，請仿晴川會弈之例⓫，圖此十二局以誌泥鴻，可乎？」予憮然曰：「年將花甲，甘居牛後⓬，跧伏蝸廬⓭，遑敢以一技之長求炫於世？且簿書填委，無所用心，顧以謂『為之猶賢』乎已？得毋增謗於風雅之外，大非所宜。」耀文曰：「以予所聞，東閣直無廢事，偶然遊戲，庸何傷？矧賭墅、賭郡⓮，千古美談，半山譏為木野狐⓯，象山反悟《河圖》數⓰，觸類旁通，此中即寓兵法，慎未可以小道忽之也。」予韙其言，用付剞劂⓱。獨惜文勤公已歸道山，京師諸國手又皆相繼下世，弗獲就正於有道。吾皖自周先生後，迄無作者，猥以抗塵走俗之輩，半生來絀不專心致志，乃欲對木強人稱聖、稱神焉？幾何不為都大中丞⓲之所竊笑也歟。

【注　釋】❶先叔曾祖珠泉公　方濬頤曾叔祖父方玉遂。❷先叔祖潤之公　方潤之，方熊子。❸豫圃公　方濬頤的祖父方熊。❹先大夫　方濬頤父親方士淦。❺周文勤公　方濬頤的外祖父周祖培。❻沈介之　沈琦，南京人，名列晚清圍棋界「十八國手」、「京師三國手」之一，曾為周祖培門客。❼僧秋航　又名「釋愿船」，江蘇儀徵人，名列晚清圍棋界「十八國手」、「京師三國手」之一，曾為周祖培門客。❽李海門　李湛源，字海門，江蘇南通人，名列晚清圍棋界「十八國手」之一。❾周小松　周鼎（西元一八二〇～一八九一年），字小松，江蘇揚州人，早年師從僧秋航，晚清「十八國手」之一。❿徐君耀文　徐德煥，字耀文，湖北沔陽人，晚清圍棋國手，曾編棋譜《稼書樓手談》。⓫晴川會弈之例　同治乙丑（西元一八六五年），國手陳子仙、徐耀文在湖北漢陽晴川閣對弈，記其譜曰《晴川會弈偶存》。⓬牛後　比喻從屬地位，語出《戰國策・韓一》：「寧為雞口，無為牛後。」⓭蝸廬　形容像蝸牛殼一樣的小廬，語出陸游〈蝸廬〉詩。⓮賭墅賭郡　賭墅，東晉謝安以別墅作為圍棋賭注，事見《晉書・謝安傳》。賭郡，南朝羊玄保靠圍棋贏得郡守的職位，事見《南史・宋書・羊玄保傳》。⓯半山譏為木野狐　陳耀文《天中記》引《拊掌錄》：「葉濤好奕棋。王介甫作詩切責之，終不肯已。奕者多廢事，不以貴賤，嗜之率皆失業，故人目棋秤為木野狐，言媚惑人如狐也。」⓰象山反悟河圖數　羅大經《鶴林玉露》：「（象山）乃買棊局一副，歸而懸之室中，臥而仰視之者兩日，忽悟曰：『此《河圖》數也。』」⓱剞劂　雕刻用的曲刀，代指書籍刊刻。⓲都大中丞　御史中丞，掌管官員薦舉、彈劾等事務。這裡藉以代指圍棋評論家。

【語　譯】嘉靖、道光間，安徽國手推合肥周萃先生，我的先叔曾祖珠泉公請他到家，教先叔祖潤之公下棋。潤之公那時剛到弱冠之年，聰慧異常，不到一年的時間就僅受周萃二顆讓子。周先生說：「此後你努力自強，非我所能教了。」我兒時聽過這個故事。仍然記得我幼時讀書至夜晚，看見先祖父豫圃公獨坐打譜，那時茫然不解他在做什麼。到十九歲時，恰好有安徽人許明達到我家鈔書，許君自言善弈，我請他畫紙為局，招子祥、子健兩弟一起跟他學習圍棋。我們在撫松草堂及柏蔭軒下拈子對弈，往往下到半夜三更。先父遣奴子驅趕，我們才歸寢。一日，我拉許君與潤之公對弈，許君在受讓九子的情況下，劫爭失敗，我心中驚訝，頗想在棋藝上奮發進步。然而，每當對局的時候，我落子如雨點，不計勝負，不顧死活，這樣的下棋方式被俗稱為「駛棋」，嘲諷棋手下得太快，我既然入此下品，還能有什麼進境嗎？

年長之後，我旅居京師，外祖周文勤公最喜歡圍棋，他和國手沈介之、僧秋航角逐棋盤的時候，就命我在一旁觀看。我也偶爾偕同友人，邀請李海門與沈介之對弈，還立下勝負賭注，但是，看到二位棋手如此勞神苦思，每天只能對弈兩局，我心中又感到厭煩了。紅塵凡世中人，不過借對弈以遣興，本來就不一定要以此求名。

後來，我在廣東旅宦九年，公事之餘，沉湎於詩歌，不再理會弈棋之道。戊辰年秋天，我遷職到兩淮，恰好芟塘的六弟來嶺南，隨我度嶺，往北行駛的舟中無所事事，我們只有一方棋盤可供對弈，於是我在詩癖之外，從此又添了一個癖好。己巳年春天，我抵達邗上，認識了周小松，高手對局時，我仍作壁上觀，卻樂於和棋藝不如我的人對戰，周小松對我的讓子竟然從四子增加到了十三子，棋子縱橫變化，我惘然不知所措，難道還能有進步？

今年沔陽徐耀文來到揚州，他年紀已有六十九歲，可神采煥發，豪氣過人。這時，我的待月謠剛剛落成，竹席清涼，竹簾清疏，我們借它渡過長夏。耀文最初讓我四個子，每日對弈八局，三日後他對我的讓子減為二個，又過二十日，我居然可以與他對壘爭雄了。閏六月末，耀文將還鄉，手持一編棋譜對我說：「因為您善於防守，所以進攻方不易得手，請仿照晴川會弈之例，圖此十二局棋譜以做留念，可以嗎？」我悵然說：「我年屆花甲，甘居人後，踡縮在蝸廬中，豈敢以一技之長炫耀於世？況且公務上的簿書堆滿案頭，我在棋藝上無法專心，難道以孔子所說的『為之猶賢』那句話開脫嗎？下棋只是一件風雅的事情，還是不要在風雅之外增加謗詞了吧，刊刻棋譜這件事大大的不合適呀。」耀文說：「憑我所知，您沒有荒廢政事，偶然遊戲，又有何妨？古人以圍棋賭墅、賭郡，傳為千古美談，半山譏諷棋盤為木野狐，象山反從棋局中悟出《河圖》象數，觸類旁通，棋道中含蘊兵法，切不可認為它是可以輕視的小道啊。」我讚美他的這番話，最終刊行了這本棋譜。只遺憾文勤公已經去世，京師諸國手又都相繼下世，這本棋譜不能請教有道之人修正。安徽自周先生以後，一直沒有國手出現，我這末流塵俗之輩，半生以來，在棋藝上絕不能稱得上專心致志，難道要對著那些真正剛強的棋手稱聖、稱神嗎？多少要讓大方之家見笑了。

【研析】《周禮·地官·司徒》篇言以「三物」教成鄉大夫：六德、六行、六藝，其中，禮、樂、射、御、書、數被稱之為「六藝」。這裡的「藝」並非指生產性、實用性的「技術」而言，而是以作為君子修身途徑的「藝術」而論。雖然，古人並沒有把圍棋列入「六藝」之一，在孔子的時代，弈棋只是比「飽食終日，無所用心」的懶漢人生稍微積極一些的生活方式罷了，《論語·陽貨》篇載：「子曰：飽食終日，無所用心，難矣哉！不有博弈者乎？為之，猶賢乎已。」東漢馬融曾作《圍棋賦》，也只把圍棋作為「三尺之局兮，為戰鬥場」的兵法遊戲。然而，自六朝以後，「六藝」的形式發生了改變，「六藝」的精神漸漸貫穿到「琴、棋、書、畫」的新形式中。自六朝以迄於今，「琴、棋、書、畫」也逐漸成為了中國傳統士大夫「游於藝」的新典型。「棋」之於士人，不再是無關性情的遊戲，而是天理人道的體驗之具。如本文作者方濬頤的家族、安徽定遠縣的「爐橋方氏」，便是清代一個世代重視弈棋的士大夫家族。

方濬頤在他的幼年時期就與圍棋結緣，見到祖父「獨坐打譜」的專注模樣，引發了他對圍棋的興趣。十九歲時，方濬頤「拉」兩位族弟拜家中門客、無名棋手許明達為啟蒙師。然而，這一位許師在被讓九子的情況下仍然脆敗於他的叔祖父「潤之公」，這讓方濬頤見識到弈道的博大精深。後來，方濬頤追求弈術的道路斷斷續續，他在外祖父周祖培家中見識到了國手沈介之、李海門，晚年歸隱揚州，又見識到國手周小松，但皆因畏難之心而不敢求教。直到同治十二年（西元一八七三年）左右，方濬頤終於得到國手徐耀文的拜訪與指導，長夏苦學，居然在年屆花甲之際棋力大長，留下《待月簃棊譜》。方濬頤一生，於圍棋之道雖不「專心致志」，然而始終操縵不廢，前後傳下與徐耀文、劉福山、周小松三位名手的對局譜，則圍棋之道亦必有定其心神、入其魂魄者。他在〈驅睡魔文〉中戲言：「魔自內引者，曰心，曰情，曰貪，曰欲，曰怖，曰悲，曰空，曰狂，曰憂愁，曰喜樂，是為內魔；魔自外至者，曰書，曰詩，曰棋，曰酒，曰小，曰大，曰萬，曰百，曰十種，曰十地，是為外魔。」然而，一個人若真能將這些內魔、外魔都驅逐乾淨，他也不再是世間之人了。圍棋之於方濬頤，從顯意識層面講，是一種風雅愛好；從潛意識層面講，則是一種蘊涵了關於家族、成長、歸宿等心理情結的深沉情感。圍棋留下很多傳說、軼事，因為它能夠強烈地去塑造一個人的生活。往往一方棋枰即可「馴化」煩囂的生活空間，如明代「前七子」之一邊貢〈題芳洲書屋為俞大參作〉詩有「塵揮山榻冷，棋對竹牕幽」之句。圍棋也可在時間長流中去締結一個家族的親緣情感，如方濬頤這篇小文從他的曾叔祖父說起，一直說到了花甲之年的自己，世代相傳的家族認同，都在這十九路弈道中了。

嫛碪課誦圖記

王拯

【題解】嫛，楚地對姐姐的稱呼。碪，搗衣石。課誦，督促誦讀。本文選自王拯《龍壁山房文集》卷五。

【作者】王拯（西元一八一五～一八七六年），清代散文家、詞人、詩人，初名錫振，字定甫，號少鶴，又號龍壁山人，別署懺甫、懺庵、茂陵秋雨詞人，馬平（今屬廣西省柳州市）人，道光二十一年（西元一八四一年）進士，官至通政使。王拯位列桐城派「嶺西五大家」之一，擅長作詞，兼通書畫。著有《龍壁山房文集》、《茂陵秋雨詞》、《歸方評點史記合筆》。

《嫛碪課誦圖》者，錫振官京師所作也。錫振之官京師，姊在家奉其老姑❶不能來，今姑歿矣，姊復寄食二姊，阻於遠行。錫振自官京師之日，蓄志南歸，以迄於今，顛頓荒忽，瑣屑自牽，以不得遂其志。

念自七歲時，先妣歿，遂來依姊氏。姊適新寡，又喪其遺腹子，煢煢獨處。屋後小園數丈餘，嘉樹蔭之，樹蔭有屋二椽，姊攜錫振居焉。錫振十歲後就塾師學，朝出而暮歸。比夜，則姊恆執女紅，篝一鐙，使錫振讀其旁。夏夜苦熱，輟夜課，天黎明，輒呼錫振起，持小几，就園樹下讀。樹根安二巨石，一姊氏擣衣以為砧，其一使錫振坐而讀。讀，日出乃遣入塾。故錫振幼時每朝入塾，所受書乃熟於佗童。或夜讀倦，間逐於嬉遊，姊必涕泣，告以母氏劬勞❷瘁死之狀，且曰：「汝今弗勉學，貽母氏地下戚矣！」錫振哀懼泣告，姊後無復為此言。

嗚呼！錫振不肖秊三十矣。念十五六時，猶能執一卷就姊氏讀，日惴惴然於悲哀窮戚之中，不敢稍自放棄。自二十後出門，不復讀，業日益荒怠，念姊氏之教不可忘，故為圖以自省，冀使其身依然日讀姊氏之側，庶免其隳棄❸之日深，而終於無所成邪。為之圖者，同年友陳君，名鏻，知余良悉，故圖屬焉。

【注釋】❶老姑　婆母。❷劬勞　辛勞。❸隳棄　毀棄。

【語譯】《嬃碪課誦圖》，是我在京城做官時託人所繪。我在京城做官，姐姐因為要在家奉養她的婆母而不能到京城來，如今她的婆母去世了，姐姐又寄居在二姐家裡，路途遙遠，阻隔了她來京城的腳步。我自從到京城來做官的那日，就懷抱著南歸的志向，迄今不忘，然而處於顛沛、困頓、荒廢、疏忽的生活狀態，受各種瑣事所牽制，我未能實現南歸的志向。

回想我七歲時，母親去世了，就來投靠姐姐。那時，姐姐剛剛成了寡婦，又失去了她的遺腹子，煢煢一人，獨自生活。她家屋後有一個數丈寬的小園，樹木蔭蔽，樹蔭下的兩間屋子，就是姐姐帶著我生活的地方。

我十歲後，去私塾上學，朝出暮歸。等到晚上，姐姐常常拿著女工活計，點亮一盞燈，讓我在她身旁讀書。夏天的夜晚酷熱，姐姐停止了我的夜讀，然而，第二天黎明時分，她就叫我起床，抬出一張小桌子，讓我在園中樹下晨讀。樹根處放置兩塊巨石，一塊姐姐用作搗衣碪，一塊給我坐著讀書。讀到太陽升起，就打發我去私塾上學。所以，我小時候每天去上學，比塾中其他孩子更熟悉先生教的課文。有的夜晚，我讀書讀厭倦了，就嬉戲玩鬧起來，姐姐流著眼淚講述母親辛勞憔悴以死的情狀，還說：「你今天不勉力學習，會讓地下的母親悲傷的！」我聽後又哀傷，又惶恐，哭著乞求姐姐，姐姐此後再也不說這樣的話了。

誒呀！不肖錫振年已三十了。回想十五、六歲時，還能拿著一卷書跟隨在姐姐身畔，每天在悲哀、困頓的日子中戰戰兢兢，不敢放棄學業。自從二十歲出門後，我就不再讀書了，學業日益荒廢，想起姐姐的教誨不能忘記，故而繪畫此圖，用作自我反省，希望自身還跟隨在姐姐身畔讀書，避免學業日久荒廢，最終一無所成。為我繪畫此圖的，是同年友人陳君，他的名字叫作鑅，他非常了解我的生活，所以囑託他幫我繪圖。

【研析】本文作者王拯是廣西馬平（今屬柳州市）人，和另外四位廣西籍作家呂璜、朱琦、彭昱堯、龍啟瑞並稱「嶺西五大家」的「桐城文派」。清代的「桐城文派」一直以「唐宋八大家」，特別是北宋歐陽修、曾鞏的古文作為師法對象，然而，清初錢謙益提出明代歸有光亦可比肩「八大家」，甚至比「八大家」中的王安石、蘇轍成就更高，云：「如熙甫（歸有光字）之〈李羅村行狀〉、〈趙汝淵墓誌〉，雖韓、歐復生，何以過此？以熙甫追配唐宋八大家，其於介甫（王安石字）、子由（蘇轍字）殆有過之無不及也」（〈題歸太僕文集〉）。歸有光古文創作的一大特色就是對家庭日常親情的敘寫，如〈項脊軒志〉、〈寒花葬志〉等都是歸文名篇——本文的主題即相似於歸文中的此類作品，也屬於「古文派」的書寫傳統之一。

王拯此文語簡情長，將對家姐的感恩、懷念、同情、悲憐融進文中。細紬文意，「嫛碪課誦」之所以可歎、可贊，一是和弟早孤、姐少寡的家庭命運聯繫在一起，故含蘊了君子自強不息的自力精神；二是和王拯以「讀書」為立身之本的個人志向聯繫在一起，故含蘊了君子如履薄冰的自省態度。王家姐姐對弟弟的撫養、教導，充分地體現了這個家族不畏磨難、好學力行的家風。而中國傳統讀書人的人格尊嚴、中國傳統士大夫家庭的儀範制度都在這對姐弟的感情中體現出來了。傳統文化的實現途徑沿著《大學》、《中庸》所謂的「修身、齊家、治國、平天下」的進階展開，對於王拯而言，「就姊氏讀」即是他對「齊家」的理解和體驗，此體驗的一端聯繫著自然親情，另一端聯繫著儒家的家族文化。即使是描寫瑣碎的個人生活，王拯對家族、家國的情結也都在溫情脈脈的敘述中凸顯出來了。

《酒邊詞》自敘

謝章鋌

【題解】《酒邊詞》是謝章鋌的詞集。本文選自謝章鋌《賭棋山莊集》文三。

【作者】謝章鋌（西元一八二〇～一九〇三年），清代文學家，字枚如，號藥階退叟，長樂（今屬福建省福州市）人，光緒二年（西元一八七六年）進士，官內閣中書，乞歸，至江西白鹿洞書院、福建致用書院講學。謝章鋌擅長古文、詩歌，尤其精於詞學，著有《酒邊詞》、《賭棋山莊詞話》，作品輯為《賭棋山莊集》。

余嘗登峻嶺，臨溪而坐，亂松怒號，幽蟲自咽，奔泉向東作虎嘯，村歌數聲起於隔岸，風徐徐送入余耳。余恍然若有感觸，歸而填詞，所得漸多。或曰其中有天籟❶焉，或曰「嘔啞嘲哳難為聽」❷也。

【注釋】❶天籟　語出《莊子・齊物論》：「汝聞人籟而未聞地籟，汝聞地籟而未聞天籟夫。」❷嘔啞嘲哳難為聽　語出白居易〈琵琶行〉：「豈無山歌與村笛，嘔啞嘲哳難為聽」。

【語　譯】我曾經登上高山峻嶺，坐在溪流畔，聽松濤怒號，幽蟲鳴咽，泉水奔流向東，發出如虎嘯般的聲音，數聲村歌起於對岸，徐徐山風把它送入我的耳朵。我猛然間有所感觸，歸家填詞，詞作日漸增多。有人說我的詞中有天籟之音，有人說我的詞不過是「嘔啞啁哳難為聽」的村笛罷了。

【研　析】北宋女詞人李清照的〈詞論〉提出「詞別是一家」的看法，引發詞壇關於詩、文、詞的辨體之爭。詞誕生於詩、文之後，其文體特徵固然包括專門的韻律形式，然而就更深層次的區別而言，詞之「本色當行」應該從它特有的表現領域來談——包括題材選擇、美學風格、修辭手法都應當具有一定的文體特色。在這個問題上，謝章鋌認為詞在表現性情的方式上和詩有所不同，他在〈眠琴小築詞序〉中談到：「詩以道性情尚矣，顧余謂言情之詩，詩不如詞。參差其句讀，抑揚其音調，詩所不能達者，宛轉而寄之於詞，讀者如幽香密味，沁人心脾焉。」詞特能以「宛轉」的聲調表達曖昧、糾葛、朦朧的私人情感（「詩所不能達者」），詞所涵攝的領域偏向私人化，而詩所涵攝的領域偏向公眾化。「私人化」的情感表現不要求鄭重、莊簡、內斂、雅潔等士階層審美特質。所以，一方面，詞可以哀而傷、樂而淫，形成所謂哀感頑豔之情調；另一方面，詞又可以追蹤微妙、模糊的「無端哀樂」，捕捉情感中的微芒幽緒，鉤沉深層的心理因素，形成李商隱〈碧城〉詩所謂「鐵網珊瑚未有枝」的深潛風格。

本文為謝章鋌詞集自序，寥寥數語傳遞出他寫詞時的創作心理：從雜亂的、並無邏輯聯繫的松濤聲、蟲鳴聲、溪流聲、村歌聲中，詞人「恍然若有感觸，歸而填詞」。而其詞句、其感觸、以及松濤蟲鳴聲之間的聯繫，必然不是顯而易見或能夠經由邏輯來推理的，三者必然是通過一條極深潛的心理路徑締結在一起的——謝章鋌把這種締結稱為「天籟」。天籟一詞出自《莊子・齊物論》，莊子形容人籟、地籟是有聲的，天籟是無聲的。對於詞人而言，語句和松濤、蟲鳴是有聲的，把它們連綴成一首詞的靈魂卻是不可言說的。事物和語句固然是有形的，按謝章鋌的說法，它們是「近」的；連接事物和語句的緣由卻是無形的，它們是「遠」的。既能「近」於人事，又能「遠」於性情，謝章鋌認為這樣的詞才能稱得上有「調」和「品」。這篇序文簡短優美，表現出謝章鋌作為晚清獨成一派詞論家的精湛修養。

西青散記跋

謝章鋌

【題解】《西青散記》是乾隆二年進士史震林所著筆記體小說，以當時女詞人賀雙卿所吟詩詞為主線，記錄了她才情斐然、命運坎坷的一生。選自《賭棋山莊集》文五。

芑川❶有此書，愛玩不釋手，時或侘傺❷，輒出而與余并讀之，蓋一瞬而三十年矣。酒酣耳熱，撫几對坐，開卷未得三四行，便茫然欲涕，究不知彼時之何感於心也。其後芑川渡海，歿於王事，人書俱亡。念芑川，輒念此書，求之四方，不可猝遇。今年忽見有鬻者，則大板變為小板，大字變為小字，煙墨❸之中腥臊之氣撲鼻。嗟乎！豈獨死生之感哉？滄桑浩劫，慘幻至於故紙。芑川即在，其忍并坐卒讀歟？然而是書也，芑川愛之，余又何忍不購，何忍不讀哉？甲戌臘月晦❹前六日，記於賭棋山莊。

【注釋】❶芑川　劉家謀，字芑川（一作芭川），福建福州人，曾渡海赴任臺灣府儒學訓導，卒於任上。❷侘傺　失意寂寞的樣子。❸煙墨　墨跡。❹晦　晦日，夏曆每月最後一日。

【語譯】芑川曾有此書，把玩愛不釋手，有時讀到書中寂寞失意的文詞，就拿來和我共讀，轉瞬間，三十年過去了。那時，我倆在酒酣耳熱之際，撫几對坐，打開這書，未讀得三四行，便茫然欲泣，不知道那時究竟被什麼感動了心靈。後來，芑川渡海，死於公事，人、書都一起消逝了。我想起芑川時，就會想起這本書，四方求購，一時間不能找到。今年忽然間見到有此書出售，但是原來的大開本變作了小開本，大字變作了小字，墨跡中還有一股腥臊氣撲鼻而來。哎呀！生死之變豈止於感歎？滄桑浩劫之後，悲慘幻滅的事實也顯現在這本舊小說上了。芑川即使在世，再和我並坐共讀此書，能忍受這本粗濫的印刷物嗎？然而，芑川愛讀這本小說，我又怎能忍心不買，怎能忍心不讀？甲戌年臘月二十四日，記於賭棋山莊。

【研　析】《世說新語・傷逝》記載曹丕以學作「驢鳴」聲送別王粲，本文記載謝章鋌求購《西青散記》以留念友人。悼亡之文最忌空泛籠統，而貴在具體親切，惟具體親切方能顯出感情的真摯深刻。《西青散記》是乾隆間文人史震林所著的一部筆記體小說，從清乾、嘉以至於民國時期，《西青散記》在文人中數度流行。清代著名文人陳文述、段玉裁、惲敬、繆荃孫，著名詞人丁紹義、顧翰都在自己的文集、詞論集中評價過這部筆記體小說。進入民國以來，《西青散記》又得到新派作家郁達夫、周作人、徐志摩的關注。《西青散記》的魅力所在，在於它借女詞人賀雙卿的生平故事，表達出生活在清代乾、嘉年間的中下層文人與正統審美觀念和思想意識之間的離合矛盾。《西青散記》儘管講述了一位女性泣涕風塵的悲劇性故事，但又充分突出中下層文人（包括女詞人賀雙卿和作者史震林在內）只能選擇在詩、詞中去寄託生命價值的生活方式。風雨飄搖的清末民初，《西青散記》在一定範圍內獲得士人階層情感上的廣泛共鳴。謝章鋌的朋友劉家謀（芑川）也是《西青散記》的愛好者，而謝章鋌本人其實並未對《西青散記》有多麼強烈的感觸。之後，劉家謀渡海出任臺灣府教諭，病歿在官署中。謝章鋌無處懷念故友，偶見市售《西青散記》，儘管版本粗陋、油墨腥臊，非復與友人共讀之舊物，然而亦購之、亦藏之，聊作慰藉。全文中有一種無可寄託的思念之情溢出言表，感動人心。

茶香室叢鈔序

俞樾

【題　解】叢鈔，書籍輯鈔。本文選自俞樾《茶香室叢鈔》卷一。

【作　者】俞樾（西元一八二一～一九〇七年），清代經學家、文學家，現代作家俞平伯曾祖父，字蔭甫，號曲園，德清（今屬浙江省湖州市）人，道光三十年（西元一八五〇年）進士，官至河南學政，被劾罷歸，講學杭州詁經精舍。著有《春在堂全書》，輯有《茶香室叢鈔》等。

茶香室者，內子姚夫人所居室名也。余既葬夫人於右臺山❶，自營生壙於其左，又於山中築右臺仙館，即署此三字於臥室中。余每至杭州，或居湖樓，或居山館。其在山館，輒以茶香室為寢處之所。因思夫人曩時每流覽書籍，遇有罕見罕聞之事，必以小紙錄存之，積至六、七十事。然以見書不多，不能時有采獲，且其所謂罕見罕聞者，或實亦人所習見習聞焉。久之，意倦，又久，則拉雜摧燒之矣。

余自夫人之亡逾二年，長子隕焉，其明年，又有次女繡孫之變。骨肉凋零，老懷索寞，宿疴❷時作，精力益衰，不能復事著述，而塊然獨處，又不能不以書籍自娛。偶踵夫人故智，遇罕見罕聞之事，亦以小紙錄出之，積歲餘，得千有餘事，不忍焚棄，編纂成書。嗟乎，余腹中之笥無以遠過乎夫人，安知吾所謂罕見罕聞者，博雅之士不習見之而習聞之乎？書成，名之曰《茶香室叢鈔》，謂是吾之書可也，謂是夫人之遺書亦可也。光緒癸未端五日曲園居士書。

【注　釋】❶右臺山　位於杭州西湖畔。❷宿痾　舊病。

【語　譯】茶香室，是我的妻子姚夫人居室的名字。我把夫人埋葬在右臺山，在她的墓旁為自己營建了生壙，又在山中建築了右臺仙館，以「茶香室」三字題名臥室。我每到杭州，有時居住在湖樓，有時居住在山館。當居住在山館時，就以茶香室作為寢處之所。想起夫人以前每每流覽書籍，讀到罕見罕聞的異事，必定用小紙條記錄下來，積累了六、七十件書中異事。然而，因為她讀書不多，不能時時都有收穫，況且她所認為的罕見罕聞的異事，也許實際上卻是人們所慣見慣聞的事情。時間長了，她自己感到了厭倦，又過了一段時間，她把那些小紙條都燒掉了。

我自夫人去世之後兩年，長子隕逝，之後第二年，又遭遇次女繡孫去世的變故。骨肉接連凋零，我自己老懷寂寞，舊病時時發作，精力更加衰竭，不能再從事著述，然而，孤獨地生活在這世間，又不能不用書籍自娛。偶然間，我追隨夫人的舊智，遇到書中罕見罕聞的異事，也用小紙條記錄下來，經過一年多的積累，我記錄下了一千多件異聞，不忍心焚棄它們，就把它們編纂成書。哎呀，我腹中的詩書也不能大大超過我的夫人，又怎能知道我所認為的罕見罕聞的異事，卻是博雅之士所慣見慣聞的？書編成之後，命名《茶香室叢鈔》，可以說是我編輯的書籍，也可以說是我夫人的遺編。光緒癸未端午日，曲園居士記。

【研　析】愛情與死亡是催生詩歌的土壤，泉壤永隔的愛人更能激起情感的波濤與對生命的禮讚。中國的悼亡詩，自《詩經・唐風・葛生》以來，鬱陶深摯，獨成哀思之一格。西晉潘岳〈悼亡〉三首細膩委婉，思念之情娓娓道來：「幃屏無髣髴，翰墨有餘跡。流芳未及歇，遺掛猶在壁。」唐代元稹〈離思〉五首辭旨頑豔，多情丈夫的眷戀透紙而出：「曾經滄海難為水，除卻巫山不是雲。取次花叢懶回顧，半緣修道半緣君。」宋代蘇軾〈江城子〉詞激烈悲切，一往不返：「十年生死兩茫茫，不思量，自難忘。千里孤墳，無處話淒涼。」本文亦為悼亡而作，文境有同於上述詩歌的悲哀纏綿，更造一平凡溫暖的日常懷思之敘述。俞樾在妻子墳墓旁營建生壙，作為自己百年之歸；又營建墓廬「右臺仙館」，作為自己後半浮生的短暫憩息處。「右臺仙館」中保留著妻子生前的居室「茶香室」，而俞樾在「茶香室」中延續著妻子生前的一個生活習慣：輯鈔書籍。所謂「叢鈔」一類工作，在印刷、出版業興盛的晚清，已不為作者所青睞，正如俞樾在文中一再強調的那樣：「安知吾所謂罕見罕聞者，博雅之士不習見之而習聞之乎？」然而，俞樾完成這項工作的動力卻全部來自於紀念妻子的渴望，這部《叢鈔》背後的情感是才它真正所要敘述和傳遞的。

清同治至民國初年（十九世紀後半葉至二十世紀初年）

卜來敦記

黎庶昌

【題解】卜來敦，英國海濱城市布萊頓(Brighton)。光緒二年（西元一八七六年）冬，清政府派出大臣郭嵩燾率副使劉錫鴻等三十餘位隨員出使英國，在倫敦設立清朝駐英大使館。黎庶昌隨行出國，在駐英大使館中擔任參贊一職。本文選自黎庶昌《拙尊園叢稿》卷五。

【作者】黎庶昌（西元一八三七～一八九七年），清代散文家、外交家，字蒓齋，遵義（今屬貴州省遵義市）人，廩貢生，入曾國藩幕，與張裕釗、吳汝綸、薛福成並稱「曾門四弟子」，桐城文派重要作家。光緒年間，黎庶昌先後任英、德、法、西班牙使館參贊，後升任駐日本國大臣。著有《拙尊園叢稿》，編有《續古文辭類纂》、輯刻日本庋藏中國亡佚古籍叢書《古逸叢書》。

卜來敦者，英國之海濱，歐洲勝境也。距倫敦南一百六十餘里，輪車可兩點鐘而至，為國人游息之所。後帶岡嶺，前則石岸嶄然。好事者鑿岸為巨廈，養魚其間，注以源泉，涵以玻璃，四洲之物，奇奇怪怪，無不畢致。又架木為長橋，斗入海中數百丈，使游者得以攀援憑眺。橋盡處有作樂亭。餘則淺草平沙，綠窗華屋，與水光掩映，迤邐一碧而已。人民十萬，櫛比而居，衢市縱橫，日闢益廣。其地固無波濤洶湧之觀、估客帆檣之集，無機匠廠師之興作、雜然而塵鄙也，蓋獨以靜潔勝。每歲會堂散後，游人率休憩於此。方其風日晴和，天水相際，邦人士女，聯袂嬉游，衣裙雜襲，都麗如雲。時或一二小艇，掉漾於空碧之中。而豪華巨家，則又鮮車怒馬，並轡爭馳，以相遨放。迨夫暮色蒼然，燈火燦列，音樂作於水上，與風潮相吞吐，夷猶要眇，飄飄乎有遺世之意矣。余至倫敦之次月，富紳阿什伯里導往游焉，即歎為絕特殊勝，自是屢游不厭，再踰年而之他邦，多涉名迹，而卜來敦未嘗一日去諸懷，其移人若此。

英之為國，號為盛強傑大，議者徒知其船堅礮巨，逐利若馳，故嘗得志海內；而不知其國中之優游暇豫，乃有如是之一境也。昔荀卿氏論立國惟堅凝之難❶，而晉欒鍼之對楚子重則曰：「好以眾整」，又曰：「好以暇」❷。夫維堅凝，斯能整暇。若卜來敦者，可以覘人國已。

大清前駐英參贊黎庶昌記，光緒六年七月。

【注釋】❶昔荀卿氏句　語出《荀子・議兵》篇：「兼并易能也，唯堅凝之難焉。」❷晉欒鍼四句　事見《左傳・成公十六年》：「子重問晉國之勇，臣對曰：『好以眾整』。曰：『又何如？』臣對曰：『好以暇。』」

【語　譯】卜來敦是英國的一座海濱城市，在歐洲也是一處風景優美的勝地。它距離倫敦南面一百六十多里，乘坐火車，兩個鐘頭可以到達，是英國人民遊覽憩息的地方。卜來敦背靠山崗，前方則有高大的石岸。好事者將石岸鑿為大樓，在其間開穴養魚，穴中注以源泉，覆蓋上玻璃，四海生物，奇奇怪怪，沒有不羅致其中的。又從岸上架起長木橋，深入海中數百丈，讓遊人得以攀援橋欄，憑眺大海。橋的盡頭建有作樂亭。城中的景色則淺草平沙，綠窗華屋，與水光相交映，綠色綿延曲折。城中有十萬居民，房屋緊密排列在一起，街市縱橫交錯，日漸開闢拓寬。這個地方沒有波濤洶湧的景象、沒有商船聚集，也沒有雜亂、鄙陋的工業作坊，它獨以靜潔聞名。每年一度的賽會散場後，遊人都在這兒休憩。風日晴和的日子裡，天水相交，市民和紳士、淑女們，一同嬉遊，衣裙交疊，美人如雲。偶爾看見一二小艇，蕩漾在空碧的海水中。豪華巨家，則又駕著華麗的馬車，並轡爭馳，共同遨遊。等到暮色蒼然，成排的燈火粲然亮起，音樂從水上傳來，樂聲與風潮相吞吐，從容縹緲，聽起來飄飄乎有遺世獨立之感。我到倫敦的次月，在富紳阿什伯里的導引下遊覽了卜來敦，立即讚歎它的超絕稀有，從此屢遊不厭，第二年，我到英國的其他郡去，旅程涉及很多名跡，然而未嘗一日忘懷卜來敦，它的美景如此動人。

英國，以強盛、傑出著稱，論者只知道它擁有堅船巨炮，飛馳著追逐利益，所以曾在我國得志；卻不知英國國內一派優遊閒暇，有像卜來敦這樣的地方。以前，荀子論立國之難在於堅凝，然而春秋時晉國欒鍼對楚國子重則說：「以整齊為好」，又曰：「以閒暇為好」。正因為有堅凝，才能有整齊、閒暇。通過卜來敦，可以觀察他國富強之道。

大清前駐英參贊黎庶昌記於光緒六年七月。

【研　析】光緒二年（西元一八七六年）秋八月，清政府開始正式向英、日二國派遣常駐大使，是年冬，大臣郭嵩燾、何如璋分別率團出使。此前，同治六年（西元一八六七年），清政府派出大臣志剛、孫家穀和美國外交家蒲安臣（AnsonBurlingame）一起出訪美、英、法、普、俄諸國，為締結平等外交條約而努力。至光緒二年夏五月，「命令諸使臣分駐各國，統率參贊、領事等官，辦理一切交涉事件」（黃鴻壽《清史紀事本末》卷五十八），正式開始向西方派遣常駐外交官員。光緒以後，這批清政府最早的駐外使臣們首次在中國文學史中集體性地留下了記錄歐洲生活的旅居散文集，譬如郭嵩燾《使西紀程》、陳蘭彬《使美紀略》、黎庶昌《西洋雜志》、薛福成《出使四國日記》等。這些體現「洋務」思潮的旅居散文，對「西洋」風物、政治、思想、工業等等大多抱持善意溫和的眼光，表現出一種開放理解的心態。

黎庶昌曾作《奉使倫敦記》，記錄了自上海吳淞口至英國倫敦共「三萬一千七百十四」英里的旅程中所經歷的南洋、印度洋、紅海、地中海、大西洋中諸島國、海寨的風土見聞。當所乘坐的輪船沿蘇伊士運河至波塞港，進入浩渺的地中海時，英國設在地中海的戰略要塞馬耳他島，讓黎庶昌在抵達英國本土前即對這位海上霸主的強盛國力有了直觀認識。抵達倫敦後次月，黎庶昌受約遊覽美麗的海濱城市布萊頓，為其恬靜、優雅所折服。回想旅途中所見馬耳他港中英國戰艦的鐵甲火炮，他對「新世紀」強國加深了認識：「夫維堅凝，斯能整暇」。一國對外發展出強大的經濟、軍事實力，才能對內保證其百姓生活的安寧閒暇。他對布萊頓不遺餘力的稱美中，包涵了對自己母國的反思與憧憬。背負著改良國運的使命，黎庶昌對自己此番投身鯨波的事業充滿了嚴肅的情感。而出使西洋的經歷，讓在綿延數千年的、保守穩定的大陸文化中所浸潤滋養的大清使臣們，見識到新世紀海洋文化的激進與變革。

記緬茄

陸心源

【題　解】緬茄，一種原產於緬甸的豆科喬木。本文選自陸心源《儀顧堂集》卷十五。

【作　者】陸心源（西元一八三八～一八九四年），清代藏書家、金石學家、歷史學家、文學家，字剛甫，號存齋，晚號潛園老人，歸安（今屬浙江省湖州市）人，咸豐九年（西元一八五九年）舉人，官至福建鹽運使。陸心源晚年築「皕宋樓」、「十萬卷樓」、「守先閣」三樓，藏書十五萬卷，其子陸樹藩因經商失敗，在西元一九〇六年將其父大量藏書賣給日本岩崎氏靜嘉堂文庫。陸心源一生著述頗豐，著有《儀顧堂集》、《宋詩紀事補遺》、《宋史翼》、《穰梨館過眼錄》、《吳興金石記》、《皕宋樓藏書志》等等。

高州❶府城之西，觀山之麓，有樹焉，翼然如蓋，其高臨山，絜之成圍，蔭蔽數畝。土人告予曰：「此緬茄樹也。」其花黃，其實如皂莢而橢圓，其色黑，其性寒，其質堅而澤，可以愈瞽。前明中葉有李姓宦於滇中，攜種而植於此，下種他所則不生，蓋三百餘年矣。予惟人情喜新好異，自昔而然，奇植異卉，苟非中國所恆有，雖無益於世，世亦爭寶之甚，且以充土貢。緬茄為東南所僅見，治目與空青❷同功，其可貴宜倍於他物，而品不登於《本草》，名不著於方書，豈物之顯晦亦有幸不幸歟？雖然，新會之橙、化州之橘、南華之菰❸、石龍之香，皆粵中上貢之品也，大吏徵之有司，有司賦之小民，民不享物之利而但見其害，然則緬茄之不幸，固吾民之大幸也。

【注　釋】❶高州　今廣東省高州市。❷空青　一種礦物類中藥材，可用來治療多種眼病。❸菰　茭白。

【語　譯】高州府城的西面，觀山山麓間，有一種樹木，它的樹冠如巨鳥展開的翅膀，又亭亭如蓋，此樹能長得與山丘同高，樹幹有圍抱之粗，樹蔭能遮蔽數畝地。當地土著告訴我：「這是緬茄樹。」它開黃花，結出來的果實像橢圓形的皂莢，果實呈黑色，性寒，質地堅硬亮澤，可以用來治愈眼盲症。前明中葉，有一位李姓官員旅宦滇中，攜帶回緬茄種子，種植在這裡，在其他地方下種，則不生長，緬茄已經在這裡生長了三百多年。我覺得喜新好異是人之常情，自古如此，奇特的植物，如果不是中原所常見的，即使沒有什麼益處，世人也爭相把它們當作寶貝，還把它們充作地方獻給朝廷的貢物。緬茄僅在東南可以見到，治療眼病的功效可以比擬空青，它的可貴理當倍於其他土產，然而，《本草綱目》沒有登錄它的品名，醫書中也沒有它的名字，難道植物也有顯與晦、幸與不幸？即使如此，新會的橙子、化州的橘子、南華的茭白、石龍的香料，都是出自廣東的貢品，大官向小官徵求，小官把它們強加作百姓的賦稅，百姓沒有享受到這些土產帶來的利益，反而只看到它們的害處，所以，緬茄的不幸，正是本地百姓的大幸。

【研　析】古人對今天所謂的「動物學」、「植物學」是非常樂於研究的。《論語·陽貨》曰：「小子何莫學乎《詩》？《詩》可以興，可以觀，可以群，可以怨。邇之事父，遠之事君，多識於鳥獸草木之名。」《詩經》的教育作用中就包含有「科普」動物名、植物名的功能。西晉嵇含所作《南方草木狀》、唐代陸璣所作《毛詩草木鳥獸蟲魚疏》、宋代吳仁傑所作《離騷草木疏》、明代陳正學所作《灌園草木識》、清代周拱辰所作《離騷草木史》都是流傳至今的「植物學」類著作。充當古人辭典的《爾雅》系列，皆專列草、木、蟲、魚、鳥、獸、畜等分類。

南宋大儒朱熹補傳《大學》「格物致知」義，將認識自然視作認識天理的途徑。明、清時期，一些理學家打破學問的傳統路徑，對「格物」的科學產生了專門興趣，中晚清甚至出現了「格致學」一派。可見，發展科學未嘗不是儒家的題中之意。在今天所謂「植物分類學」方面，明代理學家王廷相、清代翰林吳其濬就有所建樹。特別是吳其濬的著作《植物名實圖考長編》，比《本草綱目》還要豐富，成為了晚清代表性的科學著作之一。本文作者陸心源是一位傳統的考據學者，他為偶見於廣東高州的外來植物「緬茄」立此小傳，遠承

《大學》「格物致知」之旨，近洽人情「喜新好異」之趣，末尾還抒發了土貢傷民的政治批評，理、趣、政的觀念一筆帶出，體現出一位晚清士大夫的典型關懷。

《緣督廬日記鈔》二則

葉昌熾

【題解】緣督廬，葉昌熾的室號。本文選取了葉昌熾《緣督廬日記抄》中光緒二十八年（西元一九〇二年）臘月所記的兩則日記。《緣督廬日記》具有重要學術價值，與翁同龢《翁同龢日記》、王闓運《湘綺樓日記》、李慈銘《越縵堂日記》並稱「晚清四大日記」。

【作　者】葉昌熾（西元一八四九～一九一七年），清末民初金石學家、文獻學家、收藏家，字蘭裳，又字鞠裳、鞠常，自署歇後翁，晚號緣督廬主人，長洲（今屬江蘇省蘇州市）人，光緒十五年（西元一八八九年）進士，官至甘肅學政。著有《語石》、《緣督廬日記》、《藏書紀事詩》、《滂喜齋藏書記》等。

廿九日。蘭州果品以爛梨為第一，今日市兩枚，以冰糖熬之，其味甘酸，略如外國香餅。酒可銷煤毒❶，夜聞奴子因乾餱❷之愆，諠呶不已。鄙人館富民家，盛暑，庖人以臭餒進，不敢露之聲色，略減半餐。須臾，居停❸入，縷述晉豫洊飢❹，餓殍載道，庚申浩劫❺，并日而餐❻。言畢，勃然變色，拂袖而去。余亦竟未有以反唇。其後，在校邠師❼齋，盤中苜蓿，朝日闌干❽。先生每舉惡衣惡食章❾以諷，亦未敢質難。至今思之，殆廝養之不如已。

三十日。以遲暮之年作他鄉之臘，惸獨⑩餘生，百感交集。前在弱水銀川，撿歸五色石子一囊，今日以朱提⑪一兩，購瓷盆一，擇其質地瑩潤者，儲水養之。文采斑斕，足供清玩。室人不忘土風，以兩銀錁壓歲。余謂此纍纍者，真我歲寒之交，不愈於阿堵物乎？

【注　釋】❶煤毒　煤燃燒不完全而產生的一氧化碳等毒氣。❷乾餱　乾糧。❸居停　寄寓之家的主人。❹洊飢　連年饑荒。❺庚申浩劫　指咸豐十年庚申（西元一八六〇年），太平天國軍進攻東南之事。❻并日而餐　兩天才能得一餐。❼校邠師　作者的老師馮桂芬，室號「校邠廬」。❽盤中苜蓿二句　典出明代陳允升《幼學瓊林·師生》：「苜蓿長闌干」，形容教師收入微薄，飲食差。❾惡衣惡食章　指《論語·里仁》篇章句：「士志於道，而恥惡衣惡食者，未足以議也。」❿惸獨　同「煢獨」。⓫朱提　朱提銀，產自雲南昭通縣朱提山，後用作白銀的通稱。

【語　譯】二十九日。蘭州果品以爛梨為第一，今日買了兩枚，用冰糖熬煮，味道酸甜，有些類似於外國香餅。酒可以消解煤毒，夜間聽到僕人因為乾糧分配上的錯誤，爭吵不休。我想起以前逃難，借住在一戶富人家，正值盛暑，廚房供應腐敗發臭的肉食，我們不敢露出嫌棄的神色，只是將食量減少了一半。一會兒，主人進來，詳細講述了晉、豫連年饑荒，道路上盡是餓死的人，庚申年的浩劫中，多少人家兩天才吃一餐飯。說完，他勃然變色，拂袖而去。我也竟然沒有反駁的言詞。後來，在校邠師的書齋中，只見到盤中苜蓿、朝日闌干的清貧景象。先生舉《論語》中的惡衣惡食章相感發，我也不敢有所辯難。至今想來，我的修養還是不如先生啊。

三十日。我已到遲暮之年，卻要在他鄉渡過臘月，餘生煢獨，百感交集。之前在銀川的弱水河中，撿回來一囊五彩石子，今日用一兩銀錢，購買了一只瓷盆，選擇質地瑩潤的石子，養在儲水的瓷盆中。紋彩斑斕，足供我清玩之趣。妻子不忘風俗，用兩個銀錁子放在枕頭下壓歲。我說這一盆纍纍五彩石，真是我的寒冬之友，不比銀錢更好嗎？

【研　析】光緒二十八年（西元一九〇二年）葉昌熾赴任甘肅學政，署址蘭州。這一年的三月初四，他攜眷僕離京，先乘火車至保定，後改乘馬車經由山西、陝西而至甘肅，於四月廿七日抵達蘭州署府，沿途考察獲鹿、壽陽、洪洞、潼關、西安、邠州、涇州諸郡古跡碑刻。到任後，他又啟程考察甘肅所屬的涼州、甘州、肅州、寧夏、平涼、慶陽，臘月回抵蘭州。葉昌熾是一位傑出的金石學家和文獻學家，離京前，他剛剛完成金石學著作《語石》初稿，這一年，他途經漢唐文獻留存眾多的冀、晉、陝、甘地區，一路頗有收穫，在甘肅四年的時間裡，葉昌熾收集了眾多古碑拓片，甚至發現了敦煌文獻的價值。

若在國家安定的時期，葉昌熾此番陝、甘之行應當是開闊眼界、收穫豐富的一次旅宦生涯。然而，此時已是清王朝垂亡之際，葉昌熾和他的家庭剛剛經歷了「八國聯軍」侵占北京、燒殺搶掠的慘事，在甘肅這個相對封閉的內陸地區，他的心情充滿了悲涼。除夕將至，葉昌熾感覺不到節日的豐裕喜樂。官舍的夜間，僕人們在為爭奪乾糧而吵鬧，只有妻子「不忘土風，以兩銀錁壓歲」，以應節氣。葉昌熾在蘭州的這個新年過得很寒磣，果品只有「爛梨」一味，玩賞之物也只有攜帶在行李中的「五色石子一囊」。官員的生活尚且如此，百姓家庭可想而知。葉昌熾在此除夕回憶平生，概在旅途之中。他這一生旅途的起點，是在咸豐十年庚申（西元一八六〇年），太平天國的軍隊攻入葉昌熾的故鄉蘇州，十二歲的他隨家人逃往江蘇常熟、如皋避難。此次避難之旅，留在葉昌熾記憶中的只有不敢抱怨的「臭餒」，以及不能理解的「居停」的憤怒。後來，經歷數次國破家亡的危機，五十三歲的葉昌熾在蘭州除夕夜再次想起少年時避難的經歷，此時，他已經完全能體會「臭餒」和「憤怒」其實就是國破家亡的滋味，也真正明白了他的老師馮桂芬用《論語》中「君子不恥惡衣惡食」的道理教導他的原因。葉昌熾卸任甘肅學政之後兩年，清政府取消了科舉考試，他回鄉隱居著書，最終在另一條道路上實現了他的民族文化理想。

與寶覺居士書

釋敬安

【題　解】寶覺，居士吳嘉瑞法號。吳嘉瑞，湖南長沙人，字元吉，號雁舟，光緒十五年進士，授翰林院編修。吳嘉瑞精於佛學，積極支持維新變法，與同志學佛的維新人士譚嗣同、梁啟超、孫寶瑄、宋恕、汪康年、胡惟賢等過從交往。寶覺居士在湖南時，曾與八指頭陀詩歌酬答。本文選自釋敬安《八指頭陀雜文》。

【作　者】釋敬安（西元一八五一～一九一二年），清末民初詩僧，俗名黃讀山，字福餘，湖南湘潭人。同治七年（西元一八六八年）投湘陰法華寺出家，法名敬安，字寄禪，光緒三年（西元一八七七年）在寧波四明山阿育王寺舍利塔前燃指供佛，燒殘二指，因號「八指頭陀」，辛亥革命後當選為中華佛教總會會長。八指頭陀在詩歌上師從晚清詩家王闓運，有比較強烈的現實關懷。詩文輯為《八指頭陀詩文集》。

貧道去月自長沙歸，結夏❶青岑，翻經碧岫。松蘿交蔽，山氣恆寒，溪溜潺湲，非絃成韻，室有餘清，庭無熱翠。危石孤坐，中夜禪梵，山魈木魅❷，環繞呈露。一念圓脫，萬慮消隕。

方期之子，把臂幽林，禪悅堪味，法喜❸能同。豈知美玉難韞，明珠易眩，而吾子振策天衢❹矣。金釵綉榻，犀甲朱輪，昔之戲言，今成芳讖。寂寥蓮社，復何人哉？人生如寄，真賞罕遇，猶冀十年調鼎❺，早賦歸歟。毋忘白衣❻之風，應踐赤松❼之約。

【注　釋】❶結夏　佛教僧尼自農曆四月十五日起靜居寺院九十天，不出門活動，稱作「結夏」。❷山魈木魅　山林中的精怪。❸法喜　聞見、參悟佛法而產生的喜悅。❹天衢　比喻京城。❺調鼎　比喻治理國家。❻白衣　平民百姓。❼赤松　赤松子，傳說中的上古仙人。

【語　譯】貧道上個月從長沙歸來，在青山碧岫間結夏讀經。山中松蘿交相蔭蔽，氣候常寒，潺湲的溪流，彷佛奏響音樂的無弦之琴，室內清淨，庭院中沒有焦熱的草木。夜半孤坐在高聳的山石上，唱誦禪梵，山林中的精怪，現身環繞。一念之間，獲圓覺解脫，消解萬般憂慮。

正期待和您一起把臂幽林，體味禪悅，同享法喜。怎知美玉難以隱藏，明珠的光彩耀人眼目，您已揚鞭去往京師了。金釵、繡榻的溫柔鄉，犀甲、朱輪的富貴地，我們昔日的戲言，如今看來，卻成了讖語。只是佛社寂寥，還有何人留駐？人生不過是寄居世間，很少遇到真心欣賞的朋友，還望您理政十年後，早日歸來。不要忘記布衣之風，應當踐行山林之約。

【研　析】晚清名僧「八指頭陀」幼失父母，少年時拜作工匠家學徒，日受主家鞭撻，苦楚不堪，見雨中白桃花而開悟出家。民國佛教史家喻謙所撰〈清四明天童寺沙門釋敬安傳〉記載敬師出家因緣曰：「習工藝，鞭撻尤甚，絕而復甦者數。一日見籬間白桃花，忽為風雨摧敗，不覺失聲大哭。因慨然動出塵想，遂投湘陰法華寺出家，禮東林長老為師。」他的自傳性質的詩歌〈述懷〉末句曰：「不堪滿眼紅塵態，悔逐桃花出洞門。」「八指頭陀」佛緣之初悟，繫於一株「白桃花」的啟迪。讀其詩文，感受他一生的覺醒處，往往受之於大自然的風月林泉。喻謙〈傳〉中記載敬安出家後的一次修行曰：「一日靜坐，參『父母未生前』語，冥然入定，內忘身心，外遺世界，坐一日如彈指。頃猝聞溪聲，有悟。嗣後，徧游吳越，凡海市秋潮，見未曾有；遇嶽谷幽邃，輒歗詠其中。飢渴時飲泉，和柏葉下之。」憑「溪聲」有悟「未生之前」，尋「飲泉餐柏」處作修行道場，大自然成為敬安法師一生中極重要的開示源泉。在他的詩歌中，抒寫禪意如何生發於自然的詩例如：「不有花間月，誰知悟後心」（〈與諶大月下禪坐有得〉）、「看取禪心靜，蓮花出水時」（〈過澂觀居士別墅〉）、「松林月皎皎，石澗水濺濺。觀聽兩俱冥，寂照生空禪」（〈宿石澗紫蓋精舍〉）等。本文是「八指頭陀」

寫給寶覺居士吳雁舟的一封書信，信中對幽林禪悅的描述非常動人：「危石孤坐，中夜禪梵，山魈木魅，環繞呈露。」一種充滿靈性的、富於精神收穫的生活躍然筆下，而修行者珍貴的內在體驗凸顯在幽林、孤石、寒泉、靜夜中，使人讀後油然生出泉石之思，感受到山林的召喚。

蒼霞精舍后軒記

林　紓

【題　解】光緒二十二年（西元一八九六年），林紓與孫葆瑨（字幼穀）、力鈞（字香雨）在自家故居創辦新式學堂「蒼霞精舍」，是為今日福建工程學院的前身，故址保存在今天福州市蒼霞路一三〇號。

【作　者】林紓（西元一八五二～一九二四年），清末民國文學家、翻譯家，原名群玉，字琴南，號畏廬、冷紅生，閩縣（今屬福建省福州市）人，光緒八年（西元一八八二年）舉人，曾任教於京師大學堂、高等實業學堂。進入民國後，任教於勵志書院、孔教大學，反對「五四」新文化運動，是當時文化守舊派的代表人物。林紓一生與人合作翻譯了一百七十餘種歐美小說，譯作包括《巴黎茶花女遺事》、《黑奴籲天錄》等。著有《畏廬文集》、《詩存》、《筆記》，小說《金陵秋》、《金華碧血錄》，傳奇《蜀鵑啼》、《天妃廟》、《合浦珠》等。

建溪❶之水，直趨南港❷，始分二支，其一下洪山❸，而中洲❹適當水沖，洲上下聯二橋，水穿橋抱洲而過，始匯於馬江❺。蒼霞洲在江南橋右偏，江水之所經也。

洲上居民百家，咸面江而門。余家洲之北，湫隘❻苦水，乃謀適爽塏❼，即今所謂蒼霞精舍者。屋五楹，前軒種竹數十竿，微颸略振，秋氣滿於窗戶，母宜人❽生時之所常過也；后軒則余與宜人聯楹而居，其下為治庖之所❾。宜人病，常思珍味，得則余自治之。亡妻納薪於灶，滿則苦烈，抽之又莫適於火候，亡妻笑。母宜人謂曰：「爾夫婦呶呶❿何為也？我食能幾，何事求精？爾烹飪豈亦有『古法』耶？」一家相傳以為笑。

宜人既逝，余始通二軒為一。每從夜歸，妻疲不能起。余即燈下教女雪誦杜詩，盡七八首始寢。亡妻病革⓫，屋適易主，乃命輿至軒下，藉䕸⓬輿中，扶掖以去。至新居，十日卒。

孫幼穀太守⓭、力香雨孝廉⓮即余舊居為蒼霞精舍，聚生徒課西學，延余講《毛詩》、《史記》，授諸生古文，間五日一至。欄楯樓軒，一一如舊。斜陽滿窗，簾幔四垂，鳥雀下集，庭墀闃無人聲，余微步廊廡，猶謂太宜人晝寢於軒中也。軒后嚴密之處，雙扉闔焉，殘針一，已銹矣，和線猶注扉上，則亡妻之所遺也。

嗚呼！前後二年，此軒景物已再變矣。余非木石人，寧能不悲！歸而作后軒記。

【注　釋】❶建溪　福建省閩江北源，支流呈樹枝狀分布。❷南港　閩江南支，又稱烏龍江。❸洪山　在福州城西。❹中洲　水嶼，在福州城南的南臺江中。❺馬江　閩江下游入海的一段俗稱馬江，又名馬尾。❻湫隘　低窪狹窄。❼爽塏　高燥之地。❽宜人　明、清時五品官妻、母封宜人。❾治庖之所　廚房。❿呶呶　喋喋不休的樣子。⓫革　危急。⓬韉　馬鞍墊。⓭孫幼穀太守　孫幼穀，孫葆瑨，字幼穀，福建侯官（今屬福州）人，光緒三十年（西元一九〇四年）任洮南知府（今屬吉林省白城市）。本文或作於光緒三十年以後，故稱孫葆瑨為「太守」。⓮力香雨孝廉　力鈞，字香雨，福建侯官（今屬福州）人，光緒十五年中舉人，故稱「孝廉」。力鈞是福建一代名醫，曾受詔入京，行醫於宮掖侯門，晚年考察日本、德、法、瑞士、奧、意、俄等國醫院，主張中西醫結合的療法。

【語　譯】一直流向南港的建溪，源頭上分成兩條支流，其中一條沿洪山流下，而中洲正矗立在它的江流中，中洲上、下有兩座橋和南、北岸連接，江水穿過二橋，環抱中洲，再匯入馬江。蒼霞洲在中洲南橋偏右的地方，江水沿岸流過。

蒼霞洲上有百餘家居民，都把門朝向江面。我家原來在蒼霞洲的北面，地勢低窪，常遭水患，所以重新遷居到一處高燥的居所，就是後來的「蒼霞精舍」。有五間房，前軒院中種植數十竿竹，涼風微至，門窗中滿是秋天的氣息，母親生前常常在前軒起居；後軒是我和母親比鄰寢居的地方，再往後是廚房。母親臥病時，常常渴望美味的食物，一旦得到美味的食材，我們夫婦親自下廚烹飪。我的先妻那時把木薪投入灶中，木薪太滿則苦於灶火太烈，把木薪抽出來，火候又不夠了，先妻因此嘲笑起自己來。母親說：「你們夫婦喋喋不休地說什麼呢？我能吃得了多少？何勞求精？難道烹飪也（和你做文章一樣）有所謂『古法』嗎？」一家人流傳著這幾句玩笑話，都笑起來了。

母親去世後，我把兩間臥室合為一間。每次夜裡歸家，先妻病疲地不能起身。我就在燈下教女兒雪朗誦杜詩，教完七、八首才睡覺。先妻病危，恰趕上居所易主，我把車叫到後軒屋簷下，把馬鞍墊在車中，扶著妻子上車。到了新居，才十天，她就去世了。

孫幼穀太守、力香雨孝廉在我的舊居創辦「蒼霞精舍」，聚集學生，教授西學，請我講授《毛詩》、《史記》，傳授學生古文作法，每隔五天去一次。欄杆樓閣，每一處都和舊時一樣。每當夕陽布滿窗欞，四處簾幔低垂，鳥雀聚集在樹下，庭院中闃寂無聲時，我輕輕地走在迴廊中，彷彿母親還在後軒中午睡未醒。軒後隱秘的地方有一扇窗，兩幅窗扉關閉著，窗紙上別著一根還穿著線的繡花針，已經生鏽了，這是我亡妻的遺物啊。

哎呀！前後不過兩年時間，這軒中的景象已經改變過兩回了。我不是無情之木石，怎麼能不感到悲傷呢！我回去以後，寫下了這篇記文。

【研　析】林紓以成功翻譯數量眾多的外國小說而聞名中國近代史，也許很少有人知道，他還是晚清閩南地區著名的「桐城派」古文家。文章之學，魏文帝曹丕《典論・論文》贊之曰：「經國之大業，不朽之盛事。年壽有時而盡，榮樂止乎其身，二者必至之常期，未若文章之無窮。是以古之作者，寄身於翰墨，見意於篇籍，假良史之辭，不託飛馳之勢，而聲名自傳於後。」基於對文章尊貴地位的認識，秦漢散文家很少把自己家庭的日常瑣事寫入文章中，以秦漢散文為模範的宋代古文家們則能開此風氣之先，歐陽修的〈瀧岡阡表〉即是這類題材中的一篇名作。明代古文名家歸有光，更以擅長抒寫家庭親情、鄰里鄉情這樣的日常題材而著名於後世。清代桐城文派對歸有光十分推崇，如晚清方東樹為「桐城派」鼻祖方苞（字望谿）的年譜作〈序〉時曰：「以古文一道論之，能得古作者義法氣脈，韓歐相傳之統緒，在明推歸太僕熙甫，昔人號偁絕學。惟望谿克承繼之，實能探得其微文大義、不傳之秘，以尊成大業」（〈望谿先生年譜序〉）。在清代散文中，以家中母親、妻子、姐妹、兒女、奴僕為主角的作品能夠進入到古文家堂皇的「文統」之中，它們大多都追溯歸有光的敘寫風格：真摯細膩、樸實近人，語簡而情深。

本文所敘寫的「蒼霞精舍」的遺址今猶留存，更作為福建工程學院的前身而得到隆重紀念。在林紓的記憶中，它承載了一段平實難忘的親情。林紓對這個「家」的紀念從繞它而過的「建溪」開始，在中國文學中，江水是和思念、故鄉之類主題聯繫在一起的。江畔的「家」，修竹環屋，母親常在窗邊聆聽竹葉送來的秋聲。

母親、妻子的相繼離世，帶走的不僅僅是彌足珍貴的平凡親情，還有那稚拙學習文章「古法」的、年輕的「我」。如果一座故居曾經承載過健康的親人和青春的自己，那麼，它就是一段永不再見的美好人生，美好到離開它的瞬間就步入了殘生、就揮別了生命的春夏。「蒼霞精舍」闢作新式學堂以後，林紓悄悄地漫步其中，在熟悉、寂靜的夕陽中懷念著自己曾經擁有的時光，恍惚中生出母親尚在家「晝寢」的幻覺，而插在後軒窗扉上那根生鏽的針則成了他和這個「家」之間最後的秘密。每個人的家庭是不一樣的，這篇文章能喚起不同讀者對自己親人、家庭和成長的惆悵，樸實的「家常語」也能達致〈樂記〉所謂「情深而文明」的語言境界。

林紓在不懂外語的情形之下，與別人合作翻譯了一百八十餘部西方小說，使它們流行一時，這和他特別能體察、反思、表現人們的普遍情感有深切關係。而平凡的家庭、平凡的生活、平凡的成長之所能不朽，正如《論語・述而》篇中孔子所言：「仁遠乎哉？我欲仁，斯仁至矣。」

稻畦芸菜圖記

黎汝謙

【題　解】本文選自黎汝謙《夷牢溪廬文鈔》卷二。

【作　者】黎汝謙，生卒年不詳，清代學者，貴州遵義人，叔父黎庶昌、姑父鄭珍均是知名學者。黎汝謙支持維新變法，曾隨叔父出使日本，任橫濱領事，纂譯《日本地志提要》，與蔡國昭合譯《華盛頓傳》，詩文輯為《夷牢溪廬文鈔》、《夷牢溪廬詩鈔》。

《稻畦芸菜圖》者，志哀也。先妣蕭恭人[1]，同里進士、河南內鄉縣知縣諱部鳴公之女，家故饒也，年廿四歸我府君。時先大父再仕滇南，田廬贍足，家稱小康。中年以後，黔中號匪蜂起，里閈焚燬，鳥鼠逃竄。同治初元，乃聚里人避亂於禹門山砦❷，砦去吾家約里許。時大亂未靖，繼以薦荒，闔門老少數十口無所仰食，恭人於門外稻田種菜十數畝。每歲冬春，綠甲青莩，萌達盈寸，則當去其叢稠，櫛其疏密，然後菜根勻均，莖葉得以條達而暢茂。恭人自晨而出，命婢持饁❸，攜櫈屈坐爬梳，隨行上下，日蒸土潤；日入而後休。薄暮回砦，令婢負大簍，菜甲盈盈，家人常以濟米粒之乏。及菜抽莖，則尤忌叢密，摘擷愈富，日食不及，則委長簟曬之，菹為醃菜，三五聯接，庭為之滿。及菜結子，紅熟則取以榨油，家食之外，且沽以易疏布。汝謙等少時衣履之費，多出於此。及亂大定，恭人遂獲濕氣之疾，竟以不起，此汝謙所深痛長恨不能自已者也。乃作斯圖以誌哀。

【注釋】❶恭人　明、清四品官員之妻的封號。❷砦　同「寨」。❸饁　田食，給耕作的人送的飯。

【語譯】繪畫《稻畦芸菜圖》，是為了表達我的哀思。我的先母蕭恭人，是本鄉進士、河南內鄉縣知縣蕭韶嗚公的女兒，娘家很是富饒，她在二十四歲那年嫁給了我的父親。當時，祖父再度出仕滇南，家中田產豐足，過著小康生活。然而，在母親中年以後，黔中土匪蜂起，里巷被焚燒，鳥鼠四處逃竄。同治元年，父輩聚集鄉人，在禹門山寨避亂，山寨距離我家大約一里多路。那時，大亂還沒有平定，又繼而發生了饑荒，家中老少數十口人，沒有辦法填飽肚子，恭人就在門外稻田中種了十多畝蔬菜。每年冬、春兩季，綠色的菜芽、青色的菜葉遍布田疇，它們生長到一寸多高的時候，就應當拔除部分叢生、茂密的枝葉，梳理成疏密適當的樣子，然後菜根分布勻均，莖葉得以舒展，才能順利生長。恭人每天早晨離開家門，命婢女帶上田食，坐在一只隨身攜帶的小板凳上，在田中弓著身子拔除過密的菜葉，上坡下坎，忍受著被烈日蒸發出來的土中濕氣；日落後才去休息。傍晚回寨時，她命婢女背負一只大簍，簍中滿是菜芽，家人常用這些菜芽救濟米糧的不足。蔬菜抽莖的時候，尤其忌諱菜葉過於稠密，母親每日摘擷回來的菜葉就更多了，當天吃不完，就把它們鋪在長竹席上晾曬，再鹽漬作醃菜，三五張竹席相聯接，鋪滿了庭院。等到結菜子的時候，收穫紅熟的菜籽，用來榨油，自家食用之外，還可以賣出，換來粗布。我們小時候的衣服、鞋子，多是從這份開支而來的。大亂平定以後，恭人就得了濕氣的疾病，最終病到不能治愈的地步，這成了我深痛長恨、不能自已的往事。於是，我繪畫此圖，表達對母親的哀思。

【研　析】貴州遵義黎氏家族興起於晚明，以儒學傳家，至清代衍為本地著名士族。晚清咸豐、同治年間，外交家黎庶昌、黎汝謙叔姪即出生在這個家族中。咸豐、同治年間，貴州爆發長達二十年的農民起義，而遵義地區自咸豐四年桐梓楊龍喜起義以來，燈花教繼而鼓動苗民組成「黃號」、「白號」、「老號」等民間武裝，戰亂迭起。遵義鄉紳起初在禹門寺設局治團練，後來又建立了營砦以抵禦蜂起的農民武裝。黎庶昌的兄長黎蓄昌、黎汝謙的父親黎兆祺都是建砦的主張者。咸、同年間遵義地區團練組織與農民武裝之間的戰爭情況，黎庶昌在其〈禹門寺築寨始末記〉一文中有詳細記載。同治元年前後，年幼的黎汝謙已隨家人在禹門寺營砦中避難數年，他出身官宦家庭的母親在山中墾出「十數畝」菜地，躬耕勞作，解決家中衣食匱乏的難題。

《資治通鑑》載引李克之言曰：「家貧思良妻，國亂思良相」，在古代社會，一位女性的偉大品格往往在家庭遭遇困境時才能得以凸顯。黎汝謙仔細回憶了母親如何栽種、收割、醃菹、榨油的勞作過程，溫情的筆觸間滿是追思與讚美。含辛茹苦的慈母，也是藝術史上一個偉大的主題，《詩經・邶風・凱風》用酸棗樹嫩芽起興，反覆吟唱為人之母的辛勞：「凱風自南，吹彼棘心。棘心夭夭，母氏劬勞。」在散文的領域，歐陽修

〈瀧岡阡表〉、歸有光〈先妣事略〉都塑造了經典的賢母形象。〈瀧岡阡表〉記載了歐母曉明大義，「知汝父之能養」、「知汝父之必將有後」一段教子自白感人至深；〈先妣事略〉記下歸有光母親周氏隱忍仁愛的一生，也充滿了歸有光對自己母親遭遇的辛苦磨難的深切悲憫。本文則塑造了一位樸實剛毅的母親形象，用沉默的雙手耙疏田野，在戰亂時期奮力擔起了孩子們的衣食溫飽。黎汝謙悼念亡母的《稻畦芸菜圖》出自他個人化的具體回憶，比起明、清社會被普遍用來寄託孝思的《風木圖》這樣的構圖範式而言，這種個人化的繪圖中含蘊了更加真摯、濃厚的情感。

鬬影圖記

馬其昶

【題　解】鬬，同「鬥」，會合義。本文題下自注「辛卯」，當作於光緒十七年（西元一八九一年）。本文選自馬其昶《抱潤軒文集》卷九。

【作　者】馬其昶（西元一八五五～一九三〇年），清末民初散文家、學者，字伯通，晚號抱潤翁，桐城（今屬安徽省安慶市）人，清諸生，入貲中書科中書，後任京師大學堂教習。入民國後，任安徽高等學堂監督、參政院參政、清史館總纂。馬其昶是桐城文派晚期代表，著作有《抱潤軒文集》、《桐城耆舊傳》、《毛詩學》、《周易費氏學》等。

閑伯❶既取平生所歷境，屬馮君筱伯❷作八圖，題曰《鬬影》。《鬬影》者，因范无錯❸《去影圖》名也。无錯善病，思所以自娛樂，乃圖去影，而命其詩為《迴風集》。閑伯覽而善之，及是圖成，无錯曰：「《鬬影圖》之詩，則亦可命之為《橫風集》也。子來安福❹，无錯行矣。」閑伯則為言兩人所相與樂者，出《鬭影圖》示余，謂歷茲以往，倩善畫者補之，其樂且未有極也。

余笑曰：「影去矣，又可執耶？達者樂時而偕逝，過去之影與方來未至之影，何不相與忘之？而必鬭此戔戔者❺，為尚得謂知樂者耶？天下惟忘者樂，而不忘者苦。雖然，忘影可也，而其不可忘者，則非影也，乃未始不廙❻乎影。人必有不忘也，而後可以忘。然則君二人之為此，其善忘耶？其又得謂非知樂者耶？」其第二、第三圖，余之影，蓋嘗在焉。閑伯既自為記，又屬余書此，他日无錯見之，亦有相視而笑，莫逆於心者乎？則吾三人者之樂，非圖所能狀，然亦安得而不圖也。

【注　釋】❶閑伯　姚永楷，字閑伯，安徽桐城人，著名古文家姚鼐後人。❷馮君筱伯　作者友人，生平不詳。❸范无錯　范當世，字无錯，江蘇南通人，清末著名詩人、桐城派後期作家。❹安福　江西安福縣。❺戔戔者　區區者，形容微不足道。❻廙　同「寓」。

【語　譯】姚閑伯選取平生所經歷的情景，囑託馮筱伯君繪畫了八幅圖畫，題名為《鬭影》。《鬭影圖》，因范无錯的《去影圖》而得名。无錯多病，病中想出的自娛方法，就是圖畫朋友們離去時的背影，而命名其題畫詩為《迴風集》。閑伯閱覽後，讚賞不已。等到《鬭影圖》繪成，无錯說：「《鬭影圖》的題詩，可命名為《橫風集》。您來安福，我已經離開了。」閑伯將他們兩人互相逗樂的話說給我聽，向我展示了《鬭影圖》，說從今往後，將請善於繪畫的人不斷補充，樂趣無窮。

我笑說：「舊影都逝去了，又怎可執著？曠達的人能樂觀地看待時光流逝，生命中那些過去的影像與剛剛要到來的影像，何不將它們一起忘卻？然而，一定要把這些區區影像湊合在一起，這難道稱得上懂得樂趣嗎？天下只有能忘卻的人才能體會快樂，不能忘卻的人只有苦惱。即使如此，忘卻舊影可以，而不可忘卻的東西，雖不在影像上、又未嘗不寄寓在影像中。人必有不可忘卻的東西，然後才會懂得忘卻。如此說來，馮、范二君繪舊影圖，是善於忘卻嗎？還能說他們不懂得樂趣嗎？」《闕影圖》第二、第三幅圖中，有我的舊影在其間。閑伯已經寫了自記，又囑託我寫下此記，他日无錯見到這兩篇記，也會相視而笑，莫逆於心嗎？則我們三人間的樂趣，不是這本圖冊所能描摹的，然而，又怎能不再描摹成圖呢。

【研　析】時間似流水，《論語・子罕》云：「子在川上曰：『逝者如斯乎，不舍晝夜！』」時間似春草，五代馮延巳〈南鄉子〉詞云：「細雨濕流光，芳草年年與恨長。」時間，如同希臘哲學家赫拉克利特所言的「人不能兩次踏進」的河流，它永不回頭，任何片段都不可能被封存、凝固、靜止。然而，人們永遠不會放棄留住當下時間的努力，文字、繪畫、影像等則成為了實現這努力的寄託。馬其昶在這篇小文中無奈道：「影去矣，又可執耶？」時光不能被重現，懷念又有何用處呢？正如《古詩十九首》第十五首云「晝短苦夜長，何不秉燭遊？」

然而，「今日菖蒲花，明朝楓樹老」（李賀〈大堤曲〉），生命流逝的緊迫性讓人不捨「過往」，或者說正是對「過往」的不捨迫使「當下」去追尋自身的意義。每一首勸人「及時行樂」的詩歌背後都有關於時間的悲愴感受。從這個意義上來說，「紀念」成為了對當下時間的深刻體認。德國哲學家海德格爾認為「時間」不是外在於人的客觀物，「時間」源自於人的內在精神結構，人通過「時間」去體會自身的存在。他談到「過去的存在者」時說道：「這一存在者並非因為『處在歷史中』而是『時間性的』，相反，只因為它在其存在的根據處是時間性的，所以它才歷史性地生存著並能夠歷史性地生存。」（《存在與時間》）文字、繪畫、影像這樣一些試圖留住「過去的存在者」的物件的產生原因，從根本上講，源於「當下」想要構建自己的動機。所以，馬其昶在「不如忘卻」的駁論後，又有「人必有不忘也，而後可以忘」的立論。《鬭影圖》為馬其昶朋友姚閑伯託畫家馮笵伯所作，閑伯受到詩人范无錯《去影圖》的啟發，截「影」成圖，以紀朋友相聚之緣。此緣或似依依徘徊「迴風」，或似無緣相聚的「橫風」。馬其昶受託為《鬭影圖》作序，借言「忘」與「善忘」，寫下了他對時間的感受和反思。

何心與詩敘

陳衍

【題解】何振岱（西元一八六七～一九五二年），字梅生，號心與、覺廬、悅明，晚年自號梅叟，侯官縣（今屬福建福州市）人。何心與少年時師從晚清福建名儒謝章鋌，後繼陳寶琛、鄭孝胥、陳衍、陳三立、沈瑜慶、張元奇等詩人成為晚清詩壇「閩贛派」之代表。本文選自陳衍《石遺室文集》卷九。

【作者】陳衍（西元一八五六～一九三七年），明末清初詩人、詩論家，字叔伊，號石遺，侯官（今屬福建省福州市）人，光緒八年（西元一八八二年）舉人，曾作《戊戌變法榷議》，支持戊戌變法。入民國後，任教廈門大學、無錫國學專修學校，與章炳麟、金天翮、李根源等創國學會，尤其精於詩學。著有《石遺室詩集》、《文集》、《詩話》，編有《近代詩鈔》、《遼詩紀事》、《元詩紀事》、《金詩紀事》等。

寂者之事，一人而可為，為之而可常，喧者反是。故吾嘗謂：詩者，荒寒之路。無當乎利祿，肯與周旋，必其人之賢者也。既而知其不盡然。猶是詩也，一人而不為，雖為而不常，其為之也惟恐不悅於人，其悅之也惟恐不競於人，其需人也眾矣。內搖心氣，外集詬病，此何為者？一景一情也，人不及覺者，己獨覺之；人如是觀，彼不如是觀也；人猶是言，彼不猶是言也。則喧、寂之故也。清而有味，寒而有神，瘦而有筋力，己所自得，求助於人者得之乎？

余奔走四方三十餘年，日與人接而不能與己離，不能與己離，雖接於人，猶未接也焉。往而不困，若是者無所遁於其詩也。持此以相當世之詩，若是者百不一二，其一二者，固無往而不困也。吾從林生狷生❶，聞心與之詩，識其人，讀其詩，與之言。吾所覺者，心與覺之，吾如是觀，心與不如是觀者或寡也，則其於詩文如是言，心與亦如是言者殆寡矣。

柳州、東野、長江、武功、宛陵、后山❷，以至於四靈❸，其詩世所謂寂其境，世所謂困也。然吾以為有詩焉，固已不寂；有為詩之我焉，固已不困。願與心與勿寂與困之畏也。

【注　釋】❶林生狷生　林大任，字狷生，林則徐曾孫，光緒甲午舉人，後任廣東五華縣縣令。❷柳州句　依次指柳宗元、孟郊、賈島、姚合、梅堯臣、陳師道六位唐、宋詩人。❸四靈　南宋後期翁卷、徐照、徐璣、趙師秀四位詩人被合稱為「永嘉四靈」。

【語　譯】寂寞人的事業，可以一個人獨自做，也可以長久地做下去，好熱鬧的人則與之相反。所以，我常說：詩是一條荒寒的道路。詩無關利祿，肯與詩道周旋的人，必定是位賢人。過了一段時間，我發現並不是所有的詩人都是這樣。同樣是作詩，有的人獨自一人時不作，即使作了，也不經常作，作詩時惟恐不能取悅於別人，即使能取悅於別人，又惟恐競爭不過別人，這樣作詩，需要依賴他人的地方也太多了。在內心氣搖動，在外召集詬病，這又是做什麼呢？一景一情，他人不能覺察到的，自己獨能覺察；他人這樣看，自己不這樣看；他人這樣說，自己不這樣說。這就是好熱鬧的人與寂寞人之間差別的原因。清而有真味，寒而有真神，瘦而有筋力，這些得之於自我的感受，那些求助於他者的詩人能得到嗎？

我奔走四方三十多年，每天都在與他人交往，卻能從不離開獨立的自我，能不離開獨立的自我，即使與他人交往，也如同未曾交往過。向他人去而能不困於他人，這樣的獨立性最終在我的詩中無法隱藏。用我的詩反觀當世詩人，和我一樣的詩人，一百個人中數不出一兩個，這一兩個詩人，相信能無往而不困。我在林狷生那裡，聽到何心與的詩，後來認識了他，讀了他的詩集，和他交談過。我所覺悟到的，心與也覺悟到了，我的看法，心與很少有不贊同的，然而我談起詩文，心與卻很少跟著人云亦云。

柳州、東野、長江、武功、宛陵、后山，以至於四靈，他們的詩歌是世人所謂境界寂寞的，所謂情感困頓的。然而，我認為有詩歌相陪伴，就已然不寂寞了；自我能抒發在詩中，就已然不困頓了。希望我和心與都不必畏懼那寂寞和困頓。

【研　析】詩歌的作用，在外為影響社會，在內則為抒寫情志。就其在外而言，《論語》言《詩經》有「興、觀、群、怨」的功能；就其在內而言，〈詩大序〉云：「詩者，志之所之也，在心為志，發言為詩」。古今詩人，志在影響社會者，詩重諷喻；志在自我抒寫者，詩重性情。然而，還有一等詩歌，無關諷喻、性情，只會攀附潮流、逢迎大眾，此等詩歌，正可謂詩中的「鄉愿」者。本文所批評的「需人也眾」的詩歌，正是這樣一種「鄉愿」式的詩歌。而作者所提倡的「荒寒」、「寂寞」的詩歌，則強調詩人應向內面做功夫，作悅己之詩，不作悅人之詩。文中舉出中唐至晚宋的「柳州、東野、長江、武功、宛陵、后山，以至於四靈」諸位詩人，他們的詩境清苦，筆調孤寒，似有獨語之風景、獨造之心境，這樣的詩歌甚至不是在進行自我抒發，而是在進行艱苦的自我理解。

辛亥革命後，何心與在上海與陳衍結識，二人或曾以「喧」、「寂」二字討論過詩人之道。陳衍在本文中有「願與心與勿寂與困之畏也」的共勉之詞，何心與亦有〈囂寂〉一首云：「在囂能見囂，寸心自有寂。抱之游於虛，晶然不可惑。向來制微功，亦用搏象力。虛白本我有，未可蔽一息。信知囂寂界，不翅人禽划。何時兩境忘？十年達摩壁。」可見，二人對詩歌「寂之境」的理解大致相同。所謂「寂」者，存我、悦我之義，既指詩人創作心理上的向內關注，又指詩歌境界的孤往清冷的特徵。陳衍、何心與所追求的「人不及覺者，己獨覺之」的詩歌獨特表現，立足於他們對內在自我的充分重視，正如杜維明先生解釋《中庸》中「慎獨」一義曰：「『慎獨』的人很可能對外在環境相當敏感，……這種敏感性、明察和警覺的能力使他能迅速把握到在通常環境下『所不睹與不聞』的事物。……他之所以眼光銳利，倒不是由於他天生就有某種超常的理解力。毋寧說，他是通過持續不斷的批判性內省，才得以察知自己內在情感的精微的徵兆。」（《中庸洞見》）要之，陳衍用「荒寒之路」、「寂之境」來形容詩人的道路，表達了詩歌創作應脫離一切俗套功利、而志在尋求微渺真我的主張，也表達出詩人應具有儒家「慎獨」的內面工夫。

古籍今注新譯叢書

哲學類

新譯四書讀本	謝冰瑩等編譯
新譯學庸讀本	王澤應注譯
新譯論語新編解義	胡楚生編著
新譯孝經讀本	賴炎元等注譯
新譯易經讀本	郭建勳注譯
新譯周易六十四卦經傳通釋：上經	黃慶萱注譯
新譯周易六十四卦經傳通釋：下經	黃慶萱注譯
新譯乾坤經傳通釋	黃慶萱注譯
新譯易經繫辭傳解義	吳　怡著
新譯禮記讀本	姜義華注譯
新譯儀禮讀本	顧寶田等注譯
新譯孔子家語	羊春秋注譯
新譯老子讀本	余培林注譯
新譯帛書老子	趙　鋒注譯
新譯老子解義	吳　怡著
新譯莊子讀本	黃錦鋐注譯
新譯莊子讀本	張松輝注譯
新譯莊子本義	水渭松注譯
新譯莊子內篇解義	吳　怡著
新譯列子讀本	莊萬壽注譯
新譯管子讀本	湯孝純注譯
新譯墨子讀本	李生龍注譯
新譯公孫龍子	丁成泉注譯
新譯晏子春秋	陶梅生注譯
新譯鄧析子	徐忠良注譯
新譯荀子讀本	王忠林注譯
新譯尹文子	徐忠良注譯
新譯尸子讀本	水渭松注譯
新譯鶡冠子	趙鵬團注譯
新譯鬼谷子	王德華等注譯
新譯韓非子	傅武光等注譯
新譯呂氏春秋	朱永嘉等注譯
新譯韓詩外傳	孫立堯注譯
新譯淮南子	熊禮匯注譯
新譯春秋繁露	朱永嘉等注譯
新譯新書讀本	饒東原注譯
新譯新語讀本	王　毅注譯
新譯潛夫論	彭丙成注譯
新譯論衡讀本	蔡鎮楚注譯
新譯申鑒讀本	林家驪等注譯
新譯人物志	吳家駒注譯
新譯張載文選	張金泉注譯
新譯近思錄	張京華注譯
新譯傳習錄	李生龍注譯
新譯呻吟語摘	鄧子勉注譯
新譯明夷待訪錄	李廣柏注譯

文學類

新譯詩經讀本	滕志賢注譯
新譯楚辭讀本	林家驪注譯
新譯楚辭讀本	傅錫壬注譯
新譯文心雕龍	羅立乾注譯
新譯六朝文絜	蔣遠橋注譯
新譯世說新語	劉正浩等注譯
新譯昭明文選	周啟成等注譯
新譯古文觀止	謝冰瑩等注譯
新譯古文辭類纂	黃　鈞等注譯
新譯樂府詩選	溫洪隆注譯
新譯古詩源	馮保善注譯
新譯千家詩	邱燮友等注譯
新譯詩品讀本	成　林等注譯
新譯花間集	朱恒夫注譯
新譯南唐詞	劉慶雲注譯
新譯絕妙好詞	聶安福注譯
新譯唐詩三百首	邱燮友注譯
新譯宋詩三百首	陶文鵬注譯
新譯宋詞三百首	汪　中注譯
新譯宋詞三百首	劉慶雲注譯
新譯元曲三百首	賴橋本等注譯
新譯明詩三百首	趙伯陶注譯
新譯清詩三百首	王英志注譯
新譯清詞三百首	陳水雲等注譯
新譯唐人絕句選	卞孝萱等注譯
新譯唐才子傳	戴揚本注譯
新譯拾遺記	石　磊注譯
新譯搜神記	黃　鈞注譯
新譯唐傳奇選	束　忱等注譯

新譯宋傳奇小說選　束　忱注譯
新譯明傳奇小說選　陳美林等注譯
新譯容齋隨筆選　朱永嘉等注譯
新譯明散文選　周明初注譯
新譯明清小品文選　鄭　婷注譯
新譯人間詞話　馬自毅注譯
新譯白香詞譜　劉慶雲注譯
新譯幽夢影　馮保善注譯
新譯菜根譚　吳家駒注譯
新譯小窗幽記　馬美信注譯
新譯圍爐夜話　馬美信注譯
新譯郁離子　吳家駒注譯
新譯歷代寓言選　黃瑞雲注譯
新譯賈長沙集　林家驪注譯
新譯揚子雲集　葉幼明注譯
新譯曹子建集　曹海東注譯
新譯建安七子詩文集　韓格平注譯
新譯阮籍詩文集　林家驪注譯
新譯嵇中散集　崔富章注譯
新譯陸機詩文集　王德華注譯
新譯陶淵明集　溫洪隆注譯
新譯江淹集　羅立乾等注譯
新譯庾信詩文選　歸　青注譯
新譯初唐四傑詩集　李福標注譯
新譯駱賓王文集　黃清泉注譯
新譯王維詩文集　陳鐵民注譯
新譯孟浩然詩集　楊　軍注譯
新譯李白詩全集　郁賢皓注譯

新譯李白文集　郁賢皓注譯
新譯杜甫詩選　張忠綱等注譯
新譯杜詩菁華　林繼中注譯
新譯高適岑參詩選　孫欽善等注譯
新譯昌黎先生文集　周啟成等注譯
新譯劉禹錫詩文選　閻　琦注譯
新譯柳宗元文選　卞孝萱等注譯
新譯白居易詩文選　陶　敏等注譯
新譯元稹詩文選　郭自虎注譯
新譯李賀詩集　彭國忠注譯
新譯杜牧詩文集　張松輝注譯
新譯李商隱詩選　朱恒夫等注譯
新譯范文正公選集　王興華等注譯
新譯蘇洵文選　羅立剛注譯
新譯蘇軾文選　滕志賢注譯
新譯蘇軾詞選　鄧子勉注譯
新譯蘇轍文選　朱　剛注譯
新譯曾鞏文選　高克勤注譯
新譯王安石文選　沈松勤注譯
新譯唐宋八大家文選　鄧子勉注譯
新譯柳永詞集　侯孝瓊注譯
新譯李清照集　姜漢椿等注譯
新譯陸游詩文選　韓立平注譯
新譯辛棄疾詞選　聶安福注譯
新譯歸有光文選　鄔國平注譯
新譯唐順之詩文選　馬美信注譯
新譯徐渭詩文選　周　群等注譯
新譯薑齋文集　平慧善注譯

新譯顧亭林文集　劉九洲注譯
新譯方苞文選　鄔國平等注譯
新譯鄭板橋集　朱崇才注譯
新譯袁枚詩文選　王英志注譯
新譯李慈銘詩文選　潘靜如注譯
新譯聊齋誌異選　任篤行等注譯
新譯閱微草堂筆記　嚴文儒注譯
新譯浮生六記　馬美信注譯
新譯弘一大師詩詞全編　徐正綸編著

歷史類

新譯史記　韓兆琦注譯
新譯漢書　吳榮曾等注譯
新譯後漢書　魏連科等注譯
新譯三國志　吳樹平等注譯
新譯資治通鑑　韓兆琦等注譯
新譯史記—名篇精選　韓兆琦注譯
新譯尚書讀本　吳　璵注譯
新譯尚書讀本　郭建勳注譯
新譯周禮讀本　賀友齡注譯
新譯逸周書　牛鴻恩注譯
新譯左傳讀本　郁賢皓等注譯
新譯公羊傳　雪　克注譯
新譯穀梁傳　顧寶田注譯
新譯春秋穀梁傳　周　何注譯
新譯戰國策　溫洪隆注譯
新譯國語讀本　易中天注譯
新譯說苑讀本　左松超注譯

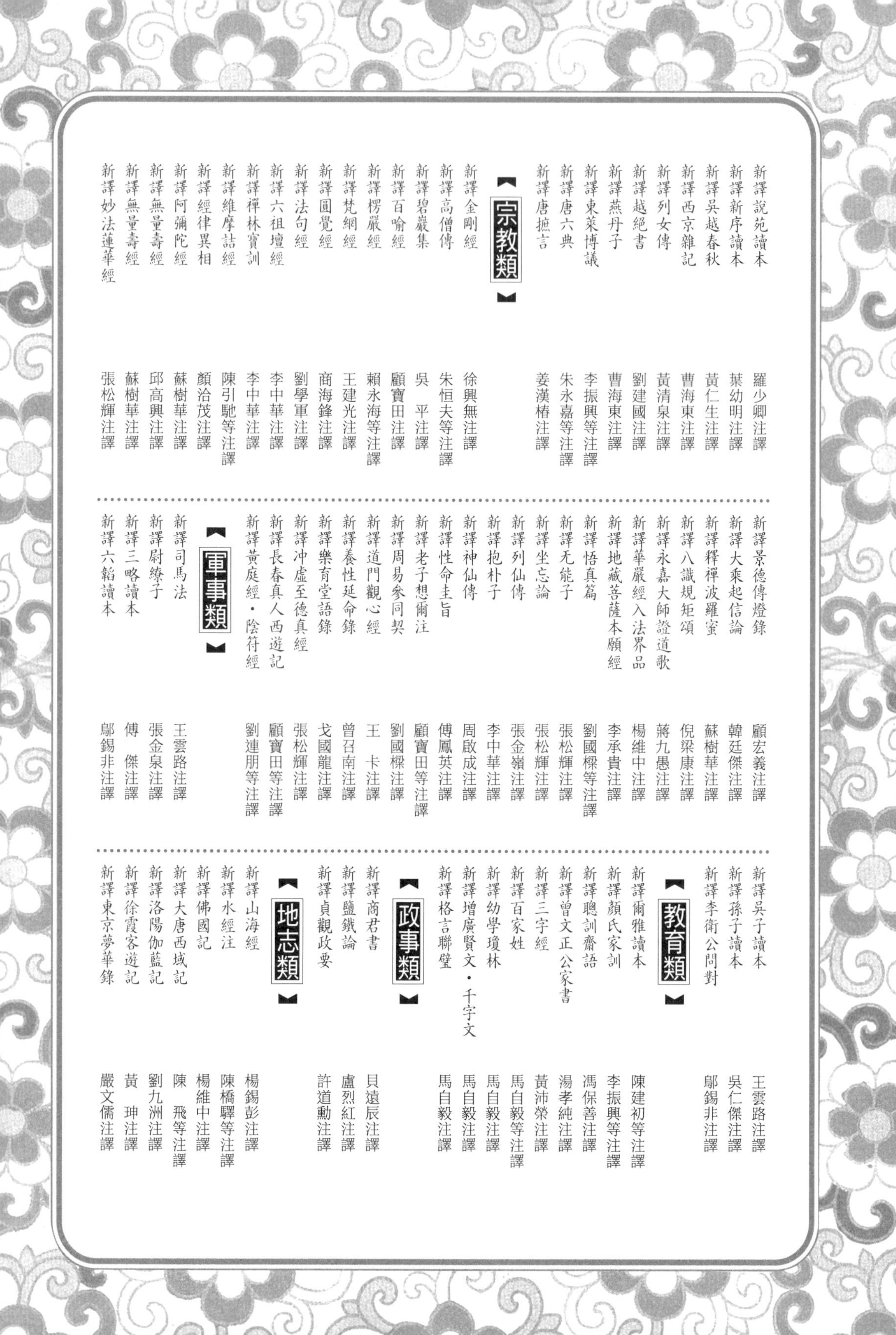

新譯說苑讀本　羅少卿注譯
新譯新序讀本　葉幼明注譯
新譯吳越春秋　黃仁生注譯
新譯西京雜記　曹海東注譯
新譯列女傳　黃清泉注譯
新譯越絕書　劉建國注譯
新譯燕丹子　曹海東注譯
新譯東萊博議　李振興等注譯
新譯唐六典　朱永嘉等注譯
新譯唐摭言　姜漢椿注譯

宗教類

新譯金剛經　徐興無注譯
新譯高僧傳　朱恒夫等注譯
新譯碧巖集　吳　平注譯
新譯百喻經　顧寶田注譯
新譯楞嚴經　賴永海等注譯
新譯梵網經　王建光注譯
新譯圓覺經　商海鋒注譯
新譯法句經　劉學軍注譯
新譯六祖壇經　李中華注譯
新譯禪林寶訓　李中華注譯
新譯維摩詰經　陳引馳等注譯
新譯經律異相　顏洽茂注譯
新譯阿彌陀經　蘇樹華注譯
新譯無量壽經　邱高興注譯
新譯無量壽經　蘇樹華注譯
新譯妙法蓮華經　張松輝注譯
新譯景德傳燈錄　顧宏義注譯
新譯大乘起信論　韓廷傑注譯
新譯釋禪波羅蜜　蘇樹華注譯
新譯八識規矩頌　倪梁康注譯
新譯永嘉大師證道歌　蔣九愚注譯
新譯華嚴經入法界品　楊維中注譯
新譯地藏菩薩本願經　李承貴注譯
新譯悟真篇　劉國樑等注譯
新譯无能子　張松輝注譯
新譯坐忘論　張松輝注譯
新譯列仙傳　張金嶺注譯
新譯抱朴子　李中華注譯
新譯神仙傳　周啟成注譯
新譯性命圭旨　傅鳳英注譯
新譯老子想爾注　顧寶田等注譯
新譯周易參同契　劉國樑注譯
新譯道門觀心經　王　卡注譯
新譯養性延命錄　曾召南注譯
新譯樂育堂語錄　戈國龍注譯
新譯冲虛至德真經　張松輝注譯
新譯長春真人西遊記　顧寶田等注譯
新譯黃庭經・陰符經　劉連朋等注譯

軍事類

新譯司馬法　王雲路注譯
新譯尉繚子　張金泉注譯
新譯三略讀本　傅　傑注譯
新譯六韜讀本　鄔錫非注譯
新譯吳子讀本　王雲路注譯
新譯孫子讀本　吳仁傑注譯
新譯李衛公問對　鄔錫非注譯

教育類

新譯爾雅讀本　陳建初等注譯
新譯顏氏家訓　李振興等注譯
新譯聰訓齋語　馮保善注譯
新譯曾文正公家書　湯孝純注譯
新譯三字經　黃沛榮注譯
新譯百家姓　馬自毅等注譯
新譯幼學瓊林　馬自毅注譯
新譯增廣賢文・千字文　馬自毅注譯
新譯格言聯璧　馬自毅注譯

政事類

新譯商君書　貝遠辰注譯
新譯鹽鐵論　盧烈紅注譯
新譯貞觀政要　許道勳注譯

地志類

新譯山海經　楊錫彭注譯
新譯水經注　陳橋驛等注譯
新譯佛國記　楊維中注譯
新譯大唐西域記　陳　飛等注譯
新譯洛陽伽藍記　劉九洲注譯
新譯徐霞客遊記　黃　珅注譯
新譯東京夢華錄　嚴文儒注譯